Aan de rand van het meer

Kate Morton bij Boekerij:

Het geheim van de zusters
De vergeten tuin
De vergeten brief
De vertrouweling
Aan de rand van het meer

www.boekerij.nl

Kate Morton

Aan de rand van het meer

Een fijn feelgoodverhaal
met een vleugje mysterie

Eerste druk 2015
Zesde druk 2016

ISBN 978-90-225-7855-1
ISBN 978-94-023-0483-1 (e-book)
NUR 302

Oorspronkelijke titel: *The Lake House*
Vertaling: Rob van Moppes, Marian van der Ster en Louise Willenborg
Boekverzorging: Asterisk*, Amsterdam
Omslagontwerp: Johannes Wiebel | punchdesign
Omslagbeeld © Shutterstock
Auteursfoto © Martin Bleasdale

Voor Henry, mijn allerkleinste parel

1

Cornwall, augustus 1933

De regen kwam nu met bakken uit de hemel en de zoom van haar jurk zat onder de modder. Ze zou hem straks moeten zien weg te moffelen; niemand mocht te weten komen dat ze naar buiten was geweest.

De maan ging schuil achter de wolken, een meevaller die ze niet verdiende, en zo snel ze kon zocht ze haar weg door de inktzwarte nacht. Ze was er al eerder geweest om het gat te graven, maar ze zou het karwei nu pas afmaken. In het holst van de nacht. Regendruppels ranselden het wateroppervlak van de forellenbeek en kletterden ongenadig op de aarde ernaast. Vlak bij haar flitste er iets door de varens, maar ze deinsde niet terug, stopte niet. Ze had haar hele leven al door de bossen gestruind en kon hier blindelings de weg vinden.

Toen het net was gebeurd had ze overwogen het op te biechten, en misschien had ze dat op dat moment moeten doen. Maar ze had de kans voorbij laten gaan en nu was het te laat. Er was te veel gebeurd: de zoektochten, de politieagenten en de artikelen in de kranten waarin om informatie werd verzocht. Ze kon het aan niemand vertellen en op geen enkele manier rechtzetten. Ze zouden het haar nooit vergeven. Het enige wat ze nu kon doen was het bewijsmateriaal begraven.

Ze bereikte de plek die ze had uitgekozen. De zak met het kistje erin was verbazend zwaar en het was een verademing om het neer te leggen. Op handen en knieën trok ze de varenbladeren en takken weg die het gat aan het oog hadden onttrokken. De geur van zompige aarde, vergane bosmuizen, paddenstoelen en andere rottende organismen ontnam haar bijna de adem. Haar vader had haar ooit verteld dat vele generaties door deze bossen hadden gelopen en diep onder de zware aarde begraven lagen. Hij vond de continuïteit van de natuur een geruststellend idee en geloofde dat uit de bestendigheid van het lange verleden kracht kon worden geput om problemen in het heden op te lossen. En misschien was dat in sommige situaties ook het geval geweest, maar deze keer niet, niet deze problemen.

Ze liet de zak in het gat zakken en een fractie van een seconde leek de maan achter een wolk tevoorschijn te piepen. Tranen prikten in haar ogen toen ze de aarde terug in het gat schepte, maar ze knipperde ze weg. Hier nu een potje gaan janken was een luxe die ze zichzelf niet toestond. Ze klopte de aarde aan, sloeg er met haar platte handen op en stampte er hard met haar laarzen op totdat ze buiten adem was.

Ziezo. Het zat erop.

Even flitste de gedachte door haar hoofd dat ze misschien nog iets moest zeggen voordat ze deze verlaten plek achter zich liet. Iets over het einde van de onschuld en de intense wroeging waar ze altijd last van zou blijven houden; maar ze deed het niet. Ze schaamde zich dat ze er zelfs maar aan had gedacht.

Ze liep snel terug door het bos en zorgde dat ze uit de buurt bleef van het boothuis en de herinneringen die erbij hoorden. Het begon al licht te worden toen ze bij het huis aankwam. Het miezerde nu. Het water van het meer klotste tegen de oevers en de laatste nachtegaal floot zijn afscheidsgroet. De zwartkoppen en andere zangvogels ontwaakten al en in de verte hinnikte een paard. Op dat moment wist ze het nog niet, maar ze zou die geluiden nooit meer kwijtraken. Ze zouden haar vanaf deze plaats blijven achtervolgen, vanaf nu haar dromen en nachtmerries binnendringen en haar altijd blijven herinneren aan wat ze had gedaan.

2

De Mulberry-kamer bood het beste uitzicht over het meer, maar Alice besloot genoegen te nemen met het badkamerraam. Meneer Llewellyn was nog beneden bij de rivier met zijn schildersezel, maar hij trok zich altijd vroeg terug om een dutje te doen. Ze wilde niet riskeren dat ze hem tegen het lijf liep. De oude man deed geen vlieg kwaad, maar hij was vrij apart en legde vooral de laatste tijd nogal beslag op mensen. Ze vreesde dat ze met haar onverwachte aanwezigheid in zijn kamer een verkeerd signaal zou afgeven. Alice trok een rimpel in haar neus. In haar jonge jaren was ze altijd erg op hem gesteld geweest, en hij op haar. Vreemd dat ze daar nu op zestienjarige leeftijd ineens aan moest denken. Aan de verhalen die hij haar vertelde, de kleine schetsjes die hij voor haar maakte en die ze had bewaard, het waas van geheimzinnigheid dat altijd als een melodie om hem heen hing. Hoe dan ook, de badkamer was sowieso dichterbij dan de Mulberry-kamer, en aangezien het maar een paar minuten zou duren voordat haar moeder zou bedenken dat er nog geen bloemen in de kamers op de eerste verdieping stonden, mocht ze geen tijd verliezen met traplopen. Toen een zwerm dienstmeisjes opgewekt met hun poetsdoeken in de aanslag door de hal vloog, glipte Alice de deur door en haastte ze zich naar het raam.

Maar waar was hij? Alice voelde dat haar maag zich omdraaide. Opwinding sloeg in één klap om in wanhoop. Zenuwachtig drukte ze haar handen tegen de glasruit terwijl ze wezenloos naar het tafereel onder haar stond te staren: crèmekleurige en roze rozen, bloemblaadjes die glansden alsof ze waren opgepoetst; kostelijke perziken in de luwte van de stevige tuinmuur; het langgerekte zilverachtige meer glinsterend in het vroege ochtendlicht. Het landgoed was al helemaal opgetooid en aangeharkt, om door een ringetje te halen, maar toch was er nog bedrijvigheid alom.

Ingehuurde musici versleepten vergulde stoelen over het podium van de tijdelijke muziektent, en terwijl de cateringauto's keerden op de oprijlaan en grote stofwolken achterlieten, bolde de half opgetuigde feesttent op in de zomerbries. De kleine gestalte van grootmoeder deShiel vormde het enige rustpunt in alle hectiek. Ze zat in elkaar gedoken voor de bibliotheek op de gietijzeren tuinstoel, volledig verloren in haar eigen web van herinneringen en blind voor de lange snoeren met ronde glaslantaarntjes die in de bomen om haar heen werden opgehangen.

De adem stokte in Alice' keel.

Daar was hij.

De glimlach verspreidde zich over haar gezicht voordat ze er erg in had. Blijdschap. Gelukzalige, sprankelende blijdschap toen ze hem zag staan op het eilandje midden in het meer. Een groot houtblok balanceerde op zijn schouder. Ze hief haar hand op om te zwaaien, in een opwelling; een dwaze opwelling, want hij keek niet in de richting van het huis. Al had hij dat wel gedaan, dan nog zou hij niet hebben teruggezwaaid. Ze wisten allebei dat ze meer dan voorzichtig moesten zijn.

Haar vingers vonden het haarplukje dat altijd losraakte bij haar oor en ze wond het om haar vingers, eromheen en weer terug, steeds opnieuw. Ze vond het fijn om zo naar hem te kijken, onopgemerkt. Ze voelde zich dan sterk. Anders dan wanneer ze samen waren, wanneer ze hem in de tuin een glas limonade bracht of erin slaagde weg te glippen om hem te verrassen als hij in de verre uithoeken van het landgoed aan het werk was. Wanneer hij informeerde naar haar roman, haar familie, haar leven. En wanneer zij hem verhalen vertelde, hem aan het lachen maakte en haar uiterste best moest doen om niet te verdrinken in de poelen van zijn diepgroene ogen met hun goudkleurige vlekjes.

Terwijl ze naar hem stond te staren boog hij zich voorover, hij wachtte even tot het zware blok goed lag en liet het toen voorzichtig boven op de andere glijden. Hij was sterk en dat beviel haar. Alice wist niet precies waarom; ze wist alleen dat het iets met haar deed op een bijzondere en nog niet ontdekte plek. Haar wangen brandden: ze bloosde.

Alice Edevane was niet verlegen. Ze had wel meer jongens gekend. Niet veel, moest ze eerlijk toegeven – met uitzondering van hun traditionele midzomerfeest stonden haar ouders bekend om hun terughoudendheid. Ze verkozen elkaars gezelschap. Desondanks had ze kans gezien om zo nu en dan heimelijk een paar woorden te wisselen met de jongens uit het dorp, of met de zonen van de pachtboeren, die hun pet afnamen en hun ogen neersloegen als ze met hun vader over het landgoed liepen. Maar dit – dit was… Nou, dit was gewoon ánders. Ze wist hoe belachelijk dat klonk, echt als iets wat haar oudere zus Deborah zou kunnen zeggen, maar het was wel waar.

Zijn naam was Benjamin Munro. Ze mompelde de lettergrepen binnensmonds. Benjamin James Munro, zesentwintig jaar oud en onlangs uit Londen hiernaartoe gekomen. Hij was van niemand afhankelijk en hij was een harde werker, een man wars van prietpraat. Hij was geboren in Sussex en opgegroeid in het Verre Oosten, als zoon van archeologen. Hij hield van groene thee, de geur van jasmijn en snikhete dagen die eindigden in fikse onweersbuien.

Hij had haar dit allemaal niet zelf verteld. Hij was niet zo'n zelfingenomen type dat over zichzelf en zijn successen opgaf, alsof een meisje alleen maar een aantrekkelijk snoetje tussen een paar gewillig luisterende oren was. Nee, ze had haar oor te luisteren gelegd, haar ogen de kost gegeven en alle informatie opgeslagen. Toen de gelegenheid zich voordeed was ze ook nog de schuur van de hoofdtuinman binnengeslopen en had ze het boek dat hij van zijn werkmannen bijhield ingekeken. Alice had zichzelf altijd als detective gezien, dus het was niet zo vreemd dat ze, vastgeniet aan een bladzijde van meneer Harris' gedetailleerde aantekeningen over planten en tuinbloemen, Benjamin Munro's sollicitatie vond. Het was een korte brief, geschreven in een handschrift waarover haar moeder zich zou hebben beklaagd. Alice was er snel overheen gevlogen, had de belangrijkste punten eruit gepikt en was helemaal in haar sas. De woorden gaven het beeld dat ze zich van hem had gevormd en voor zichzelf had gehouden kleur en diepte, als een tussen twee vellen papier geperste bloem. Net zoals de bloem die hij haar een maand geleden had gegeven. 'Kijk, Alice,' – de groene steel had er teer uitgezien in zijn brede, sterke hand – 'de eerste gardenia van het seizoen.'

Ze glimlachte bij de herinnering en stak haar hand in haar zak om de zachte kaft van haar in leer gebonden notitieboekje te strelen. Het was een gewoonte die ze had meegenomen uit haar kindertijd en waarmee ze haar moeder tot wanhoop had gedreven vanaf het moment dat ze op haar achtste verjaardag haar allereerste boekje kreeg. Hoe verzot was ze op dat hazelnootkleurige boekje geweest! Wat een geweldig idee van haar vader om dat voor haar uit te kiezen. Hij had zelf ook altijd een dagboek bijgehouden, had hij gezegd, met een ernst die Alice had bewonderd en gewaardeerd. Onder het toeziend oog van haar moeder had ze haar naam – Alice Cecilia Edevane – netjes voluit op de lichtblauwe lijn op het titelblad geschreven en ze voelde zich onmiddellijk een completer mens dan ze ooit was geweest.

Haar moeder vond het maar niets dat Alice haar notitieboekje zo koesterde en er zo 'geheimzinnig' mee omging alsof ze 'iets te verbergen had', een conclusie waar Alice zich geen zier van aantrok. Haar moeders afkeuring was alleen maar mooi meegenomen; ook als het niet die lichte frons op het bevallige gezicht van Eleanor Edevane had laten verschijnen, zou Alice haar boekje blijven pakken. Ze deed het omdat haar notitieboekje een toetssteen was, het herinnerde haar aan wie ze was. Het was tevens haar naaste vertrouweling en als zodanig een autoriteit op het gebied van Ben Munro.

Het was al bijna een jaar geleden dat haar oog voor het eerst op hem was gevallen. Hij was aan het eind van de zomer van 1932 op Loeanneth gearriveerd, tijdens die heerlijke droge maanden. Met alle drukte van het midzomerfeest achter hen hoefden ze niets meer te doen en konden ze zich volledig overgeven aan de zwoele hitte. Een goddelijke, vredige rust was neergedaald over het landgoed, waardoor zelfs moeder, acht maanden zwanger en op een roze wolk, de parelknoopjes van haar manchetten had losgeknoopt en haar zijden mouwen tot aan haar ellebogen had opgerold.

Alice had die dag op de schommel onder de wilg gezeten, waar ze loom zwaaiend haar Levensprobleem overpeinsde. De geluiden van het familieleven waren, als ze had geluisterd, overal om haar heen – moeder en meneer Llewellyn lachten in de verte, terwijl de roeiriemen van de boot een traag ritme klotsten; Clemmie kwebbelde tegen zichzelf terwijl ze op de weide pirouetjes draaide, met haar armen wijd uitgespreid als vleugels; Deborah briefde alle schandalen van het afgelopen seizoen over aan het kindermeisje Rose – maar Alice ging volledig op in zichzelf en hoorde niets anders dan het zachte gezoem van zomerse insecten.

Ze zat nu al bijna een uur op dezelfde plek en had niet eens gemerkt dat de zwarte inktvlek die uit haar nieuwe vulpen lekte zich langzaam over haar witte katoenen jurk verspreidde, toen zijn gestalte uit het donkere bosje opdook op het zonverlichte deel van de oprijlaan. Hij had een canvas plunjezak over zijn schouder en iets wat op een jas leek in zijn hand, en hij kwam met rustige, krachtige passen aanlopen in een ritme waardoor ze langzamer ging schommelen. Ze zag hem dichterbij komen, het touw schuurde tegen haar wang toen ze zich uitrekte om om de hangende boomtakken van de treurwilg heen te kijken.

Door de grillige geografie kwamen mensen niet zomaar bij Loeanneth terecht. Het landgoed lag diep in een vallei en werd omgeven door dichte bossen vol doornstruiken, net als de huizen in sprookjes. (En in nachtmerries, zoals later zou blijken, hoewel er toen voor Alice nog geen aanleiding was om dat te bedenken.) Het was hun eigen zonovergoten plekje, haar moeders voorouderlijk huis, waar vele generaties deShiels hadden gewoond. En desalniettemin was hij hier, een vreemdeling in hun midden, en daarmee was de betovering van deze namiddag op slag verbroken.

Alice was van nature een nieuwsgierig aagje – dat werd haar hele leven al tegen haar gezegd; ze beschouwde het maar als een compliment en had zich voorgenomen deze eigenschap goed te benutten – maar haar belangstelling werd die dag meer aangewakkerd door frustratie en een plotselinge behoefte aan afleiding dan door nieuwsgierigheid. De hele zomer had ze koortsachtig gewerkt aan een roman vol passie en mysterie, maar drie dagen geleden was ze vast komen te zitten. Het was allemaal de schuld van haar heldin, Laura, die, na hoofdstukken lang haar diepste zielenroerselen te hebben blootgegeven, nu opeens elke medewerking weigerde. Zodra ze moest kennismaken met een lange, knappe donkere man met de flitsende naam lord Hallington, was ze op slag haar intelligentie en pit kwijtgeraakt en in een saai tutje veranderd.

Nou, besloot Alice toen ze de jongeman over de oprijlaan zag lopen, Laura moest nog maar even wachten. Er dienden zich nu andere dingen aan.

Een smalle rivier kabbelde kalmpjes voort over het landgoed en baadde even in het zonlicht voordat hij onverbiddelijk terugstroomde naar de bossen en naar een stenen brug, de erfenis van een verre achteroom, die de beide oevers verbond en toegang verschafte tot Loeanneth. Toen de vreemdeling de brug had bereikt, bleef hij stilstaan. Hij draaide zich langzaam om in de richting vanwaar hij was gekomen en leek een vluchtige blik te werpen op iets in zijn hand. Een stukje papier? Een speling van het licht? Uit de manier waarop hij zijn hoofd schuin hield en weifelend naar het dichte bos keek maakte ze op dat hij over iets nadacht, en Alice kneep haar ogen samen. Ze was schrijfster; ze begreep mensen; ze herkende kwetsbaarheid zodra ze die zag. Waar was hij onzeker over en waarom? Hij draaide zich weer om en maakte zo de cirkel rond, bracht een hand naar zijn ogen en tuurde de met katoendistels omzoomde oprijlaan af naar waar het huis stond, in de beschutting van een taxushaag. Hij bewoog niet en leek niets anders te doen dan ademhalen. Terwijl ze hem bleef gadeslaan, legde hij zijn plunjezak en jas op de grond, hij trok zijn bretels weer op zijn schouders en slaakte een zucht.

Alice ervoer op dat moment een van haar plotselinge zekerheden. Ze wist niet waar ze vandaan kwamen, die inzichten in andermans psyche, alleen dat ze onverwachts en heel gedetailleerd opdoken. Soms wíst ze gewoon dingen. Zoals nu: dit was niet de soort omgeving die hij gewend was. Hij was een man die een afspraak had met het lot, en hoewel iets in hem zich wilde omdraaien en het landgoed wilde verlaten nog voor hij er goed en wel was gearriveerd, kon je het lot niet zomaar de rug toekeren. Het was een bedwelmende gedachte en Alice voelde dat ze de touwen van de schommel steviger vastgreep, bestormd door ideeën, terwijl ze afwachtte wat de vreemdeling nu zou gaan doen.

Nadat hij zijn jas had opgeraapt en de zak op zijn schouder had gehesen, vervolgde hij zijn tocht over de oprijlaan naar het achter de bomen verscholen huis. In zijn houding was nu iets van vastberadenheid zichtbaar en voor wie niet beter wist maakte hij in alles de indruk dat hij wist wat hij deed en slechts een eenvoudige opdracht had te vervullen. Alice stond zichzelf een zelfvoldaan glimlachje toe en zag het toen opeens, in een flits, allemaal zo verblindend helder voor zich dat ze bijna van de schommel viel. Op hetzelfde moment dat ze de inktvlek op haar rok zag, realiseerde Alice zich wat de oplossing was voor haar Levensprobleem. Dat ze dat niet eerder had gezien! Het lag allemaal zo voor de hand. Laura, die eveneens worstelde met de komst van een intrigerende vreemdeling en die ook gezegend was met een groter perceptievermogen dan menig ander, zou vast en zeker de façade doorprikken en zijn diepste geheimen ontdekken, zijn schuldbeladen verleden. Op een rustig moment wanneer ze hem voor zichzelf had zou ze hem toefluisteren –

'Alice?'

Terug in de badkamer van Loeanneth sprong Alice op en stootte haar wang tegen de houten sponning.

'Alice Edevane! Waar zit je?'

Ze wierp een snelle blik op de dichte deur achter haar. Fijne herinneringen aan de afgelopen zomer dwarrelden om haar heen; de heftige sensatie van het verliefd worden, de eerste weken van haar relatie met Ben en zijn bedwelmende effect op haar schrijven. De bronzen deurknop trilde licht door de snelle voetstappen in de gang en Alice hield haar adem in.

Haar moeder was de hele week al bloednerveus geweest. Typisch iets voor haar. Ze was niet voor gastvrouw in de wieg gelegd, maar het jaarlijkse midzomerfeest was dé traditie bij uitstek in de familie deShiel en moeder was stapelgek geweest op haar vader, Henri, dus werd het evenement elk jaar ter nagedachtenis aan hem georganiseerd. Ze raakte er elke keer van over haar toeren – de aard van het beestje – maar dit jaar was ze nog verder heen dan anders.

'Ik weet dat je daar bent, Alice. Deborah heeft je net nog gezien.'

Deborah: grote zus, groot voorbeeld, grootste bedreiging. Alice knarste met haar tanden. Alsof het niet genoeg was om de alom geliefde en gerespecteerde Eleanor Edevane als moeder te hebben, kwam ze ook nog eens na een oudere zus die bijna perfect was. Beeldschoon, slim en verloofd met de beste partij van het seizoen, met wie ze weldra zou trouwen… Goddank was Clementine er nog, die na haar kwam en die zo'n ongelooflijke rouwdouwer was dat zelfs Alice bij haar vergeleken nog redelijk normaal overkwam.

Terwijl moeder door de gang stormde, met Edwina in haar kielzog, zette Alice het raam op een kier. Haar gezicht baadde in een warme bries met de geur van pas gemaaid gras en het zout van de zee. Edwina was de enige persoon (en ze was ook nog eens een golden retriever, dus niet écht een persoon) die ertegen kon wanneer haar moeder zo was. Zelfs arme pap was uren geleden naar zolder gevlucht, waar hij ongetwijfeld in het goede, stilzwijgende gezelschap verkeerde van zijn belangrijke werk over de natuur.

Het probleem was dat Eleanor Edevane een perfectionist was en dat elk detail van het midzomerfeest moest voldoen aan haar veeleisende maatstaven. Hoewel ze het had weten te verbergen onder een vernislaagje van koppige onverschilligheid, had het Alice lange tijd dwarsgezeten dat ze zo weinig voldeed aan haar moeders verwachtingen. Ze had in de spiegel gekeken en afkeuring gevoeld voor haar veel te slungelige lichaam, haar onwillige dofbruine haar en haar voorkeur voor het gezelschap van verzonnen mensen boven dat van echte.

Maar nu niet meer. Alice glimlachte toen Ben nog een houtblok op de steeds hoger wordende stapel legde. Ze mocht dan misschien niet zo charmant zijn als Deborah, en ze was ook zeker niet, zoals haar moeder, vereeuwigd als hoofdpersoon van een geliefd kinderboek, maar dat deed er allemaal niet toe. Ze was iets compleet anders. 'Je bent een verhalenverteller, Alice Edevane,' had Ben onlangs op een middag tegen haar gezegd toen de rivier rustig voortkabbelde en de duiven hun til binnen vlogen om uit te rusten. 'Ik heb nog nooit iemand ontmoet met zo'n sprankelende fantasie en zulke briljante ideeën.' Zijn stem had zacht geklonken en zijn blik was intens geweest; Alice had zichzelf gezien door zijn ogen en ze was blij geweest met wat ze zag.

Moeders stem schoot langs de badkamerdeur, met nog iets over bloemen, voordat zij om de hoek verdween. 'Ja, lieve moeder,' mompelde Alice heerlijk neerbuigend. 'Het schiet niet op als je als een kip zonder kop blijft rondrennen.' Toen ze haar moeder werkelijk zonder hoofd voor zich probeerde te zien, moest ze haar lippen stijf op elkaar knijpen om niet in de lach te schieten.

Na een laatste blik op het meer verliet ze de badkamer en liep op haar tenen de gang door naar haar slaapkamer, waar ze haar zo dierbare map onder het matras vandaan pakte. Terwijl ze in haar haast nog maar net een scheur wist te ontwijken in de rode Baluch-loper, die haar overgrootvader Horace tijdens zijn avonturen in het Midden-Oosten naar huis had laten opsturen, vloog Alice met twee treden tegelijk de trap af. In het voorbijgaan griste ze snel een mand van de haltafel en ze sprong naar buiten, de kersverse dag in.

En je kon niet anders zeggen dan dat het een stralende dag was. Alice begon spontaan te neuriën toen ze het pad van stapstenen af liep. De mand was al bijna halfvol en ze was nog niet eens bij de weiden met wilde bloemen. Daar groeiden de mooiste en bijzonderste exemplaren in plaats van de brave gekweekte gevallen, maar Alice had het precies uitgemikt. Ze had zich de hele ochtend schuilgehouden voor haar moeder en had gewacht tot meneer Harris zijn lunchpauze zou nemen, zodat ze Ben alleen kon treffen.

De laatste keer dat ze hem had gezien, zei hij dat hij haar iets wilde geven, en Alice had gelachen. Hij had haar aangekeken met die halve glimlach van hem, waarbij ze altijd haar knieën voelde knikken, en gevraagd: 'Wat is er zo grappig?' En Alice had zich in haar volle lengte opgericht en gezegd dat ze toevallig ook iets aan hém wilde geven.

Ze bleef stilstaan achter de grootste taxusboom aan het eind van het stenen pad. Hij was voor het feest netjes in vorm geknipt, met pas gesnoeide, afgetopte blaadjes, en Alice tuurde erlangs. Ben was nog altijd op het eiland, en meneer Harris stond helemaal beneden aan het verste uiteinde van het meer, waar hij samen met zijn zoon Adam de houtblokken klaarlegde om ze met de boot te vervoeren. Arme Adam. Alice zag dat hij zich achter zijn oor krabde. Ooit was hij de trots van zijn familie geweest, volgens mevrouw Stevenson. Sterk, stoer en pienter, totdat in Passendale een rondvliegende granaatscherf aan de zijkant zijn hoofd was binnengedrongen en hem zwakzinnig had gemaakt. Oorlog is iets afschuwelijks, placht de kokkin te zeggen, terwijl ze met haar deegroller driftig op een onschuldige homp deeg op de keukentafel sloeg. 'Zo'n veelbelovend joch zo te beschadigen, 'm eerst vermorzelen en 'm dan teruggeven als een hersenloze versie van zijn oude ik.'

Wat wel een zegen was, volgens mevrouw Stevenson, was dat Adam zich niet bewust leek te zijn van de verandering. Hij ging nu bijna verlicht door het leven, en glimlachte en lachte veel vaker dan toen zijn hoofd nog gevuld was met gedachten. 'Zo gaat het bij de meesten niet,' voegde ze er steevast aan toe, om niet haar diep ingesleten Schotse pessimisme te verloochenen. 'Er zijn er heel wat teruggekeerd waar alle levenslust uit weg is geslagen.'

Pap had erop gestaan dat Adam op het landgoed kwam werken. 'Hij heeft hier een betrekking voor het leven,' had ze hem tegen meneer Harris horen zeggen, met zijn stem trillend van emotie. 'Ik heb het je al eerder gezegd. Zolang hij wil, is er hier plaats voor je zoon Adam.'

Alice hoorde plotseling een zacht gezoem vlak bij haar linkeroor en voelde een bijna onmerkbaar zuchtje wind op haar wang. Ze keek opzij naar de libel die nog net binnen haar blikveld zweefde. Het was een zeldzaam exemplaar, een geelvlekheidelibel, en ze voelde een golf van kinderlijk enthousiasme door zich heen gaan. Ze zag pap al voor zich in zijn studeerkamer, waar hij zich schuilhield voor haar door het midzomerfeest bijna doorgedraaide moeder. Als Alice snel was, zou ze de libel kunnen vangen en die meteen naar boven kunnen brengen voor zijn collectie. Ze verheugde zich op het blije gezicht dat ze te zien zou krijgen als ze hem dit cadeautje gaf en voelde hoe ze zou stijgen in haar vaders achting, net zoals ze dat als klein meisje had gevoeld wanneer ze het voorrecht had om als enige te mogen rondhangen in zijn stoffige kamer met de wetenschappelijke boeken, witte handschoenen en glazen vitrinekasten. Dat privilege was zo heerlijk dat ze de gruwelijke glimmende zilveren spelden maar voor lief nam. Maar natuurlijk had ze daar nu geen tijd voor. Door het zelfs maar een moment te overwegen had ze zich weer onnodig laten afleiden. Alice fronste haar voorhoofd. Ze raakte alle besef van tijd kwijt wanneer ze in haar gedachten druk met iets bezig was. Ze keek op haar horloge. Bijna tien over twaalf. Over twintig minuten zou de hoofdtuinman zich terugtrekken in zijn schuur, zoals hij elke dag deed, voor zijn boterham met kaas en piccalilly en om de uitslagen van de paardenraces te bestuderen. Hij was een man van vaste gewoonten en Alice was de eerste om daar rekening mee te houden.

Ze vergat de libel, stak kordaat het pad over en vervolgde haar heimelijke route rond het meer. Ze ontweek het gazon en de terreinknechten die bij de grote vuurwerkstellage aan het vegen waren en bleef zorgvuldig in de schaduw tot ze de Verzonken Tuin bereikte. Ze ging op de door de zon verwarmde traptreden rond de oude fontein zitten en zette de mand naast zich neer. Dit was een perfecte uitkijkpost, besloot ze: de meidoorn die er vlakbij stond bood voldoende beschutting, en door de kleine gaten in het gebladerte had je goed zicht op de nieuwe aanlegsteiger.

Terwijl ze wachtte tot ze Ben alleen kon treffen, zag Alice een paar roeken in de zeeblauwe lucht over elkaar heen buitelen. Haar blik viel op het huis, waar mannen op ladders lange, gevlochten slingers van groen loof langs de bakstenen voorgevel aan het bevestigen waren en een stel dienstmeisjes druk in de weer was om doorschijnende papieren lampionnen aan dunne touwtjes vast te binden onder de dakrand.

Het zonlicht viel precies op de bovenste rij glas-in-loodramen en het familiehuis, zo vaak opgepoetst dat de muren bijna doorgesleten waren, schitterde als een met juwelen behangen oude dame, op haar mooist gekleed voor het jaarlijkse bezoek aan de opera.

Alice voelde plotseling een golf van diepe genegenheid door zich heen stromen. Zolang ze zich kon herinneren hadden het huis en de tuinen van Loeanneth voor haar op een andere manier geleefd en geademd dan voor haar zussen. Terwijl Deborah graag naar Londen wilde, was Alice nooit gelukkiger en nergens zo zichzelf als hier, wanneer ze op de oever van de rivier zat, met haar tenen in het voortkabbelende water, of wanneer ze voor het aanbreken van de dag in bed lag te luisteren naar het gekwetter van de gierzwaluwenfamilie die een nest boven haar raam had gebouwd, of wanneer ze rond het meer dwaalde, altijd met haar notitieboekje onder haar arm.

Ze was zeven geweest toen ze zich realiseerde dat ze op een dag volwassen zou zijn en dat volwassenen niet bleven wonen in het huis van hun ouders. Tenminste, niet als alles verliep zoals het hoorde. Er had zich toen een grote kloof van existentiële angst in haar geopend en ze was begonnen overal haar naam in te krassen: in het harde Engelse eikenhout van de raamkozijnen in de eetkamer, in de voegen tussen de tegels van de wapenkamer en in het door William Morris ontworpen Strawberry Thief-behang in de entreehal. Alsof ze zich door al die kleine tekens achter te laten misschien op de een of andere manier in een tastbare en duurzame vorm aan deze plek zou kunnen binden. Alice moest het de hele zomer zonder toetje doen toen haar moeder deze bijzondere uitingen van genegenheid had ontdekt, een straf waarmee ze had kunnen leven als ze niet zo onrechtvaardig was afgeschilderd als een moedwillige vandaal. 'Ik had gedacht dat uitgerekend jij meer respect zou opbrengen voor dit huis,' had haar moeder haar witheet van woede toegesnauwd. 'Dat een kind van mij zo weinig respect zou tonen, dat het zulke baldadige en onbesuisde kwajongensstreken uithaalt!' Alice had de schaamte en het verdriet tot in haar ziel gevoeld toen ze zo werd neergezet – haar hartstochtelijke behoefte om te behouden gereduceerd tot kinderlijke baldadigheid.

Maar inmiddels zat ze er niet meer mee. Ze strekte haar benen voor zich uit, met haar tenen allemaal netjes op een rij, en zuchtte intens tevreden. Het was al zo lang geleden – zand erover, een kinderlijke obsessie. Het zonlicht was overal om haar heen en gaf de lichtgroene bladeren in de tuin een gouden glinstering. Vlak bij haar floot een in het gebladerte van een wilg verscholen zwartkop een verlokkelijk wijsje en een paar wilde eenden vochten om een sappige slak. Het orkest was een dansnummer aan het repeteren: de muziek zweefde over het meer heen. Wat een geluk dat het vandaag zo'n prachtige dag was! Nadat ze weken in angst hadden gezeten, elke ochtend in spanning het morgenrood hadden bestudeerd en elke dag De Mensen Die Het Zouden Moeten Weten hadden geraadpleegd, was de zon opgekomen om elke aarzelende wolk weg te branden. Precies zoals het op de langste dag van het jaar hoorde. De avond zou zwoel zijn met een licht briesje en het feest net zo betoverend als altijd.

Al lang voordat ze oud genoeg was om het feest mee te mogen maken, was Alice zich bewust geweest van de magie van de midzomeravond, al in de tijd dat kinderjuf Bruen de meisjes mee naar beneden nam, Alice en haar twee zussen in hun mooiste jurkjes, en ze op een rij opstelde om ze aan de gasten voor te stellen. Het feest was dan net begonnen, met fraai uitgedoste volwassenen die zich nog wat stijfjes gedroegen in afwachting van het moment dat het donker werd. En later lag Alice, als ze geacht werd te slapen, te luisteren naar de ademhaling van de kinderjuf tot die zwaarder werd en ze sliep. Dan kroop ze naar het raam van de kinderkamer en ging op haar knieën op de stoel eronder zitten om naar de lantaarns te kijken die gloeiden als nachtrijp fruit, naar het oplaaiende vreugdevuur dat leek te drijven op het door de maan beschenen zilverachtige meer en naar de blijmoedige wereld waarin plekken en mensen bijna waren zoals ze ze zich herinnerde, maar niet helemaal.

En vanavond zou ze zich onder hen begeven; vanavond zou extra bijzonder zijn. Alice glimlachte en voelde een lichte, verwachtingsvolle huivering. Ze keek op haar horloge, pakte de map die ze in de mand had meegenomen en sloeg hem open om de waardevolle inhoud te onthullen. Het manuscript was een van de twee exemplaren die ze onlangs secuur had uitgetypt op de draagbare Remington, het resultaat van een jaar noeste arbeid. Er zat een typefoutje in de titel, waar ze per ongeluk een 'u' had aangeslagen in plaats van een 'i', maar verder was het perfect. Ben zou zich er niet aan storen; hij zou de eerste zijn om te zeggen dat het veel belangrijker was om de foutloze versie naar Victor Gollancz op te sturen. Zodra het was uitgegeven zou hij zijn eigen exemplaar krijgen, een eerste druk, en natuurlijk zou ze het dan voor hem signeren, vlak onder de opdracht.

Slaap kindje slaap. Alice las de titel fluisterend voor en genoot van de lichte rilling die ze nog steeds langs haar ruggengraat voelde gaan. Ze was erg trots op het verhaal. Het was haar beste tot nu toe en ze had er goede hoop op dat het zou worden uitgegeven. Het was een moordmysterie, eentje zoals het hoorde. Nadat ze de inleiding van *De beste detectiveverhalen* had bestudeerd, was ze er met haar notitieboekje voor gaan zitten en had een lijst gemaakt van de regels waaraan een verhaal volgens de heer Roland Knox moest voldoen. Ze had zich gerealiseerd dat het niet goed was om twee verschillende genres met elkaar te willen vermengen, had Laura de nek omgedraaid en was helemaal opnieuw begonnen. Ze bedacht een opzet met een huis op het platteland, een detective en een familie vol mogelijke verdachten. De plot verzinnen was nog het lastigste geweest, uitknobbelen hoe ze de lezers in het ongewisse kon laten over wie het had gedaan. Dat was het moment geweest waarop ze had besloten dat ze een klankbord nodig had, een Watson voor haar Holmes, als het ware. Gelukkig had ze hem gevonden. Ze had zelfs meer gevonden.

Voor B.M., handlanger in de misdaad, medeplichtige in het leven.

Ze gleed met haar duim over de opdracht. Zodra de roman uitgegeven was, zou iedereen weten dat ze wat met elkaar hadden, maar daar zat Alice niet mee. Iets in haar kon niet wachten op dat moment. Ze had het er al heel vaak bijna uitgeflapt tegen Deborah, of zelfs tegen Clemmie, zo graag wilde ze de woorden hardop horen, en ze was gesprekken met moeder uit de weg gegaan, want die had haar vermoedens, wist Alice. Toch was het op de een of andere manier goed dat ze erachter zouden komen zodra ze haar eerste gepubliceerde boek lazen.

Slaap kindje slaap was voortgekomen uit gesprekken met Ben. Zonder hem was het niet gelukt. En nu had ze dus, door hun gedachten uit de lucht te plukken en ze als woorden op papier te zetten, iets ontastbaars, niet meer dan een mogelijkheid, omgevormd tot werkelijkheid. Alice had het gevoel dat ze, door hem een exemplaar te geven, de belofte die onuitgesproken tussen hen in had gehangen ook echter maakte. Beloften waren belangrijk in de familie Edevane. Dat hadden ze van hun moeder geleerd. Zodra ze konden praten, had zij het adagium 'belofte maakt schuld' erin gehamerd bij hen.

Er klonken stemmen aan de andere kant van de meidoorn. In een impuls drukte Alice het manuscript tegen zich aan. Ze spitste haar oren, haastte zich naar de heg en gluurde door een klein ruitvormig gat in het gebladerte. Ben was niet langer op het eiland en de boot was terug bij de aanlegsteiger. Alice zocht de omgeving af en zag de drie mannen bij de nog overgebleven houtstapel. Ze keek hoe Ben uit zijn tinnen veldfles dronk; zijn adamsappel bewoog bij elke slok. Ze zag de schaduw van de stoppels op zijn kaak en de donkere haarkrul die tot aan zijn kraag kwam. Zweetdruppels hadden een vochtige plek op zijn hemd achtergelaten en Alice voelde haar keel samenknijpen. Ze hield van zijn geur, die was zo aards en echt.

Meneer Harris raapte zijn zak met gereedschap op en deelde nog wat laatste instructies uit, waarop Ben met een flauwe glimlach om zijn mond knikte. Alice glimlachte met hem mee, genietend van het kuiltje in zijn linkerwang, zijn sterke schouders en ontblote onderarmen die glinsterden in de felle zon. Ze zag hoe hij zich oprichtte, zijn aandacht getrokken door een geluid in de verte. Ze volgde zijn fronsende blik, die zich op iets in de wilde tuin achter meneer Harris richtte.

Nog net zichtbaar in de wildgroei van sierzweep en ijzerhard ontdekte Alice een kleine gestalte, die zich manhaftig over de hobbelige grond een weg naar het huis toe baande. Theo. Alice' glimlach verbreedde zich toen ze haar kleine broertje in het oog kreeg, maar hij werd onmiddellijk ingedamd door de grote zwarte schaduw die achter hem aan zweefde. Nu begreep ze waarom Ben had gefronst. Ze dacht zelf net zo over kinderjuf Bruen. Ze moest niets van haar hebben, maar ja, het lag ook niet voor de hand om vriendelijke gevoelens te koesteren voor mensen met een tirannieke inborst. Waarom het aardige, knappe kindermeisje Rose was ontslagen, was voor iedereen een raadsel. Ze was duidelijk gek geweest op Theo, aanbad hem bijna, verwende hem, en ze maakten samen plezier alsof hij haar eigen kind was. Er was niemand in huis geweest die haar niet aardig vond. Zelfs pap had ze wel eens in de tuin een praatje met haar zien maken, terwijl Theo achter de eenden aan holde. En pap had kijk op mensen en wist direct wat voor vlees hij in de kuip had.

Desondanks was moeder ergens ontstemd over geraakt. Twee weken geleden had Alice haar ruzie zien maken met het kindermeisje Rose. Ze stonden bij de kinderkamer verhit tegen elkaar te fluisteren. De aanvaring had met Theo te maken gehad, maar Alice was er te ver vandaan geweest om te kunnen horen wat er precies werd gezegd. Voordat ze het wisten was Rose vertrokken en was kinderjuf Bruen weer afgestoft en aan de slag gegaan. Alice had gedacht dat ze voorgoed verlost was geweest van die oude kenau met haar harige kin en haar fles wonderolie. Eigenlijk was ze wel een beetje trots geweest toen ze grootmoeder deShiel een keer had horen zeggen dat Alice met haar tegendraadsheid degene was geweest die het laatste sprankje energie uit de bejaarde kinderjuf had weggezogen. Maar nu was ze terug, nog chagrijniger dan voorheen.

Alice mijmerde nog wat na over het verlies van het kindermeisje Rose toen ze besefte dat ze niet langer alleen was aan haar kant van de heg. Er kraakte een takje achter haar, en Alice richtte zich abrupt op en draaide zich om.

'Meneer Llewellyn!' riep Alice uit, toen ze de gebogen gestalte zag staan met zijn schildersezel onder zijn arm en een groot schetsboek onhandig tegen zijn andere zijde geklemd. 'U laat me schrikken.'

'Sorry, Alice, kindje. Ik ben blijkbaar geruislozer dan ik dacht. Ik had gehoopt dat we even een babbeltje konden maken.'

'Nu, meneer Llewellyn?' Ondanks haar genegenheid voor de oude man moest ze een golf van frustratie onderdrukken. Hij leek niet te begrijpen dat de tijd dat Alice naast hem zat terwijl hij aan het schetsen was en ze samen in een roeiboot stroomafwaarts dobberden terwijl ze haar kinderlijke geheimen aan hem opbiechtte tijdens de feeënjacht, voorbij was. Ooit was hij belangrijk voor haar geweest. Dat kon ze niet ontkennen; een dierbare vriend toen ze klein was en een mentor toen ze haar eerste schrijfpogingen ondernam. Hoe vaak was ze niet naar hem toe gerend om hem haar kinderlijke verhaaltjes, die ze in een vlaag van inspiratie had neergekrabbeld, te laten lezen? Hij had daar altijd met veel verve als serieus criticus zijn licht over laten schijnen. Nu, als zestienjarige, had ze andere interesses, dingen die ze niet met hem kon delen. 'Ik heb het nogal druk, ziet u.'

Zijn blik dwaalde af naar het gat in de heg en Alice voelde dat haar wangen begonnen te gloeien.

'Ik houd de voorbereidingen van het feest een beetje in de gaten,' zei ze snel, en toen meneer Llewellyn glimlachte op een manier die aangaf dat hij precies wist wie ze in de gaten hield en waarom, voegde ze eraan toe: 'Ik heb bloemen voor moeder geplukt.'

Hij wierp een snelle blik op de mand die naast haar stond. De bloemen waren door de middaghitte al hopeloos verlept.

'Een karweitje waar ik nu echt mee verder moet.'

'Natuurlijk,' zei hij met een knikje, 'en normaal gesproken zou ik je heus niet storen als je zo druk bezig bent. Maar ik heb eigenlijk iets vrij belangrijks met je te bespreken.'

'Ik ben bang dat ik daar nu echt geen tijd voor heb.'

Meneer Llewellyn leek erg teleurgesteld en Alice besefte ineens dat hij de laatste tijd een nogal matte indruk had gemaakt. Niet dat hij zichtbaar over iets tobde, hij leek eerder verstrooid en bedroefd. Zijn zijden vest was scheef dichtgeknoopt, zag ze nu, en de sjaal om zijn hals hing er wat flodderig bij. Ze voelde een golf van sympathie door zich heen gaan en knikte naar zijn schetsboek in een poging het goed te maken. 'Hij is erg goed.' Dat was ook zo. Voor zover ze wist had hij nog niet eerder een tekening van Theo gemaakt, en de gelijkenis was verbluffend, met nog net iets van de babytijd in zijn bolle wangen en volle lippen, en die grote naïeve ogen. Die lieve meneer Llewellyn was altijd in staat geweest het beste in hen allemaal te zien. 'Zullen we dan na de thee afspreken?' stelde ze voor met een bemoedigend glimlachje. 'Voordat het feest begint?'

Meneer Llewellyn klemde het schetsboek steviger vast, dacht over haar voorstel na en zei toen met een lichte frons: 'Wat denk je van vanavond bij het vreugdevuur?'

'Komt u dan ook?' Dat was een verrassing. Meneer Llewellyn was er de man niet naar om zich onder de mensen te begeven. Normaal gesproken deed hij juist zijn uiterste best om grote groepen te mijden. Vooral groepen mensen die hém wilden ontmoeten. Hij adoreerde moeder, maar zelfs zij was er nooit in geslaagd hem over te halen om bij het midzomerfeest aanwezig te zijn. Haar moeders dierbare eerste uitgave van *Eleanors toverdeur* zou ergens uitgestald liggen, zoals elk jaar, en de mensen zouden elkaar verdringen om de schepper ervan te kunnen spreken. Ze kregen er nooit genoeg van om op hun knieën bij de heg te gaan zitten, op zoek naar het begraven bovenstuk van de oude stenen pilaar. 'Kijk, Simeon, ik zie hem! De koperen ring van de kaart, precies zoals het in het boek staat!' Wat ze niet wisten was dat de tunnel al jaren geleden was afgesloten om verkenningstochten van nieuwsgierige gasten zoals zij tegen te gaan.

Normaal gesproken zou Alice er waarschijnlijk dieper op in zijn gegaan, maar een lachsalvo van een man aan de andere kant van de heg, gevolgd door een kameraadschappelijk geroepen: 'Het blijft wel liggen zo, Adam – ga maar met je vader lunchen, je hoeft ze niet allemaal nu meteen op te tillen!' herinnerde haar er weer aan waarvoor ze hier was. 'Goed,' zei ze, 'vanavond, ja. Op het feest.'

'Zullen we om half twaalf afspreken, in het prieel?'

'Ja, ja.'

'Het is belangrijk, Alice.'

'Half twaalf,' herhaalde ze, een tikje ongeduldig. 'Ik zal er zijn.'

Hij maakte geen aanstalten om te gaan, maar bleef roerloos staan, met die serieuze, melancholische uitdrukking op zijn gezicht. Hij keek haar recht aan, bijna alsof hij zich haar gelaatstrekken wilde inprenten.

'Meneer Llewellyn?'

'Weet je nog dat we er met de boot op uit zijn geweest op Clemmies verjaardag?'

'Ja,' zei ze. 'Ja, dat was een heerlijke dag. Echt heel speciaal.' Ze pakte met veel omhaal haar mand met bloemen op van de trap bij de fontein, en meneer Llewellyn moest de hint hebben begrepen, want toen ze weer opkeek, was hij verdwenen.

Een onbestemd gevoel van spijt bekroop Alice en ze zuchtte diep. Ze vermoedde dat ze zich zo voelde omdat ze verliefd was, en ergens te doen had met iedereen die dat niet was. Arme oude meneer Llewellyn. Vroeger had ze hem altijd als een tovenaar gezien, nu zag ze slechts een gebogen droevige man, te oud voor zijn leeftijd en ingeperkt door de victoriaanse kleding en normen en waarden waarvan hij geen afstand wilde doen. Hij had toen hij jong was een zenuwinzinking gehad – eigenlijk mocht niemand dat weten, maar Alice wist wel meer dingen die ze niet behoorde te weten. Het was gebeurd toen moeder nog een meisje was en meneer Llewellyn een huisvriend van Henri deShiel. Hij had zijn werkzame leven in Londen opgegeven en in die tijd had hij *Eleanors toverdeur* geschreven.

Waardoor die zenuwinzinking was gekomen, wist Alice niet. Ze bedacht nu dat ze eigenlijk meer haar best zou moeten doen om daar achter te komen. Maar niet vandaag, dat was geen klus voor vandaag. Er was simpelweg geen tijd voor het verleden wanneer de toekomst vlak voor je, aan de andere kant van de heg, op je wachtte. Een snelle blik bevestigde dat Ben alleen was. Hij zocht zijn spullen bij elkaar en stond op het punt om terug te gaan naar zijn tijdelijke verblijf voor de lunch. Alice was meneer Llewellyn op slag vergeten. Ze draaide haar gezicht naar de zon toe en genoot van de warmte op haar wangen. Wat was het heerlijk om hier nu te zijn, op dit moment. Ze kon zich niet voorstellen dat iemand, waar dan ook, gelukkiger was dan zij nu. En met het manuscript in haar hand liep ze op de aanlegsteiger af, bedwelmd door het euforische gevoel dat ze op de drempel van een schitterende toekomst stond.

3

Cornwall, 2003

De felle zon scheen tussen de bladeren door, en Sadie rende zo hard dat haar longen haar smeekten te stoppen. Toch deed ze dat niet; ze deed er juist nog een schepje bovenop, genietend van haar geruststellende voetstappen. Het ritmische geplof en de zwakke echo veroorzaakt door de vochtige, bemoste aarde en het dichte, vertrapte struikgewas.

De honden waren al enige tijd geleden van het smalle pad verdwenen en roetsjten aan weerszijden van het pad met hun neus op de grond als kwikzilver door de glinsterende braamstruiken. Ze waren mogelijk nog opgetogener dan zijzelf nu de regen eindelijk was opgehouden en ze van haar vrij mochten rondrennen. Het verbaasde Sadie dat ze het zo fijn vond om die twee bij zich te hebben. Aanvankelijk had ze zich ertegen verzet toen haar grootvader het voorstelde, maar Bertie – die onmiddellijk argwaan had gekoesterd toen ze onverwacht bij hem op de stoep stond ('Sinds wanneer neem jij vakantie?') – bleek halsstarrig, zoals ze van hem had kunnen verwachten: 'Sommige stukken van die bossen zijn zo dichtbegroeid en je bent hier niet goed bekend. Je kunt er zomaar verdwalen.' Toen hij vervolgens opperde om dan een van de jongens uit het dorp te vragen om 'voor de gezelligheid' met haar mee te lopen en haar daarbij had aangekeken met een blik die zei dat hij op het punt stond om vragen op haar af te vuren die ze niet wilde beantwoorden, had Sadie er snel mee ingestemd dat de honden meegingen.

Sadie liep altijd in haar eentje hard. Ze was daar al mee begonnen lang voordat de zaak-Bailey uit elkaar klapte en haar leven in Londen in elkaar plofte. Dat vond ze het fijnst. Er waren mensen die hardliepen om hun lichaam te trainen en anderen die het alleen voor de lol deden. En dan had je Sadie, die hardliep als iemand die aan haar eigen dood probeerde te ontkomen. Zo had een vriendje van heel vroeger het ooit omschreven. Hij had het beschuldigend gezegd, terwijl hij midden in Hampstead Heath dubbelgeklapt naar adem stond te happen. Sadie had haar schouders opgehaald en zich afgevraagd waarom dat als iets slechts moest worden beschouwd. Op dat moment wist ze dat het tussen hen nooit iets zou worden, en het had haar verrassend weinig gedaan.

Een windvlaag glipte tussen de takken door en joeg de laatste nachtelijke regendruppels in haar gezicht. Sadie schudde het water van zich af, maar vertraagde niet. Aan beide kanten van het pad waren wilde rozen opgekomen; die verschenen daar elk jaar opnieuw tussen de varens en omgevallen bomen. Wat was het goed dat dit soort dingen er waren. Het bewees weer eens dat er werkelijk schoonheid en goedheid bestonden in de wereld, net zoals in gedichten en clichés werd beschreven. In haar werk kon ze dit nog wel eens uit het oog verliezen.

Het afgelopen weekeinde hadden de Londense kranten er weer over bericht. Sadie had er een vluchtige glimp van opgevangen over de schouder van een man heen in het Harbour Cafe, waar zij en Bertie hadden ontbeten. Of liever gezegd, terwijl zij een ontbijt naar binnen werkte en Bertie een of andere groene, naar gras ruikende smoothie dronk. Het was maar een kort berichtje geweest, slechts een enkele kolom op pagina vijf, maar de naam Maggie Bailey had Sadies blik er als een magneet naartoe getrokken. Ze was midden in een zin gestopt met praten en had haar ogen hongerig over de tekst laten gaan. Het artikel had haar niets verteld wat ze niet al wist, wat inhield dat er geen verandering was. En waarom zou dat wel het geval zijn? De zaak was immers gesloten. Derek Maitland had het stukje geschreven. Het verraste haar niet dat hij zich had vastgebeten in het verhaal als een hond in het been van de buurman; zo stak hij in elkaar. Misschien had ze hem daarom juist wel uitgekozen?

Sadie verloor bijna haar evenwicht toen Ash plotseling achter een rij bomen vandaan sprong en haar de pas afsneed, met flapperende oren en zijn natte, druipende bek wijd open. Ze deed haar best om niet te veel snelheid te verliezen, waarbij ze haar vuisten zo hard dichtkneep dat haar vingers in haar handpalm drongen. Het was niet de bedoeling dat ze de kranten las. Het was de bedoeling dat ze 'even afstand van alles nam', voor zichzelf een aantal zaken op een rij probeerde te zetten en wegbleef tot de zaken in Londen weer enigszins tot bedaren waren gekomen. Dat was Donalds advies geweest. Ze wist dat hij daarmee probeerde te voorkomen dat ze zich te veel verwijten zou maken over haar eigen stommiteiten, wat lief van hem was, maar daar was het inmiddels een beetje te laat voor.

Het had destijds in alle kranten gestaan en was ook in het journaal op televisie geweest. De berichtgeving was in de weken daarna niet verminderd, maar juist uitgebreid met artikelen waarin woord voor woord verslag werd gedaan van Sadies commentaar op meesmuilende aanklachten van de afdeling Interne Zaken binnen het Londense hoofdbureau, en indirecte verwijzingen naar doofpotpraktijken. Geen wonder dat Ashford kwaad was. De commissaris liet geen enkele kans onbenut om zijn opvattingen over loyaliteit te ventileren. Terwijl hij de hele tijd zijn broek vol etensvlekken omhoog stond te sjorren, stak hij voor de bijeengeroepen rechercheurs een donderpreek af waarbij de spetters je om de oren vlogen. 'Er bestaat niets ergers dan een mol binnen de gelederen, ben ik duidelijk? Als je iets te klagen hebt, dan alleen binnen deze vier muren. Niets kan de afdeling meer schade berokkenen dan agenten die tegen buitenstaanders uit de school klappen.' Elke keer weer doelde hij dan vooral op de meest verderfelijke buitenstaander, namelijk de journalist, en Ashfords kin trilde daarbij net zo heftig als zijn afschuw was: 'Bloedzuigers zijn het, allemaal.'

Goddank wist hij niet dat het deze keer Sadie was geweest die uit de school had geklapt. Donald had haar uit de wind gehouden, net zoals hij gedaan had toen ze tijdens haar werk de eerste fouten begon te maken. 'Dat doen partners voor elkaar,' had hij destijds gezegd en haar onhandige bedankje met zijn gebruikelijke norsheid weggewuifd. Het was inmiddels een gebbetje tussen hen geworden, de kleine misstappen in haar normaal gesproken onberispelijke gedrag; maar deze laatste schending was anders. Als hoofdinspecteur was Donald verantwoordelijk voor de acties van zijn afdeling, en terwijl je een goedmoedige pesterige opmerking kon verwachten als je een verhoor in ging zonder een notitieblok mee te nemen, was het lekken over verprutst bewijsmateriaal waardoor een onderzoek in de soep was gelopen iets geheel anders.

Zodra het verhaal op straat lag, had Donald geweten dat zij het lek was geweest. Hij had haar voor een biertje meegenomen naar de Fox and Hounds en haar op het hart gedrukt dat ze moest maken dat ze uit Londen wegkwam, in bewoordingen die weinig ruimte overlieten om ertegenin te gaan. Ze moest van hem het verlof opnemen waar ze nog recht op had en wegblijven totdat ze wat haar dan ook dwars mocht zitten uit haar systeem had verbannen. 'Ik maak geen grapje, Sparrow,' had hij gezegd, terwijl hij een klodder bierschuim uit zijn borstelige snor probeerde te vegen. 'Ik weet niet wat er de laatste tijd met je aan de hand is, maar Ashford is niet dom, hij zal iedereen als een havik in de gaten houden. Jouw grootvader woont nu toch in Cornwall? Ga voor je eigen bestwil – en voor die van mij – daarnaartoe en kom niet terug voordat je je problemen hebt opgelost.'

Een grote afgebroken tak viel uit het niets voor haar voeten en Sadie sprong eroverheen, waarbij ze de punt van haar loopschoen beschadigde. De adrenaline verspreidde zich onder haar huid als hete siroop, waar ze gebruik van maakte om haar spieren te spannen en nog harder te gaan lopen. *Kom niet terug voordat je je problemen hebt opgelost.* Dat was veel makkelijker gezegd dan gedaan. Donald wist dan misschien niet waardoor het kwam dat ze zo afgeleid was en stommiteiten beging, maar zij wel. Ze zag de envelop met zijn inhoud voor zich, die ze had weggestopt in het nachtkastje naast haar bed in de logeerkamer in Berties huis: het mooie papier, het sierlijke handschrift, en de ijzige schok die de boodschap erin haar had bezorgd. Ze wist exact wanneer haar problemen waren ontstaan: op die avond zes weken geleden toen ze over die ellendige brief was ge-stapt die op de deurmat van haar flat in Londen had gelegen. Aanvankelijk kampte ze slechts af en toe met concentratieproblemen, kleine vergissin-gen die vrij eenvoudig konden worden gecorrigeerd, maar toen was de zaak-Bailey op het bureau beland, dat kleine meisje zonder moeder, en *kaboem!* Vanaf dat moment was het van kwaad tot erger gegaan.

Met een laatste krachtsinspanning dwong Sadie een sprint af tot bij de zwarte boomstronk, haar keerpunt. Ze minderde geen vaart totdat ze daar was aangekomen. Ze helde naar voren en duwde haar hand tegen het nat-te, spitse uiteinde, waarna ze zich voorover boog en met haar handpalmen op haar knieën op adem kwam. Ze zag sterretjes en haar blik was wazig. Alles deed pijn en dat was lekker. Vlak bij haar neusde Ash wat rond; hij snuffelde aan het uiteinde van een bemoste stronk die uit de steile zand-heuvel stak. Sadie nam een grote slok uit haar waterfles en goot er daarna wat van in de al openstaande bek van de hond. Ze aaide over de zachte, glanzende donkere vacht tussen zijn oren. 'Waar is je broer?' zei ze, waarop Ash zijn kop schuin hield en haar met zijn pientere ogen aanstaarde. 'Waar is Ramsay?'

Sadies blik zwierf over de groene wildernis om hen heen. Varens zoch-ten een weg naar het licht, opgerolde stengels die zich ontvouwden tot bla-deren. De zoete geur van kamperfoelie vermengde zich met het aardachtige van verse regen. Zomerregen. Ze had die geur altijd heerlijk gevonden, helemaal sinds Bertie haar had verteld dat die veroorzaakt werd door een bepaald soort bacterie. Dat bewees maar weer eens dat er uit slechte dingen iets goeds kon voortkomen, als de omstandigheden maar goed waren. Sadie had er absoluut belang bij om te geloven dat dit waar was.

De bossen waren dicht en ondoordringbaar, en toen ze rondkeek waar Ramsay was gebleven, besefte ze ineens dat Bertie gelijk had gehad. Het was zeker mogelijk om op een plek als deze voor eeuwig te verdwalen. Sadie niet, niet met de honden bij haar. Met hun goede speurneuzen zouden ze de weg naar huis wel terugvinden, maar iemand anders, een argeloos iemand, het meisje uit een sprookje niet. Dat meisje, met haar hoofd in de wolken, zou zich zomaar te diep in bossen als deze hier kunnen wagen en kunnen verdwalen.

Sadie kende niet veel sprookjes, alleen de bekendste verhalen. Het was een van de gapende gaten die ze, vergeleken met leeftijdgenoten, in haar opvoeding moest onderkennen (sprookjes, schooldiploma's, ouderlijke warmte). Zelfs de kleinemeisjeskamer hier, die uiterst spaarzaam was ingericht, bezat een plank met boeken, waaronder een beduimelde uitgave met sprookjes van de gebroeders Grimm. Maar Sadie had het in haar jeugd moeten doen zonder voorgelezen fantasieverhalen die begonnen met 'Er was eens…': haar moeder was daar niet het type naar, en haar vader nog minder, en ze hadden allebei een uitgesproken afkeer van het fantastische gehad.

Desalniettemin had Sadie als stedeling voldoende van de wereld geproefd om te weten dat mensen in sprookjes spoorloos konden verdwijnen en dat donkere bossen daar meestal een rol bij speelden. Ook in het echte leven raakten mensen vaak genoeg vermist. Sadie had daar genoeg van meegemaakt. Sommigen raakten per ongeluk vermist, anderen uit vrije wil: de verdwenen mensen die, in tegenstelling tot de vermisten, niet gevonden wilden worden. Mensen zoals Maggie Bailey.

'Ze is 'm gesmeerd.' Zo had Donald het aanvankelijk genoemd, op de dag waarop ze kleine Caitlyn alleen in het appartement hadden aangetroffen, weken voordat ze het briefje hadden gevonden waaruit bleek dat hij het bij het rechte eind had. 'De verantwoordelijkheid is haar te veel geworden. Kinderen, de eindjes aan elkaar knopen, het leven. Als ik een pond zou krijgen voor elke keer dat ik dit ben tegengekomen…'

Maar Sadie had geweigerd die theorie te geloven. Ze had het over een andere boeg gegooid en kwam met vergezochte ideeën over kwade opzet, van het soort dat in detectiveverhalen thuishoorde. Ze was ervan overtuigd dat een moeder haar kind niet zomaar in de steek liet, spitte telkens opnieuw foeterend door het bewijsmateriaal op zoek naar de cruciale aanwijzing die ze over het hoofd hadden gezien.

'Je bent op zoek naar iets wat je nooit zult vinden,' had Donald tegen haar gezegd. 'Soms, Sparrow – niet heel vaak, maar soms zijn dingen echt zo simpel als ze lijken.'

'Zoals jij, bedoel je.'

Hij lachte. 'Grapjas.' En toen was zijn toon milder geworden, bijna vaderlijk, wat, voor zover Sadie wist, veel erger was dan wanneer hij tegen haar was gaan schreeuwen. 'Kan de beste overkomen. Als je dit werk lang genoeg doet, komt er uiteindelijk een zaak die je niet in de koude kleren gaat zitten. Dat betekent dat je normaal bent, maar het wil nog niet zeggen dat je gelijk hebt.'

Sadie had haar ademhaling weer onder controle, maar er was nog steeds geen teken van Ramsay. Ze riep hem en haar stem echode terug uit vochtige, donkere plaatsen: *Ramsay... Ramsay... Ramsay...* De laatste zwakke herhaling vervaagde tot niets. Hij was de schuchterste van de twee honden en het had langer geduurd om zijn vertrouwen te winnen. Eerlijk of niet, maar juist daarom was hij haar favoriet. Sadie was altijd op haar hoede als iemand zich makkelijk hechtte. Het was een karaktereigenschap die ze ook had gezien bij Nancy Bailey, Maggies moeder; een eigenschap waarvan ze vermoedde dat die hen dichter bij elkaar had gebracht. Het was een folie à deux genoemd, een gedeelde vlaag van waanzin, twee overigens geestelijk gezonde mensen die elkaar versterkten in hetzelfde waanbeeld. Sadie zag nu in wat zij en Nancy Bailey hadden gedaan: de een had de fantasie van de ander gevoed en ze hadden elkaar ervan overtuigd dat er meer achter de verdwijning van Maggie moest zitten.

En het wás waanzin geweest. Tien jaar bij het politiekorps, vijf jaar als rechercheur, en alles wat ze had geleerd werd overboord gegooid op het moment dat ze in die bedompte flat dat kleine meisje had gezien, alleen en verlaten; iel en smoezelig. Het licht kwam van achter haar, waardoor haar verwarde blonde haar een halo vormde. Met wijd open ogen en op haar hoede had ze de twee volwassen vreemden, die zojuist door de opengebroken voordeur naar binnen waren gestormd, aangestaard. Sadie was degene geweest die naar haar toe was gegaan, haar beide handen had vastgepakt en met een heldere, duidelijke stem die ze niet van zichzelf kende had gezegd: 'Hallo, schatje. Wie is dat op de voorkant van je nachtpon? Hoe heet ze?' De kwetsbaarheid, haar tengere lijfje en de angst waren hard binnengekomen bij Sadie, die zich normaal gesproken tegen elke emotie wist te wapenen. De dagen daarna was ze het beeld van de smalle handjes van het kind in haar eigen handen niet kwijtgeraakt en 's nachts, als ze probeerde te slapen, had ze telkens dat zachte, angstige stemmetje gehoord dat vroeg: *Mama? Waar is mijn mama?* Ze was verteerd geweest door een intense behoefte om te zorgen dat alles weer goed kwam, om het kind weer naar haar moeder terug te brengen, en Nancy Bailey was daarvoor de perfecte partner gebleken. Maar terwijl het Nancy nog kon worden vergeven dat ze alles aangreep om een excuus te vinden voor haar dochters harteloze gedrag, om de schok te verzachten dat haar jonge kleindochter zomaar alleen was achtergelaten en haar eigen schuldgevoel te sussen ('was ik die week maar niet met vriendinnen op pad gegaan, dan had ik haar zelf gevonden'), had Sadie beter moeten weten. Haar hele carrière, haar hele volwassen léven, was gebaseerd op beter weten.

'Ramsay,' riep ze nog eens.

En opnieuw was er alleen de stilte, zo'n stilte die gekenmerkt werd door ruisende bladeren en stromend regenwater dat in de verte door een greppel werd afgevoerd. Natuurlijke geluiden waardoor je je nog meer alleen voelde. Sadie strekte haar armen boven haar hoofd uit. De drang om contact op te nemen met Nancy was bijna fysiek, een groot, zwaar gewicht in haar borstkas, een paar zweterige handen die zich om haar longen klemden. Met haar eigen schande zou ze kunnen leven, maar de schaamte die ze voelde als ze aan Nancy dacht maakte haar kapot. Ze voelde nog altijd de dringende behoefte om zich te verontschuldigen, uit te leggen dat het allemaal op een verschrikkelijke beoordelingsfout berustte en dat het nooit haar bedoeling was geweest om valse hoop te bieden. Donald kende haar door en door: 'Hoor eens, Sparrow,' – zijn afscheidswoorden voordat hij haar wegstuurde naar Cornwall – 'haal het niet in je hoofd om contact te zoeken met die oma.'

Luider dit keer: 'Ramsay! Waar zit je?'

33

Sadie luisterde gespannen. Een opgeschrokken vogel, het geklapwiek van zware vleugels hoog in het gebladerte. Haar blik werd naar boven getrokken door het vlechtwerk van takken naar de witte stip van een vliegtuig die zich aftekende tegen de lichtblauwe lucht. Het vliegtuig vloog in oostelijke richting naar Londen en ze volgde zijn voortgang met een gevoel van vervreemding. Het was niet te begrijpen dat de hectiek van het leven, háár leven, daar zonder haar verder ging.

Ze had sinds haar vertrek niets meer van Donald gehoord. Dat had ze ook niet echt verwacht, nog niet. Ze was nog maar net een week weg en hij had erop gestaan dat ze een hele maand vakantie zou nemen. 'Ik kan eerder terugkomen als ik dat wil, toch?' had Sadie gevraagd aan de jongeman op de personeelsafdeling. Uit zijn verwarring kon ze opmaken dat hem dit nog niet eerder was gevraagd. 'Dat zou ik maar niet doen als ik jou was,' had Donald naderhand gegromd. 'Als ik je hier terugzie voordat je er klaar voor bent, en ik maak geen grapje, Sparrow, dan stap ik onmiddellijk naar Ashford toe.' Ze wist dat hij dat ook echt zou doen. Hij stond vlak voor zijn pensioen en zou nooit toelaten dat zijn doorgedraaide ondergeschikte dat voor hem op het spel zette. Sadie had haar tas gepakt en was met de staart tussen de benen afgedropen en naar Cornwall gereden. Ze had Berties telefoonnummer bij Donald achtergelaten, vertelde hem dat het mobiele netwerk daar erg onbetrouwbaar was en hield hoop dat hij haar zou terugroepen.

Ze hoorde naast zich een zacht gegrom en keek omlaag. Ash stond daar verstard als een standbeeld naar iets in de verte in het bos te staren. 'Wat is er, Ash? Hou je niet van de geur van zelfmedelijden?' Zijn nekharen stonden recht overeind, zijn oren waren gespitst, maar zijn blik bleef op hetzelfde punt gericht. En toen hoorde Sadie het ook, heel in de verte. Ramsay, geblaf – misschien geen gealarmeerd geblaf, maar wel anders dan ze van hem gewend was.

Een haar onbekend moederlijk trekje, ietwat verontrustend, was in Sadie geslopen sinds de honden haar hadden geadopteerd, en toen Ash nog een keer gromde deed ze de dop op haar waterfles. 'Kom maar mee dan,' zei ze met een klopje op haar dijbeen. 'We gaan die broer van je zoeken.'

Toen haar grootouders in Londen woonden hadden ze geen honden gehad; Ruth was er allergisch voor geweest. Maar nadat Ruth was overleden en Bertie zich na zijn pensioen had teruggetrokken in Cornwall, maakte hij een moeilijke tijd door. 'Ik red me wel,' had hij door een krakerige telefoonlijn tegen Sadie gezegd. 'Ik heb het hier naar mijn zin. Overdag heb ik genoeg omhanden. De avonden zijn wel erg stil; ik hoor mezelf ruziemaken met de televisie. Erger nog, ik heb het sterke vermoeden dat ik het telkens verlies.'

Het was een manhaftige poging geweest om de dingen luchtiger te doen voorkomen dan ze waren, maar Sadie had de hapering in zijn stem gehoord. Haar grootouders waren nog tieners toen de vonk was overgesprongen. Ruths vader had bestellingen afgeleverd bij de winkel van Berties ouders in Hackney en ze waren vanaf dat moment onafscheidelijk geweest. Ze voelde haar grootvaders verdriet, en Sadie had precies datgene willen zeggen wat hij nodig had om het allemaal wat voor hem te verzachten. Woorden waren echter nooit haar sterkste kant geweest, dus stelde ze in plaats daarvan voor dat hij misschien meer kans maakte als hij ruzie zou maken met een labrador. Hij had gelachen en gezegd dat hij erover zou nadenken. Al de volgende dag was hij naar het asiel gegaan. Het was weer echt iets voor Bertie om niet met één maar met twee honden thuis te komen, plus nog een humeurige kat. Als ze afging op wat ze in de week dat ze hier was had gezien, vormden ze met z'n vieren een alleszins tevreden familie, ook al verstopte de kat zich de meeste tijd achter de bank; haar grootvader leek gelukkiger dan ze hem had gezien sinds Ruth ziek was geworden. Reden te meer voor Sadie om niet zonder de honden naar huis terug te keren.

Ash versnelde zijn tempo en Sadie moest jakkeren om hem niet uit het oog te verliezen. De vegetatie was hier anders, viel haar ineens op. Er was veel meer licht. Onder de gekapte bomen kregen de braamstruiken meer zonlicht en ze waren weelderig uitgedijd en voller. Twijgen grepen zich met hun stekels vast aan de pijpen van Sadies korte broek toen ze zich door de dichte massa heen wrong. Als ze een neiging tot fantaseren had gehad, zou ze zich hebben kunnen inbeelden dat ze haar probeerden tegen te houden.

Ze haastte zich over de steil oplopende ondergrond en probeerde her en der rondzwervende keien te ontwijken totdat ze de top bereikte en zich aan de rand van het bos bevond. Sadie pauzeerde even en overzag het landschap voor haar. Ze was nog niet eerder zo ver van huis geweest. Een veld met hoog gras strekte zich voor haar uit en in de verte kon ze nog net iets van een omheining ontwaren met een zo te zien scheefgezakt hek. Daarachter was nog meer van hetzelfde, weer een uitgestrekt grasland, dat op sommige plekken werd onderbroken door hoge bomen met vol gebladerte. Sadie hield haar adem in. Ze zag een kind, een klein meisje, dat helemaal alleen midden in het veld stond, een silhouet, waarop het licht van achteren viel. Sadie kon haar gezicht niet onderscheiden. Ze opende haar mond om te roepen, maar toen ze met haar ogen knipperde viel het kind uiteen in niet meer dan een geelwitte lichtvlek.

Ze schudde haar hoofd. Haar hersenen waren moe. Haar ogen waren moe. Ze moest ze laten nakijken op vlekjes op het netvlies.

Ash, die ver voor haar uit rondsprong, keek over zijn schouder waar ze bleef en blafte ongeduldig toen hij vond dat ze te ver achter lag. Sadie begon over het veld achter hem aan te rennen, terwijl ze het vage, onaangename gevoel probeerde te verdringen dat ze iets aan het doen was wat ze niet zou moeten doen. Ze kende dit gevoel niet. Normaal gesproken maakte ze zich niet zo druk over dit soort dingen, maar de recente problemen op het werk hadden haar schrikachtig gemaakt. Ze wilde niet schrikachtig zijn. Schrikachtigheid lag voor Sadies gevoel een beetje te dicht bij kwetsbaarheid, en ze had jaren geleden besloten dat het beter was om problemen met een open vizier tegemoet te treden dan ze achter haar rug te laten opduiken.

Het hek, zag ze toen ze er vlakbij was, was van hout: door de zon gebleekt en gespleten. Het hing scheef aan zijn scharnieren, met een lusteloosheid die duidelijk maakte dat dat al een hele tijd het geval was. Een bladrijke klimplant met felpaarse bloemen had zich er in grote kluwens omheen gewonden, en Sadie moest door een opening tussen de kromgetrokken, versplinterde planken door klimmen. Ash, gerustgesteld toen hij zag dat zijn bazin hem volgde, stootte een aansporend geblaf uit, spurtte weg en verdween in de verte.

Gras streek langs Sadies blote knieën, die begonnen te jeuken waar het zweet was opgedroogd. Deze plek straalde iets onbehaaglijks uit. Een eigenaardig gevoel had haar bekropen vanaf het moment dat ze door het hek was geklommen, een onverklaarbaar gevoel dat er iets niet klopte. Sadie had niets op met voorgevoelens – er was geen zesde zintuig nodig als de overige vijf goed ontwikkeld waren – en er bleek inderdaad een rationele verklaring te zijn voor dit onderbuikgevoel. Sadie had al een minuut of tien gelopen toen het ineens tot haar doordrong: de velden waren volkomen leeg. Niet dat er geen bomen, gras en vogels waren, die zag ze overal; het was al het andere dat ontbrak. Er waren geen tractoren die over de weilanden sputterden, geen boeren die hekken repareerden, geen grazende dieren. Dat was in dit deel van de wereld heel zeldzaam.

Sadie keek vluchtig om zich heen op zoek naar iets wat zou aantonen dat ze het mis had. Niet zo heel ver weg hoorde ze water stromen. En op een tak van een wilg iets verderop zat een vogel, mogelijk een raaf, naar haar te kijken. Ze bespeurde uitgestrekte velden met hoog, ruisend gras, maar zo ver als het oog reikte niets wat op mensen duidde.

Een zwarte vlek verplaatste zich aan de rand van haar blikveld en Sadie deinsde terug. De vogel was opgestegen van zijn hoge boomtak en scheerde door de lucht recht op haar af. Sadie deed vlug een stap opzij zodat hij haar niet zou raken en bleef met haar voet ergens achter haken. Ze liet zich op handen en knieën vallen in een stuk drassige modder onder de reusachtige wilg. Ze wierp een beschuldigende blik achterom en zag dat haar linkervoet vastzat in een beschimmeld stuk touw.

Touw.

Intuïtief, uit ervaring misschien – door de vele lugubere plaatsen delict van eerdere onderzoeken – keek ze omhoog. Daar zag ze, bevestigd aan de dikste boomtak en alleen zichtbaar als een bobbelige ribbel onder de bast, het gerafelde andere uiteinde van het touw. Ernaast was nog een tweede touw, dat naar beneden hing tot een stukje boven de grond, met aan het uiteinde een half vermolmde houten plank. Niet een of andere val dus, maar een schommel.

Sadie stond op, veegde de modder van haar knieën en draaide langzaam een rondje om het bungelende touw. Er ging iets licht verontrustends uit van dit rafelige overblijfsel van kinderlijke activiteit op deze verlaten plek, maar voordat ze daar verder bij stil kon staan, ging Ash er alweer vandoor. Zijn drang om op zoek te gaan naar zijn broer won het van zijn kortstondige bezorgdheid om Sadie.

Na een laatste blik op de touwen liep Sadie achter hem aan. Dit keer begonnen haar echter dingen op te vallen die ze daarvoor niet had gezien. De onregelmatige rij taxusbomen, die ze al wel eerder had opgemerkt, bleek nu duidelijk een heg te zijn, onverzorgd en verwilderd, maar toch; tussen twee dichte velden met wilde bloemen aan de noordelijke horizon kon ze iets onderscheiden wat op de overspanning van een brug leek; het kapotte hek waar ze doorheen was gekropen bleek geen primitieve afscheiding tussen twee stukken grasland te zijn, maar een overwoekerde grens tussen de beschaving en de wildernis. Dat betekende dat dit stuk land waar ze overheen liep geen onontgonnen gebied was, maar een tuin. In ieder geval was het dat ooit geweest.

Van de andere kant van de heg kwam een jammerlijk gejank en Ash jankte terug voordat hij door een opening in het groen verdween. Sadie ging hem achterna, maar bleef abrupt stilstaan toen ze aan de andere kant belandde. Recht voor haar lag een grote gitzwarte waterplas, als een spiegel in de stilte van de serene ochtendnevel. Op de oevers rondom de plas stonden treurwilgen, en in het midden rees een hoge modderige heuvel op, een eiland of iets dergelijks. Overal waren eenden, meerkoeten en waterhoentjes, en er hing een geur van omgewoelde, vruchtbare aarde. De omgeving straalde iets griezeligs uit, alsof je werd geobserveerd door donkere, glanzende kraalogen.

Ramsay jankte opnieuw, en Sadie gaf gehoor aan zijn oproep door de natte meeroever te volgen, die slijmerig was door de eendendrek die zich hier decennialang had opgehoopt. Het was er spekglad en ze liep voorzichtig onder de bomen door. Ash was nu ook aan het blaffen geslagen en stond met hoog opgeheven neus aan het verste uiteinde van het meer op een houten aanlegsteiger.

Sadie duwde de bijna tot op de grond hangende takken van de treurwilg opzij en bukte zich om niet tegen een eigenaardig glazen bolletje, dat aan een verroest kettinkje bungelde, aan te lopen. Onderweg kwam ze nog vier van die glasbolletjes tegen, die onder de modder zaten en aan de binnenkant bedekt waren met dikke lagen spinnenweb. Ze gleed met haar hand voorzichtig over de onderkant van een van de bolletjes, bewonderde de aparte uitstraling en vroeg zich af waarvoor het had gediend. Er hingen hier wel heel vreemde vruchten tussen de bladeren.

Toen ze de aanlegsteiger bereikte, zag Sadie dat een van Ramsays achterpoten door een gat in het vermolmde hout was gezakt. Hij was in paniek, en ze probeerde snel maar behoedzaam over de planken naar hem toe te lopen. Ze knielde bij hem neer. Terwijl ze over zijn oren aaide om hem te kalmeren, constateerde ze dat hij niet ernstig gewond was. Ze piekerde hoe ze hem hier het beste uit zou kunnen krijgen. Uiteindelijk kon ze niets beters bedenken dan hem stevig tegen zich aan te klemmen en hem dan omhoog te trekken. Ramsay vond het maar niets en krabde jammerlijk blaffend met zijn nagels over de houten planken. 'Ik weet het, ik weet het,' mompelde Sadie. 'Niet iedereen is er goed in om zich te laten helpen.'

Het lukte haar ten slotte om hem uit zijn benarde positie te bevrijden, en toen de hond verfomfaaid maar ongedeerd van de steiger af sprong, liet ze zich uitgeput achterover vallen om op adem te komen. Ze deed haar ogen dicht en begon te lachen toen Ash haar een natte, dankbare lik in haar nek gaf. Een zacht stemmetje in haar achterhoofd waarschuwde haar dat het bouwsel elk moment zou kunnen instorten, maar ze was te moe om daarnaar te luisteren.

De zon stond nu hoog aan de hemel en de warmte ervan op haar gezicht voelde goddelijk. Sadie was er nooit de persoon naar geweest om te mediteren, maar op dit moment begreep ze wel wat andere mensen erin zagen. Een tevreden zucht ontsnapte aan haar lippen, hoewel tevreden het laatste woord was dat ze zou hebben gekozen om zichzelf de afgelopen tijd te omschrijven. Ze kon haar eigen ademhaling horen en haar hartslag klopte onder de dunne huid van haar slapen, zo luid alsof ze een hoornschelp tegen haar oor hield om naar de branding van de oceaan te luisteren.

Nu ze haar ogen dicht had en niet werd afgeleid door beelden, wemelde de hele wereld plotseling van de geluiden: het geklots van het water rond de palen onder haar, het gespetter en gefladder van eenden die op het wateroppervlak van het meer landden, de houten planken die onder de hete zonnestralen kraakten. Al luisterend werd Sadie zich bewust van een dikke deken van gegons op de achtergrond, alsof honderden kleine motortjes tegelijkertijd ronkten. Het was een geluid dat ze associeerde met de zomer, hoewel ze het niet direct kon plaatsen, maar opeens drong het tot haar door. Insecten, een ongelooflijke hoeveelheid insecten.

Sadie ging rechtop zitten, knipperend met haar ogen in het felle zonlicht. De wereld was een moment lang volledig wit voordat alles weer zijn oorspronkelijke vorm aannam. Glinsterende waterlelies, hartvormige plakken op het wateroppervlak met bloemen die zich ver omhoog strekten als mooie, grijpende handen. De lucht eromheen was gevuld met honderden kleine, gevleugelde beestjes. Ze krabbelde overeind en wilde net de honden roepen toen haar blik naar iets aan de overkant van het meer werd getrokken.

Midden op een groot, zonovergoten grasveld stond een huis. Een bakstenen huis met twee identieke gevelspitsen en een voordeur verscholen onder een afdak met zuilen. Een veelvoud aan schoorstenen rees op van het pannendak en drie verdiepingen glas-in-loodramen knipoogden samenzweerderig in de zon. Een woekerende klimplant met groene bladeren had zich stevig met zijn wortels vastgehecht aan de stenen voorgevel van het bouwwerk, en kleine vogeltjes vlogen druk in en uit het maaswerk van ranken, waardoor de gevel voor het oog constant in beweging leek te zijn. Sadie floot zachtjes. 'Wat doet een deftige oude dame zoals jij op een plaats als deze?' Ze had heel zacht gesproken, maar haar stem had vreemd en ongewenst geklonken, haar humor geforceerd, een inbreuk op de volstrekt natuurlijke weelderigheid van de tuin.

Sadie begon langs het meer naar het huis toe te lopen; de aantrekkingskracht was onweerstaanbaar. De eenden en wilde vogels negeerden haar, en hun gebrek aan belangstelling voor haar werkte op de een of andere manier samen met de warmte van de dag en de hoge luchtvochtigheid van het meer om de uitstraling van zwoele beslotenheid te versterken.

Er liep een pad naartoe, ontdekte ze toen ze aan de andere kant was aangekomen. Het was bijna geheel overwoekerd door meidoornstruiken, maar liep helemaal door tot aan de voordeur. Ze schraapte met de voorkant van haar sportschoen over de bovenlaag. Steen. Waarschijnlijk ooit licht rozeachtig bruin, zoals al het lokale natuursteen van de gebouwen in het dorp, maar door ouderdom en verwaarlozing was het zwart geworden.

Het huis, zag ze toen ze dichterbij kwam, was net zo verwaarloosd als de tuin. Op het dak ontbrak een aantal pannen, waarvan de brokstukken verspreid op de grond lagen, en een van de ruiten op de bovenste verdieping was gebroken. De andere ruiten zaten onder een dikke laag vogelpoep en aan de dorpels hingen witte pegels, waarvan de druppels op de glanzende bladeren daaronder waren gevallen.

Alsof het duidelijk wilde maken dat het verantwoordelijk was voor die indrukwekkende viezigheid, wierp een klein vogeltje zich uit het kapotte raam en dook in een rechte lijn naar beneden voordat het zich met een snelle draai corrigeerde en rakelings langs Sadies oor schoot. Ze wankelde, maar bleef overeind. Ze waren overal, die kleine vogeltjes waarvan ze vanaf het meer al een glimp had opgevangen: ze schoten in en uit de donkere holletjes in de klimplant en tjilpten indringend naar elkaar. En niet alleen de vogeltjes; de bladertooi wemelde van de insecten in allerlei soorten en maten – vlinders, bijen en nog veel meer beestjes, die ze niet direct kon thuisbrengen, waardoor het huis een bepaalde levendigheid uitstraalde die contrasteerde met zijn vervallen staat.

Het was verleidelijk om ervan uit te gaan dat het huis leeg stond, maar Sadie was naar genoeg huizen van oudere mensen opgeroepen om te weten dat de schijn van verlatenheid vaak een triest verhaal binnen voorspelde. Een doffe koperen klopper in de vorm van een vossenkop hing aan zijn laatste schroefje scheef op de gehavende houten deur. Ze bracht haar hand ernaartoe, maar liet hem direct weer zakken. Wat moest ze zeggen als er iemand opendeed? Sadie kromde haar vingers een voor een en dacht na. Ze had geen enkele reden om hier vandaag te zijn. Ze kon geen enkele smoes bedenken. Een aanklacht voor huisvredebreuk was wel het laatste waar ze op zat te wachten. Maar op het moment dat ze dit bedacht, wist Sadie dat ze zich onnodig druk maakte. Het huis voor haar was verlaten. Het was moeilijk onder woorden te brengen, maar er hing een soort aura omheen die verlatenheid uitstraalde. Ze wist het zeker.

De deur had een bovenlicht van versierd glas: vier figuren in lange gewaden, elk afgebeeld tegen een achtergrond die een van de seizoenen voorstelde. Het was geen religieuze afbeelding, voor zover Sadie het kon beoordelen, maar het effect was vergelijkbaar. Het ontwerp had een bepaalde stemmigheid – eerbiedigheid, zou je het kunnen noemen – waardoor het haar deed denken aan de glas-in-loodramen in kerken. Sadie schoof een grote bloembak dichter naar de deur toe en klom voorzichtig op de rand.

Door een vrij groot stuk helder glas ving ze een glimp op van de ontvangsthal met in het midden een ovale tafel. Op het tafelblad stond een bolvormige vaas van porselein met bloemmotieven en – zo zag ze toen ze haar ogen samenkneep – een vaag goudkleurig kronkelpatroon op het handvat. Een paar dunne takken van iets breekbaars, misschien wilgentakken, waren er lukraak in gezet en eromheen lag overal verdord blad. Een kroonluchter – van kristal of glas, iets met veel tierlantijntjes – was aan een gepleisterde plafondroos bevestigd en achter in de hal liep een brede trap met een versleten rode traploper in een bocht omhoog. Op de linkermuur hing vlak naast een dichte deur een ronde spiegel.

Sadie sprong van de bloembak af. Naast de zuilengang aan de voorkant van het huis begon een verwilderd stuk tuin en ze worstelde zich erdoorheen; stekels grepen zich vast in haar T-shirt toen ze zich een weg zocht door de braamstruiken. Er hing een scherpe, maar niet onaangename geur – vochtige aarde, ontbindend blad, net ontloken bloemknoppen die de eerste zonnestralen opvingen – en grote, dikke hommels waren al druk in de weer om het stuifmeel te verzamelen uit kleine roze-met-witte bloemetjes. Bramen: Sadie stond er zelf verbaasd van dat ze zomaar over die kennis beschikte. Het was bramenbloesem en over een paar maanden zouden de takken doorbuigen onder het gewicht van de vele vruchten.

Toen ze bij het raam aankwam, viel het Sadie op dat er iets in het kozijn gekerfd stond: een paar letters, een A en als ze het goed zag een E, primitief en donkergroen, overdekt met schimmel. Ze gleed met haar vingers over de diepe inkepingen, terwijl ze zich vruchteloos afvroeg wie dat had gedaan. Een gekruld stuk ijzer stak uit de dichte begroeiing onder de dorpel en Sadie trok de takken opzij, om tot de ontdekking te komen dat het de verroeste restanten van een tuinstoel waren. Ze keek vluchtig over haar schouder naar het oerwoud dat ze net had doorkruist. Het was moeilijk voor te stellen dat iemand hier lang geleden op zijn gemak had kunnen zitten, uitkijkend over wat toen een goed verzorgde tuin moest zijn geweest.

Opnieuw bekroop haar dat eigenaardige, bijna onheilspellende gevoel, maar Sadie schudde het van zich af. Ze ging altijd af op feiten, niet op gevoelens, en na de recente gebeurtenissen was het goed dat ze zichzelf daaraan herinnerde. Ze maakte een dakje van haar handen op een glazen ruit, drukte haar gezicht ertegenaan en tuurde naar binnen.

De kamer was schemerig, maar toen haar ogen eraan waren gewend, begon zich in het halfduister een aantal voorwerpen af te tekenen: een vleugel in de hoek bij de deur, een sofa in het midden met daartegenover een paar armstoelen en een open haard in de verste muur. Sadie voelde de vertrouwde, plezierige sensatie van het openen van een deur naar het leven van een ander. Die momenten vormden voor haar een van de leukste kanten van haar baan, ook al stuitte ze vaak op gruwelijke dingen; ze vond het altijd interessant om te zien hoe andere mensen leefden. En hoewel dit geen plaats delict was en ze niet in functie was als rechercheur, begon Sadie toch automatisch allerlei dingen in haar hoofd op te slaan.

De wanden waren bedekt met behang met een vervaagd bloemmotief, grijsachtig mauve, en droegen planken die doorzakten onder het gewicht van wel duizend boeken. Een groot geschilderd portret hield de wacht boven de open haard, een vrouw met een smalle neus en een geheimzinnige glimlach. De aangrenzende muur had openslaande deuren met aan weerszijden dikke damasten gordijnen. Waarschijnlijk hadden de deuren ooit toegang verschaft tot een zijtuin, en had de zon op dagen zoals vandaag door de ramen geschenen en warme, lichte vierkanten gevormd op de vloerbedekking. Maar nu niet meer. Daar zorgde een weerbarstig vlechtwerk van klimop wel voor, dat zich op het glas had vastgehecht en slechts de kleinste lichtstraaltjes doorliet. Naast de deuren stond een smalle houten tafel met daarop een foto in een sierlijst. Het was te donker om te zien wat erop stond, en zelfs als er meer licht was geweest blokkeerde een antiek theekopje op een schotel Sadies zicht.

Ze zoog nadenkend haar lippen naar binnen. Door hoe het er in de kamer allemaal bij stond – de opengeklapte klep van de vleugel, de scheef liggende sofakussens, het theekopje op de tafel – werd de indruk gewekt dat wie daar ook als laatste was geweest zojuist vertrokken was en elk moment weer kon terugkeren; maar tegelijkertijd heerste er ook een spookachtige, op de een of andere manier permanente verstilling in de wereld aan de andere kant van het glas. De kamer leek bevroren, de inhoud ervan zweefde haast, alsof zelfs de lucht, het meest noodzakelijke element, was buitengesloten en het moeilijk zou zijn om daarbinnen adem te halen. Er was ook nog iets anders. Iets wat erop wees dat de kamer er al heel lang zo uitzag als nu. Sadie had aanvankelijk gedacht dat het aan haar vermoeide ogen lag, maar realiseerde zich toen dat de sombere aanblik van de kamer werd veroorzaakt door een dikke laag stof.

Ze kon het nu duidelijk zien op het bureau onder het raam, waar een lichtbundel de stoflaag op elk object blootlegde: op de inktpot, de lampenkap en de verzameling opengeslagen boeken die willekeurig over de tafel verspreid lagen. Sadies oog viel op een vel papier boven op de berg, de schets van een kindergezichtje, een prachtig gezichtje met grote, serieuze ogen en zachte lippen en haar dat aan weerszijden van twee kleine oren viel zodat hij (of zij, dat was niet goed te zien) meer op een tuinkabouter leek dan op een echt kind. De tekening was op sommige plaatsen vlekkerig, viel haar nu op, de zwarte inkt uitgelopen, de scherpe lijnen vervaagd, en in de benedenhoek was iets geschreven, een handtekening en een datum: *23 juni 1933*.

Sadie schrok van een luid geraas achter haar en stootte haar hoofd tegen het glas. Twee zwarte honden kwamen hijgend door de braamstruiken aangestormd en snuffelden aan haar voeten. 'Jullie willen ontbijten,' zei ze toen een koude, natte neus zich in haar handpalm duwde. Sadies eigen maag reageerde op het voorstel met een zacht gerommel. 'Kom, we gaan naar huis.'

Ze wierp een laatste blik op het huis en volgde toen de honden door de overwoekerde taxushaag. De zon, die al hoger aan de hemel stond, was achter een wolk weggedoken en de ramen blikkerden niet langer naar het meer. Het gebouw had een stuurse houding aangenomen, als een verwend kind dat graag in het middelpunt van de belangstelling stond en nu niet blij was dat het werd genegeerd. Zelfs de vogels waren brutaler dan daarvoor en vlogen kriskras over het nevelige open veld, met geluiden die griezelig als gelach klonken, terwijl het insectenkoor luider werd naarmate de warmte toenam.

Het gladde oppervlak van het meer glinsterde leiachtig en Sadie voelde zich met de minuut meer een indringer. Ze wist niet waarom ze er zo zeker van was, maar toen ze zich omdraaide en door het gat in de taxushaag dook om achter de honden aan naar huis te rennen, wist ze intuïtief – en als rechercheur mocht ze hopen dat die intuïtie bij haar goed ontwikkeld was – dat er in dat huis iets vreselijks was gebeurd.

4

Cornwall, oktober 1932

De meisjes lachten, en natuurlijk schreeuwden ze het uit van plezier toen het bijna boven op moeders hoofd terechtkwam. Alice klapte opgewonden in haar handen terwijl Clementine achter het kleine zweefvliegtuigje aan denderde.

'Pas op dat jullie dat ding niet te dicht bij de baby omhoog gooien,' waarschuwde moeder, die met haar vingers zacht boven op haar hoofd tikte om te voelen of alle haarspelden nog op hun plaats zaten.

Als Clemmie de waarschuwing al had gehoord, deed ze alsof haar neus bloedde. Ze rende alsof haar leven ervan afhing, met haar handen in de lucht, opwaaiende rok en klaar om het vliegtuigje op te vangen zodra het er ook maar enigszins op leek dat het zou neerstorten.

Een schare nieuwsgierige eenden was uit het meer aan komen waggelen om de commotie gade te slaan en vloog fladderend en met een verontwaardigd gekwaak uiteen toen het vliegtuigje, met Clemmie er vlak achter, aan kwam glijden en midden tussen hen landde.

Pap keek glimlachend op van de dichtbundel waarin hij aan het lezen was. 'Geweldige landing!' riep hij vanuit zijn stoel bij de antieke plantenbak. 'Werkelijk schitterend.'

Het zweefvliegtuigje was zijn idee geweest. Hij had het in een advertentie in een tijdschrift gezien en het helemaal uit Amerika laten overkomen. Het had een verrassing moeten zijn, maar Alice wist het al maanden geleden – ze wist altijd al lang van tevoren wie wat aan wie zou geven; ze had hem op een avond in het voorjaar naar de advertentie zien wijzen en horen zeggen: 'Moet je dit eens zien. Perfect voor Clemmies verjaardag, denk je niet?'

Moeder was er minder opgetogen over geweest en had hem gevraagd of hij echt vond dat een houten zweefvliegtuigje het meest geëigende cadeau was voor een meisje van twaalf, maar pap had slechts geglimlacht en gezegd dat Clementine niet zomaar een meisje van twaalf was. Daar had hij gelijk in: Clemmie was absoluut anders – 'de zoon die we nooit hebben gekregen,' zei pap altijd voordat Theo kwam. Hij had ook gelijk gekregen over het vliegtuigje: Clemmie had het papier er aan tafel na de lunch af gescheurd, ze had grote ogen opgezet toen het cadeau tevoorschijn kwam en vervolgens een gil van blijdschap geslaakt. Ze was van haar stoel af gesprongen en had in haar haast om bij de deur te komen het tafellaken achter zich aan getrokken.

'Clemmie, nee,' had moeder verzucht, terwijl ze naar voren dook om een omvallende vaas op te vangen. 'We zijn nog niet klaar.' En toen, met een smekende blik naar de anderen: 'Toe, laten we niet naar buiten gaan. Ik dacht dat we misschien in de bibliotheek wat spelletjes konden spelen…'

Maar het was nogal moeilijk om een verjaardagspartijtje te vieren als het feestvarken van het toneel verdwenen was en dus zat er, tot moeders zichtbare ongenoegen, niets anders op dan de fraai versierde tafel te verlaten en de festiviteiten die voor de middag waren gepland naar de tuin te verplaatsen.

En daar waren ze nu dan ook, het hele gezin, meneer Llewellyn, grootmoeder en het kindermeisje Rose, verspreid over het gazon van Loeanneth, terwijl de grote middagschaduwen zich over het groene gras begonnen uit te strekken. Het was een fantastische dag, herfst maar nog niet koud. De clematis tegen de muur van het huis bloeide nog, kleine vogeltjes tjilpten terwijl ze over het open grasveld hupten, en zelfs baby Theo was in zijn Mozesmand naar buiten gebracht.

Op een van de naburige velden was een boer heide aan het verbranden en dat verspreidde een heerlijke geur. Alice werd altijd blij van die geur, die verbonden was met de wisseling van de seizoenen, en terwijl ze toekeek hoe Clemmie druk in de weer was met het vliegtuigje, met de warme zon in haar nek en de koele grond onder haar blote voeten, ervoer ze een heerlijk moment van intens welbehagen.

Alice haalde haar notitieboekje uit haar zak om dit gevoel over deze dag en de mensen die erbij waren snel te kunnen vastleggen. Kauwend op het uiteinde van haar vulpen liet ze haar blik gaan over het door de zon verlichte huis, de treurwilgen, het glinsterende meer en de gele rozen die zich om het gietijzeren hek hadden gewonden. Het leek wel een tuin uit een sprookjesboek – het wás een tuin uit een sprookjesboek – en Alice was er stapelgek op. Ze zou nooit weggaan van Loeanneth. Nooit. Ze zag zichzelf hier oud worden. Een oude gelukkige vrouw, met lang wit haar en katten – ja, ongetwijfeld een paar katten om haar gezelschap te houden. (En Clemmie zou op bezoek komen, maar Deborah waarschijnlijk niet, die zou zich veel gelukkiger voelen in Londen, met een kast van een huis, een rijke man en een aantal dienstmeisjes om haar kleding te verzorgen…)

Het was een van die dagen, bedacht Alice, terwijl ze opgewekt verder krabbelde, waarop iedereen zich net zo leek te voelen als zij. Pap had zijn werk even opzijgelegd, meneer Llewellyn had zijn stijve colbert verruild voor een overhemd met daarover een vest, en grootmoeder deShiel maakte een bijna gelukkige indruk zoals ze onder de treurwilg zat te doezelen. Moeder vormde duidelijk zichtbaar de uitzondering, maar die kon er nooit goed tegen als haar plannen in duigen vielen, dus dat ze haar misnoegen niet onder stoelen of banken stak was dan ook te verwachten.

Zelfs Deborah, die normaal gesproken niet voor spelletjes te porren was, zich daarvoor eigenlijk te volwassen en beschaafd voelde, liet zich ongewild meeslepen in het enthousiasme van Clemmie. Ze had daar begrijpelijkerwijs de pest over in, dus bleef ze ver van alle anderen op de tuinstoel onder het raam van de bibliotheek zitten en leverde ze op nurkse toon commentaar. Alsof ze echt wel iets beters te doen had en zij zich gelukkig mochten prijzen dat ze überhaupt aanwezig was. 'Kijk of je het een rondje kunt laten draaien,' riep ze nu, terwijl ze de doos omhooghield waarin het vliegtuigje was verstuurd. 'Er staat hier dat je het een looping kunt laten maken als je de elastiekjes op de juiste plaats vastzet.'

'De thee is klaar,' zei moeder, op een toon die afkeurender klonk naarmate de middag vorderde en verder afdreef van de voorstelling die zij zich ervan had gemaakt. 'De thee is vers gezet, straks is hij koud.'

Ze hadden uitgebreid geluncht en eigenlijk had niemand al zin in thee, maar meneer Llewellyn was een trouwe vriend, die gehoor gaf aan de oproep en de door moeder voorgehouden kop en schotel aanpakte.

Deborah daarentegen negeerde het verzoek volkomen. 'Schiet op, Clemmie,' zei ze, 'gooi het nog een keer omhoog.'

Clemmie, die bezig was om het vliegtuigje vast te maken aan de ceintuur van haar satijnen jurk, gaf geen antwoord. Ze stopte de onderkant van haar rok in haar onderbroek en strekte haar nek uit om de top van de esdoorn te kunnen zien.

'Clemmie!' riep Deborah nu gebiedend.

'Wil je me een zetje geven?' gaf haar jongste zusje daarop als antwoord. Moeder, die, hoewel ze net een stuk taart aan meneer Llewellyn probeerde te slijten, altijd gespitst was op tekenen van dreigend onheil, liet geen kruimel vallen toen ze zei: 'Nee, Clemmie! Geen denken aan!' Ze wierp een blik op pap om bijval, maar hij had zich weer veilig achter zijn boek verscholen, tevreden verdiept in de wereld van Keats.

'Laat haar maar,' suste meneer Llewellyn. 'Er kan niets gebeuren.'

Deborah kon zich niet langer verzetten tegen de roep van de middag. Ze gooide de doos op de stoel en haastte zich naar de boom. Ze haalden kindermeisje Rose over haar handen ineen te vouwen zodat er een opstapje werd gevormd, en Clemmie probeerde zich omhoog te drukken. Na wat geworstel en een paar mislukte pogingen verdween ze in de laaghangende takken.

'Pas op, Clementine,' waarschuwde moeder, die snel naar de plaats van handeling liep. 'Kijk toch uit.' Ze drentelde onder de boom heen en weer en zuchtte geërgerd terwijl ze door het dichte gebladerte heen probeerde te zien hoe Clemmie naar boven klauterde.

Eindelijk was er een triomfantelijke kreet te horen en helemaal boven in de boom dook een zwaaiende arm op. Alice kneep haar ogen samen in de middagzon en moest grinniken toen ze zag hoe haar jongere zusje zich op de hoogste vertakking had verschanst en het vliegtuigje uit haar ceintuur loswrikte. Clemmie trok de elastiekjes er strak omheen, stak haar arm ver de lucht in en lette erop dat ze het hele geval op de juiste manier vasthield om het goed te kunnen lanceren, en toen was het eindelijk zover – ze liet het vrij!

Het vliegtuigje vloog als een vogel, zweefde door de lichtblauwe lucht, daalde een beetje en bleef toen in een rechte lijn doorvliegen totdat de snelheid afnam, de druk op de staart verminderde en het achterste deel naar boven werd getrokken.

'Let op!' schreeuwde Clemmie. 'Kijk wat hij nu gaat doen.'

En inderdaad, het vliegtuigje begon aan een grote looping, recht boven het meer, wat zo'n spectaculair gezicht was dat zelfs meneer Harris en de nieuwe tuinknecht stopten met wat ze beneden bij de steiger aan het doen waren en naar de lucht staarden. Er werd spontaan geapplaudisseerd toen het vliegtuigje zijn stunt had volbracht en zijn weg over het water vervolgde tot het met een zachte landing neerkwam op het vlakke grasveldje bij de fontein aan de overkant van het meer. De hele wereld leek even stil te zijn blijven staan op het moment dat het vliegtuigje zijn rondje draaide, dus het verbaasde Alice een beetje toen ze opeens de baby hoorde huilen. Arm drummeltje! Door alle opwinding was iedereen vergeten dat hij daar in zijn mand lag. Alice, die gewend was zichzelf in de rol van waarnemer te zien, keek om zich heen om te zien of er iemand naar hem toe liep, maar besefte toen dat ze de enige was die niets omhanden had. Ze wilde net naar Theo's mand toe lopen toen ze zag dat pap haar al voor was.

Het was Alice' vaste overtuiging dat er ongetwijfeld vaders bestonden die vonden dat het niet tot hun taken behoorde om een baby te troosten, maar pap was niet zo. Hij was de beste vader ter wereld, zacht en lief en echt heel erg slim. Hij hield van de natuur en van wetenschap en was zelfs een boek aan het schrijven over de aarde. Hij werkte er al meer dan tien jaar aan en hoewel Alice het nooit hardop zou durven toegeven, was dat het enige wat ze aan hem zou willen veranderen als ze kon. Ze was blij dat hij slim was, en natuurlijk ook trots op hem, maar hij bracht veel te veel tijd met dat boek door. Ze had veel liever gehad dat ze hem helemaal voor zichzelf zouden hebben.

'Alice!'

Deborah riep haar, en wat ze wilde zeggen moest belangrijk zijn, want ze vergat laatdunkend te klinken. 'Alice, schiet op! Meneer Llewellyn neemt ons mee in de boot!'

De boot! Fantastisch! Wat een verrassing – hij was van moeder geweest toen ze nog jong was en werd beschouwd als een antiek exemplaar en dus Niet Geschikt Voor Gebruik. Alice straalde en haar hart sprong op en de middagzon scheen plotseling feller dan daarvoor. Dit zou echt de mooiste dag ooit worden!

5

Cornwall, 2003

'We zijn terug!' Sadie schopte haar modderige hardloopschoenen uit in de kleine hal van haar grootvaders huis en schoof ze met haar tenen naast elkaar tegen de plint. Er hing een zware geur van iets warms en smakelijks in het huis en haar maag, die geen ontbijt had gehad, knorde luid. 'Hoi Bertie, je gelooft nooit wat we hebben gevonden.' Ze schudde met veel lawaai wat hondenkoekjes uit het blik onder de kapstok. 'Opa?'

'In de keuken,' antwoordde hij.

Sadie gaf de hongerige honden een laatste klopje en liep de keuken in. Haar grootvader zat aan de ronde houten eettafel, maar hij was niet alleen. Een kleine, energiek ogende vrouw met kort grijs haar en een bril zat tegenover hem met een beker in haar hand en een vriendelijke glimlach om haar mond.

'O,' zei Sadie. 'Sorry, ik had niet in de gaten dat –'

Haar grootvader wuifde de verontschuldiging weg. 'Het water is nog heet, Sadie, liefje. Schenk zelf even een beker in en kom je er dan bij zitten? Dit is Louise Clarke van het ziekenhuis, ze is hier om speelgoed in te zamelen voor het zonnewendefestival.' Terwijl Sadie haar bij wijze van groet toelachte, voegde hij eraan toe: 'Ze is zo aardig geweest om voor ons een stoofpotje voor vanavond mee te brengen.'

'Dat was het minste wat ik kon doen,' zei Louise, die half opstond om Sadie een hand te geven. Ze droeg een lichte spijkerbroek en op haar T-shirt, dat dezelfde groene kleur had als het montuur van haar bril, stond: *Magie Bestaat!* Ze had zo'n gezicht dat van binnenuit verlicht leek, alsof ze veel beter sliep dan de rest van de bevolking. Sadie voelde zich naast haar stoffig en stuurs en verkreukeld. 'Je grootvader maakt zulk mooi werk, van die schitterende beeldjes. De kraam van het ziekenhuis wordt dit jaar echt fantastisch. We boffen zo dat we hem erbij hebben.'

Sadie was het daar volledig mee eens, maar omdat ze wist dat haar grootvader gruwde van publieke ophemeling, zei ze dit niet. In plaats daarvan drukte ze een kus boven op zijn kale hoofd toen ze zich achter zijn stoel langs wurmde. 'Ik zal mijn best doen hem op de huid te zitten zodat hij aan het werk blijft,' zei ze toen ze bij de bank was. 'Wat ruikt dat stoofpotje verrukkelijk.'

Louise straalde. 'Het recept is helemaal van mezelf – linzen en liefde.'

Sadie kon daarop een heleboel antwoorden bedenken, maar voordat ze er een had gekozen, was Bertie ertussen gekomen. 'Sadie logeert een poosje bij mij, helemaal uit Londen.'

'Een vakantie, wat heerlijk. Ben je hier over twee weken nog, als het festival van start gaat?'

'Misschien,' zei Sadie, terwijl ze haar grootvaders blik ontweek. Ze had alles in het vage gelaten toen hij haar naar haar plannen had gevraagd. 'Ik zie wel hoe het loopt.'

'Je laat het universum beslissen,' zei Louise instemmend.

'Zoiets, ja.'

Bertie trok zijn wenkbrauwen op, maar vond blijkbaar dat hij beter niet kon aandringen. Hij knikte naar haar modderige kleding. 'Je bent wel lekker toegetakeld.'

'Je had die ander moeten zien.'

Louises ogen werden groot.

'Mijn kleindochter loopt hard,' legde Bertie uit. 'Een van die malloten die plezier schijnen te beleven aan lichamelijke afmatting. Door het weer van de afgelopen week was ze helemaal claustrofobisch geworden, maar het ziet ernaar uit dat ze dat op de paden hier in de buurt van zich af heeft geschud.'

Louise lachte. 'Daar hebben nieuwkomers vaker last van. De dikke mist kan heel beklemmend zijn voor wie er niet mee is opgegroeid.'

'Er is vandaag geen mist, kan ik jullie gelukkig melden,' zei Sadie, die een snee van het zuurdesembrood afsneed dat Bertie dagelijks bakte. 'Het is buiten glashelder.'

'Daar boffen we dan mee.' Louise dronk de laatste slok thee op. 'Er zitten tweeëndertig gevaarlijk opgewonden kinderen op me te wachten om aan de kust te gaan picknicken. Als ik ze nog langer laat wachten, vrees ik dat ik met muiterij te kampen krijg.'

'Kom, ik help je hier even mee,' zei Bertie. 'Ik wil de kleine gevangenen geen aanleiding tot rebellie geven.'

Terwijl hij en Louise de houten beeldjes in papier wikkelden en ze voorzichtig in een kartonnen doos legden, smeerde Sadie boter en jam op haar boterham. Ze wilde het zo snel mogelijk met Bertie hebben over het huis dat ze in het bos had gevonden. Ze voelde die mysterieuze, verlaten sfeer nog steeds om zich heen en luisterde maar half toen ze hun gesprek weer opnamen over een man met de naam Jack, die ook in het bestuur zat. 'Ik zal bij hem langsgaan,' zei Bertie, 'en dan neem ik zo'n perentaart mee. Daar is hij dol op. Ik zal eens kijken of ik hem kan ompraten.'

Sadie wierp een blik door het keukenraam, voorbij haar grootvaders tuin naar de lager gelegen haven, waar zo'n twintig vissersboten op en neer deinden op de fluweelachtige zee. Het was opmerkelijk hoe snel Bertie het voor elkaar had gekregen om een plaatsje te veroveren in deze gemeenschap. Hij was hier net iets meer dan twaalf maanden geleden aangekomen en leek nu al relaties te hebben aangeknoopt die zo vertrouwd waren alsof hij zijn hele leven hier al woonde. Sadie betwijfelde ten zeerste of ze al haar buren bij naam kende in het huizenblok waar ze nu zeven jaar woonde.

Ze ging aan tafel zitten en probeerde zich te herinneren of de man in de flat boven haar nu Bob of Todd of Rod heette, maar liet de kwestie onopgelost rusten toen Bertie zei: 'Steek maar van wal, Sadie, liefje – vertel ons wat je hebt gevonden. Je ziet eruit alsof je in een oude kopermijn bent gevallen.' Hij stopte even met inpakken. 'Dat is toch niet gebeurd, hoop ik?'

Ze rolde ongeduldig maar liefdevol met haar ogen. Bertie maakte zich snel zorgen, zeker als het om Sadie ging. Dat had hij sinds Ruth er niet meer was.

'Een begraven schat? Zijn we rijk?'

'Jammer genoeg niet.'

'Je weet nooit hoeveel geluk je hier kunt hebben,' zei Louise. 'Wat dacht je van al die smokkelaarstunnels die langs de kust zijn gegraven? Heb je over de landtong hardgelopen?'

'In de bossen,' antwoordde Sadie. Ze vertelde in het kort wat er met Ramsay was gebeurd, dat hij verdwenen was en dat zij en Ash van het pad af moesten om hem te zoeken.

'Sadie –'

'Ik weet het, opa, de bossen zijn dicht en ondoordringbaar en ik ben een stadsmens, maar Ash was bij me en het was maar goed dat we Ramsay zijn gaan zoeken, want uiteindelijk vonden we hem bij een oude aanleg-steiger waar hij vastzat omdat hij door een gat was gezakt.'

'Een aanlegsteiger in de bossen?'

'Niet echt in de bossen: het was op een grote open plek, een landgoed. De aanlegsteiger was bij een meer midden in een waanzinnige, verwilder-de tuin. Je zou het prachtig hebben gevonden. Er stonden treurwilgen en enorm hoge heggen en ik heb het idee dat het vroeger adembenemend mooi moet zijn geweest. Er stond ook een huis. Helemaal verlaten.'

'Het huis van de familie Edevane,' zei Louise zacht. 'Loeanneth.'

De uitgesproken naam had dat magische, fluisterende dat zoveel woor-den in het Cornish hadden en ze moest onwillekeurig aan het eigenaardige gevoel denken dat de insecten haar hadden gegeven, alsof het huis zelf leefde. 'Loeanneth,' herhaalde ze.

'Het betekent "huis aan het meer".'

'O, oké…' Sadie zag het modderige meer en zijn spookachtige vliegende populatie weer voor zich. 'Ja, dat huis bedoel ik. Wat is daar gebeurd?'

'Iets vreselijks,' zei Louise, terwijl ze treurig haar hoofd schudde. 'In de jaren dertig, toen ik nog niet geboren was. Mijn moeder had het er vaak over – eigenlijk meestal als ze wilde voorkomen dat wij als jonge kinderen te ver van huis zouden dwalen. Er is een kind vermist geraakt in de nacht van het midzomerfeest. Het was toentertijd groot nieuws; het was een rijke familie en de landelijke pers besteedde er veel aandacht aan. Er was een uitgebreid politieonderzoek en ze hebben hier zelfs politiemensen met de hoogste rangen uit Londen gestationeerd. Niet dat het iets heeft geholpen.' Ze legde het laatste beeldje op zijn plaats en vouwde de doos dicht. 'Arme jongen, hij was nog maar zo klein.'

'Ik heb nooit iets over die zaak gehoord.'

'Sadie zit bij de politie,' legde Bertie uit. 'Rechercheur,' voegde hij eraan toe met een trots waar ze ongemakkelijk van werd.

'Nou, het is ook te lang geleden, denk ik,' zei Louise. 'Om de zoveel tijd begint de hele santenkraam weer van voren af aan. Iemand belt de politie met een tip die tot niets leidt; een man duikt op van god weet waar en beweert dat hij de vermiste jongen is. Maar dit soort dingen komen nooit verder dan de plaatselijke kranten.'

Sadie zag de stoffige bibliotheek van het huis weer voor zich, de open-geslagen boeken op het bureau, het kinderportret, de geschilderde vrouw aan de muur. Persoonlijke voorwerpen die ooit voor iemand iets hadden betekend. 'Hoe komt het dat het huis er zo verlaten bij ligt?'

'De familie is op stel en sprong vertrokken. Heeft de deuren achter zich gesloten en is teruggegaan naar Londen. Door de tijd heen zijn de mensen vergeten dat het daar was. Het is ons eigen Doornroosjehuis geworden. Zoals het daar diep in de bossen ligt, is het geen plek waar je naartoe gaat tenzij je er echt iets te zoeken hebt. Het moet ooit betoverend mooi zijn geweest, met een schitterende tuin en een groot meer. Een paradijs als het ware. Maar dat was het niet meer toen dat jochie eenmaal in rook was opgegaan.'

Bertie slaakte een tevreden zucht en bracht zijn handen bij elkaar voor een zacht klapje. 'Ja,' zei hij. 'Ja, dit is typisch zoiets dat ik had gehoopt in Cornwall te vinden.'

Sadie fronste haar wenkbrauwen, verbaasd over haar anders zo pragmatische grootvader. Het was een romantisch verhaal, zeker, maar de rechercheur in haar wilde meer weten. Niemand verdween zomaar, ging in rook of wat dan ook op. Ze liet Berties reactie even voor wat die was – daar kwam ze een andere keer wel op terug – en wendde zich tot Louise. 'Het politieonderzoek...' zei ze. 'Ik neem aan dat er verdachten waren?'

'Ik denk dat die er zeker geweest zullen zijn, maar er is nooit iemand veroordeeld. Het was echt een groot mysterie, voor zover ik het me kan herinneren. Geen duidelijke aanknopingspunten. Er is heel uitvoerig naar dat jongetje gezocht, en af en toe dook de theorie op dat hij alleen maar zou zijn weggelopen, maar er is nooit meer een teken van leven van hem gevonden.'

'En de familie is nooit teruggekeerd?'

'Nooit.'

'Hebben ze het huis niet verkocht?'

'Voor zover ik weet niet.'

'Vreemd,' zei Bertie, 'om het al die tijd gewoon maar hier zo te laten staan, afgesloten en verlaten.'

'Ik denk dat het te verdrietig voor hen was,' zei Louise. 'Te veel akelige herinneringen. Je kunt je wel voorstellen hoe het is om een kind te moeten verliezen. Dat ongelooflijke verdriet, dat gevoel van machteloosheid. Ik begrijp wel dat ze van deze plaats zijn weggevlucht en ervoor hebben gekozen om ergens anders een nieuw leven op te bouwen. Een nieuw begin.'

Sadie mompelde instemmend. Ze zei niet dat de ervaring haar had geleerd dat het niet uitmaakte hoe hard iemand wegvluchtte of hoe nieuw dat begin ook was dat ze zichzelf toestonden. Het verleden slaagde er altijd in om ze na vele jaren toch weer in te halen.

Die avond, in de kamer die Bertie voor haar op de bovenverdieping had klaargemaakt, pakte Sadie de envelop, zoals ze dat ook de voorgaande avond en de avond daarvoor had gedaan. Ze haalde de brief er echter niet uit. Dat was niet nodig; ze kende de inhoud al weken uit haar hoofd. Ze gleed met haar duim over de voorkant, over de waarschuwing die daar met hoofdletters boven het adres was geschreven: NIET VOUWEN, BEVAT EEN FOTO. De foto kon ze ook dromen. Bewijslast. Het tastbare bewijs van wat ze had gedaan.

De honden lagen aan het voeteneind van haar bed en Ramsay kreunde in zijn slaap. Sadie legde een hand op zijn warme flank om hem te kalmeren. 'Rustig maar, ouwe lobbes, alles komt weer goed.' Even kwam het bij haar op dat ze dit net zozeer tegen zichzelf zei als tegen hem. Het had vijftien jaar geduurd voordat het verleden haar had ingehaald. Vijftien jaar waarin ze haar best had gedaan om door te gaan, vastbesloten om nooit meer achterom te kijken. Echt ongelooflijk, dat na al haar pogingen om een barrière tussen het verleden en het heden op te bouwen, er slechts één brief voor nodig was om deze weer af te breken. Als ze haar ogen dichtdeed, had ze dat beeld van zichzelf zo helder voor ogen, zestien jaar oud en wachtend op het stenen muurtje voor de keurige twee-onder-een-kapwoning van haar ouders. Ze zag het goedkope katoenen jurkje dat ze aanhad, de extra dikke laag lipgloss, haar met kohl aangezette ogen. Ze kon zich nog herinneren dat ze het zwart had aangebracht, het smoezelig geworden stompje van het oogpotlood, haar spiegelbeeld in de spiegel, haar wens om de lijnen rondom zo dik te maken dat ze zich erachter kon verbergen.

Een man en een vrouw die Sadie niet kende – kennissen van haar grootouders, dat was het enige wat haar was verteld – waren haar komen ophalen. Hij was op de bestuurdersstoel blijven zitten en had het zwarte stuur opgewreven met een doek, terwijl zij, met glanzende koraalrode lippenstift en een bruisende efficiëntie, uit de passagiersstoel was geklommen en om de auto heen naar de stoep was gelopen. 'Goedemorgen,' had ze geroepen, met de schelle opgewektheid van iemand die wist dat ze behulpzaam was en zichzelf daar nogal voor op de borst klopte. 'Jij moet Sadie zijn.'

Sadie had daar de hele ochtend al gezeten, met het idee dat het geen zin had om in haar eentje in het lege huis te blijven, terwijl ze ook niet kon bedenken waar ze anders heen zou kunnen gaan. Toen de maatschappelijk werkster, met haar met henna gekleurde haar, haar eerder had uitgelegd waar en wanneer ze moest wachten, had ze overwogen om daar niet te verschijnen, maar heel even maar; Sadie wist dat dit voor haar de beste optie was. Ze mocht dan misschien onbezonnen zijn – haar ouders konden er geen genoeg van krijgen om haar dit telkens in te wrijven – ze was niet dom.

'Sadie Sparrow?' vroeg de vrouw nog eens, met een dun laagje transpiratie op de blonde donshaartjes boven haar lip.

Sadie gaf geen antwoord; haar toegeeflijkheid kende grenzen. In plaats daarvan kneep ze haar mond nog steviger dicht en deed ze net alsof ze haar aandacht richtte op een zwerm spreeuwen die door de lucht scheerde.

De vrouw op haar beurt liet zich totaal niet uit het veld slaan. 'Ik ben mevrouw Gardiner, en daar voorin zit meneer Gardiner. Jouw grootmoeder Ruth heeft ons gevraagd om je op te halen omdat zij, net als je grootvader, geen rijbewijs heeft, en wij vinden het heel fijn om te kunnen helpen. We zijn hun buren, en eigenlijk zijn wij heel vaak op pad zoals vandaag.' Toen Sadie niets zei, knikte ze even met haar lakkapsel in de richting van de British Airways-tas, die Sadies vader een jaar daarvoor had meegenomen van een zakenreis naar Frankfurt. 'Dus dat is alles?'

Sadie verstevigde haar greep om de hengels van de tas en trok hem over het beton naar zich toe tot hij tegen haar bovenbeen kwam.

'Een reizigster met weinig bagage. Meneer Gardiner zal onder de indruk zijn.' De vrouw sloeg een vlieg weg van het puntje van haar neus en Sadie moest aan Peter Rabbit denken. Op het moment dat ze huis en haard voorgoed zou verlaten, was het enige wat in haar opkwam een figuurtje uit een kinderboek. Dat zou grappig geweest zijn, ware het niet dat Sadie zich op dat moment niet kon voorstellen dat er ooit nog iets grappig zou zijn.

Ze had niet zoiets stoms willen doen als zich omdraaien om nog een laatste keer naar het huis te kijken waar ze haar hele leven had gewoond, maar toen meneer Gardiner de grote auto van de stoep af draaide, schoot haar trouweloze blik toch even die kant op. Er was niemand thuis en er was niets te zien wat ze niet al duizend keer had gezien. Bij het raam van de buren werd de vitrage een klein stukje opzijgeschoven en weer teruggeduwd, een duidelijk teken dat de korte verstoring door Sadies vertrek voorbij was en het saaie leven in de woonwijk weer zijn normale gang kon gaan. De auto van meneer Gardiner keerde aan het eind van de straat en ze reden westwaarts naar Londen toe, naar Sadies eigen nieuwe begin in het huis van haar grootouders, die ze nauwelijks kende, maar die bereid waren om haar op te nemen toen ze nergens anders naartoe kon.

Sadie hoorde een paar keer zacht gebonk boven haar hoofd en ze liet de herinnering los, knipperde zichzelf terug in de schemerige, wit gestucte slaapkamer met zijn schuin aflopende plafond en het dakkapelraam dat uitzicht bood op de oneindig grote, donkere oceaan. Er hing slechts één foto aan de muur, dezelfde ingelijste afdruk die Ruth boven Sadies bed in Londen had opgehangen, van een onstuimige branding en een huizenhoge golf die drie vissersbootjes dreigde op te slokken. 'We hebben hem op onze huwelijksreis gekocht,' had ze Sadie op een avond verteld. 'Ik vond hem meteen prachtig, de spanning van die enorme golf die bijna op het onvermijdelijke punt is aangekomen om te breken. De dappere, ervaren vissers die zich met gebogen hoofd zo goed mogelijk proberen staande te houden.' Sadie had het advies dat erin schuilging meteen begrepen; Ruth had het haar niet hoeven uitleggen.

Opnieuw gebonk. Bertie was weer op zolder.

Sadie had in de week dat ze nu in de Seaview Cottage was een patroon ontdekt. Terwijl de dagen van haar grootvader goed gevuld waren met zijn nieuwe leven en vrienden, zijn tuin en eindeloze voorbereidingen voor het komende festival, waren de nachten een heel ander verhaal. Op een bepaald moment na het avondeten klom Bertie de krakkemikkige ladder op onder het mom dat hij op zoek ging naar die ene sauspan, klopper of dat speciale kookboek waar hij plotseling niet buiten kon. Dan volgde met tussenpozen een gebonk als hij in de verhuisdozen rommelde en die tussenpozen werden steeds langer en de zoete, sterke geur van pijptabak kwam door de kieren in de vloer naar beneden.

Ze wist wat hij werkelijk aan het doen was. Een deel van Ruths kleding had hij al aan Oxfam Novib gegeven, maar er waren nog heel wat dozen vol spullen waar hij geen afstand van kon doen. Ze bevatten de collecties van een heel leven en hij was hun curator. 'Ze kunnen er nog wel een dagje blijven staan,' zei hij snel toen Sadie aanbood om hem te helpen met het uitzoeken ervan. En vervolgens, alsof hij zich voor zijn scherpe toon wilde verontschuldigen: 'Ze staan niemand in de weg. Ik vind het fijn om te weten dat er onder dit dak nog zoveel van haar staat.'

Het had haar verrast toen haar grootvader vertelde dat hij de boel had verkocht en naar Cornwall ging verhuizen. Hij en Ruth hadden hun hele huwelijk in dat huis in Londen gewoond, een huis waar Sadie dol op was geweest en dat een thuishaven voor haar was geworden. Ze was ervan uitgegaan dat hij daar altijd zou blijven, zou weigeren om de plek te verlaten waar gelukkige herinneringen zich als oude, bibberig geprojecteerde dia's in de stoffige hoeken bewogen. Maar goed, Sadie had nog nooit van iemand gehouden met de toewijding die Bertie en Ruth voor elkaar voelden, dus hoe kon ze daarover oordelen? Later bleek dat ze samen al jaren hadden gesproken over de verhuizing. Een klant had Bertie al tot dat idee aangezet toen hij nog een jongen was, met verhalen over het mooie weer in het westen, de weelderige tuinen, het zout en de zee en de rijke folklore. 'Het was er alleen nooit van gekomen,' had hij Sadie een paar weken na de begrafenis bedroefd verteld. 'Je denkt altijd dat er nog genoeg tijd voor is, totdat je op een dag beseft dat die er niet meer is.' Toen Sadie hem had gevraagd of hij Londen zou gaan missen, had hij zijn schouders opgehaald en gezegd dat hij dat natuurlijk zou doen, het was immers zijn thuis, de plaats waar hij was geboren en opgegroeid, waar hij zijn vrouw had ontmoet en zijn kinderen had grootgebracht. 'Maar dat is allemaal voorbij, Sadie, liefje; ik zal dat overal waar ik heen ga met me meedragen. Maar door iets nieuws te ondernemen, iets waar Ruth en ik het zo vaak over hebben gehad, voelt het toch ergens alsof ik haar ook een toekomst bied.'

Sadie werd zich plotseling bewust van voetstappen op de overloop, een klopje op de deur. Ze verstopte snel de envelop onder haar hoofdkussen. 'Kom maar binnen, hoor.'

De deur ging open en daar stond Bertie met een taartvorm in zijn hand.

De glimlach op haar gezicht was te breed en haar hart ging tekeer alsof ze iets stiekems had gedaan. 'Gevonden waar je naar op zoek was?'

'Helemaal. Ik ga morgen een taart bakken, een van mijn befaamde perentaarten.' Hij fronste licht. 'Hoewel het me ineens te binnen schiet dat ik geen peren heb.'

'Ik ben geen expert, maar ik heb zo het idee dat dat een probleem zou kunnen zijn.'

'Ik neem aan dat je er morgenochtend wel een paar voor me wilt halen in het dorp?'

'Nou, dan moet ik eerst even in mijn agenda kijken…'

Bertie lachte. 'Dank je, Sadie, schat.'

Hij stond daar zo te dralen dat Sadie wist dat hij nog iets op zijn lever had. En dat was ook zo: 'Ik vond nog iets anders terwijl ik daarboven was.' Hij stak zijn hand in het blik, haalde er een boek met grote ezelsoren uit en hield het omhoog zodat ze het omslag kon zien. 'Zo goed als nieuw, nietwaar?'

Sadie herkende het onmiddellijk. Het was alsof je de deur opendeed voor een onverwachte oude vriend, zo iemand die er de hele tijd voor je geweest was tijdens een buitengewoon moeilijke en kwetsbare periode. Ze kon bijna niet geloven dat Bertie en Ruth het hadden bewaard. Het was moeilijk voor te stellen hoe belangrijk dit boek met hersenbrekers in haar vroegere leven was geweest, toen ze bij hen was komen wonen. Ze had zich opgesloten in de logeerkamer van haar grootouders, het kamertje boven de winkel dat Ruth speciaal voor haar had opgeknapt, en had dat hele ding daar doorgespit, pagina voor pagina, van voren naar achteren, haar verknochtheid grensde aan fanatisme.

'Je hebt ze allemaal opgelost, toch?' zei Bertie. 'Elke puzzel?'

Sadie was ontroerd door de trots die in zijn stem doorklonk. 'Jazeker.'

'Je hoefde niet eens te spieken bij de antwoorden.'

'Natuurlijk niet.' Ze zag de ruwe rafelrand achter in het boek waar ze de oplossingen had uitgescheurd zodat ze niet in de verleiding kon komen om ze op te zoeken. Dat was heel belangrijk voor haar geweest. De antwoorden moesten uit haarzelf komen, zodat haar prestaties eerlijk waren en absoluut boven elke verdenking verheven dat ze gesjoemeld zou hebben. Ze had daar natuurlijk iets mee willen bewijzen. Dat ze niet stom of hopeloos was of 'een rotte appel', ongeacht wat haar ouders vonden. Dat problemen, hoe groot dan ook, konden worden opgelost; dat een grote golf kon breken en de vissers het dan toch overleefden. 'Ruth heeft het voor me gekocht.'

'Nou en of.'

Het was het perfecte cadeau op het juiste moment geweest, hoewel Sadie vermoedde dat ze er toen niet heel blij mee was geweest. Ze kon zich niet herinneren wat ze had gezegd toen haar grootmoeder het haar had gegeven. Waarschijnlijk niets; ze blonk indertijd niet echt uit in communicatie. Een zestienjarig brutaal nest met een eenlettergrepige minachting voor alles en iedereen, inclusief (en in het bijzonder) deze onbekende familieleden die voor haar in de bres waren gesprongen om haar te redden.

'Ik vraag me af hoe ze op het idee kwam.'

'Daar was ze goed in, aardig én slim zijn. Ze zag mensen zelfs als ze hun best deden om zich te verbergen.' Bertie glimlachte en ze deden allebei net alsof er, door over Ruth te praten, geen tranen in zijn ogen waren opgeweld. Hij legde het puzzelboek op het nachtkastje. 'Misschien moet je een andere halen nu je hier logeert. Of misschien kun je zelfs een roman lezen. Dat doen mensen vaak als ze op vakantie zijn.'

'Is dat zo?'

'Dat hoor ik wel eens.'

'Misschien doe ik dat wel, dan.'

Hij trok een wenkbrauw op. Hij wilde graag weten waarom ze was gekomen, maar hij kende haar goed genoeg om niet aan te dringen. 'Goed,' zei hij in plaats daarvan, 'hoog tijd om erin te duiken. Je wordt rozig van die zeelucht, hè?'

Sadie beaamde dat en wenste hem welterusten, maar toen de deur achter hem in het slot viel hoorde ze dat zijn voetstappen weer terug naar boven gingen en niet door de gang naar zijn bed.

De geur van pijptabak sijpelde door de vloerplanken en de honden droomden onrustig naast haar. Boven haar ging haar grootvader de confrontatie aan met zijn eigen verleden en Sadie bladerde vluchtig door het boek. Gewoon een bescheiden verzameling hersenbrekers, niets bijzonders, en toch hadden ze haar leven gered. Ze had niet geweten dat ze slim was totdat haar grootmoeder haar dat boek had gegeven. Ze had niet geweten dat ze zo goed in puzzels was en dat hun oplossing haar de euforie verschafte die andere kinderen uit spijbelen haalden. Maar ze bleek het te zijn, en daarmee was er een deur opengegaan en was haar leven een pad ingeslagen dat ze zich nooit had kunnen voorstellen. Ze groeide op en over haar tienerproblemen heen en vond een baan met echte puzzels om op te lossen, waarvan de consequenties als ze faalde veel groter waren dan haar eigen intellectuele frustratie.

Was het toeval, vroeg ze zich af, dat Bertie het haar vanavond had gegeven, dit boek dat zoveel had betekend in die andere tijd? Of had hij op de een of andere manier geraden dat haar huidige probleem verbonden was met de gebeurtenissen die er vijftien jaar geleden voor hadden gezorgd dat ze die eerste keer een poos bij hem en Ruth was komen wonen?

Sadie pakte opnieuw de envelop en bestudeerde nogmaals dat strenge handschrift, waardoor haar eigen naam en adres op de voorkant geschreven aandeden als kritiek. De brief erin was haar eigen persoonlijke tijdbom, tik-tik-tikkend terwijl ze erachter probeerde te komen hoe ze hem kon ontmantelen. Hij had alles overhoop gegooid en zou dat blijven doen tot het haar lukte. Ze wenste dat ze dat vervloekte ding nooit had ontvangen. Dat de postbode hem uit zijn tas had laten vallen, de wind hem had weggeblazen en een hond erachteraan was gerend en er net zo lang op had gekauwd totdat er een kleffe prop van was overgebleven. Sadie zuchtte verdrietig en stak de brief in het puzzelboek. Ze was niet naïef: ze wist dat er niet zoiets bestond als 'eerlijk'. Desalniettemin had ze medelijden met zichzelf toen ze het boek dichtsloeg en het opborg. Het was ergens niet rechtvaardig dat het leven van iemand twee keer ontspoorde door één en dezelfde fout.

De oplossing diende zich aan toen ze bijna sliep. Ze was, wat inmiddels normaal was, aan het wegglijden naar een droom over het kleine meisje waarop van achteren het licht was gevallen, dat haar handjes uitstrekte en om haar moeder riep, en was op slag klaarwakker toen ze haar ogen opendeed. Het antwoord (op al haar problemen, zoals het in de helderheid van de nacht op Sadie overkwam) was zo eenvoudig dat ze niet kon geloven dat het haar zes weken had gekost om erop te komen. Zij, die zo trots was op haar vaardigheid om puzzels te ontrafelen. Ze had gewild dat de brief haar niet had bereikt, en wie zei dat dat niet ook het geval was? Sadie sloeg haar dekbed terug, zocht de brief weer op in het boek met hersenbrekers en graaide op haar nachtkastje naar een pen. *Adres onbekend*, krabbelde ze gejaagd op de voorkant – haar gretigheid maakte haar handschrift slordiger dan anders. *Retour afzender*. Ze liet een diepe zucht ontsnappen toen ze bekeek wat ze geschreven had. Er viel een last van haar schouders. Ze bood weerstand aan de drang om nogmaals de foto te bekijken en plakte de envelop voorzichtig weer dicht zodat het niemand zou opvallen dat hij open was geweest.

De volgende ochtend trok Sadie in alle vroegte, toen Bertie en de honden nog sliepen, haar hardloopkleding aan en jogde ze door de stille donkere straten, met de brief in haar hand. Ze liet hem in het dorp in de enige brievenbus glijden om hem in Londen terug te laten bezorgen. Sadie kreeg de glimlach niet van haar gezicht toen ze om de landtong heen rende. Haar voeten stampten met hernieuwde energie, en toen de zon in de roze lucht opkwam voelde ze zich tevreden in de wetenschap dat deze zeer onaangename zaak was opgelost en voorbij was. Eigenlijk was het alsof de brief haar nooit had gevonden. Bertie zou nooit de waarheid hoeven te weten achter haar onverwachte bezoek aan Cornwall, en zijzelf zou weer aan het werk kunnen gaan. Zonder dat de inhoud van de brief haar beoordelingsvermogen overschaduwde, zou ze in staat zijn om de zaak-Bailey voor eens en altijd los te laten, net als de verstandsverbijstering die haar in de greep had gehouden. Ze hoefde het alleen nog maar aan Donald te vertellen.

Toen ze later nog een keer op pad ging om voor Bertie peren te halen, liep Sadie met een omweg naar het dorp, over de klif naar het uitkijkpunt toe en daarna naar beneden via het steile pad aan de westzijde dat bij de speeltuin uitkwam. Ze kon niet ontkennen dat dit een schitterend deel van de wereld was. Sadie begreep waarom Bertie hiervoor gevallen was. 'Ik wist het onmiddellijk,' had hij haar verteld, met een verrassend herboren enthousiasme. 'Deze plek heeft gewoon iets wat me hiernaartoe heeft getrokken.' Hij wilde zo graag geloven dat mysterieuze externe krachten er de hand in hadden gehad, dat de verhuizing op de een of andere manier 'voorbestemd' was geweest, dat Sadie slechts had geglimlacht en geknikt en maar had nagelaten om hem te vertellen dat er heel weinig mensen waren die níét zouden hebben gevoeld dat het leven hen hierheen had geroepen.

Ze pakte de muntjes uit haar zak en liet ze van de ene hand in de andere vallen ter voorbereiding. Het mobiele netwerk in het dorp was onbetrouwbaar, maar er stond een telefooncel in het park. Ze zou van de gelegenheid gebruikmaken dat ze op pad was en buiten Berties gehoorafstand. Ze duwde de muntjes in de gleuf van het toestel en wachtte, terwijl ze onderwijl met haar duim tegen haar lip tikte.

'Raynes,' kwam zijn grom van de andere kant van de lijn.

'Donald,' zei ze, 'je spreekt met Sadie.'

'Sparrow? Ik kan je bijna niet verstaan. Hoe is je vakantie?'

'Echt top.' Ze aarzelde even voordat ze eraan toevoegde: 'Lekker rustig,' omdat ze het idee had dat je dat over een vakantie moest zeggen.

'Mooi zo.'

De verbinding stoorde. Ze waren geen van beiden goed in een praatje, dus besloot ze meteen met de deur in huis te vallen. 'Luister, ik heb veel nagedacht en ik ben er klaar voor om weer aan de slag te gaan.'

Stilte.

'Weer aan het werk,' voegde ze nog toe.

'Je bent pas een week weg.'

'En die was heel verhelderend. Zeelucht en alles wat daarbij hoort.'

'Ik dacht dat ik heel duidelijk was geweest, Sparrow. Vier weken en geen gemaar.'

'Weet ik, Don, maar luister…' Sadie wierp een blik over haar schouder en zag een vrouw een kind op een schommel voortduwen. Ze dempte haar stem. 'Ik weet dat ik over de schreef ben gegaan. Ik had het compleet bij het verkeerde eind, ik reageerde veel te fel en ik heb het verkeerd aangepakt. Je hebt het goed gezien dat er nog meer meespeelde, persoonlijk gedoe, maar dat ligt nu achter me, is opgelost, en –'

'Blijf even hangen.'

Sadie hoorde aan de andere kant iemand op de achtergrond iets mompelen.

Donald bromde iets terug voordat hij weer tegen haar sprak. 'Luister, Sparrow,' zei hij, 'er gebeurt hier het een en ander.'

'Echt waar? Een nieuwe zaak?'

'Ik moet verder.'

'Ja, oké, natuurlijk. Ik wilde alleen even zeggen dat ik er klaar voor ben om –'

'De verbinding is slecht. Bel me over een paar dagen terug, goed? Ergens volgende week. Dan gaan we het goed doorspreken.'

'Maar ik –'

Sadie vloekte in de hoorn toen de verbinding werd verbroken en zocht in haar zakken naar meer kleingeld. Ze draaide het nummer opnieuw, maar de oproep werd rechtstreeks doorgeschakeld naar Donalds voicemail. Ze wachtte een paar seconden en probeerde het nog een keer. Hetzelfde. Sadie liet geen boodschap achter.

Ze zat een poosje op het bankje vlak bij de speeltuin. Een paar zeemeeuwen vochten om een kluitje patat in een stuk krant dat op de grond gevallen was. Het kind op de schommel was aan het huilen en de kettingen van de schommel zwaaiden knarsend mee, alsof ze met het kind te doen hadden. Sadie vroeg zich af of het mogelijk was dat Donald haar volgende telefoontjes opzettelijk had genegeerd. Ze kwam tot de slotsom dat dit het geval was. Ze vroeg zich af of ze nog iemand anders kon bellen, nu ze toch bij de telefooncel zat met nog wat muntjes in haar zak, maar realiseerde zich dat er niemand was. Sadie liet haar knieën rusteloos op en neer wippen. De aanvechting om naar Londen terug te gaan, waar ze nuttig was en waar meer te doen was op een dag dan peren kopen, deed bijna pijn in haar lichaam. Frustratie, machteloosheid en de plots gedempte opwinding maakten haar onzeker. Het kind op de schommel had nu een regelrechte driftbui, het stuiterde alle kanten op en verzette zich tegen de pogingen van zijn moeder om zijn betraande gezicht af te vegen. Sadie had graag met hem meegedaan.

'Hij is in de aanbieding,' zei de moeder tegen Sadie toen ze langsliep, op die schertsende toon waarvan ouders zich bedienen wanneer ze voor de grap zeggen dat ze hun kind willen weggeven.

Sadie glimlachte flauwtjes en liep verder naar het dorp, waar ze veel langer dan nodig was de tijd nam om de peren uit te zoeken. Ze bekeek ze stuk voor stuk alsof het verdachten in een confrontatie waren alvorens haar keuze te maken, aan de kassa af te rekenen en aan de terugweg te beginnen.

Ze was al eens eerder langs de bibliotheek gelopen – het bakstenen gebouw lag op High Street en was een niet te missen herkenningspunt tussen Seaview Cottage en het dorpscentrum in – maar het was niet in haar opgekomen om er naar binnen te gaan. Ze had weinig met bibliotheken. Te veel boeken, te stil. Nu bleef ze echter, toen ze de uitstalling in het raam zag, abrupt stilstaan. Het was een piramide van thrillers, een heleboel, alle met een zwart omslag met daarop over de volledige kaft in dikke zilveren letters de naam A.C. Edevane. Sadie kende de auteur natuurlijk. A.C. Edevane was een van de paar misdaadschrijvers van wie de boeken werkelijk door het politiekorps werden gelezen, en bovendien een nationale beroemdheid. Toen Louise had verteld over de familie Edevane en hun huis bij het meer, had Sadie het verband niet direct gelegd. Maar nu ze een blik wierp op de poster die boven de display was opgehangen – LOKALE AUTEUR PUBLICEERT HAAR VIJFTIGSTE BOEK – voelde ze die speciale opwinding van twee schijnbaar los van elkaar staande elementen die opeens samenkwamen.

In een opwelling ging Sadie het gebouw binnen. Een hulpvaardige man met dwergachtige afmetingen en met een naamplaatje op zijn overhemd verzekerde haar dat ze inderdaad een afdeling lokale geschiedenis hadden; zocht ze iets speciaals en kon hij haar daar wellicht mee helpen? 'Eigenlijk wel, ja,' zei Sadie, terwijl ze haar rugzakje met peren op de grond zette. 'Ik wil graag van alles te weten komen over een huis. En een oude politiezaak. En nu ik toch hier ben, laat ik me ook graag uw favoriete roman van A.C. Edevane aanbevelen.'

6

Londen, 2003

Peter liet het pakketje bijna vallen toen hij een spurt inzette om de bus te halen. Gelukkig had hij door zijn aangeboren stunteligheid van jongs af aan voldoende geoefend om dingen weer net op tijd op te vangen, en hij slaagde erin om het met zijn elleboog tegen zijn zij aan te drukken terwijl hij doordraafde. Hij pakte zijn buspasje uit zijn zak, veegde een haarlok uit zijn ogen en zag nog één vrije zitplaats. 'Neem me niet kwalijk,' zei hij tegen niemand in het bijzonder, terwijl de bus schielijk optrok en hij door het middenpad naar zijn plaats wankelde. 'Neem me niet kwalijk alstublieft. Sorry. Sorry.'

De vrouw die met getuite lippen de zitplaats bij het raam bezette, fronste boven haar opengeslagen exemplaar van *The Times* toen de bus een hoek omsloeg en Peter op de stoel naast haar neerviel. Het feit dat ze snel een stukje opzijschoof en licht maar nadrukkelijk verontwaardigd zuchtte, maakte duidelijk dat hij een onwelkome wervelwind van onrust en overlast met zich meebracht. Dat was iets wat Peter altijd al van zichzelf gedacht had, dus hij vatte haar reactie geenszins als een belediging op. 'Was eigenlijk van plan om te gaan lopen,' zei hij met een glimlach, terwijl hij zijn tas en het pakketje tussen zijn voeten op de grond liet zakken. 'Toch best ver van hieraf naar Hampstead, zeker in deze hitte.'

De vrouw beantwoordde zijn glimlach op een vernietigende manier, die door een minder ruimhartig iemand dan Peter had kunnen worden opgevat als een grimas, en richtte zich vervolgens weer op haar krant, wapperend met de losse vellen om ze weer in hun oorspronkelijke vorm terug te krijgen. Het was een manier van lezen die geen rekening hield met de persoon die naast haar zat, maar Peter was niet groot van stuk en als hij ver genoeg naar achteren leunde raakten de pagina's hem amper. Bovendien kon hij mooi de krantenkoppen meelezen, wat hem weer een tripje naar de kiosk bespaarde als hij in Hampstead was.

Alice verwachtte van hem dat hij het nieuws op de voet volgde. Ze kon op haar praatstoel zitten als ze goed geluimd was en had een hekel aan domme mensen. Dat laatste had hij van Alice zelf vernomen: al op de allereerste dag van hun samenwerking had ze dit onomwonden gemeld. Ze had daarbij haar ogen zichtbaar samengeknepen, alsof ze de bovenmenselijke gave bezat om een persoon te scannen en in één oogopslag domheid bij ze te detecteren.

Peter liet zijn blik dwalen over pagina twee, die dankzij zijn hulpvaardige buurvrouw op zijn schoot uitgespreid lag: in de laatste opiniepeilingen stonden Labour en de Conservatieven op gelijke hoogte, zes leden van de Royal Military Police waren in Irak omgekomen, en Margaret Hodge werd getipt als de eerste minister voor Jeugd en Gezin. In ieder geval was de zaak-Bailey eindelijk van de voorpagina's verdwenen. Het was echt een dieptriest geval geweest, een kind dat zomaar dagenlang in haar uppie aan haar lot was overgelaten, in de steek gelaten door juist die persoon van wie je veronderstelde dat ze altijd voor haar zou zorgen. Peter had het op een middag, toen ze samen theedronken en de zaak overal het gesprek van de dag was, precies zo geformuleerd. Alice' reactie had hem verrast. Ze had hem met strenge blik over haar theekopje aangekeken en geantwoord dat niemand het recht had om te oordelen zonder het hele verhaal te kennen. 'Jij bent nog jong,' vervolgde ze snel. 'Het leven zal je leren dat je nooit kortzichtig moet afgaan op veronderstellingen. Het enige wat je zeker weet is dat je van niémand werkelijk ooit zeker kunt zijn.'

Hij had aanvankelijk moeite gehad met Alice' verbitterde houding. In de eerste maand van hun samenwerking had Peter herhaaldelijk op het punt gestaan om het bijltje erbij neer te gooien, totdat hij had ingezien dat het gewoon een van haar karaktereigenschappen was, een vorm van humor, bij tijd en wijle bijtend maar nooit echt vals. Peters probleem was dat hij altijd alles te serieus nam. Hij wist dat dit een tekortkoming van hem was en hij deed zijn best om het te veranderen, of in ieder geval te verbloemen, maar dat was niet altijd makkelijk: hij was voor zover hij zich kon herinneren nooit anders geweest. Zijn vader en moeder vormden samen met zijn broers een opgewekte kliek, altijd in voor een geintje, en in Peters jeugd hadden ze hem vaak hoofdschuddend aangekeken, gegniffeld en met hun handen door zijn haar gewoeld als hij weer eens te lang bleef piekeren over een grapje of plagerijtje. Ze zeiden dan dat hij net een koekoeksjong was, een heel serieus koekoekje, dat per abuis in hun nest terechtgekomen was – wat een bofkont.

Peter had zich wel gestoord aan die omschrijving, maar toch ook weer niet heel erg. Hij wás nu eenmaal altijd anders geweest, en niet alleen qua karakter. Zijn twee oudere broers waren brede, sterke jongens geweest die waren uitgegroeid tot brede, sterke mannen, van die mannen die er goed uitzagen met een glas bier in de ene hand en een voetbal in de andere. En dan had je Peter: mager, bleek en slungelig, een beetje 'gauw bezeerd'. Zijn moeder had dit niet kwaad bedoeld, eerder met een zekere verwondering vastgesteld dat zij en zijn vader dit zonderlinge, kleine wisselkind met zijn kwetsbare huid en curieuze, ondoorgrondelijke passie voor zijn bibliotheekpasje zelf op de wereld hadden gezet. 'Hij is verzot op lezen,' hadden zijn ouders aan hun vrienden verteld, op net zo'n ontzagvolle toon als ze zouden hebben aangeslagen om te verkondigen dat hij was genomineerd voor de hoogste militaire onderscheiding, het Victoria Cross.

Peter wás inderdaad verzot op lezen. Al toen hij acht was had hij de complete jeugdafdeling van de bibliotheek van Kilburn verslonden, een prestatie waar je misschien trots op zou moeten zijn en die een feestje waard was, ware het niet dat het probleem zich voordeed dat hij nog jaren te overbruggen had voordat hij in het bezit zou zijn van het felbegeerde uitleenpasje voor volwassenen. Goddank was mevrouw Talbot er geweest, die op haar onderlip had gebeten, haar naamplaatje op haar citroengele vest had rechtgetrokken en hem op het hart had gedrukt – met een lichte, vastberaden trilling in haar anders zachte, beschaafde stem – dat ze er persoonlijk voor zou instaan dat hij nóóit zonder boeken zou komen te zitten. In de ogen van Peter was ze een tovenares. Ontcijferaar van geheime codes, meesteres over de indexkaarten en de Dewey Decimale Classificatie en opener van deuren naar wonderbaarlijke plaatsen.

Die middagen in de bibliotheek, waar hij het oude door de zon verwarmde stof van zo'n duizend verhalen inademde (versterkt door de schimmel van al honderd jaar optrekkend vocht), waren betoverend geweest. Dat was twintig jaar geleden, en nu hier, in bus 168 naar Hampstead Heath, waande Peter zich daar bijna even terug. Zijn benen trilden licht toen hij zichzelf weer als negenjarig jochie voor zich zag, zo onhandig als een veulen. Hij voelde zich blij worden toen hij terugdacht aan die tijd binnen die vier stenen muren, waarin de wereld nog volledig voor hem open had gelegen, maar tegelijkertijd ook veilig en bevaarbaar leek.

Peter riskeerde een geïrriteerde zucht van zijn buurvrouw toen hij zijn arm voor de krant langs uitstrekte en in zijn tas op zoek ging naar het werkschema. Hij had het onder de voorflap van het met grote ezelsoren getooide exemplaar van *Great Expectations* gestopt, dat hij ter ere van mevrouw Talbot herlas, en bestudeerde nu het glimlachende portret op de voorkant.

Toen Peter Alice had verteld dat hij dinsdagochtend vrij wilde nemen om naar een begrafenis te gaan, was ze zoals altijd nieuwsgierig geweest. Ze legde steevast een bovenmatige belangstelling aan de dag voor de details van zijn leven. Ze vroeg hem het hemd van het lijf als ze daarvoor in de stemming was en stelde dan vragen die je eerder zou verwachten van een buitenaardse student in menselijke gedaante dan van een zesentachtigjarige medemens. Peter zou, als hij daar ooit een gedachte aan zou hebben gewijd, zijn leven tot dat moment waarschijnlijk hebben beschreven als saai en weinig verheffend, en had de belangstelling van de vrouw aanvankelijk vervelend gevonden. Hij voelde zich veel prettiger als hij over het leven en de opvattingen van anderen las dan wanneer hij over zijn eigen leven moest uitweiden. Maar Alice was er niet de vrouw naar om tegenspraak te dulden, en hij was er in de afgelopen jaren door oefening al veel beter in geworden om haar vragen openhartig te beantwoorden. Niet omdat hij vond dat hij dit waard was, maar omdat hij zich realiseerde dat de belangstelling van Alice niet exclusief hem gold. Ze was net zo nieuwsgierig naar de gewoonten van een groep vossen die achter haar tuinschuur leefde.

'Een begrafenis?' zei ze terwijl ze scherp opkeek van de boeken die ze voor haar Spaanse uitgever aan het signeren was.

'De eerste keer voor mij.'

'Zal niet de laatste zijn,' zei ze zonder omhaal en zette ondertussen een grote krul op de pagina voor haar. 'Een mens verzamelt ze in de loop van zijn leven. Als je zo oud bent als ik ontdek je dat je meer mensen onder de grond hebt gestopt dan je bij elkaar zou kunnen krijgen voor een theevisite. Noodzakelijk natuurlijk; van een dode zonder begrafenis komt niets goeds terecht.' Peter had zich misschien kunnen verbazen over die opmerking, maar voordat hij erover kon nadenken vervolgde Alice: 'Familie van je? Een vriend? Altijd treuriger als een jong iemand doodgaat.'

Peter had haar daarna over mevrouw Talbot verteld en stond er zelf versteld van dat hij zich zoveel dingen kon herinneren, al die rare onbeduidende details die zich in zijn negen jaar oude brein hadden genesteld. Het verfijnde roodgouden horloge dat ze had gedragen, haar gewoonte om met het topje van haar wijsvinger over haar duim te wrijven als ze nadacht, haar huid die naar muskus en bloemblaadjes rook.

'Een gids,' had Alice gezegd, haar zilverkleurige wenkbrauwen optrekkend. 'Een mentor. Wat heb je daarmee geboft. En je hebt al die jaren contact met haar gehouden?'

'Niet echt. We zijn elkaar uit het oog verloren toen ik naar de universiteit ging.'

'Je ging toch wel bij haar op bezoek, neem ik aan.' Een conclusie, geen vraag.

'Niet vaak genoeg.'

Nooit, maar hij schaamde zich daarvoor te diep om het aan Alice toe te geven. Hij had overwogen om een keer bij de bibliotheek langs te gaan, was dat ook echt van plan, maar zijn leven was te druk geweest en hij was er gewoon nooit toe gekomen. Hij had bij toeval vernomen dat mevrouw Talbot was overleden. Hij was in opdracht van Alice in de British Library geweest en had loom door de sconul-nieuwsbrief gebladerd terwijl hij wachtte op een Duitse uitgave over soorten vergif, die uit de archieven moest komen, toen haar naam hem was opgevallen. Mevrouw Talbot – *Lucy* Talbot, natuurlijk had ze een voornaam gehad – had de strijd tegen kanker uiteindelijk verloren, de begrafenis zou op dinsdag 10 juni zijn. Peter had een korte elektrische schok gevoeld. Hij had niet eens geweten dat ze ziek was. Waarom zou hij ook. Hij hield zichzelf voor dat het nu eenmaal zo ging in het leven, kinderen werden groot en mensen groeiden uit elkaar. En misschien maakte hij het mooier dan het was: de herinnering had zijn vriendschap met mevrouw Talbot vast uitvergroot. Hij had zich vermoedelijk alleen maar ingebeeld dat er tussen hen een speciale band had bestaan, terwijl ze in feite gewoon haar werk deed, waarbij hij slechts een van de velen was.

'Dat durf ik te betwijfelen,' had Alice daarop gezegd. 'Het is veel waarschijnlijker dat door de vele kinderen met wie ze in aanraking kwam en met wie ze geen speciale band ontwikkelde, degene met wie ze die band wel had juist heel veel voor haar betekende.'

Peter had geen moment gedacht dat Alice probeerde zijn eigenwaarde op te vijzelen. Ze had gewoon gezegd hoe ze erover dacht, onomwonden als altijd, en als hij daardoor het gevoel kreeg dat hij een hufter was, was dat niet haar probleem.

Hij had gedacht dat het onderwerp hiermee was afgesloten, wijdde zich aan zijn dagelijkse werkzaamheden en tikte de scènes die Alice die ochtend had geschreven uit op de nieuwe computer die ze weigerde te gebruiken. Het was al uren later toen ze opeens zei: 'Heeft ze je ooit een boek van mij gegeven?'

Peter had opgekeken van de getypte, zwaar geredigeerde zin die hij op de computer aan het invoeren was. Hij had geen idee waar Alice op doelde. Hij was zich er niet eens van bewust geweest dat ze nog altijd bij hem in de kamer was. Het was hoogst ongebruikelijk dat Alice er rond bleef hangen als hij aan het werk was; je kon er de klok op gelijk zetten dat ze 's middags verdween, op pad voor een van haar geheimzinnige missies waarover ze hem in het ongewisse liet.

'Die bibliothecaresse van jou. Heeft ze jou ooit een van mijn boeken gegeven?'

Even overwoog hij om te liegen, maar slechts een seconde. Alice had een goede neus voor oneerlijkheid. Toen hij zei dat ze dat niet had gedaan, verraste Alice hem door te lachen. 'Dat is maar goed ook. Het is niet echt geschikt voor kinderen, wat ik schrijf.'

Wat zeker waar was. De boeken van Alice waren Engelse mysterieverhalen, maar er viel niets leuks in te ontdekken. Ze vielen onder het genre misdaadromans, en recensenten omschreven ze graag als 'psychologische thrillers' en 'moreel dubbelzinnig'. Waarom iemand iets had gedaan was net zo belangrijk als het wie en hoe. Zoals ze zelf ooit had gezegd in een beroemd interview met de BBC was moord op zich niet interessant; het waren de drijfveer om te doden, de menselijke factor en de fascinaties en driften die aanzetten tot die verschrikkelijke daad die het spannend maakten. Alice had een inzicht in die fascinaties en driften als geen ander. Ze had geknikt toen de interviewer dat zei en beleefd geluisterd toen hij suggereerde dat ze zich eigenlijk net iets té goed kon inleven in deze materie om je als lezer op je gemak te voelen. Daarop had ze geantwoord: 'Maar natuurlijk hoef je niet zelf een moord te hebben gepleegd om erover te kunnen schrijven, net zomin als je een tijdmachine nodig hebt om over de

Slag bij Azincourt te schrijven. Het vereist slechts kennis van de duistere roerselen van de menselijke ziel, en de bereidheid om die tot op het bot te analyseren.' Ze had hem daarbij minzaam glimlachend aangekeken. 'Trouwens, hebben we niet allemaal wel eens de aandrang gevoeld om te doden, al is het maar een ogenblik?'

Haar boeken waren in de weken na het interview niet aan te slepen geweest. Niet dat ze dat echt nodig had. Ze was enorm succesvol en dat al decennialang. De naam A.C. Edevane stond symbool voor het gehele genre van de misdaadroman. De door haar bedachte rechercheur Diggory Brent, de nurkse ex-soldaat met de neiging tot onbeholpenheid, was bij een grote schare lezers meer geliefd dan hun eigen vader. Dat was niet zomaar een hyperbool van Peter: bij een recente enquête in *The Sunday Times* had men die stelling ook geponeerd en de respons van de lezers had die gestaafd. 'Opmerkelijk,' had Alice gezegd nadat haar uitgever haar met dit nieuws had gebeld. En vervolgens, om Peter toch vooral niet het idee te geven dat ze eropuit zou kunnen zijn om anderen te behagen: 'En zeker niet wat ik beoogde.'

Peter had het Alice nooit verteld, maar hij had geen enkel boek van haar gelezen voordat hij als assistent bij haar aan de slag was gegaan. Hij had eigenlijk maar heel weinig hedendaagse fictie gelezen, dus ook niet van haar. Mevrouw Talbot, die haar verantwoordelijkheid bij het verstrekken van in feite verboden volwassen boeken aan een minderjarige heel serieus had genomen, had kort geaarzeld welke non-fictie het meest geschikt zou zijn om mee te beginnen (welke schade, overpeinsde ze hardop, konden de bladzijden uit historische boeken nu aan de geest van een kind toebrengen?), en had toen besloten dat de klassieken als basis onovertroffen waren, waarop ze het bibliotheekexemplaar van *Great Expectations* van de plank had geplukt. Peter was als een blok gevallen voor gaslicht, pandjesjassen en paardenkoetsen en had nooit meer naar iets anders omgekeken (of vooruitgekeken, afhankelijk van hoe je het bekeek).

Grappig genoeg was het juist zijn obsessieve verslaving aan negentiende-eeuwse fictie geweest die hem had samengebracht met Alice. Peter had na zijn afstuderen voor een moeilijke beslissing gestaan – de banen voor mensen die waren afgestudeerd op 'Allegorische constellaties; verlichting, zelfbeeld en sensibiliteit in victoriaanse romans, 1875–1893' lagen immers niet voor het oprapen – en hij had zichzelf tot na de zomer gegeven om met een gedegen plan op de proppen te komen. De huur moest nog steeds elke maand worden betaald, dus verdiende hij wat bij als hulpje bij zijn broer David, die een ongediertebestrijdingsbedrijfje runde. Alice was op een maandagmorgen de eerste geweest die belde. Ze had last van een angstaanjagend tikkend geluid in haar muur, dat haar het hele weekend uit haar slaap had gehouden, en er moest onmiddellijk iemand naar komen kijken.

'Sarcastische ouwe dame,' had David tegen Peter gezegd toen ze in Heath Street uit het busje sprongen en naar het huis van Alice liepen. 'Maar ongevaarlijk. Ze heeft de eigenaardige gewoonte om me op te roepen en me dan te vertellen wat ze denkt dat ik zal aantreffen. En nog maffer is dat ze dan telkens weer gelijk blijkt te hebben.'

'Ik vermoed de bonte knaagkever,' zei ze toen David zijn kist uitpakte op de vloer van haar slaapkamer en zijn luisterglas tegen het pleisterwerk aan drukte. 'Xestobium...'

'...rufovillosum,' had Peter tegelijk met haar gemompeld. En vervolgens, omdat David hem aan stond te staren alsof hij van een andere planeet kwam: 'Zoals in "Het verraderlijke hart".'

Er was een korte, ijzige stilte gevallen, en toen: 'Wie is dit?' Alice had met exact zo'n stem gesproken als de koningin waarschijnlijk zou hebben gebruikt als ze binnen was komen vallen om de voortgang van de verdelging van het ongedierte te inspecteren. 'Ik kan me niet herinneren dat u een assistent had, meneer Obel?'

David had uitgelegd dat hij geen assistent had; dat Peter zijn kleine broertje was, die hem een paar weken kwam helpen terwijl hij nadacht over hoe hij zijn leven verder ging inrichten. 'Moest een poosje met zijn neus uit die boeken,' had hij eraan toegevoegd. 'Wordt veel te slim, meer dan goed voor hem is.'

Alice had met een bijna onzichtbaar knikje gereageerd en zich vervolgens teruggetrokken. Haar voetstappen echoden toen ze de trap op liep naar de kamer direct onder het dak, waarvan Peter inmiddels wist dat het haar schrijfhok was.

David had hem later een schouderklopje gegeven toen ze in het rokerige zitje achter in de Dog and Whistle zaten. 'Dus jij hebt de draak wakker gemaakt en kunt het toch navertellen,' had hij gegrapt, terwijl hij de laatste slok bier naar binnen goot en de dartpijlen bij elkaar raapte. 'Wat zei je eigenlijk tegen haar – dat gedoe met dat hart?'

Peter had hem verteld over Poe en zijn naamloze verteller, hoe zorgvuldig hij te werk was gegaan bij de moord die hij had gepleegd, hoe hij zijn gezondheid van geest probeerde te bewaren en zijn uiteindelijke veroordeling, terwijl David, die weinig op had met de diepere aspecten van het leven, de ene na de andere dartpijl midden in de roos gooide. Toen alle pijlen erin zaten, had hij opgewekt gezegd dat hij van geluk mocht spreken dat Alice hem niet achter de muur had gestopt. 'Dat doet ze namelijk, weet je: mensen vermoorden. Geen echte – althans, niet dat ik weet. Pleegt alle moorden op papier.'

Alice' brief was een week later gearriveerd, gestoken in dezelfde envelop als de cheque voor de betaling van haar openstaande rekening. Hij was getypt op een machine waarvan de 'e' kapot was en ondertekend in marineblauwe inkt. De boodschap was kort en bondig geweest. Ze zocht een tijdelijke assistent, als vervanging voor haar vaste medewerker die even van het toneel was verdwenen. Ze wilde hem vrijdag om twaalf uur spreken.

Waarom was hij gehoorzaam komen opdraven zoals ze hem had opgedragen? Hij kon het zich niet meer goed voor de geest halen, behalve dat hij inmiddels wist dat mensen geneigd waren Alice Edevanes instructies op te volgen. Exact om twaalf uur had hij op de deurbel gedrukt en hij was naar een jadegroene zitkamer op de benedenverdieping geleid. Alice droeg een nette katoenen broek en een zijden blouse, een combinatie die hij inmiddels als haar uniform beschouwde, en er hing een grote gouden hanger aan een ketting om haar nek. Haar witte haar zat netjes in model, uit haar gezicht vastgezet en achter beide oren eindigend in een stijve krul. Ze had zelf plaatsgenomen aan een mahoniehouten bureau en gebaarde dat hij de gecapitonneerde fauteuil tegenover haar moest nemen. Daarna maakte ze een soort brug van haar handen, waarover ze een spervuur aan vragen op hem afvuurde die niet echt relevant leken voor de positie die ze ingevuld wilde zien. Hij was midden in een zin toen ze een snelle blik op de scheepsklok op de schoorsteenmantel wierp, abrupt opstond en hem een hand gaf. Hij kon zich nog goed herinneren hoe onverwacht koel en vogelachtig die had aangevoeld. Het sollicitatiegesprek was afgelopen, zei ze kortaf. Ze had nog veel te doen; hij kon volgende week beginnen.

Bus 168 vertraagde voor de halte aan het einde van Fitzjohn Avenue en Peter pakte zijn spullen op. Dat gesprek met Alice was drie jaar geleden.

De vaste medewerker was merkwaardigerwijs nooit teruggekeerd en Peter was gebleven.

Alice werkte aan een bijzonder lastige passage, een overgang. Die waren altijd het moeilijkst om te schrijven. Voor het verhaal waren ze niet essentieel, maar dat maakte het juist zo problematisch, de schijnbaar eenvoudige taak om een hoofdpersoon van belangrijk moment A naar belangrijk moment B te krijgen zonder de aandacht van de lezer te verliezen. Ze had het nog nooit aan iemand toegegeven, zeker niet tegenover journalisten, maar die ellendige stukken konden haar nog altijd tot wanhoop drijven, zelfs na negenenveertig boeken.

Ze duwde haar leesbril hoger op haar neusbrug, schoof de wagen van de typemachine opzij en herlas haar laatste zin: *Diggory Brent verliet het mortuarium en liep terug naar zijn kantoor.*

Routinematig, helder, gericht, en de volgende zinnen moesten net zo rechttoe rechtaan worden. Ze kende het klappen van de zweep. Geef hem een paar gedachten die horen bij de verhaallijn, nu en dan wat informatie over zijn fysieke voortgang om de lezer eraan te herinneren dat hij onderweg is, en dan de laatste zin die hem door de deur van zijn kantoor brengt naar waar – voilà! – de volgende verrassing op hem wacht om hem verder door het verhaal te loodsen.

Het probleem was dat ze al bijna elk scenario dat ze had kunnen bedenken geschreven had, en Alice verveelde zich. Ze had dit gevoel nog niet vaak gehad en wilde er niet aan toegeven. Verveling was, zoals haar moeder altijd tegen hen had gezegd, een beklagenswaardige geestesgesteldheid, het domein van de hersenlozen. Met haar vingers boven de toetsen overwoog Alice om er een paar gedachten in te weven over het stukje van de quilt waar hij aan werkte; misschien een allegorie voor de onverwachte wending die de zaak had genomen.

Ze waren nuttig, die kleine stukjes stof. Ze hadden haar meer dan eens gered. Geweldig om te bedenken dat die lapjesdeken een gelukkig toeval was. Ze was naarstig op zoek geweest naar een hobby voor Diggory die zijn intuïtie voor patronen zou benadrukken, precies op het moment dat haar zus Deborah zwanger was geworden en in een opwelling een voor haar wel heel vreemde ommezwaai had gemaakt door naald en draad op te pakken. 'Het ontspant me,' had ze gezegd. 'Dan hoef ik me geen zorgen te maken over alle dingen die misschien fout zouden kunnen gaan.' Het leek haar precies de soort heilzame activiteit waar een man als Diggory Brent zich op zou kunnen storten om de lange nachtelijke uren mee op te vullen, die voorheen door zijn jonge gezin waren opgevuld. Critici beweerden elke keer weer dat de hobby een poging van Alice was om de ruwe kantjes van haar rechercheur te verzachten, maar dat was niet waar. Alice hield van ruwe kantjes, en ze koesterde een groot wantrouwen jegens mensen die beweerden dat ze er geen hadden.

Diggory Brent verliet het mortuarium en liep terug naar zijn kantoor. En...? Alice' vingers zweefden boven de toetsen. En toen? *Onder het lopen bedacht hij... Wat?*

Haar hoofd bleef leeg.

Gefrustreerd schoof Alice de wagen weer op zijn plaats. Ze legde haar bril neer, gaf de strijd op en keek door het raam naar buiten. Het was een warme dag begin juni en de lucht was schitterend blauw. Als jong meisje was het voor haar onmogelijk geweest om de verleiding van de buitenwereld te weerstaan op een dag als vandaag, met de geur van zonverlichte bladeren en kamperfoelie, het tikkende geluid van zinderend beton en krekels die zich in het koele struikgewas verscholen. Maar Alice was dat meisje al heel lang niet meer, en er waren maar weinig plaatsen waar ze nu liever zou willen zijn, zelfs nu haar creativiteit haar in de steek liet, dan hier in haar eigen schrijfhok.

De kamer lag helemaal boven in de nok van het huis, een rood bakstenen victoriaans rijtjeshuis hoog op Holly Hill. Het was een kleine kamer met een schuin plafond en toch zeer stijlvol, volgens de makelaar die Alice de kamer had laten zien. De voormalige bewoner had hem ingericht om zijn moeder in weg te stoppen. Ze was hem tot last geworden, veronderstelde men. Alice prees zich gelukkig dat ze geen kinderen had. De kamer had de doorslag gegeven om het huis te kopen, hoewel niet vanwege zijn ongelukkige verleden. Daar had ze genoeg van in haar familie, dank je wel, en ze was nogal immuun voor de dwaze gewoonte om het verleden te romantiseren. Het was de ligging van de kamer geweest die Alice over de streep had getrokken om het te kopen. Hij had wat weg van een nest, een uitkijkpost, een wachttoren.

Vanwaar ze zat te schrijven kon ze over Hampstead heen kijken in de richting van de Heath, tot aan het vrouwenzwembad en de torenspitsen van Highgate daarachter. Achter haar was een klein rond scheepsraam dat uitzicht bood op de achtertuin, helemaal tot de bemoste stenen muur en een kleine houten schuur die de grens vormden van haar terrein. De tuin was dichtbegroeid, een erfenis van een eerdere eigenaar, een hovenier die bij Kew Gardens werkte en die in haar eigen achtertuin een 'Tuin der Lusten' had aangelegd. Nu Alice hem bezat zag de tuin er nogal verwilderd uit, maar dat kwam niet door toeval of verwaarlozing. Ze was gek op bossen en hield meer van een omgeving die niet tot in de puntjes verzorgd was.

Beneden hoorde ze het slot van de voordeur rammelen en de houten vloer in de entree kraakte. Er klonk een bons toen er iets op de grond viel. Peter. Het was niet zo dat hij echt onhandig was, maar zijn lange ledematen hadden de gewoonte om hem in de weg te zitten. Alice wierp een blik op haar polshorloge en zag tot haar verbazing dat het al twee uur was. Geen wonder dat ze trek had. Ze vlocht haar vingers ineen en strekte haar armen voor zich uit. Ze stond op, geïrriteerd dat ze een hele ochtend had verspild aan het geploeter om Diggory Brent van A naar B te krijgen, maar er viel nu niets meer aan te doen. Een halve eeuw als broodschrijver had haar geleerd dat er af en toe dagen tussen zaten waarop je het beste maar weg kon lopen. Diggory Brent moest dan maar de nacht doorbrengen in het niemandsland tussen mortuarium en kantoor. Alice waste haar handen in het kleine wasbakje bij het achterraam, droogde ze aan de handdoek en liep de smalle trap af.

Ze wist natuurlijk wel waarom het haar zo moeilijk afging en het lag niet alleen aan verveling. Het kwam door dat verdomde jubileum en al die heisa daaromheen, waartoe haar uitgevers hadden besloten toen de datum in zicht kwam. Het was een welgemeend eerbetoon, en Alice had daar in andere omstandigheden best van kunnen genieten, maar het boek vorderde voor geen meter. Althans, ze had het idée dat het geen meter opschoot – en dat was het halve probleem: hoe kon ze dat werkelijk zelf beoordelen? Haar redactrice, Jane, was goed en enthousiast, maar ze was ook nog jong en verafgoodde haar. Kritiek, échte kritiek, was iets te veel gevraagd.

In haar zwaarmoedigste buien vreesde Alice dat er niemand meer over was die het haar kon zeggen als de kwaliteit van haar werk achteruit zou gaan. Ze twijfelde er niet aan dat dat op een bepaald moment zou gaan gebeuren; ze volgde het werk van andere schrijvers van haar generatie en genre en wist dat er altijd een boek kwam waarin ze hun grip op de mores en denkbeelden van de moderne wereld begonnen te verliezen. Het was niet altijd direct duidelijk zichtbaar – het net iets te veel uitleggen van een nieuwe technologie, die voor de lezers al heel normaal was; het gebruik van een formele term terwijl de verkorte versie gangbaar was; een culturele toespeling op iets van een jaar geleden – maar het was genoeg om de vaart uit het verhaal te halen. Voor Alice, die er juist prat op ging dat haar boeken zo geloofwaardig waren en gedurende haar hele carrière bedolven was geweest onder de complimenten, was het idee om onder haar niveau te publiceren huiveringwekkend.

Daarom zat ze elke middag in de metro, soms naar oorden waar ze niets te zoeken had. Haar leven lang al was Alice zeer geïnteresseerd in mensen. Ze vond ze niet altijd aardig en zocht zelden hun gezelschap op uit een sociale behoefte, maar ze vond ze wel fascinerend. En er was geen betere plaats om naar mensen te kijken dan in de konijnenholen van de ondergrondse. Heel Londen liep door die tunnels, een gestage menselijke stroom in al zijn eigenaardige en wonderbaarlijke verschijningsvormen, en Alice glipte tussen hen door als een geest. Ouder worden was rampzalig, maar de dekmantel van de onzichtbaarheid van een bejaarde vormde het enige kleine lichtpuntje. Niemand lette op dat kleine oude dametje, ingetogen zittend in een hoekje van de wagon met haar handtas op haar schoot.

'Hallooo, Alice,' riep Peter uit de keuken. 'Lunch is zo klaar.'

Alice aarzelde op de overloop van de eerste verdieping, maar kon zich er niet toe zetten om iets terug te roepen. De echo van haar moeders preken in het verre verleden over decorum toeterde nog te luid in haar oren. Zo was Eleanor, dacht Alice toen ze het laatste deel van de trap af liep: het was al bijna zeventig jaar geleden dat ze onder hetzelfde dak hadden gewoond, en nog altijd bepaalde zij de huisregels, zelfs hier in dit huis dat ze nooit had gezien. Alice vroeg zich heel soms af wat haar moeder, als ze langer was blijven leven, van haar dochters leven had gevonden – of ze zou hebben ingestemd met de carrière van Alice, haar kleding en het ontbreken van een man. Eleanor had er zeer standvastige ideeën op nagehouden over monogamie en de daaraan verbonden loyaliteit, maar zij was dan ook met haar jeugdliefde getrouwd, dus was het niet helemaal een eerlijke vergelijking. Moeder was in de herinneringen die Alice nog uit haar kindertijd waren bijgebleven heel erg vervaagd, ze was zozeer iemand uit het verre verleden geworden dat het bijna onmogelijk was om je voor te stellen hoe ze met de veranderde tijden zou zijn meegegaan. Voor Alice bleef ze een beeldschone, onkreukbare dame, geliefd maar afstandelijk, die in haar laatste jaren kwetsbaar was geworden door alles wat ze was kwijtgeraakt, de enige persoon die Alice bij tijd en wijle zo vreselijk miste, met het intense, pijnlijke verlangen van een gewond kind.

Normaal gesproken was ze bepaald geen afhankelijke vrouw. Alice was bijna haar hele leven als volwassene alleen geweest, een feit waar ze niet trots op was, maar waar ze zich ook niet voor schaamde. Ze had wel minnaars gehad, die een voor een hun kleren en tandenborstels over de drempel hadden gedragen. Enkelen waren langere tijd gebleven, maar dat was toch niet hetzelfde. Ze had nooit een officiële uitnodiging verstrekt of de mentale verandering doorgemaakt waarbij 'mijn' huis 'ons' huis werd. Het had anders kunnen lopen – Alice was een keer verloofd geweest – maar de Tweede Wereldoorlog had roet in het eten gegooid, zoals toen bij zoveel dingen. Zo ging het in het leven: deuren naar mogelijkheden openden en sloten zich voortdurend terwijl je blind je weg probeerde te zoeken.

Ze liep de keuken binnen, waar ze een sauspan op het fornuis zag pruttelen. Peter stond aan het andere eind van de tafel, met een stapeltje correspondentie geopend voor hem. Hij keek op toen ze binnenkwam en zei: 'Hallo daar,' exact op het moment dat de kookwekker op het aanrecht afging. 'Precies op tijd, zoals altijd.'

Hij had een aanstekelijke glimlach, Peter, met gekrulde lippen, altijd gemeend. Dat was een van de redenen geweest waarom ze hem had aangenomen. Die glimlach, en omdat hij de enige kandidaat was die stipt op tijd was verschenen. Hij had zich sindsdien bewezen als uiterst capabel, wat geen verrassing was; Alice vond dat ze over mensenkennis beschikte. Althans, inmiddels wel. Ze had in het verleden wel eens misstappen begaan en sommige ervan vervulden haar met meer spijt dan andere.

'Zit er nog iets dringends bij?' vroeg ze terwijl ze ging zitten achter haar krant, die ze die ochtend daar opengeslagen had laten liggen bij de kruiswoordpuzzel.

'Angus Wilson van de *Guardian* hoopt nog iets op tijd te kunnen opnemen voor het jubileum. Jane wil graag dat jij dit zelf doet.'

'Dat zal best.' Alice schonk voor zichzelf een kop verse darjeeling in.

'Het Natuurhistorisch Museum vraagt of je binnenkort wilt spreken tijdens de opening van een tentoonstelling, er is een uitnodiging om een feestavond bij te wonen tien jaar na het verschijnen van *De dood in de pot*, en een kaart van Deborah ter bevestiging van de bijeenkomst van jouw moeders gedenkdag. Verder zijn het, voor zover ik het kan overzien, lezersbrieven – daar zal ik na de lunch aan beginnen.'

Alice knikte toen haar assistent een bord voor haar neerzette met een gekookt ei op een geroosterde boterham. Alice had de afgelopen twintig jaar elke dag hetzelfde gegeten – met uitzondering van de dagen waarop ze buiten de deur at natuurlijk. Ze waardeerde het gemak van routine, maar ze was geen slaaf van haar gewoontes, zoals Diggory Brent, die erom bekendstond dat hij de serveerster instructies gaf over hoe hij wilde dat zijn eieren werden bereid. Ze lepelde de bijna hardgekookte dooier op haar boterham en sneed deze in vieren, terwijl ze toekeek hoe Peter de post sorteerde.

Hij was niet erg spraakzaam en dat was zeker een voordeel. Wel ergerlijk als ze iets over een bepaald onderwerp uit hem probeerde te trekken, maar ze had hem liever dan de praatgrage assistenten die ze voorheen had gehad. Ze bedacht dat ze zijn haar leuker vond nu het wat langer was. Met zijn slungelige ledematen en donkerbruine ogen had hij wel wat weg van die Britse popsterren, hoewel ze dat misschien alleen dacht door de ongebruikelijk nette kleding, het donkere velours pak dat hij vandaag droeg. En toen schoot het Alice ineens te binnen. Hij was naar de begrafenis van zijn oude vriendin de bibliothecaresse geweest. Daarom was hij te laat op zijn werk verschenen. Ze voelde zich ineens iets beter, nieuwsgierig naar zijn verslag. Alice was geraakt door wat hij over de vrouw, zijn mentor, had verteld. Haar gedachten waren teruggegaan naar meneer Llewellyn. Ze dacht niet vaak aan de oude man – haar gevoelens voor hem waren zozeer verbonden met die afschuwelijke zomer dat ze had besloten niet meer aan hem te denken – maar toen Peter had verteld over mevrouw Talbot, de blijvende indruk die ze bij hem had achtergelaten, de belangstelling die ze had getoond voor zijn jongere ik, had dit bij Alice vergeten maar diepgewortelde herinneringen opgeroepen: de geur van natte riviermodder, het doordringende gezoem van de insecten om hen heen als ze stroomafwaarts dreven in de oude roeiboot en over hun favoriete verhalen discussieerden. Alice was er vrij zeker van dat ze sindsdien nooit meer zo'n volmaakte tevredenheid had gevoeld.

Ze nam nog een slokje thee en wiste alle onwelkome gedachten uit het verleden uit. 'Je hebt dus afscheid genomen van je vriendin?' Het was zijn eerste begrafenis, had hij gezegd, en Alice had hem verteld dat er nog heel wat zouden volgen. 'Was het zoals je het je had voorgesteld?'

'Ik denk het wel. Verdrietig, maar ergens ook interessant.'

'In welk opzicht?'

Peter dacht even na. 'Ik kende haar alleen als mevrouw Talbot. Om andere mensen over haar te horen spreken was, hoe zal ik het zeggen – haar man, haar zoon… het was ontroerend.' Hij veegde zijn haar voor zijn ogen weg. 'Dat klinkt stom, nietwaar? Een cliché…' Hij probeerde het opnieuw: 'Ik heb meer over haar gehoord dan ik wist en dat deed me goed. Mensen zijn fascinerend, zeker als je meer te weten komt over wat hen drijft, ja toch?'

Alice schonk hem een tevreden glimlachje van instemming. De ervaring had haar geleerd dat er maar heel weinig echt saaie mensen waren; de truc was alleen dat je ze de juiste vragen moest stellen. Het was een techniek die ze gebruikte wanneer ze personages bedacht. Iedereen wist dat de beste schuldige personages degenen waren van wie de lezer het niet verwachtte, maar het motief moest waterdicht zijn. Het was wel aardig om mensen te verrassen met een moordlustig omaatje, maar de reden waarom ze het had gedaan moest kloppen. Liefde, haat, jaloezie, de ene reden was net zo plausibel als de andere; het ging altijd allemaal om passie. Als je ontdekte wat iemands passie opwekte, volgde de rest vanzelf.

'Ik heb hier nog iets anders, geloof ik.' Peter had zich weer op de stapel post gericht, hij was bezig lezersbrieven te openen en trok nu zijn donkere wenkbrauwen op in een frons toen hij de brief in zijn hand bekeek.

Alice' thee smaakte opeens bitter. Je werd nooit immuun voor kritiek. 'Weer zo'n brief zeker?'

'Hij is van een politieagente, een zekere brigadier Sparrow.'

'Ah, zó eentje.' In Alice' ervaring waren er twee soorten politiemensen: degenen die klaarstonden om je te helpen als je tijdens het creatieve proces wilde weten hoe bepaalde dingen in hun werk gingen, en de ellendelingen die het leuk vonden om die boeken te lezen en dan ná publicatie met commentaar kwamen. 'En welke parel van procedurele wijsheid wil brigadier Sparrow met ons delen?'

'Nee, daar gaat het niet over, ze is geen lezer. Ze schrijft je over een waargebeurde zaak, een verdwijning.'

'Laat me raden. Ze stuitte per toeval op een "lumineus idee" en bedacht dat als ik het opschreef we wellicht samen in de opbrengsten konden delen?'

'Een vermist kind,' vervolgde hij, 'jaren geleden, rond 1930. Een landgoed in Cornwall, een zaak die nooit is opgelost.'

En tot haar dood zou Alice nooit met zekerheid kunnen zeggen of het op dat moment werkelijk koud werd in de keuken, een plots opstekende bries in de hitte, of dat het haar eigen inwendige thermostaat was geweest, de deining van het echte leven, het verleden dat op haar insloeg als een golf die zich lang geleden had teruggetrokken en gewacht had tot het tij zou keren. Natuurlijk wist ze exact waar de brief over ging, en dat die niets van doen had met de keurige, verzonnen mysteries die ze in haar boeken stopte.

Wat een doodgewoon velletje papier, zag Alice nu, dun en goedkoop, volstrekt anders dan wat haar lezers normaal gesproken kozen om haar te schrijven. Zeker niet het papier waarmee ze een personage in een van haar eigen romans zou hebben uitgerust om zo'n krachtig explosief uit het verleden af te leveren.

Peter las nu hardop voor, en hoewel Alice liever had gehad dat hij dat niet deed, bleven de woorden om dit tegen hem te zeggen in haar keel steken. Ze luisterde terwijl hij een efficiënte samenvatting van de bekende feiten van de jaren oude zaak overbracht. Uit de krantenarchieven gehaald, vermoedde Alice, of uit dat betreurenswaardige boek van die Pickering. En er was niets wat mensen ervan kon weerhouden om openbare informatie te raadplegen, om zomaar uit het niets brieven te sturen naar mensen die ze nooit hadden ontmoet of om het ongelukkige verleden te laten neerploffen op de lunchtafel van iemand die er alles aan had gedaan om nooit meer terug te keren naar die plaats, die tijd.

'Ze lijkt te denken dat je weet waar ze het over heeft?'

Beelden doken in haar gedachten op, het ene na het andere, als kaarten die werden gedeeld: zoekende mensen tot hun knieën in het glinsterende meer; die dikke politieagent zwetend in de verstikkende hitte van de bibliotheek; zijn piepjonge ondergeschikte die notities maakte; haar vader en moeder met asgrauwe gezichten toen ze voor de lokale nieuwsfotograaf stonden. Ze voelde bijna weer hoe ze zichzelf stijf tegen de openslaande deuren drukte en naar ze staarde, ziek van het geheim dat ze niet had kunnen opbiechten, het schuldgevoel dat zich vanaf dat moment diep in haar had genesteld.

Alice merkte dat haar hand een beetje trilde en bedacht dat ze dat moest onthouden voor als ze een keer het fysieke effect moest beschrijven van een schok: het was alsof een ijskoude golf haar overspoelde, terwijl ze haar hele leven had geoefend om zichzelf onder controle te houden. Ze legde haar verraderlijke handen stevig over elkaar gevouwen op haar schoot en zei, terwijl ze bazig haar kin ophief: 'Gooi het maar in de prullenmand.' Haar stem klonk verrassend neutraal; er waren nog maar weinig mensen in leven die de lichte ondertoon van onderliggende spanning zouden hebben opgemerkt.

'Je wilt niet dat ik er iets mee doe? Zelfs niet een kort briefje terug?'

'Niet nodig.' Alice bleef hem strak aankijken. 'Ik ben bang dat deze brigadier Sparrow het bij het verkeerde eind heeft. Ze heeft me verward met iemand anders.'

7

Cornwall, 25 juni 1933

De man was aan het praten. Zijn mond bewoog en woorden stroomden naar buiten, maar Eleanor kon er niets mee aanvangen, niet in die zin dat er iets van tot haar doordrong. Slechts een woord hier en daar: vermist… verdwaald… verdwenen… Haar hoofd was een en al mist, een gezegende mist, daar had dokter Gibbons voor gezorgd.

Een zweetdruppeltje gleed haar kraag in en vond zijn weg tussen haar schouderbladen. De koelte ervan liet haar huiveren, en Anthony, die naast haar zat, verstevigde zijn tedere greep. Zijn hand rustte op die van haar, groot boven op klein, heel vertrouwd en tegelijk ook vreemd door de nachtmerrieachtige wending die de dag had genomen. Ze zag kenmerken die haar nooit eerder waren opgevallen, haartjes, rimpels en lichtblauwe aders, als wegen op een kaart onder zijn huid.

De hitte had aangehouden. De storm die dreigde was nooit gekomen. Het onweer had de hele nacht boven zee gerommeld. Dat was maar goed ook, had de agent gezegd, want door de regen zouden de sporen zijn uitgewist. Dezelfde politieman, de jongere van de twee, had hun gezegd dat het goed zou zijn om met de krant te praten. 'Dan krijgen we er een paar duizend ogen bij, die allemaal uitkijken naar uw zoontje.'

Eleanor was ziek van de zorgen, verstard door angst; het was een opluchting dat Anthony de vragen van de verslaggever beantwoordde. Ze kon zijn stem horen, maar die leek ergens ver bij haar vandaan te komen. Ja, de jongen was nog klein, nog niet eens elf maanden, maar hij kon al vroeg lopen – alle Edevane-kinderen waren daar snel mee geweest. Het was een mooi kindje, sterk en gezond… Hij had blond haar en blauwe ogen… Natuurlijk waren ze in staat om een foto te verstrekken.

Door het raam kon Eleanor helemaal over de zonnige tuin tot beneden aan het meer kijken. Overal liepen mensen rond, politiemannen in uniform, en nog vele anderen, mensen die ze niet kon thuisbrengen. De meesten stonden bij elkaar op de grassige oever, maar een paar waren ook het water opgegaan. Het meer was vandaag zo glad als glas, een grote zilveren spiegel met een vage weerspiegeling van de lucht op het wateroppervlak. De eenden waren het water uit gevlucht, maar een man in een zwart duikerspak en met een duikmasker op had de hele morgen vanaf een kleine roeiboot het meer doorzocht. Dat deden ze voordat ze de dreghaken gingen gebruiken, had Eleanor iemand horen zeggen.

Als jong meisje had ze een klein bootje helemaal voor zichzelf gehad. Haar vader had het voor haar gekocht en op de zijkant haar naam geschilderd. Er zaten houten roeispanen bij en een met de hand gemaakt wit zeil en ze was er bijna elke ochtend mee uit varen gegaan. Meneer Llewellyn had haar Eleanor de Avonturierster genoemd en zwaaide van achter zijn schetsboek op de dichtbegroeide oever naar haar als ze langs hem zeilde. Hij verzon verhalen over haar reizen die hij dan tijdens de lunch vertelde, waarop Eleanor in haar handen klapte, haar vader lachte en haar moeder met een ongeduldig, korzelig glimlachje reageerde.

Moeder verfoeide meneer Llewellyn en zijn verhalen. Ze verafschuwde elke uiting van tederheid in een mens, 'karakterzwakte' noemde ze dat, en hij was absoluut een veel aardiger persoon dan zij. Hij had een zenuwinzinking gehad toen ze jonger waren en kampte nog steeds met perioden van melancholie; Constance reageerde met minachting wanneer het weer zover was. Ze stak ook haar afkeuring niet onder stoelen of banken over wat ze beschouwde als 'ongezonde aandacht', waarmee haar echtgenoot hun dochter overlaadde. Het was niet goed voor een kind om altijd in het middelpunt van de belangstelling te staan, zei ze keer op keer, omdat het daardoor verwend raakte, zeker een kind dat al 'een zorgwekkende neiging tot opstandigheid' aan de dag legde. Bovendien waren er toch zeker betere dingen waaraan hij zijn geld kon uitgeven? Geld, of juist het gebrek daaraan, was een terugkerend twistpunt tussen hen geweest, het contrast tussen het leven dat ze leidden en het leven waarvan Eleanors moeder wilde dat ze het zouden leiden. Talloze avonden had Eleanor hen in de bibliotheek ruzie horen maken, haar moeders vinnige verwijten en haar vaders zachte, sussende antwoorden. Soms vroeg ze zich af hoe hij met die constante kritiek kon leven. 'Liefde,' had meneer Llewellyn gezegd toen ze het een keer had gewaagd om er tegen hem iets over te zeggen. 'We hebben het waar en hoe en wie niet altijd voor het kiezen, en liefde geeft ons de moed om ons staande te houden, ook in situaties waarvan we dat nooit zouden hebben verwacht.'

'Mevrouw Edevane?'

Eleanor opende haar ogen en besefte dat ze in de bibliotheek was. Ze zat op de sofa, met Anthony naast haar, zijn grote hand nog altijd beschermend over de hare heen. Ze was even verbaasd toen ze de man tegenover hen zag zitten met een klein schrijfblokje in zijn hand en een potlood achter zijn oor. De werkelijkheid drong langzaam weer tot haar door.

Hij was een verslaggever en hier om te praten over Theo.

Haar armen voelden opeens zwaar aan door het gemis van haar baby. Ze dacht terug aan die eerste nacht dat ze met z'n tweeën waren geweest. Hij was de enige van haar vier kinderen die te vroeg geboren was, en ze voelde zijn hielen tegen haar hand terwijl ze hem wiegde, dezelfde marmeren botjes die ze nog maar een paar dagen daarvoor door de huid van haar buik had voelen steken. Ze fluisterde hem in het donker toe, beloofde hem dat ze zou zorgen dat hem niets kon overkomen zolang zij bij hem was...

'Mevrouw Edevane?'

Met Theo was het vanaf het eerste moment anders geweest. Eleanor hield van al haar kinderen – misschien niet vanaf de allereerste aanblik, moest ze eerlijk toegeven, maar zeer zeker tegen de tijd dat ze hun eerste stapjes zetten – maar voor Theo voelde ze meer dan liefde. Ze kóésterde hem. Na zijn geboorte had ze hem ingebakerd in zijn dekentje bij zich in bed genomen. Ze had hem in zijn ogen gekeken en daar alle wijsheid gezien waarmee baby's geboren worden, voordat die verdwijnt. Hij staarde terug, probeerde haar de geheimen van de kosmos te vertellen en opende en sloot zijn kleine mondje rond woorden die hij nog niet kende, of zich misschien niet langer herinnerde. Het deed haar denken aan de dag waarop haar vader stierf. Hij had hetzelfde gedaan, haar aangestaard met die bodemloze ogen, gevuld met alle dingen waarvan hij nooit de kans had gekregen om ze te zeggen.

'Mevrouw Edevane, de fotograaf gaat een foto van u beiden maken.'

Eleanor knipperde met haar ogen. De verslaggever. Door zijn schrijfblokje moest ze aan Alice denken. Waar was ze? En waar waren Deborah en Clemmie eigenlijk? Iemand had zich vermoedelijk over de meisjes ontfermd. Niet haar moeder, maar meneer Llewellyn misschien? Dat zou verklaren waarom ze hem vanochtend nog niet had gezien: hij moest zich hebben opgeworpen om op de meisjes te letten, ze ervoor te behoeden dat ze in zeven sloten tegelijk liepen, net zoals ze hem in het verleden wel had gevraagd te doen.

'Daar gaat hij dan, meneer en mevrouw Edevane.' Een tweede, gezette man, rood aangelopen door de hitte, zwaaide van achter zijn statief met zijn hand. 'Deze kant op kijken, als u wilt.'

Eleanor was eraan gewend dat er foto's van haar werden gemaakt – ze was immers het kleine meisje uit het sprookjesverhaal en werd van jongs af aan geschilderd, getekend en gefotografeerd – maar nu aarzelde ze. Ze wilde in het donker gaan liggen en haar ogen sluiten, zo blijven liggen en tegen niemand praten totdat alles weer goed was. Ze was moe, ongelooflijk moe.

'Kom op, lieverd van me.' Anthony's stem, teder en zacht bij haar oor. 'Kom, dan is het zo voorbij. Ik heb je hand vast.'

'Het is zo heet,' fluisterde ze hem toe. De zijden stof van haar blouse plakte op haar rug; haar rok zat strak bij haar taille waar de stofplooien bijeenkwamen.

'Deze kant op kijken, mevrouw Edevane.'

'Ik krijg geen adem, Anthony. Ik moet –'

'Ik ben hier, ik ben bij je. Ik zal altijd bij je zijn.'

'Daar gaan we, en…' Het felle licht van de flits schoot door de kamer, en toen Eleanor alleen nog sterretjes zag dacht ze dat ze een gestalte bij de openslaande deuren zag staan. Alice, ze wist het zeker, stond daar roerloos toe te kijken.

'Alice,' zei ze, terwijl ze knipperend met haar ogen haar zicht probeerde terug te krijgen. 'Alice?'

Maar op dat moment kwam er een schreeuw vanaf het meer, een mannenstem, luid en opgewonden. De verslaggever sprong van zijn stoel en haastte zich naar het raam. Anthony stond op en Eleanor deed hetzelfde, wankelend op haar benen, die opeens slap waren, wachtte alsof de tijd stilstond totdat de jonge verslaggever zich uiteindelijk omdraaide en zijn hoofd schudde.

'Loos alarm,' zei hij. Opwinding maakte plaats voor teleurstelling toen hij een zakdoek pakte om zijn wenkbrauwen mee te deppen. 'Alleen een oude laars, geen enkel teken van een lichaam.'

Eleanors benen dreigden het te begeven. Ze draaide zich weer om naar de openslaande deuren, maar Alice was er niet meer. In plaats daarvan ving ze het beeld op van haar eigen reflectie in de spiegel naast de schouw. Ze herkende zichzelf amper. De zorgzame zelfverzekerdheid van een moeder was verdwenen en ze stond nu tegenover een meisje dat lang geleden in dit huis had gewoond, brutaal, wild en ongehoorzaam; een meisje dat ze bijna was vergeten.

'Zo is het genoeg.' Anthony's stem klonk opeens scherp. Haar geliefde, haar beschermer. 'Heb wat medelijden, man, mijn vrouw verkeert in shock, haar kind wordt vermist. Dit interview is ten einde.'

Eleanor voelde dat ze zweefde.

'Ik verzeker u, meneer Edevane, het zijn zeer sterke kalmeringsmiddelen. Eén pil zal genoeg zijn om haar de hele middag te laten slapen.'

'Dank u, dokter. Het is haar allemaal te veel geworden.'

Ze herkende die stem: hij was van Anthony.

En toen hoorde ze de andere weer, de dokter: 'Dat verbaast me niet. Trieste situatie, gewoonweg diep triest.'

'De politie doet wat ze kan.'

'Hebben ze er vertrouwen in dat ze hem vinden?'

'We moeten positief blijven en erop vertrouwen dat ze alles doen wat in hun macht ligt.'

De hand van haar man lag nu op haar voorhoofd, warm, stevig en hij streelde haar haar. Eleanor probeerde iets te zeggen, maar haar mond was moe en de woorden wilden er niet uit komen.

Hij suste haar. 'Kom, lieverd van me. Ga slapen nu.'

Zijn stem was overal om haar heen als de stem van God. Haar lichaam was zwaar, maar traag, alsof ze door de wolken heen zakte. Ze viel en viel, achterwaarts door de verschillende lagen van haar leven heen. Voordat ze moeder werd, voordat ze thuiskwam op Loeanneth, door de zomer waarin ze Anthony ontmoette, terug naar de tijd voordat ze haar vader had verloren en naar de lange, grenzeloze jaren van haar kindertijd. Ze had een vaag gevoel dat er iets was verdwenen en dat ze ernaar op zoek moest, maar haar hersens werkten traag en ze kon er niet de vinger op leggen. Het ontsnapte haar, als een tijger, een geel-zwarte tijger, die bij haar vandaan sloop door de hoge grassprieten van de weide. Het was de weide op Loeanneth, met het bos donker en glinsterend in de verte, en Eleanor strekte haar handen uit en streek langs de toppen van het gras.

Er was een tijger in Eleanors slaapkamer toen ze een klein meisje was. Zijn naam was Zephyr en hij woonde onder haar bed. Hij was met hen meegekomen uit het grote huis, meegesmokkeld met de verhuizing, een beetje verfomfaaid, en zijn trotse vacht had de geur van rook. Haar vaders vader, Horace, had hem in de gloriejaren in Afrika gevangen. Eleanor had veel over die tijd gehoord, verhalen die haar vader vertelde over het toen nog uitgestrekte landgoed. De deShiels woonden nog in een prachtig huis met achtentwintig slaapkamers en een koetshuis dat niet gevuld was met pompoenen, maar met echte koetsen, waarvan sommige zelfs met gouddecoraties waren versierd. Daar was nu niet veel meer van over, alleen het verbrande staketsel van het huis, te ver van Loeanneth vandaan om het te kunnen zien. Maar het was meneer Llewellyn geweest die haar het verhaal had verteld van de tijger en de parel.

Toen ze jonger was, had Eleanor het verhaal van begin tot eind geloofd. Dat de parel door Zephyr was meegebracht uit Afrika, dat hij die had ingeslikt en dat die nog achter in zijn bek verborgen zat toen hij werd doodgeschoten, werd verkocht en verscheept. En nog steeds in de tientallen jaren waarin zijn pels trots werd tentoongesteld in het grote huis, en tijdens zijn latere, minder indrukwekkende verblijf in het huis aan het meer. Op een dag werd de kop van de tijger daar precies zo opgetild dat de parel uit zijn levenloze bek rolde en in het hoogpolige tapijt van de bibliotheek viel en zoekraakte. Er werd overheen gelopen, aan voorbijgegaan en uiteindelijk werd hij volledig vergeten, totdat hij op een avond, terwijl het gezin sliep, werd gevonden door feeën die op het dievenpad waren. Ze namen de parel mee, diep de bossen in, waar hij op een bedje van bladeren werd gelegd. Ze bestudeerden hem om erachter te komen wat het was en koesterden hem totdat hij werd gestolen door een vogel, die hem aanzag voor een ei.

Hoog in de bomen begon de parel te groeien en te groeien tot de vogel vreesde dat haar eigen eitjes erdoor zouden breken en ze de zilverkleurige bol van de tak af duwde, waarna hij met een zachte plof neerkwam op een hoopje gevallen bladeren. Daar, in het licht van de volle maan en omringd door het nieuwsgierige feeënvolk, begon het zogenaamde ei uit te komen en was er een baby tevoorschijn gekomen. De feeën verzamelden nectar om haar daarmee te voeden en wiegden het meisje om beurten in slaap, maar al snel had ze niet meer genoeg aan de nectar en zelfs met feeënmagie kon het kind niet meer tevreden worden gehouden. Ze kwamen bijeen en er werd besloten dat de bossen geen goede plek waren voor een mensenkind en dat ze moest worden teruggebracht naar het huis. Ze hadden haar in een doek van geweven bladeren gewikkeld en voor de deur gelegd.

In de ogen van Eleanor verklaarde dit alles: waarom ze zich zo thuisvoelde in de bossen, waarom ze altijd in staat was om een glimp op te vangen van de feeën in de weidevelden waar andere mensen alleen maar gras zagen, waarom de vogels zich altijd hadden verzameld op de richel aan de buitenkant van het raam van de kinderkamer toen ze een kleuter was. Het verklaarde ook de heftige, tijgerachtige razernij die bij tijd en wijle in haar opwelde en die haar aanzette tot spugen, krijsen en slaan, waardoor kinderjuf Bruen haar toesiste dat er niets van haar terecht zou komen als ze niet leerde om zich te beheersen. Meneer Llewellyn daarentegen zei dat er ergere dingen in het leven waren dan een kwade bui, dat het slechts bewees dat iemand een mening had. En een hartslag, voegde hij eraan toe, en als daar geen sprake van was, was het pas echt ernstig met je gesteld! Hij zei dat een meisje als Eleanor er goed aan zou doen om het vuurtje van haar onverschrokkenheid brandend te houden, want de samenleving zou snel genoeg proberen het te doven. Eleanor hechtte veel waarde aan de dingen die meneer Llewellyn zei. Hij was niet zoals de andere volwassenen.

Eleanor maakte er geen gewoonte van om mensen het verhaal van haar geboorte te vertellen – in tegenstelling tot *Eleanors toverdeur*, waarvan een boek was gemaakt dat kinderen waar dan ook lazen, was 'De tijger en de parel' van haar en van haar alleen – maar toen ze acht jaar oud was kwam haar nichtje Beatrice met haar ouders op Loeanneth op bezoek. Dit kwam zelden voor. Eleanors moeder, Constance, kon het doorgaans niet goed vinden met haar zus Vera. Ze scheelden maar elf maanden en die twee voerden altijd strijd: hun gehele leven bestond uit een steekspel van gebekvecht om niets. De climax van de ene strijd lokte altijd weer een volgende uit. Op Constances huwelijk met Henri deShiel, waarmee ze haar zus aanvankelijk leek af te troeven, werd een smet geworpen toen haar (jongere!) zus een nog veel betere verbintenis aanging met een Schot, die pas tot graaf was verheven en die zijn fortuin uit de grond in Zuid-Afrika had gehaald. De zussen hadden elkaar vervolgens vijf jaar lang niet meer aangekeken, maar nu leek het erop dat er een aarzelende wapenstilstand was bereikt.

Op een regenachtige dag werden de meisjes naar de kinderkamer gestuurd, waar Eleanor probeerde om Edmund Spensers *The Faerie Queene* (meneer Llewellyns lievelingsboek, en ze wilde indruk op hem maken) te lezen en Beatrice de laatste hand legde aan haar borduurwerk. Eleanor was volledig in een andere wereld toen een doodsbange gil haar in één klap terughaalde. Beatrice stond stijf overeind en wees, terwijl de tranen vlekken op haar gezicht maakten: 'Een monster... Mijn naald... Ik liet hem vallen... en daar is... zag ik... een mónster!' Eleanor had direct door wat er aan de hand was en trok Zephyr onder het bed vandaan, legde uit dat hij haar beste vriend was en dat ze hem verstopte om hem te beschermen tegen moeders verbolgenheid. Beatrice, nog naar adem happend en sniffend, had zulke rode huilogen en een snotneus dat Eleanor medelijden met haar kreeg. De regen sloeg tegen het raam, de wereld buiten was koud en grijs – de uitgelezen omstandigheden om een verhaal te vertellen. En dus moedigde ze haar nichtje aan om naast haar op het bed te komen zitten en vertelde ze haar het hele verhaal over de parel, de bossen en haar ongewone aankomst op Loeanneth. Toen ze klaar was, was Beatrice in lachen uitgebarsten. Ze had gezegd dat het een leuk verhaal was en goed verteld, maar dat ze toch hopelijk wel wist dat ze uit haar moeders buik was gekomen. Nu was het Eleanors beurt geweest om te lachen, vrolijk, maar meer nog verrast. Beatrice was een ietwat saai, dommig meisje met een voorliefde voor kant en linten, uitgesproken onnozel en niet gevoelig voor fantasie of vertelkunst. Dat ze kon denken dat ze zo'n prachtig en betoverend verhaal zomaar uit haar duim zoog! Uit de buik van haar moeder, ja vast! Eleanors moeder was lang en slank, ze stak zich elke morgen in strakke jurken die nooit kreukelden en zeker niet uitrekten. Het was ondenkbaar dat er ook maar iets binnen in haar had kunnen groeien. Geen parel, en Eleanor al helemaal niet.

Het verhaal van Eleanor had Beatrice ontroerd en ondanks hun verschillen werden ze vriendinnen. Eleanor had niet veel vrienden, eigenlijk alleen haar vader en meneer Llewellyn, en de nieuwigheid van een meisje van haar eigen leeftijd met wie ze kon spelen was geweldig. Ze liet haar vriendin al haar speciale plekken zien. De forellenbeek in de bossen, de knik daarin waar het water opeens dieper werd, de hoogste boom vanwaar je, als je helemaal omhoog naar de top klom, in de verte een glimp kon opvangen van het verbrande staketsel van het grote huis. Ze gaf Beatrice zelfs een rondleiding door het oude boothuis, het geliefde decor voor haar leukste spelletjes. Ze had het idee dat ze een heerlijke tijd hadden samen, totdat haar nichtje op een avond, toen ze in het tweepersoonsbed lagen zei: 'Maar je moet je zo éénzaam voelen hier, helemaal in je uppie en niemand om mee te spelen in deze uithoek waar helemaal niets te doen is.' Eleanor voelde zich diep gekwetst door de onjuistheid van de beschrijving. Hoe kon Beatrice zoiets zeggen, terwijl er op Loeanneth juist zóveel te doen was? Het was duidelijk dat ze haar nichtje moest inwijden in haar favoriete en meest geheime spel.

Voordat het de volgende morgen licht werd, schudde ze Beatrice wakker, ze gebaarde dat ze muisstil moest zijn en nam haar toen mee naar het meer, waar de bomen ongehinderd groeiden en de palingen in de schaduwen de diepte in glibberden. Daar maakte ze haar nichtje wegwijs in de nooit eindigende Avonturen van Grootvader Horace. De dagboeken van die geweldige man lagen boven in de bibliotheek, bijeengebonden met een geel lint. Ze behoorde niet te weten dat ze daar waren, maar Eleanor had altijd al op haar kop gekregen omdat ze op plaatsen kwam waar ze niet mocht zijn of omdat ze iets afluisterde wat niet voor haar oren bestemd was, en ze kende ze allemaal uit haar hoofd. Ze speelde alles na wat hij had beschreven, zijn tochten door Peru en Afrika, over het ijs in het noorden van Canada en andere tochten die ze zelf verzon. Nu voerde ze met de hulp van Zephyr voor Beatrices lering en vermaak haar pièce de résistance op, de akelige dood van de oude man. Precies zoals die gedetailleerd werd beschreven in de brief gericht aan diegenen 'Voor wie dit van belang kan zijn' en die in de achterflap van het laatste, onvoltooide dagboek gestoken zat. Beatrice bekeek alles met grote ogen, begon in haar handen te klappen en te lachen en zei met een blijmoedige bewondering: 'Geen wonder dat je moeder zegt dat je een kleine wildebras bent.'

'Zegt ze dat?' Eleanor knipperde met haar ogen, verbluft en ook wel opgetogen over die verrassende omschrijving.

'Ze heeft tegen mijn moeder gezegd dat ze de hoop heeft opgegeven dat ze jou ooit nog kan klaarstomen voor Londen.'

'Londen?' Eleanor trok haar neus een beetje op. 'Maar ik ga helemaal niet naar Londen.' Ze had het woord eerder gehoord – Londen, rijmt op 'zonden'. Elke keer als haar ouders ruzie hadden, werd dit woord als een zwaard in de strijd gegooid. 'Ik ga dood op deze godverlaten plek,' zei Eleanors moeder dan. 'Ik wil naar Londen toe. Ik weet dat jij het beangstigend vindt, Henri, maar daar hoor ik thuis. Ik moet me onder de juiste mensen kunnen begeven. Vergeet niet dat ik in mijn jeugd een keer op het paleis ben uitgenodigd!'

Eleanor had dat bewuste verhaal zeker duizend keer gehoord, maar er nooit enige waarde aan gehecht. Desondanks had het haar nieuwsgierigheid gewekt: ze had nog nooit gemerkt dat haar vader voor ook maar iets bang was en stelde zich Londen voor als een oord van losbandigheid en chaos. 'Het is een grote stad,' had hij gezegd toen ze hem ernaar vroeg, 'vol automobielen en bussen en mensen.'

Eleanor had de onuitgesproken somberheid achter zijn antwoord gehoord. 'En verleidingen?'

Hij had abrupt opgekeken en zijn ogen hadden die van haar gezocht. 'Vertel, waar heb je dit vandaan?'

Eleanor had argeloos haar schouders opgehaald. Het woord was over haar vaders eigen lippen gekomen, toen hij en meneer Llewellyn met elkaar bij het boothuis hadden staan praten en zij naast de rivier wilde aardbeien van de struiken aan het pikken was.

Hij had een zucht geslaakt. 'Voor sommigen wel. Zeker. Een stad vol verleidingen.'

Hij had daarbij zo bedroefd gekeken dat Eleanor haar kleine hand in de zijne had gelegd en fel had gezegd. 'Ik ga echt nooit weg van Loeanneth.'

Ze zei nu hetzelfde tegen haar nichtje Beatrice, die haar daarop bijna hetzelfde medelijdende glimlachje schonk als haar vader toen had gedaan. 'Jawel hoor, natuurlijk ga je hier weg, gekkie. Hoe wil je ooit een man vinden als je op een plek als deze blijft wonen?'

Eleanor wilde niet naar Londen gaan en ze wilde geen man vinden, maar in 1911, toen ze zestien jaar was, deed ze het allebei. Ze was het nooit van plan geweest. Haar vader was overleden, Loeanneth was toevertrouwd aan een makelaar en haar moeder had haar meegenomen naar Londen om haar te laten trouwen met de hoogste bieder. In haar woede en machteloosheid had Eleanor zich met de hand op het hart bezworen dat ze níét verliefd zou worden. Ze verbleven bij tante Vera in een kast van een huis aan de rand van Mayfair. Er werd besloten dat Beatrice en Eleanor samen zouden deelnemen aan het Koppelseizoen, en zoals te verwachten viel bij Constance en Vera pakten de gezusters de strijdbijl weer op rond de huwelijksvooruitzichten van hun respectievelijke dochters.

En zo kwam het dat op een mooie namiddag eind juni, in een Londense slaapkamer op de tweede verdieping, terwijl een zomerse dag buiten iets heiigs kreeg, een kleedster met zweetdruppeltjes op haar voorhoofd stond te trekken aan het rijglijfje van het onwillige meisje dat aan haar zorgen was toevertrouwd, en zei: 'Sta eens stil, mejuffrouw Eleanor. Ik kan je nooit een boezem geven als je nu verdorie niet stil blijft staan.'

Geen van de meiden vond het leuk om Eleanor aan te kleden, dat had ze zelf gehoord. Er was in de bibliotheek een nis met achterin een ontluchtingskanaal dat in verbinding stond met de kast, en daar hielden de dienstmeisjes zich op als ze de butler wilden ontlopen. Eleanor had ze afgeluisterd toen zij zich op haar beurt voor haar moeder verstopte. Omgeven door een lichte walm van sigarettenrook had ze het volgende opgevangen: 'Staat nooit stil...'; 'Vlekken op haar kleren!'; 'Als ze het alleen maar zou proberen...'; 'Maar o wee, dat haar!'

Eleanor staarde nu naar haar spiegelbeeld. Haar haar stónd inderdaad alle kanten op, dat had het altijd al gedaan, een warrige bos bruine krullen die je, wat je ook probeerde, onmogelijk in bedwang kreeg. Het resultaat, in combinatie met slungelige, dunne ledematen en een eigenzinnig leergierig en naïef temperament, was ronduit oncharmant. Haar karakter, dat was haar duidelijk te kennen gegeven, was al net zo ondeugdelijk. Kinderjuf Bruen klakte altijd graag met haar tong en jammerde luid 'wie zijn zoon de stok onthoudt' en 'onbeteugeld toestaan van een verdorven aandrang' waardoor een kind kon uitgroeien tot 'een teleurstelling voor haar moeder' en, erger nog, 'voor God!' Gods gevoelens bleven een mysterie, maar de teleurstelling van Eleanors moeder was van haar hele gezicht af te lezen.

Over de duivel gesproken, Constance deShiel kwam de slaapkamer in gelopen, op haar mooist gekleed, haar haar (keurig, blond en glanzend) boven op haar hoofd vastgezet in schitterende krullen, en juwelen hingen van haar nek tot in haar decolleté. Eleanor kon haar wel aanvliegen. De verkoop van juwelen als deze zou Loeanneth hebben gered. Haar moeder gebaarde dat de meid opzij moest gaan en nam het insnoeren van haar over. Ze trok alles met zoveel kracht aan dat Eleanor naar adem hapte en begon terstond aan een opsomming van de verkieslijke jongemannen die die avond op het bal van de Rothschilds zouden verschijnen. Het was moeilijk te geloven dat dit dezelfde persoon was die geweigerd had in te gaan op vaders vragen over extravagante aankopen met de mededeling: 'Je weet dat ik geen oog heb voor detail.' Haar beschrijvingen waren uitvoerig, geen enkel kenmerk van welke toekomstige huwelijkskandidaat dan ook werd te onbeduidend geacht om te vermelden.

Er bestonden ongetwijfeld moeders en dochters die zo'n onderonsje als aangenaam zouden beschouwen; Eleanor en Constance deShiel hoorden daar echter niet bij. Haar moeder was een vreemde voor Eleanor, een kille, afstandelijke vrouw die haar nooit had gemogen. Eleanor wist niet zeker waardoor dit precies kwam (er werd onder het bedienend personeel op Loeanneth gefluisterd dat de vrouw des huizes altijd een zoon had gewild) en eigenlijk kon het haar ook niet zoveel schelen. Het gevoel was wederzijds. Constances enthousiasme van vandaag had iets manisch. Nicht Beatrice, die in de tussenliggende jaren een wulps figuur had ontwikkeld en een ongezonde verslaving aan de romans van Elinor Glyn, had in de laatste editie van de *Court Circular* vermeld gestaan en plotseling was de rivaliteit in de zoektocht naar een geschikte partij veel urgenter geworden.

'… de oudste zoon van een burggraaf,' zei Constance. 'Zijn grootvader heeft fortuin gemaakt met een of andere transactie met de Oost-Indische Compagnie… ongelooflijk gefortuneerd… aandelen en obligaties… Amerikaanse belangen.'

Eleanor keek met gefronst voorhoofd naar zichzelf in de spiegel. De manier waarop deze gesprekken een soort heimelijke verstandhouding impliceerden stond haar tegen. Deze woorden, deze kleding, deze verwachtingen waren kluisters waaruit ze wilde ontsnappen. Ze hoorde hier niet thuis, in dit Londen met al die pleisterkalk en geplaveide straten; met 's ochtends het doorpassen van kleding bij Madame Lucille op Hanover Square en 's middags de koetsen die witte uitnodigingskaarten afleverden voor het zoveelste rondje onnozele theevisites. Ze kon totaal geen belangstelling opbrengen voor de bezielde adviezen die door het tijdschrift *The Lady* werden verstrekt; over hoe je het bedienend personeel het best kon aansturen, of over de inrichting van je huis, en hoe je overtollige neushaartjes het best te lijf kon gaan.

Haar hand ging naar de ketting die ze om haar nek droeg, de hanger die ze onder haar kleding verborgen hield – geen medaillon, maar een tijgertand in een zilveren zetting, een geschenk van haar vader. Terwijl haar vingers liefdevol over de vertrouwde, gladde rondingen ervan streken, liet ze haar blik wazig worden zodat ze niet langer zichzelf zag, maar nog slechts een vaag menselijk silhouet. Terwijl het beeld vervaagde, verdween haar aandacht mee. Haar moeders stem werd een zacht gegons op de achtergrond, totdat ze zich opeens niet meer in deze kamer in Londen bevond, maar thuis, in haar echte huis, Loeanneth, waar ze bij de rivier zat met haar vader en meneer Llewellyn en de wereld weer was zoals hij behoorde te zijn.

Die avond stond Eleanor aan de rand van de dansvloer toe te kijken hoe haar moeder voorbij zwierde. Het was grotesk zoals Constance door de balzaal hupte, met grote rode lippen, een op en neer deinende boezem en glinsterende juwelen, en telkens weer met een andere danspartner walste en lachte. Waarom kon ze zich niet gedragen zoals alle andere plichtsgetrouwe douairières? Plaatsnemen op een stoel tegen de muur en de guirlandes met lelies bewonderen en onderwijl in stilte ernaar verlangen om thuis in een warm bad te liggen, terwijl haar opengeslagen bed en haar kruik op haar wachtten. Haar huidige danspartner zei iets vlak bij haar oor en toen Constance lachte en haar hand naar haar decolleté ging, kwamen er bij Eleanor beelden terug uit het verleden: het gefluister van de bedienden onderling toen ze een klein meisje was, voetstappen op de gang bij het krieken van de dag, vreemde mannen die op hun sokken terug slopen naar hun eigen kamers. Elk spiertje in Eleanors eigen gezicht spande zich en een tijgerachtige razernij vlamde verbeten in haar op. Wat haar betrof bestond er geen grotere zonde dan ontrouw. Het ergste wat iemand kon doen was een belofte breken.

'Eleanor! Kijk!' Beatrice stond snel ademend naast haar. De opwinding uitte zich bij haar, zoals altijd, in de vorm van een mild tekort aan lucht. Eleanor volgde de blik van haar niet en zag een luidruchtige jongeman met een stoppelige kin in het flakkerende kaarslicht op hen af komen. Er bekroop haar een gevoel dat dicht bij wanhoop kwam. Was dit liefde? Deze onderneming? Je in je mooiste kleren hijsen, een masker op je gezicht schilderen, je ingestudeerde danspasjes uitvoeren en je van tevoren bedachte vragen en antwoorden al klaar hebben? 'Natuurlijk is het dat!' riep Beatrice uit toen Eleanor dit uitsprak.

'Maar denk je dan niet dat er meer voor nodig is? Zou er niet een element van herkenning moeten zijn?'

'O, Eleanor, wat ben je toch naïef! Het leven is geen sprookje, weet je. Zo gaat het alleen in boeken, maar magie bestaat niet.'

Niet voor de eerste keer sinds haar plotselinge verhuizing naar Londen verlangde Eleanor naar meneer Llewellyns gezelschap. Ze was normaal gesproken een fanatiek briefschrijfster, koesterde elke brief die ze ontving en bewaarde de door haar geschreven brieven in drievoud in speciale brievenboeken, maar er waren situaties waarin alleen de rechtstreeksheid van een echt, fatsoenlijk gesprek met een begripvol persoon voldeed. Wat zou ze er voor haar innerlijke rust niet voor over hebben gehad om zich begrepen te weten! Dan had ze het niet over magie. Ze had het over een essentiële waarheid. Liefde als een fait accompli, een vaststaand feit, en niet een onderlinge overeenkomst tussen twee geschikte partijen die voor beiden voordeel moest opleveren. Ze overwoog of ze dit zou uitspreken toen Beatrice tussen de tanden van haar charmantste glimlach door zong: 'Kom op nu, lieve schat, zet een vrolijk gezicht op, dan gaan we eens zien hoeveel blikken we kunnen veroveren.'

Eleanor blies haar adem uit. Het was hopeloos. Het interesseerde haar absoluut niet om blikken te veroveren van mannen voor wie ze niets voelde; verwende mannen die onbekommerde, alleen op hun eigen plezier gerichte levens leidden. Haar vader had ooit gezegd dat de armen onder armoede leden, maar dat de rijken het moesten opnemen tegen doelloosheid en dat ledigheid de ziel van een mens verteerde. Toen Eleanor zag dat Beatrice drukbezet was, sloop ze door de menigte naar de uitgang.

Ze ging de trap op, trede voor trede, zonder dat ze een idee had waar ze naartoe liep, tevreden zolang de muziek achter haar wegebde. Het was vaste prik geworden om de balzaal zo snel ze kon te verlaten en dan door het huis te dwalen waar het bal werd gehouden. Ze was er goed in; ze had genoeg geoefend toen ze in de geest van grootvader Horace door de bossen van Loeanneth sloop en zich onzichtbaar maakte. Ze kwam bij een tussenverdieping waar een deur wijd openstond en besloot dat dit een geschikte plek was om te beginnen.

Het was donker in de kamer, maar het maanlicht stroomde door het raam als kwikzilver en Eleanor kon zien dat het waarschijnlijk een studeerkamer was. Tegen de muur tegenover haar waren boekenplanken bevestigd en op een kleed in het midden stond een groot bureau. Ze liep ernaartoe en nam achter het bureau plaats. Misschien kwam het door de geur van het leer, misschien was het omdat hij altijd ergens in haar hoofd zat, maar Eleanor zag het beeld van haar vader in zijn studeerkamer op Loeanneth voor zich. Daar had ze hem aan het einde van zijn leven vaak aangetroffen, met zijn hoofd gebogen over een lijst met getallen, worstelend met de familieschulden. Hij was in zijn laatste maanden erg verzwakt en niet meer in staat om zoals vroeger met haar door de velden en bossen te zwerven. Eleanor had zichzelf de taak opgelegd om zijn geliefde natuur naar hem toe te brengen. Ze verzamelde in de vroege ochtend allerlei dingen en nam die dan mee om ze aan hem te laten zien, en beschreef alles wat ze had gezien, gehoord en geroken. Op een dag had ze zitten kletsen over het veranderende weer toen hij zijn hand had opgeheven om haar te onderbreken. Hij vertelde haar dat hij zijn advocaat had gesproken. 'Ik ben niet langer een welvarend man, mijn lieve schat, maar met dit huis kan niets gebeuren. Ik heb een voorwaarde laten opnemen waarin staat dat Loeanneth niet kan worden verkocht en dat je nooit zonder jouw thuis zult zijn.' Toen het echter zover was, waren de documenten spoorloos en ontkende Eleanors moeder het bestaan ervan. 'Hij sloeg op het laatst een hoop wartaal uit,' zei ze.

Met een blik op de gesloten deur deed Eleanor de bureaulamp aan en een grote rechthoek van geel licht verscheen op het blad. Ze tikte met haar vingertoppen op het hout terwijl ze de voorwerpen in zich opnam. Een bewerkte ivoren pennenhouder, een vloeiblad en een in katoen gebonden logboek. Er lag een krant opengeslagen en ze begon deze loom door te bladeren. Later zou de precieze volgorde van wat ze had gedaan worden verweven tot het verhaal van Hoe Ze Elkaar Hadden Ontmoet en een zweem van verheerlijking en onvermijdelijkheid krijgen. Op dat moment echter was Eleanor eenvoudigweg gevlucht voor de voorspelbaarheid en verveling van het bal beneden. Toen ze de kop TWEE TIJGERS UIT HET VERRE OOSTEN ARRIVEREN IN DE LONDENSE ZOO las, had ze er nog geen idee van dat zich een deur had geopend. Ze wist alleen dat ze plotseling de warmte van Zephyrs tand op haar huid voelde en dat ze die twee tijgers met eigen ogen moest gaan bekijken.

8

Eleanors kans deed zich twee dagen later voor. Er stond een uitstapje naar het kroningsfeest van koning George v op het programma en iedereen in Vera's familie was vanzelfsprekend zeer uitgelaten. 'Denk je eens in,' had Beatrice de avond daarvoor bij de sherry uitgeroepen, 'levende inboorlingen, helemaal uit Afrika!'

'Een vliegende machine,' schetterde Vera, 'een historisch schouwspel!'

'Een triomf voor meneer Lascelles,' verzekerde Constance, om er hoopvol aan toe te voegen: 'Ik ben benieuwd of de man zelf ook zal verschijnen. Ik heb gehoord dat hij goed bevriend is met de koning.'

Het Crystal Palace schitterde in het zonlicht toen de Daimler stilhield bij de entree. Eleanors moeder, tante en nicht werden uit de auto geholpen en Eleanor volgde zelf. Ze keek omhoog om het spectaculaire glazen bouwwerk in zich op te nemen. Het was oogverblindend en indrukwekkend, precies zoals iedereen zei, en Eleanor voelde haar wangen gloeien van opwinding, alhoewel dat niet was omdat ze zich erop verheugde een hele dag door te brengen met het bezichtigen van de schatten van het koninkrijk; Eleanor had iets totaal anders in gedachten. Hun gezelschap begaf zich naar het Britse deel en besteedde minstens een halfuur aan het over en weer bevestigen van de superioriteit van alles wat zich daarbinnen bevond, om vervolgens door te lopen naar de exotische bekoringen uit de koloniën.

Er waren bloemen te bewonderen op de floricultuur-afdeling, atletische figuren te bezichtigen in het basiskamp van de Cadetten van de Overzeese Gebiedsdelen, en er moest natuurlijk duchtig kritiek worden geleverd op de opstelling zelf. Eleanor slofte er wat achteraan en deed haar best om instemmend te knikken wanneer dit van haar werd verlangd. Toen ze bij het middeleeuwse labyrint waren aangekomen, zag ze eindelijk haar kans schoon. Het was druk in het labyrint en Eleanor kon zich moeiteloos van het gezelschap afscheiden. Ze sloeg gewoon linksaf toen de anderen naar rechts gingen, en daarna nog twee keer naar links, om vervolgens terug te lopen zoals ze waren gekomen.

Ze liep snel, met haar hoofd iets gebogen om de angstwekkende mogelijkheid voor te zijn dat ze een bekende van haar moeder zou tegenkomen, langs de sportarena in de richting van de kleine boerderijtjes. Ze hield niet stil totdat ze de ingang van het spoorwegstation op Sydenham Avenue had bereikt. Pas daar raakte ze in een opperbeste stemming. Eleanor pakte de kaart die ze uit oom Vernons studeerkamer had geleend en bekeek nogmaals de route die ze de avond daarvoor in de badkamer had uitgestippeld. Afgaand op haar naspeuringen hoefde ze alleen maar tram 78 vlak bij Norwood Road aan te houden en dan kon ze helemaal blijven zitten tot aan Victoria Station. De rest van de route kon ze lopen, door Hyde Park en via Marylebone naar Regent's Park. Het liefst wandelde ze zoveel mogelijk door de parken. De straten van Londen waren net rivieren van gesmolten lawaai die door de stad kolkten: alles ging allemaal zo hard en dwars door elkaar heen dat Eleanor soms kon vóélen hoe het zou zijn om omvergereden te worden.

Vandaag was ze echter te opgewonden om daar bang voor te zijn. Ze snelde over het plaveisel naar de tramhalte, met een hart dat razendsnel klopte door het vooruitzicht dat ze de tijgers zou zien, en meer nog dan dat, door de immense vreugde om voor het eerst in weken weer eens alleen te zijn. Tram 78 kwam aanrollen. Ze hield hem aan, kocht een kaartje met de muntjes die ze ook had geleend uit oom Vernons studeerkamer, en toen was ze zomaar op pad. Toen ze eenmaal zat kon ze slechts met moeite een brede grijns onderdrukken. Ze voelde zich volwassen en dapper, een avonturierster die alle obstakels die op haar pad opdoken de baas kon. Banden waarvan ze had gedacht dat die verbroken waren, werden nu weer aangehaald: met haar jeugd, met haar vroegere leven, met haar oude ik, en ze proefde eenzelfde gevoel van euforie als waar ze zo van had genoten toen ze de Avonturen van Grootvader Horace had nagespeeld. Toen de tram eindelijk Vauxhall Bridge overstak en op zijn rails door Belgravia gleed, streelde ze de hanger met de tijgertand die onder haar blouse aan zijn ketting hing.

Victoria Station was één grote chaos, met mensen die kriskras door elkaar heen liepen, een zee van hoge hoeden, wandelstokken en lange, zwiepende vrouwenrokken. Eleanor stapte uit de tram, glipte zo snel als ze kon door de menigte heen en kwam weer uit op straat, waar door paarden voortgetrokken rijtuigen en koetsen alle kanten op raasden, met hun inzittenden op weg naar hun theeafspraken. Ze kon wel een gat in de lucht springen dat ze er niet zelf in zat.

Ze nam even de tijd om de omgeving in zich op te nemen en ging toen op weg langs Grosvenor Place. Ze liep snel en ademde met korte teugen. Londen had een karakteristieke geur, een onaangename mengeling van rioollucht en afgewerkte gassen, van oud en nieuw, en ze was blij toen ze Hyde Park in kon lopen en de geur van rozen opsnoof. Kindermeisjes in gesteven uniformen paradeerden met grote kinderwagens over het rode zand van Rotten Row en het uitgestrekte gazon stond helemaal vol met groene ligstoelen, die je voor zes penny's kon huren. Roeiboten dreven op de Serpentine als enorme eenden.

'Koop hier uw souvenirs,' riep een straatverkoper, zijn kraampje boordevol vlaggen ter gelegenheid van de kroning en foto's van het gigantische vrijheidsbeeld dat voor Buckingham Palace stond. ('Vrijheid?' snoof haar oom elke keer weer als hun rijtuig het enorme, witmarmeren standbeeld passeerde, dat afstak bij de vervuilde, zwart geworden façade van het paleis. 'We mogen blij zijn als we het einde van dit decennium beleven zonder een nieuwe oorlog!' Een zelfvoldane blik placht zich na die uitspraak over zijn gezicht te verspreiden – hij deed niets liever dan slecht nieuws voorspellen – en Beatrice foeterde hem dan uit met een 'Wees niet zo'n spelbreker, pappie', om vervolgens afgeleid te worden door een passerende koets. 'O, kijk! Is dat het rijtuig van de Manners? Heb je het laatste nieuwtje gehoord over Lady Diana? Ze verscheen gekleed als een zwarte zwaan op het verder helemaal witte liefdadigheidsbal! Stel je voor hoe verbolgen Lady Sheffield daarover was!')

Eleanor haastte zich nu. Naar Bayswater Road, onder Marble Arch door, via de rand van Mayfair en vervolgens Marylebone in. Op het moment dat ze het naambord van Baker Street zag, moest ze opnieuw aan haar oom Vernon denken, die zichzelf als een detective zag en ervan genoot om Sherlock Holmes de loef af te steken. Eleanor had een paar detectiveverhalen geleend uit haar ooms studeerkamer, maar was daardoor niet bekeerd. De arrogantie van het rationalisme verdroeg zich slecht met haar geliefde sprookjesverhalen. Zelfs op dit moment raakte ze geërgerd door Holmes' zelfverzekerde hypothese dat er niets bestond dat niet kon worden verklaard door middel van menselijke deductie. Zozeer zelfs dat ze toen ze Regent's Park naderde helemaal de gemechaniseerde rivier vergeten was die ze moest oversteken. Zonder op of om te kijken liep ze pardoes de straat op en ze merkte de omnibus niet op totdat hij bijna tegen haar aan reed. Op dat ogenblik, toen het enorme advertentiebord voor LIPTON'S TEA gevaarlijk op haar af kwam, wist Eleanor dat ze de dood in de ogen keek. Haar gedachten buitelden over elkaar heen – ze zou weer bij haar vader zijn, ze zou zich niet langer zorgen hoeven maken dat ze Loeanneth was kwijtgeraakt, maar o, wat was het jammer dat ze de tijgers nog niet had gezien! Ze kneep haar ogen stijf dicht en wachtte op de pijn van de onvermijdelijke klap.

Toen de klap kwam, een dreun tegen haar zij waardoor ze opzij werd geworpen, werd de lucht uit haar longen geslagen en smakte ze keihard tegen de grond. De dood was helemaal niet zoals ze had verwacht. De geluiden kolkten, haar oren galmden en haar hoofd tolde. Toen ze haar ogen opende, verscheen daar het mooiste gezicht dat ze ooit had gezien. Eleanor zou het nooit aan iemand opbiechten, maar nog jaren later moest ze glimlachen als ze terugdacht aan dat moment waarin ze had gedacht dat ze God in de ogen keek.

Het was God niet geweest. Het was een jongen, een man, jong, niet veel ouder dan zij, met donkerblond haar en een huid die ze op dat moment móést aanraken. Hij zat op de grond naast haar, met een arm onder haar schouders. Zijn lippen bewogen, hij zei iets wat Eleanor niet kon verstaan en hij keek indringend naar haar, eerst in het ene oog en toen in het andere. Uiteindelijk, terwijl de geluiden en bewegingen om hen heen wervelden – ze hadden een aardige opstopping veroorzaakt – verscheen er een glimlach op zijn gezicht. Ze bedacht nog wat een prachtige mond hij had en voelde zich toen ineens wegzakken.

Zijn naam was Anthony Edevane en hij studeerde aan Cambridge. Hij wilde arts worden, chirurg om precies te zijn. Eleanor kwam dit te weten in het cafeetje in Baker Street Station, waar hij haar na de botsing met de bus mee naartoe genomen had en een limonade voor haar had gehaald. Hij had er afgesproken met een vriend, een jongen met donker, krullend haar en een bril, het soort jongen, zag Eleanor in één oogopslag, bij wie het altijd leek alsof hij op het allerlaatste moment maar wat uit de kast had getrokken en wiens haar nooit zat zoals het bedoeld was. Eleanor kon hem wat dat betreft de hand schudden. Ze vond hem meteen aardig. 'Howard Mann,' – Anthony gebaarde naar de slordig geklede jongen – 'dit is Eleanor deShiel.' 'Het is een genoegen je te ontmoeten, Eleanor,' zei Howard terwijl hij haar hand vastpakte. 'Wat een aangename verrassing. Hoe ken je deze kerel hier?'

Eleanor hoorde zichzelf zeggen: 'Hij heeft zojuist mijn leven gered,' en bedacht meteen hoe onwaarschijnlijk dat klonk.

Maar Howard vertrok geen spier. 'Is dat zo? Verbaast me niets. Echt iets voor hem. Als hij niet mijn beste vriend zou zijn, geloof ik dat ik hem zou moeten haten.'

Het had ongemakkelijk kunnen zijn, dit gesprek in een cafeetje in een station van de ondergrondse met twee vreemde mannen, maar Eleanor ontdekte dat van een wisse dood gered worden er op de een of andere manier voor zorgde dat je de gebruikelijke plichtplegingen kon laten varen. Het gesprek verliep vlot en ongedwongen, en hoe meer ze hoorde, hoe aardiger ze de twee mannen vond. Anthony en Howard waren de hele tijd met elkaar aan het dollen, maar door de innemende manier waarop ze dat deden voelde ze zich niet buitengesloten. Ze hoorde zichzelf meningen verkondigen zoals ze dat al heel lang niet meer had gedaan, en ze lachte en knikte en ging er af en toe tegenin met een heftigheid die haar moeder een gruwel zou zijn geweest.

Ze discussieerden met z'n drieën fel over wetenschap en natuur, politiek en eer, familie en vriendschap. Eleanor kwam erachter dat het Anthony's grootste wens was om chirurg te worden. Dat hij dat al van jongs af aan had gewild, vanaf het moment dat zijn dierbaarste dienstmeisje bij gebrek aan een gekwalificeerde arts was gestorven aan een blindedarmontsteking. Ze wist nu ook dat Howard de enige zoon was van een buitengewoon welgestelde graaf, die met zijn vierde echtgenote zijn dagen doorbracht aan de Franse Rivièra. Voor het onderhoud van zijn zoon stuurde hij geld naar een trustfonds, dat werd beheerd door een bankmanager van Lloyds of London. Ze hoorde dat de twee jongens elkaar hadden ontmoet op de allereerste schooldag, toen Anthony de hoed van zijn reserve-uniform aan Howard had uitgeleend om hem te behoeden voor stokslagen van de huismeester. Vanaf die dag waren ze onafscheidelijk geweest. 'Meer als broers,' zei Anthony met een warme glimlach naar Howard.

De tijd vloog voorbij, en tijdens een van de zeldzame stiltes in hun gesprek fronste Howard licht zijn voorhoofd en zei tegen Eleanor: 'Niet om het feestje te bederven, maar ik bedenk ineens dat er iemand moet zijn die jou nu mist.'

Geschrokken keek ze op haar vaders horloge (dat ze sinds zijn dood altijd droeg, tegen de zin van haar moeder) en realiseerde zich dat er al twee uur verstreken was sinds ze haar familie in het labyrint had achtergelaten. Ze zag plotseling het beeld voor zich van haar moeder die vanwege alle emoties getroffen werd door een rolberoerte.

'Ja,' beaamde ze grimmig. 'Dat zou best wel eens kunnen.'

'Goed,' zei Howard, 'dan zullen we je maar eens naar huis brengen. Vind je niet, Anthony?'

'Ja,' zei Anthony, die met een frons op zijn eigen horloge keek en op het glas tikte alsof de tijd die het aangaf onmogelijk kon kloppen. 'Ja, natuurlijk.' Eleanor vroeg zich af of ze zich de weerzin in zijn stem inbeeldde. 'Vreselijk egoïstisch van ons om je hier aan de praat te houden, terwijl je echt moet rusten door die klap.'

Opeens verlangde Eleanor er intens naar om niet van hun gezelschap te worden gescheiden. Van hem. Ze wilde het aanbod afwimpelen. De dag die zo slecht begonnen was, had een fantastische wending genomen; ze voelde zich absoluut goed; thuis was wel de laatste plaats waar ze nu naartoe wilde. Ze was al zover gekomen, ze was zo dicht bij de Zoo en ze had de tijgers nog niet eens gezien! Anthony zei iets over haar hoofd en de impact van haar val, wat aardig van hem was, maar echt, bleef ze volhouden, ze voelde zich prima. Een beetje duizelig, nu ze probeerde op te staan, maar dat was te verwachten; het was warm in het café, en ze had 's middags nog niets gegeten, en – o! Misschien als ze gewoon nog even bleef zitten, even op adem kwam en wachtte tot ze geen sterretjes meer zag.

Hij liet zich niet vermurwen; zij bleef koppig; Howard hakte uiteindelijk de knoop door. Met een verontschuldigend glimlachje pakte hij haar andere arm terwijl Anthony de rekening ging betalen.

Eleanor keek hem na. Hij was intelligent, en vriendelijk, en legde duidelijk een fascinatie aan de dag voor de wereld en alles wat die te bieden had. Hij was ook nog eens heel aantrekkelijk. Dat dikke, donkerblonde haar en die zongebruinde huid, een blik die overliep van nieuwsgierigheid en een passie om te leren. Ze wist niet helemaal zeker of haar ogen haar door de bijnadoodervaring misschien voor de gek hielden, maar hij leek te stralen. Hij stroomde over van enthousiasme, energie en vertrouwen en leek op de een of andere manier levendiger dan alle anderen in het café.

'Hij is me er wel eentje, hè?' zei Howard.

Eleanors huid begon te gloeien. Ze had niet gedacht dat ze zo'n open boek was.

'Hij is de slimste van ons jaar, hij heeft de meeste schoolprijzen in de wacht gesleept tijdens het eindexamen. Niet dat hij je dat ooit zelf zal vertellen, daarvoor is hij veel te bescheiden.'

'O ja?' Ze deed alsof ze slechts uit beleefdheid lichtelijk geïnteresseerd was.

'Zodra hij is afgestudeerd wil hij een chirurgische praktijk opbouwen voor patiënten die zich weinig kunnen veroorloven. Het grote aantal kinderen dat het zonder levensreddende operaties moet stellen, omdat er niet genoeg geld is om de chirurg te betalen, is beschamend.'

Ze reden haar terug naar Mayfair in Howards Rolls-Royce Silver Ghost. Vera's butler deed de deur open, maar Beatrice, die vanuit haar slaapkamerraam alles had gezien, kwam de trap af stormen om er zo snel mogelijk bij te zijn. 'O, mijn god, Eleanor,' riep ze buiten adem, 'je moeder is ziédend!' Toen ze Anthony en Howard zag staan, bond ze in en knipperde koket met haar ogen. 'Hoe maakt u het?'

'Beatrice,' zei Eleanor met een glimlach, 'ik wil je voorstellen aan Howard Mann en Anthony Edevane. Meneer Edevane heeft zojuist mijn leven gered.'

'Nou,' zei Beatrice zonder een seconde te aarzelen, 'dan denk ik dat jullie beter binnen kunnen komen voor een kopje thee.'

Het verhaal werd nog een keer verteld onder het genot van een kop thee en een stuk citroencake. Constance, met haar wenkbrauwen opgetrokken en haar lippen stijf samengeknepen, plofte bijna van alle nog niet gestelde vragen, zoals allereerst wat Eleanor in Marylebone te zoeken had, maar ze slaagde erin om zich te beheersen en bedankte Anthony. 'Edevane?' vroeg ze hoopvol. 'Toch niet lórd Edevanes zoon?'

'Jawel,' zei Anthony opgewekt, terwijl hij een tweede stuk cake nam. 'De jongste van de drie.'

Constances glimlach vervloog. ('Derde zoon?' hoorden ze haar later tegen Vera tieren. 'Dérde zoon! Een derde zoon moet het uit zijn hoofd laten om op straat te lopen en jonge, ontvankelijke meisjes te redden. Die hoort ergens predikant te worden!')

Voor Eleanor verklaarde het echter alles. Zijn ontspannen, bescheiden karakter, zijn opmerkelijke, bijna aristocratische voorkomen, de wijze waarop ze elkaar hadden ontmoet. Hij was de derde zoon. 'Je bent ervoor geboren om de held in een verhaal te worden,' zei ze.

Anthony schoot in de lach. 'Daar weet ik niets van, maar ik prijs mezelf gelukkig dat ik de derde ben.'

'O?' Constances ijzige toon verlaagde te kamertemperatuur met enkele graden. 'En waarom is dat, als ik vragen mag?'

'Mijn vader heeft al een erfgenaam en nog een reserve, waardoor ik de vrijheid heb om te doen en laten wat ik wil.'

'En wat is dat precies, meneer Edevane?'

'Ik word arts.'

Eleanor begon uit te leggen dat Anthony studeerde om chirurg te worden, dat hij zijn leven wilde wijden aan het helpen van mensen die het minder goed hadden, dat hij allerlei belangrijke academische prijzen had gewonnen, maar dergelijke details waren verspild aan Constance, die haar dochter prompt onderbrak. 'Een man van uw stand hoeft toch zeker niet te werken voor zijn geld? Ik kan me niet voorstellen dat uw vader dat goed zou vinden.'

Anthony keek haar aan en de kracht van zijn blik was zodanig dat alle overgebleven warmte in één keer uit de kamer werd gezogen. De spanning hing in de lucht. Eleanor had nog niet eerder meegemaakt dat iemand haar moeder tegensprak, ze hield haar adem in en wachtte op wat hij ging zeggen.

'Mijn vader, mevrouw deShiel, heeft, net als ik gezien wat er terechtkomt van verveelde, bevoorrechte mannen die zich niet hoeven in te spannen voor een bezoldigde baan. Ik ben niet van plan om mijn dagen te slijten met het zoeken van onzinnige dingen om de tijd mee te vullen. Ik wil mensen helpen. Ik ben vastbesloten om me nuttig te maken.' Vervolgens draaide hij zich naar Eleanor toe, alsof zij de enige twee mensen in de kamer waren, en zei: 'En u, mejuffrouw deShiel? Wat wilt u uit het leven halen?'

Er veranderde iets op dat moment. Het was een kleine verschuiving, maar wel een beslissende. Hij was oogverblindend, en Eleanor besefte dat hun ontmoeting van die ochtend voorbestemd was geweest. De band tussen hen was zo sterk dat ze hem bijna kon zien. Er was zoveel wat ze hem wilde vertellen, en toch wist ze tegelijkertijd met een onverklaarbare maar zonneklare zekerheid dat ze hem eigenlijk helemaal niets hoefde te vertellen. Dat kon ze in zijn ogen zien, de wijze waarop hij naar haar keek. Hij wíst al wat ze uit het leven wilde halen. Dat ze geen enkele intentie had om een van die vrouwen te worden die met elkaar zaten te bridgen, te roddelen en te wachten op hun chauffeurs om hen in hun rijtuigen mee naar buiten te nemen; dat ze zoveel andere dingen wilde, veel te veel om nu in woorden te vatten. Dus zei ze slechts: 'Ik wil die tijgers zien.'

Hij lachte en er verspreidde zich een gelukzalige glimlach over zijn gezicht toen hij zijn handpalmen uitstrekte. 'Nou, dat is vrij eenvoudig te regelen. Geef uw hoofd vanmiddag wat rust, dan neem ik u er morgen mee naartoe.' Hij draaide zich weer naar Eleanors moeder en voegde eraan toe: 'Als u daar geen bezwaar tegen hebt natuurlijk, mevrouw deShiel.'

Het was voor iedereen die haar kende duidelijk dat Constance alleen maar bezwaren had, dat het op haar lippen lag om jawel te zeggen, deze overmoedige jongeling – deze derde zoon! – te verbieden om haar dochter waar dan ook mee naartoe te nemen. Eleanor betwijfelde of ze haar moeder ooit zozeer een hekel aan iemand had zien hebben, maar Constance kon er weinig tegenin brengen. Hij kwam uit een gegoede familie, hij had haar dochters leven gered en hij had aangeboden om haar mee te nemen naar een plek waarvan ze zojuist had opgebiecht dat ze er zo graag naartoe wilde. Het zou van slechte manieren getuigen als ze daartegen zou zijn. Constance plantte een verzuurde glimlach op haar gezicht en kreeg er een zacht instemmend geluidje uit. Het was meer een formaliteit. Iedereen in de kamer kon voelen dat haar dominantie ten einde was, en vanaf dat moment zou Constance slechts een heel kleine rol zijn toebedeeld in de verkeringstijd van haar dochter.

Na de thee liet Eleanor de twee jongemannen uit. Howard zei vriendelijk: 'Ik hoop u snel weer te zien, mejuffrouw deShiel,' waarna hij Anthony met een samenzweerderig lachje een vluchtige blik toewierp. 'Ik ga vast om de Ghost warm te laten draaien.'

Anthony en Eleanor bleven met z'n tweeën achter en stonden beiden plotseling met hun mond vol tanden.

'Zo,' zei hij.

'Zo.'

'De Zoo. Morgen.'

'Ja.'

'Beloof je me dat je voor die tijd niet weer voor een bus zult springen?'

Ze lachte. 'Dat beloof ik.'

Een lichte frons verscheen op zijn voorhoofd.

'Wat is er?' zei ze, ineens verlegen.

'Niets. Er is niets. Alleen dat ik je haar leuk vind.'

'Dit?' Haar hand ging naar haar haarbos, op zijn warrigst na een dag vol onverwachte opwinding.

Hij glimlachte, en ergens diep vanbinnen voelde ze een siddering. 'Ja. Ik vind het leuk. Heel erg leuk.'

Hij nam afscheid en ze keek hem na, en op het moment dat ze naar binnen ging en de deur achter zich dichtdeed, wist Eleanor simpelweg dat álles veranderd was.

Het zou onjuist zijn om te zeggen dat ze in de daaropvolgende paar weken verliefd op elkaar werden – ze waren immers al op de eerste dag voor elkaar gevallen. Ook de eerste twee weken daarna waren ze, met nicht Beatrice die zich een goedmoedige en lakse chaperonne toonde, nauwelijks zonder elkaar. Ze bezochten de Zoo, waar Eleanor eindelijk de tijgers te zien kreeg, en ze dwaalden hele dagen door Hampstead, waar ze verscholen groene stukken van het terrein ontdekten en elkaars geheimen leerden kennen. Ze verkenden het Victoria and Albert Museum en het Natuurhistorisch Museum en gingen acht keer naar een uitvoering van de Ballets Russes. Eleanor ging niet meer naar bals, behalve als Anthony ook van de partij was. In plaats daarvan wandelden ze langs de Theems, en praatten en lachten samen alsof ze elkaar al hun hele leven kenden.

Aan het einde van zijn vakantie, op de ochtend dat hij weer terug moest naar Cambridge, maakte hij een omweg om haar nog even te zien. Hij wachtte niet tot ze binnen waren, maar zei al op de drempel tegen haar: 'Ik ben gekomen om te vragen of je op me wilt wachten.'

Eleanors hart was onder haar jurk als een razende tekeergegaan, maar haar adem stokte toen hij eraan toevoegde: 'En toen besefte ik dat ik dat niet kon doen.'

'Echt waar? Waarom niet?'

'Omdat ik het niet over mijn hart kan verkrijgen om jou iets te vragen wat ik zelf niet zou doen.'

'Ik kán wachten –'

'Nou, ik níét, geen dag langer. Ik kan niet zonder je leven, Eleanor. Ik moet het je vragen: denk je... dat je met me zou willen trouwen?'

Eleanor grijnsde. Ze hoefde er niet over na te denken. 'Ja,' zei ze. 'Ja, duizend keer ja! Natuurlijk wil ik dat!'

Anthony tilde haar op, draaide met haar in het rond en kuste haar toen hij haar weer neerzette. 'Ik zal altijd alleen van jou houden,' zei hij, terwijl hij voorzichtig wat haar uit haar gezicht streek. Hij zei het met zo'n overtuiging dat er een rilling door haar heen ging. De hemel was blauw, het noorden lag tegenover het zuiden, en hij, Anthony Edevane, zou altijd alleen van haar houden.

Ze beloofde hem hetzelfde en hij glimlachte, blij maar niet verrast, alsof hij al had geweten wat ze zou antwoorden.

'Je weet dat ik geen welvarend man ben,' zei hij. 'Ik zal nooit rijk zijn.'

'Dat maakt mij niet uit.'

'Ik kan je geen huis als dit bieden.' Hij gebaarde naar Vera's schitterende huis.

Verontwaardigd: 'Je wéét toch dat dat soort dingen me gestolen kunnen worden?'

'Of een huis zoals waar je bent opgegroeid, Loeanneth.'

'Dat hoef ik ook niet,' zei ze, en voor het eerst geloofde ze het. 'Jij bent vanaf nu mijn thuis.'

Ze waren gelukkig in Cambridge. Anthony's kamers waren klein maar schoon, en Eleanor maakte er iets huiselijks van. Anthony zat in het laatste jaar voor zijn bul en hij zat bijna elke avond na het eten over zijn boeken gebogen; Eleanor tekende en schreef. Zijn intelligentie en zijn goedheid schemerden zelfs door in de manier waarop hij fronsend boven zijn boeken zat. Soms voerde hij onder het lezen met zijn handen bewegingen uit om de beste methode voor een bepaalde operatie na te bootsen. Het waren kundige handen, zacht en behendig. 'Hij kon altijd al met zijn handen van alles maken en repareren,' had zijn moeder tijdens hun eerste kennismaking tegen Eleanor gezegd. 'Als kleine jongen deed hij niets liever dan de klok van mijn man uit elkaar halen. Dat was een erfstuk. Gelukkig voor ons – en voor hem – wist hij hem ook altijd weer in elkaar te zetten.'

Hun leven samen was bescheiden. Ze gingen niet naar grote society-feesten, maar onderhielden zich met hun naaste vrienden in kleine, intieme bijeenkomsten. Howard at vaak een hapje mee, en bleef dan tot laat in de avond bij een fles wijn praten en lachen en discussiëren; Anthony's ouders kwamen sporadisch op bezoek, verbluft, maar te beschaafd om commentaar te geven op de armetierige omstandigheden waarin hun jongste zoon samen met zijn vrouw verkoos te leven; en meneer Llewellyn was een regelmatige gast. Door zijn wijsheid, rake humor en zijn duidelijke, vaderlijke liefde voor Eleanor werd hij al snel ook voor Anthony een dierbare vriend; die band werd nog sterker nadat Anthony had vernomen dat hij niet alleen een getalenteerd verhalenverteller was, waarmee hij onbedoeld veel succes oogstte, maar dat hij in zijn jonge jaren ook een geneeskundestudie had afgerond (zij het niet als chirurg, maar als gewoon arts). 'Heeft u er nooit naar terugverlangd om uw vak uit te oefenen?' vroeg Anthony meer dan eens, omdat hij niet kon vatten wat een man kon weghouden van zijn roeping. Maar meneer Llewellyn schudde daarop altijd glimlachend zijn hoofd. 'Ik heb iets gevonden wat meer bij me past. Het is beter dat ik dat overlaat aan capabele mannen zoals jij, bij wie het in het bloed zit om mensen te helpen en te genezen.' Toen Anthony cum laude slaagde voor zijn coschappen en met een medaille van de universiteit werd onderscheiden, nodigde hij meneer Llewellyn uit om daarbij aanwezig te zijn. Hij zat naast Eleanor en zijn ouders toen Anthony zijn bul in ontvangst nam. Toen de waarnemend rector zijn bezielende toespraak hield over volwassenheid en de bijbehorende plichten – 'Als een man zijn land niet kan dienen, kan hij beter dood zijn' – boog meneer Llewellyn zich naar Eleanor toe en fluisterde droog in haar oor: 'Wat een geestige vent – hij doet me aan je moeder denken,' en ze moest een lach onderdrukken. Maar de ogen van de oudere man glinsterden van trots toen hij toekeek hoe zijn jonge vriend zijn bul in ontvangst nam.

Anthony meende het toen hij had gezegd dat geld voor hem niet belangrijk was, en Eleanor ook, maar het leven kon raar lopen en het pakte anders uit dan verwacht. Al snel zouden ze toch heel rijk zijn. Ze waren negen maanden getrouwd toen ze samen in de haven van Southampton stonden om zijn ouders en oudere broers uit te zwaaien, die met z'n allen naar New York afreisden.

'Had je ook graag mee willen gaan?' vroeg Anthony boven het lawaai van de luidruchtige menigte uit.

Even was er sprake van geweest dat ze met de familie zouden meereizen, maar Anthony's budget was niet toereikend voor de tickets en hij had het aanbod van zijn ouders afgeslagen om de kosten op zich te nemen. Ze wist dat hij daar erg over in zat, beschaamd dat hij zich dergelijke luxe niet kon permitteren, maar Eleanor vond het helemaal niet erg. Ze haalde haar schouders op. 'Ik word altijd zeeziek.'

'New York is een ongelooflijke stad.'

Ze kneep even in zijn hand. 'Het maakt me niet uit waar ik ben, zolang het maar bij jou is.'

Hij schonk haar een glimlach waaruit zoveel liefde sprak dat haar adem stokte. Toen ze beiden weer verder zwaaiden, vroeg Eleanor zich af of het mogelijk was dat je té gelukkig was. Zeemeeuwen doken en scheerden langs en jongens met petten renden langs het vertrekkende schip terwijl ze over elk obstakel heen sprongen. 'Onzinkbaar,' zei Anthony hoofdschuddend toen het prachtige schip uitvoer. 'Moet je je eens indenken.'

Om te vieren dat ze twee jaar getrouwd waren, stelde Anthony voor om een weekend naar een kustplaatsje te gaan waar hij eerder was geweest. Na maanden te hebben gerouwd om het verlies van zijn ouders en broers in de ijskoude Atlantische Oceaan was er nu eindelijk weer eens heuglijk nieuws. 'Een báby,' had hij gezegd toen ze het hem vertelde, met een blik van totale verbazing op zijn gezicht. 'Stel je eens voor! Een kleine mix van jou en mij.'

Ze namen een vroege trein van Cambridge naar Londen en stapten over op Paddington. Het was een lange reis, maar Eleanor had een picknickmand gevuld en ze aten onderweg en vulden de uren met gesprekken, lezen en een kaartspel waarin ze het al maanden vol vuur tegen elkaar opnamen. Als ze niet bezig waren, zaten ze tevreden hand in hand naast elkaar en keken door het raam naar de voorbijrazende velden.

Toen ze eindelijk op hun eindstation aankwamen, stond er een chauffeur op ze te wachten en Anthony hielp Eleanor in de automobiel. Ze reden over een smalle, kronkelende weg en in de warme beschutting van het voertuig voelde ze dat de vermoeienissen van een dag reizen hun tol begonnen te eisen. Geeuwend leunde ze achterover met haar hoofd tegen de rugleuning. 'Gaat het wel?' vroeg Anthony zacht, en toen Eleanor zei dat het wel ging, meende ze dat ook. Ze had zich, toen hij het tochtje had voorgesteld, aanvankelijk angstvallig afgevraagd hoe het zou voelen om zo dicht in de buurt te zijn van de plek waar ze was opgegroeid; of ze het zou kunnen opbrengen om het verlies van haar vader en haar huis nogmaals te doorstaan. Nu besefte ze echter dat ze dat natuurlijk aankon. Hoewel ze niet konden ontsnappen aan het feit dat er in het verleden veel verdriet was geweest, lag de toekomst nog altijd voor haar – voor hen. 'Ik ben blij dat we hiernaartoe gekomen zijn,' zei ze met haar hand op haar licht opbollende buik toen de weg langs de kustlijn van de oceaan meanderde. 'Het is zo lang geleden dat ik de zee heb gezien.'

Anthony glimlachte en pakte haar hand vast. Ze keek naar zijn hand die over de hare lag, groot op klein, en vroeg zich af hoe het mogelijk was dat ze zich zo gelukkig kon voelen.

In het gezelschap van die herinneringen viel ze in slaap. Daar was niet veel voor nodig nu ze zwanger was; ze was nog nooit zo moe geweest. De motor van de auto sputterde door, Anthony's hand bleef warm op de hare rusten, en de geur van zout mengde zich met de lucht. Eleanor wist niet hoeveel tijd er was verstreken toen hij haar aanstootte en zei: 'Wakker worden, Schone Slaapster.'

Ze ging rechtop zitten en rekte zich uit, knipperde met haar ogen in het blauwe licht van de warme dag en liet de wereld zijn vorm weer aannemen. Eleanor hield haar adem in.

Voor haar lag Loeanneth, haar dierbare, geliefde en verloren thuis. De tuinen waren nu verwilderd, het huis was er slechter aan toe dan ze zich herinnerde, en toch was het volmaakt.

'Welkom thuis,' zei Anthony terwijl hij haar hand optilde om die te kussen. 'Gefeliciteerd met je verjaardag, met je trouwdag, en een gelukkige start van wat er nog moge komen.'

Het geluid was er voordat er iets te zien was. Een insect zoemde tegen het vensterglas, momenten van felle, stationaire onrust gevolgd door tijdelijke stilte, en daarachter klonk een nieuw geluid, zachter maar indringender, een aanhoudend gekras dat Eleanor herkende maar niet kon thuisbrengen. Ze opende haar ogen en zag dat ze zich op een plek bevond waar het donker was, op een verblindende kier licht tussen de dichtgetrokken gordijnen na. De geuren waren vertrouwd, van een kamer die afgesloten was tegen de zomerse hitte, van dikke brokaten gordijnen en schemerige, koele plinten, van mat zonlicht. Het was haar slaapkamer, besefte ze, de kamer die ze met Anthony deelde. Loeanneth.

Eleanor deed haar ogen weer dicht. Haar hoofd tolde. Ze was draaierig, en het was smoorheet. Zo heet was het ook die zomer van 1913 geweest, toen ze hier samen arriveerden. Getweeën, nog maar net volwassen, hadden ze hier een fantastische tijd gehad, afgezonderd van de wereld en de drukte. Het huis verkeerde in deplorabele staat en moest gerenoveerd worden, zodat ze hun intrek namen in het boothuis, de meest geliefde speelplek uit haar jeugd. Het verblijf was primitief ingericht – een bed, tafel, eenvoudig keukentje en een kleine wasruimte – maar ze waren jong en verliefd en eraan gewend om met bijna niets te leven. Jaren later, toen Anthony in het leger zat en ze hem miste, ging ze wanneer ze zich verdrietig, eenzaam of verloren voelde altijd naar het boothuis. Ze nam dan de liefdesbrieven mee die hij haar had gestuurd. Daar, meer dan op welke andere plek ook, was ze in staat om het geluk en de ware liefde nog te proeven die ze had gevoeld in de zomer voordat de oorlog uitbrak en hun paradijs vernietigde.

Ze hadden altijd in de buitenlucht gegeten, hardgekookte eieren en kaas uit een picknickmand, en wijn gedronken onder de seringenboom in de ommuurde tuin. Ze waren in de bossen verdwenen, hadden appels van de naastgelegen boerderij gestolen en dreven in haar bootje stroomafwaarts over de rivier: het ene schitterende moment ging vloeiend over in het volgende. Op een heldere, stille avond hadden ze de oude fietsen uit de schuur opgedoken en waren samen over de stoffige landweg gefietst. Ze sjeesden, lachten en ademden de zilte zeelucht in tussen stenen die glanzend wit oplichtten in het maanlicht, nog warm na de hete dag.

Het was de perfecte zomer geweest. Dat had ze toen ook al geweten. De lange zonnige betovering, hun jeugd, deze nieuwe en hartstochtelijke liefde die ze hadden gevonden; maar er waren ook krachten buiten hen om aan het werk geweest. Die zomer was voor allebei een nieuw begin – voor hun jonge gezin, hun leven samen – maar hij was ook het einde van iets. Ze stonden, samen met de rest van de mensheid, op de rand van een afgrond; het ritme van hun leven, dat generaties lang niet was veranderd, stond op het punt om een ongekend heftige schok te ondergaan. Er waren mensen die tot op zekere hoogte hadden voorzien wat hun te wachten stond, maar Eleanor niet. Ze had zich geen enkele voorstelling van de toekomst kunnen maken. Ze had zich heerlijk teruggetrokken in het fabelachtige, duizelingwekkende heden en plukte de dag. Maar oorlogswolken hadden zich samengepakt, de toekomst wachtte daarachter...

Het insect ging nog steeds tekeer tegen de glas-in-loodramen en Eleanor werd overmeesterd door een ander groot verdriet toen het heden terugsijpelde in het verleden. Theo. De vragen van de journalist, de fotograaf, Alice in de deuropening. Die blik op Alice' gezicht had Eleanor vaker gezien. Ze had dezelfde uitdrukking gehad toen Eleanor haar erop betrapte dat ze haar naam in de gevellijst van het huis aan het kerven was, dezelfde als toen de kokkin haar naar haar kamer had gestuurd omdat ze suikersnoepjes uit de voorraadkast had gepikt, en als toen ze haar nieuwe jurk had verpest met grote zwarte inktvlekken.

Alice had schuldbewust gekeken, zeker, maar dat was niet het enige. Het leek ook alsof ze op het punt had gestaan om iets te zeggen. Maar wat had Alice willen zeggen? En tegen wie? Wist ze iets? De politieagent had met haar gesproken, net als met iedereen in het huis. Was het mogelijk dat ze iets wist over Theo wat ze nog niet had verteld?

'Wat dan?' zei een stem in het donker. 'Ze is zelf nog maar een kind.'

Eleanor wist niet dat ze haar gedachte hardop had uitgesproken, en het besef dat ze dat had gedaan was verontrustend. Ze tuurde door de schemerige kamer. Haar mond was droog – waarschijnlijk een bijwerking van de medicijnen die dokter Gibbons haar had gegeven. Ze strekte haar hand uit naar het glas water op het nachtkastje, en de persoon daarnaast doemde in het halfduister op: haar moeder, zittend in de bruine velours stoel bij het bureau. Eleanor vroeg snel: 'Is er nieuws?'

'Nog niet.' Haar moeder was een brief aan het schrijven: haar pen kraste over het papier. 'Maar die vriendelijke politieman, die oudere met dat loensende oog, vertelde dat ze informatie hebben gekregen die hen verder zou kunnen helpen.'

'Informatie?'

Kras-kras. 'Kom nou, Eleanor, je weet dat ik geen oog heb voor detail.'

Eleanor nam een slok water. Haar hand trilde en haar keel brandde. Die moest van Alice zijn gekomen. Ze zag het voor zich, haar tweede dochter die naar de dienstdoende politieman toe stapte, zeker van haar zaak en vol passie, en dat notitieboek van haar tevoorschijn haalde om hem deelgenoot te maken van haar aantekeningen. Observaties en theorieën waarvan ze 'zeker wist' dat die van belang waren.

En misschien kón Alice ook wel echt helpen; misschien had ze iets gezien wat de politie naar Theo zou leiden. Het kind had een abnormale gewoonte ontwikkeld om op plekken te zijn waar ze niet hoorde.

'Ik moet Alice spreken.'

'Jij moet rusten. Met die slaaptabletten van dokter Gibbons kun je een olifant plat krijgen, is me verteld.'

'Moeder, alstublieft.'

Een diepe zucht. 'Ik weet niet waar ze is. Je weet hoe ze is. Dat hoor jij te weten; jij was op die leeftijd net zo, jullie zijn allebei even dwars.'

Eleanor ontkende de vergelijking niet. En als ze eerlijk was kon ze de karakterisering ook niet tegenspreken, hoewel je je er met 'dwars' misschien wat makkelijk vanaf maakte. Er waren allerlei omschrijvingen die toepasselijker waren. Eleanor zou haar jongere ik liever omschrijven als vasthoudend. Toegewijd zelfs. 'Vraag het dan aan meneer Llewellyn. Alstublieft, moeder. Hij weet vast waar hij Alice kan vinden.'

'Hém heb ik ook nergens gezien. Nu je het zegt, de politie was op zoek naar hem. Ik hoorde dat ze hem nergens konden vinden – ze hadden het er zelfs over dat hij was vertrokken. Erg vreemd, maar goed, hij is nooit erg betrouwbaar geweest en de laatste tijd lijkt het minste of geringste hem van zijn stuk te brengen.'

Eleanor probeerde rechtop te gaan zitten. Ze had vandaag niet de kracht om in te gaan tegen haar moeders jarenlange minachting voor meneer Llewellyn. Ze zou zelf op zoek moeten gaan naar Alice. O, maar haar hoofd bonkte zo. Ze wiegde het in haar handen en Edwina jankte op het voeteneind van haar bed.

Ze had gewoon even een paar minuten nodig om weer volledig bij haar positieven te komen. Om haar over elkaar buitelende gedachten in het gareel te krijgen en ervoor te zorgen dat niet alles meer voor haar ogen draaide. Constance was gewoon paniek aan het zaaien. Eleanor wist dat meneer Llewellyn haar nooit van zijn leven zomaar in de steek zou laten. Hij wás de afgelopen weken inderdaad gespannen geweest, dat klopte, maar hij was haar dierbaarste vriend. Hij was waarschijnlijk ergens in de tuin, waar hij op de meisjes lette; alleen daarom zat hij hier niet naast haar bed. Als ze hem vond, zou ze meteen weten waar Alice was.

Hoe mistig haar hoofd ook aanvoelde en hoe graag ze ook weer languit in bed wilde gaan liggen en zich onder de dekens wilde verstoppen om de ellende van de dag niet te hoeven voelen, Eleanor was vastbesloten om met Alice te gaan praten. Haar dochter wist iets over Theo's verdwijning, daar twijfelde ze niet aan.

9

Cornwall, 2003

Het was nu bijna een week geleden dat ze bij toeval op Loeanneth was gestuit, en Sadie was er nadien elke dag teruggekeerd. Welke richting ze ook uit ging tijdens haar ochtendloop, ze kwam telkens weer bij de verwilderde tuin terecht. Haar favoriete plek om even uit te rusten was op de brede onderrand van een stenen fontein, vanwaar je uitkeek over het meer. Toen ze daar vanochtend zat, viel haar een ruwe inkerving op in de donkere, beschaduwde rand op de voet van de fontein. A-L-I-C-E. Sadie gleed met haar vinger over de koele inkepingen van de letters. 'Hallo, Alice,' zei ze. 'Het lijkt erop dat we elkaar opnieuw ontmoeten.'

Ze kwam die inkervingen overal tegen. Op boomstammen, in het zachte hout van de raamkozijnen en op de glibberige mosgroene steiger van het boothuis, dat ze de vorige dag had ontdekt en grondig geïnspecteerd. Sadie begon het gevoel te krijgen dat zij en Alice Edevane een ingewikkeld kat-en-muisspel speelden, dat tientallen jaren overspande. De verbinding was de afgelopen week geïntensiveerd sinds ze zich had ondergedompeld in *Een zoete wraak*, terwijl ze de vakantieganger uithing (om Bertie te plezieren) en de zaken met Donald op orde probeerde te krijgen (ze had vanaf maandag zes boodschappen achtergelaten en nog veel vaker gebeld, maar nog altijd niets van hem gehoord). Ondanks haar aanvankelijke aarzeling was ze er inmiddels achter gekomen dat een boek lezen een verrassend aangename manier was om de tijd te doden. Sadie hield van de chagrijnige detective Diggory Brent, en beleefde er buitengewoon veel plezier aan om de aanwijzingen op te sporen voordat hij ze zelf zag. Ze kon zich nauwelijks voorstellen dat de streng ogende vrouw op de foto op de achterflap van de misdaadroman ooit een kleine delinquent was geweest en het familiehuis had geschonden. Toch nam haar sympathie voor Alice daardoor op een onverklaarbare manier juist toe. Het fascineerde haar dat een schrijfster die haar faam dankte aan het bedenken van complexe mysteries, in het echte leven betrokken was geweest bij een misdaadonderzoek, al was het slechts zijdelings, en dan ook nog eens een zaak die nooit tot een oplossing had geleid. Ze vroeg zich af wat er het eerst was geweest, de keuze voor het genre of de verdwijning van haar kleine broertje.

De hele week al, geconfronteerd met de aanhoudende stilte van Donald en kampend met een groot gevoel van onmacht, gingen haar gedachten steeds weer naar het verwaarloosde huis en het vermiste kind. De puzzel intrigeerde haar. Natuurlijk was ze het liefst weer terug in Londen op haar echte werk, maar alles was beter dan ledig de tijd voorbij te zien tikken. Haar belangstelling bleef niet onopgemerkt. 'De zaak al opgelost?' riep Bertie elke keer als ze met veel lawaai met de honden het huis binnenkwam. Er klonk een glimlach in zijn stem door als hij dit zei, alsof het hem deugd deed dat ze zich in iets had vastgebeten. Kennelijk had ze hem toch niet helemaal kunnen overtuigen met haar vakantieganger-act. Af en toe zag ze dat hij haar met een peinzende frons op zijn gezicht zat op te nemen. Ze wist dat er allerlei vragen op zijn lippen brandden over haar onverwachte komst naar Cornwall en haar hoogst ongewone afwezigheid van haar werk. Sadie was er goed in geworden om het huis te ontvluchten, met haar rugzakje over haar schouders en de honden in haar kielzog, zodra ze het idee had dat die vragen daadwerkelijk gesteld zouden worden.

De honden op hun beurt waren opgetogen over de nieuwe situatie. Ze raceten van hot naar her voor Sadie uit door de bossen en gingen er op een gegeven moment samen vandoor, achter elkaar aan jagend door het hoge gras, tot ze onder de taxushaag door glipten en net als de dag ervoor de eenden de stuipen op het lijf joegen. Sadie bleef ver achter, boeken waren immers zwaar en de laatste dagen zat haar rugzakje bomvol, dankzij haar nieuwe vriend Alastair Hawker, de bibliothecaris uit het dorp.

Vanaf het eerste moment dat ze hem had ontmoet, was hij zo hulpvaardig als zijn bescheiden collectie hem toeliet. Helaas mocht die nauwelijks een naam hebben. Het was Hitlers schuld. Een bom had tijdens de Tweede Wereldoorlog alle krantenarchieven van de jaren vóór 1941 vernietigd. 'Het spijt me heel erg,' had Alastair gezegd. 'Er is niets op internet terug te vinden, maar ik kan ze bij de British Library opvragen, en ondertussen iets anders voor je zoeken om vast mee te beginnen?'

Sadie zei dat ze dat erg op prijs zou stellen, en hij was aan het werk getogen, driftig tikkend op het toetsenbord van zijn computer en spittend door een oud kaartsysteem in een houten ladenkast. Op een gegeven moment verontschuldigde hij zich en verdween met kwieke stappen achter een deur waarop *Archieven* stond.

'Geslaagd,' zei hij toen hij terugkwam, onderwijl het stof van een stapeltje boeken af vegend. '*Families van naam uit Cornwall*,' las hij hardop voordat hij de inhoudsopgave opsloeg, met zijn vinger langs de lijst gleed en op een plek halverwege op het papier tikte. '"Hoofdstuk acht: De deShiels van Havelyn".'

Sadie keek hem aan, niet overtuigd. 'Het huis waarover ik iets wil weten, heet Loeanneth.'

'"Het huis aan het meer", ja, maar dat maakte aanvankelijk deel uit van een veel groter landgoed. Ik geloof dat Loeanneth oorspronkelijk het woonhuis van de hoofdtuinman was.'

'En de deShiels?'

'Ze behoorden tot de plaatselijke adel, enorm machtig destijds. Het bekende verhaal: de macht en invloed slonken net zo hard als het banksaldo van de familie. Een paar onverstandige zakelijke beslissingen, wat rotte appels, de gebruikelijke reeks aristocratische schandalen.' Hij zwaaide met het boek. 'Je zult het hier allemaal in vinden.'

Sadie was vertrokken met een gloednieuw bibliotheekpasje, haar allereerste, een fotokopie van 'Hoofdstuk acht: De deShiels van Havelyn', en Arnold Pickerings *Het jongetje Edevane*, een meeslepend geschreven verslag van de verdwijning, waarbij ze de twijfelachtige eer had om dat als eerste sinds augustus 1972 te lenen. Ze leende ook een beduimeld exemplaar van *Een zoete wraak*.

Die middag, terwijl Bertie druk doende was met het bakken van een perentaart, had Sadie zich geïnstalleerd op het binnenplaatsje van het huis, waar ze luisterde naar het geruis van de zee en las over de familie deShiel. Het was, zoals de bibliothecaris had gezegd, inderdaad een geschiedenis van grootsheid en verval. Sadie bladerde door de eerste paar honderd jaar – de verheffing in de adelstand door Elizabeth I van een of andere zeevarende deShiel die het voor elkaar had gekregen om grote hoeveelheden goud bij de Spanjaarden weg te kapen; de toewijzing van land en titels; de diverse sterfgevallen, huwelijken en nalatenschappen. Het werd pas interessant rond 1850, toen het familiefortuin in een neerwaartse spiraal terechtkwam. Oplichting kwam ter sprake, iets met een suikerplantage in Brits-West-Indië en een grote gokschuld, en later was er een grote brand geweest op kerstavond in 1878, die begonnen was in de dienstvertrekken en vervolgens een groot deel van het herenhuis in de as had gelegd. In de loop van de dertig jaar daarna was het landgoed opgedeeld en stukje bij beetje verkocht, totdat het enige wat nog in handen was van de familie deShiel, het huis aan het meer met de omliggende weidevelden was. De Edevanes, bleek nu, vormden slechts een voetnoot in de geschiedenis van het huis. In de drie laatste alinea's van het hoofdstuk noteerde de schrijver dat Eleanor deShiel, de laatste in de familielijn, in 1911 in het huwelijk was getreden met Anthony Edevane, waarna Loeanneth werd gerestaureerd en behouden bleef als hun buitenhuis. Er stond niets vermeld over de verdwijning van Theodore Edevane, wat Sadie verbazend vond tot ze erachter kwam dat *Families van naam uit Cornwall* al in 1925 was verschenen, bijna tien jaar voordat het jongetje vermist raakte en zelfs iets meer dan acht jaar voordat hij werd geboren.

Bij gebrek aan deze mysterieuze gebeurtenis had de auteur zich geconcentreerd op de positie van Eleanor deShiel als inspiratie voor Daffyd Llewellyns *Eleanors toverdeur*, een kinderboek dat in het begin van de twintigste eeuw tot een groot succes was uitgegroeid. 'Indien het niet tot die onwaarschijnlijke verstandhouding was gekomen tussen Daffyd Llewellyn en de schrandere dochter van zijn vriend, was hij wellicht zijn artsenberoep blijven uitoefenen, waardoor hij nooit zijn schrijverstalent had ontdekt en vele generaties kinderen verstoken zouden zijn gebleven van een juweel van een vertelsel.' Llewellyn was blijven schrijven en illustreren en in 1934 werd hij postuum koninklijk onderscheiden met de Order of the British Empire voor zijn verdiensten voor de Britse literatuur. Volgens Alastair Hawker was het boek nog altijd verkrijgbaar, maar had het de tand des tijds niet zo goed doorstaan als enkele van zijn tijdgenoten. Sadie kon niet anders dan hem op zijn woord geloven. Ze had het boek in haar jeugd niet gelezen. Ze herinnerde zich vaag dat er wel een exemplaar was geweest, een cadeau van haar grootouders, maar haar vader en moeder hadden het als 'onzinnig' bestempeld omdat ze natuurlijk afkerig waren van de magische elementen in het verhaal en hadden het geringschattend ergens opgeborgen waar ook de Enid Blytons stof stonden te vergaren.

Het exemplaar dat nu op haar schoot lag, was uitgegeven in 1936. Het papier was zacht en poederachtig, afgewisseld met glanzende, geïllustreerde pagina's die nu op de hoeken vlekkerig begonnen te worden. Prenten, zo had Alastair ze genoemd toen ze het boek maandag van hem leende. Het verhaal ging over een meisje dat in een groot, afgelegen huis woonde met haar aardige maar wat sullige vader en een ijzig-kille stiefmoeder, die zich het liefst boven haar stand in hogere kringen begaf. Op een dag, toen de ouders zich in Londen bevonden, struinde het kind wat rond in het huis en stuitte het op een deur die ze nooit eerder had opgemerkt. Aan de andere kant ervan kwam ze een witharige, gebochelde man tegen, 'als oude Vadertje Tijd zelf'. De muren rondom zijn bed waren van plafond tot vloer bedekt met handgetekende kaarten en zorgvuldig geschetste landschappen. 'Wat doet u hier?' vroeg ze, zoals iedereen waarschijnlijk zou doen. 'Ik heb op jou gewacht,' gaf hij als antwoord, waarna hij begon te vertellen over een ver weg gelegen toverland, waar op een gegeven moment een vreselijke gebeurtenis had plaatsgevonden, waardoor de vrede was verstoord en oorlog en strijd floreerden. 'Er is maar één persoon die ervoor kan zorgen dat alles weer goed komt, en dat ben jij,' had hij gezegd.

Door zijn kaarten te volgen ontdekte het meisje in de overwoekerde tuin een tunnel die haar naar het toverland voerde. Daar voegde ze zich bij een betrouwbare groep onderdrukte bewoners en beleefde ze vele avonturen en gevechten om de boosaardige onderdrukker te verslaan, de vrede te herstellen en het geluk terug te brengen in het land. Toen ze uiteindelijk door de tunnel terugkeerde, kwam ze tot de ontdekking dat er helemaal geen tijd was verstreken, maar dat alles bij haar thuis toch volledig was veranderd. Haar vader was gelukkig, haar eigen moeder nog in leven en het huis en de tuin waren niet meer zo droefgeestig als voorheen. Ze rende naar de oude man om verslag te doen van haar succes, maar vond slechts een lege kamer. Haar ouders zeiden tegen haar dat ze het allemaal moest hebben gedroomd en het meisje geloofde dit bijna totdat ze, verscholen achter het behang in de logeerkamer, een enkele kaart van het toverland vond.

Gezeten op de brede onderrand van de fontein nam Sadie een hap van haar boterham met kaas die ze in haar rugzakje had meegebracht. Ze hield het kinderboek voor zich omhoog om een illustratie eruit te vergelijken met het echte huis daarachter. Ze had Alastair gevraagd om voor haar wat aanvullende informatie op te zoeken over de schrijver, Daffyd Llewellyn. Volgens de biografie aan het begin van het boek was hij een intieme vriend van de Edevanes geweest, en er bestond geen twijfel over dat hij zijn inspiratie uit Loeanneth had gehaald. Het huis op Llewellyns illustratie was volkomen natuurgetrouw weergegeven; hij had zelfs de iets schuine hoek van het raam op het verste punt aan de linkerzijde van de voorgevel haarfijn nagetekend. Sadie had pas na dagenlang het huis van dichtbij te hebben geïnspecteerd ontdekt dat het raam niet vierkant was. Ze keerde terug naar de afbeelding met het onderschrift *fig.ii*, een illustratie van een meisje met een warrige haardos in ouderwetse kleding, dat naast een stenen pilaar stond met een koperen ring aan de voet ervan. De zonnestralen waren ongelooflijk fel en Sadie moest haar ogen dichtknijpen om de regel tekst onder de foto te kunnen lezen. *Daar, onder de laag overhangende takken van de donkerste, luidst ruisende treurwilg, vond Eleanor wat de kaart van de oude man had beloofd. 'Trek aan de ring,' leek de lucht rondom haar te fluisteren, 'trek aan de ring en zie wat er gebeurt.'*

Sadie gooide de korst van haar boterham naar een opdringerig groepje zwanen en veegde haar hand af aan haar trainingsbroek. Ze had het idee dat kinderboeken allemaal op elkaar leken. Een eenzelvig kind vindt een opening naar een magische wereld: het begin van avonturen en heldendom. Het kwaad wordt overwonnen, verhalen vertellende oude mannen worden bevrijd van de vloek die hen gevangen houdt, en alles in de wereld keert zich uiteindelijk ten goede. Het leek erop dat heel wat kinderen ervan droomden om hun kindertijd te ontvluchten, hun lot in eigen hand te hebben. Sadie kon daarover meepraten. Sommigen gingen door de achterkant van een linnenkast, anderen klommen naar de top van een betoverde boom, Eleanor had in de tuin een ontsnappingsopening gevonden. Anders dan bij sommige ontsnappingsmogelijkheden was die van Eleanor een echt luik geweest. Sadie was opgetogen geweest toen ze ze dinsdagochtend had gevonden, de koperen ring en de pilaar, precies zoals ze in het verhaal beschreven stonden, verborgen onder een sinistere treurwilg aan de uiterste rand van het meer. Natuurlijk had ze geprobeerd het valluik te openen, maar hoewel ze al haar krachten aansprak, was het met geen mogelijkheid in beweging te krijgen geweest.

Hun kindertijd mocht dan in alle opzichten verschillen, maar Sadie voelde toch verwantschap met Eleanor Edevane. Ze mócht dat kleine meisje in het sprookjesverhaal, met haar eergevoel en dapperheid en ondeugende trekjes; ze was echt zo'n meisje dat Sadie zelf graag had willen zijn toen ze jong was. Toch was het meer dan dat alleen. Sadie voelde zich verbonden met Eleanor door iets wat ze de vorige dag had gevonden in het oude boothuis bij de rivier. Ze was door het kapotte raam geklommen en was terechtgekomen in een kamer waarin een bed, een tafel en nog wat andere eenvoudige spullen stonden. Over alles had een dikke laag stof en vuil gelegen, een vochtige deken van vele jaren verwaarlozing. Een grondige inspectie van de ruimte had niets opgeleverd wat Sadie verder kon helpen, maar één voorwerp had haar interesse gewekt. De envelop was achter het hoofdeind van het bed gegleden, waar hij bijna een eeuw lang uit het zicht verborgen was gebleven. Binnenin zat een enkel velletje papier met een gedetailleerd dessin van diepgroene klimopbladeren langs de randen. Het was de tweede bladzijde van een brief, die door Eleanor was ondertekend.

Het was een liefdesbrief, geschreven toen ze zwanger was, waarin ze heel intiem beschreef dat zijn liefde haar leven had gered. Ze probeerde haar echtgenoot deelgenoot te maken van de wonderbaarlijke veranderingen van haar lichaam door de baby die in haar groeide – *een kleine mix van jou en mij*. Sadie had in eerste instantie aangenomen dat de baby Theo Edevane was, totdat ze doorkreeg dat Eleanor verdrietig was over het feit dat haar liefde zo ver weg was, dat ze wenste dat hij dichter bij haar was en dat ze hem zo vreselijk miste. Ze realiseerde zich dat de brief moest zijn geschreven toen Anthony in Frankrijk zat tijdens de Eerste Wereldoorlog. Volgens 'De deShiels van Havelyn' hadden de Edevanes drie dochters gehad: Deborah was voor de oorlog geboren, Clementine erna, en Alice er middenin. Dus de baby naar wie Eleanor zo verlangend uitkeek moest Alice zijn geweest. Het was een eerlijke, hartstochtelijke brief, die zo'n goed inzicht in het karakter van Eleanor gaf dat Sadie bijna haar stem kon horen, helder en oprecht, over de tijdsspanne van negentig jaar heen.

Ze sloeg het bibliotheekboek met een klap dicht, waardoor er wat stof uit opvloog. De zon stond bijna op zijn hoogste punt en er verdampte vocht van het oppervlak van het meer. Weerkaatsend licht danste op de onderkant van overhangende takken en de bladeren glansden ongelooflijk groen. Ondanks de warmte huiverde Sadie toen ze opkeek naar het huis. Zelfs zonder zijn band met *Eleanors toverdeur* gaf deze plek haar het merkwaardige gevoel dat ze tussen de bladzijden van een sprookjesboek was beland. Hoe meer tijd ze in de tuin van Loeanneth doorbracht, hoe meer ze te weten kwam over het huis en de mensen die er hadden gewoond. Met elke nieuwe inkerving van A-L-I-C-E die ze ontdekte, voelde ze zich minder een indringer. En toch kon ze het gevoel niet van zich af zetten dat het huis haar in de gaten hield.

Belachelijke, bij elkaar gefantaseerde onzin. Berties nieuwe vriendin Louise zou dat soort dingen kunnen denken; Donald barstte in haar gedachten in lachen uit. Het kwam door de verstilling dat ze zo reageerde, het ontbreken van menselijke bewoning en het effect daarvan. Huizen hoorden niet leeg te staan. Een huis zonder bewoners, vooral een huis als dit, waar nog altijd de bezittingen van de familie in stonden, was het droevigste, meest nutteloze wat er was.

Sadie volgde de weerspiegeling van de voorbijdrijvende wolken in de glas-in-loodramen op de bovenste verdieping en haar blik bleef steken bij het laatste raam aan de linkerkant. De kinderkamer, de laatste plek waar Theo Edevane was gezien voor zijn vermissing. Ze pakte een steentje op, rolde het peinzend tussen duim en wijsvinger heen en weer en woog het gewicht ervan op haar handpalm. Dat daar was de essentie van alles. Dit huis kon misschien makkelijk vergeten worden, maar niet het verhaal dat ermee verbonden was, de gruwel van de verdwijning van dat jochie. In de loop der jaren had die gruwel een echo gekregen en uiteindelijk was hij overgegaan in folklore. Het sprookje van een vermist jongetje en een huis dat werd gedoemd tot eeuwige slaap en zijn adem inhield, terwijl de tuin eromheen bleef woekeren en doorgroeien.

Sadie wierp het steentje met een boog in de richting van het meer, waar het met een zachte plons neerkwam. Het lijdde geen twijfel dat het sprookjeselement een van de lastigste aspecten van de zaak vormde. Onopgeloste zaken waren altijd een uitdaging, maar aan deze kleefde inmiddels ook het folkloristische aspect. Het verhaal was zo vaak verteld dat de mensen het mysterieuze ervan voor lief waren gaan nemen. Als ze eerlijk waren, zaten de meeste mensen helemaal niet te wachten op een antwoord – buitenstaanders althans, de mensen die er niet direct bij betrokken waren: dat het mysterie onoplosbaar was, maakte het juist zo aantrekkelijk. Maar het had niets van doen gehad met hekserij of magie, kinderen losten niet spontaan in het niets op. Ze raakten vermist, of werden ontvoerd, of verhandeld. Vermoord ook soms, maar meestal weggegeven of weggenomen. Sadie fronste haar voorhoofd. Er waren zoveel schaduwkinderen in de wereld, gescheiden van hun ouders, trekkend aan hun moeders rokken. Waar was dit kind gebleven?

Alastair bleek een man van zijn woord te zijn. Hij had kopieën aangevraagd van de oorspronkelijke krantenartikelen. Ook Berties vriendin Louise, die elke keer als Sadie de keuken in kwam lopen net 'toevallig even langswipte', had beloofd navraag te doen in de vleugel voor ouderen van het ziekenhuis. Misschien waren er nog mensen die iets wisten. Sadie had een bevestiging gekregen van het kadaster dat Alice Edevane de huidige eigenaar van het huis was, maar ondanks trotse aanspraken op het tegendeel, werd duidelijk dat de 'lokale' schrijfster in Londen woonde en al tientallen jaren niet in het dorp was gezien. Sadie had een huisadres gevonden, maar geen e-mailadres; ze had nog geen antwoord ontvangen op haar beide brieven. In de tussentijd moest ze het doen met het bibliotheekexemplaar van *Het jongetje Edevane* van Arnold Pickering.

Het boek was in 1955 uitgegeven als deel in een reeks genaamd 'Mysteries van Cornwall', die ook een deel bevatte over plekken waar feeën waren waargenomen en het verhaal over een berucht spookschip dat in de baai was opgedoken. Dat feit had Sadie niet echt vertrouwen ingeboezemd, en inderdaad gaf Pickerings boek blijk van een grotere voorliefde voor intrige dan voor de waarheid. Het boek waagde zich niet aan een intelligente theorie, maar koos ervoor zich te blijven verwonderen over 'de mysterieuze verdwijning op de langste zomerdag'. Desondanks bevatte het wel een degelijke samenvatting van de gebeurtenissen, en als je niets anders had, viel er niets te kiezen.

Sadie haalde haar notities tevoorschijn, die ze bewaarde in een map waarop *Edevane* stond. Het was langzamerhand een dagelijks ritueel geworden om ze door te lezen, hier op de rand van de oude fontein.

Zo ging Sadie altijd te werk: keer op keer alle details van een zaak in zich opnemen, net zo lang tot ze de inhoud van een dossier uit haar hoofd kende. Donald noemde het obsessief (hij was meer een man die de zaak bij een pint bier overdacht), maar Sadie ging ervan uit dat wat voor de één een obsessie was, voor de ander toewijding was, en als er een betere manier was om fouten, gaten en tegenstrijdigheden in het bewijsmateriaal te ontdekken, dan had ze die nog niet gevonden.

Volgens Pickering was Theodore Edevane die avond van het feest voor het laatst gezien om elf uur, toen zijn moeder naar de kinderkamer was gekomen om te kijken of alles goed was. Dat was hetzelfde tijdstip geweest waarop ze elke avond nog even ging kijken voordat ze naar bed ging, en de jongen sliep dan gewoonlijk door tot de ochtend. Hij was een goede slaper, had Eleanor Edevane aan de politie verteld, en werd 's nachts zelden wakker.

Haar bezoek aan de kinderkamer op de avond van het feest was bevestigd door een dienstmeisje, dat mevrouw Edevane de kamer had zien verlaten en had gezien dat ze op de trap even stil was blijven staan om iets tegen een andere bediende te zeggen. Het dienstmeisje bevestigde dat dit even na elf uur was geweest en zei dat ze daar zeker van was omdat ze een blad met vuile champagneglazen naar de keuken had gebracht om ze te laten afwassen zodat de gasten ze weer konden gebruiken wanneer het vuurwerk om twaalf uur zou worden afgestoken. De dienstdoende huisknecht bij de voordeur vertelde dat hij had gezien dat mevrouw Edevane het huis kort na elven had verlaten, en dat na die tijd niemand van de gasten of familie het huis weer binnen was gegaan totdat het feest was afgelopen, behalve voor een bezoek aan de wc's op de benedenverdieping.

Mevrouw Edevane had de rest van de avond in het boothuis doorgebracht, vanwaar de gasten in gondels over het door lantaarns verlichte riviertje werden gevaren. Ze was vlak na zonsopgang, toen de laatste gasten waren vertrokken, naar bed gegaan in de veronderstelling dat al haar kinderen waren waar ze behoorden te zijn. Ze was snel in slaap gevallen en was in slaap gebleven totdat ze om acht uur werd gewekt door een dienstmeisje dat haar berichtte dat Theo niet in zijn ledikantje lag.

De familie ging eerst zelf op zoek, nog zonder echt ongerust te zijn, en zonder de gasten die er overnachtten te alarmeren. Een van de dochters Edevane – de jongste, Clementine – had de gewoonte om voor dag en dauw het huis uit te glippen en nam soms haar kleine broertje mee als ze langs de kinderkamer kwam en zag dat hij wakker was. Men ging er op dat moment nog van uit dat dit nu ook het geval was.

Er werd nog ontbijt geserveerd in de eetkamer toen Clementine Edevane iets na tienen weer thuiskwam, alleen. Toen ze verklaarde dat ze geen idee had waar haar broertje was en vertelde dat de deur van zijn kinderkamer dicht was geweest toen ze er om zes uur langs was gelopen, werd de politie te hulp geroepen. De jongen werd officieel vermist verklaard en er werd een massale zoektocht op touw gezet.

Hoewel Pickering er genoegen mee leek te nemen dat de jongen zomaar 's nachts van de aardbodem was verdwenen, voegde hij een korte samenvatting van het politieonderzoek toe, waarin twee officiële verklaringen voor de verdwijning van Theodore Edevane waren opgenomen: het jochie was verdwaald of ontvoerd. De verdwaaltheorie won aan geloofwaardigheid toen men ontdekte dat zijn lievelingsknuffel, een hondje, ook weg was, maar toen de zoektocht werd uitgebreid en er geen enkel spoor van het kind werd aangetroffen, raakte de politie meer en meer overtuigd van de tweede theorie, zeker ook in het licht van de rijkdom van de familie. Op enig moment tussen elf uur op midzomeravond en acht uur de volgende morgen moest iemand de kinderkamer in zijn geslopen en de jongen hebben meegenomen.

Het leek een plausibele aanname en Sadie zou daar wel in mee kunnen gaan. Ze keek over het meer naar het huis en probeerde zich voor te stellen dat ze zich op het zomerfeest bevond, zoals beschreven door Pickering: overal liepen mensen rond in het licht van lantaarns en toortsen, gondels met lachende passagiers dreven stroomafwaarts op de door lampen verlichte rivier, er was een vreugdevuur in het midden van het meer. Muziek, gelach en het geroezemoes van driehonderd met elkaar pratende gasten.

Als de jongen verdwaald zou zijn – en Pickering haalde een krantenverslag aan waarin Anthony Edevane zei dat zijn zoon sinds kort uit zijn ledikant kon klimmen en een of twee keer zelf de trap af was gegaan – hoe groot was dan de kans geweest dat niemand op het feest hem had gezien? Pickering zinspeelde op een paar onbetrouwbare getuigenissen van gasten die 'misschien' een kind hadden gezien, maar er was geen enkel concreet bewijs voorhanden. En als de elf maanden oude dreumes het op de een of andere manier voor elkaar had gekregen om onopgemerkt de tuin over te steken, hoe ver zou hij dan redelijkerwijs zijn gekomen? Sadie wist niet veel van kinderen en hun actieradius, maar waarschijnlijk zou toch zelfs een kind dat goed liep vrij snel aan het einde van zijn krachten zijn gekomen? De politie had mijlenver in alle richtingen gezocht en niets kunnen vinden. Bovendien was het zeer onwaarschijnlijk dat er zeventig jaren voorbij waren gegaan zonder dat er ook maar iets was opgedoken: geen lichaam, geen beenderen, zelfs niet een flard van zijn kleding.

Er konden ook vraagtekens worden gezet bij de ontvoeringstheorie. Namelijk: hoe kon iemand naar binnen zijn gegaan, het kind hebben meegenomen en ermee zijn weggelopen zonder dat het iemand zou zijn opgevallen? Er waren honderden gasten geweest die zich in het huis en buiten in de tuin hadden opgehouden, en voor zover Sadie wist waren er geen getuigenissen van mensen die iets hadden gezien of gehoord. Ze had de hele woensdagochtend de omgeving rond het huis verkend op zoek naar uitgangen en had er twee gevonden, de voordeur niet meegerekend, die bruikbaar leken: de openslaande deuren waardoor je vanuit de bibliotheek in de tuin kon komen en een andere deur aan de achterkant van het huis. De bibliotheek was zonder meer uitgesloten, want het feest had zich daar in de tuin afgespeeld, maar Sadie had vraagtekens wat betreft de achterdeur.

Ze had geprobeerd door het sleutelgat te gluren en had hard aan de deur gerammeld in de hoop dat hij misschien zou openzwaaien; een deur openbreken was immers iets anders dan door een al open deur naar binnen lopen. Normaal gesproken zou Sadie zich daar het hoofd niet over breken, en het zag er ook niet naar uit dat er iemand in de buurt was die bezwaar zou maken als ze het slot kapot zou maken om binnen te komen. Maar door dat heikele gedoe met Donald en de dreigende schaduw van Ashford, die de macht en mogelijk de intentie had om haar uit het korps te gooien, bedacht ze dat het verstandiger was om zich netjes te gedragen. Door een raam van een op het oog leeg huis naar binnen klimmen was één ding, maar inbreken in een volledig gemeubileerd herenhuis was iets heel anders. De kamer achter de deur zou een mysterie blijven totdat Alastair voor haar bij het regionale kadaster een plattegrond had opgevraagd. 'Ik ben hopeloos met kaarten en plattegronden,' had hij gezegd, terwijl hij met moeite zijn vreugde wist te verbergen toen ze hem vroeg om er een voor haar te bemachtigen. Hij had het binnen een mum van tijd voor elkaar gekregen, dus op donderdag wist Sadie dat de deur de dienstingang naar de keuken was geweest. Waar ze niet veel mee opschoot. Op de avond van het feest was het waarschijnlijk een komen en gaan geweest. Het was toch ondenkbaar dat iemand onopgemerkt met Theo Edevane onder zijn arm naar buiten was geglipt?

Sadie wierp nogmaals een blik op Alice' ingekerfde naam op de geheime plek onder aan de fontein. 'Kom op, Alice,' zei ze. 'Je was erbij. Geef me eens wat meer materiaal.'

De stilte was oorverdovend.

Nou ja, niet de stilte, want het was hier nooit stil. Elke dag, wanneer de zon hoger aan de hemel kwam te staan, zwol het koor van de insecten tussen het riet aan tot een koortsachtig lawaai: het was het gebrek aan aanwijzingen dat oorverdovend was.

Gefrustreerd legde Sadie haar notities opzij. Proberen gaten in het bewijs te vinden was allemaal goed en wel, maar die methode werkte alleen als je bewijsmateriaal hád om te doorzoeken. Echt bewijsmateriaal: getuigenverklaringen, politietheorieën, betrouwbare informatie. Op dit moment moest Sadie het doen met niet meer dan een ruwe schets.

Ze pakte haar spullen bij elkaar, stopte de boeken en map in haar rugzak en riep de honden. Ze gehoorzaamden met tegenzin, maar gingen braaf met haar mee toen Sadie terugliep door de achtertuin, weg van het huis. Tijdens haar verkenning van de omgeving eerder deze week had ze aan de zoom van het landgoed een riviertje ontdekt dat ze helemaal tot aan het dorp kon volgen.

Over een paar dagen zou ze hopelijk over enig concreet materiaal beschikken. Een van de meest bruikbare dingen die ze in Pickerings boek had gevonden was de naam van de rechercheur, de jongste, die nog in leven bleek te zijn en in de buurt woonde. Volgens Pickering was het Clive Robinsons eerste zaak geweest nadat hij bij het plaatselijke politiekorps in dienst was getreden. Hij was op dat moment zeventien jaar oud geweest en assistent van de lokale politie-inspecteur Hargreaves.

Het was niet moeilijk geweest om het adres van Clive Robinson te achterhalen, niet voor Sadie, die nog altijd vrienden had bij de verkeerspolitie. Eén vriend, in ieder geval. Een aardige gast met wie ze een paar jaar geleden dronken na een politiefeestje wat had aangerommeld. Geen van beiden was er ooit op teruggekomen, maar hij verstrekte haar altijd graag informatie als ze hem daarom vroeg. Ze had het adres genoteerd en was woensdagmiddag naar het nabijgelegen Polperro gereden. Er had niemand opengedaan toen ze aanklopte, maar de buurvrouw was zeer voorkomend geweest. Clive was op vakantie naar Cyprus met zijn dochter en schoonzoon en zou de volgende dag terugkomen. De buurvrouw wist dit, had ze ongevraagd uitgelegd, omdat ze het huis een beetje in de gaten hield, de post verzorgde en de planten in de potten in leven hield totdat Clive weer terug was. Sadie had een briefje geschreven met het verzoek om hem te spreken en had het door de brievenbus geschoven. Ze had de vrouw bedankt en gezegd dat de planten er prachtig bij stonden. Sadie had een zwak voor buurvrouwen als Doris, die zo bereid waren informatie te delen.

De honden renden voor haar uit en staken de rivier over bij de smalste bocht, maar Sadie bleef even staan. Er lag iets in het ondiepe water. Ze trok het uit de modder en draaide het tussen haar vingers rond. Een gladde, ovale steen, zo plat als een munt, de perfecte steen om over het water te keilen. Bertie had haar geleerd hoe ze die kon vinden, toen ze net bij haar grootouders in Londen woonde en ze vaak met zijn drieën rond de zwemvijver in Victoria Park wandelden. Ze wierp hem onderhands, en zag hem tot haar tevredenheid stuiterend over het wateroppervlak scheren.

Ze zocht tussen het riet en net toen ze nog een prachtig steentje vond, trokken een lichtflits en een beweging aan de andere kant van het riviertje haar aandacht. Haar gezicht verstrakte en ze knipperde hard met haar ogen. Zoals ze al verwachtte, was het in tegenlicht opgedoemde kind dat met opgeheven handen om hulp riep verdwenen toen ze nog een keer keek. Sadie lanceerde de steen en zag verbeten hoe hij zijn voorganger over het water volgde. Toen hij uiteindelijk was gezonken zonder een spoor achter te laten, liep ze over de keien naar de overkant en keek niet meer achterom.

10

Cornwall, 1914

'Je moet proberen om een hele platte te vinden,' zei Anthony, gravend in het ondiepe water aan de rand van de rivier. 'Zo een als dit fraaie exemplaar hier.' Hij hield het platte, ovale steentje omhoog en bewonderde het terwijl hij het tussen zijn vingers ronddraaide. Het zonlicht fonkelde achter hem toen hij het in Deborahs kinderhandje legde.

Ze staarde er met grote verwondering naar, terwijl haar donzige haar tot bijna over haar grote blauwe ogen viel. Ze knipperde met haar ogen en slaakte een diepe gelukzalige zucht, zo opgetogen over wat er gebeurde dat ze spontaan met haar voetjes begon te trappelen in een uitbarsting van blije opwinding. Enigszins voorspelbaar gleed de steen van haar handpalm en viel met een plons terug in het water.

Deborahs mond vormde een O van verbazing en na een korte inspectie van haar lege hand strekte een mollig vingertje zich verontwaardigd uit om naar de plek te wijzen waar hij was verdwenen.

Anthony lachte en streek over haar haar. 'Geeft niet, popje. Er liggen daar nog veel meer stenen.'

Zittend op de boomstronk onder de treurwilg sloeg Eleanor het glimlachend gade. Dit hier was alles voor haar. Deze nazomerse dag, de geur van de zee in de verte en de mensen van wie ze het meeste ter wereld hield waren hier allemaal bij elkaar. Op dagen als deze voelde het alsof de zon betoverd was en er nooit meer een winter zou komen. Ze wist zichzelf er bijna van te overtuigen dat ze zich het vreselijke had ingebeeld… Maar dan zoomde ze weer uit uit dit perfecte moment en sloeg de paniek opnieuw toe. Een knagend gevoel in haar buik, omdat elke dag sneller voorbijging dan de vorige, en het maakte niet uit hoe vastberaden ze probeerde de tijd te vertragen, hij glipte door haar vingers als water, als die kleine platte riviersteentjes door Deborahs vingers.

Ze moest hebben gezucht of gefronst, of op een andere manier haar innerlijke onrust hebben getoond, want Howard, die naast haar zat, helde wat naar haar toe en stootte met zijn schouder zacht de hare aan. 'Het zal niet lang duren,' zei hij. 'Hij is weer terug voor je het weet.'

'Tegen Kerstmis, zeggen ze.'

'Nog geen vier maanden.'

'Amper drie.'

Hij pakte Eleanors hand en kneep er zacht in, en een angstig voorgevoel bekroop haar. Ze hield zichzelf voor dat ze niet zo mal moest doen en concentreerde zich op de libel die boven het zonverlichte hoge gras zweefde. Libellen verbeeldden zich niet dat ze de toekomst konden voorvoelen; ze vlogen gewoon rond, genoten van de zon op hun vleugels. 'Heb je al iets gehoord van jouw Catherine?' zei ze opgewekt.

'Alleen dat ze zich gaat verloven met een of andere roodharige neef uit het noorden.'

'Nee!'

'Ik had gedacht dat een legeruniform indruk op haar zou maken, maar helaas...'

'Wat een dwaas. Ze verdient jou niet.'

'Nee... alleen had ik eigenlijk gehoopt dat ik haar zou verdienen.'

Hij zei het luchthartig, maar Eleanor wist dat er onder zijn humor verdriet schuilde. Hij was tot over zijn oren verliefd geworden op Catherine; volgens Anthony had hij op het punt gestaan om haar ten huwelijk te vragen.

'Er zwemmen nog genoeg andere vissen in de zee,' zei ze, en ze schaamde zich een beetje voor het cliché.

'Ja. Alleen was Catherine wel een hele leuke vis. Misschien als ik uit de oorlog terugkom met een kleine maar indrukwekkende verwonding...'

'Als mankepoot, wellicht?'

'Ik dacht zelf meer aan iets van een ooglapje. Precies genoeg om me een zekere schurkachtige charme te verschaffen.'

'Je bent veel te aardig om een schurk te zijn.'

'Ik was al bang dat je dat zou zeggen. De oorlog zal me vast en zeker harder maken.'

'Niet te veel, hoop ik.'

Aan de overkant bij de rivier lachte kleine Deborah verrukt toen Anthony haar tenen in het koele, diepere water onderdompelde. De zon was achter een wolkje vandaan gepiept en de twee baadden in het stralende licht. Het kinderlachje klonk aanstekelijk en Eleanor en Howard glimlachten naar elkaar.

'Hij is een gezegd man,' zei Howard op ongewoon serieuze toon. 'Ik ben nooit jaloers geweest op Anthony – hoewel God weet dat ik daar reden genoeg toe had – maar nu benijd ik hem. Nu hij vader is.'

'Jij bent de volgende.'

'Denk je?'

'Ik weet het wel zeker.'

'Ja, je hebt waarschijnlijk gelijk. Wie zou mij kunnen weerstaan?' Hij stak zijn borst vooruit en fronste toen. 'Afgezien van Catherine natuurlijk.'

Kleine Deborah waggelde naar hen toe: de korte afstand leek groter door haar kleine gestalte en haar nog onvaste stapjes. Ze stak haar hand naar voren en liet een steentje zien, met de plechtigheid van een koninklijke schenking.

'Het is prachtig, lieverd.' Eleanor pakte het steentje met haar vingers vast. Het was warm en glad en ze wreef met haar duim over de bovenkant.

'Pa–,' zei Deborah ernstig. 'Pa-pa.'

Eleanor glimlachte. 'Ja, pa-pa.'

'Kom mee, kleine D,' zei Howard, terwijl hij haar op zijn schouders nam. 'Kom, we gaan kijken wat die gulzige eenden op het meer aan het uitspoken zijn.'

Eleanor zag ze weglopen, haar dochter kirrend van plezier toen Howard het op een drafje zette en tussen de bomen door laveerde.

Hij was zo'n lieve, goede man, en toch hing er om Howard, al zo lang ze hem kende, iets van diepe eenzaamheid. Zelfs zijn gevoel voor humor, zijn gewoonte om mensen aan het lachen te maken, leek hem op de een op andere manier alleen maar meer af te zonderen. 'Dat komt doordat hij alleen is,' had Anthony gezegd toen Eleanor erover was begonnen. 'Hij heeft alleen ons. Daarvóór is hij zijn leven lang alleen geweest. Geen broers of zussen, zijn moeder allang dood en een vader die zich niet voor hem interesseert.' Eleanor had het gevoel dat ze hem daarom zo graag mocht: omdat ze hetzelfde waren, zij tweeën, alleen had zij het geluk gehad dat ze haar zielsverwant had gevonden in een drukke Londense straat, terwijl Howard nog steeds op zoek was.

'Ik ga een kampioen steentje keilen van haar maken,' zei Anthony, die van de rivier naar haar toe kwam lopen.

Eleanor schudde haar droevige gedachten van zich af en glimlachte. Zijn hemdsmouwen waren tot over zijn ellebogen opgerold en ze bedacht voor de duizendste keer wat een prachtige armen hij had en wat een gave handen. Niet meer of minder dan waar zijzelf mee geboren was, maar toch waren de zijne in staat om zieke mensen weer op de been te helpen. Tenminste, dat zouden ze doen als hij klaar was met zijn opleiding, als er een einde kwam aan de oorlog. 'Dat verwacht ik beslist van je,' zei ze. 'Alleen vrees ik dat je te lang hebt gewacht met het haar te leren. Ze is al bijna elf maanden.'

'Ze is een snelle leerling.'

'En duidelijk talentvol.'

'Ze lijkt in dat opzicht op haar moeder.' Anthony boog zich voorover om haar te kussen, zijn handen teder op haar wangen, en Eleanor proefde zijn geur, zijn aanwezigheid en warmte. Ze probeerde dit moment op te slaan in haar geheugen.

Hij ging naast haar op de boomstronk zitten en slaakte een tevreden zucht. Wat zou ze graag meer zijn zoals hij: zelfverzekerd, vol vertrouwen, kalm. Hoe moest ze het rooien als hij weg was? Hoe moest ze ervoor zorgen dat kleine D er geen last van had? Nu al was hun dochter stapelgek op haar vader, ze kwam elke morgen naar hem toe. Haar gezicht veranderde van pure blijdschap in één grote glimlach als ze zag dat – de allergrootste vreugde – hij er nog steeds was. Eleanor wist nu al dat ze het niet zou kunnen verdragen als dat gezichtje voor het eerst in haar leven tevergeefs naar haar vader zocht, nog vol vreugdevolle verwachting. Of erger nog, de eerste dag dat ze gewoon vergat om hem te gaan zoeken.

'Ik heb iets voor je.'

Eleanor knipperde met haar ogen. Haar angsten waren net vliegen bij een picknick; zodra je ze had weggemept, kwamen er meteen meer voor terug.

'O ja?'

Hij rommelde in de mand die ze mee hadden genomen en overhandigde haar een plat pakketje.

'Wat zit erin?'

'Maak het maar open, dan weet je het.'

'Het is een boek,' zei ze.

'Dat is het niet. En je mag er niet zo naar raden.'

'Waarom niet?'

'Op een dag raad je het goed en dan heb je de verrassing verpest.'

'Ik raad het nooit.'

'Daar heb je een punt.'

'Dank je.'

'Hoewel er altijd voor alles een eerste keer is.'

'Ik maak het nu open.'

'Daar zit ik op te wachten.'

Ze trok het papier eraf en haar adem stokte. Er verscheen het mooist denkbare briefpapier dat ze ooit had gezien. Eleanor liet haar vingertoppen over de zachte vellen glijden, ze volgde de sierlijke groene takjes met klimopbladeren die zich langs de randen vlochten.

'Je kunt me daarop schrijven,' zei hij.

'Ik weet waar het voor is.'

'Ik wil niets missen als ik weg ben.'

Het woord 'weg' bracht haar weer terug in de realiteit van wat er stond te gebeuren. Ze had zo haar best gedaan om haar zorgen te onderdrukken. Hij was zo sterk en zeker van alles en ze wilde zijn gelijke zijn, wilde hem niet teleurstellen, maar soms dreigden haar angsten haar te verteren.

'Vind je het niet mooi?' vroeg hij.

'Het is prachtig.'

'Maar…?'

'O, Anthony.' Haar woorden stroomden eruit. 'Ik weet dat het niet erg dapper van me is, en we zouden allemaal dapper moeten zijn in tijden zoals nu, maar –'

Hij drukte zijn vinger zacht tegen haar lippen.

'Ik denk niet dat ik kan verdragen –'

'Ik weet het. Maar je kunt het wel, en het zal je ook lukken. Je bent sterker dan wie dan ook die ik ooit ben tegengekomen.'

Hij kuste haar, en ze gaf zich over aan zijn omhelzing. Anthony dacht dat ze sterk was. Misschien kon ze dat ook zijn? Misschien zou ze haar eigen emoties alleen al voor Deborah de baas kunnen? Ze zette haar angsten van zich af en gaf zich over aan de perfecte tevredenheid en voldoening van dit moment. De rivier kabbelde voort naar de zee, zoals hij altijd had gedaan. Ze legde haar hoofd tegen zijn warme borst en luisterde naar zijn rustgevende hartslag. 'Kom weer bij me terug.'

'Niets zal me tegenhouden.'
'Beloof me dat je dat niet zult toestaan?'
'Ik beloof het.'

11

Cornwall, 2003

Sadie ging naar huis via de bibliotheek. De honden waren hier inmiddels aan gewend, die strekten hun poten nog wat uit voordat ze zich installeerden bij de hoek van het gebouw naast de roestvrijstalen drinkbak, die Alastair tegenwoordig voor hen neerzette.

Het was binnen schemerig, maar na rond te hebben gekeken ontdekte Sadie de bibliothecaris achter een stapel boeken bij de kasten met groteletterboeken.

Hij glimlachte toen hij haar zag. 'Ik heb iets voor je.'

Hij haalde een A4-envelop onder het bureau vandaan.

'Is dat wat ik denk dat het is?'

'De *Polperro Post*,' zei hij. 'Van de dag na de verdwijning.'

Sadie liet een zachte, tevreden zucht ontsnappen.

'Ik heb nog meer.' Hij overhandigde haar een dikke stapel papier die met een stevig elastiek bij elkaar werd gehouden, met haar naam op de bovenkant. '"Avonturen in fictie: moeders, monsters en metafysica in kinderboeken", een doctoraalscriptie met een hoofdstuk over Daffyd Llewellyn en *Eleanors toverdeur*.'

Sadies wenkbrauwen gingen omhoog.

'En ten slotte…'

'Is er nog meer?'

'Mijn streven is om u te behagen. Nog een dossiermap over het landgoed, inclusief plattegronden van het huis. Nogal bijzonder, dit. Echt een enorme meevaller. Ze maken deel uit van een verzameling documenten die pas een paar jaar geleden is ontdekt. De papieren lagen opgeslagen in een oude hutkoffer – God mag weten wie ze daarin heeft gestopt – en zijn gevonden tijdens renovatiewerkzaamheden voor de millenniumwisseling. De originelen hadden behoorlijke waterschade, maar zijn voor restauratie ergens naartoe gestuurd. Afgelopen week zijn ze pas teruggekomen in het Regionaal Archief.'

Sadie knikte enthousiast in de hoop dat hij een beetje vaart zou maken. Haar geduld werd zo wel erg op de proef gesteld; ze kon niet wachten om de envelop open te scheuren en de inhoud te verslinden, maar braaf luisteren naar Alastairs opgetogen rapportage over zijn navorsingen hoorde er nu eenmaal bij. Het maakte niet uit dat ze al een prima plattegrond van het huis en het landgoed had. Alastair ratelde door en Sadie knikte, totdat hij eindelijk diep adem haalde en zij er een bedankje tussen kon gooien en iets over dat de honden nodig naar huis moesten.

Opgewekt stapte ze weer de zonnige dag in met de pakketten in haar hand. Sadie had in geen miljoen jaar kunnen bedenken dat iemand dit soort voldoening zou kunnen ontlenen aan een bezoek aan de bibliotheek, zeker niet iemand zoals zij.

Aan het eind van de straat stond een klein witgepleisterd hotel met een overdaad aan bloemen in hangpotten, uitzicht op de haven en een comfortabel houten bankje aan de voorkant. Sadie ging zitten naast een opgepoetst metalen plaatje met de tekst ALLEEN VOOR HOTELGASTEN!, scheurde de envelop open en viste er het artikel uit.

De teleurstelling was groot toen bleek dat de informatie niets nieuws bevatte. Pickering had dit artikel duidelijk voor zijn boek gebruikt. Er zaten wel twee foto's bij die ze nog niet eerder had gezien: een van een elegante, glimlachende vrouw, gezeten onder een boom met drie kleine meisjes om zich heen en een exemplaar van *Eleanors toverdeur* op haar schoot; dezelfde vrouw stond op de andere foto, alleen keek ze hier ernstig en bezorgd. Een lange, knappe man had zijn arm om haar heen geslagen en zijn hand lag om haar middel alsof hij haar ondersteunde. Sadie herkende de kamer als de bibliotheek van Loeanneth. Er was niets veranderd, tot aan de ingelijste foto op het tafeltje bij de openslaande deuren toe. DOODONGERUSTE OUDERS! luidde de schreeuwerige kop boven het artikel, dat vervolgde: *Meneer en mevrouw Anthony Edevane verzoeken iedereen dringend zich te melden met mogelijke informatie over de verblijfplaats van hun zoontje Theodore.*

Op het gezicht van de vrouw lag een groot verdriet dat Sadie herkende. Dit was een vrouw die een deel van zichzelf was kwijtgeraakt. Hoewel de brief op het met klimop omrande papier tijdens een eerdere zwangerschap was geschreven, was uit het verlangen naar en de liefde voor haar ongeboren kind op te maken dat Eleanor een vrouw was voor wie het moederschap een zegen was en haar kinderen een vreugdevol genot. De tussenliggende decennia hadden de foto een extra dimensie gegeven. Het beeld was vastgelegd toen de gruwel van de verdwijning nog vers was, toen Eleanor Edevane nog geloofde dat haar zoon zou worden teruggevonden en dat het rauwe, lege gat dat zijn verdwijning had geslagen tijdelijk was. Sadie, die het verstilde moment met de kennis van nu bekeek, wist beter. Eleanor zou dit verlies altijd bij zich dragen en niet alleen het verlies, maar ook de kwellende onzekerheid. In het ongewisse of haar baby dood was of nog leefde, bemind werd of leed, of dat hij tijdens de lange nachten om haar huilde.

Ze legde het papier naast zich neer en keek over de hobbelige weg naar de schittering van het water. Maggie Baileys dochter had om haar gehuild. Toen Sadie en Donald Caitlyn alleen thuis in de flat in Holborn ontdekten, zat het gezichtje van het meisje onder de opgedroogde tranen. Ze hadden zich door de berg reclamefolders en andere post achter de deur gewrongen, en een ongelooflijke stank was hun tegemoetgekomen, zo vies dat zelfs Donald moest kokhalzen; rond de vuilnisbak in de keuken had het zwart gezien van de vliegen.

Sadie zal die eerste glimp van het meisje Bailey nooit vergeten – ze was halverwege de gang geweest toen het tengere kind met haar grote ogen als een geest in haar Dora-nachtpon voor haar opdoemde – ze hadden daar immers geen kind verwacht. De buurvrouw had een klacht ingediend over stankoverlast; toen er navraag werd gedaan over de bewoner van het appartement, had ze een vrouw beschreven die erg op zichzelf was, die soms erg harde muziek op had staan en een moeder had die af en toe langskwam. Ze had niets gezegd over een kind. Toen Sadie haar later vroeg waarom ze dat had nagelaten, had ze haar schouders opgehaald en de bekende riedel afgestoken: 'Daar hebben jullie niet naar gevraagd.'

De hel was compleet losgebroken toen ze haar hadden gevonden. Jezus christus, een kind, al een week helemaal alleen in een afgesloten appartement? Donald had het doorgebeld terwijl Sadie op de grond was gaan zitten naast het meisje, naast Caitlyn – ze wisten inmiddels hoe ze heette – en samen met haar met een speelgoedbus speelde, naarstig in haar geheugen zoekend naar de tekst van één enkel kinderliedje en zich afvragend wat de impact van dit voorval zou kunnen zijn. En de impact was groot geweest. In de steek gelaten kleine meisjes lieten de hulpdiensten massaal uitrukken. Nog meer politie, forensisch experts en de kinderbescherming leken allemaal tegelijk aan te komen, kamden het kleine appartement uit, registreerden, inspecteerden en bepoederden. Op een gegeven moment, toen de dag was overgegaan in de avond, was het meisje er weggehaald.

Sadie huilde nooit vanwege haar werk, nooit, ondanks alle verdrietige en gruwelijke dingen die ze zag. Toch móést ze die avond een stukje hardlopen, stampend over de trottoirs van Islington, door Highgate en over de al donker wordende hei. Ondertussen schoof ze net zo lang met de puzzelstukjes in haar hoofd tot ze vervaagden in een waas van ziedende woede. Sadie had zich erop getraind om zich bij het oplossen van misdrijven niet te laten meeslepen door emotionele aspecten. Het was haar werk om puzzels te ontrafelen; de betrokken mensen waren slechts van belang voor zover ze dienden om een mogelijk motief vast te stellen of een alibi te bevestigen of onderuit te halen. Toch bleef dat kleine meisje met haar verkreukelde nachtpon, haar haar als een vogelnestje en die doodsbange ogen haar in de weg zitten.

Ze zat haar verdomme nog steeds in de weg. Sadie knipperde met haar ogen om het beeld te verdrijven, boos op zichzelf omdat ze toestond dat haar gedachten opnieuw met haar op de loop gingen, terug naar die verdomde flat. De zaak was gesloten. Ze concentreerde zich op de haven, waar de vissersboten terugkwamen. Erboven cirkelden zeemeeuwen, ze doken omlaag en stegen weer op.

Het kwam natuurlijk door de overeenkomsten tussen de twee zaken: moeders en hun kinderen, de een afgenomen van de ander. De foto van Eleanor Edevane, haar lege blik door het verlies, de angst nadat ze was geconfronteerd met de vermissing van haar zoon, drukte op Sadies tere plek. Dezelfde zwakte kwam bloot te liggen als waardoor de zaak-Bailey onder haar huid had kunnen kruipen en ze hele nachten wakker had gelegen omdat ze ervan overtuigd was dat Maggie Bailey zoiets nooit kon hebben gedaan, een kind van twee achterlaten in een afgesloten flat zonder de zekerheid dat ze tijdig gevonden zou worden.

'Ik wil je niet teleurstellen, Sparrow,' had Donald gezegd, 'maar het gebeurt vaker dan je zou willen. Niet iedereen is voor moeder in de wieg gelegd.'

Sadie had het niet ontkend. Ze wist dat hij gelijk had, dat wist ze beter dan wie dan ook. Het was de manier waarop Maggie haar dochter in de steek had gelaten, de achteloosheid, die er bij haar niet in ging. 'Niet op die manier,' bleef ze volhouden. 'Maggie mag dan niet in staat zijn geweest om een goede moeder voor het kind te zijn, ze zou niet hebben geriskeerd dat haar dochter iets overkwam. Ze zou iemand hebben gebeld, iets voor haar hebben geregeld.'

En Sadie had dat ergens ook wel goed gezien. Later bleek dat Maggie iets hád geregeld. Ze was Caitlyns leven uit gelopen op een donderdag, dezelfde dag waarop de vader van het meisje zou aanbellen om haar voor zijn weekend op te halen. Alleen was hij dat weekend de stad uit geweest op een visreisje in Lyme Regis. 'Ik heb het tegen haar gezegd,' zei hij terwijl hij in de verhoorkamer van het bureau het plastic koffiebekertje in elkaar drukte. 'Ik heb het haar nog laten opschrijven zodat ze het niet zou vergeten. Ik ben bijna nooit op pad, maar mijn broer gaf me een ticket voor mijn verjaardag. Ik heb het voor haar genoteerd.' De man was buitengewoon emotioneel geweest, had stukjes van het plastic bekertje afgescheurd terwijl hij sprak. 'Als ik het had geweten, als ze het alleen maar had gezegd. Als ik bedenk wat er had kunnen gebeuren…'

Hij had hun informatie verstrekt waardoor er een totaal ander beeld van Maggie ontstond dan ze hadden gekregen na het gesprek met haar moeder, Nancy Bailey. Niet verbazend. Sadie vermoedde dat het met moederinstinct te maken had om je kind zo goed mogelijk neer te zetten. Evengoed bracht het haar weinig verder. Het was jammer dat Sadie de vader niet als eerste had gesproken, voordat ze Nancy's verhaal voor zoete koek had geslikt. 'Weet je wat het probleem is?' had Donald vaderlijk gezegd toen alles achter de rug was. 'Jij en die oma, jullie werden te vertrouwelijk. Beginnersfout.' Van al het commentaar dat hij had geleverd, had dit haar het diepst getroffen. Verlies van objectiviteit, emotie die was binnengedrongen in de rationele wereld – dat was een van de dodelijkste verwijten die je als rechercheur kon krijgen.

Vooral voor een rechercheur voor wie dat verwijt terecht was geweest. *Haal het niet in je hoofd om contact te zoeken met die oma.* Donald had gelijk. Sadie hád Nancy aardig gevonden, eens te meer omdat ze de dingen had gezegd die Sadie graag wilde horen. Dat Maggie een verantwoordelijke, zorgzame moeder was, die liever zou sterven dan haar kind aan haar lot over te laten, dat de politie het verkeerd zag, dat ze zouden moeten zoeken naar bewijs van een misdrijf. 'Waarom zou ze liegen?' had Sadie aan Donald gevraagd. 'Wat wint ze daarbij?' Hij had alleen maar zijn hoofd geschud en vriendelijk meewarig naar haar geglimlacht. 'Het is haar dochter, domme gans. Wat moet ze anders zeggen?'

Nadat Steve zijn klacht had ingediend, kreeg Sadie een officiële waarschuwing dat ze geen verdere pogingen mocht ondernemen om Caitlyn op te zoeken, maar ze had het meisje wel nog een keer gezien, vlak nadat de zaak officieel was gesloten. Caitlyn liep tussen haar vader en zijn nieuwe vrouw Gemma in, ze hield hun handen vast toen ze het politiebureau verlieten. Een vriendelijk ogend stel met hun haar netjes in model en mooie kleren. Iemand had de knopen uit Caitlyns haar geborsteld, en terwijl Sadie toekeek, bleef Gemma staan om te luisteren naar iets wat het meisje zei, waarna ze haar op haar heup tilde en tegen haar lachte.

Het was niet meer dan een korte glimp, uit de verte, maar het was genoeg om te weten dat het allemaal goed zou komen. Die andere vrouw in de zijden wikkeljurk, met haar vriendelijke gezicht en tedere gebaren, was alles wat Caitlyn nodig had. Sadie hoefde alleen maar naar Gemma te kijken om te weten dat ze iemand was die altijd precies het goede zou doen en zeggen, die wist wie Dora de Ontdekkingsreizigster was en de tekst van alle kinderliedjes uit haar hoofd kende. Donald dacht kennelijk hetzelfde. 'Het beste wat de moeder voor haar had kunnen doen,' had hij later in de Fox and Hounds gezegd. 'Een blinde kan nog zien dat het kind beter af is bij haar vader en die vrouw van hem.' En kinderen verdienden immers de best mogelijke omgeving om gelukkig op te groeien. God wist dat er in de wereld nog genoeg valkuilen lagen te wachten waar ze in konden donderen.

Sadies gedachten dwaalden af naar de brief die ze op de bus had gedaan. Het meisje zou hem inmiddels hebben ontvangen. Goed dat ze netjes en duidelijk de afzender op de achterkant van de envelop had geschreven. Dat was haar ongetwijfeld geleerd op die chique school van haar. Charlotte Sutherland. Het was een goede naam, had Sadie besloten; niet de naam die Sadie haar had gegeven, maar desalniettemin een mooie naam. Hij had een voorname klank, van goede opleiding en succes. De naam van iemand die van hockey en paarden hield, die nooit uit op haar tong hoefde te bijten omdat ze bang was iets doms te zeggen. Alle dingen die Sadie had gewenst toen ze het kleine meisje aan de verpleegster overhandigde en haar met betraande ogen nakeek toen ze werd weggedragen naar een betere toekomst.

Een krakend kabaal achter haar en Sadie sprong op. Een vastgeklemd schuifraam werd opengewrikt en met horten en stoten omhooggeduwd. De vitrage werd opzijgeschoven en er verscheen een vrouw met een groene plastic gieter in het open raam, die met opgetrokken neus boos omlaag keek naar het bankje (ALLEEN VOOR HOTELGASTEN!), en in het bijzonder naar Sadie die daarop zat.

De honden hadden wel genoeg rondgeneusd en gerust. Ze stonden Sadie met gespitste oren ernstig aan te kijken en wachtten op het teken dat ze weer verder zouden gaan. Toen de vrouw van het hotel water in de hangpotten boven haar begon te gieten, gaf Sadie hun een knikje. Ash en Ramsay draafden voor haar uit naar Berties huis, terwijl Sadie hen volgde en het schaduwkind in tegenlicht dat haar achtervolgde, probeerde te negeren.

'Al opgelost?' riep Bertie toen Sadie met de honden binnenkwam.

Ze vond hem op het plaatsje achter de keuken, met een snoeischaar in zijn hand en een hoopje onkruid en afgeknipte takken op de stenen naast hem.

'Bijna,' zei ze terwijl ze haar rugzakje op de houten tuintafel liet vallen. 'Alleen nog wat kleine details zoals wie, hoe en waarom.'

Sadie leunde tegen het van keien opgetrokken tuinmuurtje, dat moest voorkomen dat de tuin langs de steile heuvel de zee in zou glijden. Ze haalde een keer diep adem en liet die langzaam weer ontsnappen; dat deed je vanzelf als je voor een uitzicht als dit stond. Die uitgestrektheid van in de wind zilver kleurend gras, het witte zand in een inham tussen twee landtongen en de oneindige zee die zich van azuurblauw tot inktzwart uitrolde. Als op een ansichtkaart. Precies zo'n panorama dat vakantiegangers stuurden om hun vrienden en familie jaloers te maken. Ze vroeg zich af of ze voor Donald een ansichtkaart moest kopen.

'Je ruikt dat het gauw vloed wordt, ruik je dat?' zei Bertie.

'Ik wilde juist de honden de schuld geven.'

Bertie lachte en knipte vakkundig iets van de stam van een bloeiend boompje af.

Sadie ging op de stoel naast hem zitten en liet haar voeten op de metalen rand van een gieter rusten. Haar grootvader had groene vingers, dat was wel te zien. Behalve op het kleine, bestrate vierkant in het midden van de tuin groeiden overal bloemen en struiken die over elkaar heen vielen als zeeschuim. Te midden van de geordende wanorde viel haar oog op een stuk met blauwe bloemen met stervormige gele harten. 'Chatham Island vergeet-mij-nietjes,' zei ze, en ze herinnerde zich opeens de tuin die hij en Ruth hadden gecreëerd achter hun huis in Londen. 'Die heb ik altijd mooi gevonden.' Hij hield ze toen in terracottapotten die aan de stenen muren hingen; het was geweldig wat hij van negen vierkante meter en een uur zon per dag wist te maken. Ze had er altijd 's avonds met hem en Ruth gezeten, als de winkel dicht was; niet in het begin, maar later, toen ze al een paar maanden bij hen woonde en haar uitgerekende datum naderbij kwam. Ruth met haar dampende beker earl grey en haar vriendelijke ogen, haar onbegrensde goedheid: *Wat je ook besluit, lieve Sadie, we zullen je daarin steunen.*

Sadie werd verrast door een nieuwe golf van verdriet. Schokkend dat ze er een jaar later nog steeds zo door kon worden bevangen. Wat miste ze haar grootmoeder; wat zou ze niet ervoor over hebben gehad om haar vandaag bij zich te hebben, warm en vertrouwd, ogenschijnlijk eeuwig. Nee, niet hier. Ruth daar terug te hebben, waardoor Bertie nooit hun huis in Londen had hoeven verlaten. Het leek erop alsof alle belangrijke beslissingen genomen waren in dat ommuurde tuintje met zijn bloempotten en hangende manden, zo anders dan deze open, zonovergoten plek. Ze voelde plotseling een diepe weerstand tegen veranderingen in zich opwellen, een kinderlijke golf van kribbigheid, die ze doorslikte als een bittere pil. 'Zou fijn zijn als de tuin wat groter was,' zei ze gemaakt opgewekt.

Bertie glimlachte instemmend en gebaarde toen naar een smoezelige dossiermap onder twee vuile theekopjes, waarin op de bodem iets van groenige drab zat. 'Je hebt Louise net gemist. Die is voor jou. Niet erg waardevol voor de zaak, maar Louise dacht dat je de inhoud toch wel wilde zien.'

Louise. Sadie ergerde zich, maar bedacht toen dat de vrouw bijzonder hartelijk was en haar gewoon een plezier wilde doen. Ze keek het stapeltje vluchtig door. Het waren amateuristische, in elkaar geflanste krantjes. Steeds één vel met de titel *The Loeanneth Gazette*, gedrukt in een ouderwets lettertype en opgesmukt met een pentekening van het huis en zijn meer. De vellen waren gebobbeld en verkleurd, en een paar zilvervisjes schoten snel weg toen ze de vellen omdraaide. Het papier rook naar schimmel en verwaarlozing; maar van de koppen spoot de levendigheid nog af. Die schetterden nieuws de wereld in als: DAAR IS HIJ DAN: EEN BABYJONGETJE!; INTERVIEW MET MENEER LLEWELLYN, AUTEUR VAN JUWEELTJES!; ZELDZAME SENSATIE: STAARTBLAUWTJE GESPOT IN TUIN VAN LOEANNETH! Elk artikel werd begeleid door een illustratie van de hand van Clementine, Deborah of Alice Edevane, zo stond erbij, maar de teksten waren zonder uitzondering van Alice.

Sadies blik bleef hangen bij de naam en ze ervoer weer diezelfde, steeds sterker wordende band die ze telkens voelde wanneer ze op Loeanneth een nieuwe A-L-I-C-E-inkerving ontdekte. 'Waar komt dit vandaan?' vroeg ze. 'Een van Louises patiënten in het ziekenhuis had een tante die dienstmeisje was geweest in het huis aan het meer. Haar dienstverband met de Edevanes was opgehouden toen de familie in de jaren dertig uit Cornwall vertrok, maar deze map moet ergens tussen haar andere bezittingen terecht zijn gekomen. Er had kennelijk een drukpersje in de lesruimte gestaan, boven op zolder naast de vertrekken van de dienstmeisjes. De kinderen van het huis speelden er vaak mee.'

'Moet je horen...' Sadie hield het blad papier uit de zon en las hardop voor: 'INTERVIEW MET EEN ONBETAMELIJKE: DE BESCHULDIGDE SPREEKT! *Vandaag publiceren we een exclusief interview met Clementine Edevane, die door De Moeder beschuldigd wordt van "onbetamelijk gedrag" na een recent incident waarbij ze het kindermeisje Rose heeft beledigd. "Maar ze ziet er echt dik uit," zou de beschuldigde van achter haar dichte slaapkamerdeur hebben geschreeuwd. "Ik zeg alleen maar de waarheid!" Waarheid of spot? Oordeelt u zelf maar, dierbare lezer. Geschreven door Alice Edevane, onderzoeksjournalist.*'

'Alice Edevane,' zei Bertie. 'Zij is degene die nu eigenaar is van het huis.'

Sadie knikte. 'Ook wel bekend als A.C. Edevane, zeer gerespecteerd misdaadauteur. Ik wou dat ze mijn brieven beantwoordde.'

'Het is nog geen week geleden.'

'Dus?' zei Sadie, die geduld niet tot haar deugden kon rekenen. 'Vier hele dagen om een brief te bezorgen.'

'Je vertrouwen in de postbezorging is ontroerend.'

Eigenlijk was Sadie ervan uitgegaan dat Alice Edevane dolenthousiast zou zijn over haar brief. Een betrouwbare politierechercheur die bereid was om de zaak over haar vermiste broertje te heropenen, weliswaar onofficieel, maar toch? Ze had verwacht per kerende post iets te vernemen. Zelfs al was de postbezorging, zoals Bertie zei, verre van perfect, ze had nu toch wel iets moeten horen.

'Mensen kunnen raar reageren op het verleden,' zei Bertie, terwijl hij zijn vingers zacht over een dunne stengel liet glijden. 'Vooral na zoiets pijnlijks.'

Zijn toon bleef neutraal, zijn focus op de plant onverminderd, maar Sadie had toch in zijn woorden de urgentie van een niet gestelde vraag gehoord. Hij kon onmogelijk iets weten over Charlotte Sutherland en de brief die die hele afschuwelijke toestand weer had opgerakeld. Een zeemeeuw krijste, schoot door de lucht boven hen, en een seconde lang overwoog Sadie of ze hem zou vertellen over het meisje met het duidelijke, zelfverzekerde handschrift en de intelligente zinsopbouw.

Maar het zou stom zijn als ze dat deed, vooral nu ze ervoor had gezorgd dat ze die brief weer kwijt was. Hij zou erover willen praten en dan was er geen sprake meer van dat ze het hele gedoe kon vergeten, en dus zei ze maar: 'Het krantenverslag is eindelijk gearriveerd.' Ze trok haar dossiermap uit het rugzakje, maakte op haar schoot een stapeltje van bibliotheekboeken, archiefmateriaal en het schrijfblok dat ze bij de kantoorboekhandel had gekocht. 'Er zaten een paar foto's bij die ik nog niet had gezien, maar verder niets echt bruikbaars.'

Ze dacht dat ze hem hoorde zuchten, bijna alsof hij de onuitgesproken mededeling opving, en werd plotseling overvallen door een flits van besef dat hij de enige persoon ter wereld was van wie ze hield, dat ze als ze hem kwijtraakte helemaal niemand meer had. 'Dus,' zei hij, omdat hij wist dat hij beter niet kon aandringen, 'we zijn er vrijwel zeker van dat hij is meegenomen, maar we weten nog steeds niet hoe en waarom.'

'Klopt.'

'Al enig idee over het waarom?'

'Nou, ik denk dat we gelegenheidsontvoerders kunnen wegstrepen. Er was een feest gaande, en het huis ligt erg afgelegen. Niet een plek waar iemand toevallig verzeild raakt.'

'Tenzij ze achter een hond aan gaan natuurlijk.'

Sadie beantwoordde zijn glimlach. 'Wat twee mogelijkheden overlaat. Hij werd meegenomen door iemand die geld wilde hebben, of die zelf een kind wilden hebben.'

'Maar er was geen losgeldbriefje?'

'Volgens Pickering niet, maar de politie deelt dit soort dingen niet altijd publiekelijk. Het staat op mijn lijstje voor Clive Robinson.'

'Heb je al iets van hem gehoord?'

'Nog niet, maar hij zou gisteren pas terugkomen, dus duimen maar.' Bertie knipte nog een zijtak van het boompje af. 'Laten we eens aannemen dat het niet om geld ging.'

'Dan ging het om het kind. En dan dit jongetje in het bijzonder. Het wil er bij mij niet in dat iemand die alleen maar een kind wil, de zoon kiest van een rijke, aristocratische familie, die maar met de vingers hoeft te knippen en er komt van alle kanten hulp.'

'Het lijkt inderdaad een domme keus,' beaamde Bertie. 'Er moeten eenvoudigere doelwitten zijn geweest.'

'Dat betekent dat wie Theodore Edevane ook meenam, hem wilde om wie hij was. Maar waarom?' Sadie tikte met haar pen op het schrijfblok. Het was goedkoop papier, dun en bijna doorschijnend, en het zonlicht maakte de indrukken van haar laatst geschreven brief zichtbaar. Ze zuchtte. 'Het is zinloos. Tot ik meer informatie heb – iets hoor van Alice Edevane, met Clive Robinson heb gesproken, een beter idee krijg van de mensen die erbij betrokken waren en weet wie de middelen, een motief en de kans had – is het allemaal giswerk.'

Er lag een toon van frustratie in haar stem en Bertie hoorde het. 'Je wilt dit echt oplossen, hè?'

'Ik hou niet van losse eindjes.'

'Het is lang geleden. De meeste mensen die het jochie gemist kunnen hebben zijn allang dood.'

'Daar gaat het niet om. Hij is meegenomen, dat is verkeerd; zijn familie heeft er recht op om te weten wat er met hem is gebeurd. Hier…' Ze hield de krant op. 'Moet je zijn moeder zien, kijk eens naar haar gezicht. Ze heeft hem geschapen, een naam gegeven, van hem gehouden. Hij was haar kind en ze moest haar hele verdere leven zonder hem verder, zonder ooit te weten wat hem was overkomen; wat voor iemand hij geworden was, of hij gelukkig was. Zonder ooit te weten of hij nog leefde of dood was.'

Bertie keek amper naar het papier. In plaats daarvan hield hij zijn blik, waaruit liefdevolle verbazing sprak, strak op Sadie gericht. 'Sadie, liefje –'

'Het is een puzzel,' vervolgde ze snel, hoewel ze besefte dat haar stem scherp klonk en ze niet in staat was om in te binden. 'Je kent me, je weet dat ik het niet los kan laten als de zaak onopgelost blijft. Hoe kon een kind in vredesnaam worden meegenomen uit een huis vol mensen? Er is iets wat ik niet zie. Deuren, ramen, een ladder zoals bij de Lindberg-ontvoering.'

'Sadie, deze vakantie van jou...'

Ash blafte plotseling. Beide honden krabbelden overeind en renden naar de stenen muur aan de kant waar de tuin aan de weg grensde. Sadie had het ook gehoord. Een brommer naderde het huis en stopte. Er volgde gepiep en een zachte plof toen de brievenbus in de voordeur werd geopend, waar een stapeltje brieven doorheen werd geduwd dat op de deurmat viel. 'Post,' zei ze.

'Ik ga wel.' Bertie legde zijn snoeischaar weg en veegde de aarde van zijn handen af aan zijn tuinschort. Hij fronste even peinzend naar Sadie en boog toen zijn hoofd en verdween door de keukendeur.

Sadie wachtte totdat hij was verdwenen voordat ze de glimlach van haar gezicht haalde. Haar gezicht deed er pijn van. Het werd steeds moeilijker om Berties vragen te ontlopen. Ze vond het vreselijk om tegen hem te liegen en dus bleven ze elkaar voor de gek houden, maar ze kon het niet over haar hart verkrijgen om hem te vertellen dat ze er op haar werk een ongelooflijke puinhoop van had gemaakt. Wat ze had gedaan, naar de pers stappen, was gênant, beschamend zelfs. Erger nog, hij zou zich gedwongen voelen om te vragen waaróm ze haar eigen grenzen zo had overschreden. Wat hen dan weer terugbracht bij Charlotte Sutherland en haar brief. Ze kon hem daarover niets vertellen. Ze dacht niet dat ze kon aanzien hoe zijn lieve gezicht al luisterend in medelijden zou vertrekken. Ze was bang dat door erover te praten het op de een of andere manier werkelijk zou worden en ze weer terug bij af zou zijn, weer gevangen in het lichaam van haar angstige, machteloze jongere ik, in elkaar gedoken in afwachting van de enorme golf die haar zou opslokken. Ze was dat meisje niet meer. Dat weigerde ze te zijn.

Maar waarom gedroeg ze zich dan zo? Sadie fronste haar wenkbrauwen. Dat was toch precies wat ze deed? Ze liet Donald alles bepalen terwijl ze zelf hier langzaam verkommerde, wachtte totdat haar werd gevraagd om terug te komen op het werk waarin ze uitblonk. Waarvoor ze verdomd hard had gewerkt om te slagen. Ze had talloze tegenslagen het hoofd geboden om hogerop te komen; waarom was ze nu zo gedwee, verschool ze zich bij de zomerse zee achter een zaak die al zeventig jaar geleden was afgesloten?

In een opwelling pakte Sadie haar mobiel uit haar zak. Ze speelde er een paar seconden mee en liep toen, met een resolute zucht, naar het verste punt van de tuin. Ze klom boven op de keienmuur en boog zich zo ver mogelijk bij het huis vandaan tot er een enkel streepje bereik op haar scherm verscheen. Ze toetste Donalds nummer in, wachtte en mompelde zacht: 'Kom nou, kom op nou...'

Haar telefoontje werd rechtstreeks doorgeschakeld naar de voicemail en Sadie vloekte in de wind. In plaats van op te hangen en het opnieuw te proberen, luisterde ze naar Donalds norse boodschap en liet toen de hare achter. 'Hé, Donald, luister, Sadie hier. Ik wil je even laten weten dat ik weer naar Londen kom. Ik heb nu alle dingen op een rij en ik ben er klaar voor om weer aan het werk te gaan, maandag over een week. Het zou fijn zijn als we van tevoren nog even bij elkaar komen. Voor het een en ander. Laat ik je mijn vakantiekiekjes zien...' Het grapje zou niet aankomen, dat hoorde ze zelf al, maar ze liet zich niet van de wijs brengen. 'Afijn, laat me weten wanneer en waar het uitkomt. Ergens volgende week?' Daar liet ze het bij, een feit als vraag, en toen verbrak ze de verbinding.

Zo. Sadie slaakte een zucht. Het was voor elkaar. Als Bertie haar naar haar plannen vroeg, zou ze hem tenminste duidelijke antwoorden kunnen geven; na een kort, aangenaam tripje naar Cornwall zou ze volgende week teruggaan naar Londen.

Ze stak haar mobiel weer in haar zak en liep terug naar haar stoel vlak bij Berties boompje, wachtend op een welkome gemoedsrust. Maar haar gemoed was verre van gerust. Nu ze het had gedaan, dook er in haar hoofd een lijst van dingen op die ze anders had moeten doen. Ze had veel specifieker moeten zijn, zoals over plaats en tijd. Ze had bescheidener moeten zijn, meer verontschuldigend, ervoor moeten zorgen dat het leek alsof het zijn idee was.

Sadie herinnerde zich nu zijn dreigende woorden, dat hij naar Ashford zou stappen als ze niet precies deed wat hij haar had opgedragen. Maar Donald was ook haar partner; hij was een redelijk mens. Hij had het beste met haar voor gehad toen hij haar dwong verlof op te nemen. En zij had haar lesje geleerd, ze zou in de toekomst nooit meer lekken naar journalisten; maar de zaak-Bailey was nu gesloten, het was inmiddels bijna volledig uit de kranten verdwenen en er was geen blijvende schade aangericht. (Zo lang ze Nancy Bailey buiten beschouwing liet. Sadie huiverde toen ze de blik op het gezicht van de vrouw weer voor zich zag op het moment dat ze haar hadden verteld dat het onderzoek ten einde was. 'Maar ik dacht dat je me geloofde, dat mijn dochter nooit zomaar kan zijn weggegaan?')

Terwijl ze Nancy Bailey uit haar gedachten zette (*haal het niet in je hoofd om contact te zoeken met die oma*), hield Sadie zich voor dat ze het juiste had gedaan en deed ze haar best dit te geloven.

De nieuwe kaart van het landgoed Loeanneth lag nog altijd op haar schoot en ze dwong haar aandacht er weer naartoe, een resolute afleidingsmanoeuvre. Hij was veel ouder dan de kaart die Alastair haar eerder had gegeven – uit 1644, volgens de titel bovenaan – getekend toen het huis aan het meer nog een kleiner bijgebouw was van het grote herenhuis op het uitgestrekte landgoed. Ondanks de verouderde spelling en een lettertype waardoor enkele woorden onleesbaar waren, was de plattegrond grotendeels herkenbaar voor Sadie, die zich de afgelopen week de indeling had eigen gemaakt in de hoop het pad te ontdekken dat de ontvoerder die nacht had genomen. De kamers en andere ruimten waren allemaal waar ze hoorden te zijn.

Behalve... Sadie keek nog eens beter.

Ze pakte de originele kaart uit haar dossiermap en legde de twee naast elkaar om ze te vergelijken.

Er zat tóch iets afwijkends in deze plattegrond. Een kleine kamer of nis, direct naast de kinderkamer, die op de recentere kaart niet was aangegeven. Maar wat was het? Een voorraadkast? Hadden ze inbouwkasten in de zeventiende eeuw? Sadie vermoedde van niet. En zelfs als ze die hadden gehad, waarom was deze kast dan opgenomen op de ene plattegrond en op de andere niet?

Sadie tikte peinzend op haar lippen. Ze keek van Berties boompje naar de honden, die zich nu tegen de onderkant van de stenen muur hadden geïnstalleerd, en daaroverheen naar de zee. Haar blik bleef steken bij de donkere stip van een schip aan de horizon.

En toen plots een vage flikkering van een ingeving.

Sadie vloog door haar papieren heen totdat ze de notities vond die ze over 'Hoofdstuk acht: De deShiels van Havelyn' had gemaakt.

Daar had ze het: het huis was gebouwd tijdens het bewind van Hendrik VIII door een zeevarende deShiel, die de Spanjaarden goud afhandig had gemaakt. Er bestond een andere naam voor mensen zoals hij.

Verbanden begonnen in Sadies hoofd op te flakkeren als oude waarschuwingsbakens die steeds weer nieuwe deden ontvlammen: een oude deShiel die misschien piraat was geweest... Louise had het over smokkelaars gehad... over in de kust van Cornwall gegraven tunnels... de tunnel in *Eleanors toverdeur*, met zijn tegenhanger in de echte wereld... de pilaar en de ring die Sadie met haar eigen ogen had gezien...

'Hier, iets voor jou,' zei Bertie, die de post had gepakt en nu met een kleine envelop in zijn hand voor haar stond.

Ze pakte hem aan zonder iets te zeggen, zo afgeleid door de theorie die in haar hoofd vorm kreeg dat ze amper doorhad welke naam er netjes boven in de linkerhoek stond.

'Hij is van een politieman,' spoorde Bertie haar aan. 'Clive Robinson uit Polperro. Moet je die niet...?' Hij gaf het op. 'Wat is er, wat heb ik gemist? Je ziet er eruit alsof je een spook hebt gezien.'

Sadie had dan misschien geen spook gezien, maar ze had wel het gevoel dat ze zojuist een glimp van een schaduw had opgevangen. 'Deze ruimte,' zei ze, toen Bertie over haar schouder meekeek. 'Deze kleine alkoof – ik denk dat ik de ontsnappingsroute heb gevonden.'

12

Londen, 2003

Dit deel van South Kensington was een plek vol geesten en dat was de reden waarom de zussen Edevane hem hadden uitgekozen. Elk jaar dronken ze samen thee bij het Victoria and Albert Museum om de sterfdag van Eleanor te herdenken, maar ze spraken altijd eerst af bij het Natuurhistorisch Museum. Hun vader had in zijn testament zijn volledige collectie aan het museum nagelaten, en Alice had het gevoel dat zijn geest in dit gebouw meer rondwaarde dan waar dan ook. Het leek logisch om hun ouders op een en dezelfde dag te herdenken. Hun relatie was er een van ware liefde geweest, zo een waarover schrijvers de loftrompet staken en waar echte mensen jaloers op waren. Twee jonge, mooie vreemden, die elkaar bij toeval hadden ontmoet en op slag verliefd waren geworden, waarna ze van elkaar waren gescheiden, op de proef waren gesteld en hun liefde nog was gesterkt door de Eerste Wereldoorlog. Alice en haar zussen hadden als kinderen de relatie klakkeloos geaccepteerd en groeiden op tot volwassenen in de warmte van Eleanors en Anthony's liefde. Maar het was het soort liefde dat alle andere mensen buitensloot. Afgezien van een kleine, vaste vriendenkring, verkeerden ze amper en dan nog met tegenzin met mensen daarbuiten, en terugblikkend maakte juist dat isolement het jaarlijkse midzomerfeest nog eens extra bijzonder en betoverend. Toen Eleanor onverwacht en zo snel na haar echtgenoot was gestorven, hadden de mensen het hoofd geschud over dit tragische verlies, om vervolgens de zussen te verzekeren dat 'die twee natuurlijk bij elkaar hoorden'. Diezelfde zalvende mensen hadden achter de rug van de zussen insinuerend gefluisterd: 'Het lijkt wel alsof ze het niet kon verdrágen om van hem te worden gescheiden.'

Alice was als eerste bij het museum, zoals ieder jaar. Die gewoonte was erin geslopen; een stilzwijgende overeenkomst die Alice het gevoel gaf dat ze punctueel was en Deborah dat ze het druk had. Ze installeerde zich op een bankje in de centrale hal en stak haar hand in haar tas, waar ze over het gladde, oude leer van haar notitieboek streek voordat ze het eruit haalde en het op haar schoot legde. Alice vond het heerlijk om naar mensen te kijken en in de loop der jaren had ze geleerd dat wat onder normale omstandigheden als nieuwsgierigheid werd gezien, als verstrooid of zelfs charmant werd beschouwd als je het deed met pen en papier in de hand. Maar vandaag had ze niet de intentie om notities te maken. Ze werd te veel in beslag genomen door haar eigen benardheid om zich met anderen bezig te houden.

Ze sloeg het notitieboek open en bekeek de brief die ze daarin had bewaard. Ze herlas hem niet, dat hoefde ze niet. Het was de tweede die ze had ontvangen. De rechercheur had in ongeveer dezelfde bewoordingen als in de eerste brief nogmaals aangedrongen op een gesprek, maar was er bewust nog niet inhoudelijk op ingegaan omdat ze tot nu toe nog te weinig wist over de Edevane-zaak (zoals ze het noemde). Een verstandige beslissing, en precies wat Alice zou hebben geschreven voor Diggory Brent als hij een oprechte belangstelling zou hebben ontwikkeld voor een onopgelost misdrijf terwijl hij op vakantie in Cornwall was. Elke rechercheur die zijn vak verstond wist dat je door zo weinig mogelijk aanwijzingen te geven het grootste gat kon graven waar een argeloze getuige wellicht in zou tuimelen. Jammer voor Sadie Sparrow, maar Alice was verre van argeloos en niet van plan iets los te laten wat ze niet kwijt wilde. Deborah was echter een heel ander verhaal...

Alice deed het boek dicht en gebruikte het als waaier voor haar verhitte wangen. Ze had zich gisteravond in bed afgevraagd hoe ze deze situatie het best kon aanpakken. Had overwogen hoe groot de kans was dat deze mevrouw Sparrow iets belangrijks zou ontdekken en zichzelf vervolgens gerustgesteld dat het allemaal zo lang geleden was dat er niets meer te vinden zou zijn, tot ze opeens geschrokken bedacht dat Deborah misschien ook een brief had ontvangen. Tegelijk met dit besef had een onzichtbaar mes van paniek door haar heen gesneden.

Ze had die mogelijkheid van alle kanten bekeken en toen bedacht dat Deborah, zich van geen kwaad bewust, onmiddellijk contact met haar zou hebben opgenomen. Met het oog op eventuele beschadiging van Toms politieke carrière zou ze ontsteld zijn geweest als ze wist dat een of andere ambitieuze jonge vreemdeling in het verleden van de familie grasduinde en meteen Alice' hulp hebben ingeroepen. Pas vanmorgen was het in Alice opgekomen, toen de taxi door St John's Wood laveerde, dat Deborah mogelijk had gewacht om het probleem onder vier ogen te kunnen bespreken. Dat ze zo vlak voor Eleanors herdenkingsdag de brief gewoon in haar handtas had gestopt en zich nu afvroeg hoe ze het onderwerp straks het beste kon aansnijden.

Alice ademde diep uit en keek opnieuw naar de ingang. Er was nog geen teken van Deborah, maar een geagiteerde man in een zwarte spijkerbroek zorgde voor enige opschudding bij de deuren. Alice had hem al opgemerkt toen ze binnenkwam. Hij had de hand vast van een klein meisje in een felroze hemdje en een tuinbroek van spijkerstof. Het meisje had staan wijzen en springen, en de man – haar vader, dacht Alice – probeerde haar enthousiasme te temperen terwijl hij ondertussen bezig was iets te pakken (een waterflesje misschien? Vandaag de dag leken kinderen altijd met vochttekort te kampen) uit de kleine rugtas die hij bij zich had.

De man was inmiddels in alle staten. Hij stond met zijn handen naar de beveiliging te wapperen, en het meisje was niet langer bij hem in de buurt. De razende paniek van een ouder die zijn kind kwijt is; Alice herkende dit van mijlenver. Haar blik gleed langs het enorme Diplodocusskelet naar het grote stenen trappenhuis aan het eind van de spelonkachtige ruimte. Het meisje had die kant op gewezen toen Alice haar had gezien. In haar andere hand hield ze een bal geklemd, zo'n bal die licht gaf als je hem schudde, alsof er stroom op stond, en er lag een onmiskenbare, vastberaden schittering in haar ogen. Inmiddels stond het meisje al boven aan de trap en had ze haar wang op het koele, platte steen van de balustrade gelegd. Ze bracht de bal tot voor haar gezicht om hem weg te laten rollen.

Deductie, mijn beste Watson. Alice probeerde te genieten van het vertrouwde plezier om het bij het rechte eind te hebben. Haar geheugen was altijd goed geweest – en ze had daarnaast ook het talent om conclusies te trekken op basis van beschikbaar bewijsmateriaal. Het was een vaardigheid die ze dankzij haar vader goed had ontwikkeld. Toen ze jong waren had hij spelletjes met ze gespeeld; hij bezat een onverzadigbaar enthousiasme voor het soort spelletjes dat andere volwassenen vervelend vonden. Hij had ze meegenomen op zijn omzwervingen door de natuur en liet ze altijd wel een of ander attribuut vasthouden, het felbegeerde vlindernetje als ze geluk hadden, en hij stopte telkens om neer te hurken op hun ooghoogte en ze op het een of ander te wijzen. 'Probeer het beeld in gedachten te tekenen,' zei hij dan vaak, 'maar zie niet alleen die boom. Kijk ook naar het mos op de stam, de door de specht gemaakte gaten, de dunnere bladeren waar de zon niet goed bij komt.' Later, soms dagen daarna, als je het het minst verwachtte, kon hij zeggen: 'Alice! Die boom in het bos, tien dingen.' En dan deed hij zijn ogen dicht en telde op zijn vingers terwijl ze het beeld voor hem weer naar boven haalde, herinnering na herinnering.

Zelfs nu nog raakte ze ontroerd door het gevoel van opwinding dat ze had gehad als zij degene was geweest die hem een glimlach had ontlokt. Hij kon fantastisch glimlachen, een van die mensen waarbij hun hele gezicht uit de plooi viel als ze blij waren; zo anders dan bij Eleanor, wier opvoeding haar puriteins en gereserveerd had gemaakt. Een van de grote mysteries uit Alice' jeugd was hoe de Eleanor uit de sprookjes, dat avontuurlijke, elfachtige meisje, in vredesnaam had kunnen uitgroeien tot zo'n verstarde, voorspelbare moeder. De voortdurende aanwezigheid van haar moeder was een blijvende jeugdherinnering. Ze was er altijd geweest, spiedend, wachtend tot een van hen iets verkeerds deed, zodat ze haar kans kon grijpen en hen weg kon sturen om Anthony helemaal voor zichzelf te hebben. Het had Alice jaren gekost om in te zien dat hun moeder jaloers op hen was, op de intieme relatie die ze met hun vader hadden, op hoeveel hij van hen hield.

'Klopt, maar het is allemaal nog veel gecompliceerder dan dat,' had Deborah gezegd toen ze het er een keer over hadden gehad. Alice had haar aangespoord om dat uit te leggen, en haar woorden zorgvuldig wegend had Deborah gezegd: 'Ik denk dat ze ook op hém jaloers was, op een bepaalde manier. Weet je nog in de oorlog, toen we klein waren, hoe anders ze was, hoe levensluchtig en grappig? Toen het nog voelde alsof ze een van ons was, en geen volwassene zoals grootmama of kinderjuf Bruen?' Alice had vaag geknikt terwijl Deborahs woorden bijna vergeten herinneringen opriepen over verstoppertje spelen en geestige verhalen. 'Maar toen papa thuiskwam en wij hem adoreerden, is ze ons ergens kwijtgeraakt. Alles werd anders. Zíj werd anders, werd een andere, strengere vrouw. Ze kon niet –' Deborah stopte midden in de zin, alsof ze nadacht over hoe en of ze het moest zeggen. 'Nou ja,' vervolgde ze met een wegwerpgebaar. 'Ze konden niet allebei de favoriete ouder zijn, nietwaar?'

Alice' oog viel op een bekende gestalte bij de deur. Deborah, met haar arm door die van James ter ondersteuning. Toen ze de hal bereikten, lachte Deborah om iets wat haar jonge chauffeur had gezegd. Ze gaf hem een vriendelijk tikje op zijn hand en zei hem gedag. Alice ademde diep uit. Haar zus oogde niet als iemand die per post een granaat had ontvangen. Deborah bleef even stilstaan nadat James weg was. Het alledaagse geroezemoes van mensen die samen waren of elkaar tegenkwamen wervelde om haar heen. Ze had zich aangeleerd, net als alle vrouwen van politici, om altijd een opgewekt gezicht op te zetten. Toch was Alice altijd in staat geweest om door dat masker heen te kijken – een licht samengeknepen mond, de gewoonte die ze al als kind had om haar vingertoppen tegen elkaar te drukken als ze zich ergens zorgen om maakte. Geen van beide was deze ochtend zichtbaar. Alice voelde haar spanning afnemen, maar bleef kijken. Een mens nam bijna nooit de tijd om eens beter te kijken naar degenen die hij goed kende. Deborah was nog altijd lang en zelfverzekerd, ook al liep ze al tegen de negentig, en ook elegant. Ze droeg nog dezelfde soort satijnen jurken die ze in de jaren dertig aan had gehad, bijeengesnoerd in de taille en met sierlijke parelknoopjes van de ceintuur tot aan het kanten kraagje. Ze was net als een van papa's vlinders, gevangen toen ze op haar mooist was en op tijd geconserveerd, eeuwigdurende vrouwelijkheid. Het volstrekte tegenbeeld van Alice, met haar broek en haar brogues.

Alice stond op en zwaaide om de aandacht van haar zus te trekken. Deborah liep vandaag met een stok, waardoor Alice wist dat ze last had van haar been. Net als ze wist dat als ze naar haar gezondheid informeerde, Deborah zou glimlachen en zeggen dat ze zich nog nooit zo goed had gevoeld als vandaag. Het was ondenkbaar dat een van de meisjes Edevane ooit iets van zwakte, pijn of spijt zou tonen. Emotionele kracht was een deel van Eleanors erfenis, samen met het vlot beantwoorden van brieven en een afschuw van slordige zinnen.

'Sorry dat ik zo laat ben,' zei Deborah toen ze bij het bankje aankwam. 'Het was nogal een gekkenhuis vanochtend. Ik heb je toch niet te lang laten wachten?'

'Nee hoor, ik had mijn notitieboek bij me.'

'Ben je al bij de collectie wezen kijken?'

Alice zei dat ze dat nog niet had gedaan, en ze liepen zwijgend naar de garderobe om Deborahs jas af te geven. Een buitenstaander zou hun begroeting wellicht als koel hebben omschreven, en van Deborahs gezicht was niets af te lezen over haar huidige gemoedstoestand. Ze kusten elkaar nooit als ze elkaar ontmoetten, omhelsden elkaar evenmin. Alice had niets op met de moderne trend om altijd maar te huilen en emoties te delen, en zij en Deborah deelden een minachting voor theatrale, emotionele vertoningen.

'Nou, jullie moeten wel zussen zijn,' zei de jonge garderobemedewerker met een brede glimlach.

'Ja,' zei Deborah, voordat Alice zoals gebruikelijk sarcastisch kon zeggen: 'Moet dat?'

Nu ze op leeftijd waren, leken ze inderdaad meer op elkaar dan ooit tevoren, maar eigenlijk zagen oude mensen er voor jongeren allemaal hetzelfde uit. Door het vervagen van de eigen haarkleur, de verouderde ogen, huid en lippen, het verlies van specifieke details van iemands werkelijke gezicht, verdween een mens achter een masker van rimpels. Ze leken niet echt op elkaar. Deborah was nog altijd mooi – in zoverre dat de resten van haar schoonheid nog zichtbaar waren. De zomer waarin ze zich met Tom had verloofd, de laatste zomer op Loeanneth, had er een artikel in *The Times* gestaan waarin ze werd uitgeroepen tot de knapste jongedame van het Seizoen. Alice en Clementine hadden haar daar meedogenloos mee geplaagd, maar alleen voor de lol. Het artikel vertelde hun niets wat ze niet al wisten. 'In elke groep zussen was er altijd een die de andere overstraalde.' Alice had die zin opgeschreven in een boek, haar achtste, *De roep van de dood*. Ze had die observatie Diggory Brent toebedeeld, die vreemd genoeg in grote lijnen hetzelfde wereldbeeld had als Alice. Omdat hij een man was, kon hij dat soort dingen denken zonder verbitterd of onaardig over te komen.

Nee, concludeerde Alice toen Deborah vrolijk lachte om een opmerking die de garderobemedewerker maakte, haar zus had geen brief van Sadie Sparrow ontvangen. Alice' opluchting werd getemperd bij de gedachte dat dit slechts een kwestie van tijd was. Tenzij ze iets kon bedenken wat de nieuwsgierigheid van de rechercheur zou bevredigen, zou Deborah er vast en zeker ook in worden betrokken. Gelukkig wist Alice wel een paar manieren om iemand op een ander spoor te zetten. Ze moest gewoon kalm blijven en rationeel blijven nadenken, meer dan ze tot nu toe had gedaan. Alice kon zich niet meer exact herinneren wat ze had gedacht toen ze tegen Peter had gezegd dat de brief aan de verkeerde persoon was gericht, dat ze niets wist over dat vermiste kind. Ze had niet nagedacht, ze was in paniek geraakt. Ze nam zich voor dat dit niet meer zou gebeuren.

'Gaat het goed? Je ziet er wel zo uit,' zei Deborah inschattend toen ze zich afwendde van de garderobe.

'Heel goed. En met jou?'

'Beter dan ooit.' Deborah knikte in de richting van de hal en haar mond vertrok iets, net genoeg om te zien dat ze niet stond te popelen. Ze had altijd al een afkeer gehad van papa's insecten en hun zilveren spelden, hoewel ze toen ze nog klein waren vaak had geijverd om hem te mogen helpen. 'Kom,' zei ze voorzichtig leunend op haar stok. 'Laten we er snel doorheen lopen, dan kunnen we daarna theedrinken.'

Alice en Deborah zeiden niet veel méér tijdens hun ronde dan dat de vlinders er nog allemaal waren. De curator van het museum had de exemplaren uit Anthony's kistjes gehaald en ze als uitbreiding toegevoegd aan de bestaande collectie, maar Alice kon de exemplaren die ze samen met haar vader had verzameld, er moeiteloos uit pikken. Aan elk ervan kleefde een verhaal; ze kon haar vaders zachte woorden bijna horen toen ze de vertrouwde vleugels, vormen en kleuren in zich opnam.

Deborah klaagde niet, maar ze had zichtbaar last van haar been, dus maakte Alice snel een eind aan de rondgang, waarna ze de straat overstaken naar het Victoria and Albert Museum. Het café zat vol, maar ze vonden een zitje bij de ongebruikte open haard in de kleinere ruimte. Alice stelde voor dat haar zus de tafel bezet hield terwijl zij hun thee zou halen, en tegen de tijd dat ze terugkwam met een blad in haar handen, had Deborah een leesbril op het puntje van haar neus gezet en zat ze op haar mobiel te turen. 'Dat verdomde ding,' zei ze terwijl ze met een felrood gelakte nagel op het toetsenbord tikte. 'Ik hoor het nooit als het afgaat, en denk je dat ik het voor elkaar krijg om de boodschappen af te luisteren?'

Alice haalde meelevend haar schouders op en schonk de melk in.

Ze leunde comfortabel achterover in de stoel en keek naar de damp die van haar kopje opsteeg. Ze had bedacht dat het verstandig zou zijn om eerst uit te zoeken wat haar zus wist voordat ze met de rechercheur sprak. De vraag was alleen hoe ze het moest inkleden.

Terwijl Deborah nog met haar telefoon zat te klungelen, hem van zich af schoof en dan weer oppakte en foeterend probeerde te lezen wat er op het scherm stond, nam Alice een slokje thee.

Deborah drukte fronsend op een toets. 'Als ik nou eens...?'

Alice zette haar kopje neer. 'Ik heb de laatste tijd vaak aan Loeanneth gedacht.'

Deborah toonde slechts lichte verbazing. 'O?'

Voorzichtig, prentte Alice zich in, *ga voorzichtig te werk.* 'Toen papa uit de oorlog terugkwam, herinner jij je nog hoe blij moeder toen was? Dat ze al zijn favoriete spullen in de kamers boven zette: de microscoop en alle kistjes met monsters, de rij boeken, zijn oude grammofoon en dansplaten. We slopen stiekem naar boven en gluurden door het sleutelgat naar de grote, knappe vreemdeling in ons midden.'

Deborah legde haar telefoon neer en keek Alice met enigszins samengeknepen ogen aan. 'Nou nou,' zei ze na een korte pauze. 'Wat zijn we nostalgisch vandaag.'

Alice negeerde de impliciete vraag waarom dat vandaag zo was. 'Niet nostalgisch,' zei ze. 'Ik heb geen behoefte om het verleden te romantiseren. Ik breng het onderwerp gewoon ter sprake om het er samen over te hebben.'

'Je moet bij jou je woorden ook altijd op een gouden schaaltje wegen.' Deborah schudde geamuseerd haar hoofd. 'Nou ja, als jij het zegt. God verhoede dat iemand jou ervan zou beschuldigen sentimenteel te zijn! En ja, ik herinner het me nog. Ze waren daar altijd samen aan het dansen en jij en ik probeerden hen na te doen. Natuurlijk had jij twee linkervoeten...' Deborah glimlachte.

'Ze was hem aan het redden.'

'Hoe bedoel je dat?'

'Gewoon, dat hij uitgeput moet zijn geweest – de oorlog, al die jaren weg – en ze vertroetelde hem zodat hij weer zichzelf werd.'

'Dat zou best kunnen.'

'Later heeft hij hetzelfde voor haar gedaan, toch? Na Theo?' Alice deed haar best om nonchalant te klinken. 'Ze hadden geluk dat ze elkaar hadden. Het verlies van een kind, de onzekerheid. Niet veel huwelijken zouden dat overleven.'

'Dat is waar.' Deborah sprak behoedzaam, zich ongetwijfeld afvragend waarom Alice het gesprek een kant op stuurde die ze allebei nooit op hadden willen gaan. Maar Alice kon nu niet meer terug. Ze dacht over haar volgende vraag na toen Deborah zei: 'De avond voordat ik ging trouwen kwam ze naar mijn slaapkamer om me moed in te spreken. Ze haalde het Nieuwe Testament aan, 1 Korintiërs.'

'De liefde is lankmoedig?'

'De liefde rekent het kwade niet toe.'

'Dat klink behoorlijk akelig. Wat zou ze daarmee bedoeld hebben?'

'Geen idee.'

'Je hebt het haar niet gevraagd?'

'Nee.' Een vertrouwde felheid was in Deborahs stem gekropen, hoewel ze die manmoedig probeerde te maskeren, en er schoot Alice iets te binnen wat ze was vergeten. Haar moeder en zus waren ergens over in onmin geraakt in de aanloop naar haar huwelijk, ze snauwden tegen elkaar en de rest van de familie had geleden onder de lange perioden dat ze geen woord meer wisselden. De familie Edevane was in die tijd teruggekeerd naar Londen. Deborahs huwelijk met Tom was slechts vijf maanden na het verdwijnen van Theo voltrokken, en het gezinsleven op Loeanneth was voorbij. Dat zou nooit meer terugkeren, hoewel niemand dat op dat moment wist; de politie had de zaak op een laag pitje gezet, maar zelf klampten ze zich nog vast aan de hoop dat het goed zou komen. Er was sprake van geweest om het huwelijk uit te stellen, maar Deborah en Eleanor hadden allebei per se gewild dat het zou doorgaan. Dat was het enige waar ze het toentertijd over eens waren.

'Bijschenken?' vroeg Alice, de theepot optillend. Dat Deborah het bezoek van hun moeder vlak voor het huwelijk ter sprake bracht was onvoorzien. Ze had niet de intentie gehad om oude grieven op te rakelen en was bang dat deze misstap haar van haar doel af zou houden.

Deborah schoof haar kop en schotel over de tafel.

'We hebben daar een mooie tijd gehad, vind je niet?' vervolgde Alice, terwijl de thee gorgelend door de tuit van de theepot stroomde. 'Vóór dat met Theo.'

'Zeker, hoewel ik liever in Londen was. Dat heerlijke huis op Cadogan Square, meneer Allan die de Daimler voorreed, de balzalen en jurken en nachtclubs. Het platteland bood mij niet genoeg vertier.'

'Toch was het er prachtig. De bossen, het meer, alle picknicks. De tuinen.' Ze moest het luchtig houden. 'Natuurlijk kon het niet anders dan mooi zijn. Moeder had ik weet niet hoeveel tuinmannen in dienst, die dag in, dag uit aan het werk waren.'

Deborah lachte. 'Zo ging dat toen. Ik moet nu mijn uiterste best doen om iemand te vinden die mijn schoorsteenmantel wil afstoffen.'

'De oude meneer Harris was, als ik het goed heb, de baas daar, en dan had je zijn zoon, die jongen die van de Somme was teruggekeerd met dat afschuwelijke hersenletsel.'

'Adam, arme sloeber.'

'Adam, ja, en er was nog een jonge man, dat weet ik zeker. Hij werkte op contractbasis.'

Alice kon haar eigen hartslag in haar oren horen bonken. De cafégeluiden waren ver weg, alsof ze uit een antieke buizenradio kwamen. Ze zei: 'Benjamin nog wat.'

Deborah fronste haar voorhoofd, spande zich in om het zich te herinneren en schudde vervolgens haar hoofd. 'Er gaat geen belletje bij me rinkelen, ben ik bang – maar het is immers al zo lang geleden en het was altijd een komen en gaan. Zou vreemd zijn als je ze je allemaal nog kon herinneren.'

'Inderdaad.' Alice glimlachte instemmend en verschool zich achter een slok inmiddels koude thee. Ze had niet in de gaten dat ze haar adem had ingehouden. Opluchting stroomde eruit, maar die werd onmiddellijk getemperd. Een seconde was ze er volledig op voorbereid om Deborah 'Munro' te horen zeggen, 'hij heette Benjamin Munro,' en door de spanning had ze op het puntje van haar stoel gezeten. Ze moest zich inhouden om niet door te vragen zodat Deborah zich hem weer zou herinneren, alsof hij in zekere zin weer tot leven zou komen als haar zuster hem ook weer voor zich zag, als zij over hem kon praten en zich weer net zo kon voelen als toen. Dat was een domme aanvechting, een dwaasheid, en ze zag ervan af. Ze wist nu wat ze wilde weten: Deborah kon zich Ben niet herinneren en Alice was veilig. Het was nu het verstandigst om het gesprek ongemerkt op een veiliger onderwerp te brengen. Ze smeerde boter op een scone en zei: 'Nog iets van Linda gehoord?'

Alice luisterde maar half toen Deborah het uitgekauwde onderwerp oppikte. Het afgezaagde verhaal over de Dolende Kleindochter interesseerde Alice slechts in zoverre dat ze van plan was om Loeanneth aan haar na te laten. Ze had wat dat betrof niet veel keus. Het huis moest in de familie blijven en ze had zelf geen nakomelingen – de kinderen die ze eventueel had kunnen hebben waren niet meer dan geesten op het voeteneind van haar bed in nachten waarin ze niet kon slapen – en het was ondenkbaar dat ze het huis zou verkopen.

'Pippa is natuurlijk helemaal over haar toeren...' zei Deborah. 'Dat was zij op de voicemail zonet – en je kunt het haar nauwelijks kwalijk nemen. Ze noemen het een tussenjaar, maar Linda is ondertussen al bijna vijf jaar de hort op.'

'Ach, ze is nog jong, en nieuwe dingen ontdekken zit haar in het bloed.'

'Ja, en we weten allebei hoe het met overgrootvader Horace is afgelopen.'

'Ik denk niet dat er indianenstammen in Australië wonen. Het ziet er meer naar uit dat ze zich overgeeft aan de stranden van Sydney dan aan kannibalisme.'

'Dat is een schrale troost voor Pippa, vrees ik.'

'Linda vindt uiteindelijk wel haar weg naar huis terug.' Zodra haar toelage op is, dacht Alice wrang, maar dat slikte ze in. Ze hadden dit onderwerp nooit openhartig met elkaar besproken, maar Alice had grote twijfels over Linda's karakter. Ze wist vrij zeker dat Deborah er net zo over dacht, maar je bekritiseerde je zusters enige kleindochter niet, niet openlijk, dat getuigde van slechte manieren. Daar kwam bij dat door Deborahs problemen met zwanger worden, haar schaarse nageslacht een koninklijke status had gekregen. 'Je zult zien, ze zal terugkomen als een andere vrouw, een betere vrouw, door alle ervaringen.'

'Ik hoop dat je gelijk hebt.'

Dat hoopte Alice ook. Het huis aan het meer was al eeuwen in het bezit van de deShiels geweest en Alice was niet van plan om degene te zijn die daar een eind aan maakte.

Het was een schok geweest toen het huis in de nasleep van Eleanors dood in haar bezit was gekomen. Maar hun moeders dood had zelf ook al een enorme schok teweeggebracht. Het was 1946 en de oorlog was voorbij. Na al die doden en vernietiging was het onverteerbaar geweest dat iemand de straat kon oversteken en uit het leven kon worden weggerukt door een bus die op weg was van Kilburn naar Kensington. Vooral iemand als Eleanor. Het was gewoon niet de soort dood die je bij een vrouw als zij zou verwachten.

De buschauffeur had er vreselijk onder geleden. Tijdens het verhoor was hij in elkaar gestort en had hij gehuild. Hij had Eleanor gezien, zei hij, staand op het trottoir, en hij had gevonden dat ze er in haar mooie pak en met de leren aktentas in haar hand als een gedistingeerde dame uitgezien had. Hij had zich afgevraagd waar ze naartoe op weg zou zijn. Er was iets vreemds aan haar gezichtsuitdrukking, had hij gezegd, alsof ze in gedachten was verzonken, maar toen begon er achter in de bus een kind te schreeuwen en had hij even niet op de weg gelet, echt maar een fractie van een seconde, moet u begrijpen, en het volgende wat hij zich herinnerde was *baf*. Dat woord had hij gebruikt. *Baf*. Alice hoorde het hem nog zeggen als ze haar ogen dichtdeed.

Ze had het huis, Loeanneth, niet gewild, niemand had het gewild, maar hun moeders argumenten hadden heel redelijk geklonken: Deborah was welvarend, Clementine was dood, waardoor alleen Alice overbleef. Alice kende Eleanor echter goed genoeg om te begrijpen dat er aan deze erfenis meer vastzat dan je in eerste instantie zou denken. Er waren nadien nachten geweest, als de duisternis zich om haar heen sloot en Alice in zelfmedelijden zwolg, als ze te veel gedronken had aan haar kale tafel in de sombere flat en haar gedachten te luid klonken in de stilte van vredestijd, dat de muren die ze had opgebouwd om het verleden buiten te sluiten begonnen te wankelen. Dat was in haar andere leven geweest, vlak voordat ze begon te schrijven, voordat Diggory Brent haar de mogelijkheid gaf om haar angsten en spijtgevoelens te kanaliseren. In die nachten was het voor Alice heel duidelijk geworden dat haar moeder haar met de schenking van Loeanneth had willen straffen. Dat Eleanor haar altijd de schuld had gegeven van Theo's verdwijning, ook al had ze dat nooit met zoveel woorden gezegd. En wat was het een uitgelezen straf geweest, wat passend, om haar de plek te schenken waarvan ze meer hield dat van wat dan ook in de wereld, maar die vanwege het verleden verboden terrein was geworden.

13

Alice nam de metro naar haar huis in Hampstead. Via een dienstmededeling hoorde ze dat er bij station Goodge Street een persoon onder de trein was gekomen, dus nam ze de Piccadilly-lijn helemaal naar King's Cross. Een verliefd stelletje stond bij haar in het metrostel, tussen de koffers van de andere reizigers achterin dicht tegen elkaar aan gedrukt. Het meisje hing tegen de jongen aan en lachte een beetje toen hij iets in haar oor fluisterde. Alice trof de blik van een hooghartig ogende man tegenover haar. Hij trok laatdunkend een wenkbrauw op naar het paartje, maar Alice weigerde een verbond met hem te sluiten en keek weg. Ze wist nog wat verliefdheid was, jongerenverliefdheid die je volledig opslokte, hoewel het heel lang geleden was dat ze dit had gevoeld. In zo'n verliefdheid schuilde iets moois, maar zeker ook gevaar. Die liefde liet de wereld om je heen verdwijnen; was in staat zelfs de meest weldenkende mens zijn verstand te laten verliezen.

Als Benjamin Munro die zomer Alice had gevraagd om voor hem te sterven, dan wist ze vrij zeker dat ze dat had gedaan. Natuurlijk had hij dat niet gedaan; hij had, zou later blijken, heel weinig van haar gevraagd. Maar eigenlijk hoefde hij het niet eens te vragen: ze had hem graag alles gegeven wat hij wilde.

Alice had in die periode gedacht dat ze uiterst voorzichtig was. Onnozel kind. Ze had zichzelf zo slim en volwassen gevonden. Maar ze was blind geweest, de liefde had haar blind gemaakt voor fouten, voor zowel die van haarzelf als die van hem, precies zoals William Blake had gezegd dat het ging. Liefde maakte mensen bandeloos, je kreeg vleugels en voelde je vrij; het had hen onbesuisd gemaakt. En ze waren met elkaar gezien, zij en Ben. Deborah mocht het dan niet hebben geweten, maar iemand anders wel.

Terwijl de metro verder zoefde, kwamen twee stemmen uit het verre verleden terug in haar hoofd, alsof een oude radio ze uitzond over de decennia heen. Het was op een winternacht in 1940 geweest, op het hoogtepunt van de Blitzkrieg, en Clemmie was eventjes in Londen op onverwacht verlof en logeerde in Alice' kleine flat. Ze hadden bij een fles gin oorlogservaringen uitgewisseld. Clemmie vertelde over haar werk bij de Air Transport Auxiliary, waar ze gevechtsvliegtuigen van de ene RAF-basis naar de andere verplaatste, en Alice over de opruimwerkzaamheden na de bombardementen. Naarmate het later werd, de fles leger en de zussen sentimenteler, was het gesprek gegaan over hun vader en de Eerste Wereldoorlog. Over de verschrikkingen die hij moest hebben gezien en die zij nu pas begonnen te begrijpen.

'Hij heeft het goed verborgen gehouden, hè?' zei Clemmie.

'Hij wilde ons er vast niet mee belasten.'

'Maar hij heeft er nooit één woord over gezegd. Niet één. Ik kan me niet voorstellen dat je dit allemaal moet doorstaan en het na zo'n oorlog vervolgens volledig opzijschuift. Ik zie mezelf mijn kleinkinderen er tot vervelens toe mee lastigvallen als ik een oude grijze dame ben. Tot ze er hoorndol van worden zal ik ze verhalen vertellen over de oorlog en mijn aandeel daarin. Maar papa niet. Ik had geen idee dat hij door die loopgraven is gekropen. De modder, de ratten en de hel van stervende mensen. Heeft hij er tegen jou ooit iets over gezegd?'

Alice schudde haar hoofd. 'Ik weet nog wel dat hij zei dat hij blij was dat hij dochters had, dat geen kind van hem hoefde te vechten als er weer oorlog zou uitbreken.' Ze hief haar glas met een halve glimlach naar Clemmies uniform. 'Niemand kan het altijd bij het rechte eind hebben.'

'Zelfs papa niet,' stemde Clemmie in. 'En wat hij ook zei, hij heeft altijd een zoon gewild.'

'Dat willen alle mannen, volgens grootmama deShiel.' Alice voegde er niet aan toe dat het afschuwelijke mens deze uitspraak in oktober 1920 had gedaan, direct nadat Clemmie was geboren, toen ze verwijtend tegen haar moeder had gezegd dat een derde dochter geen manier was om haar man na de oorlog welkom thuis te heten.

'Hoe dan ook, uiteindelijk heeft hij er een gekregen,' zei Clemmie. 'Uiteindelijk kreeg hij zijn zoon.'

Ze hadden daarna in stilte bijeen gezeten, nu hun gesprek hen teruggevoerd had naar hun kindertijd en het grote taboe van hun broertje, allebei verzonken in hun eigen, in gin gedrenkte herinneringen aan het verleden. De baby in de flat boven hen was gaan huilen, in een ver deel van Londen loeide een sirene en Alice stond op. De kamer draaide toen ze met één hand hun lege glazen oppakte en ze tussen haar vingers meenam naar de gootsteen onder het kleine, met tape geblindeerde raam. Ze stond met haar rug naar Clemmie toe, toen die zei: 'Ik heb die man gezien toen hij op weg was naar Frankrijk, die tuinknecht die een tijdje op Loeanneth heeft gewerkt.'

Het woord knetterde als een afgestoken lucifer in de koude kamer. Alice balde haar handen in de mouwen van haar gebreide trui. Zich verbijtend draaide ze zich naar Clemmie om en hoorde zichzelf zeggen: 'Welke tuinknecht?'

Clemmie staarde naar het houten tafelblad en volgde de nerven met haar vingernagel. Ze gaf geen antwoord, wist natuurlijk dat dit niet nodig was. Ze wisten allebei wie ze bedoelde. 'Allie,' zei ze, en door het koosnaampje uit hun jeugd moest Alice huiveren, 'er is iets wat ik moet... wat ik je wil... Iets wat ik heb gezien toen we klein waren.'

Alice' hart ging tekeer als een kerkklok. Ze zette zich schrap, een deel van haar wilde het gesprek afkappen. Het andere deel, het dronken deel, dat moe was van het wegrennen van het verleden en dapper in deze tijd van altijd aanwezige dood en gevaar, wilde het juist aangaan. Angstaanjagend hoe alcohol je kon aanzetten tot bekentenissen.

'Het was in die zomer, die laatste zomer. We waren een paar maanden eerder naar de luchtshow geweest en ik was helemaal gek van vliegtuigen. Ik rende altijd om het huis heen, weet je nog, en deed net alsof ik kon vliegen.'

Alice knikte, haar keel was kurkdroog.

'Ik was op de basis geweest die achter Jack Martins boerderij ligt. Soms ging ik daarheen, gewoon om naar de opstijgende en landende vliegtuigen te kijken en me dan voor te stellen hoe het zou zijn om er zelf ooit in te vliegen. Ik ging te laat naar huis, dus nam ik de kortere weg door de bossen, langs de rivier. Ik kwam uit bij het oude boothuis.'

Het werd Alice wazig voor de ogen en ze knipperde naar het schilderij op de muur, een overblijfsel van de vorige bewoner, een schip op een stormachtige zee. Het schip bewoog nu. Alice zag, licht verbaasd, hoe het heen en weer deinde.

'Ik was niet van plan om te blijven staan. Ik had honger en wilde snel naar huis, maar ik hoorde binnen een stem, een mannenstem.'

Alice deed haar ogen dicht. Al die jaren had ze dit moment gevreesd, zich diverse scenario's voorgesteld en in haar hoofd verklaringen en excuses gerepeteerd; nu het zover was, kon ze niets bedenken om te zeggen.

'Ik wist dat het niet papa of meneer Llewellyn was en ik werd nieuwsgierig. Ik liep naar het raam. Ik weet niet waarom. Ik klom boven op de omgekeerde boot en ik zag, Alice, het was niet mijn bedoeling maar ik zag hem wel. Die man, de tuinknecht –'

'Kijk uit!' onderbrak Alice haar, terwijl ze opsprong om de ginfles van de tafel te grijpen en hem in haar haast omsloeg. De fles brak en Clemmie schoot uit haar stoel. Ze veegde haar kleren schoon, ontzet door de onverwachte plens koude drank.

'Het spijt me zo,' zei Alice. 'Je elleboog – de fles viel bijna om, ik probeerde hem op te vangen.' Ze haastte zich naar de gootsteen en kwam met een kletsnatte, druipende doek terug.

'Alice, hou op.'

'Mijn god, je bent drijfnat. Ik pak een droge blouse voor je.'

Clemmie protesteerde, maar Alice drong aan, en tegen de tijd dat de kleren waren verschoond en de gemorste drank was opgedweild, was de zin tot onthullen verdwenen. De volgende morgen was ook Clemmie weg. De plek op de grond waar ze haar slaapzak en matrasje had uitgerold was leeg en ieder spoor van haar uitgewist.

Alice had zo'n enorme opluchting gevoeld dat ze er licht van in haar hoofd werd. Zelfs het briefje op de tafel kon haar goede humeur niet temperen. *Moest weg, vroeg vliegschema. Zie je zodra ik terug ben. Moet met je praten. Belangrijk. C.*

Ze had het briefje verfrommeld tot een balletje en dankte God voor het uitstel.

Al snel bleek God wreed te kunnen zijn. Twee dagen later werd Clemmie neergehaald boven de oceaan, vier mijl van de Engelse kust. Haar vliegtuig werd geborgen, maar haar lichaam kwam nooit meer boven water. *De piloot heeft vermoedelijk de schietstoel gebruikt*, stond er in het verslag, *vlak voor het toestel werd geraakt*. Gewoon een van de vele verliezen in een wereld die had besloten dat levens weinig waard waren. Alice was niet zo zelfzuchtig om te geloven dat andermans noodlot werd voltrokken om haar tot levensles te dienen; ze verafschuwde de uitdrukking 'alles gebeurt om een reden'. Natuurlijk kleefden er aan alles wat er gebeurde consequenties, maar dat was een geheel andere invalshoek. Dus koos ze ervoor om het te zien als een kwestie van stom toeval, dat de dood van een zus haar had gespaard voor betrokkenheid bij de dood van haar broer.

Alice zag haar zus nog vaak voor zich op momenten waarop ze het het minst verwachtte. Op zomerse dagen, als ze even in de felle zon keek en er sterretjes voor haar ogen verschenen; een zwarte stip die met een sierlijke boog door de lucht vloog en stilletjes in zee viel; dat kleine meisje dat met uitgestrekte armen rondjes had gerend in het gras; het tweede kind uit Alice' gezin dat verdwenen was. *O, had ik maar vleugels als een duif, ik zou opvliegen en neerstrijken.*

De metro gleed King's Cross binnen, het verliefde stel stapte uit en liep naar de uitgang toe. Alice moest zich bedwingen om hen niet achterna te gaan om nog wat langer, al was het maar voor even, in de nabijheid van hun waanzinnige verliefdheid te zijn.

Natuurlijk deed ze het niet. Ze stapte over op de Northern Line en reisde naar Hampstead, waar ze ten slotte de lift naar boven nam. Ze had geen tijd voor rouw of nostalgie; ze moest snel naar huis om Peter te spreken en een aanvang te maken met het herstelwerk. Het was een schitterende namiddag. De hitte van de dag had zich teruggetrokken, de zon had zijn schittering verloren en Alice wandelde via de vertrouwde weg naar huis.

Peter pakte een gele marker en trok deze secuur over de zinnen. Het einde van een lange dag was in zicht en hij gunde zich een moment van serene rust. Alice' uitgever wilde dat de website over een maand klaar zou zijn en hem was gevraagd om de tekst voor zijn rekening te nemen – een taak die meer voeten in de aarde had dan hij aanvankelijk had gedacht, met name door de hardnekkige weigering van het onderwerp van de site om eraan mee te werken.

Het was niet de simpele, voorspelbare weigering van een tachtigjarige om zich over te geven aan technische nieuwigheden: Alice ging er juist prat op dat ze de laatste technologische ontwikkelingen bijhield. Het internet had een enorm verschil gemaakt voor de uitoefening van het politievak tijdens Diggory's bestaan en Alice wilde absoluut dat haar boeken realistisch waren. Waar ze zich aan ergerde was de 'verraderlijke inbreuk' van de publieke sfeer in de privésfeer. Marketing was goed en noodzakelijk, zei ze, maar als de auteur belangrijker werd dan de boeken, was er echt iets mis in de wereld. Nu de viering van haar vijftigste boek voor de deur stond en ze een persoonlijk verzoek van de baas van de uitgeverij had gekregen, besloot ze voor deze ene keer overstag te gaan, maar alleen op één voorwaarde: 'Ik wil er niets van weten, Peter. Doe jij het maar gewoon, wil je?'

Peter had beloofd dat hij dat zou doen. Hij ging behoedzaam te werk en deed zijn best om geen woorden als 'online' en 'platform' in de mond te nemen tijdens hun overleg. De biografie van de auteur was zo simpel als wat geweest – ze beschikten al over een standaardtekst, die hij altijd aanpaste voor persberichten – en Peter was behoorlijk trots op de speciale pagina die hij vanuit Diggory Brents perspectief had geschreven, maar hij werkte nu aan het deel 'Veelgestelde vragen' en het wilde niet vlotten. Het probleem was dat hij afhankelijk was van Alice' respons. Zonder haar medewerking was hij aangewezen op de archieven, die hij door moest vlooien op artikelen waar hij dan misschien antwoorden uit kon plukken.

Hij had zich helemaal geconcentreerd op het schrijfproces, deels omdat hij wist dat hij Alice hiermee een plezier deed, maar ook omdat dit zijn leven makkelijker maakte. Alice stond op dit moment maar weinig interviews toe, en die ze wel wilde doen waren gebonden aan de strikte voorwaarde dat ze uitsluitend over haar werk zouden gaan. Ze schermde haar privéleven volledig af, met een felheid waarover Peter zich af en toe zorgen maakte (in stilte en nooit zo dat ze intuïtief zijn bezorgdheid aanvoelde) omdat die aan het neurotische grensde.

Desondanks had hij enkele persoonlijke vragen opgenomen om tegemoet te komen aan Alice' uitgever, die een 'korte lijst' met dertig suggesties had doorgestuurd. Om daar antwoorden op te vinden had hij decennia terug moeten zoeken. Alice' eigen archieven waren een grote chaos. Ze had door de jaren heen gebruikgemaakt van diverse interessante en nogal uiteenlopende bewaarsystemen, en zijn taak was daardoor veel gecompliceerder dan die zou moeten zijn.

Maar nu had hij eindelijk iets bruikbaars in handen. In een interview met de *Yorkshire Post* van augustus 1956 had hij een citaat van Alice gevonden. Met een kleine aanpassing kon hij dat mooi gebruiken voor een van de nog onbeantwoorde persoonlijke vragen:

V: Wat voor soort kind was u? Was u van jongs af aan al een schrijfster?

Peter las de zinnen terug die hij zojuist geel had gemarkeerd.

A: Ik ben altijd al een krabbelaar geweest, zo'n kind dat op haar kop kreeg omdat het op de muren schreef of haar naam in het meubilair kerfde.

Ik heb het geluk gehad dat ik enorm ben aangemoedigd door een familie-vriend, een bekend schrijver, die er nooit genoeg van kreeg om met een kind mee te gaan in haar fantasieën. Een van de waardevolste geschenken die ik ooit heb gekregen was mijn eerste dagboek. Mijn vader gaf het me. Wat heb ik dat boek gekoesterd! Ik sjouwde het altijd overal mee naartoe en sindsdien ben ik verknocht aan notitieboeken, ook nu nog. Van mijn vader kreeg ik elk jaar een nieuw exemplaar. Ik heb een complete detectiveroman geschreven, mijn allereerste, in het notitieboek dat ik voor mijn vijftiende verjaardag kreeg.

Dit kon hij mooi gebruiken. In zichzelf neuriënd scrolde Peter door het document op zijn computerscherm, op zoek naar de plek waar hij het antwoord kon invoegen. Het warme namiddaglicht scheen op het toetsenbord. Buiten kwam een bus piepend tot stilstand, een vrouw met een lach in haar stem riep 'Schiet op!' tegen iemand, en onder aan High Street speelde een straatmuzikant op een elektrische gitaar Led Zeppelin.

Peter was in zijn hoofd zijn spullen al aan het inpakken voor de lange busrit naar huis met Pip en Abel Magwitch als gezelschap, toen een andere vraag in de tekst zijn aandacht trok. Of, liever gezegd, het antwoord dat hij eronder had getypt.

V: In één oogopslag was uw eerste gepubliceerde Diggory Brent-boek, maar was het ook uw eerste voltooide manuscript?

A: Dat is juist. Ik ben een van de weinige gelukkige schrijvers die nooit te maken hebben gehad met een afwijzingsbrief.

Het neuriën verging Peter. Hij wierp nogmaals een blik op de geel gemarkeerde zinnen.

De twee antwoorden spraken elkaar niet echt tegen. Er was een verschil tussen een manuscript voltooien en als tiener een roman schrijven in een notitieboek, maar toch begon er iets te knagen in Peters geheugen.

Hij bladerde nogmaals snel door de grote berg fotokopieën op zijn bureau, op zoek naar de pagina's waaraan hij de tweede vraag met bijbehorend antwoord had ontleend. Hij vond ze in een interview uit 1966 in de *Paris Review* en las verder.

INTERVIEWER: *In één oogopslag was het eerste manuscript dat u hebt voltooid, maar vast niet het eerste waaraan u bent begonnen?*

EDEVANE: *Eigenlijk wel.*

INTERVIEWER: U hebt nooit eerder een letter fictie op papier gezet voordat u aan In één oogopslag *begon?*

EDEVANE: Nooit. Het was nooit bij me opgekomen om een verhaal te schrijven, laat staan een detective, tot na de oorlog. Het personage van Diggory Brent kwam op een nacht in een droom bij me op en de volgende morgen ben ik direct gaan schrijven. Hij is natuurlijk een archetype, maar elke schrijver van series die tegen u zegt dat zijn personage geen overeenkomsten vertoont met zijn of haar eigen gedachten en interesses, liegt.

Peter hoorde de klok op de schoorsteenmantel tikken. Hij stond op, rekte zich uit, dronk zijn glas water leeg en liep toen naar het raam. Welke draai hij er ook aan probeerde te geven, de twee interviews spraken elkaar volstrekt tegen.

Hij liep terug naar zijn bureau en bleef erachter staan, terwijl zijn cursor flikkerde bij het woord *liegt.*

Alice was geen leugenaar. Integendeel, ze was altijd de eerlijkheid zelve; zo eerlijk dat ze een ander vaak ongewild beledigde.

De tegenstrijdigheid moest op een vergissing berusten. Tussen de antwoorden in het eerste en tweede interview zat veertig jaar, ze moest het gewoon zijn vergeten. Alice was zesentachtig. Er waren delen van Peters jeugd die hij zich niet meer goed voor de geest kon halen, en hij was pas dertig.

Desondanks wilde hij niet iets op internet zetten waarvoor Alice zich zou moeten verantwoorden. Tegenwoordig kwam je niet meer weg met onwaarheden of tegenstrijdigheden. Alles kon ter plekke worden nagetrokken. Tegenstrijdigheden werden gevangen als insecten in een web. Ze bleven hun eigen leven leiden.

Peter strekte zijn hand uit naar het toetsenbord en tikte er afwezig met een vinger tegenaan. Het was allemaal niet zo erg, niet meer dan een irritatie. Hij kon Alice niet echt vragen welk interview klopte. Hij had beloofd de website te maken zonder haar ermee lastig te vallen, en zijn leven was hem te lief om haar van een leugen te betichten.

Zijn ogen zweefden opnieuw naar het scherm.

Het was nooit bij me opgekomen om een verhaal te schrijven, laat staan een detective, tot na de oorlog… Wat heb ik dat boek gekoesterd! Ik sjouwde het altijd overal mee naartoe en sindsdien ben ik verknocht aan notitieboeken, ook nu nog... Ik heb een complete detectiveroman geschreven, mijn allereerste, in het notitieboek dat ik voor mijn vijftiende verjaardag kreeg.

Er klonken voetstappen op de buitentrap en Peter keek op de klok. De voordeur ging open en hij hoorde Alice in de hal.

'Peter?'

'In de bibliotheek,' riep hij, terwijl hij op de uitknop drukte en zijn pagina werd gereduceerd tot een enkel elektronisch stipje. 'Ik was juist aan het opruimen. Nog een kop thee voor ik ga?'

'Ja, graag.' Alice verscheen in de deuropening. 'Ik heb wat dingen die ik met je wil bespreken.' Ze zag er moe uit, fragieler dan hij van haar gewend was. Ze leek de warmte van de dag te dragen in de plooien van haar kleren, haar huid, haar gedrag.

'Nog iets belangrijks?' zei ze terwijl ze ging zitten om haar schoenen uit te trekken.

'Jane belde over de nieuwe roman, Cynthia wil je spreken over de publiciteit, en Deborah heeft gebeld.'

'Deborah?' Alice keek scherp op.

'Een klein halfuurtje geleden.'

'Maar ik heb haar net gezien. Is er wat gebeurd? Heeft ze een boodschap achtergelaten?'

'Ja.' Peter schoof de mappen met interviews opzij om zijn briefje te zoeken. 'Het moet hier ergens liggen. Ik heb het genoteerd zodat ik het niet zou vergeten.' Hij vond het stukje papier en keek fronsend naar zijn eigen hanenpoten. Deborah was aan de telefoon altijd erg formeel, maar vandaag had ze met klem gesproken. Ze had erop aangedrongen dat hij de boodschap voor Alice woord voor woord zou herhalen en gezegd dat die belangrijk was. 'Ze vroeg me je te vertellen dat ze zich hem nu tóch herinnerde en dat hij Benjamin Munro heette.'

14

Cornwall, 23 juni 1933

Op zijn laatste ochtend op Loeanneth werd Theo Edevane gelijk met de vogels wakker. Hij was nog maar elf maanden oud en veel te jong om iets van tijd te begrijpen, laat staan dat hij in staat was te bepalen hoe laat het was, maar als hij dat wel had gekund, dan zou hij hebben geweten dat de wijzers van de grote klok in de kinderkamer zojuist op zes minuten over vijf waren gesprongen. Theo wist alleen dat hij hield van de wijze waarop het ochtendlicht op de zilveren punten van de wijzers viel en die deed glimmen.

Met zijn duim in zijn mond en Puppy warmpjes onder zijn arm rolde hij zich tevreden op zijn zij en staarde in de ochtendschemering naar de hoek waar zijn kinderjuf lag te slapen in het eenpersoonsbed. Ze had haar bril niet op en zonder de metalen pootjes om de boel bij elkaar te houden was haar gezicht tegen het kussen in elkaar geploft, een verzameling van lijnen en rimpels en weke vetkussentjes.

Theo vroeg zich af waar zijn andere kindermeisje was, kindermeisje Rose. Hij miste haar, hoewel de bijzonderheden van wat hij miste al begonnen te vervagen. Deze nieuwe kinderjuf was ouder en stijver, met een geur die in zijn neus kriebelde. Ze had altijd een vochtig zakdoekje in de mouw van haar zwarte katoenen blouse gepropt en een flesje wonderolie op de vensterbank staan. Ze zei vaak 'kan-niet bestaat niet' en 'eigen roem stinkt', en ze zette hem graag in de grote zwarte kinderwagen om dan met hem heen en weer over de hobbelige oprijlaan te rijden. Theo wilde niet in de kinderwagen, niet sinds hij zelf kon lopen; dat probeerde hij haar duidelijk te maken, maar hij kende nog maar weinig woorden en kinderjuf Bruen had alleen gezegd: 'Stil, jongeheer Theodore. Meneertje Brutaal hebben we niet meegevraagd.'

Theo luisterde naar de vogels buiten zijn raam en keek hoe de dageraad langs zijn plafond kroop, toen hij de deur van de kinderkamer hoorde opengaan en zich op zijn buik draaide om nieuwsgierig tussen de spijlen van het ledikant door te kijken.

In de spleet tussen de deur en de deurpost zag hij zijn grote zus, die ene met die lange bruine vlechten en haar wangen vol sproeten, en Theo liep bijna over van opwinding en liefde. Hij krabbelde overeind en grijnsde, waarbij hij met zijn handen tegen de rand van het ledikant sloeg, waardoor de koperen knoppen op de hoeken rammelden.

Theo had drie grote zussen en hij hield van allemaal, maar dit was zijn favoriet. De anderen glimlachten naar hem, maakten lieve geluidjes en vertelden hem dat hij een lieve baby was, maar hij kon niet op dezelfde manier op ze rekenen. Deborah zette hem op de grond als hij te druk werd en aan haar haar of aan haar kleren trok, en Alice lachte het ene moment en speelde een geweldig spelletje kiekeboe, maar kreeg het volgende moment een rare blik in haar ogen, alsof ze hem niet meer kon zien. Dan richtte ze zich zonder iets te zeggen op, helemaal naar boven, tot waar de volwassenen woonden en prikte dan met een pen in haar notitieboekje.

Maar deze, Clemmie, vond het altijd heerlijk om hem te kietelen, gekke gezichten te trekken en grote natte lipscheten op zijn buik te maken. Ze sjouwde hem overal mee naartoe, met haar warme, magere armen stevig om zijn middel geslagen; en als ze hem dan eindelijk neerzette, hield ze hem niet tegen, zoals de anderen wel deden, als hij net iets hartstikke interessants had gevonden om te onderzoeken. Ze gebruikte nooit woorden als *vies* en *gevaarlijk* en *nee!* En als ze 's ochtends vroeg naar hem toe kwam, zoals ze vandaag ook had gedaan, dan nam ze hem altijd mee door de keuken, waar op de schappen warme verse broden lagen af te koelen en potten klonterige aardbeienjam in de provisiekast stonden.

Theo pakte vol verwachting Puppy op, stak zijn armpjes hoog in de lucht en kronkelde zijn lichaam alle kanten op alsof hij als hij maar hard genoeg zijn best deed zo uit zijn ledikant kon ontsnappen. Hij zwaaide met zijn handen, spreidde zijn vingers ver uit elkaar van blijdschap, en zijn grote zus glimlachte, waarbij haar ogen begonnen te stralen en haar sproeten dansten, en precíes zoals hij had verwacht, strekte ze haar armen uit naar het ledikant om hem eruit te tillen.

Toen ze hem hupsend naar de deur droeg en kinderjuf Bruen met haar neus in haar kussen een snurk produceerde, maakte verrukking zich meester van Theo's lichaam.

'Kom mee, Poekie Woekie,' zei zijn zus, terwijl ze kusjes op zijn hoofd drukte, 'we gaan samen naar de vliegtuigen kijken.'

Ze liep met hem de trap af en Theo keek stralend naar de rode traploper en dacht aan warm brood met boter én jam erop, aan eendjes in de rivier, de schatten die hij in het slijk zou vinden en de armen van zijn zus wijd uitgespreid, terwijl ze deed alsof ze vlogen; en toen ze door de gang liepen maakte hij lachend klokkende geluidjes met zijn duim in zijn mond, louter van blijdschap omdat hij blij was en geliefd en hier en nu.

Eleanor hoorde het kraken van de traptreden, maar haar slapende geest nam het in zich op en integreerde het in een prikkelende droom waarin zij als spreekstalmeester verantwoordelijk was voor een groot chaotisch circus. Tijgers die zich niet wilden laten temmen, trapezeartiesten die voortdurend uitgleden, een aap die onvindbaar was. Toen ze eindelijk ontwaakte in de werkelijkheid van haar slaapkamer, was het geluid al een verre herinnering, opgeborgen in de donkere spelonkachtige ruimte bij alle andere nachtelijke flarden die in de overgang van slapen naar waken verloren waren geraakt.

Licht, vastigheid, eindelijk ochtend. Na een maand voorbereidingen was het midzomerfeest eindelijk aangebroken, maar Eleanor sprong niet monter uit bed. De nacht had een eeuwigheid geleken en haar hoofd voelde aan als een natte spons. Ze was in het donker ontwaakt en had uren liggen woelen, met een hoofd vol muizenissen in een te warme kamer. Elk schaap dat ze had geteld veranderde in een taak op de lijst van dingen die die dag moesten gebeuren, en pas tegen zonsopgang was ze eindelijk in een rusteloze slaap gevallen.

Ze wreef de slaap uit haar ogen, rekte zich uit, pakte toen het oude horloge van haar vader van het nachtkastje en keek naar de vertrouwde ronde wijzerplaat. Nog niet eens zeven uur en het was nu al smoorheet! Eleanor liet zich achterover terug in de kussens vallen. Als dit een willekeurige andere dag was geweest had ze haar zwempak aangetrokken en was ze naar de rivier gegaan voor een frisse duik voor het ontbijt, voordat de anderen wakker waren en zij weer de moederrol op zich moest nemen. Ze had zwemmen altijd heerlijk gevonden, het zijdeachtige water langs haar huid, de helderheid van het licht op het rimpelende oppervlak, de wijze waarop het geluid verdikte als ze met haar oren onder water kwam. Toen ze klein was had ze een favoriet, uitzonderlijk diep plekje, vlak bij het boothuis, waar op de steile oevers ijzerhard groeide en de zoete geur van bederf hing. Het water was daar heerlijk koel als ze onder het oppervlak verdween en haar lichaam steeds dieper kronkelde, tot ze zich tussen de glibberige rietstengels had genesteld. De dagen hadden toen veel langer geduurd. Eleanor stak haar hand uit en streek met haar arm langs het laken naast haar. Anthony was er niet. Hij moest vroeg zijn opgestaan en was waarschijnlijk boven om het tumult te ontlopen dat de dag, zo wist hij, zou brengen. Nog niet lang geleden zou ze zich zorgen hebben gemaakt als ze ontdekte dat hij weg was en in paniek zijn geraakt tot ze hem, alleen, had teruggevonden; maar die tijd was voorbij. Ze had orde op zaken gesteld en die specifieke angst had ze overwonnen.

Buiten werd een grasmaaimachine gestart en Eleanor slaakte een zucht waarvan ze niet eens wist dat ze hem in zich had. Een maaimachine betekende dat het godzijdank goed weer was; dat was één zorg minder. Regen zou een ramp hebben betekend. Het had die nacht geonweerd, daar was ze de eerste keer wakker van geworden. Ze was naar het raam gesneld en had de gordijnen opzij geschoven, bang voor de natte wereld die zij buiten verwachtte te zien. Maar de storm had ver weg gewoed. Het had geonweerd maar niet met het rafelige soort bliksemschichten dat plensbuien meevoerde; de tuin had droog en spookachtig in zijn stilheid in het maanlicht gelegen.

Opgelucht had Eleanor een poosje in de donkere kamer staan kijken naar de lichte rimpeling van het meer en de zilvergerande wolken die langs de leigrijze lucht werden geschoven, en ze had het merkwaardige gevoel gehad dat zij de enige persoon op aarde was die niet sliep. Het gevoel was haar niet onbekend; het deed haar terugdenken aan de nachten toen haar kinderen nog baby's waren en zij ze, tot ergernis van haar moeder, genesteld in de fauteuil bij het raam van de kinderkamer zelf had gevoed. Dierlijke geluidjes van voldoening, piepkleine fluwelen handjes om de ronding van haar borst. De uitgestrekte, vredige stilte van de wereld daarbuiten.

Eleanor was als baby in dezelfde kamer gevoed, zij het onder totaal andere omstandigheden. Haar moeder had niets moeten hebben van zulke 'vampierachtige' neigingen in zuigelingen en ze had kinderjuf Bruen – die toen veel jonger maar qua opvattingen niet minder ouderwets was – opdracht gegeven gesteriliseerde koeienmelk op te warmen voor 'de kleine vreemdeling', in een van de glazen zuigflessen die speciaal bij Harrods waren besteld. Tot op de dag van vandaag kon Eleanor geen rubber ruiken zonder te worden overspoeld door een hevige golf van misselijkheid en eenzaamheid. Kinderjuf Bruen had dat regime natuurlijk van harte toegejuicht en de flessen werden haar met militaire precisie op vaste door de kille wijzerplaat van de klok in de kinderkamer gedicteerde tijdstippen gegeven, ongeacht het rammelende maagje van Eleanor. Het was maar het beste, hadden de twee vrouwen bedisseld, dat de opvoeding van het kind in zaken als 'orde en stiptheid' zo vroeg mogelijk begon. Hoe zou zij anders een deugdelijke ondergeschikte worden, die zonder morren haar plaats onder aan de familiehiërarchie inneemt? Dat waren de kille, saaie dagen voordat Eleanors vader terugkwam en haar verloste uit haar victoriaanse opvoeding. Hij bemoeide zich ermee toen er werd gepraat over het aannemen van een gouvernante en hij verklaarde dat dat niet nodig was omdat hij zijn dochter zelf les zou geven. Hij was een van de intelligentste mannen die ze ooit had ontmoet – niet officieel opgeleid, zoals Anthony of meneer Llewellyn, maar evengoed een groot geleerde, wiens geest alles wat hij las en hoorde opnam en onthield, die over alles nadacht, stukjes kennis in elkaar paste en op zoek was naar meer.

Ze richtte zich op in de kussens, deed het dierbare horloge om en herinnerde zich hoe ze bij de haard op zijn schoot had gezeten, terwijl hij haar voorlas uit *Beowulf* in de vertaling van William Morris en A.J. Wyatt. Ze was jong, te jong om de betekenis van die oude Engelse woorden volkomen te begrijpen, en ze was slaperig geweest. Haar hoofdje had tegen zijn borst gelegen en ze had geluisterd naar het gebrom van zijn stem van binnenuit, een warm, galmend gegons dat overal tegelijk was. Ze was gefascineerd geweest door de flakkering van oranje vlammen die werden weerspiegeld in het glas van zijn horloge en op dat moment was dat voorwerp een symbool geworden voor het gevoel van absolute veiligheid en voldoening dat bezit van haar had genomen. Daar, met hem, in het oog van de storm, het middelpunt van het roterende universum.

Was die band tussen vaders en dochters er misschien altijd? Anthony was beslist een held in de ogen van hun dochters. Dat was hij sinds hij uit de oorlog was teruggekeerd. In het begin hadden ze ontzag gehad, twee gezichtjes die nieuwsgierig om het hoekje van de deur van zijn studeerkamer keken, met grote ogen en fluisterend, maar in een mum van tijd waren ze verrukt van hem. Geen wonder. Hij kampeerde met ze op de weidevelden, leerde ze bootjes weven van grassprieten, luisterde geduldig naar al hun verdriet en verhalen. Een van hun huisvrienden had zich onder het genot van een muntcocktail op het gazon tot Eleanor gewend, toen Anthony haasje-over speelde met Deborah en Alice, totdat de piepkleine Clementine op onvaste beentjes haar beurt opeiste en hij plotseling veranderde in een paard en door de tuin galoppeerde, terwijl alle drie de meisjes het uitproestten van het lachen; de huisvriend had met als medeleven gemaskeerde valsheid gevraagd of het haar niet hinderde dat haar man zo duidelijk de favoriet was. Eleanor had geantwoord dat daar natuurlijk geen sprake van was.

Het was bijna waar geweest. Om na de ontberingen van de oorlog, vier lange jaren waarin zij genoodzaakt waren gescheiden van elkaar te leven, op te bloeien en nieuwe verantwoordelijkheden op zich te nemen, hem terug te hebben waar hij thuishoorde en de onversneden liefde en verwondering te zien op zijn gezicht, als hij keek naar de kinderen die ze samen hadden, was een godsgeschenk. Het was net alsof ze haar eigen tijdmachine had en kon terugkeren naar een tijd van onschuld.

Eleanor pakte de foto die ze naast haar bed bewaarde, de foto van hen samen in de moestuin in 1913, Anthony met zijn strohoed op, die toen nog gloednieuw was. Hij keek recht in de lens van de fotograaf, met een scheve glimlach, alsof hij zojuist een grapje had gemaakt; zij keek hem verliefd aan, met een sjaal om haar haar in bedwang te houden; ze hadden allebei een schep in hun hand. Het was de dag waarop ze de grond hadden omgespit voor de aardbeienplantjes en er een gigantische puinhoop van hadden gemaakt. Howard Mann had de foto gemaakt. Hij was op een dag in zijn Silver Ghost langsgekomen, bezorgd om te zien of het tweetal niet 'door de aarde verzwolgen was', en hij was uiteindelijk een week gebleven. Ze hadden gelachen, elkaar in de maling genomen en fel gedebatteerd over politiek, mensen en poëzie, net als tijdens hun jaren in Cambridge. Toen hij eindelijk terugkeerde naar Londen, gebeurde dat met tegenzin, met een kofferbak vol producten van hun eerste oogst en met de belofte spoedig terug te komen. Als ze nu naar de foto keek en zich herinnerde hoe ze toen samen waren, voelde Eleanor de kloof die de tijd had geslagen maar al te duidelijk. Ze voelde zich in de schaduw gesteld door die jonge, blije mensen. Zo zeker van zichzelf, zo volmaakt, zo onaangetast door het leven…

Geërgerd over zichzelf klakte ze met haar tong. Het was het gebrek aan slaap dat haar nostalgisch maakte, de opschudding van de afgelopen paar maanden, het belang van de dag die voor haar lag. Voorzichtig zette ze het fotolijstje terug op het nachtkastje. De zon begon al aan kracht te winnen, in de brokaten gordijnen was een duizelingwekkende constellatie van glinsterende puntjes verschenen. Eleanor wist dat het tijd was om op te staan, maar toch verzette iets in haar zich daartegen en klampte zich vast aan het absurde idee dat ze het begin van het aftellen zou kunnen tegenhouden door in bed te blijven. Dat ze kon voorkomen dat de golf zou breken. *Er is geen manier om het tij te keren.* De stem van haar vader. Toen zij samen bij Miller's Point naar de zee keken, naar de golven die onder aan de klippen op de rotsen te pletter sloegen voordat ze zich gewonnen gaven en weer naar zee werden getrokken. *Het is even onvermijdelijk als de dag die volgt op de nacht.* Het was de ochtend dat hij haar vertelde dat hij ziek was en haar liet beloven dat ze zich, als hij er niet meer was, altijd zou herinneren wie zij was: *vergeet nooit goed, dapper en eerlijk te blijven.* Dat oude uiterst geliefde zinnetje uit *Eleanors toverdeur.*

Eleanor verdrong die herinnering en probeerde zich te concentreren. De eerste gasten zouden die avond om acht uur arriveren, wat betekende dat ze om half acht opgetut en klaar moest zijn, met een stevige borrel achter haar kiezen. O, maar er was nog zoveel te doen! De meisjes moesten aan het werk worden gezet. Alice zou ze belasten met de eenvoudige (sommigen, maar niet Alice, zouden zeggen plezierige) taak de vazen in de gastenkamers van bloemen te voorzien. Deborah kon het eigenlijk beter, maar zij was de laatste tijd niet te genieten, prikkelbaar en eigenwijs, vervuld van de naïeve overtuiging dat zij alles beter zou doen dan haar ouders, en Eleanor was niet in de stemming voor gekibbel. En wat Clemmie betreft, dat arme schaap, in haar geval was ze al tevreden als ze niemand voor de voeten liep. Lieve Clemmie, nu al de zonderlingste van Eleanors kinderen, nu ook nog gevangen in die ongemakkelijke veulenachtige fase, met vooruitstekende tanden en slungelige ledematen, waarin ze weigerde haar kindertijd achter zich te laten.

Plotseling ging de deur open en Daisy kwam binnen, het zilveren dienblad trots voor zich uit houdend. 'Goedemorgen, mevrouw,' zei ze met ergerlijke opgewektheid. 'Eindelijk is de grote dag aangebroken!'

Het dienstmeisje zette het blad neer en babbelde ononderbroken door over het menu, de gasten en de hachelijke toestand in de keuken. 'Het laat-

179

ste wat ik heb gezien is dat de kok Hettie om de tafel achterna zat met in de ene hand een parelhoen en in de andere een deegroller!' Toen maakte ze aanstalten om de gordijnen open te schuiven zodat het licht, opmerkelijk fel licht, door het glas naar binnen kon stromen en elk achtergebleven spoor van de nacht kon verjagen.

En terwijl Daisy ongenood verslag deed van de voorbereidingen die op het gazon beneden werden getroffen, schonk Eleanor zich een kopje thee in uit de kleine zilveren pot en vroeg zich af hoe ze in hemelsnaam alles wat voor die dag op het programma stond zou kunnen overleven.

De gordijnen voor het slaapkamerraam vlogen open en van haar plek op de tuinstoel kon Constance zien hoe die stuntel van een dienstmeid, Daisy, met haar vleugels flapperde terwijl ze snaterend en kakelend langs het raam liep en Eleanor vast en zeker de oren van het hoofd kletste. Maar dat was haar verdiende loon. Hoe haalde ze het in haar hoofd om zo lang in bed te blijven liggen als er een feest moest worden voorbereid! Maar ja, Eleanor was nu eenmaal altijd al een hoogst eigengereid kind geweest.

Constance zelf had al een uur geleden ontbeten. Ze stond altijd op bij het krieken van de dag; dat deed ze al haar hele leven. Constance was geen heilig boontje – integendeel, ze had altijd gevonden dat het de plicht van een vrouw was om de spanning erin te houden – maar stiptheid was een deugd, had ze als kind geleerd, zonder welke je de levens van anderen verstoorde. Zulke ongemanierdheid kon niet door de beugel.

In de tuin heerste al een koortsachtige bedrijvigheid. Constance had haar schrijfgerei bij zich en nog een hele rits brieven te schrijven, maar het was bijna onmogelijk om zich niet te laten afleiden. Een stel potige kerels was op het ovale gazon bezig stellages te bouwen voor de lancering van het vuurwerk en cateringwagens reden af en aan met bestellingen voor de keuken. Vlakbij was een groepje lompe jongens uit de buurt met decoratieve guirlandes in de weer en bezig de bloembedden te vertrappen op zoek naar een plek waar ze hun ladder konden neerzetten. Een van hen, een ziekelijk bleke jongen met een explosie van verse jeugdpuisten op zijn kin, had de vergissing begaan om zich, toen ze net waren aangekomen, op zoek naar 'de baas' tot Constance te wenden, maar Constance had zich al snel van hem ontdaan met wat onsamenhangend gebrabbel over het weer. Seniliteit was een nuttige dekmantel. Het was waar dat haar gedachten de laatste tijd wel eens afdwaalden, maar niet zo erg als ze alle anderen liet geloven. Ze kon nog steeds grootse dingen bewerkstelligen als ze voldoende gemotiveerd was.

Ja, het beloofde een mooie dag te worden. Hoewel ze het nooit hardop zou hebben toegegeven, en zeker niet tegenover Eleanor, was Constance dol op de midzomer. De Edevanes ontvingen niet vaak gasten, maar de traditie van het midzomerfeest was er een die Eleanor gelukkig altijd in ere had gehouden. De viering op Loeanneth was voor Constance het hoogtepunt van het jaar, het enige wat het leven de moeite waard maakte in dit godverlaten oord, waar de geur van de zee en dat vreselijke geluid van de branding als de wind uit een bepaalde hoek woei, voldoende waren om haar koude rillingen te bezorgen. Constance verfoeide dat geluid. Het deed haar terugdenken aan die verschrikkelijke nacht al die jaren geleden; ze had gedacht dat ze het achter zich had gelaten toen ze meer dan twintig jaar geleden het huis verlieten, maar zo wreed kon het leven zijn.

Afijn. De bedrijvigheid en de opwinding van de voorbereidingen voor het feest herinnerden haar aan gelukkiger tijden: de verwachtingen die ze als jonge vrouw had gekoesterd, wanneer ze zich hulde in zijde en juwelen, haar parfum op deed en haar haar opstak; het moment van aankomst, haar grootse entree, wanneer ze haar blik over de menigte liet dwalen, de aandacht trok van een waardige aanbidder; en dan, de opwinding van de jacht, de warmte van de verlichte dansvloer, de heimelijke vlucht door donkere gangen om haar trofee op te eisen... Soms, de laatste tijd, was de herinnering aan het verleden zo sterk, zo tástbaar, dat ze zelf bijna geloofde dat ze die jonge vrouw weer was.

Toen ze iets zag bewegen werd haar dagdroom verstoord en Constance voelde haar glimlach op haar gezicht besterven. De voordeur was opengegaan en Daffyd Llewellyn kwam tevoorschijn terwijl hij zijn hoed recht zette en zijn ezel op zijn heup met zich mee torste. Ze bleef doodstil zitten, verscholen in de schaduw. Een gesprek met hem was wel het laatste waar ze behoefte aan had. Hij liep langzamer dan gewoonlijk, bijna alsof hij ergens mee kampte. Laatst was het Constance ook al opgevallen, toen ze op een middag met z'n allen op het gazon zaten en Eleanor vertelde van de koninklijke onderscheiding die hem binnenkort zou worden verleend. Maagzuur waarschijnlijk – niet dat het haar iets kon schelen; Constance had geen tijd voor die rare, zwakke man. Zoals hij door het huis en de tuin sloop toen zij nog de vrouw des huizes was, met zijn excentrieke kleding, zijn droevige ogen, zijn belachelijke sprookjes – elke keer als ze zich omdraaide was hij er geweest. En dan die zenuwinzinking van hem! Constance snoof van verachting. De man had trots noch schaamte. Wat kon hem tot wanhoop hebben gedreven? Zíj was degene die zich gekrenkt had moeten voelen. Hij had haar kind van haar afgepakt, zijn flauwekul over betoverde landen en verlossing rondgestrooid en vervolgens misbruik gemaakt van haar gastvrijheid. Ze had Henri bevolen hem weg te sturen, maar Henri, volgzaam en gedwee in elk ander opzicht, had dat geweigerd.

En nu was het Eleanors beurt om de man te vertroetelen en in de watten te leggen. Toen ze klein was had ze hem verafgood, en hij haar, en ze hadden nog steeds een bijzondere vriendschapsband. Constance had hen een paar weken geleden in een knus tête-à-tête op de tuinbank bij de rozen zien zitten. Eleanor had hem iets verteld, haar gezicht een toonbeeld van angst. Hij had geknikt en had haar wang met zijn vingertoppen beroerd en het was tot Constance doorgedrongen dat Eleanor huilde. Toen had ze geweten waar het gesprek over ging.

Er stak een warm briesje op en de bloemblaadjes werden verstrooid als confetti. Constance merkte de laatste tijd heel veel dingen op. Ze had liever haar jeugd en haar schoonheid behouden, maar het had geen zin om zich te verzetten tegen het onvermijdelijke en ouder worden bleek ook zijn voordelen te hebben. Toen ze niet langer in staat was hoofden op hol te brengen, maakte ze zich het vermogen eigen om bewegingloos te zitten, muisstil te ademen en onopgemerkt te blijven. Op die manier zag ze dingen. Ze zag dat Deborah haar moeder sinds ze verloofd was het bloed onder de nagels vandaan haalde; dat Alice stiekem wegsloop voor heimelijke afspraakjes met de tuinknecht met het donkere haar en de zigeunerogen; dat geflikflooi tussen Anthony en het knappe, jonge kindermeisje.

Het was jammer dat Eleanor niet net zo opmerkzaam was als Constance. Dan had ze het sneller in de gaten gehad. Constance had zich afgevraagd hoe lang het zou duren voordat het kwartje viel. Ze had haar dochter natuurlijk kunnen vertellen wat ze had gezien, maar mensen waren geneigd de boodschapper neer te schieten en klaarblijkelijk had Eleanor uiteindelijk toch nattigheid gevoeld, want het jonge kindermeisje was nu verdwenen. Ze was pardoes en zonder verdere plichtplegingen de laan uit gestuurd. Opgeruimd stond netjes. De heimelijke glimlachjes, de flarden gesprekken wanneer ze dachten dat niemand het merkte. Maar Constance had het wel degelijk gemerkt. Ze had zelfs gezien dat de jonge vrouw hem op een middag een cadeau overhandigde, een boek. Constances ogen waren dan misschien niet meer wat ze geweest waren en ze had de titel niet kunnen onderscheiden, toen niet, maar ze had de moeite genomen om later Anthony's studeerkamer binnen te glippen en daar had ze het zien liggen, tussen de vlinders en de vergrootglazen, hetzelfde groene omslag. Een boek met gedichten van John Keats.

Het was niet de ontrouw waar ze aanstoot aan nam – Constance zag geen reden waarom mannen en vrouwen het genot niet zouden smaken waar zich dat aandiende – maar dat diende dan wel discreet te gebeuren. Hun soort mensen diende de juiste keuzes te maken, zodat het nieuws niet bekend werd buiten de kring, waar het verdraaid kon worden tot roddel. En daar zat de moeilijkheid. Een lid van het personeel behoorde beslist níét tot de kring, en je op zo'n manier in de nesten werken was niet alleen dom maar ook onheus. Dat maakte dat de bedienden zich nog van alles gingen verbeelden en daar kon alleen maar ellende van komen.

Vrijheid had de neiging de zonde in de hand te werken en Rose Waters had zich veel te veel vrijheden veroorloofd, vooral in haar omgang met baby Theo. Het kindermeisje had geen van de professionele beperkingen in acht genomen die je mocht verwachten. Ze kuste het kind en fluisterde geluidjes in zijn oor, knuffelde hem als ze hem de tuin door droeg in plaats van hem in de kinderwagen te zetten zoals het hoorde. Het was het soort overdreven genegenheid die je nog zou kunnen tolereren van een betuttelend familielid, maar níét van de betaalde hulp. En daar was het niet bij gebleven. Rose Waters had herhaaldelijk haar grenzen overschreden, hetgeen recentelijk had geleid tot een moment van waanzin, waarin ze het had gewaagd om Constance terecht te wijzen omdat ze de kinderkamer was binnengekomen 'tijdens het middagslaapje'. Constance was nota bene de grootmoeder van het jochie en ze had alleen maar naast zijn wiegje willen zitten om te kijken hoe zijn borstje in goede gezondheid op en neer ging.

Ze vond het een zegen dat kinderjuf Bruen was teruggekomen. Alleen die gedachte beurde Constance al op. Ze vond het fijn toen ze kort geleden haar oude trouwe kinderjuf weer zag, terug in de kudde en belast met de verzorging van Theo. Constance was bijzonder in haar kleinzoontje geïnteresseerd en het herstel van het oude regime had al veel te lang op zich laten wachten. Ze nam zich voor later even een praatje met kinderjuf Bruen te maken. Nog geen halfuur eerder had ze iets opgemerkt dat bepaald niet door de beugel kon. Clementine, dat deerniswekkende kind met die sproeten en die paardentanden, was de hoek van het huis om gekomen met de baby op haar rug! Constance had haar wel wat kunnen aandoen. Ze had geroepen om haar een standje te geven, maar het meisje had haar genegeerd.

Nu keek Constance achterom naar het deel van de tuin waar ze het meisje om het meer had zien weglopen. De maaimachine ratelde over de grasvelden achter haar en ze pakte de map met haar briefpapier en enveloppen en gebruikte die om zich koelte toe te wuiven. Mechanische geluiden maakten altijd dat de hitte erger leek en vandaag beloofde het ontzéttend heet te worden. Mensen deden vreemde, onverwachte dingen als het heet weer was. Het was wel vaker voorgekomen dat iemand een beetje gek werd als het smoorheet was. Constance was nooit een liefhebster van Shakespeare geweest – ze vond hem doorgaans een ongenietbare droogstoppel – maar in één ding had hij gelijk: midzomer was een vreemde en onvoorspelbare tijd.

Van Clementine en de baby was geen spoor meer te bekennen. Theo's lach galmde nog na in haar herinnering en Constance voelde haar hart smelten. Hij was echt een wolk van een kind: een lief karakter, die kuiltjes in zijn wangen als hij lachte, die dikke, stevige beentjes. Soms vroeg ze zich af hoe het andere jongetje eruit zou hebben gezien, de eerste, als hij kans van leven zou hebben gehad.

Ze zou vanmiddag op Theo passen, besloot Constance, en naar hem kijken als hij sliep. Dat was tegenwoordig een van haar favoriete bezigheden, en nu Rose Waters weg was, Eleanor het druk had en kinderjuf Bruen uitstekend haar plaats wist, zou niemand haar dat deze keer kunnen beletten.

Clemmie liep over het smalle pad van platgetreden gras langs de rivier. Er waren andere, snellere wegen om er te komen, maar Theo vond het heerlijk om door het ondiepe water bij de oversteek te ploeteren en Clemmie maakte hem graag blij. Het was de dag van het midzomerfeest en het huis zou de hele dag een heksenketel zijn. Hoe langer ze weg bleven, hoe beter.

Ze bedacht koeltjes maar zonder zelfmedelijden dat ze waarschijnlijk niet eens zouden worden gemist.

'Het is maar goed dat we elkaar hebben, kleine Poek,' zei ze.

'Gah!' luidde Theo's kirrende antwoord.

Plotseling werd ze overspoeld door een gevoel van zowel verlies als liefde en ze verstevigde haar greep om zijn ronde, mollige beentjes. Hij mocht haar plaats als de jongste van het gezin dan hebben ingenomen, maar Clemmie kon zich de wereld niet meer voorstellen zonder haar broertje erin.

De opkomende zon bevond zich achter hen en hun lange, ineengevlochten schaduw strekte zich voor hen uit, haar uitgerekte silhouet met zijn kleine beentjes die halverwege uitstaken. Hij keek over haar schouder, klemde zich vast tegen haar rug en zo nu en dan stak hij opgewonden een vuistje uit om met een mollig vingertje te wijzen op iets belangwekkends dat ze passeerden. Het had enige oefening vereist, maar hij kon zijn armpjes inmiddels stevig om haar nek klemmen. Ze kon zelfs haar armen wijd uitstrekken als ze daar zin in had, er de lucht mee doorklieven en alle kanten op zwenken terwijl ze luchtacrobatische manoeuvres uitvoerde.

Ze stopte toen ze bij de stenen van de oversteek aankwamen, wierp de picknicktas die ze had meegebracht (met uit de keuken gestolen gebakjes) terzijde en liet Theo langs haar rug en benen in de grote hoop droog gras op de oever zakken. Hij landde blij giechelend en krabbelde overeind. 'Wa,' zei hij gewichtig, terwijl hij op de rivier wees. 'Wa.'

Terwijl Theo door de klaver naar de modderige rand wankelde en op zijn achterste tussen het riet ging zitten, ging Clemmie op zoek naar de ideale keilsteen. Hij moest klein, plat en glad zijn, maar bovendien moest hij precies goed tussen je vingertoppen passen. Ze pakte er een op, voelde hoe zwaar hij was, betastte de rondheid van de randen en gooide hem toen weg omdat hij te oneffen was.

Dat proces werd een, twee, drie keer herhaald, voordat ze er eentje vond die, hoewel niet perfect, eruitzag alsof hij wel eens zou kunnen voldoen. Ze stak hem in haar zak en ging op zoek naar de volgende steen.

Alice was de beste in het vinden van stenen. Zij was een van die mensen die met spelletjes altijd wonnen, omdat ze dol was op details en zo koppig dat ze van geen opgeven wilde weten. Vroeger hadden ze hier urenlang gezocht naar de beste keilstenen, die ze vervolgens over het water lieten dansen. Ze hadden radslagen gedaan, schommels gemaakt van de lange, sterke boottouwen, en ingewikkelde hutten gebouwd in de struiken. Ze hadden ruziegemaakt, elkaar gekieteld en gelachen, pleisters op elkaars knieën geplakt en ze waren moe en bezweet in slaap gevallen onder de meidoorns als de middagzon de kleuren in de tuin deed verbleken. Maar Alice was deze zomer niet meer dezelfde en Clemmie was aan haar lot overgelaten.

Ze pakte een lichtgekleurde steen met vreemde vlekken op en veegde hem schoon met haar natte duim. Dat was zo sinds ze terug waren uit Londen. Ze waren allemaal gewend aan de wijze waarop Alice opging in haar notitieboeken, in de fantasiewerelden van haar verhalen, maar dit was anders. Ze was humeurig, dan weer uitgelaten vrolijk, dan weer in zak en as. Ze kwam met slappe excuses aanzetten om alleen op haar kamer te kunnen zijn – *ik moet even liggen… ik heb hoofdpijn…* – en vervolgens glipte ze weg, zodat ze onvindbaar was als Clemmie naar haar op zoek ging.

Clemmie keek achterom naar de plek waar Theo met een stokje in de modder langs de rivier zat te wroeten. Hij kraaide het uit van plezier toen een sprinkhaan van de ene rietstengel op de andere sprong en ze glimlachte weemoedig. Hij was een prachtkereltje, maar ze miste Alice en zou er alles voor over hebben om haar terug te krijgen, om weer met haar om te gaan zoals vroeger. Ze miste allebei haar zussen. Die twee waren zonder haar verder gegaan, volwassenen geworden zonder nog op of om te kijken. Alice met die verdwaasde blik in haar ogen en Deborah verloofd. Clemmie voelde het als verraad. Ze zou nooit worden zoals zij, ze zou nooit volwassen worden. Volwassenen waren onbegrijpelijk. Clementine werd wanhopig van hun bevelen *(nu niet, rustig aan, hou daarmee op)*; de saaie gesprekken, de raadselachtige hoofdpijnaanvallen; de voorwendselen waarmee ze op de proppen kwamen om elke activiteit die leuk dreigde te worden te ontlopen; en ze verfoeide die talloze kleine vormen van verraad, de sfeer van toespelingen en nuances waarbinnen ze opereerden, waarbij ze het ene zeiden en het andere bedoelden. Clemmie leefde in een wereld die veel meer zwart-wit was. Voor een piloot was er veel te zeggen voor duidelijke keuzes: ja of nee, omhoog of omlaag, goed of fout.

'Nee!' siste ze vol zelfverwijt. Haar stemming had al een schaduw geworpen over de zonovergoten ochtend en nu was ze in gedachten weer bezig met dat ene waar ze nu juist niet aan wilde denken. Dat wat ze had gezien. Lichamen, naakt, kronkelend, bewegend…

Néé. Clemmie kneep haar ogen stijf dicht en schudde het beeld van zich af.

Ze wist waarom die vreselijke beelden waren teruggekomen. Het was op een dag als deze dat ze hen had gezien; ze was op het vliegveld geweest om naar de vliegtuigen te kijken en op weg naar huis.

Clemmie stampte met haar voet op de grond. Als ze nu maar eerder naar huis was gegaan, alles wat haar had kunnen beletten de kortere weg door het bos en langs het boothuis te kiezen. Dat verschrikkelijke beeld van hen, de angst en verwarring toen ze probeerde te begrijpen wat ze aan het doen waren.

'Arme schat,' had Deborah gezegd, toen Clemmie haar in vertrouwen nam over het verschrikkelijke waar ze getuige van was geweest. 'Je moet ontzettend geschrokken zijn.' Ze had Clemmies handen in de hare genomen en gezegd dat ze er niet meer over in moest zitten. Ze had er goed aan gedaan dat ze het had verteld, maar nu moest ze er verder niet meer aan denken. 'Ik zal het regelen, dat beloof ik.' Clemmie had gevonden dat het een beetje klonk als iemand die beloofde een gebroken eierschaal weer te lijmen, maar Deborah had geglimlacht en haar gezicht was zo sereen en mooi geweest, haar stem zo zelfverzekerd, dat Clemmies zorgen voor heel even waren verdwenen. 'Ik zal zelf met haar gaan praten,' had Deborah beloofd. 'Je zult het zien – alles zal goedkomen.'

Clemmie schudde met de stenen in haar zak en beet verstrooid op de nagel van haar duim. Ze vroeg zich nog steeds af of ze mammie en pappie had moeten vertellen wat ze had gezien. Maar toen ze dat aan Deborah vroeg, had haar zus gezegd dat ze dat niet moest doen. Ze had gezegd dat ze het helemaal uit haar hoofd moest zetten, dat ze er met niemand, met geen levende ziel, over moest praten. 'Het zou ze alleen maar van streek maken, Clem, en dat willen we toch niet, is het wel?'

Ze pakte een roze-achtige ovale steen en plaatste hem tussen haar duim en wijsvinger. Clemmie had overwogen rechtstreeks naar Alice te gaan nadat ze hen had gezien en misschien zou ze dat ook wel hebben gedaan als hun band hechter was geweest, maar zoals de zaken nu stonden, de nieuwe afstand die opeens tussen hen was ontstaan… Nee, ze had juist gehandeld. Deborah was iemand die in elke situatie wist wat je doen moest. Zij zou het wel regelen.

'Mi-mi?'

Theo keek haar ernstig aan, zijn babygezicht vol aandacht voor het hare, en Clemmie besefte dat ze zat te fronsen. Ze forceerde een glimlach en na heel even te hebben nagedacht, beantwoordde hij haar blije uitdrukking, zijn gezichtje gerimpeld en blozend, zijn evenwicht hersteld. Clemmie voelde een golf van melancholie, blijdschap en vrees tegelijk. Wat had hij een groot vertrouwen in haar! Wat een vertrouwen, dat één glimlachje voldoende was om zijn stemming volledig te doen omslaan. Ze trok weer een ernstig gezicht en de blijdschap verdween uit zijn ogen. Ze had hem volledig in haar macht en voor Clemmie, die in zoveel andere aspecten machteloos was, was dat besef duizelingwekkend. Ze voelde duidelijk zijn kwetsbaarheid. Hoe gemakkelijk moest het zijn voor een slecht mens om dat soort vertrouwen te misbruiken!

Toen werd Clemmie afgeleid door het geluid van een grasmaaier. Of eigenlijk van het ophouden daarvan. Het geronk van de maaier maakte zo onlosmakelijk deel uit van de zomerochtenden dat het haar niet was opgevallen totdat het geratel was opgehouden en andere geluiden – het riviertje, de vroege vogels, het gebrabbel van haar kleine broertje – opeens luider klonken. Er viel een schaduw over haar gezicht. Ze wist wie de grasmaaier bediende en híj, die man, was wel de laatste die ze wilde zien. Nu niet, nooit niet. Ze wou, ze wou, ze wou dat hij vertrok van Loeanneth. Dan zou ze misschien in staat zijn te vergeten wat ze in het boothuis had gezien en kon alles weer worden zoals het vroeger was.

Clemmie zette Theo op haar heup. 'Kom mee, Poekie-woek-woek,' zei ze, terwijl ze zijn vieze handjes afveegde. 'Kom aan boord, het is tijd om op te stijgen.'

Hij was een meegaand kind; dat had ze haar moeder tegen kinderjuf Bruen horen zeggen toen zij veertien dagen geleden de plaats van het kindermeisje Rose innam (*meegaand en heel goedgemutst*, waarbij de tevreden, verbaasde toon impliceerde dat het vorige kind, Clemmie, geen van beide was geweest). Hij verzette zich niet, liet zijn onderzoekingen voor wat ze waren en maakte het zich gemakkelijk op haar rug, met Puppy veilig in de kom van zijn elleboog. Zorgvuldig haar evenwicht bewarend stapte Clemmie over de stenen naar de overkant van het riviertje en ze sloeg de weg in naar het vliegveld achter de boerderij van Jack Martin. Ze zette er stevig de pas in en keek niet achterom.

Ben sprong van de maaimachine af en hurkte in het gras naast de motor. De aandrijfketting zat waar hij behoorde te zitten, er zat niets bekneld tussen de schoepen en de grond die hij probeerde te maaien was vlak. Verder reikte zijn technische kennis niet. Hij wist niets anders te bedenken dan de motor een paar minuten tijd te gunnen om zijn positie te heroverwegen. Hij ging achteroverzitten en tastte in zijn borstzakje naar zijn lucifers. De ochtendzon verwarmde de achterkant van zijn nek en beloofde een smoorhete dag. Hij hoorde hoe mussen hun trillende kelen schraapten en een vroege trein die vertrok van het station, hij rook de zoete theerozen en het pas gemaaide gras.

Een tweedekker vloog boven hem en Ben keek het vliegtuigje na totdat het nog maar een stipje was en geheel uit het zicht verdween. Hij richtte zijn blik omlaag en zag dat het zonlicht de zijkant van het huis had bereikt. Het gleed over de glas-in-loodramen op de bovenste verdieping – de slaapkamers, wist hij – en hij voelde hetzelfde verlangen dat hij altijd voelde. Hij kon zich wel voor zijn kop slaan om zijn stommiteiten, keek de andere kant op en nam een trekje van zijn sigaret. Zijn gevoelens deden er niet toe; erger nog, ze waren een blok aan zijn been. Hij had al te veel grenzen overschreden. Hij schaamde zich.

Hij zou deze tuin missen als hij weg was. Zijn dienstverband was altijd slechts tijdelijk geweest – dat had hij van tevoren geweten, hij had alleen niet geweten voor hoelang het gold en dat hij zo graag zou willen blijven. Meneer Harris had aangeboden zijn contract te verlengen, maar Ben had hem gezegd dat hij andere dingen te doen had. 'Familieperikelen,' had hij gezegd, en de oudere man had geknikt en Ben op zijn schouder geklopt, terwijl Adam in de schuur achter hen rondscharrelde, drieëndertig jaar oud maar met de naïeve oogopslag van een jonge hond. Ben ging er verder niet op in, hij repte in ieder geval met geen woord over Flo en haar problemen, maar dat was ook niet nodig. Meneer Harris begreep de verantwoordelijkheden die familie met zich meebracht beter dan de meesten. Zoals iedereen die de veilige terugkeer van een geliefde uit de Grote Oorlog had meegemaakt wist hij dat die jongens misschien dan wel waren teruggekeerd, maar ze waren nooit helemaal thuisgekomen.

Ben liep onder het prieel door en bleef stilstaan bij de visvijver toen een herinnering hem als een schaduw bekroop. Dit was de plek waar Alice hem voor het eerst uit haar manuscript had voorgelezen. Hij kon haar stem nog steeds horen, alsof die op de een of andere manier door de bladeren om hem heen was opgenomen en nu opnieuw werd afgespeeld, uitsluitend voor hem, als een grammofoonplaat.

'Ik heb een geweldig idee gekregen,' hoorde hij haar zeggen, zo jong, zo onschuldig, zo vervuld van vreugde. 'Ik heb er de hele ochtend aan gewerkt, en ik wil niet opscheppen, maar ik weet zeker dat dit mijn beste wordt.'

'Echt waar?' had Ben glimlachend gevraagd. Hij had haar geplaagd, maar Alice was veel te opgewonden geweest om het te merken. Ze praatte snel verder en vertelde hem over haar idee, over de plot, de personages, de wending, en de intensiteit van haar concentratie – haar passie – veranderde haar gezicht volledig en verschafte haar gelaatstrekken een bezielde schoonheid. Hij had nooit opgemerkt dat ze mooi was totdat ze met hem over haar verhalen sprak. Ze kreeg een blos op haar wangen en haar ogen glinsterden van intelligentie. En ze was écht bijzonder intelligent. Het vereiste een bepaald soort slimheid om een puzzel op te lossen – om vooruit te kijken en alle mogelijke scenario's te overzien, om zo strategisch te kunnen denken. Ben beschikte niet over zo'n soort brein.

Aanvankelijk had hij eenvoudigweg genoten van haar enthousiasme, de verstrooiing als hem een verhaal werd verteld terwijl hij aan het werk was, de kans om ideeën uit te wisselen, wat veel weghad van een spel. Ze maakte dat hij zich jong voelde, veronderstelde hij. Haar jeugdige preoccupatie met haar werk, met het moment waarin ze op dat moment leefden, was bedwelmend. Het deed zijn volwassen beslommeringen verdwijnen.

Hij wist dat haar ouders niet zouden goedkeuren dat ze elkaar op die manier ontmoetten, maar hij had niet gedacht dat het kwaad kon. Toen het begon had hij zich nooit kunnen indenken – hadden ze zich allebei nooit kunnen voorstellen – waar het toe zou leiden. Maar hij was ouder dan Alice; hij had beter moeten weten; hij had beter moeten oppassen. Het menselijke hart, het leven, de omstandigheden – dat waren lastige zaken om te beheersen. Tegen de tijd dat hij besefte wat er aan de hand was, was het te laat.

Zijn sigaret was op en hij wist dat hij voort moest maken. Meneer Harris had hem een lijst met dingen gegeven die ter voorbereiding van het feest gedaan moesten worden, er moest nog een vreugdevuur worden gebouwd, en hij moest iemand terugsturen om de grasmaaier weer aan de praat te krijgen.

Ben keek om zich heen om te zien of er niemand in de buurt op de loer lag en haalde toen haar brief tevoorschijn. Dat had hij voorheen al zo vaak gedaan dat de vouwen zacht waren geworden en de delen van de woorden die precies daarop stonden waren verdwenen. Maar Ben kon ze zich herinneren, als fluisteringen. Ze kon beslist goed schrijven; ze kon de dingen uitstekend onder woorden brengen. Hij las elke regel langzaam, zorgvuldig, en alinea's die hem ooit blijdschap hadden verschaft vervulden hem nu van spijt.

Hij zou deze plek missen. Hij zou haar missen.

Boven hem vloog een vogel, met een afkeurend roepje, en Ben vouwde de brief op en stak hem terug in zijn zak. Er moest werk worden verzet en stilstaan bij het verleden had geen zin. 'Het wordt een geweldig vreugdevuur, vanavond,' had meneer Harris gezegd, met een knikje in de richting van het hout dat ze de afgelopen week hadden opgestapeld, en met een vage glimlach op zijn gezicht. 'Ze zullen het helemaal vanaf Caradon Hill kunnen zien. Weet je, ze hebben hier een oud spreekwoord dat zegt dat hoe groter het midzomervuur, hoe meer voorspoed iemand het volgende jaar te beurt valt.'

Ben had het spreekwoord eerder gehoord. Alice had het hem verteld.

15

Cornwall, 2003

Clive Robinson was een magere, kwieke man van bijna negentig. Hij had
een hoog, gerimpeld voorhoofd en een dikke bos wit haar, een grote neus
en een brede glimlach. Hij had nog al zijn tanden. Hij had een heldere en
doordringende blik in zijn ogen, van het soort dat duidde op een scherp-
zinnige geest, en hij bestudeerde Sadie door een enorme bril met een bruin
schildpadmontuur die hij, vermoedde ze onmiddellijk, al droeg sinds de
jaren zeventig.

'De hitte die zomer,' zei hij hoofdschuddend, 'daar werd je helemaal
kriegel van en die maakte je het slapen nagenoeg onmogelijk. De droogte
ook, weken achtereen zonder één druppel regen, waardoor het gras begon
te verpieteren. Let wel, niet bij het huis aan het meer. Zij hadden personeel,
tuinlieden om te zorgen dat dat niet kon gebeuren. Het hele terrein was
versierd toen we daar kwamen, lampionnen, slingers, guirlandes. Ik had
nog nooit zoiets gezien, een gewone jongen als ik, in zo'n omgeving. Het
was zo prachtig. Ze lieten ons rond theetijd gebakjes brengen. Kun je je
zoiets voorstellen? De dag nadat hun kleine jongen vermist was en zij lieten ons feestgebakjes brengen. De mooiste die ik ooit heb gezien, helemaal
geglaceerd voor het feest van de vorige avond.'

Sadie had contact opgenomen met de gepensioneerde politieman zodra ze zijn brief had ontvangen. Hij had zijn telefoonnummer onderaan
geplaatst en ze was meteen naar binnen gegaan om hem op te bellen, terwijl de opwinding over haar ontdekking op de plattegrond uit 1664 nog
nagonsde in haar hoofd. 'Ik heb op jou gewacht,' zei hij, toen ze vertelde
wie ze was, en het ontging Sadie niet dat dat precies was wat de oude man
in *Eleanors toverdeur* had gezegd, toen Eleanor bij hem kwam voor grootse daden. Toen hij het zei wist Sadie niet meteen zeker of hij doelde op
de vierentwintig uur sinds hij haar had geschreven of op de zeventig jaar
sinds de zaak als onoplosbaar was afgedaan. 'Ik wist dat er uiteindelijk wel
iemand zou komen, dat ik niet de enige was die nog steeds aan hen dacht.'

Ze hadden kort telefonisch met elkaar gesproken, elkaar gepolst, elkaar verteld wat hun functies waren (waarbij Sadie naliet te vermelden dat ze verplicht met verlof naar Cornwall was gestuurd), en toen hadden ze het over de zaak gehad. Ondanks het urgente nieuws wist Sadie haar tunneltheorie nog even voor zich te houden, en ze zei alleen dat ze informatie had gevonden die maar moeilijk te achterhalen was, dat ze zich tot dusverre had beperkt tot het vertoog van Pickering, waarop Clive reageerde met een minachtend geamuseerd gesnuif.

'Het schort hem nogal aan concrete gegevens,' gaf Sadie toe.

'Dat is niet het enige waar het hem aan schort,' zei Clive lachend. 'Geen kwaad woord over de doden, maar ik vrees dat Arnold Pickering niet vooraan in de rij stond toen de Almachtige intelligentie uitdeelde.'

Hij had gevraagd of ze hem wilde bezoeken en Sadie had voorgesteld de volgende dag langs te komen. 'Kom dan 's ochtends,' had hij gezegd. 'Mijn dochter Bess komt 's middags om me naar een afspraak te brengen.' Hij wachtte even en voegde er toen op gedempte toon aan toe: 'Ze vindt mijn belangstelling voor de zaak maar niets. Ze noemt het obsessief.'

Sadie glimlachte in de hoorn. Ze kende dat gevoel.

'Ze had liever dat ik ging bridgen, of postzegels verzamelen.'

'Uw geheim is veilig bij mij. Ik ben er om negen uur.'

En daar was ze nu, op een zonnige zaterdagochtend, zittend in Clive Robinsons keuken in Polperro met een pot thee en een schaal volkorenbiscuitjes en plakjes vruchtencake tussen hen in. Er lag een geborduurd kleed over de tafel en de plooien van het strijken wekten de indruk dat het er pas was neergelegd. Sadie was onverwacht ontroerd toen ze een klein merkje op de zoom opmerkte en besefte dat het met de verkeerde kant naar boven lag.

Clive mocht dan misschien blij zijn haar te zien, de reusachtige zwarte kat die bij hem woonde was overduidelijk ontstemd over de invasie. 'Je moet het niet persoonlijk opvatten,' had Clive gezegd toen Sadie binnenkwam, terwijl hij het blazende dier onder de kin aaide. 'Ze is kwaad op me omdat ik in het buitenland was. Ze is nogal bezitterig, mijn Mollie.' Het dier volgde de gebeurtenissen nu vanaf een plekje tussen twee potten met kruiden op de zonnige vensterbank en zat stuurs te knorren en met haar staart te zwiepen bij wijze van waarschuwing.

Sadie pakte een biscuitje en bekeek de vele nog open vragen op de lijst die ze voor Clive had opgesteld. Ze had besloten eerst de stemming te peilen voordat ze besloot dat ze de oude politieman haar theorie kon toevertrouwen; bovendien moest ze ook nagaan hoe betrouwbaar hij was als informant. Hoewel Sadie zich bijzonder op het vraaggesprek had verheugd, had ze zich wel afgevraagd hoeveel een man die tegen de negentig liep zich zou kunnen herinneren van een zaak die zeventig jaar geleden had gespeeld. Maar Clive had haar twijfel snel weggenomen en inmiddels stonden enkele bladzijden van haar schrijfblok vol met opgekrabbelde aantekeningen.

'Ik heb het nooit van me af kunnen zetten,' zei hij, terwijl hij hun door een zeefje een kopje thee inschonk. 'Het is misschien niet aan me af te zien, maar ik heb een goed geheugen. En de zaak-Edevane is me in het bijzonder bijgebleven. Die zou ik met de beste wil van de wereld niet kunnen vergeten.' Hij had zijn smalle schouders, die afhingen onder zijn netjes gestreken overhemd, opgetrokken. Hij behoorde nog tot de generatie die belang hechtte aan dingen als een verzorgd uiterlijk. 'Het was mijn eerste zaak, weet je.' Hij keek haar door zijn dikke brillenglazen aan. 'Nou ja, jij zit bij de politie, jij begrijpt wat ik bedoel.'

Sadie had het beaamd. Geen enkele training kon je voorbereiden op de beroering en de stress van je eerste echte zaak. In haar geval was het een melding van huiselijk geweld geweest. De vrouw zag eruit alsof ze tien ronden gebokst had, haar gezicht was bont en blauw, haar lip was gespleten, maar ze weigerde een aanklacht in te dienen. 'Ik ben tegen een deur aan gelopen,' zei ze tegen hen, niet eens de moeite nemend een originele smoes te bedenken. Sadie, die net van de opleiding kwam en zelf nog het een en ander te verwerken had, wilde de vriend toch arresteren. De onrechtvaardigheid had er bij haar in gehakt. Ze kon niet geloven dat ze geen keuze hadden; dat ze zonder de medewerking van het slachtoffer niets anders konden doen dan een waarschuwing geven en weglopen. Donald had haar gezegd dat ze eraan moest wennen, dat een bange echtgenote letterlijk tot het uiterste ging om degene die haar mishandelde te beschermen, dat het systeem het haar lastig maakte om hem te verlaten. Ze had de geur van die woning nog in haar neus alsof het gisteren was gebeurd.

'Het was mijn eerste confrontatie met menselijk leed,' had Clive Robinson vervolgens gezegd. 'Als kind was ik opgegroeid in een gelukkig gezin in een aardig huisje, met broertjes en zusjes en een omaatje verderop in de straat. Toen ik bij de politie ging was ik zelfs nog nooit naar een begrafenis geweest. Maar dat heb ik daarna dubbel en dwars ingehaald, dat kan ik je wel vertellen.' Hij staarde fronsend naar iets achter haar terwijl hij eraan terugdacht. 'Dat huis, die mensen – hun hulpeloosheid, de wanhopige uitdrukkingen op hun gezichten – zelfs de lucht in de kamer leek te weten dat er iets verloren was geraakt.' Hij draaide zijn kopje rond op het schoteltje en verplaatste het een beetje terwijl hij naar de juiste woorden zocht. 'Het was mijn eerste keer.'

Sadie had hem begrijpend een flauwe glimlach getoond. Er ging niets boven de politie als het erom ging je te confronteren met de gruwelijke aspecten van het leven. De enige beroepsgroep die het nog beroerder had getroffen was het ambulancepersoneel. 'U ging er aanvankelijk dus van uit dat Theo Edevane was weggelopen en verdwaald?'

Een kort knikje. 'We gingen er voetstoots van uit dat daar sprake van was. Niemand dacht in die tijd aan ontvoering. In Amerika had je een jaar eerder de zaak-Lindbergh gehad, maar die kwam juist in het nieuws omdat het zo zeldzaam was. We waren ervan overtuigd dat we het ventje binnen enkele uren zouden hebben teruggevonden, dat zo'n kleine dreumes niet ver kon zijn gekomen. We zochten tot het donker werd, kamden de weilanden en de bossen aan de zoom van het landgoed uit, maar vonden geen spoor van hem. Totaal niets. De volgende dag haalden we er duikers bij om in het meer te zoeken en pas toen dat ook niets opleverde begonnen we ons af te vragen wie hem meegenomen kon hebben.'

Dat bracht Sadie ertoe haar tweede serie vragen te stellen, die ze de avond tevoren had opgeschreven. Normaal gesproken probeerde ze vragen naar het 'waarom' zoveel mogelijk te vermijden als ze pas aan een onderzoek was begonnen. 'Het motief is iets voor romanschrijvers,' bromde Donald vaak. 'Romanschrijvers en detectives op televisie.' Nogal kort door de bocht, maar hij had een punt. Politiemensen hadden bewijzen nodig; die moesten erachter zien te komen *hoe* het misdrijf was gepleegd en *wie* de kans had het te plegen. Het *waarom* leidde maar af en was vaak ook misleidend.

Maar in dit geval, met zo weinig aan bewijzen en een periode van zeventig jaar sinds de misdaad was gepleegd, vond Sadie dat er wel een uitzondering mocht worden gemaakt. Daarbij kwam dat de plattegrond de zaak veranderde. Die mysterieuze nis in de muur, de mogelijkheid van nog een tunnel die het huis met de buitenwereld verbond, een tunnel die lang geleden van de meeste plattegronden en uit de meeste herinneringen was verdwenen. Als ze het bij het rechte eind had, dan zou een van de meest raadselachtige aspecten van de zaak, het *hoe*, wel eens kunnen zijn opgelost. En daarmee hopelijk ook de vraag naar het *wie*, want het groepje mensen dat wist van het bestaan van de tunnel moest klein en exclusief zijn geweest. Een zinnetje uit *Een zoete wraak* had sinds ze de afspraak met Clive had gemaakt voortdurend door haar hoofd gespeeld: *Diggory begon altijd met de familie. Het was verkeerd om ervan uit te gaan dat verdriet en schuld elkaar wederzijds uitsloten.* Die zin ging in het boek vooraf aan Diggory Brents eerste bezoek aan de ex-vrouw en de dochter van de dode.

Sadie vroeg: 'Hebt u de ouders verhoord?'

'Dat was het eerste wat we deden. Er was niets dat erop wees dat zij er iets mee te maken hadden en ze hadden allebei een alibi. Vooral de moeder van het jongetje was als gastvrouw voortdurend in beeld geweest. Het grootste deel van de avond was ze in het boothuis, waar ze gondelvaarten hadden georganiseerd voor de gasten. Alles wat ze ons vertelden klopte. En dat was ook eigenlijk weinig verbazingwekkend; waarom zou een ouder zijn of haar eigen kind ontvoeren?'

Daar had hij een punt, maar Sadie was niet bereid ze zo gemakkelijk als verdachten van haar lijstje te schrappen, ook al had ze jegens Eleanor Edevane een gevoel van verwantschap ontwikkeld. 'Het boek van Pickering heeft het over een periode van drie uur tussen het einde van het feest en de ontdekking dat de jongen werd vermist. Waar bevonden de ouders zich toen?'

'Ze zijn tegelijk naar bed gegaan. Geen van beiden heeft de slaapkamer nog verlaten vóór acht uur 's ochtends, toen het dienstmeisje kwam vertellen dat hij niet in zijn bedje lag.'

'Was er iets wat erop duidde dat een van hen zou kunnen liegen?'

'Niets.'

'Dat ze het wellicht samen konden hebben beraamd?'

'De ontvoering van de jongen, bedoel je? Nadat ze afscheid hadden genomen van hun driehonderd gasten?'

Het klonk absurd nu hij het zo stelde, maar Sadie wilde niets uitsluiten. Ze knikte.

'We hebben niemand kunnen vinden die niet verklaarde hoe geliefd het jongetje was. Sterker nog, hoe gewénst. De Edevanes hadden lange tijd naar een zoon uitgezien. Ze hadden al drie dochters, de jongste was in juni 1933 twaalf, en de jongen was een geschenk uit de hemel voor ze. Al die rijke families wilden toentertijd zonen, iemand aan wie ze de naam en het fortuin konden nalaten. Dat is nu wel anders. Volgens mijn kleindochter willen al haar vriendinnen dochters – die gedragen zich beter, zijn leuker om aan te kleden, in alle opzichten gemakkelijker.' Hij trok zijn keurige witte wenkbrauwen op van verbazing. 'Ik heb zelf dochters gekregen en kan je verzekeren dat daar niets van waar is.'

Sadie glimlachte vluchtig toen Clive een biscuitje pakte. 'Dat moet ik dan maar van u aannemen,' zei ze, terwijl ze zich met onverminderde aandacht concentreerde op de lijst met familieleden die hij haar had gegeven toen ze net binnen was. 'U zei dat de grootmoeder van de jongen bij het gezin inwoonde?'

Er verscheen een lichte frons op zijn overigens vriendelijke gezicht. 'Constance deShiel. Onuitstaanbaar mens. Een van die hooghartige, opgefokte types die eruitzien alsof ze je net zo lief opeten als je vragen beantwoorden. Behalve toen we haar vroegen naar haar dochter en haar schoonzoon – toen was ze een stuk tegemoetkomender.'

'Wat zei ze?'

'Kleine schimpscheuten in de trant van "niet alles is wat het lijkt". Ze zinspeelde meer dan eens op ontrouw en liet doorschemeren dat er sprake was van een soort buitenechtelijke relatie, maar vertikte het om bijzonderheden te verschaffen.'

'Hebt u er bij haar op aangedrongen?'

'Toentertijd was iemand van adel, vooral als het een vrouw was... Nou ja, er waren ingewikkelde gedragsregels, we konden haar niet aan de tand voelen zoals wij hadden gewild.'

'Maar u hebt er wel aandacht aan besteed?'

'Natuurlijk. Zoals je weet is onenigheid binnen het gezin alledaagse kost voor een politiebeambte; er zijn mensen die nergens voor terugdeinzen om een partner te laten boeten. De gescheiden vader die zijn kinderen ophaalt en ze nooit meer terugbrengt; de moeder die haar kinderen een hoop leugens op de mouw speldt over hun ouweheer. De rechten van kinderen worden vaak met voeten getreden als de ouders elkaar te lijf gaan.'

'Maar in dit geval niet?'

'Iedereen vertelde ons hoezeer de Edevanes aan elkaar verknocht waren, dat ze een onafscheidelijk paar vormden.'

Sadie dacht erover na. Huwelijken waren raadselachtige fenomenen. Ze was zelf nooit getrouwd geweest, maar ze had de indruk dat elk huwelijk zijn eigen mechanisme had, met geheimen, leugens en beloftes die onder de oppervlakte sudderden. 'Waarom zou Constance deShiel zoiets suggereren als het niet waar was? Had ze iets gezien? Had haar dochter haar misschien in vertrouwen genomen?'

'Moeder en dochter hadden geen hechte band; dat hebben meerdere mensen ons verzekerd.'

'En toch woonden ze samen in één huis?'

'Onwillig, voor zover ik heb begrepen. De oude vrouw was na de dood van haar man bij een slechte investering alles kwijtgeraakt en was afhankelijk van de vrijgevigheid van haar dochter en haar schoonzoon, een situatie die haar niets beviel.' Hij haalde zijn schouders op. 'Haar insinuaties waren misschien niet meer dan een eenvoudige poging om tweedracht te zaaien.'

'Terwijl er een kind werd vermist?'

Hij maakte een wuivend gebaar met zijn hand en zijn gezichtsuitdrukking wekte de indruk dat niets hem nog zou hebben verbaasd, dat hij tijdens zijn loopbaan van alles voorbij had zien komen. 'Het zou kunnen, maar er waren andere verklaringen. De oude dame leed in 1933 aan beginnende dementie. Haar arts adviseerde ons alles wat ze zei met een flinke korrel zout te nemen. Eigenlijk' – hoewel ze alleen waren boog hij zich toch wat dichter naar haar toe, alsof hij haar iets wilde toevertrouwen dat niet voor andere oren bestemd was – 'liet dokter Gibbons doorschemeren dat Constance in haar éígen huwelijk niet altijd trouw was geweest, dat de mogelijkheid bestond dat er eerder sprake was van een door elkaar halen van herinneringen dan van betrouwbare verslagen. Ze zeggen dat het verleden en het heden dan moeilijk te onderscheiden worden.'

'Wat denkt u zelf?'

Hij spreidde zijn handen. 'Ik denk dat zij verbitterd maar ongevaarlijk was. Oud en eenzaam en ze was blij dat wij naar haar wilden luisteren.'

'Denkt u dat ze zichzelf belangrijk wilde maken?'

'Het was bijna alsof ze wilde dat wij haar ondervroegen, alsof ze zich wilde voordoen als de kwade genius achter een of andere groots snood plan. Ik durf te zeggen dat ze het prachtig zou hebben gevonden als we haar daadwerkelijk hadden gearresteerd. Het zou haar alle aandacht hebben opgeleverd waar ze naar verlangde.' Clive plukte een kruimel van het tafelkleed en legde die zorgvuldig op de rand van zijn schoteltje. 'Het is niet gemakkelijk om oud te worden en je invloed te voelen afnemen. Ze was ooit mooi en gezaghebbend geweest, de vrouw des huizes. Er hing een portret van haar boven de haard in de bibliotheek; indrukwekkend, dat was ze. Ik huiver nog steeds als ik terugdenk aan de wijze waarop die geschilderde ogen me overal leken te volgen.' Hij keek Sadie aan en zijn eigen blik vernauwde zich, waardoor ze een glimp opving van de geharde politieman die hij ooit moest zijn geweest. 'Evengoed was elke aanwijzing er een, en God weet hoe weinig we er hadden, en ik hield het paar, Anthony en Eleanor, sindsdien angstvallig in de gaten.'

'En?'

'Het verlies van een kind hakt er in de meeste families diep in, dat bewijst het grote aantal ouders dat uit elkaar gaat na een dergelijke tragedie, maar zij waren ontzettend lief voor elkaar. Hij was zo zorgzaam tegenover haar en beschermend, zag erop toe dat ze voldoende rustte, hield haar tegen toen ze naar buiten wilde stormen om mee te doen aan de zoekactie. Hij verloor haar haast geen moment uit het oog.' Zijn mond verstrakte toen hij eraan terugdacht. 'Het was echt een vreselijke tijd. De arme vrouw, dat moet de grootste nachtmerrie van een moeder zijn, maar ze gedroeg zich zo waardig. Weet je, nadat de familie was verhuisd kwam ze toch jarenlang hier weer terug.'

'Naar het dorp?'

'Naar het huis. Maar in haar eentje.'

Dat was nieuw. Berties vriendin Louise had de indruk gewekt dat na de verdwijning van Theo niemand van de familie ooit nog naar het landgoed terug was gekeerd. 'Hebt u haar gezien?'

'Bij de politie hoor je dingen, in de stad deed het gerucht de ronde dat er weer iemand in het huis aan het meer aanwezig was. Ik ben een paar keer bij haar langsgegaan, om me ervan te verzekeren dat ze het goed maakte, om te zien of ik iets voor haar kon doen. Ze was altijd beleefd, zei dat ze het attent van me vond maar dat ze alleen maar een poosje weg wilde uit Londen.' Hij glimlachte bedroefd. 'Maar ik wist dat ze nog altijd hoopte dat hij terug zou komen.'

'Voor haar was het niet voorbij.'

'Natuurlijk niet. Haar kindje was daar ergens. Ze heeft me een paar keer bedankt, zei dat ze dankbaar was voor alle moeite die wij ons hadden getroost, omdat we zo hard naar haar zoon hadden gezocht. Ze heeft zelfs een uitzonderlijk royale donatie gedaan aan het plaatselijke politiebureau. Ze was heel waardig. Heel verdrietig.' Hij fronste zijn voorhoofd, ging op in zijn herinneringen. Toen hij opnieuw sprak, had zijn stem een bittere, weemoedige ondertoon. 'Ik hoopte toen nog steeds dat ik de jongen voor haar zou kunnen vinden. Het zat me niet lekker, dat niet afgesloten dossier. Kinderen verdwijnen niet zomaar, toch? Die gaan ergens heen.' Hij keek haar even aan. 'Heb jij ooit zo'n soort zaak gehad? Zoiets vreet aan je.'

'Een enkele keer,' zei Sadie, en in gedachten zag ze Caitlyn Bailey voor zich in de gang van die flat. Ze herinnerde zich het gevoel van dat kleine handje, warm en vertrouwelijk in de hare, het kietelende gevoel van het warrige haar van het kind toen ze haar voorleesboek pakte en haar hoofd tegen Sadies schouder vlijde.

'Dit was de mijne,' zei hij. 'Die des te erger was omdat we zo weinig hadden om mee te werken.'

'Maar u zult toch wel theorieën hebben gehad?'

'Er waren aanwijzingen, sommige sterker dan andere. Recente veranderingen in de samenstelling van het personeel, een vermist flesje slaaptabletten die wellicht bij de ontvoering konden zijn gebruikt en een vriend van de familie die onder ongebruikelijke omstandigheden overleed, een zekere Daffyd Llewellyn...'

'De schrijver...'

'Die bedoel ik. Hij was in zijn tijd heel beroemd.'

Sadie kon zich wel voor haar hoofd slaan dat ze het proefschrift uit de bibliotheek had laten liggen zonder het hoofdstuk over Llewellyn te hebben opengeslagen. Ze herinnerde zich het voorwoord van *Eleanors toverdeur* en de vermelding van een postuum verleende koninklijke onderscheiding in 1934. Het was toen niet tot haar doorgedrongen dat zijn dood zo snel op de verdwijning van Theo was gevolgd. 'Wat is er gebeurd?'

'Toen onze zoekactie een paar dagen bezig was, bevonden we ons bij de rivier, op korte afstand van het boothuis, en iemand riep: "Een lijk!" Maar het was niet de dreumes, het was een oude man. Zelfmoord, bleek later. We dachten dat hij uit wroeging de hand aan zichzelf had geslagen, dat hij iets te maken gehad had met de verdwijning van de jongen.'

200

'En weet u zeker dat dat niet het geval was?'

'We hebben het nader onderzocht, maar er was geen motief. Hij verafgoodde de jongen, en iedereen die we hebben ondervraagd bevestigde dat hij Eleanors dierbaarste vriend was. Hij heeft een boek over haar geschreven toen zij nog een klein meisje was, wist je dat?'

Sadie knikte.

'Ze was er volkomen kapot van – ze stortte in toen ze het te horen kreeg. Verschrikkelijk.' Hij schudde zijn hoofd. 'Een van de ergste dingen die ik ooit heb meegemaakt.'

Sadie dacht erover na. Een kind wordt vermist en een goede vriend van de familie pleegt enkele uren of dagen daarna zelfmoord. 'De timing is hoogst uitzonderlijk.'

'Daar heb je gelijk in, maar we hebben met de plaatselijke arts gesproken en die vertelde ons dat Llewellyn in de voorafgaande weken angstaanvallen had gehad. We vonden een flesje barbituraten in zijn zak.'

'Slikte hij die?'

'De schouwarts constateerde een overdosis. Llewellyn had de pillen vermengd met champagne, was aan de oever van de rivier gaan liggen en nooit meer wakker geworden. Merkwaardige timing, zoals jij ook al opmerkte, als je in aanmerking neemt dat de jongen in diezelfde tijd was ontvoerd, maar verdacht was het niet. En er was al helemaal niets om zijn lot op de een of andere manier te verbinden met dat van Theo Edevane. Puur toeval.'

Sadie glimlachte flauwtjes. Ze hield niet van toevalligheden. In haar ervaring was er doorgaans sprake van verbanden die alleen nog niet waren aangetoond.

En nu trilden haar voelsprieten. Ze had het gevoel dat de dood van die Llewellyn meer om het lijf had dan je op het eerste gezicht zou zeggen. Clive had die mogelijkheid duidelijk lang geleden uit zijn gedachten gezet, maar Sadie maakte een aantekening dat ze daar later nog eens goed naar wilde kijken. *Zelfmoord Llewellyn – timing toeval of was hij erbij betrokken? Wroeging?*

Ondertussen… Ze tikte nadenkend met haar pen op het schrijfblok en omcirkelde het woord *toeval*. Want er was natuurlijk nog een derde mogelijkheid in de zaak Theo Edevane, misschien wel de ijzingwekkendste van alle: dat het kind het huis nooit had verlaten – tenminste niet levend. Sadie had zaken meegemaakt waarbij kinderen gewond of gedood waren

– per ongeluk of anderszins – en het misdrijf vervolgens was gepleegd om dat te verhullen. Degenen die er verantwoordelijk voor waren konden het hebben doen voorkomen dat er sprake was van een ontvoering of dat het kind was weggelopen om zo de aandacht af te leiden van de plaats van het misdrijf.

Een serie klikjes verstoorde haar gedachtegang en voor het eerste merkte ze de grote digitale klok op die op de bank achter Clive stond. Het was er zo eentje met plastic klapkaartjes en er waren er net drie tegelijk omgeklapt om aan te geven dat het elf uur was. Plotseling realiseerde Sadie zich dat het middaguur snel naderbij kwam en dat Clives dochter dan zou komen om een einde aan hun gesprek te maken.

'En hoe zit het met de zussen?' vroeg ze, met hernieuwde aandrang.

'Hebt u hen gesproken?'

'Meer dan eens.'

'Heeft dat iets opgeleverd?'

'Meer van hetzelfde. De jongen was geliefd. Ze hadden niets ongewoons opgemerkt, ze beloofden ons op de hoogte te stellen als ze dachten dat er iets was waar we wat aan zouden kunnen hebben. Ze hadden allemaal een alibi voor die avond.'

'U fronst uw wenkbrauwen.'

'Echt?' Clive knipperde met zijn blauwe ogen achter zijn brillenglazen. Hij streek met zijn hand over zijn witte haar en haalde toen zijn schouders op. 'Ik denk dat ik altijd voelde dat er iets was wat de jongste ons niet heeft verteld. Het was maar een voorgevoel, het had iets te maken met de eigenaardige manier waarop ze zich gedroeg. Ze kreeg een kleur toen we haar ondervroegen, sloeg haar armen over elkaar en weigerde ons recht in de ogen te kijken. Maar ze hield bij hoog en bij laag vol dat ze geen idee had wat er met hem was gebeurd, dat er de voorafgaande weken niets bijzonders binnen het gezin had plaatsgevonden, en er was geen spoor van bewijs dat zij erbij betrokken kon zijn geweest.'

Sadie dacht nog eens na over een mogelijk motief. Afgunst lag het meest voor de hand. Een meisje dat bijna twaalf jaar lang de benjamin van het gezin was geweest, totdat er een broertje, een zeer geliefd broertje, bij kwam en haar plaats innam. Het feest zou het ideale moment zijn geweest om een obstakel uit de weg te ruimen, het rumoer en de bedrijvigheid zouden het gemakkelijk maken om ongezien weg te glippen.

Of anders… (en beslist waarschijnlijker dan dat Clementine Edevane een kleine psychopaat was met moordneigingen?) – Sadie herinnerde zich Pickerings verslag van de gewoonte van het meisje om Theo 's ochtends mee naar buiten te nemen, de hardnekkigheid waarmee ze volhield dat de deur van de kinderkamer dicht was geweest toen ze erlangs liep, dat ze niet naar binnen was gegaan om haar broertje op te halen zoals ze soms deed. Maar als ze dat nu eens wel had gedaan, en er was hem iets verschrikkelijks overkomen, een ongeluk, en als ze te bang was geweest, te beschaamd, om het aan iemand te vertellen?

'Er was een schoonmaakploeg op het terrein,' zei Clive, die begreep wat er in haar omging. 'Vanaf het moment dat de laatste gast was vertrokken, helemaal tot de volgende dag aanbrak, was een daartoe ingehuurd bedrijf bezig het hele terrein op te ruimen. Niemand heeft iets gezien.'

Maar, dacht Sadie, als er nu nog eens een andere manier was om het huis ongezien te verlaten? Ze schreef het woord *Clementine* op in haar schrijfblok en omcirkelde het. 'Wat was zij voor iemand? Clementine Edevane.'

'Een wildebras zou je haar waarschijnlijk hebben genoemd, maar toch ook overgevoelig. Ze waren allemaal een beetje anders, de Edevanes. Charmant, charismatisch. Ik mocht hen wel. Ik had respect voor hen. Ik was nog maar zeventien en zo groen als gras. Ik had nog nooit zulke mensen ontmoet. Het zal wel iets romantisch zijn geweest, vermoed ik – het grote huis, de tuin, de manier waarop ze spraken, de dingen waarover ze spraken, hun elegante manieren en het gevoel van ongeschreven regels waaraan ze zich hielden. Ze hadden iets betoverends.' Hij keek haar aan. 'Wil je een foto van ze zien?'

'Hebt u die dan?'

Hij had het spontaan aangeboden, gretig zelfs, maar nu aarzelde hij. 'Ik weet niet goed… nou ja, het is een beetje gênant, jij bent per slot van rekening in functie bij de politie…'

'Nauwelijks,' liet Sadie zich ontvallen voordat ze er erg in had.

'Nauwelijks?'

Ze gaf zich gewonnen en zuchtte. 'Er was een zaak,' begon ze, en toen, misschien was het de rust in de keuken, de afstand van Londen en haar feitelijke bestaan, de professionele band die ze voelde met Clive, of de opluchting dat ze eindelijk iemand het geheim kon vertellen dat ze zo angstvallig voor Bertie verborgen had gehouden, maar Sadie gaf hem een beknopt overzicht van de zaak-Bailey. Hoe zij had geweigerd de zaak los te laten, er zelf van overtuigd was en anderen ervan had proberen te overtuigen dat er meer aan de hand was dan er op het eerste gezicht leek te zijn, dat ze hier in Cornwall niet op vakantie was maar op gedwongen verlof was gestuurd.

Clive luisterde zonder haar in de rede te vallen en toen ze was uitgesproken, fronste hij niet zijn voorhoofd of begon hij een zedepreek of vroeg hij haar te vertrekken. Hij zei eenvoudigweg: 'Ik heb het in de krant gelezen. Een vreselijke toestand.'

'Ik had nooit met die journalist mogen praten.'

'Je dacht dat je er goed aan deed.'

'Ik heb er niet goed genoeg over nagedacht, dat is het probleem.' Ze kreeg een brok in haar keel van zelfverwijt. 'Ik had een vóórgevoel.'

'Nou, dat is niet iets om je voor te schamen. Soms zijn "voorgevoelens" lang niet zo onbestemd als ze lijken. Soms zijn ze louter het product van dingen die we hebben waargenomen zonder ons daarvan bewust te zijn.'

Dat was aardig van hem. Sadie had intuïtief een antipathie tegen mensen die aardig wilden zijn. Misschien was de aanpak bij de politie veranderd sinds Clive met pensioen was, maar Sadie was er tamelijk zeker van dat orders aan je laars lappen en iets openbaar maken op grond van een voorgevoel nog nooit als acceptabel werden beschouwd. Ze glimlachte zuinig. 'U had het over een foto?'

Hij begreep het en liet de zaak-Bailey verder rusten. Hij leek een ogenblik na te denken voordat hij knikte. 'Ogenblikje, alsjeblieft.'

Hij schuifelde de gang door en Sadie hoorde hem rondscharrelen en mopperen in een kamer aan de achterkant van het huis. De kat staarde haar met grote groene ogen en een langzaam schokkerig zwaaiende staart aan. *Nou, nou, nou,* leek die staart te zeggen. 'Wat moet je van mij?' snauwde Sadie binnensmonds. 'Ik heb al toegegeven dat het mijn schuld was.'

Ze speelde met het labeltje van het tafelkleed en probeerde niet aan Nancy Bailey te denken. *Haal het niet in je hoofd om contact te zoeken met die oma.* Ze probeerde de gewaarwording van dat warme kleine handje in haar hand te negeren. Ze keek op de klok en vroeg zich af of het mogelijk was dat Clive daar achter in het huis op dat moment met de Londense politie belde.

Er klapten weer twee nummertjes trillend om en eindelijk, na wat een vertraagde tijdsperiode had geleken, keerde Clive terug, en Sadie vond dat hij net zo zenuwachtig oogde als zij zich voelde. Hij had een onverklaarbare uitdrukking van opwinding op zijn gezicht en ze besloot dat hij, tenzij hij een sadist was, en daar was tot dusverre niets van gebleken, niet terugkwam na haar bij Ashford te hebben aangegeven. Ze zag ook dat hij geen foto bij zich had; in plaats daarvan had hij een dikke map onder zijn arm. Het was een vertrouwd formaat. 'Ik wilde eerst even zien wat ik van je vond,' zei Clive toen hij bij de tafel aankwam. 'Maar toen ik met pensioen ging, dacht ik dat niemand er iets van zou merken, laat staan dat ze zich eraan zouden storen, dus heb ik...'

'Het dossier!' Sadie zette grote ogen op.

Een kort knikje.

'U hebt het Edevane-dossier meegenomen.'

'Geleend. Ik geef het terug zodra de zaak is opgelost.'

'Ú...!' Bewondering tekende zich af op haar gezicht terwijl ze naar de map keek die nu op de tafel tussen hen in lag, barstensvol transcripties van verhoren, beeldmateriaal, namen, cijfers en theorieën.

'Snóódaard! Wat bent u een verrukkelijke snoodaard.'

Hij stak zijn kin naar voren. 'Zolang het in het archief stof ligt te verzamelen heeft niemand er wat aan, of wel soms? Niemand zou het missen. Van de meeste collega's waren de ouders nog niet eens geboren toen het gebeurde.' Zijn onderlip trilde een beetje. 'Het is míjn zaak. Míjn onopgeloste zaak.'

Hij overhandigde haar een grote zwart-witfoto die bovenop in de map lag: een aantrekkelijke, vermogende familie, met kapsels, kleding en hoeden die in de jaren dertig in zwang waren. De foto was buiten gemaakt, tijdens een picknick, en ze hadden zich behaaglijk geïnstalleerd op een plaid vol met borden en theekopjes; achter hen bevond zich een stenen muur die Sadie herkende als de muur aan de onderkant van de tuin, vlak bij de rivier. Eleanor en haar man Anthony zaten in het midden. Sadie herkende ze van de foto in de krant, hoewel ze er hier gelukkiger en daardoor ook jonger uitzagen. Een oudere vrouw, die Constance deShiel moest zijn, zat in een rotanstoel links van haar dochter, en drie meisjes, tieners zo te zien, zaten bij elkaar aan de andere kant, met de benen uitgestrekt en de voeten bij de enkels over elkaar in de zon. Deborah, de oudste en knapste in klassieke zin, zat dicht bij haar vader, met een sjaal om haar hoofd; Alice zat naast haar, met een treffende blik die Sadie kende van haar foto achter op haar boeken; en aan de andere kant zat een lang en mager meisje dat duidelijk jonger was dan de andere twee en dat dus Clementine moest zijn. Haar lichtbruine golvende haar met een scheiding opzij reikte net tot haar schouders, maar haar gezicht was moeilijk te onderscheiden. Ze keek niet in de lens, maar glimlachte naar het jongetje dat bij de voeten van zijn moeder zat. Baby Theo, een armpje uitgestrekt naar zijn zus, een zacht speeltje in zijn hand.

Onwillekeurig ontroerde de foto Sadie. De graspollen, de schaduwen op een zomerdag zo lang geleden, de kleine witte vlekjes van de madeliefjes op de voorgrond van de foto. Het was een ogenblik, één enkel moment uit het leven van een gelukkig gezin, vastgelegd op de gevoelige plaat voordat alles anders was geworden. Clive had gezegd dat de Edevanes anders waren dan iedereen die hij eerder had ontmoet, maar het was juist de gewoonheid van deze mensen, van dit tafereeltje, die Sadie frappeerde. Anthony's jasje achteloos achter hem geworpen, de half opgepeuzelde cake in Deborahs hand, de glanzende retriever die netjes op was gaan zitten, kijkend naar zijn beloning.

Ze fronste haar wenkbrauwen en bekeek de foto nog eens goed. 'Wie is dat?' Er stond nog een andere vrouw op de foto. Sadie had haar aanvankelijk niet opgemerkt; ze viel niet op in het gevlekte licht onder aan de stenen muur.

Clive bestudeerde de foto. 'Dat is het kindermeisje van het jongetje. Rose Waters heette ze.'

'Kindermeisje,' zei Sadie nadenkend. Ze wist het een en ander van kindermeisjes; ze had *Mary Poppins* gezien. 'Sliepen die vroeger niet bij de kinderen op de kinderkamer?'

'Inderdaad,' zei Clive. 'Helaas had ze het huis aan het meer enkele weken voor het feest verlaten. Het heeft ons nog enige moeite gekost om haar op te sporen. We hebben haar uiteindelijk weten te traceren via een zus in Yorkshire. Nog maar net op tijd: ze bevond zich in een hotel in Londen en stond op het punt het land te verlaten om aan een nieuwe baan te beginnen.' Hij krabde op zijn hoofd. 'In Canada, als ik me niet vergis. We hebben met haar gesproken, maar dat heeft weinig opgeleverd.'

'Dus tijdens het midzomerfeest was er geen kindermeisje op Loeanneth?'

'O, er was wel degelijk een vervangster. Hilda Bruen. Een echte oude tang, een van die ouderwetse kinderjuffen van het type dat het heerlijk vindt om kinderen levertraan te voeren en ze aan het huilen te maken, terwijl ze hun op het hart drukt dat het voor hun eigen bestwil is. Jonger dan ik nu ben, maar toen ik zelf nog jong was leek ze zo oud als Methusalem. Ze had al in het huis aan het meer gewerkt toen Eleanor nog een kleine meid was en toen Rose Waters was vertrokken is ze op haar oude dag opnieuw gemobiliseerd.'

'Zij was daar dus aanwezig in de nacht dat het jongetje verdween?'

'In dezelfde kamer.'

Dat was groot nieuws. 'Maar dan moet ze toch iets hebben gehoord?'

Clive schudde zijn hoofd. 'Ze sliep als een roos. Het gerucht ging dat ze een flinke slok whisky had genomen om het feestgedruis buiten te kunnen sluiten. En voor zover ik heb begrepen deed ze dat wel vaker.'

'Dat meent u niet!'

'Waarachtig wel.'

'In het boek van Pickering wordt ze nergens genoemd.'

'Nee, nou ja, waarom zou ze ook, nietwaar? Hij was een onnozele kerel en niemand wilde met hem praten, dus moest hij zich beperken tot wat hij uit de kranten kon opdiepen.'

'Ik begrijp niet goed hoe zoiets úít de krant kon worden gehouden – iemand die in dezelfde kamer sliep als het jongetje?'

'Daar stond de familie op. Eleanor Edevane is bij mijn baas geweest om hem te laten beloven dat er niets in het openbaar zou worden gezegd over Hilda Bruen. De kinderjuf had al heel lang een band met de familie en ze konden niet toestaan dat haar reputatie door het slijk werd gehaald. De rechercheur die het onderzoek leidde vond het maar niks,' – hij haalde zijn schouders op – 'maar zoals ik al zei, het waren andere tijden. Een vooraanstaande familie als de Edevanes kreeg een zekere voorkeursbehandeling die ze nu niet meer zou krijgen.'

Sadie vroeg zich af hoeveel aanwijzingen er nog meer verloren waren gegaan door een dergelijke 'voorkeursbehandeling'. Ze zuchtte en leunde achterover op haar stoel en wiebelde met haar pen voordat ze hem zacht op het schrijfblok gooide. 'Er is maar zo weinig om op door te borduren.'

Clive glimlachte bedroefd verontschuldigend. Hij wees op de uitpuilende dossiermap. 'Weet je, in al die paperassen, in honderden verhoren, was er maar één ooggetuige die dacht wellicht iets nuttigs te hebben gezien.'

Sadie trok vragend haar wenkbrauwen op.

'Een van de gasten op het feest beweerde dat zij op die bewuste avond het silhouet van een vrouw had gezien voor het raam van de kinderkamer. Even na middernacht, naar haar zeggen. Het vuurwerk werd net afgestoken. Ze had het bijna verzwegen, zei ze. Ze had zich afgezonderd met iemand die niet haar echtgenoot was.'

Sadies wenkbrauwen gingen verder omhoog.

'Ze zei dat ze niet met zichzelf had kunnen leven als de jongen niet werd gevonden omdat zij iets had verzwegen.'

'Was ze een betrouwbare getuige?'

'Ze bezwoer ons dat ze het had gezien, maar de volgende dag stonk haar adem nog naar alcohol.'

'Kan het de oude kinderjuf zijn geweest die ze heeft gezien?'

Clive schudde zijn hoofd. 'Dat betwijfel ik. Ze hield bij hoog en bij laag vol dat het een silhouet van een slanke vrouw was en Hilda Bruen was behoorlijk gezet.'

Sadie pakte de foto van de picknick nog een keer op. Er waren een hoop vrouwen in de familie Edevane en ze waren allemaal slank. Nu ze er nog eens goed naar keek, was Anthony Edevane in feite de enige man op de foto – afgezien van de kleine Theo uiteraard. Hij was een aantrekkelijke man; even in de veertig, hier, met donkerblond haar, een hoog intelligent voorhoofd en het soort glimlach waarop hij, zo vermoedde Sadie, iedereen van wie hij hield gulhartig trakteerde.

Toen richtte ze haar blik op de vrouw bij de stenen muur die zich, afgezien van een slanke enkel die door het zonlicht werd beschenen, in de schaduw had teruggetrokken. 'Waarom is ze weggegaan? Rose Waters, bedoel ik.'

'Ze werd weggestuurd.'

'Ontslagen?' Sadie keek abrupt op.

'Een meningsverschil, volgens Eleanor Edevane.'

'Waarover?'

'Het had iets te maken met vrijheden die ze zich had veroorloofd. Het was allemaal nogal vaag.'

Sadie dacht erover na. In haar oren klonk het als een voorwendsel; het soort dingen waar mensen mee kwamen aandragen als ze een onaangename waarheid wilden verhullen. Ze keek naar Eleanor. Op het eerste gezicht had Sadie de indruk gehad dat het een foto was van een gelukkige, zorgeloze familie die genoot van een warme zomerdag. Nu merkte ze dat ze zich op dezelfde manier zand in de ogen had laten strooien als Clive. Ze had zich door de charme en rijkdom en aantrekkelijkheid van de familie Edevane laten verblinden. Ze keek nog eens goed. Verbeeldde ze het zich nu of was het knappe gelaat van Eleanor getekend door stress? Sadie zuchtte langzaam en nadenkend. 'En hoe zat het met Rose Waters? Had zij hetzelfde verhaal?'

'Inderdaad. Zij was er ook vreselijk ontdaan over. Ze beschreef het ontslag als volkomen onverwacht en onrechtvaardig. Ze was er helemaal overstuur van omdat het haar eerste baantje als kindermeisje was. Ze was er tien jaar in dienst geweest, sinds haar achttiende. Maar toch kon ze er niets tegen beginnen; toen bestond er geen beroepsmogelijkheid. Ze bofte nog dat ze een goed getuigschrift meekreeg.'

De timing, Rose' gevoel dat haar onrecht was aangedaan, haar vertrouwdheid met de familieleden en hun manier van leven. Het gaf Sadie een vreemd gevoel. 'Ze moet een verdachte zijn geweest.'

'Iedereen was een verdachte. Iedereen en niemand. Dat was de helft van het probleem: we hebben nooit iemand kunnen uitsluiten. Rose Waters werd kwaad toen we haar ondervroegen en raakte helemaal over haar toeren toen ze hoorde wat er was gebeurd. Ze maakte zich ontzettend zorgen om het jongetje. Volgens de andere leden van het personeel hadden ze een heel hechte band. Meer dan eens kregen we te horen dat ze van het kind hield alsof het van haarzelf was.'

Sadies hart begon sneller te kloppen.

Clive leek het te merken. 'Ik weet hoe het klinkt,' zei hij, 'maar dat gebeurde heel vaak na de Eerste Wereldoorlog. Een hele generatie lag begraven onder de modder in Frankrijk en met hen de hoop op een huwelijk van miljoenen jonge vrouwen. Een betrekking bij een familie als de Edevanes was het dichtste bij het baren van een eigen kind dat ze ooit zouden komen.'

'Het moet verschrikkelijk voor haar zijn geweest om te worden gescheiden van het jongetje van wie ze zoveel hield.'

Clive, die haar gedachtegang had gevolgd, zei op bedaarde toon: 'Dat staat buiten kijf, maar houden van het kind van een ander is nog heel iets anders dan het kind stelen. Er was niets wat haar met de misdaad in verband bracht.'

'Behalve een getuige die een vrouw in de kinderkamer van het jongetje heeft gezien.'

Hij knikte weinig overtuigd, duidelijk van mening dat hij, hoewel niets kon worden uitgesloten, die theorie uiterst vergezocht vond. 'Niemand heeft haar op het landgoed gezien, ze was niet aanwezig op het feest en iemand van de receptie van het hotel in Londen heeft verklaard dat hij haar een ontbijt heeft geserveerd op de vierentwintigste juni.'

Alibi's konden heel fragiel zijn. Er waren tal van redenen waarom iemand zich geroepen voelde een verklaring ten gunste van een ander af te leggen. En dat Rose Waters niet op Loeanneth was gesignaleerd deed niet ter zake als Sadies theorie over de tunnel klopte.

Sadie had het gevoel dat ze wel eens op een waardevolle aanwijzing kon zijn gestuit. Het was een gevoel waar ze nooit genoeg van dacht te krijgen. Het kindermeisje had van het jongetje gehouden; ze was plotseling en in haar ogen onbillijk ontslagen; een ooggetuige had verklaard het silhouet van een vrouw in de kinderkamer te hebben gezien. Bovendien had Rose Waters geruime tijd in het huis gewoond. Het was niet ondenkbaar dat ze in de tijd dat ze daar verbleef van het bestaan van de tunnel had gehoord. Van een van de dochters wellicht? Van Clementine? Was dat het geheim dat, zoals Clive vermoedde, de jongste dochter van de Edevanes koesterde?

Toegegeven, het ontvoeren van het jochie was een extreme daad, maar was niet elk misdrijf de volvoering van een extreme reactie? Sadie trommelde met haar vingertoppen op de rand van de tafel. Het ontslag van Rose Waters was belangrijk, ze wíst het gewoon.

'Eén ding kan ik je wel vertellen. Het was erg jammer dat ze die avond niet op Loeanneth aanwezig was,' zei Clive. 'Een aantal van de mensen die we hebben verhoord heeft verteld hoe oplettend Rose Waters was als het om het ventje ging. Zelfs Eleanor Edevane zei dat het nooit zou zijn gebeurd als kindermeisje Rose er nog was geweest. Ze nam het zichzelf vreselijk kwalijk.'

'Dat ze het kindermeisje had ontslagen?'

Hij knikte. 'Maar ouders vinden meestal wel een manier om zichzelf de schuld te geven, is het niet?' Hij pakte de foto, bestudeerde hem en veegde voorzichtig met de achterkant van zijn vinger een stofje weg. 'Weet je, tijdens de Tweede Wereldoorlog kwam ze niet meer naar het huis. Ik dacht dat het enkel aan de oorlog lag, die van alles zo'n bloederige puinhoop maakte, maar zelfs toen hij voorbij was is Eleanor Edevane nooit meer terug geweest. Ik vroeg me wel eens af of ze soms door een bom was getroffen. Verschrikkelijk om zoiets te zeggen, maar dat deed de oorlog met je: we raakten allemaal gewend aan het idee dat er mensen stierven. Jammer dat het huis verlaten is achtergebleven, maar het is begrijpelijk dat ze is weggebleven. Zoveel dood en verderf, de tijd die zich maar voortsleepte, zes lange, gruwelijke oorlogsjaren. De wereld was veranderd toen er een einde aan kwam. Er waren meer dan elf jaren voorbijgegaan sinds de jongen vermist werd. Wat voor wake zij hier ook heeft gehouden, ik denk dat ze zich eroverheen had gezet, het jongetje eindelijk had losgelaten.'

Sadie vroeg zich af of hij daar gelijk in had, of er een moment kwam waarop zelfs iemand die ontroostbaar was over het verlies van een dierbare uiteindelijk het onloochenbare feit zou accepteren. Of een half decennium van oorlog en schaarste, van massavernietiging en verspilling, de herinnering aan een relatief klein persoonlijk verlies kon uitwissen, ongeacht hoe schrijnend het was geweest. Misschien kon je leren leven met de schim van een kind. Alles was mogelijk – kijk maar naar Maggie Bailey. Zij had haar kind in de steek gelaten. ('Dat heeft ze niet gedaan, zoiets zou ze nóóit doen,' had Nancy Bailey volgehouden. Sadie verdrong de stem uit haar hoofd.)

'Zo,' zei Clive met een spijtige glimlach. 'Daar heb je het. De zaak-Edevane in een notendop. Duizenden manuren, de beste bedoelingen, tientallen jaren een persoonlijke obsessie en nagenoeg zonder enig resultaat. Vandaag zijn er nog net zo weinig aanknopingspunten als in de eerste dagen van het onderzoek.'

Sadie voelde het gewicht van haar onuitgesproken theorie zwaar tussen hen in hangen. Dit was het moment om het hem te vertellen. Hij had haar zijn dossier toevertrouwd, het minste wat ze kon doen was hem eenzelfde vertrouwen schenken. Ze zei: 'Misschien heb ik iets nieuws.'

Clive hield zijn hoofd schuin alsof ze in een vreemde taal had gesproken en hij probeerde te achterhalen wat de betekenis van haar verklaring kon zijn.

'Een theorie, bedoel ik.'

'Ik heb je wel verstaan.' Zijn ogen lichtten op en vernauwden zich tegelijkertijd, alsof hij zich wapende tegen zijn eigen gretigheid. Toen hij sprak klonk zijn stem knarsend. 'Ga door.'

Sadie begon met de kaart die Alastair voor haar had opgesnord, de oudheid en onbekendheid ervan, de ongebruikelijke herkomst, en beschreef vervolgens de plattegrond met de kleine niet-benoemde nis in de muur en haar theorie dat die toegang zou kunnen bieden tot een tunnel.

Hij knikte heftig toen ze was uitgesproken en zei: 'Ik wist dat er ten minste één tunnel was, die hebben we een van de eerste dagen geïnspecteerd, ook al was het valluik dat uitkwam in de tuin verzegeld, maar ik wist niets van een tunnel die naar dat deel van het huis leidde – niemand wist daarvan. En die kaart is oud, zeg je?'

'Heel oud. Hij lag met andere spullen ergens in een ondergelopen kelder opgeslagen en werd pas tijdens recente renovaties gevonden. De hele boel is ter restauratie opgestuurd naar het Regionaal Archief en zo ben ik eraan gekomen.'

Clive stak zijn vingers onder zijn bril om over de brug van zijn neus te wrijven. Hij sloot zijn ogen en dacht na. 'Ik vraag me af of het mogelijk is dat...' mompelde hij. 'Maar waarom zou niemand daar iets over hebben gezegd? Waren zij er misschien ook niet van op de hoogte?'

'We weten niet of er een tunnel wás,' bracht Sadie hem in herinnering.

'Niet zeker. Ik moet in het huis zien te komen om het te controleren. Ik heb Alice Edevane geschreven en...'

'Poeh,' zei hij op vinnige toon, terwijl hun blikken elkaar kruisten. 'Je perst nog eerder bloed uit een steen dan dat je hulp krijgt van haar.'

'Dat heb ik gemerkt. Waarom is dat? Waarom is zij niet net zo nieuwsgierig als wij om erachter te komen wat er is gebeurd?'

'Geen idee. Perversiteit? Stijfkoppigheid? Ze schrijft misdaadromans. Wist je dat? Ze is heel beroemd.'

Sadie knikte afwezig. Was dat de reden dat ze niets had gehoord? Waren haar brieven zoekgeraakt tussen de honderden andere die een auteur als A.C. Edevane zeker ontving? Fanmail, verzoeken om financiële steun, dat soort dingen.

'Over een politieman die Brent heet,' vervolgde Clive. 'Ik heb er een paar gelezen. Niet slecht. Ik heb geprobeerd tussen de regels door te lezen, om te zien of er iets was dat kon helpen bij het onderzoek. Ik heb haar een tijdje geleden op televisie gezien. Ze was nog precies zoals ik me haar herinnerde.'

'Hoe bedoelt u?'

'Uit de hoogte, ondoorgrondelijk, zeker van zichzelf. Ze was zestien toen haar broertje vermist raakte, slechts één jaar jonger dan ik was, maar van een totaal ander slag. Een koude kikker toen we haar ondervroegen.'

'Te koud?'

Een knikje. 'Ik vroeg me toentertijd af of ze niet een toneelstukje opvoerde. Ik kon niet geloven dat een jong meisje zo beheerst kon zijn. En ja hoor, later kreeg ik een andere kant van haar te zien. Mijn talent als politieman was toen mijn nederigheid. Als een muisje. Ik wist me heel goed onzichtbaar te maken. Dat had zijn voordelen. Mijn baas stuurde me eropuit om een nieuwe pen voor hem te zoeken – in zijn oude zat geen inkt meer – en toen ik terugkeerde naar de entreehal zag ik haar rondhangen op de trap en in de richting sluipen van de deur van de bibliotheek waar wij onze verhoren hielden. Toen veranderde ze opeens van gedachten en trok zich terug in de schaduw.'

'Denkt u dat ze moed stond te verzamelen om aan te kloppen om jullie iets te vertellen?'

'Dat of ze was buitengewoon nieuwsgierig naar wat er daarbinnen werd besproken.'

'Hebt u het haar gevraagd?'

'Ze keek me aan met die kille blauwe ogen van haar en zei dat ik moest ophouden haar de les te lezen en beter op zoek kon gaan naar haar broertje. Ze sprak op gezaghebbende toon, maar haar gezicht – het werd bijna lijkbleek.' Hij boog zich dichter naar haar toe. 'In mijn ervaring gedragen mensen die meer van een misdrijf afweten dan ze zouden moeten weten zich op een van twee manieren: of ze maken zichzelf onzichtbaar, of ze worden naar het onderzoek toe getrokken als motten naar een vlam.'

Sadie dacht erover na. 'Ik moet in dat huis zien te komen.'

'Dat moet je zeker. Dat moeten wíj.' Hun blikken kruisten elkaar. 'Denk maar niet dat ik niet met je meega.'

'Ik zal haar vanmiddag opnieuw schrijven.'

'Ja.' Hij leek nog iets te willen zeggen.

'Wat is er?'

Clive trok beide panden van zijn gebreide vest recht en deed angstvallig zijn best haar blik te ontwijken. 'Het is natuurlijk het beste als we toestemming van de eigenares hebben…'

'Ja,' beaamde Sadie.

'... maar er is nog een andere optie. Er is een mannetje dat hier in de buurt woont en wordt betaald om een oogje in het zeil te houden om te voorkomen dat vandalen en wilde dieren het al te gezellig maken in het huis.'

'Dat heeft hij dan niet best gedaan.'

'Dat mag zo zijn, maar die man heeft een sleutel.'

'Aha.'

'Als je wilt kan ik je aan hem voorstellen.'

Sadie zuchtte diep en nadenkend. Dat idee trok haar aan. Maar ze zou over een paar dagen naar Londen gaan en ze moest zich strikt aan de regels houden als ze wilde dat Donald haar zou steunen...

'Ik probeer het nog één keer,' zei ze ten slotte. 'Om te zien of ik toestemming van Alice Edevane kan krijgen.'

'En als dat niet lukt...'

'Dan weet ik u te vinden.'

16

Cornwall, 2003

Berties huis was verlaten toen Sadie daar terugkeerde. Er lag een briefje op tafel waarop stond dat haar grootvader de deur uit was om dingen voor het festival te regelen en ernaast lag een niet ingepakt cadeautje, een ingelijst lapje stof met daarop een wat onbeholpen met oranje garen geborduurde tekst. *Moge je verleden een aangename herinnering zijn, je toekomst vol van vreugde en geheimen, en je heden een luisterrijk moment, dat je leven vult met diepe voldoening.* Op het bijgevoegde kaartje stond dat het een Keltische heilspreuk was die Louise 'met genegenheid' voor Bertie had gemaakt. Ze trok haar neus even op en knalde een plak kaas tussen twee boterhammen. Het was goed bedoeld, veronderstelde ze, maar Sadie kon zich ongeveer voorstellen wat Ruth van die boodschap zou hebben gezegd. Haar grootmoeder had altijd een hekel gehad aan dat soort goedkope sentimenten. Voor zover Sadie wist had Bertie dat ook.

Ze nam haar sandwich mee naar boven en ging in de vensterbank van haar kamer zitten, met haar schrijfblok balancerend op haar knieën. Clive had geweigerd haar het Edevane-dossier mee naar huis te laten nemen, maar zei dat het haar vrij stond om bij hem aan tafel aantekeningen te maken. Uiteraard had Sadie zich dat geen twee keer laten zeggen en ze had nog steeds verwoed zitten pennen toen er op de deur werd geklopt en er een gezette vrouw met een overdaad aan onderkinnen binnenkwam.

'Sadie –' In Clives stem klonk iets van paniek door toen hij met de indringster door de gang aan kwam snellen – 'dit is mijn dochter, Bess. Bess, dit is Sadie, mijn...'

'Bridgepartner.' Sadie kwam haastig in actie om haar spullen bij elkaar te graaien en het dossier weg te stoppen, voordat de vrouw met een uitgestrekte hand de keuken binnen kwam. Ze wisselden snel enkele beleefdheden uit, waarbij Bess haar goedkeuring uitsprak over het feit dat haar vader eindelijk een acceptabele liefhebberij had gevonden, en toen verontschuldigde Sadie zich en vertrok na te hebben beloofd na het weekend contact op te nemen om weer 'een robbertje te spelen'. Dat was precies wat ze van plan was. Ze had het dossier nog maar heel oppervlakkig kunnen doornemen. Het bestond uit honderden verschillende documenten en in het beperkte tijdsbestek had ze zich geconcentreerd op het opstellen van een tijdlijn van het onderzoek.

Twee dagen nadat Theo als vermist was opgegeven had de politie de grootste zoekactie georganiseerd uit de geschiedenis van Cornwall. Honderden buurtbewoners waren elke ochtend, popelend om hun steentje bij te dragen, bij zonsopgang komen opdraven, samen met een groep mannen die in de Eerste Wereldoorlog hadden gediend in hetzelfde bataljon als Anthony Edevane. Langs de kust werd gezocht, evenals in de velden en de bossen. De politie had op elke deur van elk huis aangeklopt waar de jongen en zijn ontvoerder langs konden zijn gekomen.

Aanplakbiljetten met Theo's foto werden uitgedeeld en overal in de regio opgehangen, en in de dagen na het midzomerfeest deden de ouders van het jongetje een oproep via de dagbladen. De verdwijning werd landelijk nieuws, sprak tot de verbeelding van de bevolking en de politie werd overstelpt met informatie, die soms anoniem werd gegeven. Elke aanwijzing werd nagetrokken, ongeacht hoe vreemd en onwaarschijnlijk deze ook leek. Op 26 juni vond de politie het levenloze lichaam van Daffyd Llewellyn, maar, zoals Clive ook al had gezegd, ondanks aanvankelijke verdenkingen werd er nooit enig verband aangetoond tussen de zelfmoord van de schrijver en het vermiste kind.

Het onderzoek werd ook in juli voortgezet en op de achtste van die maand werden er politiemensen uit Londen ingeschakeld om het plaatselijke politiekorps te versterken. Sadie kon zich voorstellen hoe daarop werd gereageerd. Niet lang daarna werden zij gevolgd door de legendarische voormalige inspecteur Keith Tyrell, die door een Londense krant als privédetective werd ingehuurd. Na een week vertrok Tyrell weer, zonder enig merkbaar resultaat te hebben geboekt gedurende zijn verblijf in Cornwall; korte tijd later keerde ook de Londense politie terug naar huis. Toen de herfst geleidelijk plaatsmaakte voor de winter werd het onderzoek op een laag pitje gezet omdat de politie niet aan de gang kon blijven als er totaal geen vorderingen werden geboekt. Ondanks een drie maanden durend diepgravend onderzoek hadden ze geen nieuwe aanknopingspunten gevonden en geen andere getuigen opgespoord.

In de loop der jaren bleef de politie zo nu en dan tips ontvangen, die allemaal werden nagetrokken, maar geen van alle tot iets concreets leidden. In 1936 ontving een lokale krant een brief die zogenaamd afkomstig zou zijn van de kidnapper, maar dat bleek een vervalsing; in 1938 verklaarde een helderziende in Nottingham dat het lijkje van de jongen begraven was onder de betonnen fundering van een schuur bij een plaatselijke boerderij, maar onderzoek leverde niets op; en in 1939 werd de politie naar een verpleegtehuis in Brighton geroepen om Constance deShiel nogmaals te ondervragen, omdat haar nieuwe verpleegster zich zorgen maakte over haar aanhoudende klaaglijke beweringen dat een kleine jongen die haar zeer dierbaar was geweest door een vriend van de familie om het leven was gebracht. De verpleegster, die was opgegroeid in Cornwall en van de zaak op de hoogte was, bracht een en ander met elkaar in verband en belde de politie.

'Ze raakt vreselijk overstuur,' zei de verpleegster tegen de agenten die met het onderzoek waren belast. 'Ze maakt zich kopzorgen over het verlies van het jongetje en heeft het voortdurend over slaappillen die zouden zijn gebruikt om hem stil te houden.' Hoewel het er op het eerste gezicht veelbelovend uitzag, vooral als je in aanmerking nam dat er in de zaak-Edevane sprake was van een vermist flesje kalmerende middelen, liep ook dat spoor uiteindelijk dood. Constance deShiel was niet bij machte de politie te voorzien van nieuwe, verifieerbare informatie en verviel tijdens haar verhoor in een onsamenhangend geraaskal over haar dochter Eleanor en een doodgeboren kindje. De arts die de oude vrouw al lange tijd verpleegde, werd na zijn terugkeer van vakantie ondervraagd en hij bevestigde dat ze in een vergevorderd stadium van dementie verkeerde en dat de moordbeschuldiging slechts een van een aantal onderwerpen was waarnaar haar vertroebelde geest steeds weer terugkeerde. Ze had de politie net zo goed haar andere favoriete verhaal kunnen vertellen, een gedetailleerd verslag van een bezoek aan de koningin dat in werkelijkheid nooit had plaatsgevonden. En daarmee waren ze weer precies waar ze in juni 1933 ook al waren. Sadie gooide haar schrijfblok naar de andere kant van de vensterbank. Nergens.

Die avond ging Sadie een stukje hardlopen. Het was warm en droog, maar er hing regen in de lucht. Ze volgde een van de paden door het bos. Het ritme van haar voetstappen hielp haar de zich aan haar opdringende gedachten uit te bannen. Ze had haar aantekeningen over de zaak bestudeerd als een bezetene ('obsessief,' noemde Donald het), en haar hoofd deed pijn van het gepieker.

De zon stond laag aan de hemel toen ze bij de zoom van het landgoed Loeanneth aankwam en het hoge gras van de weide veranderde van groen in lila. De honden hadden de gewoonte door te lopen naar het huis en Ash jankte onzeker toen Sadie stil bleef staan. Ramsay, altijd even behoedzaam, bleef op een afstand van een paar meter heen en weer lopen. 'Vandaag niet, vrees ik, jongens,' zei ze, 'daar is het te laat voor. Ik voel er niets voor om na zonsondergang door de bossen te struinen.'

Er lag een gladde stok vlakbij en die gooide ze in het weideveld voor haar, bij wijze van troostprijs. Ze schoten er, springend en buitelend, achteraan. Sadie keek glimlachend toe hoe ze vochten om de stok en richtte vervolgens haar blik op de rij taxusbomen verderop. Het licht begon te tanen, de onzichtbare krekels aan de rand van het bos waren aan hun avondlied begonnen en honderden kleine spreeuwen scheerden boven de kwastige, duister wordende bosschage. Daar beneden, verborgen achter zijn muren van struweel, maakte het huis zich op voor de nacht. Sadie zag het in gedachten voor zich, de laatste zonnestralen die werden weerkaatst door de glas-in-loodramen, het koele diepe blauw van het meer dat zich ervoor uitstrekte, het eenzame silhouet van het dak.

Grassprieten kietelden haar benen en ze trok er verstrooid aan, de stengels een voor een losrukkend. Die handeling, die ze ervoer als verbazingwekkend bevredigend, deed haar terugdenken aan een artikel in een van de krantjes van de meisjes Edevane, waarin werd uitgelegd hoe je van gras een bootje kon weven. Sadie pakte twee lange sprieten en probeerde het door de ene over de andere te vouwen als een soort vlecht. Maar haar vingers wisten zich niet goed raad en het schoolpleinspelletje lag te ver achter haar. Het was lang geleden dat Sadie zoiets lastigs of frivools met haar handen had gedaan. Ze gooide de sprieten weg.

Het kwam bij haar op dat een van de personages in de roman van A.C. Edevane die ze aan het lezen was het had gehad over een zomervakantie waarin ze zich had beziggehouden met het weven van bootjes van gras. Niet zo'n vreselijk groot toeval, natuurlijk. Het was begrijpelijk dat een auteur uit haar eigen leven put om haar personages met gedachten en herinneringen uit te rusten. Dat had Clive bedoeld met het tussen de regels door lezen van Alice' boeken, het zoeken naar aanwijzingen die enig licht zouden kunnen werpen op de verdwijning van Theo Edevane. Hij had niet gezegd of hij iets had gevonden – integendeel, hij had met een wrange, zichzelf geringschattende glimlach die gewoonte opgebiecht, alsof hij haar uitnodigde om met hem te lachen om zijn wanhopige zucht naar betrouwbare informatie. Maar nu had Sadie zo haar twijfels. Niet wat betreft de romans van A.C. Edevane, maar meer of het mogelijk was dat Alice iets belangrijks wist, iets wat ze al die jaren geheim had gehouden.

Sadie zag nog een grote stok, pakte hem op en porde er ongedurig mee in de grond. Verklaarde dat waarom Alice haar brieven niet had beantwoord? Was zij schuldig? Clive had gelijk; de schuldigen konden grofweg worden verdeeld in twee groepen: degenen die zich voortdurend uitsloofden om de politie zoveel mogelijk te 'helpen' bij het onderzoek, en degenen die de politie meden als de pest. Behoorde Alice tot die laatste categorie? Had zij die nacht iets gezien en had Clive gelijk gehad toen hij vermoedde dat zij naar de bibliotheek van Loeanneth was teruggekeerd om de politie iets op te biechten? Misschien was Alice wel degene die Rose Waters van de tunnel had verteld; misschien had ze zelf wel het kindermeisje gezien op het midzomerfeest?

Sadie stak de stok hard in de aarde. Zodra ze het bedacht wist ze dat het niet voldoende was. Stel dat Alice Rose inderdaad van de tunnel had verteld – dan was dat vergrijp niet groot genoeg om erover te liegen, niet als er een baby werd vermist, niet tenzij er een andere reden was waarom Alice Rose uit de wind hield door dat te verzwijgen. Sadie schudde haar hoofd, ontevreden over zichzelf. Ze groef te diep, deed te veel haar best en ze wist het. Dit was nu precies waarom ze moest blijven hardlopen, om zich af te sluiten voor wat die neiging in haar ook mocht zijn die haar ertoe noopte voortdurend theorieën in elkaar te flansen.

Ash had het gevecht om de stok gewonnen en legde die nu trots voor Sadies voeten neer. Hij hijgde smekend, voordat hij er met zijn neus tegenaan duwde. 'O, goed dan,' zei ze, terwijl ze hem achter zijn oren kroelde. 'Nog één keer en dan gaan we echt.' Ze wierp de stok weg en de honden renden er uitgelaten blaffend achteraan.

Om eerlijk te zijn begon Sadie een beetje te twijfelen aan haar theorie over Rose Waters sinds ze het huis van Clive had verlaten. Hoe je het ook bekeek, het ontvoeren van een kind leek een veel te extreme reactie voor een vrouw die bij haar volle verstand was. En volgens alle verklaringen – en er hadden er verscheidene in het dossier gezeten – was Rose Waters bij haar volle verstand. Ze werd ook door verschillende personen beschreven als 'efficiënt', 'aantrekkelijk' en 'opgewekt', met een onberispelijke staat van dienst. Ze had in de tien jaar dat ze voor de Edevanes had gewerkt maar één keer een maand verlof genomen en dan nog alleen omdat ze was weggeroepen wegens 'familieomstandigheden'.

Zelfs als ze onterecht was ontslagen, en zelfs als ze wraak wilde nemen op haar werkgevers, dan leek het onrecht dat haar was aangedaan niet ernstig genoeg voor zo'n zwaar misdrijf. Daar kwam bij dat er enorme praktische problemen zouden zijn gerezen om de ontvoering uit te voeren. Zou een vrouw die helemaal in haar eentje hebben kunnen volbrengen? Zo niet, wie was dan haar medeplichtige – Daffyd Llewellyn, de een of andere onbekende? – en hoe was hij (of zij) overgehaald mee te werken aan zo'n persoonlijke wraakactie? Nee, ze greep zich vast aan strohalmen en zocht naar verbanden die er helemaal niet waren. Zelfs het motief leek nu zwak. Er was geen losgeld geëist, wat de suggestie dat Rose op zoek zou zijn naar financiële genoegdoening nogal onwaarschijnlijk maakte, toch?

Donderend geluid in de verte deed de lucht samentrekken en Sadie wierp een blik op de horizon. De zon ging onder en bescheen een dikke formatie van donkergrijze wolken boven de zee. Er was regen op komst. Ze wilde naar huis en riep de honden. Haar schoenveter was losgeraakt en ze plantte haar voet op een steen naast haar om die weer vast te maken. De vraag bleef wat er met Theo Edevane was gebeurd, ongeacht wie hem had gekidnapt en waarom. Als je aannam dat hij de dag na midzomer 1933 nog had geleefd, dan moest hij toch ergens heen zijn gegaan. Kinderen konden niet worden ontvoerd en in een andere situatie weer opduiken zonder dat het opviel. Iemand móést toch iets hebben gemerkt. Er moesten verdenkingen zijn geweest, vooral in een zaak die zo breed in de media was uitgemeten. Het feit dat er in de loop van zeventig jaar niets plausibels bij de politie was binnengekomen suggereerde dat Theo heel goed verborgen was gehouden, en de beste plek om een kind te verbergen was vol in het zicht. Door een scenario te verzinnen waar niemand vraagtekens bij zou plaatsen.

Sadie was haar andere schoenveter aan het vastmaken toen iets op de steen haar aandacht trok. De tijd had de letters aangetast en er was een dun laagje mos overheen gegroeid, maar het woord was voor Sadie, die de afgelopen veertien dagen al talloze versies ervan had gezien, zo duidelijk als wat. ALICE. Alleen deze keer was het anders dan de andere keren; er stond nog iets onder gekrast, verder naar onderen op de steen. Ze ging op haar hurken zitten en trok het gras weg toen de eerste druppels begonnen te vallen. Het was nog een naam. Sadie glimlachte. De inscriptie luidde: ALICE + BEN, VOOR ALTIJD.

Het huis was nog donker en verlaten toen Sadie en de honden verkleumd, doorweekt en hongerig thuiskwamen. Sadie vond een droge handdoek voor Ash en Ramsay en warmde toen een restje stoofschotel op (linzen en liefde!). Ze at gebogen over haar aantekeningen terwijl de regen gestaag op het dak trommelde en de honden aan haar voeten knorden van diepe voldoening. Toen ze een tweede bord nagenoeg had schoongelikt, schreef Sadie haar derde brief aan Alice Edevane, waarin ze haar om toestemming vroeg het huis te betreden. Ze overwoog plompverloren te vragen of er een geheime tunnel was in de gang vlak bij de kinderkamer op de tweede verdieping, maar zag daarvan af. Ze schreef niets over Rose Waters en hoe graag ze het zou hebben over Clementine Edevane en of zij wellicht nog iets over de zaak wist wat ze geheim had gehouden. Sadie schreef alleen dat ze een theorie had ontwikkeld die ze graag zou willen toetsen en dat ze het bijzonder zou waarderen als Alice contact met haar wilde opnemen. Ze had de lichting van zaterdag gemist, maar pakte een paraplu en liep naar buiten om de brief toch te posten. Met een beetje geluk zou hij Alice op dinsdag bereiken; ondertussen vond Sadie het in ieder geval prettig te weten dat hij onderweg was.

Ze maakte gebruik van het feit dat ze toch in het dorp was, waar haar mobieltje in ieder geval een zwak bereik had, om schuilend onder de luifel van het warenhuis te kijken of er nog berichten voor haar waren binnengekomen. Nog steeds niets van Donald en Sadie dacht daar even over na, voordat ze besloot zijn stilzwijgen niet te beschouwen als verwijt, maar eerder als stilzwijgende toestemming dat ze zoals zij had voorgesteld haar werk, na volgende week in Londen contact te hebben opgenomen, kon hervatten.

In een bevlieging belde ze voor ze wegliep nog even met Clive over het in 1939 gehouden verhoor van Constance deShiel in het verpleegtehuis. Iets wat ze in het verslag had gelezen was traag op het schakelbord van haar geest blijven knipperen, maar ze kon niet precies zeggen wat of waarom. Clive was blij iets van haar te horen maar teleurgesteld toen ze haar vraag stelde. 'O, dat,' zei hij. 'Dat had niets om het lijf. Het arme mens was ontzettend achteruitgegaan. Wat een vreselijke manier om aan je einde te komen – ze deed dag in dag uit niets anders dan raaskallen over het verleden, haalde van alles door elkaar en wond zich verschrikkelijk op. Nee, Alice Edevane is degene die de sleutel tot opheldering in handen heeft. Zij is de enige met wie we moeten praten.'

De lichten in Seaview Cottage waren aan toen Sadie de hoek van de smalle weg over de klippen om kwam. Bertie was in de keuken thee aan het zetten en hij pakte een tweede kopje van het afdruiprek toen Sadie aan tafel plaatsnam. 'Hallo, liefje,' zei hij. 'Jij hebt een lange dag achter de rug.'

'Ik kan van jou hetzelfde zeggen.'

'Twaalf dozen speelgoed ingepakt en klaargemaakt voor de verkoop.'

'Je zult wel honger hebben. Je hebt het avondeten gemist.'

'Geen zorgen. Ik heb tussendoor al wat gegeten.'

Ongetwijfeld met Louise. Haar grootvader verschafte verder geen details en Sadie wilde niet bekrompen of afgunstig overkomen, dus drong ze niet verder aan. Ze glimlachte – een beetje zuinig – toen hij haar een dampende kop aanreikte en tegenover haar ging zitten.

Ze zag dat het geborduurde geschenk van Louise aan een haakje bij de deur hing. 'Ik ben toch niet je verjaardag vergeten, hè?'

Hij volgde haar blik en glimlachte. 'Het was zomaar een cadeautje.'

'Dat is aardig.'

'Louise is aardig.'

'Een lieve boodschap. Een tikje simplistisch misschien.'

'Sadie –'

'Ik weet waar Ruth het zou hebben opgehangen. Herinner je je nog die ingelijste afdruk van "Desiderata" die ze achter op de deur van de wc had gehangen?' Ze lachte. Het klonk hol.

'Sadie –'

'Ze zei dat als iemand te midden van het lawaai en de hectiek niet rustig naar de plee kon gaan, er sowieso geen hoop meer was.'

Bertie stak zijn armen uit over de tafel en pakte haar hand. 'Sadie. Lieve schat.'

Sadie beet op haar onderlip. Om onverklaarbare, gekmakende redenen bezorgden zijn woorden haar een brok in haar keel.

'Jij bent voor mij als een dochter. Ik heb een hechtere band met jou dan ik ooit met mijn eigen dochter heb gehad. Gek is dat eigenlijk. Je moeder is mijn enige kind, maar ik heb niets met haar gemeen. Zelfs als klein meisje maakte ze zich zo druk over wat andere mensen zouden kunnen zeggen, bang dat we de dingen niet deden "zoals het hoorde", dat Ruth en ik haar in verlegenheid zouden brengen als we ons niet precies als de andere ouders gedroegen en kleedden.' Hij glimlachte teder en streek door de witte baard die hij sinds zijn komst naar Cornwall had laten staan. 'Jij en ik, wij lijken veel meer op elkaar. Ik beschouw jou als mijn dochter en ik weet dat je mij beschouwt als je vader. Maar Sadie, liever, ik ben ook maar een mens.'

'Maar hier ben je anders, opa.' Ze wist niet dat ze dat ging zeggen. Ze wist niet eens dat ze dat gevoel had. Ze klonk als een kind.

'Dat mag ik hopen. Ik probeer door te gaan met mijn leven.'

'Je hebt zelfs je rijbewijs gehaald.'

'Ik woon op het platteland! Ik kan toch moeilijk op een metro wachten als ik van A naar B wil.'

'Maar al dat geklets van Louise over de magie die er is en dat je het universum moet laten beslissen, al die tegeltjeswijsheden. Dat is niets voor jou.'

'Dat was het vroeger wel, toen ik nog een jongen was. Ik was het vergeten…'

'En voor Ruth was het al helemaal niets.'

'Ruth is er niet meer.'

'En wij moeten haar herinnering levend houden.'

Zijn stem was ongewoon broos. 'Toen jouw oma en ik elkaar ontmoetten, was ik twaalf jaar oud. Ik kan me geen tijd zónder haar herinneren. Mijn verdriet, haar verlies – het zou me verteren als ik het de kans gaf.' Hij dronk zijn kopje leeg. 'Het borduursel was een cadeautje.' Hij glimlachte nogmaals, maar er ging droefenis achter schuil en Sadie vond het naar dat zij daar de oorzaak van was. Ze wilde zeggen dat het haar speet, maar ze hadden geen echt meningsverschil en ze voelde zich op de een of andere manier bekritiseerd, stekelig, en dat maakte een verontschuldiging lastig. Ze wist nog steeds niet wat ze moest zeggen toen hij haar voor was. 'Ik mis mijn lievelingsvergiet. Misschien dat ik zo naar boven ga om te zien of ik hem ergens kan vinden.'

Sadie zat de rest van de avond in kleermakerszit op de grond in haar kamer. Ze worstelde zich door de eerste drie hoofdstukken heen van 'Avonturen in fictie', voordat ze ontdekte dat het hoofdstuk over Daffyd Llewellyn meer een samenvatting van zijn boek was dan een biografie van de man zelf, en bovendien nog eens onleesbaar. Vervolgens boog ze zich over de aantekeningen die ze bij Clive had gemaakt en bestudeerde beurtelings die en de door de zusjes Edevane gemaakte krantjes. Ze had nagedacht over Clives stelligheid dat Alice de sleutel tot het raadsel in handen had en dat deed haar terugdenken aan de inscriptie die ze die middag op de steen had aangetroffen. Ze had het onbestemde gevoel dat ze de naam 'Ben' de vorige dag al eens ergens was tegengekomen, maar kon zich met geen mogelijkheid herinneren waar.

Regen gleed langs de ramen omlaag, de zoetige geur van pijptabak sijpelde door het plafond naar binnen en Sadie keek naar de slordig uitgespreide verzameling pagina's, notities en boeken op de grond voor haar. Ze wist dat zich ergens in die warboel details bevonden die ernaar hunkerden om met elkaar in verband te worden gebracht, ze vóélde het gewoon. Ook al leek het een papieren anarchie.

Met een diepe zucht maakte ze zich los van haar onderzoek en stapte in bed. Ze sloeg *Een zoete wraak* open en las een poosje in een poging haar hoofd leeg te maken. De restauranthouder bleek inderdaad te zijn vermoord en het zag er steeds meer naar uit dat de ex van de man het had gedaan. Twintig jaar waren ze gescheiden geweest, decennia waarin de man zijn carrière had opgebouwd en zijn fortuin had vergaard, terwijl zijn ex zich bezig had gehouden met de verzorging van hun gehandicapte dochter. Haar eigen carrière-ambities waren samen met haar vrijheid opgeofferd, maar ze hield van haar dochter en de regeling leek in goed overleg tot stand te zijn gekomen.

Wat alles aan het rollen had gebracht bleek – Sadie sloeg de bladzijden sneller om – de terloopse opmerking van de man te zijn dat hij voor twee weken op vakantie naar Zuid-Amerika ging. Haar hele leven had zijn ex-vrouw ervan gedroomd Machu Picchu nog eens te bezoeken, maar haar dochter kon haar niet vergezellen en wilde niet alleen worden gelaten.

Dat haar ex-man – een man die zichzelf altijd veel te druk bezet en te belangrijk had gevonden om te helpen met de verzorging van hun kind – nu op het punt stond haar grote droom te verwezenlijken was meer dan de vrouw kon verdragen. Tientallen jaren moederlijk verdriet, de isolatie die alle mantelzorgers ervaren, de sublimering van een heel leven vol persoonlijke verlangens was geëscaleerd en had de overigens zachtaardige vrouw tot de onvermijdelijke conclusie gebracht dat haar ex-man moest worden belet die reis te maken.

Verbaasd, tevreden en merkwaardig verkwikt deed Sadie het licht uit en sloot haar ogen, luisterend naar de storm, de woeste branding en het gesnurk van de honden aan het voeteneind van haar bed. A.C. Edevane had een interessante kijk op ethiek. Haar detective had de waarheid boven water gehaald over de ogenschijnlijk natuurlijke dood van een man, maar had besloten die voor de politie te verzwijgen. Zijn plicht als privédetective, had Diggory Brent geredeneerd, was te doen wat hem was opgedragen en hij had daaraan voldaan toen hij had ontdekt waar het geldspoor naartoe had geleid. Niemand had hem gevraagd te kijken naar de omstandigheden waaronder de restauranthouder was komen te overlijden; die werden niet eens verdacht gevonden. De ex-vrouw had een heel lange tijd een enorme last op haar schouders gedragen en daar nauwelijks iets voor teruggekregen; als zij zou worden gearresteerd zou de dochter er nog veel slechter aan toe zijn. Diggory besloot zijn mond te houden en het recht zijn loop te laten hebben zonder zijn inmenging.

Sadie herinnerde zich Clives beschrijving van een jonge Alice Edevane, die in de buurt van de bibliotheek rondhing toen het politieonderzoek in volle gang was, zijn gevoel dat zij meer had geweten dan ze deed voorkomen en zijn meer recente (enigszins wanhopige) gevoel dat een van haar boeken een aanwijzing zouden kunnen bevatten. *Een zoete wraak* was dan misschien geen weerslag van de gebeurtenissen rond de verdwijning van Theo Edevane, het boek toonde wel aan dat Alice een genuanceerde kijk had op zaken aangaande het recht en zijn loop. De roman zei ook een heleboel over de ingewikkelde band tussen ouders en kinderen, en beschreef die band als een last en een voorrecht; een onverbrekelijke band, in goede en in slechte tijden. Klaarblijkelijk moest Alice niets hebben van hen die zich onttrokken aan hun verantwoordelijkheden.

Sadie probeerde te slapen, maar onder normale omstandigheden was ze al geen gemakkelijke slaapster en gedachten aan Rose Waters drongen zich aan haar op. Ze vermoedde dat dat kwam door al die ideeën over ouderschap en toewijding en de verplichtingen van verzorgers. De liefde die het kindermeisje Theo had betoond, alsof het 'haar eigen kind was'; haar onberispelijke staat van dienst en het plotselinge 'onrechtvaardige' ontslag dat haar volledig van streek had gemaakt; de ooggetuige die had bezworen dat ze na middernacht een slanke vrouw in de kinderkamer had zien lopen...

Met een zucht rolde Sadie op haar andere zij en ze probeerde haar hoofd leeg te maken. Onwillekeurig dook het beeld van de picknick van de familie Edevane weer in haar gedachten op. De vrouw en de man in het midden, het schattige knulletje op de voorgrond, de slanke enkel en het been in de schaduw. Ze hoorde Clives stem die vertelde hoe geliefd het jongetje was geweest, hoe lang de Edevanes op een zoontje hadden moeten wachten, en ze dacht aan het vraaggesprek met Constance deShiel in 1939, waarin de oude vrouw zou hebben 'geraaskald over Eleanor en een doodgeboren kindje'. Misschien was dat toch geen product van haar verwarde geest geweest. Misschien was Eleanor tussen Clementine en Theo nog een keer zwanger geraakt. 'Dat ze graag een zoon wilde was geen geheim,' had er in een van de uitgeschreven vraaggesprekken in Clives dossier gestaan. 'Het was zo'n zegen toen hij werd geboren. Zo onverwacht.'

Sadie deed in het donker haar ogen open. Iets anders eiste haar aandacht op.

Ze deed het licht aan, boog zich over de rand van het bed en zocht tussen de papieren op de grond naar de bladzijde die ze wilde hebben. Het was een van de krantjes die door de zusjes Edevane waren geschreven en op de oude pers waren gedrukt. Ze was er zeker van dat ze iets had gelezen over het kindermeisje Rose.

Daar had ze het.

Ze nam de vergeelde bladzijden met zich mee in bed. Een artikel van Alice met details over de bestraffing van Clementine Edevane, die het kindermeisje Rose dik zou hebben genoemd. Ze controleerde de datum, rekende in gedachten snel terug en sprong toen uit bed om haar schrijfblok te pakken. Ze sloeg de bladzijden om tot ze haar aantekeningen vond over de staat van dienst van Rose Waters – in het bijzonder over haar afwezigheid voor een maand in 1932 toen ze was weggeroepen 'wegens familieomstandigheden'. De data kwamen overeen.

Sadie keek door het raam – de klippen in het maanlicht, de woeste, inktzwarte zee, de bliksem in de verte – en probeerde haar gedachten te ordenen. Clive had gezegd: *Waarom zou een ouder haar eigen kind ontvoeren?* Hij had gedoeld op Anthony en Eleanor Edevane en het was een retorische vraag geweest, een grap, want uiteraard hoefden ouders nooit hun eigen kind te ontvoeren. Ze hadden het al.

Maar stel nu eens dat ze het niet hadden?

Sadie kreeg een kleur van opwinding. Er begon zich een nieuw scenario in haar hoofd te vormen. Ze kon best een reden bedenken waarom een ouder haar eigen kind zou kidnappen.

Details vielen op hun plaats, alsof ze bij elkaar hoorden, alsof ze op iemand hadden liggen wáchten. Een kindermeisje in de problemen… Een jongetje dat een thuis nodig had… Een vrouw des huizes die zelf geen kind meer kon krijgen…

Het was een oplossing die iedereen goed uitkwam. Totdat dat plotseling niet meer zo was.

17

Londen, 2003

Het was een kort bericht, zelfs naar Alice' maatstaven. Ze was uitgegaan en zou later terugkomen. Peter bekeek het velletje papier – hij kon zichzelf er niet toe zetten het een briefje te noemen – en vroeg zich af wat het te betekenen had. De laatste tijd had Alice zich eigenaardig gedragen. Ze was prikkelbaar geweest, zelfs meer dan gewoonlijk, en erg afwezig. Peter vermoedde dat het niet wilde vlotten met het nieuwe boek, erger dan de typische angst van schrijvers waaraan hij gewend was geraakt, en dat Alice' creatieve struikelblokken eerder een symptoom waren dan de oorzaak van haar problemen.

Hij had zo'n gevoel dat hij wist wat de oorzaak was. Ze was lijkbleek geworden toen hij afgelopen vrijdag Deborahs telefonische boodschap aan haar doorgaf, en haar reactie, de lichte trilling in haar stem, had hem herinnerd aan eerder die week toen de brief van de rechercheur binnenkwam met vragen over een oude onopgeloste zaak. Die twee dingen hadden met elkaar te maken, daar was Peter van overtuigd. Bovendien wist hij zeker dat zij iets van doen hadden met een heus misdrijf in het verleden van Alice' familie. Hij wist inmiddels van het kleine jongetje, van Theo. Alice had haar schrik proberen te verdoezelen, maar Peter had gezien hoe haar handen hadden gebeefd en hoe ze ze onder de tafel had gehouden zodat hij dat niet kon zien. De reactie, gecombineerd met haar heftige ontkenning van de inhoud van de brief, had zijn belangstelling voldoende geprikkeld om, toen hij diezelfde avond thuis achter zijn computer zat, *Edevane* en *vermist kind* op de internetzoekmachine in te tikken. Zo kwam hij erachter dat Alice' kleine broertje in 1933 was verdwenen en nooit was teruggevonden.

Wat hij niet wist was waarom zij daar in hemelsnaam over had gelogen en waarom de hele zaak haar zo had aangegrepen. Hij was op een ochtend op zijn werk verschenen en had haar bewusteloos in een leunstoel in de bibliotheek aangetroffen. Zijn hart had geklopt in zijn keel en een fractie van een seconde vreesde hij het allerergste. Hij had op het punt gestaan haar te reanimeren toen ze een sputterend gesnurk liet horen en hij besefte dat ze sliep. Alice Edevane deed geen dutjes. Peter zou minder vreemd hebben opgekeken als hij de deur zou hebben geopend en haar buikdansend in een met muntjes afgezet zijden gewaad had aangetroffen. Ze was met een schok wakker geworden en hij was terug de gang in geglipt, zodat ze allebei konden doen alsof hij niets had gezien. Hij trok demonstratief luidruchtig zijn schoenen uit en schudde ten overvloede nog eens extra aan de kapstok, voordat hij terugkeerde in de kamer en haar aantrof toen ze bezig was het concept van een hoofdstuk te lezen met een rode pen in haar hand. En nu dit weer. Een onverwachte verbreking van de dagelijkse routine. Maar Alice Edevane verbrak de routine nooit, geen enkele keer in de drie jaar dat hij nu voor haar werkte.

De onverwachte loop der gebeurtenissen was onthutsend, maar het gaf hem in ieder geval de gelegenheid de websitepagina met de 'Veelgestelde vragen' af te maken. Alice' uitgevers hadden opnieuw contact opgenomen omdat hun geduld op de proef werd gesteld nu de publicatiedatum steeds dichterbij kwam, en Peter had beloofd dat hij hun de definitieve tekst aan het eind van de week zou toesturen. En dat was hij ook vast van plan. Het enige waarvan hij zich nog moest vergewissen was of Alice vóór *In één oogopslag* al eerder een roman had geschreven. Het artikel in de *Yorkshire Post* uit 1956 waarop hij zijn antwoord wilde baseren bevatte een citaat van Alice waarin ze verklaarde in het notitieboek dat ze voor haar vijftiende verjaardag had gekregen al een complete roman te hebben geschreven, en Peter dacht dat zoiets gemakkelijk genoeg was na te gaan. Alice was ontzettend fanatiek waar het haar notitieboeken betrof; ze ging de deur niet uit zonder het boek waar ze op dat moment in schreef en ze bewaarde ze allemaal, geen enkele uitgezonderd, op een aantal boekenplanken in haar schrijfhok. Hij hoefde het alleen maar even na te kijken.

Hij begon de trap op te lopen, betrapte zich erop dat hij, omdat hij zich opgelaten voelde, liep te fluiten en hield ermee op. Een demonstratief vertoon van onschuld was nergens voor nodig. Alleen mensen die zich schuldig voelen deden dat en er was niets ongepasts in wat hij deed. Het was niet verboden Alice' werkkamer te betreden; tenminste, iets dergelijks was nooit tegen hem gezegd. Doorgaans ging Peter daar niet naar binnen, maar dat was alleen omdat daar geen aanleiding toe was geweest. De gelegenheid deed zich bijna nooit voor. Ze overlegden altijd in de bibliotheek, en Peter werkte aan de grote keukentafel of soms in de logeerkamer die lange tijd geleden al tot archief was gebombardeerd.

Het was een warme dag en de zon viel door het smalle raam boven aan de trap naar binnen. Warme lucht was tot boven in het trappenhuis opgestegen en had zich opgehoopt op de overloop omdat hij nergens anders heen kon, en Peter was blij toen hij de deur van Alice' koele werkkamer opende en naar binnen glipte.

Zoals verwacht trof hij de notitieboeken aan op de plank onder al haar buitenlandse eerste drukken. Het eerste was klein en dun, met een bruinleren omslag dat in de loop der jaren was verschoten en aangetast. Peter sloeg het boekje open en zag het vergeelde titelblad, het zorgvuldige, ronde handschrift van een nauwgezet kind. *Alice Cecilia Edevane, leeftijd 8 jaar.* Hij glimlachte. De met de hand geschreven regel liet een glimp zien van de Alice die hij kende – zelfverzekerd, uniek, vastberaden – als een toegewijd meisje met haar hele leven voor zich. Hij zette het notitieboekje terug en telde af langs de rij. Volgens zijn berekeningen was het boek dat hij zocht het boek dat ze in 1932 had gekregen en het daarop volgende jaar had gebruikt. Hij hield zijn hand stil en pakte een veel groter formaat boek van de plank.

Peter wist onmiddellijk wat er mis was. Het notieboek was veel te licht voor zijn formaat, en te dun in zijn hand. En ja hoor, toen hij het opensloeg, bleek de helft van de pagina's verdwenen. Het enige wat er over was, was een serie rafelige stompjes waar ze eruit waren gescheurd. Hij constateerde dat dit inderdaad het boek uit 1932/33 was en streek nadenkend met zijn vinger langs de papierrafels. Op zichzelf hoefde het niets te betekenen. Peter had begrepen dat zoveel tienermeisjes bladzijden uit hun dagboeken scheurden. Alleen was dit niet zozeer een dagboek, als wel een notitieboek. En het waren niet maar een paar bladzijden; meer dan de helft van het boek ontbrak. Voldoende voor de kladversie van een roman? Dat hing af van de dikte van die roman.

Peter bladerde de eerste resterende bladzijden door. Het eigenaardige van de vondst bracht iets onbehaaglijks met zich mee en opeens voelde hij zich een dief. Hij herinnerde zich eraan dat hij alleen maar zijn werk deed. Dat dit was waar Alice hem voor betaalde. *Ik wil er niets van weten*, had ze gezegd toen ze zei dat hij verder moest werken aan de website. *Doe het maar gewoon.* Zorg gewoon dat je het antwoord vindt, zei hij tegen zichzelf, daarna zet je het boek terug en ben je ervan af.

De eerste bladzijden zagen er veelbelovend uit. Ze leken gevuld met opmerkingen over haar familie (Peter glimlachte toen hij Alice' beschrijving van haar grootmoeder las – 'een geraamte in de as van een kostbare japon' – als een citaat uit *Great Expectations*) en ideeën voor een roman over personages die Laura en lord Hallington heetten, en die verwikkeld waren in een uiterst ingewikkelde liefdesverhouding. Er waren ook regelmatig verwijzingen naar iemand die 'meneer Llewellyn' heette en die naar Peter begreep de succesvolle schrijver moest zijn die Alice in haar vraaggesprek had genoemd, de mentor uit haar jeugd.

Maar toen kwam er een plotseling einde aan het gefantaseer en werd het, zo te zien, vervangen door een numerieke lijst met de titel: 'De regels volgens de heer Roland Knox, overgenomen uit het voorwoord van *De beste detectiveverhalen*'.

De lijst met regels, hoewel ouderwets en belerend naar de maatstaven van vandaag, leken voor Alice' creatieve leven een nieuwe fase in te luiden, want naderhand werd er niet meer gerept over Laura en lord Hallington (trouwens ook niet over meneer Llewellyn). Hun kinderlijke interacties maakten plaats voor algemenere beschouwingen over het leven en de liefde, ernstig en ontroerend idealistisch in hun toon van naïef optimisme.

Peter bladerde snel door Alice' bakvisachtige theorieën over het doel van de literatuur, haar pogingen de extatische beschrijvingen van de natuur te imiteren uit de romantische gedichten die ze haar lievelingsverzen noemde, haar gretige verwoording van haar aspiraties voor de toekomst: *minder te willen bezitten en meer lief te hebben.* Hij begon het onaangename gevoel te krijgen dat hij zich als een soort voyeur gedroeg en stond al bijna op het punt om het onderzoek te staken, toen hij op iets stuitte dat hem deed opschrikken. De initialen BM begonnen in Alice' aantekeningen op te duiken. *Volgens BM..., BM zegt..., Ik zal BM vragen...* Ieder ander zou zich de naam die Deborah hem in haar telefoongesprek had gevraagd aan Alice door te geven misschien niet hebben herinnerd, maar Peter had op school gezeten bij een jongen die Benjamin heette en ze hadden samen folders rondgebracht voor een winkelier die meneer Munro heette, dus toen Deborah die naam noemde, was die door dat toeval in Peters geheugen blijven steken. Benjamin Munro, de man wiens naam Alice had doen verbleken.

Rond dezelfde tijd dat de vermelding 'BM' in het notieboek begon op te duiken leek Alice aan een nieuwe roman te zijn begonnen. *Dit keer een detectiveroman, een heuse misdaadroman met een ingenieuze plot die niemand zelfs maar zal raden!* De volgende paar bladzijden stonden vol met plannen, pijltjes, in de kantlijn gekrabbelde commentaren en haastig getekende kaartjes en schetsjes – technieken die ook in haar vorige notitieboeken al voorkwamen – en vervolgens stond er een stukje dat in april 1933 was opgeschreven: *Morgen vroeg begin ik aan Sks. Ik heb de eerste en de laatste regels al in gedachten en een helder idee van alles wat er daar tussenin moet gebeuren (mede dankzij BM). Ik weet dat dit het boek is dat ik ga afmaken. Het voelt nu al anders dan alles wat ik voorheen heb geschreven.* Of ze inderdaad aan *Sks* was begonnen en of ze het ooit had afgemaakt, kon Peter niet zeggen. Onder haar doelstellingen was iets zo grondig doorgekrast dat er een gat in het papier was ontstaan en toen volgde er niets meer. De overige pagina's waren eruit gescheurd.

Waarom zou Alice het concept voor een roman hebben uitgewist? Ze was zo nauwgezet, bijna bijgelovig als het ging om het bewaren van alles wat te maken had met het schrijven van een boek. 'Een schrijver zal nooit zijn werk vernietigen!' had ze tegen de BBC verklaard. 'Zelfs als hij ervan walgt. Zoiets doen is net zoiets als het ontkennen van het bestaan van een lastig kind.' Peter stond op, rekte zich uit en keek uit het raam dat uitzicht bood op de heide. Het hoefde niets te betekenen. In het notitieboek van een bakvis ontbrak een aantal bladzijden. Bladzijden die zeventig jaar eerder waren geschreven. Maar Peter kon het gevoel van onbehagen dat hem had bekropen niet van zich afschudden. De manier waarop Alice zich de laatste tijd gedroeg, zoals ze de oude politiezaak ontkende, de schrik die bezit van haar had genomen toen hij haar Deborahs boodschap overbracht, toen hij de naam Benjamin Munro had genoemd. Zelfs het kleine onverklaarbare raadsel waarom ze tegen journalisten was begonnen te verklaren dat ze vóór haar eerste roman nooit iets had geschreven. Er was iets aan de hand en Alice maakte zich zorgen.

Peter zette het notitieboek terug op zijn plaats en zorgde ervoor dat hij dat zo voorzichtig mogelijk deed, alsof dat het feit zou uitwissen dat hij het ooit van de plank had genomen en erin had gekeken. Hij besloot simpelweg de vraag over Alice' eerste voltooide roman niet op de 'Veelgestelde vragen'-pagina te plaatsen. Hij wilde dat hij dat meteen had gedaan in plaats van hier te komen en de doos van Pandora te openen.

Misschien was zijn haast om de zolder te verlaten en de hele kwestie achter zich te laten de reden dat hij over de lamp struikelde. Misschien was het eenvoudigweg zijn gebruikelijke stunteligheid. Wat het ook mocht wezen, de lamp was groot en losstaand en Peter gooide het wankele gevaarte om waardoor het op Alice' bureau terechtkwam. Een glas dat gelukkig leeg was viel om en toen Peter het rechtop zette zag hij de envelop die aan Alice was geadresseerd. Op zichzelf was dit niets ongewoons; ze bevonden zich per slot van rekening in Alice' huis. Maar de postverwerking was Peters taak en dit was een brief die hij nooit eerder had gezien. Dat betekende dat hij zonder dat hij het wist van de stapel van die ochtend was weggenomen.

Peter aarzelde, maar niet lang. Hij was dol op Alice. Er was niet echt sprake van een grootmoeder-kleinzoonverhouding, maar hij gaf om haar en in het licht van alles wat er verder gaande was, voelde hij zich verantwoordelijk voor haar. Hij maakte de brief open, alleen om te zien van wie hij afkomstig was. *Sadie Sparrow.* Niet het soort naam dat iemand met een voorliefde voor namen geneigd was te vergeten, en Peter herinnerde zich onmiddellijk de brief die precies een week eerder was bezorgd. Het politieonderzoek naar die oude zaak van het vermiste kind. De zaak uit 1933, hetzelfde jaar waarin BM in Alice' notitieboek was opgedoken en het betwiste manuscript er (waarschijnlijk) uit was gescheurd. Peter kreeg het akelige gevoel van stukjes van een puzzel die bij elkaar kwamen, terwijl hij tot zijn ergernis geen idee had wat die puzzel moest voorstellen. Hij tikte nadenkend met zijn vinger tegen zijn lippen en keek toen opnieuw naar het dunne velletje papier dat opgevouwen op het bureau lag. Nu stak hij echt zijn neus in andermans zaken. En dat maakte beslist geen deel uit van zijn taakomschrijving. Peter had een beetje het gevoel dat hij aan de rand van een afgrond stond en niet wist of hij moest springen of een stap achteruit moest doen. Hoofdschuddend ging hij zitten en begon te lezen.

Alice besloot door het park te wandelen. De frisse lucht zou haar goed doen, zei ze tot zichzelf met meer dan een greintje aangeboren ironie. Bij Hyde Park Corner stapte ze uit de metro en nam de roltrap naar boven. Het was vandaag veel warmer dan eerder in de week. Het was windstil en de lucht was zwaar, typisch het soort stadshitte dat in de ruimte tussen het asfalt en de gebouwen leek te verhevigen. De metrolijnen die zich als sissende slangen door de tunnels kronkelden en op elk station bezwete forenzen uitspuwden, leken uit een werk van Dante te komen. Ze liep langs Rotten Row en lette aandachtig op de rozentuinen en de vage geur van seringen, alsof ze daar echt wandelde omdat ze even alleen wilde zijn in de natuur, en niet simpelweg om de vreselijke taak die haar wachtte nog iets langer uit te stellen.

Deborah was degene die op deze ontmoeting had aangedrongen. Nadat Alice Peters boodschap had gekregen (en die akelige siddering door zich heen had voelen gaan toen ze haar assistent de naam Benjamin Munro hoorde uitspreken) had ze besloten dat ze de hele kwestie maar het best kon ontkennen. Er was geen enkele reden waarom zij en Deborah elkaar de komende maanden hoefden te zien. Eleanors gedenkdag was al geweest en de volgende familiebijeenkomst was pas met Kerstmis, wat meer dan voldoende tijd was om de zaak te laten overwaaien. Wat Alice genoeg tijd bood om zich ervan te verzékeren dat de zaak zou zijn overgewaaid. Maar Deborah bleef volhardend. Ze had gebruikgemaakt van die eigenaardige zachte dwang waar ze zich als de oudste zus altijd van bediende en die ze in de tientallen jaren als vrouw van een politicus had vervolmaakt. 'We moeten écht een aantal dingen bespreken.'

Wat Deborah ook mocht weten over Theo, ze had duidelijk diep in haar herinneringen gegraven en was op een plek aangekomen die Alice heel nerveus maakte. Hoeveel wist Deborah, vroeg ze zich af. Ze kon zich Ben nog herinneren, maar wist ze ook wat Alice had gedaan? Dat moest wel. Waarom zou ze er anders op staan dat ze de koppen bij elkaar staken om de zaak te bespreken?

'Herinner je je kindermeisje Rose nog?' had Deborah gevraagd voordat ze de verbinding verbrak 'Wat was dat vreemd, hè, toen ze zo plotseling vertrok.' Alice had het gevoel dat de muren die ze zo lang op een afstand had weten te houden op haar af kwamen. Opmerkelijk zoals alles opeens tegelijk leek te komen. (Hoewel het in feite zijzelf, Alice, was die Deborahs belangstelling had gewekt met haar vragen in het museum. Had ze haar mond nu maar gehouden.) Juist die ochtend had Alice een derde brief gekregen van de rechercheur. Deze was bitser van toon dan de eerste twee en maakte bovendien melding van een onrustbarende ontwikkeling. Dat mens van Sparrow vroeg nu toestemming om het huis binnen te gaan om 'een theorie te toetsen'.

Alice bleef stilstaan toen een libel vlak bij haar opdoemde. *Geelvlekheidelibel.* Die naam kwam spontaan bij haar naar boven. Ze keek hoe het insect naar een nabij bloembed zweefde, een prachtig palet aan rood, lila en fel oranje. Tuinen waren werkelijk een balsem. Een bij weifelde tussen twee bloemen en Alice voelde een plotselinge fysieke herinnering door zich heen gaan. Die had ze de laatste tijd vaker. Ze kon vóélen hoe het zou zijn om die tuin in te sluipen, haar lichaam lenig en pijnloos, om onder het verkoelende gebladerte te kronkelen en op haar rug te gaan liggen, zodat de hemel tussen de takken door zou exploderen in felblauwe diamanten en haar oren zich vulden met geluiden van insecten. Natuurlijk deed ze dat niet. Ze vervolgde haar weg over het pad en liet de tuin en die vreemde flits uit haar verleden achter zich. Het kon alleen maar de tunnel zijn, dacht ze, die theorie van Sadie Sparrow. Ze moest er op de een of manier achter zijn gekomen dat er nog een tweede tunnel was. Alice verwachtte in paniek te raken, maar werd in plaats daarvan overspoeld door een dof gevoel van berusting. Het was onvermijdelijk geweest, dat had ze altijd geweten. Het was puur geluk geweest dat tijdens die hele toestand niemand (tot nu toe) de politie over die tunnel had verteld. Want Alice was niet de enige die daar in 1933 van had geweten. Er waren er meer geweest. Haar ouders, haar zussen, grootmoeder deShiel en het kindermeisje Rose, aan wie het wel moest worden verteld in de winter dat Clemmie bekneld had gezeten achter de verraderlijke klink.

Alice ging langzamer lopen toen ze het deel van Rotten Row bereikte waar het pad zich afsplitste om een brug te vormen over de Serpentine. Achter het water lag het grote groene stuk park. Alice kon er nooit naar kijken zonder terug te denken aan de Tweede Wereldoorlog. Toen hadden daar zandzakken gelegen, en groentesoorten in rijen, het hele stuk in gebruik genomen als moestuin. Nu leek dat een nogal vreemd idee, iets middeleeuws haast, alsof een hongerende, door bommen geteisterde natie op de een of andere manier kon worden gevoed door de oogst uit Hare Majesteits koninklijke moestuin. Toentertijd leek het een razend verstandig plan; sterker nog, het leek essentieel. Hun jongens sneuvelden in vreemde landen, het regende 's nachts bommen op Londen en bevoorradingsschepen werden voordat ze kans zagen af te meren door onderzeeboten de grond in geboord; maar het Engelse volk zou niet worden uitgehongerd. Het zou de oorlog winnen, moestuin voor moestuin.

Een paar jaar geleden had Alice in het Imperial War Museum een paar schooljongens gehoord die zich vrolijk maakten over een affiche van Potato Pete die opschepte dat hij een stevige soep maakte. De jongens waren wat achter geraakt op de rest van de groep en toen de leraar hun een uitbrander gaf, leek de langste van de twee op het punt te staan om in huilen uit te barsten. Alice had iets van leedvermaak ervaren. Hoe kwam het toch dat zoveel parafernalia uit de Tweede Wereldoorlog de indruk wekten dat het iets beleefds en schilderachtigs of stoers was geweest, terwijl het in werkelijkheid wreed en dodelijk was? De mensen waren toen anders, stoicijnser. Er werd veel minder gepraat over emoties. De mensen werd van kindsbeen af geleerd niet te huilen als je je had bezeerd, tegen je verlies te kunnen en geen blijk te geven van vrees. Zelfs kindermeisje Rose, die de zachtaardigheid in eigen persoon was, had haar wenkbrauwen gefronst als ze tranen had gezien wanneer ze jodium op schaafwonden en schrammen deed. Van kinderen werd verwacht dat ze hun lot aanvaardden als ze daarmee werden geconfronteerd. Heel nuttige eigenschappen, zo bleek, gedurende oorlogstijd; sterker nog, in het hele leven.

De Edevane-vrouwen hadden allemaal hun steentje bijgedragen toen de oorlog uitbrak. Clemmie sloot zich aan bij de Air Transport Auxiliary en verplaatste vliegtuigen van de ene RAF-basis naar de andere; Alice reed in een tot ambulance omgebouwde lijkwagen door de door bommen getroffen straten; en Deborah ronselde ijverig vrijwilligers voor de Women's Voluntary Services. Maar Eleanor had hen allemaal versteld doen staan. Deborah en Alice hadden hun ouders aangeraden een veilig onderkomen te zoeken op het platteland, maar dat had hun moeder vertikt. 'We blijven hier en doen wat we kunnen,' had ze gezegd. 'We peinzen er niet over om ons te drukken en daar hoeven jullie ook niet mee aan te komen. Als het goed genoeg is voor de koning en de koningin dan is het goed genoeg voor ons. Zo is het toch, schat?' Ze had hun vader glimlachend aangekeken, die toen al leed aan de pleuritis die hem uiteindelijk het leven zou kosten, en hij kneep uit solidariteit in haar hand. En vervolgens had ze zich aangemeld bij het Rode Kruis en fietste door East End om medische hulp te bieden aan moeders en kinderen die bij een bombardement hun huis waren kwijtgeraakt.

236

Soms zag Alice in gedachten de stad als een landkaart, met spelden op alle plekken waar ze iets mee had. Die kaart was ermee bezaaid en de spelden stonden boven op elkaar. Het was heel wat om het grootste deel van je leven op één plek door te brengen. Om ontelbaar veel herinneringen te verzamelen die zich in je geest vastzetten waardoor bepaalde geografische locaties een eigen identiteit verwierven. De plaats was zo belangrijk in Alice' ervaring van de wereld dat ze zich soms afvroeg hoe nomaden het verstrijken van de tijd ervoeren. Hoe markeerden en maten zij hun ontwikkeling zonder de aanwezige van een constante die veel groter en duurzamer was dan zijzelf? Misschien deden ze dat niet. Misschien waren zij gelukkiger zonder.

Een van de dingen die haar aan Ben het meest hadden geïntrigeerd was zijn nomadische levensstijl. Talloze mensen waren na de Eerste Wereldoorlog dakloos geraakt, droevige mannen wier aanwezigheid, met bordjes die ze omhoog hielden waarop ze om werk of een aalmoes vroegen, een sombere sluier over het decennium wierp in de straten overal in Engeland. Alice en haar zussen werd gezegd dat ze moesten geven waar ze maar konden en ze nooit aan moesten gapen; zij hadden geleerd medelijden te tonen. Maar Ben was anders dan die ontheemde soldaten. Hij was de eerste die Alice had ontmoet die zelf voor zo'n leven had gekozen. Hij trok van het ene baantje naar het andere, met niet meer bezittingen dan wat hij in zijn rugzak mee kon dragen. 'Ik ben een zwerver,' had hij schouderophalend met een glimlach gezegd. 'Mijn vader zei vroeger altijd dat ik zigeunerbloed in me had van mijn moeders kant.' Voor Alice, wier grootmoeder altijd meer dan genoeg had aan te merken op zigeuners en landlopers die door de bossen rond Loeanneth trokken, was alleen de gedachte al een gruwel. Zij was opgegroeid met de zekerheid en de gedegenheid van de geschiedenis van haar familie. De nalatenschap van de voorouders van haar vader, hun verhaal over noeste arbeid en ondernemingslust, de bouw van het Edevane-imperium; en haar moeders familie, met wortels diep in het stuk land dat ze nog steeds hun thuis noemden. Zelfs Eleanor en Anthony's glorieuze liefdesgeschiedenis speelde zich af rond zijn redding en restauratie van Loeanneth. Alice had het altijd een vreselijk indrukwekkend verhaal gevonden, en nam haar moeders hartstochtelijke liefde voor het huis aan het meer maar wat graag over. Ze had zich nooit voorgesteld dat er nog andere manieren waren waarop iemand zou kunnen leven.

Maar Ben was anders en hij maakte dat zij anders tegen de dingen aan ging kijken. Hij hechtte niet aan bezittingen of het vergaren van een fortuin. Het was voldoende, zei hij, dat hij in staat was zich van de ene plek naar de volgende te verplaatsen. Zijn ouders hadden bij archeologische opgravingen in het Verre Oosten gewerkt toen hij nog klein was, en toen had hij zich gerealiseerd dat de bezittingen die de mensen in het vluchtige heden begeerden gedoemd waren te verdwijnen; als ze niet tot stof vergingen dan lagen ze eronder begraven, in afwachting van de nieuwsgierigheid van toekomstige generaties. Zijn vader had heel wat van die dingen opgegraven, zei hij, schitterende voorwerpen waarom ooit was gevochten. 'En die zijn allemaal zoekgeraakt of afgedankt, de mensen die ze bezaten dood en vergeten. De enige dingen die mij interesseren zijn mensen en ervaringen. Contacten – daar gaat het om. De elektrische vonk die overspringt tussen mensen, de onzichtbare band.' Alice had gebloosd toen hij dat zei. Ze wist precies wat hij bedoelde; zij had het ook gevoeld.

Slechts één keer hoorde ze hem met verdriet en spijt praten over zijn geldgebrek. Ze herinnerde het zich vanwege het onaangename gevoel dat het bij haar opriep. Hij was samen opgegroeid met een meisje, zei hij, een Engels meisje, een paar jaar ouder dan hij, wier ouders aan dezelfde opgraving meewerkten als de zijne. Zij had hem onder haar vleugels genomen, omdat zij dertien was en hij nog maar acht, en omdat ze in hetzelfde schuitje zaten, samen in een vreemd land, hadden ze een hechte band gesmeed. 'Ik was natuurlijk een beetje verliefd op haar,' zei hij lachend. 'Ik vond haar zo knap met haar lange vlechten en lichtbruine ogen.' Toen het meisje – Florence heette ze ('Flo' noemde hij haar, het intieme van die bijnaam stak Alice) – met haar ouders terugkeerde naar Engeland, waren ze elkaar blijven schrijven, brieven die langer en persoonlijker werden toen Ben opgroeide. Zij waren allebei een constante factor in elkaars rondreizende bestaan, en toen hij op zijn zeventiende terugkeerde naar Engeland zochten ze elkaar weer op. Zij was inmiddels getrouwd, maar stond erop dat hij altijd bij haar logeerde als hij in Londen verbleef; zij bleven de beste vrienden. 'Ze is een ontzettend grootmoedig mens,' zei hij. 'Hondstrouw, heel zachtaardig en altijd goedlachs.' Maar de laatste tijd hadden zij en haar man het niet gemakkelijk gehad. Ze hadden samen geprobeerd een zaakje op te zetten en werkten zich uit de naad, en nu had de huisbaas gedreigd met uitzetting. 'En dat is niet hun enige probleem,' zei hij. 'Er zijn ook persoonlijke moeilijkheden. Zulke goede mensen, Alice, met bescheiden verlangens. Dit is wel het laatste wat ze kunnen gebruiken.' Hij was de snoeischaar aan het slijpen toen hij zei: 'Ik zou bereid zijn alles te doen om ze te helpen.' Er klonk een nieuwe toon van frustratie door in zijn stem. 'Maar het enige waar ze wat aan hebben is geld en ik bezit niet meer dan wat ik in mijn zak heb.'

De benarde situatie van zijn vriendin maakte Ben verbitterd en Alice, die inmiddels hopeloos verliefd was, wilde niets liever dan het probleem voor hem oplossen. Tegelijkertijd was ze vervuld van blinde jaloezie jegens die andere vrouw (*Flo* – wat haatte zij de achteloze kortheid van die bijnaam) die zo'n belangrijke rol in zijn leven speelde, wier tegenslagen, op vele honderden kilometers afstand in Londen, bij machte waren hier en nu zijn stemming te verpesten.

Maar de tijd heeft het merkwaardige vermogen zelfs de diepste hartstochten tot bedaren te brengen. Ben sprak nooit meer over zijn vriendin en Alice, die per slot van rekening nog heel jong was, en dus egocentrisch, verdrong Flo en haar benarde positie uit haar geheugen. Tegen de tijd, drie of vier maanden later, dat ze hem vertelde van haar plannen voor het schrijven van *Slaap kindje slaap,* was ze die keer dat hij had gezegd bereid te zijn alles – maar dan ook echt alles – te doen om aan het geld te komen dat nodig was om zijn jeugdvriendin te helpen, totaal vergeten.

Aan de overkant van de Serpentine rende een kind naar het water toe. Alice aarzelde en bleef toen stilstaan en keek hoe het kleine meisje of jongetje, dat was moeilijk te zien, bij de waterkant aankwam en kleine stukjes brood begon af te scheuren en die in het water strooide terwijl zich een groepje eendjes verzamelde. Er kwam ook snel een gakkende zwaan op af, die de overgebleven stukjes brood met één slag bij elkaar veegde. Zijn snavel was scherp en vlakbij en het kind begon te huilen. Een ouder snelde toe, zoals ouders dat doen, en het kind liet zich gemakkelijk troosten, maar het incident deed Alice terugdenken aan de gulzige en brutale wilde eenden op Loeanneth. Ze vroeg zich af of die er nog steeds waren en toen ze daaraan terugdacht kreeg ze een brok in haar keel. Dat overkwam haar soms. Na het jarenlang vastberaden te hebben ontkend werd ze soms overvallen door een golf van meedogenloze nieuwsgierigheid naar het huis, het meer en de tuinen, die haar bijna de adem benam.

Toen ze nog kinderen waren op Loeanneth brachten ze de zomers in en aan het water door, waarbij hun huid bruin werd en hun haar zo blond dat het bijna wit leek. Ondanks haar zwakke longen was Clemmie het grootste buitenkind van allemaal, met haar lange magere veulenbenen en haar grillige aard. Ze had later geboren moeten worden. Ze zou nu geboren moeten worden. Er waren tegenwoordig zoveel mogelijkheden voor meisjes als Clemmie. Alice zag ze overal, energiek, onafhankelijk, vastberaden en geconcentreerd. Krachtige meiden, niet geremd door maatschappelijke verwachtingen. Ze maakten haar blij, die meisjes, met hun neusringen en hun korte haar en hun ongedurigheid met de wereld. Soms had Alice het gevoel dat ze zelfs de geest van haar zus in hen zag bewegen.

Clemmie had in de maanden na Theo's verdwijning met niemand willen spreken. Zodra de politie klaar was met de verhoren had ze haar mond dicht gedaan, haar lippen stijf op elkaar geperst en zich gedragen alsof haar oren ook waren uitgeschakeld. Ze was altijd al een buitenbeentje geweest, maar achteraf bezien had Alice de indruk gehad dat er in die nazomer van 1933 helemaal geen land meer met haar te bezeilen viel. Ze kwam nog nauwelijks thuis, dwaalde rond bij het vliegveld, hakte met een gepunte stok in op het riet bij de rivier, sloop alleen maar het huis in om te slapen en zelfs dat de meeste nachten niet. Dan kampeerde ze in het bos of bij de rivier. God mocht weten wat ze at. Vogeleieren waarschijnlijk. Clemmie was altijd al goed geweest in het leeghalen van nesten.

Moeder was in alle staten. Alsof het leed om Theo nog niet genoeg was, moest ze zich ook nog eens zorgen maken over Clementine, daar buiten overgeleverd aan de elementen. Maar uiteindelijk was Clemmie toch teruggekomen, hoewel ze stonk naar aarde, haar lange haar onder de klitten zat en ze een gehavende indruk maakte. De zomer was gevorderd en in verval geraakt, waardoor het najaar, toen het zich aandiende, modderig en naargeestig was. Daarmee daalde er een grenzeloze droefheid neer over Loeanneth, alsof alle hoop dat Theo gevonden zou worden met het warmere jaargetijde was heengegaan. Toen het politieonderzoek officieel werd gestaakt en de politiemensen zich hadden uitgeput in verontschuldigingen, werd het besluit genomen dat de familie Edevane zou terugkeren naar Londen. Het huwelijk van Deborah zou daar in november worden voltrokken en het was wel zo prettig als de familie eerst een paar weken de tijd had om zich te installeren. Zelfs haar moeder, die doorgaans het liefst op het platteland verbleef, leek blij te zijn de koude, futloos makende droefenis van het huis aan het meer te verlaten. De ramen werden dichtgetimmerd, de deuren op slot gedaan en de auto werd volgeladen. Eenmaal terug in Londen was Clemmie gedwongen weer schoenen te gaan dragen. Er werden nieuwe jurken gekocht om de jurken die ze had gescheurd en waar ze uit was gegroeid te vervangen en er werd een plaatsje voor haar gezocht op een dagschool voor meisjes die gespecialiseerd was in wiskunde en natuurwetenschappen. Daar had ze het naar haar zin. Na een opeenvolging van ouderwetse gouvernantes, van wie niet één het lang had volgehouden op Loeanneth, was een heuse school een douceurtje, de beloning voor berusting. Het was in zekere zin een opluchting geweest om te zien hoe ze van de rand van de afgrond was gered, maar Alice had in stilte het verlies van haar wilde zusje betreurd. Clemmies reactie op het verdriet was zo primitief, zo rauw, dat het in zekere zin op zichzelf al een bevrijding was om die te aanschouwen. Haar terugkeer naar de beschaving verergerde het drama en maakte het tot iets definitiefs, want als Clemmie de hoop had opgegeven, dan was er echt niets meer van over.

Alice had sneller gelopen dan haar bedoeling was geweest en ze voelde een beklemmende pijn in haar borst opkomen. Een krampje, hield ze zichzelf voor, beslist geen hartaanval. Ze kwam bij een bankje en ging erop zitten. Ze besloot daar een ogenblik te blijven om op adem te komen. Het briesje was warm en zacht tegen haar huid. Voor haar bevond zich een ruiterpad en daarachter een speeltuin waar kinderen op felgekleurde plastic toestellen klauterden en elkaar achterna zaten terwijl hun oppassen, meisjes met paardenstaarten, in spijkerbroeken en T-shirts, onder een boom zaten te kletsen. Naast de speeltuin bevond zich een met zand bestrooid en omheind stuk grond waar de cavalerie-officieren van de kazerne in Knightsbridge trainden. Alice bedacht dat dit vlak bij de plek was waar ze die dag in 1938 met Clemmie had gezeten. Het was waar wat mensen zeiden, dat wanneer je oud werd (en wat gebeurde dat geniepig, wat was de tijd geslepen) herinneringen van lang geleden, die je tientallen jaren had verdrongen, opeens helder en levendig terugkwamen. Een keurig klein meisje had rijles gehad en eindeloos rondjes gereden in het zand. Alice en Clemmie hadden op een picknickdeken op het gras gezeten en gepraat over Clemmies voornemen om vlieglessen te nemen. Dat was vóór het uitbreken van de oorlog, en het leven in Londen was voor de dochters van welgestelde families ongeveer net zoals het altijd was geweest, maar je hoorde het gonzen van de geruchten als je wist waar je je oor te luisteren moest leggen. Alice had altijd geweten waar ze haar oor te luisteren moest leggen. En Clemmie blijkbaar ook.

Ze was inmiddels zeventien geworden en had botweg geweigerd deel te nemen aan het Koppelseizoen en was nog maar net op het nippertje in de haven tegengehouden waar ze, na een aantal erfstukken van de familie te hebben verkocht, scheep wilde gaan naar Spanje om met de Republikeinen mee te vechten in de burgeroorlog. Alice, die bewondering had voor het lef van haar zus, was evengoed blij geweest toen ze zag dat ze werd meegetroond naar huis. Maar toen Alice die keer werd geconfronteerd met Clemmies vasthoudendheid, met het vurige enthousiasme waarmee ze zwaaide met de krantenadvertentie voor de vliegschool, had ze beloofd haar uiterste best te doen om haar ouders ervan te overtuigen dat ze ermee in moesten stemmen. Het was een warme dag en ze hadden de lunch achter de rug en een weldadige rust had bezit van hen genomen, mede dankzij de overeenkomst die ze hadden bereikt. Alice steunde achterover op haar ellebogen, met haar ogen dicht achter haar zonnebril, toen Clemmie opeens uit het niets opmerkte: 'Hij is nog in leven, hoor.'

Toen bleek dat ze de hoop uiteindelijk toch niet had opgegeven.

Nu keek Alice of ze de plek kon terugvinden waar ze precies hadden gezeten. Het was vlak bij een bloembed, herinnerde ze zich, en tussen twee enorme wortels van een kastanjeboom. Toen was er nog geen speeltuin geweest en de kindermeisjes in lange jurken en met stoffen hoedjes op waren bijeengekomen aan de oever van de Serpentine, waar ze de handjes van de kindertjes voor wie ze verantwoordelijk waren vasthielden en de allerkleinsten in grote zwarte kinderwagens voortduwden. Tegen de kerst dat jaar zou het gras zijn verdwenen en plaats hebben gemaakt voor loopgraven, aangelegd ter voorbereiding van volgende luchtaanvallen; maar die dag met Clemmie lag de oorlog met al zijn verschrikkingen en dood nog voor hen. De wereld was nog niet gebroken en de zon scheen nog.

'Hij is nog in leven, hoor.'

Vijf jaren waren er voorbijgegaan en Alice wist onmiddellijk wie Clemmie bedoelde. Het was de eerste keer na zijn verdwijning dat Alice haar zus over Theo had horen praten, en haar rol als vertrouwelinge viel haar zwaar. Haar verantwoordelijkheid drukte nog zwaarder op haar omdat ze zeker wist dat Clemmie het mis had. Om wat tijd te winnen vroeg ze: 'Hoe weet je dat?'

'Ik weet het gewoon. Het is een gevoel.'

Het meisje op het paard was nu op een drafje overgegaan en het paard schudde met zijn manen, waardoor die trots glansden.

Clemmie zei: 'Er is nooit losgeld geëist.'

'En?'

'Nou, begrijp je het niet? Als er geen losgeld is geëist dan betekent dat dat degene die hem heeft gekidnapt hem voor zichzelf wilde.'

Alice gaf geen antwoord. Hoe moest ze haar zus alle hoop ontnemen zonder enige twijfel achter te laten? Hoe moest ze dat doen zonder te veel prijs te geven?

Intussen was er een levendige uitdrukking op Clemmies gezicht verschenen. Ze praatte snel, alsof ze vijf jaar had gewacht voordat ze haar mond opendeed en ze, nu ze eenmaal was begonnen, niet langer mocht aarzelen. 'Volgens mij was het een man,' zei ze. 'Een kinderloze vader, die een bezoek bracht aan Cornwall, Theo toevallig zag en meteen straalverliefd op hem werd. Die man had een vrouw, begrijp je, een lieve dame die dolgraag kinderen wilde maar ze nooit had kunnen krijgen. Ik zie ze zo voor me, Alice, de man en zijn jonge echtgenote. Welgesteld, maar niet stijf of bekakt. Ze houden veel van elkaar en van de kinderen die ze samen van plan zijn te krijgen. Ik zie ze somberder worden naarmate de jaren verstrijken en de vrouw steeds maar niet in verwachting raakt, en langzaam dringt het besef tot hen door dat ze wellicht nooit het geluid van kindervoetjes in de gang of gelach uit de kinderkamer zullen horen. Er valt een donkere sluier over het huis en alle muziek en geluk en licht verdwijnen uit hun leven, Alice, totdat de man op een dag, als hij van huis is voor zaken, of omdat hij met een zakenrelatie heeft afgesproken –', ze maakte een wuivend gebaar met haar hand, 'dat doet er niet toe – in de buurt van Loeanneth verzeild raakt en Theo ziet en hij meteen weet dat dit het kind is dat vreugde in de ziel van zijn vrouw kan brengen.'

Het dravende paard had juist op dat moment gehinnikt en in gedachten zag Alice Loeanneth voor zich, de aangrenzende velden, de paarden uit de buurt, waarvoor ze appels plachten te pikken van hun kokkin. Clemmies relaas zat vol met gaten, niet in het minst omdat niemand ooit onbedoeld op Loeanneth verzeild raakte; maar het was op zijn minst ook deels bezield door de problemen die Deborah had gehad. ('Vijf jaar en nog steeds geen baby,' werd er op gezelligheidsbijeenkomsten gefluisterd.) Ze herinnerde zich de nachtegalen bij het meer bij het krieken van de dag en ze huiverde hevig, ondanks de kracht van de zon op haar huid. Clemmie had niets in de gaten.

'Je begrijpt het toch wel, Alice? Het was verkeerd en het heeft onze familie veel verdriet gedaan, maar het was begrijpelijk. Theo moet gewoon onweerstaanbaar voor hen zijn geweest. Herinner je je nog hoe hij met zijn handjes wapperde als hij blij was, alsof hij probeerde op te stijgen?' Ze glimlachte. 'En hij was zo geliéfd. Hij groeit op omringd door liefde, Alice, gelukkig. Hij was nog heel jong toen hij verdween, hij zal ons zijn vergeten, hij zal niet meer weten dat hij ooit deel van ons uitmaakte, ook al hebben wij hem nooit kunnen vergeten. Ik kan met mijn eigen verdriet leven als ik me voorstel dat hij gelukkig is.'

Daar had Alice niets op kunnen zeggen. Zij was de schrijfster in de familie, maar Clemmie had het vermogen de wereld door een andere bril te bezien. Als ze eerlijk was, had Alice altijd met bewondering en zelfs met een beetje afgunst naar de verbeelding van haar zus gekeken, alsof haar eigen beroep op de creativiteit, haar verhalen, het product van zoveel vallen en opstaan, minder voorstelde naast Clemmies aangeboren originaliteit. Clemmie beschikte over een soort naïviteit die de ander onvermijdelijk met de rol van praktische lomperik opzadelde. Alice wilde die rol niet spelen, en wat had het voor zin om ertegenin te gaan? Waarom zou ze de betoverende fantasie waarmee haar zus begiftigd was de grond in boren: een nieuw leven voor Theo, een liefhebbend gezin? Was het niet genoeg dat Alice wist hoe de vork in de steel zat?

Maar Alice wilde in haar gulzigheid meer horen van Clemmies verhaal. 'Waar wonen ze?' vroeg ze. 'Hoe is Theo geworden?' Terwijl Clemmie haar antwoorden formuleerde, deed Alice haar ogen dicht en luisterde, afgunstig op haar zus' argeloosheid en stelligheid. Het was zo'n aanlokkelijke, zij het onrealistische manier van denken. Want Theo leidde geen nieuw leven binnen een liefhebbend gezin in een mooi huis. Clemmie had gelijk toen ze zei dat er nooit losgeld was geëist, maar wat de betekenis daarvan betrof had ze het bij het verkeerde eind. Alice wist dat maar al te goed. Het ontbreken van een eis om losgeld betekende dat het helemaal in het honderd was gelopen en dat Theo dood was. Dat wist ze omdat dat precies was zoals ze het zich had voorgesteld.

18

De dag waarop ze ermee op de proppen kwam was begonnen als elke andere dag. Het was 1933, begin van de lente, maar nog koud, en ze had de hele ochtend met haar voeten tegen de warmwatertank in de droogkast gezeten en de verzameling krantenknipsels doorgenomen die ze achter slot en grendel bewaarde in het filigreinmetalen kistje dat grootvader Horace mee had gebracht uit India en dat ze van de zolder had gehaald. Ze had een knipsel gevonden over de kidnapping van de zoon van Lindbergh in Amerika en dat had haar aan het denken gezet over losgeld en dreigbrieven en hoe een misdadiger de politie het beste zand in de ogen kon strooien.

Kort tevoren was tot haar doorgedrongen (een besef dat samenviel met haar obsessieve belangstelling voor Agatha Christie) dat wat haar vorige verhalen misten een puzzel was, een ingewikkelde, lastige wending in het verhaal die bedoeld was om de lezer op het verkeerde been te zetten en in verwarring te brengen. En een misdrijf. De sleutel tot de volmaakte roman, had Alice besloten, was het verhaal te spinnen rond de oplossing van een misdrijf, waarbij ze ondertussen de lezer in de val lokte door de indruk te wekken dat ze het ene deed, terwijl ze in werkelijkheid vrolijk met iets anders bezig was. Terwijl ze haar in wollen sokken gestoken tenen tegen de warme bekleding van de watertank drukte, pende ze er lustig op los en maakte aantekeningen over het wie en het waarom en, wat het belangrijkste was, het hoe.

Ze dacht daar nog steeds over na toen ze, na de lunch, gehuld in de oude sabelbontjas van haar moeder in de tuin op zoek ging naar Ben. Het was stormachtig buiten, maar hij was bij de visvijver, waar hij de verscholen tuin had aangelegd, het hele stuk afgeschermd door een grote cirkelvormige heg. Ze ging op de koude marmeren rand van de vijver zitten, plantte de hakken van haar kaplaarzen in de bemoste grond eromheen en kreeg een blij gevoel toen ze het exemplaar van Agatha Christies *De zaak Styles* dat ze hem had geleend uit zijn plunjezak zag steken.

Ben bevond zich aan de andere kant van de tuin, waar hij bezig was onkruid te wieden, en had haar niet horen aankomen, dus bleef Alice daar een ogenblik zitten. Hij had zijn onderarmen ontbloot, en er begonnen zweetdruppels op te komen waardoor kluitjes aarde aan zijn vochtige huid bleven plakken. Hij streek de langere lokken haar uit zijn ogen en eindelijk kon ze zich niet langer inhouden. 'Ik heb een geweldig idee gekregen,' zei ze.

Hij draaide zich met een ruk om; ze had hem laten schrikken. 'Alice!' Verbazing maakte snel plaats voor blijdschap. 'Een idee?'

'Ik heb er de hele ochtend op lopen broeden en ik wil niet opscheppen, maar ik weet heel zeker dat het tot nu toe mijn beste gaat worden.'

'Echt waar?'

'Echt waar.' En toen sprak ze de woorden uit die ze later tegen elke prijs had willen terugnemen. 'Een ontvoering, Ben. Ik ga een boek schrijven over een ontvoering.'

'Een ontvoering,' herhaalde hij, terwijl hij op zijn hoofd krabde. 'Van een kind?'

Ze knikte enthousiast.

'Waarom zou iemand een kind willen ontvoeren dat niet van hemzelf is?'

'Omdat de ouders rijk zijn, natuurlijk!'

Hij keek haar verbluft aan, alsof hij niet goed begreep wat het een met het ander te maken had.

'Voor geld.' Alice sloeg plagerig haar ogen ten hemel. 'Voor losgeld.' Een ondertoon van raffinement had haar stem gescherpt, wat maakte dat ze, zo vond zij zelf, heel erg klonk als een vrouw van de wereld. Toen ze het plan voor hem uiteenzette, had Alice onwillekeurig bewondering voor het aantrekkelijke element van gevaar dat aan haar verhaal kleefde, de indruk dat ze heel wat afwist van de machinaties van het criminele brein. 'De kidnapper in mijn verhaal is diep in de problemen geraakt. Hoe weet ik nog niet precies, de details heb ik nog niet uitgewerkt. Misschien is hij uit een testament geschreven en van een erfenis beroofd, of anders is hij een wetenschapper die een geweldige ontdekking heeft gedaan, maar zijn compagnon, de vader van het kind, is met zijn idee aan de haal gegaan en heeft daar smakken geld mee verdiend en hij is verbitterd en kwaad. Het doet er eigenlijk weinig toe, maar...'

'... hij is een arme man.'

'Ja, en hij is wanhopig. Hij heeft dat geld écht ergens voor nodig, misschien heeft hij schulden gemaakt of wil hij trouwen met een meisje uit een ander milieu.' Alice voelde dat ze een blos kreeg, zich realiserend dat ze nu wel erg dicht bij hun eigen situatie in de buurt kwam. Ze sprak snel verder en pakte de draad van haar verhaal weer op. 'Hoe dan ook, hij heeft snel een hoop geld nodig en besluit dat dit de manier is om eraan te komen.'

'Niet bepaald een frisse jongen,' zei Ben, terwijl hij de kluiten aarde van de wortels van een grote onkruidplant schudde.

'De schurk hoeft niet sympathiek te zijn. Juist niet. Hij is de schurk.'

'Maar mensen zitten zo toch niet in elkaar, alleen maar slecht of alleen maar goed?'

'Hij is geen mens, hij is een personage, dat is wat anders.'

'Tja,' zei Ben met een licht schouderophalen. 'Jij bent de auteur.'

Alice trok haar neus een beetje op. Ze was net zo lekker bezig, maar de interruptie had haar gedachtegang verstoord. Ze raadpleegde haar aantekeningen in de hoop te zien waar ze gebleven was.

'Maar,' Ben stak de gaffel in de aarde, 'opeens besef ik dat dat één van de dingen is die me minder bevallen in die detectiveromans van je.'

'Wat dan?'

'De brede penseelstreken, het gebrek aan subtiliteit, de gedachte dat moraliteit iets ondubbelzinnigs is. Het is niet de echte wereld, weet je? Het is simplistisch. Als iets uit een kinderboek, een sprookje.'

Alice voelde zijn woorden als een mes tussen haar ribben. Zelfs nu, nu ze inmiddels zesentachtig jaar oud was en langs de voetbalvelden aan Rotten Row wandelde, huiverde ze toen ze eraan terugdacht. Hij had natuurlijk gelijk gehad en was zijn tijd ver vooruit. Tegenwoordig was het *waarom* vele malen belangrijker dan het *hoe*, maar toentertijd had Alice geen waarde gehecht aan zijn suggestie dat de fascinerende vraag waarom gewone mensen ertoe kwamen een misdaad te plegen niet mocht worden veronachtzaamd; haar ging het uitsluitend om trucs en puzzels. Het had haar diep gekwetst toen hij dat had gezegd, alsof hij háár als simplistisch had bestempeld en niet het genre. Het was een koude dag, maar met het vuur van verwarring en pijn dat in haar oplaaide kwam de stoom uit Alice' oren. Ze trok zich niets van zijn kritiek aan en ging kordaat door met de beschrijving van de verhaallijn. 'Het ontvoerde kind zal natuurlijk moeten sterven.'

'Moet ze dat echt?'

'Hij. Het is beter als het om een jongetje gaat.'

'O ja?'

Dat had hij amusant gevonden, wat haar razend had gemaakt. Alice weigerde zijn glimlach te beantwoorden en haar stem klonk aanmatigend geduldig toen ze haar verhaal vervolgde. Ze sprak alsof ze hem dingen uitlegde die hij eigenlijk al had moeten snappen. En wat nog onuitstaanbaarder was, ze gedroeg zich alsof ze hem iets aan zijn verstand bracht wat voor iemand als hij anders veel en veel te hoog gegrepen zou zijn. Het was vreselijk. Ze hoorde zichzelf het verwende rijkeluiskind uithangen, een rol die ze verachtte maar waar ze zich met geen mogelijkheid van kon ontdoen. 'Jongens zijn meer waard, begrijp je, qua positie in de familie. Zij erven het land en de titel en al dat soort dingen.'

'Goed dan, een jongen.' Zijn toon was even ongedwongen als altijd. Dat maakte haar zo mogelijk nog razender! 'Maar waarom moet het arme ventje dood?'

'Omdat een moordverhaal een moord nodig heeft!'

'Is dat ook weer een van je regels?' Hij plaagde haar. Hij wist dat hij haar had gekwetst en probeerde het goed te maken. Nou, zo gemakkelijk liet ze zich niet inpakken.

Op ijzige toon: 'Dat zijn niet mijn regels. Dat zijn de regels van meneer Knox zoals opgenomen in zijn boek *De beste detectiveverhalen*.'

'Aha, zit dat zo. Tja, dat is andere koek.' Hij trok zijn handschoenen uit en pakte een in vetvrij papier gewikkelde boterham. 'En welke regels heeft meneer Knox nog meer?'

'De detective mag niet worden geholpen door een gelukkig toeval of door onverklaarbare intuïtie.'

'Klinkt redelijk.'

'Geen tweelingen of dubbelgangers tenzij de lezer daar eerder op is voorbereid.'

'Dat neigt veel te veel naar vals spelen.'

'En er mag niet meer dan één geheime kamer of doorgang zijn. Dat is belangrijk voor mijn verhaal.'

'O ja? Waarom?'

'Dat leg ik je later nog wel eens uit.' Ze bleef de regels opsommen en aftellen op haar vingers. 'De misdadiger moet al vroeg in het verhaal worden genoemd; de lezer mag niet weten wat hem beweegt; en last but not least, de detective dient een dommere vriend te hebben, een Watson, die een fractie, maar niet meer dan een fractie minder intelligent is dan de gemiddelde lezer.'

Ben hield even op met kauwen op zijn boterham en bewoog zijn vinger tussen hen heen en weer. 'Ik krijg sterk de indruk dat ik de Watson ben in dit team.'

Alice voelde haar lippen omkrullen en kon niet langer weerstand bieden. Hij was zo knap, zoals hij naar haar glimlachte, en het weer begon op te klaren, de zon gluurde tussen de wolken door. Het was gewoon te moeilijk om boos op hem te blijven. Ze lachte, en toen ze dat deed veranderde zijn gezichtsuitdrukking.

Alice volgde zijn blik en keek achterom naar de opening in de heg. Een vreselijk moment was ze er zeker van dat ze het kindermeisje Rose achter zich zou zien staan. Alice had laatst uit het raam gekeken en hen samen, Ben en het kindermeisje, met elkaar zien praten. Het zag er allemaal wat genoeglijker uit dan haar aanstond. Maar het was kindermeisje Rose helemaal niet; het was haar moeder maar, die door de achterdeur naar buiten was gekomen en nu op de gietijzeren stoel zat, met haar armen over elkaar en een vaag rookpluimpje dat omhoog kringelde van de sigaret tussen haar vingers.

'Maak je geen zorgen,' zei ze, terwijl ze haar ogen ten hemel sloeg en dook met haar hoofd weg uit het zicht. 'Zij zal ons niet lastigvallen – vandaag in ieder geval niet. We worden geacht niet te weten dat ze rookt.'

Ze probeerde nonchalant te klinken, maar de zorgeloze sfeer van het afgelopen halfuur was verdwenen. Alice en Ben wisten allebei hoe belangrijk het was dat ze hun relatie geheim hielden, vooral voor haar moeder. Eleanor wilde niet dat Alice iets had met Ben. Er waren de afgelopen maanden een paar algemene opmerkingen gemaakt over het zorgvuldig kiezen van degenen met wie je omging, en laatst op een avond was er een uiterst onverkwikkelijke toestand toen haar moeder haar na het eten in de bibliotheek had ontboden. Er had een vreemde spanning op Eleanors gezicht gelegen, hoewel ze deed alsof ze ontspannen was, en Alice wist al hoe laat het was. En ja, hoor: 'Alice, het past een meisje niet om zo langdurig met leden van het personeel te praten. Ik weet dat je het niet kwaad bedoelt, maar mensen kunnen een verkeerde indruk krijgen. Je vader zou het beslist afkeuren. Stel je voor dat hij uit het raam van zijn studeerkamer zou kijken en zijn dochter zou zien optrekken met zo'n ongepast iemand, een tuinknecht, nota bene.'

Alice geloofde geen moment dat haar vader zo bekrompen was dat hij daar bezwaar tegen zou hebben – hij gaf geen zier om toevallige klassenverschillen – maar dat zei ze niet. Dat durfde ze niet. Haar moeder had Ben ogenblikkelijk kunnen laten ontslaan als ze vond dat hij te veel onrust stookte.

'Kom,' zei Ben, met een knipoog. 'Ga nu maar gauw. Ik heb hier nog genoeg te doen en jij hebt nog een meesterwerk te schrijven.'

Ze was geroerd door zijn bezorgdheid, de onuitgesproken ongerustheid in zijn stem. 'Ik ben niet bang dat ik in de problemen kom, hoor.'

'Dat dacht ik ook niet,' zei hij. 'Geen moment.' Hij gaf haar het boek van Agatha Christie. Ze rilde toen hun vingertoppen elkaar raakten. 'Laat me weten wanneer je je verhaal verder hebt uitgewerkt.' Hij schudde met gespeeld afgrijzen zijn hoofd. 'Kleine jongetjes vermoorden. Wat weerzinwekkend.'

Toen Alice Kensington Road wilde oversteken reed bus 9 voorbij. Het was een van die oude dubbeldekkers en op de zijkant stond een advertentie voor een uitvoering van *Het Zwanenmeer* door het Kirov Ballet. Alice zou die opvoering graag hebben gezien, maar was bang dat het te laat was om nog aan kaartjes te komen. Ze ging uitsluitend naar het ballet als ze dichtbij genoeg zat om de spitzen van de dansers tegen de podiumplanken te kunnen horen tikken. Uitmuntendheid was het resultaat van noeste arbeid en Alice had geen zin om te doen of het anders gesteld was. Ze begreep dat illusie deel uitmaakte van de voorstelling, dat dansers ernaar streefden te doen alsof het geen moeite kostte; en ze wist ook dat voor velen in het publiek de romantiek van moeiteloze bevalligheid nu juist cruciaal was; maar niet voor Alice. Zij was een groot bewonderaarster van geestelijke en lichamelijke ontberingen en vond dat een voorstelling baat had bij de glans van zweet op de schouders van de hoofddanser, de zucht van vermoeidheid na het voltooien van de solo van een ballerina en de harde tik waarmee de spitzen, wanneer de ballerina glimlachend een pirouette maakte, de houten vloer raakten. Het was net zoiets als het gezwoeg in de boeken van andere schrijvers opmerken. Het besef van de inspanning die iets kostte verminderde het genot ervan niet, het droeg er zelfs aan bij.

Alice was niet romantisch ingesteld. Dat was een van de dingen waarin ze zich doelbewust had onderscheiden van Eleanor, een beslissing uit haar kinderjaren die tot een vaste gewoonte was uitgegroeid. Haar moeders favoriete balletverhaal stamde namelijk uit de zomer dat ze haar vader had ontmoet. 'Het was 1911, voor de oorlog en de wereld was nog vol betovering.' Eleanor had het in de loop der jaren heel wat keren verteld. 'Ik logeerde bij mijn tante in Mayfair en had jouw vader eerder die week ontmoet. Hij nodigde me uit mee te gaan naar een optreden van de Ballets Russes en zonder me een ogenblik te bedenken en zonder mijn moeder te vragen of het goed was zei ik ja. Je kunt je voorstellen dat grootmama deShiel me zowat onterfde. O, maar het was de moeite waard. Die avond! Wat was die volmaakt en wat waren we nog jong. Wat onmogelijk jong.' Op dat moment glimlachte ze altijd even, beseffend dat haar kinderen nooit echt zouden accepteren dat hun ouders ooit anders waren geweest dan ze nu waren. 'Nijinsky in Le Spectre de la Rose was mooier dan alles wat ik ooit had gezien. Hij danste een solo van vijftien minuten en die gingen voorbij als een droom. Hij droeg een heel licht vleeskleurige zijden maillot waarop tientallen zijden roze, rode en paarse, door Léon Bakst ontworpen bloemblaadjes waren gestikt. Het meest exotische wezen, zó prachtig, als een glanzend, gracieus insect dat op het punt staat op te stijgen. Hij sprong alsof het hem geen enkele moeite kostte en bleef langer in de lucht zweven dan mogelijk was en leek tussendoor de grond niet eens met zijn voeten te raken. Die avond geloofde ik dat een mens zou kunnen vliegen, dat niets onmogelijk was.'

Maar nee – Alice fronste haar voorhoofd. Ze was niet eerlijk. Eleanor mocht haar bedrevenheid in de sprookjestaal over noodlot en bijgeloof uit haar jeugd dan wel hebben behouden, haar romantische aard bestond niet uitsluitend uit liefdesrelaties en ze-leefden-nog-lang-en-gelukkig-ontknopingen; het was een manier om naar de wereld te kijken, een compleet moreel waardestelsel van haarzelf. Ze had een aangeboren gevoel voor rechtvaardigheid, een complex systeem van aspecten die tegen elkaar worden afgewogen om de mate van iemands wat zij 'juistheid' noemde te bepalen.

Dit gevoel voor ethisch evenwicht was bepalend tijdens het laatste gesprek dat ze ooit hadden gevoerd. Eleanor was net terug van de Nieuwe Schouwburg, waar ze An Inspector Calls had gezien, en ze had Alice meteen gebeld om te zeggen dat ze de avond 'opbeurend' vond. Alice, die het stuk al had gezien, had een ogenblik gezwegen en toen geantwoord: 'De scène waarin het onschuldige meisje wordt mishandeld en tot zelfmoord gedreven, of de portrettering van die walgelijke familie Birling die zich totaal niet bekommerde om haar leed en alleen maar aan zichzelf dacht?' Eleanor had de ironie genegeerd en was doorgegaan met haar verslag: 'Het slot was zo verbazingwekkend, zó passend. Elk lid van de familie was op zijn of haar eigen manier schuldig en je bleef achter met een volkomen bevredigend gevoel dat de waarheid aan het licht zou komen.' Ze had ook, tamelijk voorspelbaar, bewondering gehad voor de onzekerheid in het personage van inspecteur Goole. 'O, Alice,' had ze teleurgesteld gezegd toen Alice opperde dat zijn karakter veel krachtiger had kunnen worden uitgewerkt. 'Dat doet niet ter zake. Hij is een archetype, een symbool, de personificatie van het recht. Het deed er niet toe hoe hij over het arme meisje hoorde, of wie of wat hij eigenlijk was; het enige wat ertoe doet is het herstel van de goede orde.'

Alice had iets gemompeld over karakterisering en geloofwaardigheid, maar Eleanor, die het beu was, had voorlopig een punt achter het gesprek gezet. 'Ik zal je nog wel eens overtuigen. We hebben het er morgen nog wel over als we samen zijn.' Dat hebben ze natuurlijk nooit gedaan. Eleanor zou Alice in haar flat in Shoreditch komen opzoeken toen ze op Marylebone Road overstak voor een bus met een bestuurder die even niet op de weg lette. Alice zat al die tijd in de schemerige keuken met een verse halve liter melk in de ijskast en een speciaal opgediept kleed op tafel, zonder het flauwste vermoeden dat de wereld voorgoed was veranderd terwijl zij zat te wachten.

Daarin had Ben zich vergist. Alice knipperde even met haar ogen om het onverwachte gevoel van verlies van zich af te zetten. Zijn voorkeur voor mensen boven plaatsen was allemaal goed en wel, maar mensen hadden de onaangename gewoonte te veranderen. Of weg te gaan. Of dood te gaan. Plaatsen waren veel betrouwbaarder. Die hielden stand. En konden, als ze waren beschadigd, opnieuw worden opgebouwd, verbeterd zelfs. Bij mensen kon je er niet op vertrouwen dat ze bij je bleven. 'Behalve familie.' Alice hoorde in gedachten Eleanors stem. 'Daarom had ik zoveel dochters. Zodat jullie altijd iemand zouden hebben. Ik wist hoe het was om alleen te zijn.'

Toen ze over Exhibition Road in de richting van de musea liep, was Alice allesbehalve alleen. Er waren overal mensen, voornamelijk jongeren. Alice voelde iets van medelijden in zich opkomen, omdat ze zo opgesloten zaten in de withete gloed van de jeugd, wanneer alles zo vitaal, zo essentieel, zo belangrijk leek. Ze vroeg zich af waar ze naartoe gingen. Naar het Museum voor Wetenschappen of naar het Victoria and Albert Museum of misschien zelfs naar het Natuurhistorisch Museum, waar ze langs de insecten zouden lopen die voor het laatst in het zonnetje hadden gefladderd op Loeanneth? 'Ik wou dat je ze niet doodmaakte,' had Eleanor op een dag gezegd en Alice had haar nooit iets tegen haar papa horen zeggen dat dichter bij kritiek kwam. 'Het lijkt zo wreed. Het zijn zulke prachtige diertjes.' Alice, met de witte handschoenen van de assistente aan, was degene geweest die voor haar vader in de bres was gesprongen, hoewel ze eigenlijk ook een vreselijke hekel had aan die spelden. 'De natuur ís wreed. Zo is het toch, pap? Alle levende wezens gaan dood. En ze zijn nog steeds prachtig. Dat blijven ze nu voor altijd.'

Er rende een groepje lachende meisjes langs die achterom keken en grappend iets riepen naar een aantrekkelijke jongeman met zwart haar die iets onverstaanbaars terug riep. Hun jeugd en hun uitgelatenheid straalden in zulke golven van hen af dat Alice ze bijna kon zien. Alice herinnerde zich hoe het was om te zijn zoals zij. Om voor het eerst een hartstocht te voelen die alles hyperecht maakte. De invloed die Ben toen op haar uitoefende was onweerstaanbaar; zijn aantrekkingskracht zo groot dat ze liever ophield met knipperen met haar ogen dan dat ze hem opgaf. Ze had haar moeders smeekbeden genegeerd en was hem blijven zien; ze was simpelweg voorzichtiger geworden dan voorheen, slinkser.

In de paar weken die daarop volgden had Alice, terwijl Ben haar aanhoorde en af en toe een opmerking maakte, haar ideeën over de wijze waarop de volmaakte ontvoering moest worden uitgevoerd verfijnd. Op een stralende lenteochtend, toen de lucht helder was na een nachtelijke regenbui en de forellen in de beek opsprongen, spreidde ze haar deken uit onder een wilg. Ben was gaten aan het graven voor nieuwe hekpalen en Alice lag op haar buik, enkels gekruist, wiebelend met haar benen terwijl ze fronsend in haar notitieboek staarde. Opeens zei ze: 'Ik realiseer me dat ik een handlanger nodig heb. Niemand zal geloven dat de misdadiger in zijn eentje handelde.'

'Nee?'

Ze schudde haar hoofd. 'Te lastig. Te veel losse eindjes om rekening mee te houden. Het is niet eenvoudig om een kind te ontvoeren, weet je. Het is zeker geen eenmansklusje.'

'Een medeplichtige dus.'

'Iemand die verstand heeft van kinderen. Bij voorkeur iemand die dit specifieke kind kent. Een vertrouwde volwassene, die ervoor kan zorgen dat de kleine schat zich zo stil houdt als een muis.'

Hij keek haar even aan. 'Ik heb nooit geweten dat jij zo sluw was.'

Alice accepteerde dat met een licht schouderophalen als een compliment en sabbelde nadenkend op een haarlok. Ze keek hoe een wolkenformatie langs de blauwe hemel dreef.

Ben was even opgehouden met zijn werkzaamheden om een sigaretje te rollen. 'Dat is nogal vergezocht, vind je niet?'

Alice keek naar hem op en hield haar hoofd scheef zodat de zon achter hem niet in haar gezicht scheen. 'Waarom?'

'Nou ja, het is één ding voor onze schurk om een ontvoering te beramen. Hij is een misdadiger, hij wil geld. Maar hoe groot is de kans dat hij iemand vindt die hij voldoende vertrouwt om zijn laaghartige plannen te ontvouwen en die ook nog bereid is erin betrokken te raken?'

'Eitje. Hij heeft een criminele vriend, iemand die hij in de gevangenis heeft leren kennen.'

Ben likte aan het vloeitje van zijn sigaret. 'Dat is te zwak.'

'Een vriend met wie hij overeenkomt het geld te delen?'

'Dat moet dan wel een enorme smak geld zijn. Het is een linke onderneming.'

Alice drukte het uiteinde van haar pen tegen haar lippen en tikte ertegenaan terwijl ze nadacht. Hardop vroeg ze zich af: 'Waarom zou iemand in zoiets toestemmen? Waarom zou iemand helpen een ernstig misdrijf te plegen? Voor de vrouw moet er ook iets te halen zijn.'

'De vrouw?'

Alice glimlachte geniepig. 'De mensen zijn geneigd vrouwen niet van misdaden te verdenken – niet als het om kinderen gaat, tenminste. Een vrouw zou de volmaakte medeplichtige zijn.'

'Nou dan,' – hij knielde aan de rand van de deken – 'dan houden ze van elkaar. Uit liefde zijn mensen in staat de gekste dingen te doen.'

Alice' hart bonsde tegen de harde aarde alsof het uit haar ribbenkast wilde ontsnappen. Zijn woorden waren vol van verborgen betekenissen. Zinspelingen, een belofte. De laatste tijd had hij een heleboel soortgelijke dingen gezegd en het gesprek gestuurd in de richting van onderwerpen als liefde, het leven en opoffering. Ze probeerde de trilling uit haar stem te weren. 'Liefde. Ja.' Ze voelde dat haar huid in haar nek rood begon aan te lopen; ze was er zeker van dat Ben het zou merken. Ze dwong zichzelf aan haar verhaal te denken, zich uitsluitend op de plot te concentreren. 'Nou ja, hij dénkt in ieder geval dat ze van elkaar houden.'

'Doen ze dat dan niet?'

'Jammer genoeg voor hem, nee. Zij heeft haar eigen redenen om eraan mee te werken.'

'Zij handelt in blanke slaven en slavinnen?'

'Zij zint op wraak.'

'Wraak?'

'Wraak op de familie van het jongetje.'

'Waarom?'

Zover had Alice nog niet vooruitgedacht. Ze maakte een ongeduldig wuivend gebaar met haar hand. 'Het belangrijkste is dat ze van plan is haar geliefde te bedriegen. Ze stemt erin toe hem te helpen, ze beramen een plan, stelen het kind uit de kinderkamer en brengen hem dan naar een andere plek. Ze schrijven de brief waarin ze losgeld eisen, maar versturen die nooit.'

'Waarom niet?'

'Omdat… omdat…' Ze voelde zich vanbinnen warm worden toen een doorbraak in de plot zich aandiende. Ze ging met een ruk rechtop zitten. 'Omdat jij gelijk hebt. De vrouw wil niet de helft van het geld. Zij wil het kind.'

'Echt waar?'

'Ze wil hem niet teruggeven; ze wil hem houden. Ze is van hem gaan houden.'

'Dat ging snel.'

'Het is een schat van een kind, of anders hield ze al eerder van hem, of er is de een of andere verwantschap tussen hen. Het doet er niet toe waarom, alleen dat het zo is. Misschien is dat al die tijd al haar plan geweest, om hem voor zichzelf te houden.'

'Dat zal onze schurk niet leuk vinden.'

'Nee, dat zal hij zeker niet. Hij heeft dat geld nódig. Het was oorspronkelijk zíjn plan en hij heeft een hoop moeite gedaan en onkosten gemaakt om de ontvoering op touw te zetten.'

'En?'

'En dus krijgen ze ruzie. De vrouw probeert het kind te pakken, de man bedreigt haar, ze vechten.' Op haar gezicht verscheen een glimlach als ze het opeens weet en ze zuchtte van verheugde voldoening. 'Het kind gaat dood!'

'In het gevecht?'

'Waarom niet?'

'Het lijkt me gewoon nogal luguber.'

'Dan in zijn slaap… Het doet er nauwelijks toe hoe. Misschien was hij al niet lekker en is hij in een heel diepe slaap gevallen. Of anders' – ze ging met een ruk overeind zitten – 'hebben ze hem verdoofd. Ze wilden dat de kidnapping soepeler zou verlopen, maar ze hebben zich misrekend. De slaappillen zijn voor volwassenen en de dosis is te hoog. Ze torpederen hun eigen plan. De brief met de eis om losgeld wordt nooit verstuurd en geen van hen krijgt een cent óf het kind. O, Ben…' Ze strekte impulsief haar arm uit om in zijn hand te knijpen. 'Het is volmáákt.'

Toen ze bij de stoplichten bij metrostation South Kensington overstak, zag Alice het groen geschilderde bloemenstalletje op de nabije vluchtheuvel. In de bak vooraan stonden bossen rozen en één daarvan trok haar bijzondere aandacht, een schakering aan kleuren waardoor ze moest denken aan haar moeders beschrijving van het kostuum in *Le Spectre de la Rose*. In een opwelling besloot ze een bos voor Deborah mee te nemen, die nu op haar zat te wachten en op de klok in haar huiskamer zou kijken, op de sierlijke zwarte mantelklok die een huwelijksgeschenk was geweest, en zich zou afvragen waar Alice bleef. Let wel, ze zou niet werkeloos zitten wachten, zo zat Deborah niet in elkaar. Ze zou haar tijd zinvol besteden, haar correspondentie afhandelen of geërfd zilver poetsen, en zich kwijten van een van de vele bezigheden waarmee dames van stand van een zekere leeftijd en klasse hun tijd doodden.

Een kleine man met donker haar in een bloemistenschort kwam naar haar toe en Alice wees op de rozen. 'Zijn ze geurig?'

'Zeer.'

'Natuurlijk?' Ze boog zich ernaartoe en snoof.

'Als de regen die neerdaalt.'

Alice had zo haar twijfels. Ze moest niets hebben van met geparfumeerde oliën bespoten rozen, maar kocht ze uiteindelijk toch maar. De dag des oordeels was ophanden en ze voelde zich merkwaardig vermetel. Ze wachtte tot de bloemist de stelen in pakpapier had gewikkeld en er een bruin touwtje om had gedaan en vervolgde toen haar weg naar Chelsea, terwijl ze al lopende naar de bloemen keek. Deborah zou er blij mee zijn en dat verheugde Alice. Haar voldaanheid werd alleen licht getemperd door de zich opdringende gedachte dat Deborah het cadeautje zou kunnen opvatten als een poging om haar gunstig te stemmen.

Het was vreemd om op weg te zijn naar iemand die haar bijna net zo goed kende als ze zichzelf kende om een vreselijk geheim op te biechten. Alice had het nooit aan iemand verteld. In de onmiddellijke nasleep van Theo's kidnapping had ze bijna op het punt gestaan om de politie alles te vertellen wat ze wist. 'Ben heeft het gedaan,' repeteerde ze voortdurend in gedachten en ze was zelfs op haar tenen de trap af geslopen om zich bij de deur van de bibliotheek op te houden. 'Ben Munro heeft Theo ontvoerd. Ik heb hem van de tunnel verteld, het was mijn idee, maar het was nooit de bedoeling dat het echt zou gebeuren.' Ze kon zich hun ongelovige blikken voorstellen en hoorde zichzelf zeggen: 'Ik zag hem écht die avond, aan de bosrand. Ik had het feest verlaten om een wandelingetje te maken. Het was donker, maar het vuurwerk was net begonnen en ik zag hem bij het valluik van de tunnel. Ik weet dat hij het was.'

Maar elke keer hield ze zichzelf tegen en bleek haar gevoel voor zelfbehoud te sterk. Ze was zwak en bang geweest en dus had ze er maar het beste van gehoopt. Er zou een brief met een eis om losgeld komen, redeneerde ze; haar ouders hadden geld, zij zouden het gevraagde bedrag betalen en Theo zou worden teruggebracht. Ben zou voldoende geld hebben om zijn vrienden te helpen en niemand zou ooit te weten komen welke rol Alice erin had gespeeld.

De dagen sleepten zich voort en ze hield met haar ene oog het onderzoek in de gaten en met het andere de post. Ze hoorde een van de dienstmeisjes tegen de politie verklaren dat er een flesje slaaptabletten werd vermist, maar daar hechtte ze toen even weinig waarde aan als zij. Pas op de derde dag, toen het nieuws over de zelfmoord van meneer Llewellyn bekend werd en het verdriet van haar moeder haar dreigde te overstelpen, drong het tot Alice door dat het allemaal veel erger was dan ze aanvankelijk had gedacht. Ze hoorde dat dokter Gibbons haar moeder waarschuwde dat de slaaptabletten die hij had voorgeschreven heel sterk waren – 'Als u er te veel van inneemt wordt u niet meer wakker,' – en ze was in gedachten teruggegaan naar die middag met Ben, toen zij het belang van hulp van binnenuit beklemtoonde en pleitte voor slaaptabletten om het kind te verdoven en het schrikbeeld had opgeroepen van wat er gebeurde als de jongen er te veel van zou krijgen.

Plotseling drong tot haar door wat het ontbreken van een losgeldbriefje betekende. Maar toen was het te laat om aan de bel te trekken. Waar haar bekentenis ooit misschien naar Theo had kunnen leiden, had die nu geen zin meer. En dan zou ze moeten uitleggen waarom ze drie dagen had gewacht voordat ze ermee op de proppen was gekomen. Ze zouden weten dat zij verantwoordelijk was, niet alleen voor Theo's verdwijning maar ook voor zijn dood. Ze zouden het haar nooit vergeven. Hoe zouden ze dat kunnen? En dus had ze gezwegen. Ze had haar geheim zeventig jaar bewaard en er met niemand over gesproken. Tot op heden.

Als ze het dan toch aan iemand moest vertellen, dan was Alice blij dat het Deborah was. Ze hadden een hechte band, zij tweeën, een band die zich niet uitte in de behoefte langdurige perioden in elkaar gezelschap door te brengen, maar iets geheel anders was, iets innigs. Zij waren uit hetzelfde nest gevallen. Ze waren er allebei nog. En Deborah werd nooit moe haar erop te wijzen dat ze erbij was geweest op de dag dat Alice werd geboren. 'Je was totaal niet wat ik had verwacht. Rood en verontwaardigd – en bloot! Dat was me een verrassing. Ik zag hoe jij je rimpelige nekje alle kanten op boog en je gezicht vertrok zoals baby'tjes doen. Moeder wist niet dat ik de kamer in was geslopen en was stomverbaasd toen ik op het bed afstevende, mijn armen uitstrekte en eiste dat ze mij de baby zou geven. Het heeft een paar moeilijke ogenblikken gekost voordat we ons meningsverschil hadden bijgelegd. Ze had me tijdens haar zwangerschap zo vaak verteld dat er een nieuw baby'tje zat aan te komen, dat ik de grote zus zou zijn en dat het mijn taak was om mijn leven lang voor jou te zorgen. Ik ben bang dat ik dat heel letterlijk opvatte. Ik was behoorlijk geschokt en vreselijk teleurgesteld toen ze lachte en me vertelde dat ik je uiteindelijk toch niet mocht houden!'

Die goede, aardige, verstandige Deborah. Wat zou ze zeggen als ze hoorde wat Alice had gedaan? Een groot deel van de vorige week had Alice geprobeerd er naar te raden. Met haar eigen schuldgevoel had ze al lang geleden afgerekend. Er was geen sprake geweest van kwade opzet. Ze was verantwoordelijk omdat de hele zaak haar idee was, maar het was niet nodig om tegenover de politie demonstratief het boetekleed aan te trekken; niet nu; het was te laat om er nog iets aan te doen, en haar vergrijp was niet van het soort waarvoor je werd aangeklaagd. Zij had er alleen maar over geschreven. Bovendien was ze al gestraft. Ze werd nog steeds gestraft. Eleanor had gelijk gehad. De wereld had zijn eigen manier om de zaak in evenwicht te houden. Schuldigen konden dan misschien een aanklacht ontlopen, maar gerechtigheid ontliepen ze nooit.

Ondanks al haar pogingen om zich van Eleanor te onderscheiden, hadden Alice' schrijfsels een sprong vooruit gemaakt toen ze zich realiseerde dat haar moeder gelijk had gehad over gerechtigheid. Ze had haar slaafse verknochtheid aan het rationalisme van de gouden eeuw van de misdaadroman losgelaten en Diggory Brent had zijn intrede in haar leven gedaan en de plaats ingenomen van de pedante, zelfgenoegzame codebrekers die ze tot dan toe ten tonele had gevoerd. Ze vertelde de mensen – journalisten en lezers – dat hij in een droom tot haar was gekomen, wat niet ver bezijden de waarheid was. Ze had hem gevonden op de bodem van een whiskyfles in de laatste maanden van de oorlog. Ze had aan Clemmie gedacht, aan het gesprek dat er nooit van was gekomen over datgene waar Clemmie door het raam van het boothuis een glimp van had opgevangen. Alice verstarde nog steeds bij de gedachte dat haar kleine zusje daar die middag was geweest toen zij zich eindelijk aan Ben had gegeven. Ze was zo ingenomen met zichzelf geweest toen ze zachtjes op zijn deur had geklopt met het manuscript in haar hand. Agatha Christie was de enige misdaadauteur die ze kende die het had gewaagd om een kind te doden en Alice kon haast niet wachten tot Ben haar boek zou lezen en zou zien hoe intelligent ze was, zoals ze de door hen uitgedachte plot in haar verhaal gestalte had gegeven. Haar zestienjarige stem keerde door de decennia heen naar haar terug, uit de tijd dat ze met het idee op de proppen was gekomen: 'Een tunnel, Ben, er is een geheime tunnel.'

'Ondergronds, bedoel je, onder de aarde?'

'Ik weet wat je gaat zeggen, dus je hoeft het niet meer te zeggen. Je gaat zeggen dat het onrealistisch, simplistisch, sprookjesachtig is. En dat is het niet!' Ze had gegrijnsd als de Cheshirekat en ze had hem alles verteld over hun eigen geheime tunnel. De verborgen ingang vlak bij de kinderkamer op de tweede verdieping van het huis, het slot met het ouderwetse mechaniek waar precies op de juiste manier aan moest worden gewrikt om het open te krijgen en uiteindelijk de trap die in de harde stenen muur was uitgehouwen en leidde naar het bos en de vrijheid. Alles wat hij nodig had om een kind uit Loeanneth naar buiten te smokkelen.

Alice had Chelsea al bereikt. Winkelende mensen met tassen van boetieks aan King's Road liepen haar in beide richtingen voorbij en in de verte zag ze al de trap die toegang bood tot Deborahs huis. Het huisnummer 56 was met zwarte verf op de witte zuil aan de voorzijde geschilderd en een paar potten met geraniums stonden aan weerszijden van de onderste trede. Ze vermande zich en liep ernaartoe.

Een lommerrijke gemeenschappelijke tuin vulde het midden van het plein, de zwarte ijzeren poort was gesloten tegen buitenstaanders, en onder een dikke klimopbegroeiing bleef Alice even aarzelend stilstaan. Hier was het stiller en werd het geroezemoes van de hoofdstraat gedempt door de grote victoriaanse gebouwen die het plein van alle vier de kanten insloten. Zwaluwen kwetterden tegen elkaar in de takken boven haar en hun geluiden klonken betoverender en bovennatuurlijker vanwege het contrast met het meer algemene stadsrumoer. Door het profielglas van Deborahs zitkamerraam kon Alice met enige moeite het silhouet van een lange slanke vrouw onderscheiden. Het was niets voor Alice Edevane om afspraken niet na te komen en zeker niet als de ander op haar zat te wachten, maar god nog aan toe, wat zou ze er niet voor hebben gegeven als ze had kunnen doorlopen. Haar hart sloeg een keer over bij de gedachte aan een ontsnapping. Ze kon eenvoudigweg doen alsof ze het was vergeten, in de lach schieten als Deborah haar opbelde om te vragen wat er loos was en zeggen dat het aan haar oude dag lag. Ze was per slot van rekening oud. Geen *senior* of *van gevorderde leeftijd*, zoals mensen wel zeiden omdat ze dachten dat het vriendelijker en aangenamer klonk. Alice was oud en oude mensen konden zich bepaalde dingen veroorloven. Maar nee, ze wist dat het niet in haar aard lag. Het uitstel zou maar van korte duur zijn. Het was tijd.

Ze klopte op de deur en keek even vreemd op toen die onmiddellijk werd geopend. Nog verbazingwekkender was het feit dat Deborah zelf opendeed. Ze was bijzonder smaakvol gekleed, zoals altijd, in een elegante zijden jurk die rond haar smalle taille was ingesnoerd. Haar haar was opgestoken in een elegante zilveren wrong. De zussen knikten naar elkaar maar geen van beiden zei iets. Met een fletse glimlach deed Deborah een stapje opzij om aan te duiden dat Alice binnen moest komen.

Het huis was onberispelijk en brandschoon en rijkelijk gesierd met overal prachtige bloemstukken. Nu herinnerde Alice het zich weer. Om de drie dagen werden er bloemen bezorgd door een winkel aan Sloane Square, die regeling bestond al heel lang. Ze keek naar de bos rozen in haar hand. Die leken opeens wat armoedig, een dwaasheid. Niettemin stak ze ze naar voren. 'Hier. Voor jou.'

'O, Alice, dankjewel, ze zijn prachtig.'

'Doe niet zo raar. Malle. Ze herinnerden me aan onze moeder, dat is alles, Nijinsky –'

'Het kostuum van Léon Bakst.' Deborah glimlachte en hield de bloemen onder haar neus. Volgens Alice deed ze dat zowel om een ogenblik tijd te winnen als om de geur op te snuiven. Natuurlijk zag ze net zo tegen het gesprek op als Alice. De zachtmoedige Deborah zou geen plezier beleven aan het gesprek dat hun wachtte.

Alice liep achter haar zus aan naar de zitkamer waar Maria, meer persoonlijke assistente dan huishoudster, theespulletjes op de salontafel uitstalde. Ze rechtte met een leeg dienblad onder haar arm haar rug en vroeg of er verder nog iets benodigd was.

'Een vaas, als je zo vriendelijk wilt zijn, Maria. Alice heeft deze meegebracht. Zijn ze niet beeldschoon?'

'Prachtige kleuren,' beaamde Maria. 'Zal ik ze hier neerzetten, in de ochtendsalon?'

'In mijn slaapkamer, lijkt me.'

Maria nam de bloemen van Deborah over en vertrok in een flits van kordate doelmatigheid. Alice onderdrukte de neiging om haar terug te roepen om te vragen hoe het ging met haar moeder of haar vele broers en zussen, om de huishoudster daar nog even langer te houden. Maar ze deed het niet en luchtdeeltjes namen de leegte in die Maria had achtergelaten.

De zussen keken elkaar even aan en gingen zonder een woord te zeggen tegenover elkaar op de linnen canapés zitten. Toen merkte Alice een boek op dat op de tafel tussen hen in lag, met een leren boekenlegger op een plekje ergens achter in het boek. Ze herkende het onmiddellijk en instinctief. Hun vader had die editie van Keats' gedichten altijd bij zich gedragen. Het was een van zijn lievelingsboeken waaruit hij in de loop der jaren troost putte en dat hij zelfs op zijn sterfbed in zijn handen geklemd hield. Nu ze het hier zag liggen kreeg ze een kleur, alsof haar ouders bij hen in de kamer waren om te horen wat ze had gedaan.

'Thee?'

'Graag.'

Het klaterende geluid van thee die uit de pot werd ingeschonken was een marteling. Alice had het gevoel dat al haar zintuigen aangescherpt waren. Ze was zich bewust van een vlieg die langs de rand van het dienblad trippelde, van Maria die boven rondscharrelde, van de vage aanhoudende geur van citroen uit de meubelwas. Het was heel warm in de kamer en ze stak een vingertopje achter haar boordje om dat los te maken van haar hals. Het gewicht van haar ophanden zijnde bekentenis drukte zwaar op haar. 'Deborah, ik moet je iets –'

'Nee.'

'Pardon?'

'Alsjeblieft.' Deborah zette de theepot neer en drukte haar vingertoppen stevig tegen elkaar. Ze vouwde haar handen ineen en duwde die in haar schoot. Het was een gebaar van smart. Haar gezicht was bleek en betrokken en opeens drong tot Alice door dat ze het helemaal bij het verkeerde eind had gehad. Dat ze hier niet was om over Ben te praten; dat haar zus ziek was, stervende misschien zelfs, en dat zij, Alice, te zeer met zichzelf bezig was geweest om het op te merken.

'Deborah?'

Haar zus drukte haar lippen stijf op elkaar. Haar stem was nauwelijks meer dan een fluistering. 'O, Alice, het valt me zo zwaar.'

'Wat is er?'

'Ik had een jaar geleden al iets moeten zeggen. Dat was ik ook van plan, echt. Er zijn in de loop der jaren zoveel gelegenheden geweest waarop ik bijna – en toen, die dag in het museum, toen jij over Loeanneth begon, en over die tuinknecht. Daar overviel je me mee. Ik was er niet op voorbereid.'

Het was dus geen ziekte. Natuurlijk niet. Alice moest bijna lachen om haar eigen grenzeloze instinct voor zelfbehoud. Hier zat ze, in de biechtstoel, en nog steeds op zoek naar een ontsnappingsroute. Buiten reed een taxi door de straat. Alice zag door de vitrage het zwart langs flitsen. Ze wou dat ze in die taxi zat en wegreed, weg, weg van hier, deed er niet toe waarheen.

'Theo,' zei Deborah, en Alice sloot haar ogen en wachtte op wat nu zeker komen ging. 'Ik weet wat er met hem is gebeurd.'

Na al die doodsangsten die ze had uitgestaan, na jaren het geheim voor zich te hebben gehouden, met het schuldgevoel te hebben geleefd, was het voorbij. Alice voelde zich verbazingwekkend opgelucht. Ze had het niet eens zelf hoeven zeggen. Deborah wist het al. 'Deborah,' begon ze, 'ik –'

'Ik weet alles, Alice. Ik weet wat er met Theo is gebeurd en dat feit maakt me gek. Het was mijn schuld, zie je. Alles wat er is gebeurd was mijn schuld.'

19

Oxford, 2003

Het bleek dat Rose Waters een achternicht had die in Oxford woonde. Margot Sinclair was directrice van een chique particuliere kostschool en 'een druk bezette vrouw'. Maar haar secretaresse was er niettemin in geslaagd om op dinsdag stipt om één uur een afspraak van een halfuur voor Sadie te regelen. Het woord 'stipt' had ze niet daadwerkelijk genoemd, maar het werd wel geïmpliceerd.

Het vraaggesprek was een wilde gok – de meeste mensen onderhielden geen nauwe contacten met hun oudtante – maar Sadie, die uiterst gemotiveerd was en verder over weinig aanknopingspunten beschikte, was al om twaalf uur aanwezig en concentreerde zich op de vragen die ze had opgeschreven. Een zorgvuldige voorbereiding was het halve werk. Het zou de nodige tact vereisen om Margot Sinclair uit te horen over de mogelijke betrokkenheid van haar achternicht bij de kidnapping van haar eigen onwettige kind; een jongen die in het geheim ter wereld was gekomen en door het leven ging als de zoon van haar werkgevers.

'Weet je zeker dat je niet aan een roman bezig bent?' had Bertie gevraagd toen ze haar theorie op hem toetste.

Ze sloeg haar ogen ten hemel. Ze zaten aan het ontbijt, op de ochtend nadat ze bijna ruzie hadden gekregen, en ze deden allebei extra hun best om luchthartig en opgewekt te klinken.

'Oké, oké. En herinner me er nog eens even aan waarom de Edevanes het kind zouden hebben opgenomen?'

'Omdat ze na hun derde kind moeite hadden om weer in verwachting te raken en omdat ze wanhopig naar een zoontje verlangden. Er was tien jaar verstreken en hoewel Eleanor in 1931 zwanger raakte is het kind het volgende jaar dood geboren – dat probeerde Constance de mensen te vertellen, maar niemand luisterde. Je kunt je wel voorstellen hoe vreselijk dat moet zijn geweest, hoe onrechtvaardig ze het moeten hebben gevonden, vooral toen ze wisten dat Rose Waters, hun ongehuwde kindermeisje, ook heimelijk zwanger was van een kind dat ze vast en zeker niet zou kunnen behouden. Je hoeft geen atoomgeleerde te zijn om te begrijpen wat er vervolgens is gebeurd. Ze deden alles wat in hun macht lag om haar het kind uit handen te nemen, denk je niet?'

Hij krabde over zijn stoppelige kin, voordat hij moest toegeven dat het inderdaad zo kon zijn gegaan. 'Het verlangen naar een baby is inderdaad een krachtige drijfveer. Mijn moeder grapte vroeger dat ze, als ze mij niet had gekregen, op baby's in kinderwagens in het park was gaan azen.'

'Alleen hoefde Eleanor Edevane geen baby uit een kinderwagen te stelen. Een jongetje op zoek naar een veilig onderkomen werd haar, om het zo te zeggen, in de schoot geworpen. En alles liep op rolletjes totdat Eleanor Rose ontsloeg en Rose besloot dat ze haar kind terug wilde.'

'Nogal een riskante actie, om de biologische moeder van het kind te ontslaan.'

'Misschien was het te gevaarlijk om haar daar te houden. Daar ga ik proberen achter te komen.'

Hij zuchtte nadenkend. 'Ik denk niet dat het de gekste theorie is waar je ooit mee bent aangekomen.'

'Dank je, opa.'

'Nu moet je het alleen nog voorleggen aan iemand die Rose Waters heeft gekend.'

Alastair was degene die Margot Sinclair had opgespoord. De ochtend nadat ze de theorie had opgeworpen, was Sadie rechtstreeks naar de bibliotheek gegaan en ze had op de stoep voor de deur lopen ijsberen totdat hij kwam om de deur te openen. 'Koffie?' had ze gevraagd en ze had hem een bekertje meeneemkoffie aangereikt. Hij had zijn sneeuwwitte wenkbrauwen opgetrokken, maar geen woord gezegd toen hij met haar naar binnen ging en zij met haperende stem vertelde wat ze had bedacht. Klaarblijkelijk begreep hij waar ze naartoe wilde, want toen ze was uitgesproken en zuchtte, zei hij: 'Je zult iemand moeten vinden die weet wat er met Rose is gebeurd nadat ze van Loeanneth is weggegaan.'

'Precies.'

Hij was onmiddellijk in actie gekomen, trok stoffige dossiers van planken, tikte woorden in zoekmachines op de computer, bladerde door systeemkaarten en ten slotte: 'Bingo!' Iets over oude personeelsregisters, de belastingen, naaste familie en toen kondigde hij aan dat Edith, de zus van Rose Waters, in het Lake District had gewoond en dat Edith een kleindochter had die nu in Oxford verbleef. Sadies maatje bij de verkeerspolitie had de rest gedaan – ze was hem beslist een fles met iets lekkers schuldig als ze terug was in Londen – en het adres van de school ingesproken op haar telefoon. 'Ik hoop dat dit allemaal wel volgens het boekje is, Sparrow,' had hij gezegd voor hij de verbinding verbrak.

'Helemaal, Dave,' had Sadie gemompeld, terwijl ze haar aantekeningen bij elkaar graaide en in haar tas stopte. 'Helemaal.'

De klok op het dashboard gaf tien voor één aan. Ze deed de auto op slot, liep tussen twee met griffioenen bekroonde zuilen door en volgde een brede toegangslaan naar een gebouw dat naast Buckingham Palace niet zou hebben misstaan. Het was lunchtijd en jongeren met strohoeden op en blazers aan drentelden in kleine groepjes rond op het uitgestrekte, zorgvuldig gemaaide gazon. In deze wereld, in deze zonovergoten kring ver buiten die waarin Sadie zich gewoonlijk ophield, voelde ze zich in haar spijkerbroek en T-shirt te eenvoudig gekleed. Ze straalden, die kinderen, met hun beugels en dikke glanzende paardenstaarten, hun onbevreesde lach en hun schitterende toekomst.

Ze vond de administratie en vertelde de jonge vrouw achter een donker houten bureau hoe ze heette. 'Gaat u alstublieft zitten,' zei de vrouw op een beleefde fluistertoon. 'Doctor Sinclair komt zo bij u.'

In de receptie werd niet gesproken, maar het gonsde er van de activiteiten. Het verwoede getik van de vingers van de receptioniste op het toetsenbord, het getik van de klok en een airconditioner die luid bromde. Sadie besefte dat ze weer op haar duimnagel zat te bijten en hield op. Ze hield zich voor dat ze niet zo opgefokt moest doen.

In de buitenwereld, in de échte wereld, droeg Sadie haar gebrek aan officiële onderwijsdiploma's met trots. 'Jij en ik, Sparrow,' had Donald meer dan eens gezegd, terwijl hij over zijn schouder een blik van vernietigende minachting wierp op de 'deskundige' die ze zojuist hadden ondervraagd, 'wij zijn door de wol geverfd. Daar kunnen geen honderd papiertjes waarop staat hoe intelligent je bent tegenop.' Het was een heel aangename kijk op de wereld, om opleiding gelijk te stellen aan rijkdom en rijkdom aan hoogmoed en hoogmoed aan moreel bankroet. Het maakte dat Sadie beter was in haar werk. Ze had gezien hoe mensen als Nancy Bailey ineenkrompen als inspecteur Parr-Wilson met zijn bekakte accent tegen hen begon te praten. Pas als ze in oorden kwam als dit kreeg Sadie een knagend gevoel over hoe het had kunnen zijn. Ze trok haar boordje recht toen de grote wijzer van de klok recht omhoog wees. Precies om één uur ging de deur van het kantoor open. Er verscheen een statige vrouw in een roomkleurig mantelpak, met steil bruin haar dat haar schouders raakte toen ze haar hoofd schuin hield en haar helblauwe ogen op de bezoekster richtte. 'Brigadier Sparrow? Ik ben Margot Sinclair. Kom binnen, alsjeblieft.'

Sadie deed wat er van haar gevraagd werd en berispte zichzelf inwendig omdat ze op een drafje liep. 'Dank u wel dat u mij wilt ontvangen, mevrouw Sinclair.'

'Doctor Sinclair. Ik ben niet getrouwd,' zei de directrice met een vluchtige glimlach terwijl ze achter haar bureau plaatsnam. Ze gaf met een wuivend gebaar aan dat Sadie tegenover haar hetzelfde moest doen.

'Dóctor Sinclair,' verbeterde Sadie zichzelf. Het was niet bepaald een veelbelovend begin. 'Ik weet niet precies hoeveel uw secretaresse u heeft verteld.'

'Jenny heeft me gezegd dat u geïnteresseerd bent in mijn oudtante van moederskant, Rose Martin – Rose Waters, voordat ze trouwde.' Ze had een manier van over de rand van haar bril en langs haar neus kijken die belangstelling zonder achterdocht suggereerde. 'U bent van de politie. Bent u bezig met een zaak?'

'Ja,' zei Sadie, voordat ze besloot dat Margot Sinclair iemand was die graag de puntjes op de i zette. 'Hoewel niet officieel. Het is een oude zaak.'

'O ja?' De andere vrouw leunde achterover in haar stoel. 'Wat interessant.'

'Een vermist kind, in de jaren dertig. Zijn verdwijning is nooit opgehelderd.'

'Ik neem aan dat mijn oudtante geen verdachte is?' Margot Sinclair leek dat idee wel amusant te vinden.

Sadie retourneerde haar glimlach in de hoop dat ze daarmee haar instemming betuigde. 'Het was heel lang geleden, maar ik klamp me aan elke strohalm vast en hoopte eigenlijk een en ander te weten te komen over haar leven voordat ze trouwde. Ik weet niet of u dat weet, maar ze heeft toen ze jong was als kindermeisje gewerkt.'

'Integendeel,' zei Margot Sinclair, 'ik weet een heleboel over de carrière van Rose. Zij was een van de onderwerpen van mijn postdoctorale dissertatie over vrouweneducatie. Zij was een gouvernante. Ze gaf les aan aristocratische kinderen.'

'Een gouvernante? Geen kindermeisje?'

'Zo is ze begonnen, toen ze nog heel jong was, maar later is ze gouvernante geworden en uiteindelijk een gerenommeerd docente. Rose was buitengewoon intelligent en gemotiveerd. Het was toentertijd niet gemakkelijk om je de kennis eigen te maken die je nodig had om hogerop te komen.'

Dat was het nog steeds niet, dacht Sadie.

'Ik heb hier een exemplaar van mijn dissertatie.' Margot liep snel naar een boekenkast die tegen de muur stond, pakte een in leer gebonden boek en bleef even stilstaan om het niet aanwezige stof van de bovenkant te vegen. 'Hij komt de laatste tijd weinig van zijn plaats, maar het onderwerp ging mij zeer aan het hart toen ik studeerde. Het klinkt misschien dwaas, maar Rose was en is nog steeds mijn inspiratie. Mijn gehele loopbaan door heb ik haar beschouwd als een lichtend voorbeeld van wat je met een beetje toewijding allemaal kunt bereiken.'

Margot liep terug naar haar stoel en begon geestdriftig aan een toelichting op haar proefschrift, terwijl Sadie haar blik liet dwalen over de reeks ingelijste diploma's die keurig aan de muur achter het bureau hingen. Een doctoraat van Oxford in biologie, een tweedegraads bevoegdheid in pedagogiek en diverse andere getuigschriften en wapenfeiten. Sadie vroeg zich af hoe het zou aanvoelen om door het leven te gaan met keiharde, in graniet gegrifte bewijzen dat je iets voorstelde. Comfortabel.

Sadie was vijftien jaar oud toen ze zich, op aandringen van het hoofd van haar school, aanmeldde voor een beurs voor de chique meisjesschool in een stad in de omgeving. Ze herinnerde zich nog steeds de brief die ze kregen en waarin stond dat ze was toegelaten tot de zesde klas van de bovenbouw, maar die herinnering had iets surreëels als een droom. Maar de reis om het schooluniform op te halen stond in haar hersens gegrift. Sadie en haar moeder waren samen gegaan, haar moeder met zorg gekleed in wat naar zij meende in de hoogste kringen werd gedragen, stram van de zenuwen toen ze naast Sadie voortstapte, als immer vastbesloten zich voorbeeldig te gedragen. Alles ging van een leien dakje totdat ze tussen al die gebouwen verdwaalden. De afspraak was precies om één uur;

de grote wijzer van de klok op de stenen toren kroop daar meedogenloos naartoe; en toen kreeg haar moeder een van haar paniekaanvallen die ze thuis gezamenlijk hadden besloten 'astma' te noemen. Haar moeder was een perfectioniste en een snob, en de grandeur van de plaats, de opgefokte druk om zichzelf te bewijzen, het besef dat hun gedraal 'roet in het eten zou gooien', was haar te veel. Sadie vond een bankje waar ze op konden zitten zodat haar moeder even kon bijkomen en toen sprak ze een tuinman aan die haar vertelde hoe ze bij de uniformwinkel moest komen. Er restte hun nog twintig minuten, die haar moeder in verwijtend stilzwijgen doorbracht, terwijl een vrouw de maat nam van Sadies benen en op beleefd vertrouwelijk toon sprak over 'de tweed jas' en 'onze kleine fluwelen baret' en andere dingen die Sadie zichzelf nog totaal niet zag dragen.

Uiteindelijk was dat ook niet nodig. In de zomervakantie ontmoette ze een jongen, een aantrekkelijke jongen met een auto en een vlotte babbel, en tegen de tijd dat de school begon was ze zwanger. Ze stelde haar inschrijving uit met de bedoeling het volgende jaar terug te komen, maar toen het eenmaal zover was, was ze een ander mens geworden.

Zelfs als Sadie in staat wás geweest zich voldoende te herstellen, wilden haar ouders haar, toen het nieuwe schooljaar begon, niet terug – ze hadden tegen hun kennissen gezegd dat ze de middelbare school afmaakte in Amerika in het kader van een uitwisselingsprogramma; wat moest men ervan denken als ze dan een jaar later te vroeg terug zou komen? – en kost en inwoning waren niet bij de beurs inbegrepen. Ruth en Bertie hadden haar verzekerd dat ze een manier zouden vinden om het op te lossen, maar Sadie wist dat ze het niet zouden kunnen bekostigen zonder zich zwaar in de schulden te steken. Dat was te veel gevraagd; ze had hen allebei bedankt en het aanbod afgeslagen. Ze waren niet erg ingenomen met haar besluit, want ze hadden het beste met haar voor, maar Sadie beloofde zichzelf, en haar ouders, dat ze op eigen kracht een succes van haar leven zou maken en dat ze daar geen chique school voor nodig had. Ze voltooide haar middelbareschoolopleiding op de avondschool en nam dienst bij de politie. Een verrassing voor haar grootouders, maar geen onplezierige. Ze waren toen alleen maar opgelucht dat ze niet het slechte pad op was gegaan. Het had er een tijdje om gespannen, na de baby, toen Sadie een vrije val maakte.

'Zo, dit is het,' zei Margot Sinclair, terwijl ze Sadie haar proefschrift over het bureau aanreikte. 'Ik weet niet of het een antwoord zal geven op al uw vragen, maar het zal u in ieder geval een betere indruk geven van wie Rose was. Zullen we beginnen? Over een kwartier heb ik helaas al weer een volgende afspraak.'

Margots manier van doen was kordaat maar welwillend, wat Sadie uitstekend uitkwam. Ze had zich afgevraagd hoe de andere vrouw zou reageren op vragen over het privéleven van Rose en hoe voorzichtig zij het onderwerp zou moeten aansnijden, maar nu de tijd drong en Margot Sinclair haar zakelijk maar bemoedigend toeknikte besloot ze geen blad meer voor de mond te nemen. 'Ik geloof dat uw oudtante een kind heeft gekregen toen ze een jonge vrouw was, doctor Sinclair. Voordat ze trouwde. In de tijd dat ze als kindermeisje werkte voor een gezin in Cornwall, de Edevanes.'

Er was een ogenblik van verblufte stilte toen Margot Sinclair die mededeling tot zich liet doordringen. Sadie wachtte tot ze het zou tegenspreken of ontkennen, maar ze leek in een shocktoestand te verkeren en bleef bewegingloos zitten terwijl in haar kaak een spiertje trilde. Sadies boude bewering hing zwaar in de lucht tussen hen in en het leek, achteraf bekeken, dat een iets mildere benadering de voorkeur zou hebben verdiend. Sadie probeerde een manier te bedenken om de boel te sussen toen de andere vrouw diep inademde en daarna gestaag uitademde. Iets in haar gezichtsuitdrukking trok Sadies aandacht. Ze was verbaasd, dat was duidelijk, dat was ook te verwachten, maar er was nog iets anders. Opeens drong het tot Sadie door: 'U wist al van de baby,' zei ze verwonderd.

Margot Sinclair antwoordde niet, tenminste niet onmiddellijk. Ze stond op van achter haar bureau en liep met de houding van iemand die op een Zwitserse etiquetteschool heeft gezeten naar de deur van haar kantoor om te kijken of die goed dicht was. Gerustgesteld draaide ze zich om en zei op bedaarde toon: 'Het is altijd een soort familiegeheim geweest.'

Sadie probeerde haar opwinding te verbloemen. Ze had het bij het rechte eind gehad! 'Weet u ook wanneer Rose zwanger is geraakt?'

'Eind 1931.' Margot ging weer zitten en strengelde haar vingers netjes in elkaar. 'De baby is in juni 1932 geboren.'

Bijna op hetzelfde moment als Theo Edevane. Sadies stem trilde een beetje toen ze zei: 'En toch hervatte ze nauwelijks een maand later haar werkzaamheden op Loeanneth?'

'Dat klopt.'

'Wat heeft ze met de baby gedaan?' Sadie wachtte op het antwoord dat ze al kende.

Margot Sinclair zette haar bril af en hield die in een hand terwijl ze Sadie langs haar neus aankeek. 'Brigadier Sparrow, ik hoef u vast niet te vertellen dat dat heel andere tijden waren. Jonge vrouwen die ongehuwd zwanger raakten hadden het in die tijd niet gemakkelijk. Bovendien had Rose niet de middelen om voor de baby te zorgen, toen niet.'

'Heeft ze de baby afgestaan?'

'Ze moest wel.'

Sadie kon haar opwinding nauwelijks nog bedwingen. Na al die tijd stond ze op het punt om Theo Edevane eindelijk op te sporen. 'Weet u aan wie ze hem heeft afgestaan?'

'Natuurlijk weet ik dat. Ze had een zus in het noorden die bereid was de baby te adopteren en als haar eigen kind groot te brengen. En het was geen jongetje, het was een meisje. Mijn moeder, toevalligerwijs.'

'Ze –? Wat?'

Margot vervolgde: 'Daarom was Rose zo overstuur toen ze door het gezin Edevane werd ontslagen. Ze had het gevoel dat ze haar eigen kind in de steek had gelaten en dus had ze hun baby met al haar liefde overladen, en ze werd zomaar ontslagen om een of andere onbenulligheid.'

'Maar...' Sadie schraapte haar keel en probeerde haar gedachten bijeen te roepen. 'Maar als de baby van Rose in het noorden is grootgebracht, wie was dan de moeder van Theo Edevane?'

'Tja, u bent bij de politie, brigadier Sparrow, maar ik zou zeggen dat mevrouw Edevane zijn moeder was.'

Sadie fronste haar voorhoofd. Er klopte niets van. Ze was zo zeker geweest van haar zaak. Eleanor die zo lang niet in staat was geweest om nog een kind – een zoon – te verwekken, gevolgd door een doodgeboren baby; Rose' heimelijke zwangerschap, de timing die tot op de dag nauwkeurig klopte; Eleanor die Rose ontsloeg; Rose die haar zoon terugpakte. Alleen had ze helemaal geen zoon gekregen, ze kreeg een dochter. De moeder van Margot Sinclair, van haar geboorte af opgevoed in het Lake District door de zus van Rose Waters. En er was geen spoor van een bewijs dat Eleanor een miskraam had gehad, afgezien van het geraaskal van Constance de-Shiel. De hele theorie stortte als een kaartenhuis in elkaar.

'Gaat het een beetje met u, brigadier Sparrow? U ziet zo bleek.' Margot drukte op een knopje van de intercom op haar bureau. 'Jenny? Een glaasje water, alsjeblieft.'

De secretaresse kwam binnen met een rond dienblad en daarop een karaf en twee glazen. Sadie nipte van het hare, dankbaar dat ze iets te doen had terwijl ze haar gedachten ordende. Geleidelijk aan voelde ze dat ze herstelde en er kwam een hele zwik nieuwe vragen bij haar naar boven.

Rose was dan misschien niet Theo's moeder, ze was nog steeds plotseling en onverwacht en verdacht kort voor zijn ontvoering ontslagen. Waarom? Als het niet was omdat Eleanor Edevane zich bedreigd voelde door haar moederlijke aanwezigheid, wat had Rose dan gedaan om de toorn van haar werkgeefster op te wekken? Er moest een reden voor zijn geweest. Mensen die uitblonken in hun werk en geliefd waren bij degenen voor wie ze werkten werden niet zomaar de laan uit gestuurd. Ze vroeg het aan Margot.

'Ik geloof dat ze dat zelf niet eens begreep. Ik weet dat het haar veel pijn heeft gedaan. Ze vertelde me dat ze het heerlijk vond om op Loeanneth te werken. Toen ik nog een kind was en ze bij ons op bezoek kwam vertelde ze me verhalen over het huis aan het meer en ik voelde altijd een verwantschap, en ook een zekere afgunst jegens de meisjes die daar zijn opgegroeid. Zoals Rose het vertelde, geloofde ik bijna echt dat er elfjes in die tuin waren. Ze was ook dol op haar werkgevers; ze sprak vol lof over hen, vooral over Anthony Edevane.'

'O?' Dat was interessant. Sadie dacht terug aan haar ontmoeting met Clive, zijn verslag van het gesprek met Constance deShiel waarin ze had laten doorschemeren dat er wellicht iets van overspel gaande was dat wel eens te maken kon hebben met de verdwijning van het kind. 'Denkt u dat het mogelijk is dat ze té zeer verknocht is geraakt aan haar baas? Aan Anthony Edevane?'

'Een affaire, bedoelt u?'

Margot Sinclairs openhartigheid maakte dat Sadie zich geneerde om haar eigen quasipreutse formulering. Ze knikte.

'Hij wordt in haar brieven genoemd. Ik weet dat zij hem bewonderde. Hij was een zeer intelligente man en ze had natuurlijk met hem te doen, maar ik heb nooit de indruk gekregen dat er meer achter stak. Op zeker moment is zij hem dankbaar omdat hij heeft geopperd dat ze een uitstekende lerares zou zijn en haar aanmoedigde in de toekomst een studie te gaan volgen.'

'Maar geen romance? Zelfs geen vage hint in die richting?'

'Niets van dat alles. Eigenlijk denk ik dat Rose na haar zwangerschap heel erg terughoudend was in het aangaan van intieme relaties. Ze is pas vlak voor haar veertigste getrouwd en niets duidt erop dat ze daarvoor nog iets met een man heeft gehad.'

Alweer een doodlopend spoor. Sadie zuchtte. De wanhoop die ze uit haar stem had proberen te weren klonk er nu toch in door. 'Is er nog iets anders wat u zou kunnen bedenken? Iets wat enig licht zou kunnen werpen op de reden dat Rose door de Edevanes is ontslagen?'

'Er is nog wel iets. Ik weet niet of het relevant is, maar een beetje raar is het wel.'

Sadie knikte bemoedigend.

'Rose heeft nooit begrepen waarom ze werd ontslagen, wat het des te merkwaardiger maakt dat de Edevanes haar uitstekende getuigschriften hebben gegeven en een heel genereus afscheidsgeschenk.'

'Wat voor geschenk?'

'Geld. Voldoende om de reis en de studie te bekostigen die haar verdere loopbaan mogelijk hebben gemaakt.'

Sadie liet het op zich inwerken. Waarom zou je iemand ontslaan en diezelfde persoon vervolgens rijkelijk belonen? Het enige wat ze kon bedenken was dat het zwijggeld was voor iemand die volstrekt geen idee had waarover ze zou moeten zwijgen.

Er werd op de deur geklopt en de receptioniste stak haar hoofd om het hoekje ervan om Margot Sinclair eraan te herinneren dat over vijf minuten de vergadering met de raad van bestuur begon.

'Nu dan,' zei het hoofd van de school met een verontschuldigende glimlach. 'Ik vrees dat ik afscheid van u moet nemen. Ik weet niet in hoeverre ik u behulpzaam heb kunnen zijn.'

Sadie wist dat ook nog niet precies, maar ze gaf Margot Sinclair een hand en bedankte haar voor haar tijd. Ze was al bij de deur aangekomen toen haar nog iets te binnen schoot. Ze draaide zich om en zei: 'Nog één vraagje, doctor Sinclair, als u het niet erg vindt?'

'Helemaal niet.'

'U zei eerder dat Rose medeleven voelde voor Anthony Edevane. Waarom medeleven? Wat bedoelde u daarmee?'

'Alleen dat haar eigen vader dezelfde aandoening had, dus dat ze wist hoezeer hij moest lijden.'

'Aandoening?'

'Mijn overgrootvader had een verschrikkelijke tijd in de oorlog. Nou ja, ik denk dat dat voor tallozen geldt. Gasaanval in Ieper en vervolgens terug de loopgraven in gestuurd. Hij is nooit meer dezelfde geworden, vertelde mijn grootmoeder. Hij leed aan nachtmerries en perioden van verschrikkelijke depressie; hij hield iedereen uit zijn slaap met zijn geraaskal. Posttraumatische stressstoornis noemen we dat tegenwoordig. Toentertijd heette het oorlogsneurose, is het niet?'

'Oorlogsneurose,' herhaalde Sadie. 'Anthony Edevane?'

'Inderdaad. Rose heeft het er in haar dagboek heel vaak over. Ze heeft geprobeerd hem te helpen en eigenlijk waren het hun gesprekken die haar inspireerden tot haar latere idealen om poëzie, vooral de romantici, te doceren aan jeugdige vluchtelingen.'

Oorlogsneurose. Dat was een verrassing. Sadie liet het gesprek in gedachten nog eens de revue passeren toen ze terugliep naar haar auto. Het was geen verrassing dat hij die aandoening had opgelopen; per slot van rekening had hij jaren in Frankrijk gevochten. Wat haar verbaasde was dat ze daar tot nu toe nergens iets over had gevonden. Was het een geheim? Zo ja, waarom was Rose Waters er dan van op de hoogte? Misschien was het, zoals Margot had opgemerkt, simpelweg omdat het jonge kindermeisje vertrouwd was met de aandoening en de symptomen herkende die anderen over het hoofd zagen. Sadie vroeg zich af of het iets uitmaakte of dat ze zich eenvoudig vastklampte aan een strohalm. Ze overwoog iemand op te bellen – Clive, Alastair, Bertie – om het aan hen voor te leggen, om te zien of zij enig licht konden laten schijnen op de aandoening, maar toen ze haar telefoon tevoorschijn haalde bleek de batterij leeg. Omdat de ontvangst bij Bertie thuis zo beroerd was, had ze de gewoonte hem op tijd op te laden laten varen.

Er klonk een bel en de leerlingen keerden terug naar hun klassen. Sadie keek naar hen door het raam van haar auto. Charlotte Sutherland zat op net zo'n soort school. Op de foto die ze met haar brief had meegestuurd droeg ze een duur uitziend uniform met een wapen op de blazer en een lijst met wapenfeiten die daaronder waren geborduurd. Het was een lange lijst. Ongetwijfeld waren er ook een tweed jas en een zwierige baret voor de wintermaanden. Sadie verweet zichzelf haar benepen gedachten. Ze was blij dat Charlotte op zo'n school kon zitten. Wat zou het allemaal voor zin hebben gehad als ze haar dochter niet de mogelijkheden had geboden die ze voor zichzelf nooit had kunnen bewerkstelligen?

Sadie haalde de auto met zachte drang over te starten en gaf zichzelf een ernstige vermaning Charlotte voor eens en altijd uit haar hoofd te zetten. De brief was weg, retour afzender, adres onbekend. Ze werd geacht zich te voelen en te gedragen alsof hij nooit was aangekomen. Ze concentreerde zich op de weg die haar Oxford uit zou brengen en toen ze eenmaal weer op de M40 terug was en in oostelijke richting naar Londen reed, liet ze haar gesprek met Margot Sinclair in gedachten nog eens de revue passeren en overdacht al die nieuwe brokken informatie – de uitmuntende getuigschriften voor Rose Waters, de royale financiële bonus – en speelde er op allerlei manieren mee, waarbij de vraag door haar hoofd ging of Anthony Edevanes oorlogsneurose de zaak veranderde, en zo ja, hoe.

20

Na afloop trakteerde Eleanor zichzelf op een kopje thee bij Liberty. Het gesprek had minder lang geduurd dan ze had verwacht en nu moest ze zich twee uur zien te vermaken voordat de trein vanaf Paddington zou vertrekken. Ze had op de hoek gestaan van Harley Street en Marylebone Road, waar grijze wolken overgingen in grijze gebouwen, voordat ze besloot dat ze wel een opkikkertje kon gebruiken en een taxi wenkte. En hier zat ze nu. Ze maakte cirkeltjes met het sierlijke lepeltje, roerde haar melk door de thee en tikte toen zachtjes tegen de rand van het fijne porseleinen kopje. Ze merkte dat een verzorgd geklede man aan een tafeltje bij haar in de buurt naar haar keek, maar beantwoordde zijn beleefde, onderzoekende glimlach niet.

Stom van haar dat ze zoveel hoop had gekoesterd, maar dat was achteraf gepraat. Geen grotere dwaas dan een oude dwaas. Anthony had gelijk gehad: de dokter had niets nieuws te bieden, alleen maar meer van dezelfde praatjes. Eleanor vroeg zich soms af of hoop, die vreselijke gewoonte, ooit helemaal vervloog; beter nog, of die kon worden gedood. Het zou zoveel gemakkelijker zijn als dat kon, als het net zo eenvoudig was als het omdraaien van een knop. Maar helaas, het was net of er altijd nog wel een sprankje hoop in de verte te zien bleef, ongeacht hoe lang en vruchteloos de reis ook was.

Eleanor legde haar lepeltje neer. Zelfs toen ze het dacht, wist ze dat ze het bij het verkeerde eind had. Anthony had alle hoop opgegeven. Niet op de slagvelden in Frankrijk misschien, maar ergens in de tien jaren die daarop volgden. En dat was de moeilijkheid, daarom moest zij het blijven proberen. Het was gebeurd terwijl zij erbij was. Zij had niet goed genoeg opgelet, want als ze dat wel had gedaan dan zou ze het zeker hebben gemerkt en alles gedaan wat nodig was om het een halt toe te roepen. Ze had een belofte gedaan aan hem en aan haarzelf.

Het was inmiddels beginnen te regenen en Londen was leigrijs en vuil.

De straten glommen van donkere waterplassen en een golf van zwarte paraplu's deinde boven de mensenstroom. Mensen gingen sneller lopen als het regende, hun ogen strak voor zich uit gericht, iedereen vastbesloten zo snel mogelijk zijn of haar bestemming te bereiken. Er was daar buiten zoveel haastige vastberadenheid dat Eleanor er moe van werd. Hier, in de warmte van de theesalon, zat ze lusteloos als een enkel stuk wrakhout in een zee van besluitvaardigheid die haar dreigde te overspoelen. Ze was nooit goed geweest in het doden van de tijd. Ze had uit Cornwall een boek mee moeten nemen. Ze had haar man mee moeten nemen.

Anthony's weigering om haar te vergezellen was te verwachten geweest; het was de felheid die daarmee gepaard ging die haar verraste. 'Houd op,' had hij gezegd toen ze het onderwerp voor het eerst ter sprake bracht. 'Alsjeblieft. Houd gewoon op.'

Maar Eleanor was niet opgehouden. Vanaf het moment dat ze het artikel in de *Lancet* had gelezen was ze vastbesloten geweest dat zij en Anthony met dokter Heimer moesten afspreken. Klaarblijkelijk was ze niet de enige geweest. Het had weken geduurd voordat ze een afspraak had kunnen maken en ze moest haar opwinding, haar hoop, in toom houden terwijl ze wachtte en de tijd verstreek, in het besef dat ze Anthony er maar beter niet te vroeg mee moest lastigvallen.

'Houd op.' Hij had niet met stemverheffing gesproken; het was bijna een fluistering geweest.

'Dit zou het wel eens kunnen zijn, Anthony,' had ze aangedrongen. 'Deze man, deze dokter Heimer, heeft zich in het probleem verdiept, heeft andere mannen met dezelfde aandoeningen bestudeerd, en hij heeft succes geboekt, er staat hier dat hij weet hoe hij het kan verhel–'

'Alsjeblíéft.' Het woord sneed als een mes en de rest van de zin viel weg. Hij keek haar niet aan, zijn hoofd bleef gebogen over zijn microscoop zodat Eleanor aanvankelijk niet in de gaten had dat hij zijn ogen had gesloten. 'Houd gewoon op.'

Ze kwam dichterbij. Ze kon de vage geur van zijn zweet, vermengd met de vreemde laboratoriumlucht die in de kamer hing ruiken. Haar stem was zacht maar kordaat. 'Ik laat je niet in de steek, Anthony, ongeacht hoe hard je je best doet om mij van je weg te duwen. En al helemaal niet nu we misschien iemand hebben gevonden die ons zou kunnen helpen.'

Hij keek haar aan met een uitdrukking die ze niet kon benoemen. Ze had hem wel vaker gekrenkt gezien, te vaak om de tel bij te kunnen houden, de nachtmerries die hem dagelijks bestookten, het zweet dat hem 's nachts uitbrak en dat vreselijke beven waar geen kruid tegen gewassen was, zelfs niet het volle gewicht van haar eigen lichaam waarmee ze het zijne omvatte; maar dit was anders geweest. De beweginglosheid. De stilte. Die uitdrukking op zijn gezicht die maakte dat zij terugschrok, alsof ze een klap in haar gezicht had gehad. 'Geen artsen meer,' had hij gezegd op een kalme, gedempte toon die geen tegenspraak duldde. 'Niet meer.'

Ze had hem in zijn studeerkamer alleen gelaten, was de trap af gesneld, radeloos en met een hoogrode kleur. Later, toen ze alleen was, had ze zich zijn gezicht weer voor de geest gehaald. Ze had zich er niet van kunnen bevrijden; die uitdrukking was haar de hele middag bijgebleven toen ze verstrooid haar dagelijkse werkzaamheden verrichtte. Pas in het holst van de nacht, toen hij onrustig naast haar lag te slapen en zij klaarwakker lag te luisteren naar de nachtvogels bij het meer, en terugdacht aan die avond lang geleden dat ze samen gefietst hadden over stenen die verbleekten in het licht van de maan, schoot het woord haar te binnen. Walging, dat had ze op zijn gezicht gezien. Die gelaatstrekken waarvan ze zo lang en zoveel had gehouden waren verwrongen tot een uitdrukking van afkeer en weerzin die gewoonlijk alleen is voorbehouden aan je ergste vijanden. Walging die rechtstreeks tegen haar was gericht zou Eleanor nog hebben kunnen verdragen; het was het besef dat zijn walging tegen hemzelf was gericht dat maakte dat ze zou willen huilen en jammeren en vloeken.

Maar de volgende ochtend was hij weer vriendelijk. Hij had zelfs een picknick bij de rivier voorgesteld. De hoop was herleefd, en als hij nog steeds weigerde met haar mee te gaan naar Londen, dan deed hij dat deze keer tenminste met een glimlach op zijn gezicht en de mededeling dat hij nodig verder moest met het werk dat op hem wachtte in zijn studeerkamer. En zo had ze haar hoop met zich meegedragen. Helemaal vanaf het station van Looe had deze op de vrije plaats naast haar in de trein gezeten waar eigenlijk haar man had moeten zitten.

Nu hield ze haar theekopje schuin en keek hoe het lauwe bezinksel alle kanten op schoof. Ze had tegen de meisjes gezegd dat ze naar Londen ging om een bezoek te brengen aan een kleermaker in Mayfair en ze hadden haar geloofd omdat ze dachten dat dat echt iets voor haar was. Ze herinnerden zich de eerste jaren van hun leven niet, toen Anthony weg was om te vechten en zij alleen met hen op Loeanneth was geweest. De tijd die ze samen hadden besteed aan het uitkammen van het landgoed, de verhalen die ze hun had verteld, de geheime plekjes die ze hun had laten zien. Er waren zoveel kanten aan Eleanor waar haar dochters niets van afwisten. Soms haalde ze ze tevoorschijn, die verborgen karaktertrekjes, en draaide ze om en om en bestudeerde ze van alle kanten, alsof het kostbare zaadparels waren. En daarna pakte ze ze weer in en stopte ze weer veilig weg. Ze zou ze nooit meer laten zien omdat ze dan had moeten uitleggen waarom ze was veranderd.

Eleanor sprak met anderen niet over Anthony. Als ze dat zou doen, zou ze het vertrouwen beschamen van de jongeman op wie ze die zomer in Londen, nu twintig jaar geleden, verliefd was geraakt en, wat misschien nog verschrikkelijker was, haar rotsvaste geloof dat ook dit ooit voorbij zou gaan. Als dat gebeurde, als zij een manier vond om hem zijn luchthartigheid en alles wat hij was kwijtgeraakt terug te geven, als hij weer opgeknapt was, dan zou hij blij zijn dat niemand, behalve Eleanor, wist hoezeer hij met zichzelf overhoop had gelegen. Zijn waardigheid verdiende dat.

En de meisjes zou ze het al helemaal nooit vertellen. Anthony was dol op hun dochters. Ondanks alles was hij een goede vader en de meisjes verafgoodden hem. Ze hadden de jongeman en zijn uitzonderlijke idealen nooit gekend; voor hem was hij simpelweg hun 'papa' en zijn eigenaardigheden maakten dat hij van hen was. De lange wandelingen door de bossen, dagen achtereen waarop hij verdween om daarna terug te keren met zijn tas volgeladen met monsters van die en die varen of die en die vlinder, schatten waar de kinderen zich over bogen en die zij hem hielpen archiveren. Zij hadden, in tegenstelling tot Eleanor, de man niet gezien met zijn oude medische handboek op schoot en zijn ogen gesloten, als hij zich de botjes van de menselijke hand probeerde te herinneren, van zijn eigen hand, die ooit zo sierlijk en vaardig en vast was en nu bevend op de brede pagina lag. Hij had haar aanwezigheid gevoeld en zijn ogen geopend en een treurige, verwrongen glimlach getoond toen hij zag dat zij het was. 'Ik ben zelf een van die mannen geworden,' zei hij, 'een van die kerels die maar wat rondhangen en proberen hun lege uren te vullen met nutteloze bezigheden.'

'Dat is niet waar,' had ze gezegd. 'Je werkt aan je boek over de natuur. Je hebt de medische wetenschap een tijdje vaarwel gezegd, maar je zult er weer naar terugkeren. Je zult je medische studie afmaken en beter zijn dan ooit.'

'Wanneer zul je nu eens inzien dat het te laat is? Accepteren dat ik die man niet meer ben? Dat hij in Frankrijk is gesneuveld? De dingen die daar zijn gebeurd, Eleanor, de afschuwelijke dilemma's, de monsterlijke beslissingen…'

'Vertel me erover. Vertel het me, alsjeblieft, dan zal ik het begrijpen.'

Maar dat deed hij nooit, hij keek haar alleen maar aan, schudde zijn hoofd en keerde terug naar zijn boeken.

Een vrouw in de deuropening trok Eleanors aandacht. Een knappe vrouw met een jongetje aan de hand – drie jaar oud, schatte Eleanor – voor de gelegenheid keurig uitgedost in een wit matrozenpakje. Hij had een engelachtig gezichtje, grote blauwe ogen, ronde, roze wangetjes en volle lipjes die een beetje uit elkaar weken van de verwondering waarmee hij aan de hand van zijn moeder de drukke, helverlichte ruimte in zich opnam.

Eleanor voelde het bekende verlangen weer in zich oplaaien. Ze hoopte nog steeds op nog een kindje. Meer dan hoop, ze hunkerde ernaar. Ze verlangde er vurig naar weer een kindje in haar armen te mogen houden, een klein mollig lijfje te kietelen, te kussen en te knuffelen. Soms dacht ze terug aan de koningin in het verhaal van meneer Llewellyn, die haar kindje had verloren en zo graag een ander kindje wilde dat ze bereid was haar ziel aan de duivel te verkopen in ruil voor een baby. Eleanors verlangen was níét puur egoïstisch. Iets in haar zei haar dat een nieuw kindje, een jongetje, precies was wat Anthony nodig had. Hij was dol op de meisjes, maar wilden niet alle mannen een zoon die als hun evenbeeld zou opgroeien? Haar hand gleed als vanzelf naar haar platte, stevige buik. Er waren nog steeds wel tedere momenten tussen hen, als hij daartoe in staat was; het was niet onmogelijk dat zij weer in verwachting raakte. Maar ondanks haar bereidheid, haar verlangen, was het in tien jaar tijd niet gebeurd.

Bedroefd dwong Eleanor zichzelf weg te kijken van de vrouw en het kind, die nu aan een tafeltje zaten, waar de kleine jongen zich netjes gedroeg zoals hem was geleerd, terwijl zijn grote blauwe kijkers geboeid de onbekende plek inspecteerden. Ze keerde zich weer naar het raam. De donkergrijze wolken hadden zich lager boven Londen geformeerd en de stad maakte een naargeestige indruk. In de theesalon waren de lichten aan en terwijl Eleanor het warme interieur bekeek dat zich in het donkere glas weerspiegelde en aan de andere kant spookachtige forenzen voorbij snelden, zag ze per ongeluk ook opeens haar eigen spiegelbeeld. Het was altijd weer schrikken als je jezelf opeens onverhoopt betrapte. De vrouw die haar aankeek was een toonbeeld van fatsoenlijke ingetogenheid. Haar rug recht, haar kleding modieus maar niet trendy, haar haar keurig gefatsoeneerd onder haar hoed. Haar gezicht was een vriendelijk masker dat niets prijsgaf. Het soort gezicht waar de blikken van anderen aan voorbijgleden. De vrouw in het raam was alles wat Eleanor had bezworen nooit te zullen worden. En al helemaal niet het soort vrouw waarin Eleanor de Avonturierster ooit geacht werd te veranderen. Eleanor dacht nog wel eens aan haar, de dubbelganger uit haar jeugd, dat meisje met de onrustige, grote ogen, die haardos die zich niet liet temmen en die stoutmoedige hang naar avontuur. Eleanor hoopte stilletjes dat zij daar buiten nog ergens rondzwierf. Dat ze niet was opgelost, maar was terugveranderd in een parel en weg was gerold. Dat ze ergens lag te wachten tot de feeën haar zouden vinden en de bossen haar weer tot leven zouden wekken.

Die gedachte was beangstigend en Eleanor deed wat ze altijd deed als duistere gedachten dreigden haar van streek te maken. Ze kwam in beweging. Na snel de ober te hebben gewenkt, betaalde ze haar rekening, ze pakte haar handtas en de als voorwendsel dienende jurk waar ze nauwelijks naar had gekeken voordat ze hem kocht, en klapte haar paraplu open en stapte de regen in.

Toen ze in het station aankwam wemelde het van de mensen. De geur van natte kleren was doordringend. Eleanor sloot aan achter een rij morrende reizigers en schoof voetje voor voetje naar voren in de rij. 'Ik heb een plaats gereserveerd op naam van Edevane,' zei ze tegen de kaartverkoper achter de balie.

De man begon te zoeken in zijn kaartenbak en terwijl hij de namen mompelde die hij tegenkwam, keek Eleanor achter zich naar de opdringerige menigte. 'Zo te zien wordt het een volle trein,' zei ze.

De man keek niet op. 'De vorige trein had een defect. Ik word de hele middag al bestookt door mensen die proberen een plekje in de volgende te bemachtigen. Edevane, zei u?'

'Ja.'

'Ah, hier hebben we hem.' De man achter het loket schoof twee kaartjes onder het tralierooster door. 'Hij vertrekt van perron drie.'

Eleanor maakte aanstalten te vertrekken en keek toen naar de twee kaartjes in haar gehandschoende hand. Ze liep terug naar de man achter het loket. 'Mijn man reist niet met me mee,' zei ze, toen de beambte opkeek. 'Hij is onverwacht verhinderd.' Ze bood haar verontschuldigingen aan. Dat deed ze tegenwoordig wel vaker zonder erbij na te denken.

'U kunt uw geld niet terugkrijgen,' zei de man terwijl hij de man achter haar begon te helpen.

'Ik wil mijn geld niet terug, ik wil alleen mijn kaartje teruggeven.' Eleanor schoof het in zijn richting. 'Ik heb het niet nodig. Misschien heeft iemand anders er wat aan.'

Ze nam plaats in de wagon en wachtte tot de trein het station zou verlaten. Op het perron liepen mannen in pakken bedrijvig heen en weer, terwijl kruiers stapels koffers tussen de menigte door manoeuvreerden en kleine groepjes mensen het intieme ritueel van het afscheid nemen uitvoerden. Terwijl ze toekeek kreeg Eleanor het gevoel dat een paar van de meest enerverende ogenblikken van haar leven zich op stations als dit hadden voorgedaan. Zo was er de dag dat ze Anthony voor het eerst had ontmoet, de limonade in het metrostation Baker Street, en dan de ochtend in 1914 toen ze hem had uitgezwaaid toen hij naar het front vertrok. Wat had hij er schitterend uitgezien in zijn uniform. Met Howard naast hem, allebei stralend van jeugdige overmoed.

Toen hij haar vertelde dat hij van plan was dienst te nemen en ze samen naast elkaar op een deken aan de oever van de rivier op Loeanneth lagen, kwamen er duizend redenen in haar hoofd op waarom hij niet zou moeten gaan. 'Maar we zijn zo gelukkig,' had zij eruit geflapt.

'We zullen weer gelukkig zijn als ik thuiskom.'

'Áls je thuiskomt.'

Het was een akelige opmerking, het eerste wat bij haar opkwam en het ergste wat ze had kunnen zeggen. Egoïstisch, kinderachtig en waar. Ze kon zich achteraf wel voor haar hoofd slaan. De vier jaren die voor haar lagen zouden haar zelfbeheersing leren, maar op dat moment maakten angst, paniek en haar onvermogen die te beteugelen haar hardvochtig. 'Het is een oorlog, weet je. Het is geen gezellig uitje.'

Hij streek een weerbarstige lok haar uit haar ogen. Zijn vingertoppen tegen haar slaap deden haar huiveren. 'Ik heb een medische opleiding gehad, Eleanor. Ik kan daar goed werk doen. Die mannen, mijn vrienden, zullen mensen als ik nodig hebben.'

'Ík heb je nodig. Er zijn nog wel meer artsen, mannen met klinische ervaring.'

Hij glimlachte toegeeflijk. 'Je weet heus wel dat ik nergens liever ben dan hier bij jou, maar wie zou ik zijn als ik niet zou gaan? Hoe zou ik met mezelf kunnen leven als ik niet ging helpen? Hoe zou jij tegen me aankijken als ik mijn steentje niet zou bijdragen? Als een man zijn land niet kan dienen, kan hij beter dood zijn.'

Ze wist dat niets wat ze zei hem op andere gedachten zou brengen en dat besef verbitterde haar. Het smaakte als as in haar mond.

'Beloof me dat je bij me terug zult komen,' zei ze, terwijl ze haar armen om hem heen sloeg, haar gezicht tegen zijn borst drukte en hem vastklemde alsof hij een rots in een woeste zee was.

'Natuurlijk kom ik terug.' Geen spoor van twijfel. 'Niets kan me dat beletten. Dat sta ik niet toe.'

Op de dag dat hij vertrok liepen ze samen naar het station en zij zat bij hem in de coupé terwijl andere jonge soldaten in gloednieuwe uniformen instapten; hij kuste haar en heel even dacht ze dat ze hem niet zou kunnen laten gaan, en toen klonk het fluitje en stond ze weer zonder hem op het perron en begon de trein te rijden, weg van haar. Het huis, toen ze erin terugkeerde, was warm en stil. Het vuur in de haard brandde zacht in de haardijzers, net als toen ze vertrokken.

Het was zo stil.

Op het bureau onder het raam stond een foto van hen samen en terwijl ze naar zijn lachende gezicht keek probeerde Eleanor zichzelf ervan te overtuigen dat hij boven was, of buiten bij het meer en dat hij elk ogenblik terug kon komen om haar vanuit de hal toe te roepen dat ze bij hem moest komen. Maar zijn afwezigheid was overal voelbaar, en opeens zag Eleanor voor zich hoe lang de komende dagen, weken, maanden zouden duren, hoe ondraaglijk lang.

Godzijdank had zij haar kind, want Deborah gaf haar iets waarop ze zich kon concentreren. Het was niet eenvoudig om te zwelgen in panische angst als je werd aangekeken door grote vertrouwende kijkers, een klein mensje dat wilde glimlachen en haar moeders gezichtsuitdrukking bestudeerde, op zoek naar een seintje dat het goed was. Maar achter dat vrolijke masker dat Eleanor had opgezet, onder die kinderversjes die ze zong en de verhaaltjes die ze vertelde, durfde ze nauwelijks adem te halen. Elke keer dat er werd aangeklopt ging er een stroomstoot door haar lichaam. Elk verhaal uit het dorp over weer een soldaat die was gesneuveld bezorgde haar pijn en, later, een heimelijk gevoel van opluchting omdat het Anthony niet was. De blijdschap een brief te ontvangen en geen telegram met een zwarte rand was slechts van korte duur wanneer ze de datum bovenaan las en besefte dat hij dagen tevoren op de post was gedaan en er sindsdien van alles kon zijn gebeurd.

De brieven brachten weinig nieuws, in ieder geval in het begin. Er werd natuurlijk melding gemaakt van bombardementen en van zeppelins die in de omgeving waren neergehaald, maar in zijn bewoordingen leken het kleine ongemakken. Toen hij voor het eerst in aanraking was gekomen met Duits gas, gebeurde dat 'onder de meest ideale omstandigheden', omdat er toevallig een man in de buurt was die hun demonstreerde hoe 'effectief de preventieve maatregelen waren'. Eleanor wist dat hij de waarheid versluierde en dat vertederde haar en maakte haar tegelijkertijd razend.

Hij was op weekendverlof in Londen en ze ging naar hem toe, buiten zichzelf van zenuwachtige opwinding, niet bij machte zich ergens mee bezig te houden toen ze in de trein zat: haar boek lag de hele reis ongeopend op haar schoot. Ze had zich zorgvuldig gekleed, maar toen ze hem zag schaamde ze zich voor haar inspanningen, want het was Anthony, de liefde van haar leven, en haar bezorgdheid, haar nadruk op zulke onbenulligheden als de vraag welke jurk haar het beste stond, leek op de een of andere manier op een gebrek aan vertrouwen in hem te duiden, in wat echt belangrijk was.

Toen ze elkaar ontmoetten begonnen ze allebei tegelijk te praten. 'Zullen we –' 'Ik denk dat we –' en na een martelende aarzeling waarin heel even alles wat ze hadden gehad in rook leek te zijn opgegaan, schoten ze allebei in de lach en konden niet meer ophouden en toen ze in de kantine aan de thee zaten barstten ze om het minste en geringste opnieuw in lachen uit. Daarna waren ze weer zichzelf, de oude Anthony-en-Eleanor en wilde zij dat hij haar er alles over zou vertellen. 'Alles,' zei ze, 'geen afgezwakte versies,' vastbesloten voorbij de beleefde, gebrekkige oppervlakkigheid in zijn brieven te komen.

En dus vertelde hij het haar. Over de modder en de botten die mannen braken wanneer ze zich erdoorheen probeerden te slepen en over de mannen die er geheel door werden opgeslokt. Hij noemde de Somme een gehaktmolen en zei dat de oorlog zelf onverdraaglijk was. Hij beschreef de vertwijfeling omdat hij 'zijn mannen' in de steek liet. Hij zei dat ze stierven, de een na de ander.

De brieven naar huis veranderden na dat bezoek en ze wist niet of ze dat eigenlijk prettig vond. Het kwam bij haar op dat ze beter wat voorzichtiger had kunnen zijn met wat ze vroeg. De censor maakte de ergste passages onleesbaar, maar er bleef voldoende over om te begrijpen dat de omstandigheden mensonterend bleven en dat de oorlog de mannen verschrikkelijke dingen liet doen en op zijn beurt de mannen verschrikkelijke dingen aandeed.

Nadat Howard was gesneuveld veranderde de toon van de brieven opnieuw. Er waren geen verwijzingen meer naar 'zijn mannen', en Anthony noemde nooit meer een vriend bij zijn naam. Het meest ijzingwekkende van alles was dat waar zijn brieven vroeger altijd vol hadden gestaan met vragen over thuis, hunkerend naar het kleinste detail over Deborah en de nieuwe kleine baby, Alice – *Ik wou dat ik er ook bij had kunnen zijn. Het doet me pijn om zo ver van jullie allemaal weg te zijn. Wees sterk, mijn liefste, en wil je me intussen niet een lok van het haar van mij baby'tje sturen?* – ze nu weinig meer waren dan kille, statistische verslagen over wat er aan het front voorviel. Ze zouden door en voor iedereen kunnen zijn geschreven.

En zo moest Eleanor twee verliezen tegelijk verwerken. Howards dood – de schok van het nieuws, de ondraaglijke onontkoombaarheid ervan – en het daarop volgende verlies van haar man, die al zo ver weg was, achter een muur van ondoordringbare beleefdheid.

Op de dag dat hij voorgoed naar huis terugkeerde, op 12 december 1918, ging Eleanor met de twee kleintjes naar Londen om hem op te halen van de trein. Op het station stond een orkest opgesteld. Op violen werden kerstliedjes gespeeld. 'Hoe kunnen we weten of het papa is?' had Deborah haar gevraagd. Ze was ontzettend nieuwsgierig naar die persoon die ze uitsluitend kende van de studiofoto in het lijstje naast mammies bed.

'Dat zien we meteen,' had Eleanor tegen haar gezegd.

Toen de trein arriveerde vulde het station zich met rook en tegen de tijd dat die was opgetrokken waren militairen al bezig uit te stappen. Toen ze hem eindelijk zag, in de fractie van een seconde voor zijn ogen de hare vonden, voelde ze de jaren duidelijk. Angsten kwamen op haar af als motten op een vlam. Zouden ze elkaar nog kennen? Zou het weer worden zoals vroeger? Was er te veel gebeurd?

'Je doet mijn hand pijn, mammie,' had Alice gezegd. Ze was nog niet eens twee, maar had toen al een bewonderenswaardig talent voor openhartigheid.

'Sorry, popje. Het spijt me.'

En toen had hij haar recht aangekeken en heel even had ze iets gezien in zijn ogen, een schim in de gedaante van Howard en alle anderen zoals hij, en vervolgens was het weer verdwenen, en hij glimlachte, en hij was Anthony, háár Anthony, eindelijk weer thuis.

Buiten klonk het fluitje. De trein stond op het punt te vertrekken en dat werd hoog tijd ook. Door het raam zag Eleanor de roetzwarte spoorbaan. Het was zo heerlijk geweest om hem weer thuis te hebben. De meisjes kregen maar geen genoeg van hem. Loeanneth was vrolijker nu hij er weer was, alles was helderder, alsof iemand de lens van een camera scherp had gesteld. Het leven zou weer op de oude voet doorgaan, precies zoals hij had beloofd. Meer dan vier jaar waren voorbijgegaan, maar de oorlog was gewonnen en de verloren tijd zouden ze wel inhalen. En als zijn handen af en toe een beetje trilden, als hij midden in een zin opeens zweeg en zijn gedachten op een rijtje moest zetten voor hij verder ging, als hij zo nu en dan wakker werd uit een boze droom en als hij nooit meer een woord over Howard wilde zeggen, nou ja, dan waren dat begrijpelijke problemen die zich vast en zeker vanzelf wel zouden oplossen.

Dat dacht ze tenminste.

De eerste keer dat het gebeurde waren ze buiten in de tuin. De meisjes hadden achter eenden aan gejaagd en de kinderjuf had ze naar binnen geloodst voor het avondeten. Het was een schitterende avond, de zon leek het ondergaan uit te stellen, alsof hij het niet kon verdragen dat er een einde aan de dag kwam. Hij aarzelde aan de horizon en wierp linten van paars en lila tegen de hemel aan als slingers en de lucht was zoet van jasmijngeur. Ze hadden de witte rotan stoelen uit het huis gehaald, en Anthony, die de hele middag met de meisjes had gespeeld, had eindelijk de krant die hij had meegenomen opengeslagen en was daarachter in slaap gesukkeld.

Edwina, de nieuwe pup, sprong rond Eleanors voeten en stoeide met een bal die de meisjes voor haar hadden gevonden, en Eleanor rolde die zachtjes over het afkoelende gras en lachte liefdevol toen het hondje over haar eigen oren struikelde toen zij hem wilde pakken. Ze plaagde het hondje en tilde de bal juist buiten haar bereik op, uitsluitend voor het plezier om haar op haar achterpootjes te zien balanceren en haar met haar kleine pootjes in de lucht te zien klauwen en er dan naar te bijten. Ze had scherpe tandjes. Het hondje was er al in geslaagd gaatjes te maken in de meeste van Eleanors kousen. Het was een kleine dondersteen die over een bijzonder talent leek te beschikken om dingen op te sporen die ze niet mocht hebben, maar het was onmogelijk om boos op haar te worden. Ze hoefde je alleen maar aan te kijken met die grote bruine ogen en haar kopje scheef te houden en Eleanor smolt. Toen ze een klein meisje was had ze al een hond gewild, maar haar moeder had het 'vieze beesten' genoemd en daarmee was de kous af.

Eleanor rukte aan de bal en Edwina, die niets leuker vond dan een potje worstelen, zette haar tanden dieper in het rubber. Alles was volmaakt. Eleanor lachte en Edwina gromde opgewonden naar de bal voordat ze luidkeels ruziemaakte met een eend, en toen slaakte Anthony opeens een luide kreet en stormde op hen af. Hij greep het hondje beet en drukte het tegen de grond, met zijn handen rond het nekje. 'Kop dicht,' siste hij, 'kop dicht.'

Edwina jankte het uit, de eend ging ervandoor en Eleanor sprong geschrokken op.

'Anthony! Nee! Hou op!'

Ze was zo geschrokken; ze had geen idee wat er gebeurde.

'Anthony, alsjeblieft.'

Het was net alsof hij haar niet kon verstaan, alsof ze er helemaal niet was. Pas toen ze naar hem toe rende, zich naast hem liet vallen en zijn schouders vastgreep, keek hij haar kant op. Hij schudde haar van zich af en heel even dacht ze dat hij haar ook te lijf zou gaan. Zijn ogen waren opengesperd en opnieuw zag ze even die schim, dezelfde schim die ze ook op het station had gezien toen ze hem kwamen ophalen.

'Anthony,' zei ze nogmaals, 'alsjeblieft. Laat haar los.'

Hij was buiten adem, zijn borst ging op en neer, de uitdrukking op zijn gezicht veranderde van woede naar angst naar verwarring. Op zeker moment verslapte zijn greep op het hondje, want Edwina wist zich los te wringen, liet een kreetje van zelfmedelijden horen en rende naar de veiligheid van Eleanors stoel om haar wonden te likken.

Geen van beiden bewoog. Later vond Eleanor dat het leek alsof ze allebei door eenzelfde gevoel waren verlamd, een onuitgesproken overeenkomst dat ze door stil te blijven zouden kunnen voorkomen dat er meer barsten in de eierschaal kwamen. Maar toen drong tot haar door dat hij beefde en intuïtef sloeg Eleanor haar armen om hem heen en drukte hem dicht tegen zich aan. Hij had het ijskoud. 'Kom, kom,' hoorde ze zichzelf zeggen, 'toe maar,' steeds opnieuw, net zoals ze zou hebben gedaan als een van de meisjes haar knie had geschaafd of uit een boze droom was ontwaakt.

Die avond zaten ze samen in het maanlicht, beiden zonder iets te zeggen en nog van streek door wat er was gebeurd. 'Het spijt me,' zei hij. 'Heel even dacht ik dat… Ik durfde te zweren dat…'

Maar hij heeft haar nooit verteld wat hij meende te zien. In de jaren die erop volgden las Eleanor verslagen, ze sprak met artsen en kwam genoeg te weten om te begrijpen dat Anthony een of ander trauma uit de oorlog moest hebben herbeleefd toen hij Edwina aanviel, maar hij wilde nooit iets loslaten over de dingen die zich in het duister manifesteerden. En ze kwamen terug, die spoken. Als ze met hem praatte merkte ze soms dat hij opeens in de verte staarde en dat zijn kaak verstrakte, aanvankelijk van angst en later van vastberadenheid. Langzamerhand werd haar duidelijk dat het iets met Howard te maken had, met de manier waarop hij was gestorven, maar Anthony weigerde erover te praten dus ze kwam er niet achter wat er precies was gebeurd.

Ze hield zich voor dat het er niet toe deed, dat hij er wel overheen zou komen. Iedereen had in de oorlog wel iemand verloren, mettertijd zou het wel beter gaan. En als zijn handen weer tot rust kwamen zou hij zijn opleiding voltooien; dat zou een wereld van verschil maken. Hij zou dokter worden, net zoals hij altijd van plan was geweest – chirurg; hij had een roeping.

Maar zijn handen kwamen niet tot rust en het ging mettertijd niet beter. Het werd erger. Eleanor en Anthony werden samen alleen beter in het verhullen van de waarheid. Er waren ook verschrikkelijke nachtmerries, waaruit hij jammerend en bevend ontwaakte, smekend dat ze voort zouden maken, zouden vertrekken, de hond zouden laten ophouden met blaffen. Hij was niet vaak gewelddadig, en als hij dat al was kon hij er niets aan doen, dat besefte Eleanor. Wat hem in het leven altijd had voortgestuwd was zijn verlangen om te helpen, om te genezen; hij zou nooit doelbewust iemand pijn doen. Maar de angst dat hij dat zou doen kwelde hem. 'Als de meisjes,' begon hij dan, 'als het een van de meisjes was geweest…'

'Sssst,' Eleanor belette hem die ongerijmde gedachte hardop uit te spreken. 'Dat gebeurt niet.'

'Het zou kunnen gebeuren.'

'Het gebeurt niet. Ik laat het niet toe. Dat beloof ik.'

'Dat kun je niet beloven.'

'Dat kan ik en dat doe ik.'

Er had zoveel angst van zijn gezicht af gestraald en toen hij haar handen had vastgepakt beefden ze. 'Beloof me dat je, als je ooit die keuze moet maken, hen voor mij zult behoeden. Behoed me voor mezelf. Ik zou niet met mezelf kunnen leven als –'

Ze drukte haar vingers tegen zijn lippen om te voorkomen dat hij die vreselijke woorden zou uitspreken. Ze kuste hem en drukte hem dicht tegen zich aan terwijl zijn lichaam trilde. Eleanor wist wat hij van haar vroeg en ze wist dat ze alles zou doen wat in haar vermogen lag om zich aan die belofte te houden.

21

Sadies flat zag eruit en rook als zo'n plek waar ze naartoe werd gestuurd als het alarmnummer was gebeld. 'Je kunt een hoop over iemand te weten komen door te kijken naar hoe hun huis eruitziet,' had Donald een keer tegen haar gezegd op een nogal pedante toon, die totaal niet strookte met zijn gebruikelijke stoere houding en wat nogal boud klonk uit de mond van een man wiens vrouw zich als enige om het huishouden bekommerde. Ze pakte de verspreid op de deurmat liggende reclamefolders en rekeningen en duwde de deur met haar voet dicht. Het was grauw weer, maar toen ze het licht aan deed bleek maar één van de drie peertjes het nog te doen.

Er waren nauwelijks meer dan twee weken verstreken en er was al een laagje stof op elk oppervlak neergedaald. De geur in de kamer was ranzig en onfris, en Sadies meubilair, dat toch al nooit veel soeps was geweest, was bij haar afwezigheid naargeestig en ongezelliger geworden en ook nog eens sjofeler dan ze zich herinnerde. Wat nog bijdroeg tot de sfeer van slecht onderhouden, het-zal-me-een-zorg-wezen liefdeloosheid was de kamerplant op haar aanrecht in de keuken. 'Och hemeltje,' zei Sadie, die haar tas liet vallen en de post op de bank gooide terwijl ze op het armetierige geval toe liep. 'Wat is er van jou geworden?' Ze had hem een paar maanden tevoren opgepikt op het paasfeest van het plaatselijke peuterschooltje in een aanval van huiselijke ijver als reactie op de man met wie zij wel eens was uitgegaan, die toen hij definitief vertrok vanuit het trappenhuis had geroepen: 'Jij bent zo gewend om alleen te zijn dat je niet eens voor een kamerplant kunt zorgen.' Sadie verfrommelde de droge omgekrulde bladeren boven de roestvrijstalen gootsteen. Hij had gelijk gekregen.

Het lawaai buiten, het verkeer en de stemmen, maakte dat de kamer onnatuurlijk stil aandeed. Sadie vond de afstandsbediening en zette de televisie aan. Stephen Fry, briljant en geestig, was in beeld en Sadie dempte het geluid tot een zacht geroezemoes en keek in de koelkast. Het was om te huilen. Bijna leeg, met uitzondering van een paar verpieterde wortelen en een pak sinaasappelsap. Ze keek naar de uiterste gebruiksdatum op het sinaasappelsap en besloot dat zes dagen overtijd nog best kon, want ze waren altijd overdreven voorzichtig met dat soort dingen. Ze schonk een glas vol en liep naar haar bureau.

Terwijl de computer werd opgestart, stak Sadie de oplader van haar mobieltje in het stopcontact en diepte toen het Edevane-dossier op uit haar tas. Ze nam een slokje smakelijke sinaasappelsap en wachtte huiverend tot het modem piepend verbinding maakte met het internet. De hele weg naar huis had ze het gesprek met Margot Sinclair in gedachten nog eens de revue laten passeren. Sadie was er zo van overtuigd geweest dat Rose Waters en Anthony Edevane een liefdesrelatie hadden gehad en dat Theo de zoon was van Rose en niet van Eleanor, dat ze moeite had met het verwerken van de nieuwe informatie. De stukjes van de puzzel hadden zo goed in elkaar gepast dat het een geweldige wilsinspanning kostte om ze uit elkaar te halen en opnieuw te beginnen. Misschien was dat de reden waarom ze zich vastklampte aan haar voorgevoel dat Anthony Edevane belangrijk was. Toen de startpagina van de zoekmachine op het scherm verscheen tikte ze *oorlogsneurose* in.

Er verscheen een lijst met sites op het scherm en ze nam de opties vluchtig door totdat ze een link vond naar een site die 'firstworldwar.com' heette en een betrouwbare indruk maakte. Sadie klikte erop en begon de definitie te lezen. *Een term die wordt gebruikt ter aanduiding van een psychologisch trauma... intensiteit van artillerieveldslagen... neurotische barstjes in anderszins geestelijk stabiele soldaten.* Er was een zwart-witfoto van een man in uniform, die met een aarzelende weemoedige glimlach in de camera keek. Zijn lichaam was zo opgesteld dat de rechterkant van zijn gezicht in de schaduw verborgen bleef. Het artikel ging verder: *Soldaten leerden de symptomen herkennen, maar erkenning door de legerleiding liet langer op zich wachten... paniekaanvallen, geestelijke en lichamelijke verlamming, beangstigende hoofdpijnen, verschrikkelijke dromen... velen voelden de gevolgen nog jaren later... behandeling was in het beste geval gebrekkig en in het slechtste geval gevaarlijk...*

Onderaan de pagina stond een link naar een essay geschreven door doctor W.H.R. Rivers, waarin hij zijn theorieën uiteenzette, gebaseerd op observaties tussen 1915 en 1917 van gewonde soldaten in het oorlogsziekenhuis Craiglockhart. Een groot deel van het stuk was gewijd aan de verklaring van het verdringingsproces. Doctor Rivers opperde dat teruggekeerde soldaten die het grootste deel van de dag probeerden hun angsten en herinneringen te vergeten veel meer gevaar liepen in de stilte en de afzondering van de nacht, als de slaap hun zelfbeheersing verzwakte en ze ontvankelijker werden om ten prooi te vallen aan gruwelijke gedachten.

Dat leek voor de hand te liggen. Uit eigen ervaring wist Sadie dat de meeste dingen 's nachts intenser waren. Dat was zeker het geval wanneer haar eigen duistere gedachten door hun grenzen braken en tot uiting kwamen in dromen die haar bestookten. Ze bleef zoeken. Volgens doctor Rivers wekte verdringing heftigere negatieve gedachten op, hetgeen resulteerde in levendige of zelfs pijnlijke waanvoorstellingen en gruwelbeelden die gewelddadig door het hoofd raasden. Sadie noteerde die zin in haar schrijfblok, dacht er nog eens goed over na en omcirkelde toen het woord *gewelddadig*. De dokter doelde op de opkomst van gedachten in de geest van de soldaat, maar het woord bezorgde Sadie, vooral met het oog op de mysterieuze verdwijning van Theo Edevane, een onaangenaam gevoel. Ze had al die tijd al beseft dat er een derde afgrijselijke mogelijkheid bestond, dat de jongen niet was verdwaald of ontvoerd maar in plaats daarvan op gewelddadige wijze aan zijn eind was gekomen. Toen ze met Clive sprak had ze zich afgevraagd of Clementine Edevane betrokken zou kunnen zijn geweest bij de dood van haar broertje, per ongeluk of anderszins. Maar als het Anthony nu eens was geweest? Wat als Theo's vader er al die tijd verantwoordelijk voor was geweest?

Sadie bladerde haar aantekeningen nog eens door op zoek naar wat ze had opgeschreven tijdens het gesprek met Clive. Anthony en Eleanor hadden elkaar een alibi bezorgd. Eleanor was tijdens de verhoren overmand geweest door verdriet en had gedurende die week kalmeringstabletten nodig gehad. Clive had opgemerkt dat Anthony opvallend zorgzaam en gedienstig en uiterst beschermend jegens zijn vrouw was geweest. *Hij was zo bezorgd om haar,* had Clive gezegd, *zachtaardig en beschermend, en hij zorgde ervoor dat ze voldoende rustte en weerhield haar ervan naar buiten te stormen om deel te nemen aan de zoekactie. Hij liet haar nauwelijks een moment uit het oog.* Sadie stond op en rekte zich uit. Toen ze die dingen opschreef had ze Clives opmerking beschouwd als bewijs van de hechte band tussen de Edevanes, van hun liefde voor elkaar, de natuurlijke houding van een echtpaar dat wordt geconfronteerd met het onvoorstelbare. Maar nu, gezien vanuit het perspectief van de theorie die zich in haar hoofd ontwikkelde (en meer was het niet, bracht ze zichzelf in herinnering, een ingeving die stoelde op een andere ingeving), kreeg het gedrag een huiveringwekkendere ondertoon. Bestond de mogelijkheid dat Eleanor wist wat haar man had gedaan en had ze hem gedekt? Zou een moeder tot zoiets in staat zijn? Of een echtgenote? Had Anthony haar tot stilte gemaand, over haar gewaakt zodat ze de niet bij de politie kon opbiechten wat zij wist?

Sadie wierp een blik op de digitale klok in het hoekje van haar beeldscherm. Tijdens de rit terug vanuit Oxford had ze besloten dat vanavond geen ongeschikt moment was om met Donald bij te praten. Ze moest zich weer eens van haar beste kant laten zien om hem ervan te overtuigen dat ze klaar was om weer aan het werk te gaan en niet langer achter spoken aanjagen op het internet. Ze zou haar computer nu moeten uitzetten en die website later weer moeten bezoeken. Ze moest haar schrijfblok wegleggen en een douche nemen. Niets zei zo duidelijk 'klaar om aan het werk te gaan' als een goede persoonlijke verzorging en hygiëne. Maar een gekrabbelde notitie wat lager op de pagina trok haar aandacht – Clives verslag over Eleanors jaarlijkse bezoeken aan Loeanneth – en ze bleef lezen. Clive had gezegd dat Eleanor elk jaar terugkeerde in de hoop dat haar zoon op de een of andere manier toch nog zijn weg naar huis had weten te vinden, maar dat was niet meer dan een vermoeden. Eleanor had Clive nooit met zoveel woorden gezegd dat ze daarop hoopte; dat had hij uit haar gedrag opgemaakt. Wat als zij nu eens niet verwachtte dat Theo zou terugkeren, omdat zij allang wist dat hij dood was? Wat als haar jaarlijkse bezoek niet bedoeld was om op hem te wachten, maar om hem te gedenken, net zoiets als de regelmatige pelgrimages die mensen ondernamen naar de grafstenen van degenen die hun waren ontvallen?

Sadie tikte met haar pen op haar schrijfblok. Het waren wel een hoop veronderstellingen. Nergens in een van de vraaggesprekken had iemand het woord 'gewelddadig' gebezigd in relatie tot Anthony Edevane, en doctor Rivers schreef over dissociatie, depressie, verwarring, het gevoel van een soldaat dat zijn 'licht' was gedoofd, maar ook hij maakte geen melding van gewelddadige neigingen. Ze ging weer zitten en surfte, zoekend en klikkend, langs nog een paar webpagina's totdat ze op een citaat stuitte van een oorlogscorrespondent die Philip Gibbs heette en die schreef over de terugkeer van soldaten naar hun oude leven na de oorlog:

Er klopte iets niet. Ze trokken weer burgerkleding aan en leken in de ogen van hun moeders en hun vrouwen weer sprekend op de jongemannen die in de vredige dagen voor augustus 1914 naar hun werk togen. Maar zij waren niet meer dezelfde mannen. Iets had hen veranderd. Zij vielen ten prooi aan plotselinge en onverklaarbare woedeaanvallen, vlagen van hevige depressies afgewisseld door een rusteloos verlangen naar genot. Velen waren gemakkelijk geneigd tot een passie waarin ze hun zelfbeheersing verloren, velen spraken op bittere toon, hadden uitgesproken onverzoenlijke meningen en gedroegen zich angstwekkend.

Sadie zoog op haar lippen en las die passage nogmaals. *Plotselinge en onverklaarbare woedeaanvallen... zelfbeheersing verloren... uitgesproken onverzoenlijke meningen... angstwekkend...* Omstandigheden die iemand er zeker toe konden brengen een verschrikkelijke fout te maken, een gruwelijke misdaad te plegen waartoe hij nooit in staat was geweest toen hij nog geestelijk gezond was.

Toen volgde er een artikel over de omstandigheden in de loopgraven aan het westelijk front, beschrijvingen van het weerzinwekkende gebrek aan voorzieningen, de ratten en de modder en de schimmelende verrotting van loopgravenvoeten, de luizen die gedijden op het rottende vlees. Sadie ging volledig op in wat ze las en toen de vaste telefoon ging werd ze met zo'n schok teruggeroepen naar het heden dat ze de beelden van de modder en de slachting bijna om zich heen zag vervagen.

Ze nam de hoorn van de haak. 'Hallo?'

Het was Bertie, zijn warme, ingetogen stem was een welkome balsem. 'Ik bel alleen even om te horen of je veilig en wel terug bent in Londen. Op je mobieltje kreeg ik geen verbinding. Je zou me opbellen als je thuis was aangekomen.'

'O, opa, het spijt me!' *Wat ben ik toch een waardeloze kleindochter die een grootvader als jij eigenlijk helemaal niet verdient.* 'De batterij van mijn mobieltje was leeg. Ik ben onderweg een paar keer gestopt en het verkeer en de M40 waren rampzalig. Ik ben nog maar net binnen.' In gedachten zag ze hem voor zich in de keuken in Cornwall, de honden slapend onder de tafel, en ze voelde een lichamelijke steek van verlangen in haar borststreek. 'Hoe was je dag? Hoe maken mijn maatjes het?'

'Ze missen je. Toen ik mijn schoenen aantrok dromden ze verwachtingsvol om me heen, klaar voor hun veldloop.'

'Nou, je weet wat je te doen staat. Zij wijzen je de weg wel.'

Hij gniffelde. 'Ik kan me levendig voorstellen hoe ze zullen genieten van een veldloop met ondergetekende. Dat wordt meer een rondje strompelen!'

Opeens voelde ze een golf van wroeging. 'Luister, opa, over gisteravond –'

'Zand erover.'

'Ik was hardvochtig.'

'Je mist Ruth.'

'Ik was kribbig.'

'Je was kribbig omdat het je aangrijpt.'

'Ik mag Louise graag, ze lijkt me aardig.'

'Ze is een goede vriendin voor me. Ik heb behoefte aan vrienden. Ik zoek geen vervangster voor je grootmoeder. Maar vertel eens, hoe was je gesprek met de achternicht van Rose?'

'Een dood spoor, in zekere zin.'

'Was de baby niet van het kindermeisje?'

'Blijkbaar niet.' Sadie gaf hem een beknopte samenvatting van haar gesprek met Margot Sinclair, de teleurstelling dat haar theorie niet bleek te kloppen en ze besloot met het onverwachte nieuws dat Anthony Edevane leed aan oorlogsneurose. 'Ik weet niet of dat er iets mee te maken heeft, maar ik heb er nu het een en ander over gelezen en het is moeilijk voorstelbaar dat iemand dat allemaal doormaakt zonder dat dat zijn leven naderhand beïnvloedt.' Terwijl ze sprak was ze naar het raam gelopen en keek nu uit op de straat, waar een vrouw een kind dat weigerde in zijn wandelwagentje te gaan zitten een standje gaf. 'Heeft iemand van onze familie in de Eerste Wereldoorlog meegevochten, opa?'

'De neef van mijn moeder heeft aan de Somme gevochten, maar hij woonde in het noorden, dus ik heb hem nooit ontmoet, en mijn lievelingsoom heeft gevochten in de Tweede Oorlog.'

'Was hij veranderd toen hij terugkwam?'

'Hij is niet teruggekomen, hij is in Frankrijk gesneuveld. Een vreselijk verlies; mijn moeder is er nooit overheen gekomen. Maar meneer Rogers, onze buurman, is uit de Eerste Wereldoorlog teruggekomen en was er vreselijk aan toe.'

'Vreselijk, in welk opzicht?'

'Hij had na een explosie achttien uur lang onder de aarde bedolven gelegen. Achttien uur! Kun je je zoiets voorstellen? Hij bevond zich ergens in niemandsland en zijn kameraden konden niet bij hem komen vanwege al die beschietingen. Toen ze eindelijk in staat waren hem uit te graven verkeerde hij in een catatonische shocktoestand. Hij werd naar huis verscheept en behandeld in een van de ziekenhuizen die ze in landhuizen hadden ingericht, maar volgens mijn ouders is hij nooit meer de oude geworden.'

'Wat was hij voor iemand?'

'Zijn gelaat was vertrokken alsof hij in een permanente staat van ontsteltenis verkeerde. Hij leed aan nachtmerries die hem het ademen onmogelijk maakten en dan schrok hij snakkend naar adem wakker. Op andere nachten werden we gewekt door een afgrijselijk gejammer dat dwars door de muren ons huis binnendrong. De arme man. De kinderen uit de buurt waren allemaal bang voor hem; ze daagden elkaar uit om te zien wie het zou wagen om naar zijn deur toe te lopen en aan te kloppen om vervolgens weg te rennen en zich te verstoppen.'

'Maar jij deed daar niet aan mee.'

'Nee, nou ja, mijn moeder zou me levend hebben gevild als ze ooit maar het vermoeden had gekregen dat ik tot dat soort kinderachtige wreedheden in staat was. Bovendien was het iets persoonlijks met meneer Rogers. Ma had zich over hem ontfermd. Ze schepte elke avond een extra bord voor hem op, deed zijn was en zorgde ervoor dat zijn huis schoon werd gehouden. Zo was ze, een vrouw met een groot hart, pas echt gelukkig als ze iemand kon helpen die het minder goed had getroffen.'

'Ik wou dat ik haar had gekend.'

'Dat zou ik ook graag hebben gewild.'

'Zo te horen leek ze erg op Ruth,' zei Sadie, die zich herinnerde hoe bereidwillig Ruth haar in haar huis had opgenomen toen ze nergens anders heen kon.

'Grappig dat je dat zegt. Nadat ma was gestorven en wij de winkel overnamen, nam Ruth ook de zorg voor meneer Rogers over. Ze liet er geen misverstand over bestaan dat we hem niet in de steek konden laten.'

'In gedachten hoor ik het haar zeggen.'

Bertie lachte en toen zuchtte hij en Sadie wist dat hij na afloop van hun telefoongesprek de trap naar de zolder op zou lopen om in zijn dozen te zoeken naar een of andere kleine herinnering aan Ruth. Maar hij sprak niet meer over haar en begon over meer onmiddellijke, tastbaardere en oplosbare problemen. 'Heb je voor vanavond genoeg te eten in huis?'

Sadie kreeg bijna een brok in haar keel. Dat was nog eens liefde, nietwaar? Iemand in je leven die zich erom bekommerde dat je gezond at. Ze opende de koelkast en trok haar neus op. 'Alles in orde,' zei ze, terwijl ze de deur weer dichtdeed. 'Ik heb zo dadelijk een afspraak met een vriend.'

In de Fox and Hounds was het op dinsdagavonden een drukte van jewelste, met name door de ligging pal tegenover een jeugdherberg en het feit dat happy hour daar vier uur duurde. Er waren andere kroegen dichter bij het hoofdbureau waar het wemelde van de politiemensen, maar Donald vond dat hij op zijn werk al voldoende lui van zijn werk tegenkwam en het was het wandelingetje waard om even niet over zaken te hoeven praten. Sadie had dat lange tijd geloofd, totdat ze zich realiseerde dat zij altijd mee mocht en dat ze het altijd over het werk hadden, gewoonlijk op zijn aansporing. De waarheid was dat de Fox and Hounds de goedkoopste pinten schonk aan deze kant van de Theems en dat Donald een krent was. Een beminnelijke krent, maar niettemin een krent. Dinsdag was ook de dag waarop alle vier zijn dochters 's avonds thuis kwamen eten en Donald had Sadie wel eens verteld dat hij zich zo goed mogelijk diende te bewapenen als hij geen barstende koppijn wilde oplopen zodra hij over de drempel stapte. 'Dat geruzie, Sparrow, dat gekibbel en die wisselende loyaliteiten. Ik kan er geen touw aan vastknopen. Vrouwen!' Hij schudde zijn hoofd. 'Ze blijven een raadsel, vind je niet?'

Waarmee maar wil worden gezegd dat Donald een gewoontedier was en toen Sadie, met een knorrende maag, koers zette naar de Fox and Hounds, wist ze al dat ze hem zou aantreffen op de bank onder de ingelijste prent van *A Frog He Would A-Wooing Go*. En ja hoor, toen ze binnenkwam, hing er al een veelzeggende wolk rook boven het zitje. Ze bestelde twee pinten bier en liep daar voorzichtig mee naar hun vaste plekje, klaar om op het lege bankje tegenover hem plaats te nemen. Alleen het bankje was niet leeg. Harry Sullivan zat onderuitgezakt in de hoek en lachte uitgelaten om iets wat Donald net had gezegd. Sadie plantte haar twee glazen bier op het tafeltje en zei: 'Sorry, Harry. Ik wist niet dat jij er ook was.'

Zoals alle oude agenten had Donald te veel zonderlings en ongerijmds gezien om zich nog ergens over te kunnen verbazen. Het dichtst bij een blijk van verbazing kwam een nauwelijks merkbaar optrekken van een wenkbrauw. 'Sparrow,' zei hij met een knikje, alsof ze niet net twee weken op zijn aandringen in de rimboe had verbleven.

'Don.'

'Ik dacht dat jij met vakantie was, Sparrow,' zei Harry vrolijk. 'Ben je de zon en de zee nu al beu?'

'Zoiets, Sully.' Ze keek met een glimlach naar Donald, die zijn glas bier leegdronk en zijn snor met de rug van zijn hand afveegde voordat hij het lege glas naar de rand van de tafel schoof.

'Cornwall, was het toch?' vervolgde Sully. 'Ik heb een tante gehad die in Truro woonde, elke zomer gingen mijn broertje en ik daar –'

'Als jij nu eens op een rondje trakteerde, Sull?' zei Donald.

De jongere rechercheur keek naar de volle glazen bier die Sadie net had meegebracht, deed zijn mond open om Don erop te wijzen dat hij al een vol glas had, maar deed hem toen weer dicht. Hij was niet het meest goocheme jongetje van de klas, maar had toch door wat de bedoeling was. Hij maakte met zijn lege glas een vaag gebaar in de richting van de toog en zei: 'Ik denk dat ik er nog maar eentje haal voor mezelf.'

'Strak plan,' zei Donald vriendelijk.

Sadie deed een stap opzij zodat Harry kon opstaan en ging toen op zijn plaats zitten. Het leer was warm, een onaangenaam fysiek bewijs dat ze door iemand was vervangen. 'Is Sull tijdens mijn verlof je partner?'

'Inderdaad.'

'Nog met iets interessants bezig?'

'Diefstal en inbraak, niets om over naar huis te schrijven.'

Sadie snakte naar bijzonderheden, maar liet het wel uit haar hoofd om verder aan te dringen. Ze pakte de menukaart en liet haar blik erover dwalen. 'Ik val om van de honger. Vind je het goed als ik iets te eten bestel?'

'Ga je gang.'

De trend tot yuppificatie was aan de Fox and Hounds voorbij gegaan en het menu bestond uit een basislijst met vier keuzes, allemaal geserveerd met patat, zoals ook al in 1964. De bedrijfsleiding was zo trots op hun verzet tegen elke verandering, dat dat wapenfeit in forse letters bovenaan de menukaart gedrukt stond. Het was overbodig te zeggen dat Donald het daar roerend mee eens was. 'Klote tapas,' had hij meer dan eens tegen Sadie gezegd als hun onderzoek hen wat verder weg voerde. 'Wat is er mis met een degelijk ouderwets pasteitje? Sinds wanneer doen de mensen zo verdomde moeilijk?'

De serveerster kwam langs en Sadie bestelde vis met patat. 'Wil jij ook wat?'

Donald schudde zijn hoofd. 'Familiedinertje,' zei hij grimmig.

De serveerster vertrok en Sadie nam een slok bier. 'Alles goed thuis?'

'Heel goed.'

'En je bent lekker druk bezig?'

'Heel druk. Luister, Sparrow –'

'Ik heb het ook druk gehad, met een onopgeloste zaak van lang geleden.' Ze had het nog niet gezegd of Sadie kon zich wel voor het hoofd slaan. Het was niet haar bedoeling geweest om het gezin Edevane ter sprake te brengen. Naspeuringen doen naar een kind dat zeventig jaar geleden werd vermist, oude kaarten en politiedossiers doorspitten, overlevenden en be-trokkenen ondervragen – dat was nu niet bepaald wat men verstond onder een periode van rust en herstel, maar toen ze Sully op haar plaats had zien zitten was er iets in haar geknapt. Stom rund!

Maar ze kon de woorden niet meer inslikken en Sadie bedacht dat het maar het beste was om een nieuw onderwerp aan te snijden om haar fout te camoufleren. Maar toen ze dat bedacht, wist ze dat het al te laat was. Als een herdershond die de geur van een konijn opsnuift had Donald zijn oren gespitst. 'Een oude zaak? Wat voor oude zaak?'

'O, niets bijzonders eigenlijk. Een oude ex-politieman in Cornwall die op zoek was naar een klankbord.' Ze nam een slok van haar bier om zich-zelf wat meer tijd te geven om een leugen in elkaar te flansen. 'Hij was een vriend van mijn grootvader. Ik kon moeilijk nee zeggen.' Ze begon aan een beknopte uiteenzetting van de zaak-Edevane, voordat Donald de kans kreeg dieper in te gaan op de vraag hóe ze daarop was gestuit. Hij kon beter denken dat ze welwillend behulpzaam was dan vreemd geobsedeerd. Hij hoorde haar aan, knikte zo nu en dan terwijl hij kruimeltjes gemorste tabak op het tafeloppervlak bij elkaar veegde.

'Ik heb zo'n voorgevoel dat die oorlogsneurose belangrijk is,' zei Sadie, toen de serveerster een bord met doorgebakken vis voor haar neus zette.

'Jij en je voorgevoel weer, hè?'

Sadie had onmiddellijk spijt van haar ongelukkige woordkeuze maar hapte niet toe. 'Weet jij er veel van?'

'Het posttraumatische stresssyndroom? Daar weet ik wel iets van.'

Toen herinnerde ze zich dat een neef van Donald in de Golfoorlog had gevochten. Haar partner was niet de meest spraakzame man op aarde, maar er waren voldoende verholen toespelingen geweest om Sadie duidelijk te maken dat Jeremy niet bepaald wat je noemt 'ongeschonden' uit de strijd was teruggekeerd.

'Vreselijke rotsituatie. Net als we denken dat het een beetje beter gaat, krijgt hij weer een terugval. Afschuwelijke depressie.' Hij schudde zijn hoofd alsof er geen woorden waren om het lijden van zijn neef te beschrijven. 'Geen huis-tuin-en-keukengedeprimeerdheid, maar iets heel anders. Hopeloos, radeloos, verschrikkelijk.'

'Angstaanvallen?'

'Ook dat. Hartkloppingen, paniek, levensechte nachtmerries.'

'En ook neigingen tot gewelddadigheid?'

'Dat kun je wel zeggen. Mijn schoonzus trof hem met het jachtgeweer van zijn vader gericht op de deur van de kamer van zijn jongere broer. Hij dacht dat er vijandelijke soldaten binnen waren; hij had een visioen gehad.'

'God, Don. Wat vreselijk.'

Donalds lippen versmalden zich. Hij stond zichzelf een kort knikje toe. 'Godsgruwelijke toestand. Beste knul, hart van goud, en dat zeg ik niet omdat hij toevallig de zoon van mijn broer is. Als mijn meiden bij Jeremy waren, dan wist ik altijd dat ik me geen zorgen hoefde te maken.' Met een kwaad gebaar veegde hij de tabakskruimels van tafel. 'De dingen die die jongens moesten doen. De dingen die ze hebben gezien en niet uit hun hoofd kunnen zetten. Hoe pak je na zoiets de draad van je gewone leventje weer op? Hoe beveel je iemand te moorden en verwacht je vervolgens dat hij daarna de oude draad van zijn leven weer oppakt alsof er niets is gebeurd?'

'Ik weet het niet.' Sadie schudde haar hoofd.

Donald pakte zijn glas bier en nam een paar flinke teugen. Toen het glas leeg was, veegde hij met de rug van zijn hand over de stekelhaartjes van zijn snor. Zijn ogen waren bloeddoorlopen.

'Don –'

'Wat kom je hier doen, Sparrow?'

'Ik heb opgebeld, ik heb een boodschap ingesproken. Heb je mijn bericht niet ontvangen?'

'Ik hoopte dat je een grapje maakte. Eén april of zoiets.'

'Het was geen grap. Ik ben klaar om terug te komen. Als je me nu maar weer zou kunnen vertrouwen…'

'Daar is het te laat voor, Sparrow.' Hij had zijn stem gedempt en siste bijna. Hij boog zich dichter naar haar toe en keek achterom naar de plek waar Sully nog steeds tegen de toog geleund stond te lachen met een blonde rugzaktoerist. 'Ashford is een onderzoek begonnen naar het lek in de zaak-Bailey. Ik heb het gehoord van Parr-Wilson, die alles altijd eerder weet dan wij. Er wordt druk uitgeoefend van bovenaf, er moet een voorbeeld worden gesteld, korpspolitiek. Je voelt wel wat ik bedoel.'

'Shit.'

'Zo kun je het ook formuleren.'

Ze zaten daar een ogenblik, allebei nadenkend over de ernst van de situatie. Don schoof zijn glas heen en weer over tafel. 'Jezus, Sparrow. Je weet dat ik een hoge pet van je op heb, maar met mijn pensionering aan het eind van het jaar moet ik me gedeisd houden.'

Ze knikte terwijl de nieuwe stand van zaken tot haar doordrong.

'Je kunt maar het beste weer teruggaan naar Cornwall. Als de waarheid aan het licht komt – en aan mij zal dat niet liggen – dan kun je in ieder geval beweren dat je geestelijk uitgeput was, hun laten zien dat je besefte dat je iets verkeerds had gedaan en je handen van de zaak af hebt getrokken.'

Sadie wreef over haar voorhoofd. De teleurstelling bezorgde haar een bittere smaak en opeens leek het lawaaiiger in de kroeg dan voorheen.

'Ben je het met me eens, Sparrow?'

Ze gaf hem een aarzelend knikje.

'Brave meid. Je bent hier vanavond nooit geweest. Je was de hele tijd in Cornwall om tot rust te komen.'

'En hoe zit het met Sully?'

'Maak je om Sully geen zorgen. Zolang dat blondje daar om zijn grapjes lacht, is hij niet eens in staat zich je naam te herinneren.'

'Goh, dank je wel.'

'Je zou blij moeten zijn.'

'Ja, ja.'

'En nu kun je beter gaan.'

Ze pakte haar tas op.

'En Sparrow?'

Ze keerde zich om en keek hem aan.

'Houd me op de hoogte hoe het gaat met die oude zaak, oké?'

22

Het regende toen Sadie terugkeerde in haar eigen buurtje, smalle zilveren stralen in de gloed van de straatlantaarns. Plassen vormden zich langs de weg en met elke auto die passeerde spatte een wolk van water zijwaarts op. Sadie had gedacht dat het loopje naar huis haar goed zou doen, maar haar geest was nog even troebel als toen ze de Fox and Hounds verliet, hooguit doorweekter. Ze hield zich voor dat het in ieder geval niet veel beroerder kon worden, maar dat er niets was dat een warme douche geen goed kon doen. Maar toen ze het flatgebouw waar ze woonde naderde, zag ze iemand schuilen onder de luifel boven de ingang. Mensen bleven doorgaans niet voor hun plezier in de regen dralen en deze persoon maakte duidelijk de indruk ergens op te wachten: gebogen schouders, armen over elkaar, een alerte houding waarmee hij of zij, dat was vanuit de verte onmogelijk te zien, tegen de muur leunde. Sadie ging van een drafje over in een wandeltempo en keek omhoog. Bij al haar buren was het licht aan; de enige ramen die niet waren verlicht waren die van haar eigen woning – wat erop zou kunnen duiden dat de persoon die daar in het donker stond op haar wachtte. Met een vastberaden zucht scharrelde ze in haar tas naar haar sleutels en klemde de scherpste ervan tussen haar vingers. Sadie was al eens eerder overrompeld – door een misnoegde verdachte in een drugs-zaak – en wilde dat nooit meer meemaken.

Ze zei tot zichzelf dat ze haar kalmte moest bewaren en in hetzelfde tempo door moest lopen, ook al snelde de adrenaline door haar aderen. Ze dacht koortsachtig na over al die oude zaken die ze had behandeld, de lijst van twijfelachtige kennissen die ze had gemaakt, van wie iedereen zou kunnen hebben beslist dat vanavond de perfecte gelegenheid was om een oude rekening te vereffenen. Ze wierp een steelse blik op de auto's die in de straat geparkeerd stonden, zich afvragend of er misschien ook nog een handlanger in de buurt kon zijn, en herinnerde zich toen, met een wee gevoel in haar maag, dat haar mobieltje boven aan de oplader lag.

Toen ze dichterbij kwam werd de instinctieve opwelling van angst die ze ervoer overtroefd door ergernis. Sadie was niet in de stemming om het spelletje van een ander mee te spelen, niet na de avond die ze achter de rug had. Ze klemde haar kaken op elkaar en confronteerde de vreemde rechtstreeks. 'Staat u op mij te wachten?'

De persoon keerde zich met een ruk om. 'Ik dacht dat je weg moest zijn gegaan.'

Het was de stem van een vrouw. Het licht van de straatlantaarn viel op haar gezicht en hulde het in een oranje gloed, en omdat Sadie bij lange na niet zo oud en door de wol geverfd was als Donald, wist ze dat haar verbazing duidelijk van haar gezicht af te lezen was. 'Dat was ik ook,' stamelde ze. 'Ik ben terug, ik ben vandaag teruggekomen.'

Nancy Bailey glimlachte flauwtjes. 'Goede timing, dan, hè? Heb je er bezwaar tegen als ik binnenkom?'

Sadie verstarde. Godallemachtig, en of ze daar bezwaar tegen had. Een bezoekje aan huis van de moeder van Maggie Bailey was wel het laatste waar ze behoefte aan had nu ze probeerde zich gedeisd te houden in het licht van het door de commissaris ingestelde onderzoek.

'Je zei dat we in contact moesten blijven,' zei Nancy, 'dat ik je moest waarschuwen als me nog iets te binnen schoot?'

Stóm. Sadie kon zich wel voor haar hoofd slaan. Ze herinnerde zich dat ze dat had gezegd toen zij en Donald hun laatste bezoek aan Nancy hadden afgelegd. En haar hadden laten weten dat ze de zaak afgesloten hadden en het politieonderzoek naar de situatie van haar dochter was afgerond. 'Mevrouw Bailey, u zult wel begrijpen dat we niet kunnen blijven zoeken naar iedereen die besluit een poosje op vakantie te gaan zonder iets tegen anderen te zeggen.' Donald was degene die haar het nieuws had medegedeeld en Sadie had naast hem gestaan en instemmend geknikt. Pas toen ze weer op straat waren zei Sadie dat ze haar aantekeningenboekje boven had laten liggen en ze rende de trap weer op en klopte bij Nancy aan. Idióót. Sadie was woedend op zichzelf, maar wat kon ze nu anders? 'Kom binnen,' zei ze, en ze opende de buitendeur en loodste Maggies moeder het gebouw binnen. Ze wierp een blik achterom, half verwachtend een van de spionnen van Ashford aantekeningen te zien maken.

Toen ze in haar flat aankwam, stond de televisie nog te pruttelen en was de dode plant nog steeds dood. De verlichting was onheilspellend of romantisch, dat hing van je gemoedsgesteldheid af. Sadie plukte haastig wat spullen van de bank – een weekendtas waar kleren uit puilden, de brieven en reclamefolders die ze daar eerder had neergegooid – en legde die op een stapeltje op de rand van de salontafel. 'Maak het je gemakkelijk,' zei ze. 'Ik ga me alleen even afdrogen. Een ogenblikje.'

In haar slaapkamer vloekte ze binnensmonds terwijl ze haar natte shirt uittrok en in de la naar een schoon shirt zocht. Shít, shít, shít. Ze droogde haar haar, veegde haar gezicht af en haalde diep adem. Het was bepaald niet gunstig dat Nancy bij haar in de flat was, dat was zo klaar als een klontje, maar ze kon in ieder geval van de gelegenheid gebruikmaken om eens en voor altijd een punt achter hun relatie te zetten. Met een diepe, vastberaden zucht keerde ze terug naar de woonkamer.

Nancy zat op de bank en trommelde terwijl ze zat te wachten licht met haar vingers op haar in een verschoten spijkerbroek gestoken dijbeen, en het viel Sadie op hoe kwetsbaar en hoe jong ze leek. Ze was pas vijfenveertig, haar asblonde haar hing recht omlaag langs haar schouders en haar pony was lang en afgekant.

'Wil je een kopje thee, Nancy?'

'Dat lijkt me heerlijk.'

Een snelle zoektocht door de keuken onthulde dat ze geen theezakjes meer in huis had. 'Wat vind je van een whisky?'

'Dat lijkt me zelfs nog heerlijker.'

Sadie bedacht zich hoezeer ze op Nancy gesteld was. In een ander leven hadden ze vriendinnen kunnen zijn. Dat was een deel van het probleem. Ze pakte twee glazen en zette die met een fles Johnny Walker op de salontafel. Ze wist wat ze zou moeten doen: ze zou elk gesprek over Maggies 'verdwijning' moeten zien te vermijden, naar buiten doen alsof Nancy's dochter gewoon een poosje was weggelopen en de kans groot was dat ze in de tussenliggende twee weken alweer naar huis was teruggekeerd, iets langs haar neus weg zeggen in de trant van: 'Heb je al iets van Maggie gehoord?' Maar toen ze haar mond opende om dat te doen, sloot ze hem meteen weer. Ze had de theorie dat Maggie iets ergs was overkomen met zoveel felheid verdedigd dat zoiets volkomen onwaarachtig zou lijken. Ze besloot Nancy eerst aan het woord te laten. Ze schonk whisky in de glazen en gaf haar er eentje.

'Nou,' zei Nancy , 'ik ben op bezoek geweest bij de mensen die in Maggies flat zijn getrokken. In hún flat nu – de man van wie ze die huurde, heeft besloten het huis snel en in stilte te verkopen, alsof Maggie nooit heeft bestaan.'

'Ben je bij de nieuwe eigenaars langs geweest?'

'Ik wilde er zeker van zijn dat ze wisten wat daar was gebeurd. Voor het geval dat.'

Ze verklaarde zich niet nader, maar dat hoefde ook niet. Sadie wist wat ze bedoelde. *Voor het geval dat Maggie terug mocht komen.* Ze kon zich het gesprek heel goed voorstellen. In Sadies ervaring vonden de meeste mensen het niet prettig om te weten dat ze een huis hadden gekocht en bewoonden dat een rol had gespeeld in een politieonderzoek, hoewel een in de steek gelaten kind altijd nog beter was dan dat er een moord was gepleegd. 'En?' vroeg ze. 'Hoe was het?'

'Ze waren heel aardig. Een jong echtpaar, pas getrouwd – hun eerste huis. Ze waren nog bezig met uitpakken maar ze vroegen me toch op de thee.'

'En daar ben je op ingegaan?'

'Natuurlijk.'

Natuurlijk was ze daar op ingegaan. Nancy's geloof in Maggie was enorm en werd alleen geëvenaard door de moeite die ze zich getroostte om te bewijzen dat zij het bij het rechte eind had en dat haar dochter haar eigen kind niet in de steek had gelaten.

'Ik wilde binnen een kijkje nemen, voor een laatste keer. Maar ze was er niet, mijn Maggie. Het was net een heel ander huis, zonder haar spulletjes.' Maggies bezittingen zaten allemaal in dozen, wist Sadie, bovenop elkaar gestapeld in Nancy's logeerkamer, de kamer die ze eigenlijk had vrijgehouden voor Caitlyn. Nancy leek op het punt te staan in huilen uit te barsten en Sadie wist niet goed wat ze moest zeggen. Ze had niet eens een doos tissues om veelbetekenend op de salontafel tussen hen in te zetten. 'Ik weet dat het geen zin had,' vervolgde Nancy. 'Ik weet dat het stom van me was. Ze waren aardig, stelden me vragen over haar, maar ik kon aan hun gezichten zien dat ze medelijden met me hadden, dat ze dachten dat ik niet goed snik was. Een gek, oud wijf. Ik weet dat het stom was.'

Het wás stom. Als het toevallig een minder vergevingsgezind echtpaar was geweest, hadden ze de politie kunnen bellen en haar kunnen aanklagen wegens inbreuk op de privacy of zelfs huisvredebreuk. Maar het was ook begrijpelijk. Sadie dacht aan Loeanneth, zeventig jaar na de verdwijning van Theo nog steeds gemeubileerd, en aan Clives mededeling dat Eleanor Edevane daar elk jaar opnieuw terugkeerde, alleen om een poosje op de plek te zijn waar haar zoon voor het laatst was gezien. Dat was hetzelfde, alleen beschikte Nancy niet over de luxe om een gedenkplaats te onderhouden voor haar vermiste dochter. Het enige wat ze had was een logeerkamer volgestouwd met dozen en goedkope meubeltjes.

'Hoe gaat het met Caitlyn?' vroeg ze, van onderwerp veranderend.

Dat bracht een glimlach op Nancy's gezicht. 'Ze is een echte dot. Ze mist haar moeder. Ik zie haar minder vaak dan ik wel zou willen.'

'Het spijt me dat te horen.' Dat meende ze. Toen Sadie Nancy voor de eerste maal bij haar thuis verhoorde, keek ze vreemd op van het enorme aantal ingelijste foto's van het meisje dat in haar flat te vinden was. Boven op de televisie, aan de muren, tussen andere foto's in de boekenkast. Klaarblijkelijk hadden ze heel wat tijd samen doorgebracht voordat Maggie onaangekondigd haar biezen pakte. Nancy had regelmatig op Caitlyn gepast als Maggie moest werken.

'Ik heb het gevoel dat ik ze allebei kwijt ben.' Nancy frunnikte wat aan de rand van een kussen op Sadies bank.

'Maar dat is niet zo, hoor. Ik zou zeggen dat Caitlyn jou nu harder nodig heeft dan ooit.'

'Ik weet niet meer wat mijn plaats is. Caty heeft een heel nieuw leven gekregen. Ze hebben bij Steve thuis een kamer speciaal voor haar ingericht, vol met allemaal speelgoed, een nieuw bed met een dekbed van Dora de Ontdekkingsreizigster. Dora is haar favoriet.'

'Dat weet ik nog,' zei Sadie, terwijl ze in gedachten het kleine meisje in de gang zag staan, in haar nachtpon met Dora erop. De herinnering bezorgde haar een steek in haar borst, en ze kon zich voorstellen hoeveel pijn het Nancy moest doen dat de genegenheid van de kleine meid zo gemakkelijk was overgegaan van haar dochter op anderen. 'Ze is een kind. Kinderen zijn dol op speelgoed en televisiehelden, maar ze weten heel goed wat echt belangrijk is.'

Nancy zuchtte en streek haar pony naar achteren. 'Jij bent een goed mens, Sadie. Ik weet niet waarom ik hier ben. Ik had beter niet kunnen komen. Ik breng jou alleen maar in de problemen.'

Sadie zei maar niet dat dat een gepasseerd station was. In plaats daarvan schonk ze hun glazen nog eens vol.

'Ik veronderstel dat je inmiddels met een nieuwe zaak bezig bent?'

'Het werk gaat door.'

Sadie overwoog een uitleg te geven van de zaak-Edevane, al was het alleen maar om over iets anders te kunnen praten, maar besloot dat de overeenkomst – een vermist persoon die nooit was teruggevonden – het er niet beter op zou maken. En Nancy luisterde trouwens toch niet echt, ze was nog steeds met haar gedachten bij Maggie. 'Weet je waar ik maar niet over uit kan,' zei ze, terwijl ze haar glas neerzette en haar handen vouwde, 'dat is dat Maggie Caitlyn in de steek zou hebben gelaten terwijl ze zich eerst zoveel moeite heeft getroost om haar te krijgen.'

'Om een kind te krijgen, bedoel je?' Sadie keek daar vreemd van op. Dit was de eerste keer dat ze iets hoorde over vruchtbaarheidsproblemen.

'God nee, die twee hoefden elkaar maar aan te kijken en het was al raak. Ze moesten hals over kop trouwen, als je begrijpt wat ik bedoel. Nee, ik bedoel ná de scheiding, de voogdij. Maggie moest zo vreselijk haar best doen om aan te tonen dat ze een goede moeder was; ze moest getuigen-verklaringen verzamelen en toestaan dat maatschappelijk werk op bezoek kwam om aantekeningen te maken. Omdat ze nog zo jong was, kostte het heel wat moeite om de rechtbank te overtuigen, maar ze was vastbesloten Caitlyn niet op te geven. Ze zei tegen me: "Mam, Caty is mijn dochter en ze hoort bij mij".' Nancy keek Sadie aan met een smekende, enigszins triomfantelijke uitdrukking. *Begrijp je het nu?* leek die te willen zeggen. 'Waarom zou ze al die moeite doen en er vervolgens vandoor gaan?'

Sadie durfde Nancy niet te vertellen dat een vechtscheiding op zichzelf niets bewees. Dat er maar heel weinig scheidingen waren waarbij de ouders elkaar níét te vuur en te zwaard bestreden om de voogdij, en dat hun hardnekkigheid in heel wat gevallen niets te maken had met een verlangen naar ouderschap maar alles met de poging de ex een hak te zetten. Ze had gezien hoe doorgaans vriendelijke, verstandige mensen voor de rechter strijd leverden om cavia's en bestekcassettes en het portret dat oudtante Mildred had geschilderd van haar terriër Bilbo.

'En dat was bepaald niet gemakkelijk. Hij staat er financieel veel beter voor dan mijn Maggie en hij is hertrouwd. Ze was bang dat de rechter zou beslissen dat twee volwassenen, een moeder en een vader, in een gezin beter waren dan een eenoudergezin. Maar de rechter nam uiteindelijk toch het juiste besluit. Ze zag wat voor een goede moeder mijn Maggie was. En ze wás een goede moeder. Ik weet wat Steve jou heeft verteld, over die keer dat ze was vergeten Caitlyn van de crèche op te halen, maar dat berustte op een misverstand. Ze kwam alleen maar te laat omdat ze aan een nieuwe baan was begonnen en zodra ze besefte dat het wel eens erg krap kon worden ben ik bijgesprongen. Ze was een geweldige moeder. Toen Caty twee jaar werd, wilde ze alleen maar een reisje naar de kust en dat wilden we haar geven voor haar verjaardag. We hadden het plechtig beloofd en hadden het er weken over, maar de dag voordat het zover was, voelde ze zich niet lekker. Hoge koorts, slap als een vaatdoek en vol medelijden met zichzelf. En weet je wat Maggie toen heeft gedaan? Ze heeft de kust naar Caty toe gebracht. Ze heeft de voorraadkast op haar werk geplunderd op zoek naar restjes materiaal en is de hele nacht bezig geweest met het maken van golven van cellofaan en karton, en vissen en meeuwen en schelpen die Caty zou kunnen verzamelen. Ze heeft een hele poppenkast in elkaar geflanst, speciaal voor Caty.'

Nancy's blauwe ogen glansden, zo levendig stond die herinnering haar bij. Sadie beantwoordde de glimlach van de vrouw, maar die van haar was getemperd door medelijden. Ze begreep waarom Nancy vanavond was gekomen en dat stemde haar bedroefd. Er was geen doorbraak in de zaak; ze wilde gewoon over Maggie praten en in plaats van zich tot een vriendin of een familielid te wenden had ze de voorkeur gegeven aan Sadie als haar vertrouwelinge. Het was niet ongewoon bij een onderzoek dat familieleden van het slachtoffer een abnormaal hechte band ontwikkelden met de politieagent die met het onderzoek was belast. Sadie kon heel goed begrijpen dat iemand wier leven door de shock en het trauma van een onverwacht misdrijf op zijn kop was gezet, zich vastklampte aan degene die oplossingen en veiligheid representeerde, die de touwtjes in handen leek te hebben en de boel zou kunnen repareren.

Maar Sadie was niet langer verantwoordelijk voor het opsporen van Maggie en ze was al helemaal niet in staat de boel te repareren. Niet voor Nancy Bailey, zelfs niet voor zichzelf. Sadie keek op het digitale klokje van de oven. Ze was plotseling overvallen door een dodelijke vermoeidheid. Het was een lange en een zware dag geweest en het wakker worden in Cornwall diezelfde ochtend leek iemand anders lang geleden te zijn overkomen. Ze had medelijden met Nancy, maar ze hadden het hier al vaker over gehad en waren er geen van beiden bij gebaat. Ze zette de twee lege glazen naast de fles whisky. 'Nancy, luister, het spijt me, ik wil niet onbeleefd zijn, maar ik ben doodmoe.'

De vrouw knikte haastig. 'Natuurlijk ben je dat, neem me niet kwalijk – het zat me gewoon even hoog, begrijp je?'

'Natuurlijk.'

'En er was een reden waarom ik vanavond ben gekomen.' Ze trok iets uit haar zak, een in leer gebonden notitieboekje. 'Ik heb Maggies spullen nog eens doorzocht in de hoop een nieuwe aanwijzing te vinden en ik las in haar agenda dat ze een eetafspraak had met een man die ze met MT aanduidt. Het heeft er al die tijd gestaan maar ik besefte niet wat het was. Maar nu herinner ik me dat hij een nieuwe collega op haar werk was.' Ze wees op de initialen met een tot aan de riemen afgebeten vingernagel.

'Denk je dat die vent, die MT, er bij betrokken is? Dat hij iets te maken heeft met haar verdwijning?'

Nancy keek haar aan alsof ze niet goed wijs was. 'Nee, sufferd! Ik denk dat hij het bewijs is dat ze nergens naartoe is gegaan, niet uit eigener beweging. Maggie had nooit afspraakjes, niet sinds zij en Steve uit elkaar waren. Ze vond het niet juist om Caty in verwarring te brengen door de ene man na de andere bij haar thuis te introduceren. Maar deze was anders, deze MT. Ze heeft me over hem verteld, weet je, meer dan eens. "Mam," zei ze, "hij is zo knap en hartstikke aardig en geestig." Ze dacht dat hij misschien wel De Ware kon zijn.'

'Nancy –'

'Begrijp je het niet? Waarom zou ze weglopen nu het er voor haar allemaal zo goed begon uit te zien?'

Sadie kon een hele rits redenen bedenken, maar redenen deden er op dit punt aangekomen nauwelijks toe. Het was zoals Donald altijd zei: gedachten over motieven leidden maar af. Die maakten dat mensen niet meer zagen wat zich vlak voor hun neus bevond als ze er niet direct een verklaring voor hadden. Het enige wat ertoe deed was dat Maggie wel degelijk was weggelopen. Dat was onomstotelijk bewezen. 'Er was een briefje, Nancy.'

'Een briefje.' Nancy maakte gefrustreerd een wegwuivend gebaar met haar hand. 'Je weet hoe ik denk over dat briefje.'

Sadie wist inderdaad hoe Nancy dacht over dat briefje. Daar hechtte ze totaal geen waarde aan. Niet geheel onvoorstelbaar was ze ervan overtuigd dat het een vervalsing was. Ondanks het feit dat haar talloze keren, door meer dan één handschriftanalist, met een hoge mate van zekerheid was verzekerd dat het briefje wel degelijk door Maggie zelf was geschreven.

'Het slaat nergens op,' zei Nancy nu. 'Als jij haar had gekend, zou je het met me eens zijn.'

Sadie had Maggie níét gekend, maar er waren een paar dingen die ze wel wist. Ze wist dat er een briefje was geweest, ze wist dat Caitlyn hongerig en bang was geweest toen ze haar vonden, ze wist dat het meisje nu gelukkig en veilig was. Sadie keek naar Nancy, die aan de andere kant van de bank zat, met haar gezicht vertrokken van het verzinnen van eindeloos veel mogelijkheden voor wat er met Maggie zou kunnen zijn gebeurd. Het leek alsof de menselijke geest een onbegrensd creatief vermogen had, als die iets maar graag genoeg wilde.

Ze dacht opnieuw aan Eleanor Edevane, wier kind ook was verdwenen. Nergens in Clives aantekeningen was bewijs gevonden dat zij met alternatieve suggesties op de proppen was gekomen aangaande de mogelijke verblijfplaats van haar zoontje. Clive zei zelfs dat ze zich waardig had gedragen, dat ze de politie rustig hun werk liet doen, dat haar man haar had belet naar buiten te rennen om mee te helpen met de zoekactie, dat ze geen beloning wilde uitloven maar later wel een donatie had gedaan aan de politie uit dank voor hun inspanningen.

Opeens vond Sadie dat eigenlijk heel onnatuurlijk gedrag. Totaal verschillend van Nancy Baileys onwrikbare geloof dat de politie het bij het verkeerde eind had en haar onvermoeibare pogingen nieuwe invalshoeken voor het onderzoek te vinden. Eigenlijk kon Eleanor Edevanes passiviteit bíjna worden beschouwd als een teken dat zij al wist wat er met haar kind was gebeurd. Clive had dat in ieder geval niet zo gezien. Hij was ervan overtuigd dat ze zichzelf met de grootste moeite overeind hield en alleen was ingestort na de aansluitende tragedie van de zelfmoord van haar vriend Llewellyn.

Maar je kon er niet altijd blindelings van uitgaan dat rechercheurs voorbij de persoonlijke band keken die ze met families hadden gesmeed, vooral als het een jonge politieman betrof die nog geen enkele ervaring had. Sadie zat heel stil, maar haar geest werkte plotseling op volle toeren toen ze de verschillende mogelijkheden de revue liet passeren. Was de donatie aan het politiefonds in feite een soort spijtbetuiging, omdat ze hun tijd en middelen had verspild in een zoekactie waarvan ze op voorhand wist dat die niets zou opleveren? De speurtocht naar een jongetje dat al dood was? Dat misschien al ergens op het terrein van Loeanneth was begraven? Misschien in het bos dat het huis totale afzondering bood?

'Neem me niet kwalijk. Jij bent moe. Ik moest maar eens gaan.'

Sadie knipperde met haar ogen. Ze was zo volledig in gedachten dat haar bezoek bijna vergeten was.

Nancy pakte de hengsels van haar tas en deed die over haar schouder. Ze stond op. 'Fijn dat je me even hebt willen ontvangen.'

'Nancy…' Sadie maakte haar zin niet af. Ze wist niet goed wat ze nog wilde zeggen. *Het spijt me dat het niet anders is gelopen. Het spijt me dat ik je heb moeten teleurstellen.* Ze was van nature niet erg knuffelig, maar op dat moment voelde Sadie een overweldigende behoefte om haar armen om de vrouw heen te slaan. En dat deed ze.

Sadie bleef na Nancy's vertrek nog een poosje op de bank zitten. Ze was afgepeigerd, maar haar geest was te actief om te kunnen slapen. Ze had er spijt van dat ze 'Avonturen in fictie' voor haar vertrek uit Cornwall terug had gebracht naar de bibliotheek; ze kon nu wel een goed kalmeringsmiddel gebruiken. Het verdriet van Nancy, haar eenzaamheid en het verraad dat zij duidelijk voelde wat betreft de verdwijning van haar dochter hadden een donkere schaduw in de flat achtergelaten. Het was vreselijk dat ze het gevoel had dat ze van Caitlyn gescheiden werd gehouden, maar Sadie was blij voor de kleine meid dat ze nog een andere ouder had, een liefhebbende vader met een tweede vrouw die bereid was het kind van een ander onder haar hoede te nemen. Er waren nog wel goede mensen op de wereld, mensen als Bertie en Ruth.

Toen Sadie die zomer ontdekte dat ze zwanger was had ze vreselijke ruzies met haar ouders gekregen. Ze hadden erop gestaan dat 'de mensen het niet mochten weten' en dat ze het zo heimelijk en snel mogelijk liet 'weghalen'. Sadie was verbijsterd en bang geweest, maar ze had niet toegegeven; het was uit de hand gelopen, haar vader had geraasd en gedreigd en uiteindelijk – ze kon zich nu niet meer herinneren of het haar vader of haar moeder was geweest die een ultimatum had gesteld – was Sadie uit huis gegaan. Toen had maatschappelijk werk zich ermee bemoeid en gevraagd of ze ergens anders kon wonen tot de boel was afgekoeld, familie of vrienden die haar in huis zouden willen nemen. Aanvankelijk had Sadie nee gezegd. Pas toen ze aandrongen herinnerde ze zich de grootouders bij wie ze vroeger toen ze klein was op bezoek ging. Vage herinneringen kwamen bij haar op van de rit naar Londen, de warme lunch op zondag en de kleine ommuurde tuin. Er was bonje geweest – haar ouders hadden, zoals veel bekrompen en onbuigzame mensen, heel vaak bonje met anderen – en Sadies moeder had alle contact met haar eigen moeder en vader verbroken toen Sadie vier jaar oud was.

Sadie was zenuwachtig toen ze Bertie en Ruth na al die jaren weer zag. De omstandigheden waaronder de hereniging plaatsvond maakte dat ze zich schaamde en zich gekrenkt voelde. Ze had met haar rug tegen de muur van de winkel gestaan, verlegenheid vermomd als korzeligheid, terwijl meneer en mevrouw Gardiner een babbeltje maakten met de grootouders die ze nauwelijks aan durfde te kijken. Ruth had het woord gevoerd terwijl Bertie er stil met zijn wijze voorhoofd gefronst bij stond en Sadie staarde naar haar schoenen, haar vingernagels, de ingelijste ansichtkaart bij de kassa – naar alles behalve naar de goedwillende volwassenen die kort tevoren de regie over haar wereldje hadden overgenomen.

Het was toen ze daar zo stond en keek naar de ansichtkaart, een sepiafoto van een of ander tuinhek, dat ze de baby voor het eerst voelde schoppen. *Alsof we het meest verbazingwekkende geheim deelden, dat piepkleine wezentje en ik,* had Eleanor aan Anthony geschreven op het met klimopblaadjes omrande papier en dat was precies wat Sadie ook had gevoeld. Zij met zijn tweetjes, tegen de hele wereld. Dat was het moment waarop de contouren van een idee zich voor het eerst aftekenden, dat ze de baby misschien wel zou kunnen houden, dat alles misschien wel goed zou komen zolang ze bij elkaar waren. Het sloeg nergens op: ze was zestien, had geen inkomen of vooruitzichten, ze wist niets over het opvoeden van een kind – was er zelf nog een; maar het verlangen ernaar was zo sterk dat het verstandig nadenken een tijdje totaal onmogelijk maakte. Hormonen, zeiden de verpleegsters tegen haar.

Met een zucht pakte ze de stapel brieven van het eind van de tafel en begon die door te nemen en de rekeningen van de reclamefolders te scheiden. Ze was bijna klaar toen ze op een envelop stuitte die geen van beide bevatte. Haar adres was met de hand geschreven, het handschrift zelf onmiddellijk herkenbaar en heel even dacht Sadie dat het dezelfde was die ze de vorige week had teruggestuurd, dat de postbode zich had vergist en hem had bezorgd bij de afzender in plaats van bij de geadresseerde. Toen drong tot haar door dat het natuurlijk een heel nieuwe brief was, dat Charlotte Sutherland haar opnieuw had geschreven.

Ze schonk zichzelf een bemoedigende slok whisky in.

Aan de ene kant wilde Sadie de envelop niet openmaken, maar aan de andere kant was ze reusachtig benieuwd wat er in de brief stond die erin zat.

Haar nieuwsgierigheid won het. Zoals meestal.

De eerste helft van de boodschap was vormelijk en beleefd en vermeldde wie ze was, vertelde iets over haarzelf, haar prestaties en hobby's, wat ze leuk vond en wat niet, maar toen Sadie bij de laatste alinea aankwam zag ze dat het handschrift onevenwichtiger en harkeriger werd. Een paar regels trokken extra de aandacht: *Schrijf alsjeblieft terug – ik verlang niets van je, ik wil alleen maar weten wie ik ben. Als ik in de spiegel kijk herken ik mezelf niet en weet ik niet meer wie ik ben. Alsjeblieft.*

Sadie liet de brief vallen alsof ze haar handen eraan had gebrand. De woorden gonsden van oprechtheid. Ze had ze zelf hebben kunnen schrijven, vijftien jaar geleden. Ze herinnerde zich levendig de pijn die het gevoel gaf dat ze zichzelf niet meer kende. Dat ze in de spiegel in het huis van Bertie en Ruth keek, de lichte bolling van haar gewoonlijk platte buik, het gevoel dat er een ander leven in haar bewoog. Maar erger was het naderhand, de tekens op haar huid die getuigden van wat ze had doorgemaakt. De verwachting dat ze weer hetzelfde zou worden als vroeger en, te laat, het besef dat het onmogelijk was ooit nog naar die tijd terug te keren.

In het ziekenhuis werd hun geadviseerd de baby geen naam te geven. Blijkbaar maakte dat het gemakkelijker en iedereen droeg er zorg voor dat het allemaal zo soepel mogelijk verliep. Niemand wilde toestanden. Af en toe deden die zich voor, had de verpleegster toegegeven, onverschillig hoe oppassend ze waren. Het was onvermijdelijk, vervolgde ze met bedaarde wijsheid; ongeacht hoe goed het systeem waarmee ze werkten ook was, er waren er altijd wel een paar. Er was één meisje, met donker haar en een Italiaans uiterlijk, wier geschreeuw Sadie nog steeds wel eens hoorde. *Ik wil mijn baby, geef me mijn baby.* Rennend door de witgeschilderde gang, haar ochtendjas open en haar ogen wild.

Sadie had niet geschreeuwd. Ze had nauwelijks een woord gezegd. En toen Bertie en Ruth haar kwamen ophalen, toen het allemaal voorbij was, liep ze door diezelfde gang in haar oude kleren en met haar ogen gericht op de deur, alsof er niets was gebeurd en ze de hele episode achter zich kon laten in die lichtgroene kamer met die barst in de muur in de vorm van de rivier de Nijl.

In de loop van haar carrière had Sadie te maken gehad met jonge moeders en ze wist dat de bureaus tegenwoordig met de moeders samenwerkten om adopties te regelen. Ze mochten hun baby na de geboorte zien, de baby een naam geven en er tijd mee doorbrengen. In sommige gevallen was het mogelijk regelmatig nieuws te ontvangen over de vorderingen van het kind of er zelfs op bezoek te gaan.

Maar toentertijd was het anders. Er waren meer regels, andere regels. Toen ze in bed lag, haar arm nog steeds verbonden met een monitor op het tafeltje naast haar, verpleegsters bedrijvig heen en weer snellend om te doen wat gedaan moest worden na de geboorte van een baby, had ze een vreemd warm bundeltje in haar armen gehouden, dunne armpjes en beentjes, een dik buikje en wangetjes die aanvoelden als fluweel.

Anderhalf uur.

Sadie had haar baby anderhalf uur vast mogen houden voordat ze werd weggehaald, een klein bevend handje boven een geel-wit gestreept dekentje waarin ze was gewikkeld. Het was hetzelfde wonderbaarlijke handje dat Sadie de afgelopen anderhalf uur had gestreeld en omvat, dat zich strak om een van haar vingers had gesloten alsof ze haar wilde opeisen, en heel even opende zich in de kamer tussen hen in een leemte waarin alle dingen verdwenen die Sadie tegen het kleine meisje had willen zeggen, de dingen die ze haar wilde laten weten, over het leven en de liefde, het verleden en de toekomst, maar de verpleegsters hadden een systeem en voordat Sadie kon nadenken, laat staan voordat ze iets kon zeggen, was het kleine pakketje verdwenen. De echo van haar gehuil deed Sadie nog steeds wel eens huiveren. De warmte van dat piepkleine handje maakte dat ze wakker schrok in ijskoud zweet. Zelfs nu, hier in haar woonkamer, had ze het koud, heel erg koud. Sadie had slechts een van de regels van het ziekenhuis overtreden. Ze had haar dochter een naam gegeven.

De biertjes met Donald, de whisky met Nancy en de overvloed aan sentimentele overwegingen hadden haar uitgeput, en hoewel het pas half tien was, moest Sadie in slaap zijn gesukkeld, want ze schrok opeens wakker van het rinkelen van haar mobiele telefoon. Ze knipperde met haar ogen in het zachte licht van haar flat en probeerde zich te herinneren waar ze dat kreng had gelaten.

De oplader. Sadie strompelde, met haar hoofd schuddend om goed wakker te worden, erop af om op te nemen. Haar hoofd zat vol met baby's. Verloren baby's, in de steek gelaten baby's. Zelfs met een vermoorde baby.

Ze pakte haar telefoon en zag op het schermpje dat ze een hele ris oproepen had gemist, allemaal van een nummer dat ze niet herkende. 'Hallo?'

'Spreek ik met brigadier Sadie Sparrow?'

'Daar spreekt u mee.'

'Mijn naam is Peter Obel. Ik werk als assistent van de schrijfster A.C. Edevane.'

Alice. Sadie voelde een golf adrenaline door zich heen razen. Plotseling was ze klaarwakker. 'Oké.'

'Het spijt me dat ik u nog zo laat bel, maar het is nogal een gevoelige kwestie en ik wilde geen boodschap inspreken.'

Dat was het moment waarop hij haar zou zeggen dat er gerechtelijke stappen tegen haar zouden worden ondernomen als ze zijn werkgeefster verder niet met rust liet.

'Mevrouw Edevane heeft uw brieven aangaande de verdwijning van haar broer ontvangen en mij gevraagd u te bellen.'

'Oké.'

'Ze zou graag een afspraak met u maken om met u over de zaak te spreken. Schikt het u vrijdagmiddag?'

23

Alice' eerste echte herinnering aan haar vader was van een bezoek aan het circus. Het was een paar weken na haar vierde verjaardag en de rood-geel gestreepte tent was op een open veldje buiten het dorp verrezen als een toverpaddenstoel. 'Hoe wisten ze dat ik jarig was?' had ze met grote ogen van verrukking aan haar moeder gevraagd toen ze er langskwamen. De daarop volgende dagen groeide de opwinding. Affiches verschenen op de muren en in winkeletalages, met clowns en leeuwen erop en, Alice' favoriet, een meisje dat hoog boven de grond op een glinsterende schommel heen en weer vloog, met rode linten die achter haar aan wapperden.

De kleine Clementine kampte met bronchitis, dus toen de grote dag eindelijk was aangebroken bleef haar moeder thuis terwijl zij hand in hand door de velden liepen. Alice huppelde naast haar vader, het rokje van haar nieuwe jurk deinde aangenaam op en neer, en ze probeerde dingen te verzinnen die ze hem, schuchter maar ook met een gevoel van gewichtigheid, kon vertellen. Ze bedacht nu dat Deborah er ook bij moest zijn geweest, maar Alice' geest had haar zus voor het gemak uit haar geheugen gewist. Bij aankomst werden ze verwelkomd door de geur van zaagsel en mest, het geluid van circusmuziek, gillende kinderen en hinnikende paarden. Een reusachtige tent rees voor hen op, de donkere ingang wijd gapend open, het puntdak hoog in de lucht, en Alice bleef met wijd opengesperde ogen stilstaan om te kijken naar de getande gele vlag die in top was gehesen en wapperde in de bries, terwijl piepkleine spreeuwen zich op de wind daarboven lieten meedrijven. 'Het is kolossaal,' zei ze, tevreden over dat woord, een nieuw woord dat ze mevrouw Stevenson in de keuken had horen gebruiken en dat ze sindsdien al steeds had willen bezigen.

Voor de ingang verdrongen mensen zich en babbelden kinderen en volwassenen opgewonden, terwijl ze achter elkaar onder de hoge punt naar binnen gingen en hun plaats innamen op de geschuurde houten banken. De sfeer was elektrisch geladen toen zij wachtten tot de show zou beginnen. De zon scheen fel en de stank van verhit canvas vermengde zich met de geur van verwachting, totdat eindelijk tromgeroffel door de piste denderde en iedereen naar het puntje van zijn zitplaats schoof. De spreekstalmeester paradeerde en pufte, leeuwen brulden en olifanten droegen dansende dames door de piste. Alice was de hele tijd gebiologeerd door het schouwspel en keek alleen heel af en toe even zijwaarts naar haar vader, om zijn geconcentreerde frons en zijn holle wangen en geschoren kaaklijn in zich op te nemen. Hij was nog steeds een nieuwigheid, het laatste stukje dat de puzzel compleet maakte, datgene wat ze tijdens de oorlogsjaren hadden gemist zonder het zelf te beseffen. De geur van scheerzeep, het paar enorme laarzen in de gang, de diepe warmte van zijn hese lach.

Na afloop kocht hij een zakje pinda's en liepen ze langs de kooien, staken hun handen tussen de tralies door en hielden hun handpalmen open om door een schurende tong te worden gelikt. Er was een man in een vrolijke woonwagen die snoep verkocht en Alice trok aan de arm van haar vader totdat hij toegaf. Met gekarameliseerde appels in hun hand en vervuld van het warme en lome gevoel van welbehagen liepen ze naar de uitgang, waar ze een man passeerden met houten stompjes in plaats van benen en een stuk metaal dat de helft van zijn gezicht bedekte. Alice keek naar hem en dacht dat hij ook een circusattractie was, net als de vrouw met de baard of de dwerg met zijn hoge hoed en zijn treurige clownsgezicht, maar toen verbaasde haar vader haar door naast de man te knielen en op gedempte toon tegen hem te praten. De tijd verstreek en Alice begon zich te vervelen. Ze schopte wat kluitjes zand omhoog en snoepte van haar appel tot alleen het kleverige stokje over was.

Ze liepen langs de klippen naar huis, ver onder hen hoorden ze de branding en zagen ze madeliefjes in de velden wiegen, en haar vader legde uit dat de man met het metalen masker soldaat was geweest, net als hij; dat niet iedereen het geluk had gehad te kunnen terugkeren naar een mooi huis zoals dat van hun, naar een beeldschone vrouw en kinderen; dat er velen waren die een deel van zichzelf in de modder in Frankrijk hadden achtergelaten. 'Maar jij niet,' zei Alice vrijpostig, trots dat haar vader ongeschonden was teruggekomen en beide kanten van zijn knappe gezicht nog had. Wat Anthony daarop wellicht had geantwoord zou Alice nooit te weten komen, want ze balanceerde op het slappe koord van puntige rotsblokken, gleed uit, viel en liep een flinke jaap in haar knie op. De pijn was onmiddellijk en metaalachtig en ze huilde hete tranen van woede tegen de rots die voor haar voeten was opgedoken en haar had laten struikelen. Haar vader verbond haar knie met zijn zakdoek en sprak sussende woordjes die de pijn verzachtten, waarna hij haar op zijn rug nam en naar huis droeg.

'Jouw vader weet hoe hij dingen moet repareren,' zei haar moeder later toen ze met hun zongebruinde gezichten en welgemoed terug waren, in bad waren geweest, hun haar hadden gekamd en in de kinderkamer gekookte eieren hadden gegeten. 'Voordat jij was geboren, is hij naar een grote universiteit geweest waar alleen de intelligentste mensen van Engeland naartoe mogen. Daar heeft hij geleerd hoe hij mensen beter moet maken. Daar heeft hij geleerd voor dokter.'

Alice fronste haar voorhoofd terwijl ze die nieuwe informatie op zich liet inwerken en schudde toen haar hoofd om aan te duiden dat haar moeder zich moest vergissen. 'Mijn papa is geen dokter,' zei ze. 'Hij lijkt totaal niet op dokter Gibbons.' (Dokter Gibbons had koude vingers en stonk uit zijn mond.) 'Mijn papa is een tovenaar.'

Eleanor glimlachte en toen nam ze Alice op haar schoot en fluisterde: 'Heb ik je wel eens verteld dat jouw papa mijn leven heeft gered?' En Alice installeerde zich om te luisteren naar het verhaal dat een van haar favoriete verhalen zou worden en dat haar moeder zo levendig vertelde dat Alice de mengeling van uitlaatgassen en mest kon ruiken, Marylebone Road voor zich zag waar het wemelde van de bussen, de auto's en de trams, en haar moeders angst kon voelen toen ze de advertentie van LIPTON'S TEA op zich af zag stormen.

'Alice?'

Ze knipperde met haar ogen. Het was Peter, haar assistent. Hij torende boven haar uit. 'Het duurt nu niet lang meer,' zei hij.

Ze keek op haar horloge. 'Misschien. Hoewel maar heel weinig mensen stipt zijn, Peter. Jij en ik blijven uitzonderingen.' Ze probeerde te voorkomen dat haar zenuwachtigheid doorklonk in haar stem, maar zijn vriendelijke glimlach vertelde haar dat ze had gefaald.

'Is er iets dat je wilt dat ik voor je doe,' zei hij, 'als ze hier is? Ik zou aantekeningen kunnen maken, of thee zetten?'

Zorg alleen maar dat je hier bent, wilde ze zeggen, *zodat wij met z'n tweeën zijn en zij maar in haar eentje is. Zodat ik me niet zo onzeker voel.*

'Ik zou niet weten wat,' zei ze luchthartig. 'Als de rechercheur na een kwartiertje nog hier is, dan kun je een kopje thee aanbieden. Langer heb ik niet nodig om te bepalen of zij mijn tijd komt verspillen of niet. Intussen kun je net zo goed doorgaan met waar je mee bezig was.'

Hij nam dat dan maar van haar aan en verdween naar de keuken, waar hij de hele ochtend had zitten werken aan die vermaledijde website. Toen hij weg was vulde de kamer zich meteen weer met halsstarrige herinneringen. Alice zuchtte. Alle families waren een samenballing van verhalen, en toch leek het of de hare meer verhaallagen bevatte dan de meeste. Om te beginnen waren ze zo talrijk, en wilden ze allemaal praten en schrijven en zich verwonderen. Zoals zij op Loeanneth hadden gewoond, in een huis rijkelijk voorzien van zijn eigen geschiedenis, was het onvermijdelijk dat ze hun levens hadden opgebouwd als een serie verhalen. Maar toch leek het alsof er één heel belangrijk hoofdstuk was dat nooit was verteld. Een waarheid die zo belangrijk was, zo'n centrale plaats innam, dat haar ouders er hun levenswerk van hadden gemaakt om die geheim te houden. Alice had zich die dag in het circus vergist, toen ze medelijden had met de man met de stompjes en het metalen gezicht en naast haar vader voort huppelde en trots was dat hij ongeschonden was teruggekomen. Haar vader had ook een deel van zichzelf in Frankrijk verloren.

'Mama heeft het me vlak na de dag van de overwinning op Hitler verteld,' had Deborah dinsdag gezegd, toen ze samen in haar voorkamer aan de thee zaten en haar onverklaarbare *mea culpa* nog in de lucht tussen hen in hing. 'We waren druk bezig met de voorbereidingen voor het feest en papa lag boven te rusten. Hij was zowat aan het eind van zijn Latijn en ik trof haar waarschijnlijk in een bespiegelende bui. Ik zei iets oppervlakkigs over dat het zo heerlijk was dat de oorlog eindelijk voorbij was, dat alle jongemannen naar huis konden terugkeren en de draad van hun leven weer konden oppakken, en ze zei niets. Ze stond met haar rug naar me toe op een trapleer een Engelse vlag voor het raam op te hangen. Eerst dacht ik dat ze me niet had verstaan. Maar toen ik het nog eens zei zag ik haar schouders schokken en begreep ik dat ze stond te huilen. Toen vertelde ze me van papa, hoeveel hij te lijden had gehad. Hoezeer ze allebei hadden geleden onder de Eerste Wereldoorlog.'

Alice, die met een sierlijk porseleinen theekopje in haar hand op de bank zat, was volkomen verbijsterd. Over het feit dat haar vader aan een oorlogsneurose leed, maar meer nog door Deborahs besluit om daar juist vandaag mee aan te komen, op de dag dat ze bij elkaar waren gekomen om over Theo te praten. Ze zei: 'Er was nooit enige indicatie dat hij aan die neurose leed. Ze woonden nota bene tijdens de blitzkrieg in Londen. Ik heb ze daar vaak opgezocht en hij is nooit ineengekrompen bij het lawaai van de bommen.'

'Zo was het niet, zei mama. Zijn geheugen was niet zo goed meer als voorheen, en zijn handen trilden ten gevolge van blootstelling aan zenuwgas – hij kon zijn studie niet afmaken en niet als chirurg werken, en dat deprimeerde hem zeer. Maar het echte probleem was iets meer specifieks, iets wat daar was gebeurd en wat hij zichzelf niet kon vergeven.'

'Wat was dat?'

'Dat wilde ze niet zeggen. Ik ben er niet absoluut zeker van dat zij het zelf wist en hij weigerde met artsen te praten, maar wat hij ook heeft gedaan of gezien, het heeft hem de rest van zijn leven nachtmerries bezorgd en als hij in de greep van de angst was dan was hij niet meer zichzelf.'

'Dat geloof ik niet. Daar heb ik nooit iets van gemerkt.'

'Ze hadden samen een afspraak. Mama vertelde ons dat ze hun uiterste best deden om het voor ons en voor iedereen verborgen te houden. Papa wilde per se dat wij het niet te weten kwamen. Er was al te veel opgeofferd, zei hij, en hij wilde niet ook in zijn rol als vader nog falen. Ik had ontzettend medelijden met haar toen ze het me vertelde; in een flits zag ik hoe eenzaam ze was geweest. Ik had ze altijd beschouwd als onafhankelijke mensen, die in afzondering leefden omdat ze dat zelf wilden, maar opeens drong tot me door dat ze zich had teruggetrokken vanwege papa's geestelijke toestand. Voor een zieke zorgen is al moeilijk genoeg, maar als je die ziekte ook nog geheim wilt houden, dan moet je de banden met vrienden en familie verbreken, en altijd op een afstand blijven. Toentertijd had ze niemand die ze in vertrouwen kon nemen. Ik was een van de eersten die ze heeft verteld sinds 1919. Meer dan vijfentwintig jaar later!'

Alice had naar Deborahs schoorsteenmantel gekeken, waarop een ingelijste foto stond van haar ouders op hun trouwdag, ongelooflijk jong en gelukkig. De onschendbaarheid van Eleanor en Anthony's huwelijk was, al zolang Alice zich kon heugen, een vaststaand gegeven in de mythologie van de familie Edevane. Toen zij hoorde dat die twee al die tijd een geheim hadden gedeeld, was dat net zoiets als naar een toetssteen kijken en opeens in de gaten krijgen dat het ding vals was. Wat de zaak nog verergerde en wat bijdroeg aan Alice' verontwaardiging, was het feit dat Deborah het al bijna zestig jaar had geweten, terwijl zij, Alice, al die tijd in het duister had getast. Dat was niet zoals het hoorde; zíj was de speurhond van de familie, degene die dingen wist die ze niet behoorde te weten. Alice stak haar kin naar voren. 'Waarom die geheimhouding? Papa was een oorlogsheld, dat is niet iets is om je voor te schamen. We zouden het hebben begrepen. We hadden kunnen helpen.'

'Dat ben ik volkomen met je eens, maar blijkbaar had ze hem een belofte gedaan zodra hij terug was, en je weet hoe ze daarover dacht. Ik heb begrepen dat er een of ander incident heeft plaatsgevonden, en daarna beloofde ze hem dat niemand daar ooit iets over te weten zou komen. Hij hoefde niet bang te zijn dat hij ons angst zou aanjagen, dat zou ze eenvoudigweg niet toestaan. Ze leerden de symptomen van een ophanden zijnde aanval herkennen en zij zorgde dat wij uit zijn buurt bleven totdat die voorbij was.'

'Ze kan hem zoveel hebben beloofd, maar we zouden het toch zeker hebben gewéten?'

'Ik had ook zo mijn twijfels, maar toen begon ik me dingen te herinneren. Honderden piepkleine, gefragmenteerde angsten en gedachten en gewaarwordingen keerden terug in mijn geheugen, en ik besefte dat ik het in zekere zin al geweten hád. Dat ik het altíjd had geweten.'

'Nou, ik wist het in ieder geval niet en ik maak er een gewoonte van om altijd op alles voorbereid te zijn.'

'Dat weet ik. Jij laat je door niemand in de luren leggen. Maar je was jonger.'

'Dat scheelde maar een paar jaar.'

'En dat maakte toch een essentieel verschil. En jij leefde meestentijds in je eigen wereldje, terwijl ik naar de volwassenen keek en popelde om me in de verheven lucht daarboven bij hen te voegen.' Deborah glimlachte, maar het gebaar was ontdaan van alle vreugde. 'Ik heb dingen gezien, Alice.'

'Wat voor dingen?'

'Deuren die snel werden gesloten als ik er in de buurt kwam, luide stemmen die plotseling werden gedempt, een bepaalde uitdrukking op het gezicht van mama, een bepaalde mengeling van bezorgdheid en liefde wanneer papa naar het bos was vertrokken en zij wachtte tot hij was teruggekeerd. Die eindeloze reeks reisjes naar de stad om pakjes op te halen, al die uren die hij alleen doorbracht in zijn studeerkamer en mama die ons op het hart drukte dat we hem niet mochten storen. Ik ben er een keer naartoe geslopen en ontdekte dat de deur op slot zat.'

Alice maakte een afwerend gebaar met haar hand. 'Hij had behoefte aan privacy. Als ik kinderen had gehad, zou ik mijn studeerkamerdeur ook op slot hebben gedaan.'

'Hij was van buiten afgesloten, Alice. En toen ik het daar, al die jaren later, toen ze me eindelijk over zijn oorlogsneurose had verteld, met onze moeder over had, zei ze dat hij daar zelf op had aangedrongen, dat als hij een aanval voelde aankomen, vooral als het een woedeaanval leek te worden, hij al het mogelijke en onmogelijke deed om te voorkomen dat hij ons iets zou aandoen.'

'Ons iets aandoen!' schimpte Alice. 'Onze vader zou ons nooit iets hebben aangedaan.' Alice vond niet alleen de gedachte al absurd, maar kon niet begrijpen dat haar zus zelfs zoiets kon suggereren. Ze zouden het over Theo hebben, over wat hem was overkomen. Voor zover Alice kon nagaan had de oorlogsneurose van haar vader niets te maken met Benjamin Munro en de ontvoering waarvoor zij hem het scenario had geleverd. Ze zei nogmaals: 'Hij zou ons nooit iets hebben aangedaan.'

'Niet opzettelijk, nee,' zei Deborah. 'En mama liet er geen misverstand over bestaan dat zijn woede altijd tegen hemzelf was gericht. Maar hij kon zich niet altijd beheersen.'

Toen, als een tochtvlaag in huis, drong de koude werkelijkheid opeens tot Alice door. Ze hadden het wel degelijk over Theo. 'Denk jij dat papa Theo pijn heeft gedaan?'

'Meer dan dat.'

Alice' mond viel open van verbazing en ze stiet wat adem uit. Opeens werd haar duidelijk wat de dingen die eerder waren gezegd impliceerden. Deborah geloofde dat hun vader Theo had gedood. Pápa. Dat hij als gevolg van zijn oorlogsneurose een of andere door trauma's opgeroepen woedeaanval had gekregen. Dat hij per ongeluk hun kleine broertje had gedood.

Maar nee. Alice wíst dat het niet zo was gegaan. Ben was degene die Theo had ontvoerd. Hij had het plan uitgevoerd dat zij in haar manuscript uiteen had gezet, met de bedoeling losgeld te eisen. Om haar ouders het geld af te persen dat hij nodig had om Flo, zijn vriendin in Londen, die in de problemen was geraakt, te helpen. Dat was niet zomaar een ingeving. Ze had hem die avond in de bossen van Loeanneth gezíén.

Het alternatief waarmee Deborah voor de dag kwam was absurd. Papa was de zachtmoedigste man die ze kende, de liefste. Hij zou nooit zoiets hebben gedaan, zelfs niet tijdens een vreselijke woedeaanval. Het beeld was beangstigend. Het was onmogelijk. 'Ik geloof het niet,' zei ze. 'Geen seconde. Als, even theoretisch gesproken, papa heeft gedaan wat jij suggereert, was is er dan met Theo gebeurd? Met zijn lijkje, bedoel ik.'

'Ik denk dat hij op Loeanneth is begraven. Verstopt misschien, totdat de politie weg was, en vervolgens begraven.' Ondanks het gruwelijke scenario dat Deborah schetste klonk ze onnatuurlijk kalm, alsof ze op de een of andere manier kracht putte uit Alice' verontwaardiging.

'Nee,' zei Alice. 'Afgezien van gewelddadigheid was onze vader niet in staat tot dat soort misleiding. Hij en mama hielden van elkaar. Dat was echt. Mensen hadden het over hun hechte band. Nee. Ik kan me niet alleen onmogelijk voorstellen dat papa tot zoiets gruwelijks in staat was, ik kan me evenmin indenken dat hij zoiets voor onze moeder verborgen zou kunnen houden. Theo begraven, in hemelsnaam, terwijl zij bijna gek werd van bezorgdheid om waar hij zou kunnen zijn.'

'Dat zei ik niet.'

'Maar –'

'Ik heb erover nagedacht, Alice. Ik heb erover nagedacht totdat ik vreesde mijn verstand te verliezen. Weet je nog hoe zij nadien waren? Aanvankelijk ontzettend hecht, zodat je de een nooit zonder de ander zag, maar tegen de tijd dat we Loeanneth verlieten en terugkeerden naar Londen was er een vreemde afstand tussen hen gegroeid. Niet zodanig dat iemand die hen niet kende het zou opmerken, slechts een subtiele verandering. Het was bijna alsof ze toneelspeelden, heel omzichtig met elkaar omgingen. In hun gesprekken en gedrag naar buiten toe nog even liefhebbend, maar met een nieuwe krampachtigheid, alsof het ontzettend veel moeite kostte om iets te doen wat aanvankelijk vanzelf was gegaan. En de manier waarop ik haar soms naar hem zag kijken: met bezorgdheid, met genegenheid, maar ook met nog iets anders, iets duisterders. Ik denk dat zij wist wat hij had gedaan en hem in bescherming nam.'

'Maar waarom zou ze zoiets hebben gedaan?'

'Omdat ze van hem hield. En omdat ze het hem verschuldigd was.'

Alice pijnigde haar hersens en probeerde nogmaals de samenhang te begrijpen. Het was een onbekende ervaring. Het beviel haar niets. Ze had het gevoel dat ze voor het eerst in tientallen jaren was teruggedrongen in de rol van klein zusje. 'Vanwege de manier waarop ze elkaar hebben ontmoet? Mama's idee dat hij haar leven had gered op de dag van de tijgers en dat hij vervolgens Loeanneth voor haar had gered?'

'Dat ook ja, maar er was nog iets anders. Dat is wat ik geprobeerd heb je te vertellen, Alice. Het heeft alles te maken met wat Clemmie door het raam van het boothuis heeft gezien.'

Opeens was het bloedheet in de kamer. Alice stond op en wuifde zich koelte toe.

'Alice?'

Ze zouden dus toch nog over Benjamin Munro gaan praten. De herinnering overspoelde Alice opnieuw, zoals ze zich die middag in het boothuis aan hem had gegeven en uiteindelijk zo zachtaardig en zo vriendelijk werd afgewezen dat ze wel in een donker gat in de grond had willen kruipen om daar te blijven liggen tot ze in aarde veranderde en de pijn en de schande dat ze zo stom, zo onaantrekkelijk, zo'n kínd was geweest niet langer kon voelen. *Je bent een geweldige meid, Alice,* had hij gezegd. *Ik heb nog nooit iemand ontmoet die zo slim is als jij. Je zult opgroeien en op allerlei plaatsen komen en mensen ontmoeten en dan zul je je mij niet eens meer herinneren.*

'Is er wat?' Deborahs gezicht was een en al bezorgdheid.

'Ja. Ja, sorry, ik had een plotselinge...' *Je hebt iemand anders, hè?* had ze hem toegebeten, zoals alle grote onrecht aangedane romantische heldinnen dat behoren te doen. Ze had het geen moment geloofd, het was gewoon om maar iets te zeggen, maar toen had hij geen antwoord gegeven en op zijn gezicht was een uitdrukking van medelijden verschenen en plotseling realiseerde ze zich dat ze gelijk had. 'Een plotselinge...'

'Het is heel wat om te verwerken.'

'Ja.' Alice was weer op Deborahs linnen bank gaan zitten en haar schoot een uitdrukking te binnen, iets wat ze een vrouw in de metro tegen een andere vrouw had horen zeggen en had opgeschreven om nog eens in een roman te kunnen gebruiken: *Ik heb mezelf voorgehouden dat ik mijn grote-meisjesbroek aan moest trekken en vervolgens moest doen wat er gedaan moest worden.* Alice was het beu om verbijsterd te zijn. Het werd hoog tijd dat ze haar grote-meisjesbroek aantrok en het verleden tegemoet trad. 'Je had het over Clemmie,' zei ze. 'Ik neem aan dat zij je heeft verteld wat ze heeft gezien door het raam van het boothuis.'

'Ja en dat is de reden dat ik het mezelf nooit heb kunnen vergeven,' zei Deborah. 'Ik heb het aan papa verteld, zie je. Ik ben degene die die woede-aanval die dag bij hem teweeg heeft gebracht.'

Alice fronste haar voorhoofd. 'Ik zie echt niet in wat die twee dingen met elkaar te maken hebben?'

'Je weet wat Clemmie heeft gezien?'

'Natuurlijk weet ik dat.'

'Dan weet je ook hoe verwarrend het voor haar moet zijn geweest. Ze is meteen naar me toe gekomen en ik heb gezegd dat ik het verder wel zou oplossen. Het aan papa vertellen was wel het laatste wat ik toentertijd van plan was, maar uiteindelijk had ik zoveel medelijden met hem en was ik zo kwaad op háár. Ik was naïef en dom. Ik had mijn mond stijf dicht moeten houden.'

Alice wist niet hoe ze het had. Hij, zij, kwaad op wie? Op Clemmie? Hoe kon wat er zich had afgespeeld in het boothuis tussen Alice en Ben hun vader zo woedend hebben gemaakt dat Deborah geloofde dat hij in staat was nota bene Theo iets aan te doen! Met een geërgerde zucht hield Alice haar handpalmen omhoog. 'Deborah, houd alsjeblieft op. Het is een heel lange dag geweest en het duizelt me.'

'Ja, natuurlijk, arme schat. Wil je nog een kopje thee?'

'Nee, ik wil niet nog een kopje thee. Ik wil dat je een stukje teruggaat in de tijd en me precies vertelt wat Clemmie heeft gezien.'

En dus vertelde Deborah het haar, en toen ze was uitgesproken wilde Alice opstaan en die prachtige zitkamer verlaten om alleen te zijn, om heel stilletjes op een plekje te zitten waar niemand haar kon storen en ze zich kon concentreren. Terugdenken aan elke keer dat ze hem had ontmoet, elk gesprek dat ze hadden gevoerd, elke glimlach die ze hadden uitgewisseld. Ze moest erachter zien te komen hoe ze zo blind had kunnen zijn. Want nu bleek dat ze het al die tijd bij het verkeerde eind had gehad. Clemmie had Alice niet door het raam gezien en Deborah wist niet dat ze ooit verliefd was geweest op Ben Munro. En ze had Alice er al helemaal niet van verdacht te hebben geholpen bij de ontvoering van Theo. Ze had haar eigen persoonlijke reden om zich de naam van de tuinknecht na al die tijd nog te herinneren.

Alice was niet veel langer gebleven. Ze had gezegd dat ze doodmoe was en Deborah beloofd dat ze spoedig weer zouden afspreken en toen was ze vertrokken. In de metro had ze roerloos gezeten, een vat vol emoties die streden om de eerste plaats, terwijl ze de nieuwe informatie op zich liet inwerken.

Ze kon niet geloven dat ze zo'n egocentrisch onnozel wicht was geweest. Zo'n wanhopig, naar aandacht hunkerend kind, zo opgesloten in haar eigen wereldje, dat ze niet had gezien wat er werkelijk gaande was. Maar Clemmie had het geweten en zij had het die donkere nacht tijdens de blitzkrieg aan Alice willen vertellen, maar zelfs toen, bijna tien jaar later, toen ze volwassen vrouwen waren en de oorlog de kwalen van de wereld aan hen had geopenbaard, was Alice nog te stom geweest om te luisteren. Te zeer vertrouwend op haar eigen starre visie. Bang dat Clemmie haar met Ben had gezien en daarom verband kon leggen tussen haar en een kidnapper. Maar Clemmie had Alice en Ben niet samen gezien. Alice had zich daarin vergist. Was het mogelijk dat ze zich ook vergiste waar het ging om wat er met Theo was gebeurd?

Alice bleef de hele middag in de metro zitten, zich nauwelijks bewust van de andere reizigers. Ze had zo lang geloofd in haar eigen interpretatie van de gebeurtenissen, maar Deborahs onthulling had kleine, ergerlijke vragen aan het licht gebracht. Ze had de afwezigheid van een briefje waarin losgeld werd geëist altijd opgevat als een bewijs dat er tijdens de ontvoering iets mis was gegaan. Maar nu, zonder de druk van haar eigen schuldgevoelens, leek dat niet meer dan een wilde gok, een veronderstelling zonder een spoor van bewijs. Het leek iets uit een roman, en ook nog uit een slechte roman.

Haar overtuiging dat ze Ben die avond in het bos had gezien – een waarneming waarop haar hele theorie stoelde – leek nu de vrome wens van een opgewonden jong meisje dat niets anders wilde dan hem terugzien. Het was donker, ze had hem van een afstand gezien, er waren driehonderd vreemden op het midzomerfeest op Loeanneth geweest. Het had iedereen kunnen zijn. Het had niemand kunnen zijn. De bossen waren daar heel verraderlijk in en wierpen schaduwen die iemand gemakkelijk in verwarring konden brengen. Ze wou dat ze er nooit naartoe was gegaan.

Heel wat dingen zouden anders zijn gelopen als ze op meneer Llewellyn had gewacht zoals ze had beloofd. Dan zou haar oude vriend misschien ook nog hebben geleefd. (Dat was een gedachte die ze gewoonlijk probeerde te verdringen. Haar onvermogen om hem te ontmoeten zoals afgesproken om te praten over het 'belangrijks' dat hij met haar wilde bespreken, de arme oude man die bij de rivier had gelegen om te sterven. Zou ze in staat zijn geweest hem te redden als ze naar hem op zoek was gegaan, in plaats van het bos in te lopen?)

Het toelaten van twijfels was net zoiets als het afstrijken van een lucifer. Het hele idee leek nu een reusachtige farce: een tuinknecht met een vriendin in nood kidnapt het kind van zijn werkgever op de avond van een geweldig groot feest om losgeld af te persen. Hij gebruikt een geheime tunnel en een potje slaaptabletten en voert een plan uit dat hem door een zestienjarig meisje met een voorliefde voor sterke verhalen is voorgeschoteld… Het was belachelijk. Ben was geen kidnapper. Alice had zich door haar schuldgevoel laten verblinden. Bakvisfantasieën waren in beton gegoten en geen volwassen redenatie was in staat geweest daar iets aan te veranderen. Maar ze had zelf ook niet geprobeerd er iets aan te veranderen. Ze had haar uiterste best gedaan om ze stelselmatig uit haar hoofd te bannen.

Deborahs versie van de gebeurtenissen had, daarmee vergeleken, hoewel onverteerbaar, een helderheid die in die van Alice ontbrak. Er lagen logica en eenvoud ten grondslag aan de opeenvolging van gebeurtenissen, een onvermijdelijkheid zelfs. Theo had Loeanneth nooit verlaten. Daarom had de politie in de buitenwereld nooit een spoor van hem kunnen ontdekken. Hij was thuis aan zijn einde gekomen, door toedoen van iemand van wie hij hield en die hij vertrouwde. Nog een slachtoffer van de Eerste Wereldoorlog en zijn blijvende gruwelen.

De informatie was een oude dood die nieuw leven was ingeblazen en daar in de metro, verscholen achter haar zonnebril, voelde Alice de tranen in haar ogen prikken. Tranen voor haar kleine broertje, maar ook voor haar vader, een goed mens schuldig aan een afgrijselijk misdrijf. Op dat moment had het leven onmetelijk gruwelijk en koud geleken en opeens had ze zich uitgeput gevoeld. Alice geloofde niet in God, maar ze was hem evengoed dankbaar dat Clemmie was gestorven zonder het te weten. Dat ze was gestorven met haar sprookjesachtige geloof in het kinderloze echtpaar en Theo's gelukkige nieuwe leven.

Schaamte en wroeging, afschuw en verdriet en ook nog een andere emotie hadden aan de randen van haar ervaring geknaagd toen ze die dag eindelijk naar huis terugkeerde, een lichter gevoel dat ze geprobeerd had te vatten. Pas aan het begin van de avond, toen ze het metrostation van Hampstead uitkwam, drong tot Alice door dat het opluchting was. Dat ze zich al die tijd schuldig had gevoeld dat ze Ben van de tunnel had verteld, maar na zeventig jaar had Deborahs onthulling – de mógelijkheid dat het er die avond heel anders aan was toegegaan – haar in zekere zin bevrijd.

Maar het was niet haar opluchting waardoor ze had besloten om Peter te vragen Sadie Sparrow te bellen: het was nieuwsgierigheid. Ooit, lang geleden, zou Alice hebben gelachen als iemand tegen haar zou hebben gezegd dat ze de intiemste details uit het verleden van haar familie aan een vreemde zou toevertrouwen. Trots en een verlangen naar privacy zouden dat hebben tegengehouden. Maar nu was Alice oud. De tijd begon te dringen. En sinds ze Deborahs verhaal had gehoord en ze 's nachts wakker had gelegen en de ene realisatie aanleiding had gegeven tot de volgende en de aanvaarde feiten van haar leven verschoven als de fragmenten in een kaleidoscoop om nieuwe beelden te vormen, moest Alice de waarheid weten.

Het vele jaren verzinnen van intriges voor romans had haar geest erin getraind informatie te filteren en er een verhaal van te maken, en het had niet veel tijd gekost voordat ze de feiten op een rijtje had. Maar er zaten hiaten in, en dan ontbrak er ook nog een sluitend bewijs, en Alice móést en zóú een volledig beeld hebben. Ze zou de noodzakelijke naspeuringen zelf hebben verricht, maar soms was het beter om je beperkingen te erkennen en op de leeftijd van zesentachtig moest Alice toegeven dat er fysieke grenzen waren. Op het gevaar af te veel als haar moeder te klinken was de komst van een professionele onderzoeker, die erop gebrand was alles tot op de bodem uit te zoeken, juist op het moment dat Alice daar behoefte aan had, op de een of andere manier een geschenk uit de hemel. Bovendien was Sadie Sparrow nadat Alice dinsdag een antecedentenonderzoek naar haar had ingesteld en al haar connecties binnen de landelijke recherche had ingeschakeld, geen vreemde meer voor haar.

Alice pakte haar dossier erbij, nam de aantekeningen door en haar blik bleef rusten op de gegevens die ze had verzameld over brigadier Sparrows recente rechercheactiviteiten. Alles wees erop dat de vrouw een uitstekende rechercheur was, die door diverse bronnen werd beschreven als enthousiast, vasthoudend en zonder meer koppig; het was niet gemakkelijk geweest om ook maar iets in haar dossier te vinden dat niet helemaal deugde. Zelfs Derek Maitland voelde er weinig voor om af te dingen op haar integriteit en dat wilde wat zeggen, maar Alice kon heel overtuigend zijn. Ze had de zaak-Bailey in de media gevolgd; Alice was altijd geïnteresseerd geweest in verhalen over verdwenen personen. Ze had gezien dat de zaak officieel was afgesloten, dat de politie ervan overtuigd was dat de moeder van het kleine meisje haar in de steek had gelaten, en ze had het daaropvolgende artikel gelezen waarin werd gesproken van een doofpotaffaire. Ze wist dat iemand binnen de recherche zijn mond voorbij moest hebben gepraat en nu wist ze ook wie. Het was altijd verstandig om goed beslagen ten ijs te komen, en hoewel Alice het idee verafschuwde (de veráchtelijkheid van chantage, want iets anders kon je het niet noemen), was ze er met Derek Maitlands troef achter de hand van overtuigd dat ze erop kon vertrouwen dat rechercheur Sparrow discreet met het erfgoed van de Edevanes zou omgaan.

Ze sloeg de dossiermap dicht en keek op de klok. De grote wijzer had bijna de twaalf bereikt, wat betekende dat Sadie Sparrow over luttele seconden te laat zou zijn en dat Alice daar een minuscuul maar niettemin aangenaam voordeel uit kon putten. Zij zou de overhand hebben en het zou weer helemaal goed komen met de wereld. Het drong tot haar door dat ze haar adem inhield en ze schudde geamuseerd haar hoofd over haar eigen kortstondige vlucht in het bijgeloof. Wat een onnozele gans was ze toch. Doen alsof het welslagen van de ontmoeting, de gehele gunstige ontsluiering van het geheim van haar familie, afhing van de te late binnenkomst van haar gast. Alice herstelde zich, pakte het cryptogram in de krant dat ze sinds het ontbijt al had proberen op te lossen en keek onaangedaan hoe de grote wijzer keurig naar de twaalf kroop. Op het moment waarop de wijzer zich voorbereidde op een sprongetje, en er op de deur werd geklopt, deed Alice' hart, ondanks haar goede voornemens, hetzelfde.

24

Sadie stond voor de deur op adem te komen. Ze had de hele weg vanaf de bushalte gerend, wat een hele toer was op haar lakschoenen die ze op het laatste moment achter uit haar kast had geplukt. Ze waren stoffig en een beetje uitgeslagen en de hak van een van de schoenen bleek nog maar aan één kant vastgelijmd te zitten. Ze bukte zich en poetste nog een dof plekje weg dat ze eerder over het hoofd had gezien. Haar voeten leken wel van iemand anders te zijn, iemand van wie ze niet wist of ze haar wel aardig vond, maar A.C. Edevane kleedde zich altijd chic en Sadie was niet van plan de oude vrouw tegen de haren in te strijken door in haar gebruikelijke kloffie bij haar aan te kloppen. En ze was ook niet van plan te laat te komen, ongeacht hoeveel moeite het rennen op ongemakkelijke hakken haar kostte. A.C. Edevane was een pietje-precies als het om stiptheid ging. Ze had ooit geweigerd een interview te geven aan een journalist die te laat was en werd vermaard toen ze een presentator van de BBC in een live-uitzending de les las toen hij haar had laten wachten. Dat wist Sadie allemaal omdat ze de afgelopen tweeënhalve dag koortsachtig bezig was geweest met het kijken naar oude interviews en het lezen van alles wat ze over A.C. Edevane had kunnen vinden (wat een verbazingwekkend plezierige taak was geweest – Alice Edevane had iets onverklaarbaar fascinerends – en des te aangenamer was omdat het haar had afgeleid van de komst van Charlotte Sutherlands tweede brief). Ze wist ook dat de schrijfster de voorkeur gaf aan planten boven bloemen en zag met een blik van voldoening de potplanten in de vensterbanken van het huis. Tot zover geen probleem. Sadie voelde tot haar genoegen een frisse golf van zelfvertrouwen door zich heen gaan toen ze haar manchetten recht trok. Ze had dit vraaggesprek zorgvuldig voorbereid en zou niet weggaan voordat ze de informatie had gekregen die ze nodig had.

Sadie hief haar hand op om nogmaals te kloppen, maar voordat ze de deur raakte, zwaaide die open. Het was niet Alice Edevane die tegenover haar stond, maar een man van een jaar of dertig met lange benen en een pluizige baard. Hij leek op een figurant uit een film over de Rolling Stones.

Sadie voelde iets van een ongewone en niet geheel onwelkome aantrekkingskracht. 'Peter?' raadde ze.

'Brigadier Sparrow.' Hij glimlachte. 'Kom binnen, Alice verwacht u.'

De plankenvloer kraakte onder het lopen en ergens tikte een klok de tijd weg. Peter ging haar voor naar een zitkamer die uitkwam op de hal en stijlvol en overdadig was ingericht, met een onmiskenbaar mannelijk accent.

Een vrouw die Sadie onmiddellijk van haar publiciteitsfoto's herkende als Alice Edevane zat in een stoel bij de lege haard. Zoals vaak als je een heel beroemd iemand in het echt ontmoet, ervoer Sadie een overweldigend gevoel van vertrouwdheid. Niet een vaag déjà-vugevoel, maar een oprecht gevoel dat je de ander al kent. Zoals ze haar in een broek gestoken benen over elkaar sloeg en opzij vouwde, de achteloze manier waarop ze de krant vasthield, zelfs de manier waarop ze haar kin uitstak was op de een of andere manier vertróuwd. Hoewel zijzelf natuurlijk helemaal niet bekend was, afgezien van de overvloed aan interviews waar Sadie van had gesmuld. Ze herinnerde zich een uitspraak – *Niets is zo vermoeiend als iemand die herkenning aanziet voor vriendschap* – en Sadie bloosde toen ze besefte dat het een uitspraak van Diggory Brent was in het boek dat ze een week tevoren had gelezen.

'Alice,' zei Peter, 'brigadier Sparrow is hier om je te spreken.' Hij wendde zich tot Sadie en maakte een uitnodigend gebaar in de richting van een groene gecapitonneerde leren fauteuil. 'Ik laat jullie nu alleen. Ik ben in de keuken als je me nodig hebt.'

De klok op de schoorsteenmantel leek zodra hij weg was onmiddellijk luider te tikken en Sadie voelde een hevige aandrang iets te zeggen. Ze beet op haar tong en herinnerde zich een laatdunkende opmerking die Alice in een van haar interviews had gemaakt over het onvermogen van mensen tegenwoordig om stilte te waarderen. Sadie was vastbesloten de andere vrouw niet de minste blijk te geven van schroom; dat zou wel eens rampzalig kunnen zijn.

Alice nam haar op. Kleine, doordringende ogen die ongewoon sprankelend leken in een verder verbleekt gezicht. Het waren het soort ogen, wist Sadie opeens zeker, die rechtstreeks in iemands ziel konden kijken. Na een paar seconden die veel langer leken te duren, nam de oude vrouw het woord. Ze had de stem van een toneelspeelster, haar wijze van spreken leek uit een andere tijd te stammen. 'Zo,' zei ze. 'Eindelijk ontmoeten we elkaar dan toch, brigadier Sparrow.'

'Noemt u me alstublieft Sadie. Ik ben hier niet officieel in functie.'

'Nee, dat mag u wel zeggen.'

Sadie was even uit het veld geslagen. Het waren niet de woorden als zodanig – die vormden niet meer dan een eenvoudige bevestiging – maar het was de maniér waarop Alice ze zei. Die ogen die dingen wísten.

'Ik heb navraag naar u gedaan, rechercheur Sparrow. U zult wel met me eens zijn dat dat niet onverstandig van me was. U heeft mij geschreven en om toestemming gevraagd mijn familiehuis te betreden, en ongetwijfeld ook om in de archieven te mogen snuffelen, en u gaf uiting aan een bijzondere behoefte de verdwijning van mijn broer te bespreken. Ik ben, ondanks mijn beroep, heel erg op mezelf, zoals u wel begrepen zult hebben; ik zou er niet in toestemmen zomaar met iedereen over mijn familie te spreken. Ik moest er zeker van zijn dat ik u kan vertrouwen, en dat betekende dat ik zelf een beetje onderzoek heb moeten plegen zodat ik me een beter beeld van u kon vormen.'

Sadie deed haar uiterste best om haar vrees achter een kalme glimlach te verbergen en vroeg zich af hoe dat beeld er in hemelsnaam dan wel uit mocht zien.

Alice vervolgde: 'Ik ben op de hoogte van de zaak-Bailey. Meer in het bijzonder weet ik van uw officieuze babbeltje met de journalist Derek Maitland.'

Sadie voelde het bloed van haar hoofd naar haar vingertoppen stromen, waar het bleef kloppen alsof het vond dat het nog niet ver genoeg was gekomen. *Alice wist dat zij het lek was.* De woorden stonden in neonletters geschreven en even maakte de hete paniekerige gloed ervan dat ze totaal niet kon denken. Maar langzaam keerde de rede terug. Alice wist dat zij het lek was en had haar evengoed uitgenodigd om langs te komen.

'Ik ben benieuwd, brigadier Sparrow, waarom u er zo zeker van was dat de vermiste vrouw, Maggie Bailey, het slachtoffer van een misdrijf was, want voor zover ik kan zien was er geen enkel bewijs voor een dergelijk scenario.'

Sadie had niet verwacht vandaag over de zaak-Bailey te spreken, maar er moest een reden zijn dat de oudere vrouw erover was begonnen. Alice had Sadie kunnen aangeven bij haar superieuren en verder niets met haar te maken willen hebben. Maar in plaats daarvan had ze haar bij zich thuis uitgenodigd. Sadie kon alleen maar vermoeden dat Alice haar op de kast probeerde te jagen. Ze kende dat spelletje. Ondervragingstechnieken toepassen was een van Sadies favoriete sporten. Ze voelde iets van collegiaal respect voor de oudere vrouw. 'Dat is niet zo eenvoudig te verklaren.'

Teleurstelling maakte dat Alice' wangen iets gingen hangen. Het was een slap en nietszeggend antwoord en Sadie wist dat ze daar niet mee wegkwam. Ze vervolgde snel: 'Om te beginnen was er de toestand waarin de flat verkeerde, de kleine details die erop duidden dat er zorg aan de inrichting was besteed, ook al was er weinig geld: de piano was warm zonnig geel geschilderd, de muur hing vol met tekeningen die de kleine meid had gemaakt, haar naam trots in de hoek. Ik kon moeilijk geloven dat een vrouw die verantwoordelijk was voor zoveel blijken van liefde haar kind in de steek zou laten. Dat zat me niet lekker en toen we met de mensen gingen praten die haar kenden waren die het er allemaal over eens.'

'Welke mensen?'

'Haar moeder, om maar iemand te noemen.'

Alice trok haar wenkbrauwen op. 'Maar brigadier Sparrow, een moeder zal haar kind toch altijd steunen onder dergelijke omstandigheden. Hebt u nog andere mensen ondervraagd die haar kenden? Er was toch ook nog een ex-man? Dacht hij er net zo over?'

'Zijn karakterschets was minder rooskleurig.'

'O ja?'

'Ja, maar een ex-echtgenoot is in een dergelijke situatie altijd minder uitbundig.'

Alice glimlachte even, licht geamuseerd. Ze leunde verder achterover in haar stoel en keek Sadie over haar samengevouwen vingers aan. 'Mensen kunnen onbetrouwbaar zijn, nietwaar? Zelfs de meest gewetensvolle getuige, die graag zijn steentje wil bijdragen en er geen enkel belang bij heeft, kan zich vergissen, zijn getuigenverklaring ontkrachten met kleine onnauwkeurigheden, veronderstellingen en meningen in plaats van feiten.'

Sadie dacht terug aan Clives rapport over Alice als onwillige getuige tijdens een verhoor in 1933. De manier waarop ze in de gang voor de deur van de bibliotheek had rondgehangen, de indruk die hij had gehad dat ze iets verborgen hield of dolgraag wilde horen wat de andere ondervraagden te zeggen hadden.

'We zijn allemaal slachtoffers van onze menselijke ervaring,' vervolgde Alice, 'geneigd het heden te beschouwen door de bril van ons eigen verleden.'

Sadie had duidelijk het gevoel dat ze niet langer in algemene zin spraken. Alice had die vogelachtige blik weer op haar gericht.

'Dat is waar,' zei ze.

'Wat ik graag zou willen weten, brigadier Sparrow; was er, even afgezien van de getuigenverklaringen, enig tastbaar bewijs om uw gevoel te schragen dat de jonge moeder iets akeligs was overkomen?'

'Nee,' gaf Sadie toe. 'Eerlijk gezegd was er zelfs een brief van Maggie, die de theorie ondersteunde dat ze ervandoor was gegaan.'

'Dat herinner ik me uit de krantenverslagen. U vond de brief een week nadat u het kind had gevonden.'

'Ja, en toen waren we al druk bezig allerlei andere mogelijkheden te onderzoeken. Hij was op de een of andere manier gevallen en aan de zijkant van de koelkast beklemd geraakt.'

'Maar zelfs toen die brief was gevonden wilde u niet accepteren dat Maggie eenvoudigweg was vertrokken.'

'Ik had moeite mijn theorie los te laten.'

'Zozeer zelfs dat u buiten de politie om met de pers ging praten.'

Sadie keek Alice recht in haar ogen. Ontkennen was zinloos; Alice was niet op haar achterhoofd gevallen. Bovendien wilde Sadie het niet ontkennen. De oude vrouw beschikte over informatie die haar carrière kon ruïneren en dat feit gaf haar een onverwacht bevrijdend gevoel. In de tijd nadat ze met verlof was gestuurd waren er maar heel weinig mensen geweest met wie Sadie openhartig over de zaak-Bailey kon praten. Donald wilde er geen woord over horen, tegenover Clive moest Sadie een zekere professionele distantie in acht nemen en ze had Bertie niet willen teleurstellen met de waarheid. Maar nu kon ze opeens vrijuit praten. Ze had niets te verliezen: het ergste wist Alice al. 'Ik zag geen andere mogelijkheid om te zorgen dat Maggies lot in de publieke belangstelling bleef. De recherche hield zich er niet meer mee bezig – er is weinig sympathie voor politiemensen die het geld van de belastingbetaler spenderen aan zaken waar geen spoor van bewijs voor is – maar ik kon de gedachte niet verdragen dat er iets met haar zou zijn gebeurd en dat niemand bereid was te blijven graven.'

'U bent uw baan kwijt als ze erachter komen dat u het was.'

'Dat weet ik.'

'Houdt u van uw werk?'

'Zielsveel.'

'En toch hebt u dat gedaan.'

'Ik kon niet anders.'

'Bent u een roekeloos mens, brigadier Sparrow?'

Sadie dacht na over die vraag. 'Ik hoop het niet. Ik ben in ieder geval niet overhaast op Derek Maitland af gestapt. En ik wil graag geloven dat ik het eerder deed uit een gevoel van verantwoordelijkheid jegens Maggie, dan uit gebrek aan verantwoordelijkheid jegens mijn baan.' Ze ademde vastberaden uit. 'Nee, ik ben geen roekeloos mens. Ik ben gewetensvol. Misschien met een vleugje koppigheid.'

Terwijl ze bezig was haar eigen psychologische profiel te schetsen, was Peter teruggekomen in de kamer. Sadie keek hem verwachtingsvol aan en vroeg zich af of ze op de een of andere manier een verborgen verwijder-knop in werking had gesteld, waardoor hij hier was om haar uit te laten. Hij zei niets, maar keek Alice vragend aan. Ze knikte één keer zakelijk en zei: 'Ik denk dat we wel een kopje thee lusten, Peter.'

Dat leek hem buitensporig te plezieren. 'O, dat is geweldig nieuws. Wat ben ik daar blij om.' Toen hij de kamer verliet schonk hij Sadie een aller-warmste glimlach die haar niet onverschillig liet, hoewel ze niet wist waar ze die aan had verdiend. Ja, ze voelde zich duidelijk tot hem aangetrokken. Vreemd, want hij was helemaal niet haar type. Hij intrigeerde haar, met zijn lange woeste haardos en zijn ouderwetse manieren. Hij kon onmoge-lijk veel ouder zijn dan zij en hij was op een intellectuele manier charmant. Hoe was hij hier verzeild geraakt, in Alice' dienst als een soort eigentijdse Lurch?

'Hij is doctor, in de literatuur, niet in de medicijnen,' zei Alice Edevane, die haar gedachten had geraden. 'En verreweg de beste assistent die ik ooit heb gehad.'

Sadie realiseerde zich dat ze had zitten staren, wendde haar blik af en keek naar haar knie, waar ze een onzichtbaar stofje vanaf plukte.

'Hebt u wel eens een van mijn boeken gelezen, brigadier Sparrow?'

Sadie veegde nog een keer haar broek af. 'Eentje.'

'Dan hebt u kennisgemaakt met Diggory Brent.'

'Dat heb ik.'

'Maar u weet misschien niet dat hij privédetective is geworden nadat hij het politiekorps uit is gestuurd om ongeveer net zoiets als uw eigen recente overtreding.'

'Dat wist ik niet.'

'Nee, ooit verwachtte men dat je een beetje achtergrondinformatie voor in ieder nieuw boek plaatste als je een serie schreef, maar daar hebben de uitgevers van afgezien en na zoveel boeken was ik blij dat ik daarvan verlost was. Er is maar een beperkt aantal manieren om hetzelfde steeds weer opnieuw te zeggen en ik vrees dat het een nogal vervelende taak werd.'

'Dat kan ik me voorstellen.'

'Diggory paste niet erg goed in het korps. Een buitengewoon gedreven man, maar een man die in zijn privéleven vreselijke ontberingen had moeten doorstaan. Hij had zijn vrouw en jonge kind verloren, begrijpt u, een dubbel verlies dat hem een vasthoudendheid had bezorgd die niet altijd door zijn collega's op prijs werd gesteld. Het verlies van een kind heeft de neiging een knagende leemte in een persoon achter te laten, is mij opgevallen.'

Niet voor de eerste keer had Sadie het onbehaaglijke gevoel dat de oude vrouw meer van haar verleden wist dan zij geacht werd te weten. Ze glimlachte nietszeggend terwijl Alice haar relaas vervolgde.

'Diggory was veel meer geknipt voor recherchewerk buiten de beperkingen van de wet. Niet dat hij de wet aan zijn laars lapt, integendeel zelfs; hij is een man van eer, uitzonderlijk gewetensvol. Gewetensvol met een – hoe zei u dat ook maar weer – een vleugje koppigheid.'

Peter keerde terug met een theeblad en zette dat op de tafel achter Sadie. 'Wat wilt u erin?' vroeg hij, en hij serveerde haar vriendelijk het kopje met een wolkje melk en één klontje suiker waar zij om had gevraagd.

'Dank je, Peter.' Alice nam haar eigen kopje van hem aan, zonder melk, zonder suiker. Ze nam een slok, aarzelde even voordat ze slikte en zette toen de kop en schotel neer, waarbij ze het kopje iets draaide. 'Nu dan,' zei ze, en de toon waarop ze sprak suggereerde dat ze in een andere versnelling was overgeschakeld, 'zullen we maar ter zake komen? In uw brief had u het over een theorie. U wilde toegang tot het huis om die te staven. Ik neem aan dat u hebt ontdekt dat er een tweede tunnel is op Loeanneth?'

En daarmee hadden ze Maggie Bailey en Diggory Brent achter zich gelaten en leidde Alice het vraaggesprek over de verdwijning van haar broertje. Sadie was blij dat ze weer terug waren bij dat onderwerp, verbaasd hoe ze daar terecht waren gekomen maar blij dat er schot in zat. 'Ja,' zei ze, terwijl ze rechtop ging zitten, 'maar ik ben van gedachten veranderd sinds ik u heb geschreven. Ik vroeg me af of ik u misschien het een en ander zou mogen vragen over uw vader.'

Alice knipperde nauwelijks met haar ogen, bijna alsof ze wist wat er komen ging. 'Daar kunt u naar vragen, brigadier Sparrow, maar ik ben oud en mijn tijd is kostbaar. Het zou mij beter uitkomen en voor u beslist nuttiger zijn als u direct ter zake komt en mij uw theorie uiteenzet. Wat denkt ú dat Theo is overkomen?'

In de tien jaar dat ze bij de politie zat had Sadie nog nooit iemand ondervraagd als Alice Edevane, daar was ze van overtuigd. Ze probeerde zich niet van haar stuk te laten brengen. 'Ik denk dat uw broer die avond op Loeanneth om het leven is gekomen.'

'Ik ook.' Alice leek bijna verheugd, alsof ze een mondeling examen afnam en Sadie het goede antwoord had gegeven. 'Lange tijd was ik een andere mening toegedaan en ging ik ervan uit dat hij was gekidnapt, maar recentelijk ben ik erachter gekomen dat ik het bij het verkeerde eind had.'

Sadie zette zich schrap om verder te gaan. 'Uw vader leed na de oorlog aan een oorlogsneurose.'

Wederom was Alice onverstoorbaar. 'Dat klopt eveneens, daar ben ik pas kort geleden achter gekomen. Het was een geheim dat mijn ouders heel goed verborgen hebben weten te houden. Mijn zus Deborah heeft het me verteld en zij hoorde het pas in 1945.' Alice' lange vingers streelden de fluwelen bies op de armleuning van haar stoel. 'Zo, brigadier Sparrow,' zei ze, 'nu zijn wij het er dus over eens dat mijn vader leed aan een oorlogsneurose en dat mijn broer hoogstwaarschijnlijk op Loeanneth is vermoord. Hoe wilt u die twee dingen met elkaar in verband brengen?'

Daar had je het. Sadie keek Alice recht in haar ogen. 'Ik denk dat uw broer is vermoord, mevrouw Edevane, door uw vader.'

'Ja,' zei Alice. 'Sinds kort ben ik diezelfde mening toegedaan.'

'Ik denk dat hij op Loeanneth is begraven.'

'Dat lijkt het meest voor de hand liggende scenario.'

Sadie slaakte een zucht van verlichting. Ze had ervaren dat mensen het over het algemeen niet waardeerden als iemand suggereerde dat een van hun naasten en dierbaren in staat was een ernstig misdrijf te plegen. Ze was al bang geweest dat ze Alice zou moeten overtuigen, op vriendelijke toon op haar in moest praten en moest oppassen dat ze haar gevoelens niet kwetste. Deze onbeschroomde instemming was veel verkieslijker. 'Het enige probleem is,' zei ze, 'dat ik niet weet hoe ik dat moet bewijzen.'

'En dat, brigadier Sparrow, is iets waarmee ik u misschien kan helpen.'

Sadie kreeg een aarzelend gevoel van opwinding. 'Hoe?'

'Na al die tijd betwijfel ik of er nog veel fysieke "sporen" over zijn, maar er zijn andere bronnen die wij zouden kunnen aanspreken. In mijn familie was het de gewoonte van alles op te schrijven. Ik weet niet of uzelf een schrijver bent?'

Sadie schudde haar hoofd.

'Nee? Nou ja, dat doet er niet toe, het zijn per slot van rekening niet uw geheimen die we hopen te onthullen. Mijn vader hield uiterst nauwkeurig een dagboek bij en mijn moeder schreef dan wel geen dagboek, maar was een hartstochtelijk briefschrijfster. Ze was zo'n kind dat briefjes achterliet voor de elfjes, heel vertederend, en toen vertrok mijn vader vlak nadat ze waren getrouwd naar het front en ging het brieven schrijven gewoon door.' Sadie herinnerde zich de met klimop omrande liefdesbrief die ze in het boothuis had gevonden, Eleanors brief aan Anthony, geschreven toen hij aan het front was en zij in verwachting was van Alice. Ze overwoog daar nu iets over te zeggen, maar haar belangstelling leek, gezien door de ogen van hun dochter, enigszins voyeuristisch. Bovendien had Alice haar relaas alweer vervolgd.

'Op de zolder van Loeanneth is een studeerkamer, waar de familie-annalen van generaties terug bewaard worden en waar mijn vader vroeger zat te werken; en er staat een cilinderbureau in de kamer van mijn moeder. Daar zou ik beginnen. Ze hield haar correspondentie uiterst nauwkeurig bij. Al haar brieven schreef ze in drievoud en de volle brievenboeken bewaarde ze op plankjes van haar bureau, en elke brief die ze ontving bewaarde ze in de laden aan weerszijden van het bureau. Ze zitten op slot, maar u zult de sleutel aantreffen aan een haakje onder de bureaustoel. Als kind was ik er altijd op uit om dat soort dingen te ontdekken. Helaas is het nooit bij me opgekomen dat er iets in de papieren van mijn moeder de moeite waard was om te weten te komen, en in mijn vaders studeerkamer heb ik me nooit durven wagen. Het zou ons allemaal een hoop moeite hebben bespaard als ik daar toen al eens in had rondgeneusd. Afijn. Beter laat dan nooit. Ik kan niet garanderen dat u daar de antwoorden vindt waarnaar we op zoek zijn, maar ik blijf optimistisch. Over uw kwaliteiten als rechercheur heb ik uitsluitend lovende opmerkingen gehoord.'

Sadie deed een poging tot wat naar zij hoopte kon doorgaan voor een zelfbewuste, geruststellende glimlach.

'Tijdens uw onderzoek zult u op allerhande dingen stuiten. Ik vertrouw op uw discretie. We hebben allemaal geheimen die we niet met anderen willen delen, nietwaar?'

Sadie besefte dat ze werd gechanteerd. Op een beleefde manier. 'U kunt me vertrouwen.'

'Ik heb heel wat mensenkennis, brigadier Sparrow, en ik geloof dat ik dat inderdaad kan. U hebt de moed om voor uw overtuiging op te komen. Dat trekje heb ik altijd in mensen gewaardeerd. Ik wil graag weten wat er die avond precies is gebeurd. Ik heb een hekel aan het woord "afronding"; het idee van een definitief slot is mooi in fictie, maar een tamelijk infantiele illusie in die immense wereld van ons. Toch ben ik ervan overtuigd dat ik u niet hoef uit te leggen hoeveel het voor mij betekent om antwoorden te vinden.' Alice pakte een sleutelbos van een tafeltje naast haar. Na die een aantal keer tussen haar vingers te hebben rondgedraaid overhandigde ze hem aan Sadie. 'De sleutels van Loeanneth. En u hebt mijn toestemming overal te zoeken waar u dat nodig acht.'

Sadie nam de sleutels plechtig aan. 'Als er daar iets te vinden is –'

'Dan zult u het vinden. Ja, uitstekend. Als er verder niets meer is, dan zijn we wel zo'n beetje uitgepraat.'

Sadie was zich terdege bewust dat ze zojuist gesommeerd was te vertrekken, en toch was er iets bij haar opgekomen toen Alice het had over de dagboeken van haar vader en over de brieven van haar moeder. Alice leek erop te vertrouwen dat de benodigde bewijzen van haar vaders betrokkenheid bij Theo's dood daarin te vinden zouden zijn, maar als Sadie die verbanden kon leggen, dan zou Eleanor Edevane, die altijd van de ziekte van haar man had geweten, dat vast en zeker ook hebben gekund. 'Denkt u – bestaat de mogelijkheid dat uw moeder ervan op de hoogte was?'

Alice knipperde niet eens met haar ogen. 'Volgens mij moet dat haast wel.'

'Maar...' De gevolgen waren verbijsterend. 'Waarom heeft ze de politie niet gewaarschuwd? Ze is met hem getrouwd gebleven. Hoe kon ze dat na wat hij had gedaan?'

'Hij was ziek; hij zou zoiets nooit opzettelijk hebben gedaan.'

'Maar haar kind...'

'Mijn moeder was uniek. Ze had heel uitgesproken ideeën over moraliteit en gerechtigheid. Ze geloofde dat je je aan een belofte, eenmaal gedaan, diende te houden. Ze zal op de een of andere manier het gevoel hebben gehad dat zij in zekere zin verdiende wat haar was overkomen, zelfs dat ze het over zichzelf had afgeroepen.'

Sadie kon haar even niet volgen. 'Hoe kan ze dat in hemelsnaam hebben gedacht?'

Alice zat kaarsrecht en zo onbeweeglijk als een standbeeld. 'Er was een man die een tijdje op Loeanneth heeft gewerkt, een zekere Munro.'

'Benjamin Munro, ja, dat weet ik. U was verliefd op hem.'

Toen leek de zelfbeheersing van de vrouw toch even een barstje te vertonen, heel even. 'Tjonge jonge. U hebt u wel héél grondig voorbereid.'

'Dat is nu eenmaal mijn werk,' zei Sadie enigszins oubollig.

'Ja, nu ja, in dit geval niet correct.' Alice trok een schouder op en een scherp botje tekende zich af onder de ivoorkleurige zijden blouse. 'Ik had dan misschien een bakvisachtig oogje op Ben, maar meer was het niet. U weet hoe jonge mensen zijn, zo makkelijk in hun affecties.'

De manier waarop ze dat zei, maakte dat Sadie zich afvroeg of ze soms ook op de hoogte was van haar eigen tienerverliefdheid. De jongen met de gladde praatjes en de glanzende auto, de glimlach die haar knieën had doen knikken. Ze zei: 'Benjamin Munro heeft vlak voor Theo vermist werd Loeanneth verlaten.'

'Ja, zijn contract liep af.'

'Hij had niets te maken met wat Theo is overkomen.'

'In praktische zin niet, nee.'

Sadie begon die raadseltjes beu te worden. 'Dan vrees ik dat ik niet begrijp waarom we het over hem hebben.'

Alice stak haar kin naar voren. 'U vroeg of mijn moeder zich verantwoordelijk voelde voor wat Theo is overkomen. Een week voor midzomer

vertelde mijn oudere zus Deborah mijn vader iets wat hem verschrikkelijk heeft aangegrepen. Ik ben er zelf pas kortgeleden achter gekomen. Het
schijnt dat mijn moeder, in de tijd voorafgaand aan midzomer, een liefdesrelatie had met Benjamin Munro.'

25

Cornwall, 1931

Eleanor werd voor de tweede keer verliefd toen ze zesendertig was. Het was geen liefde op het eerste gezicht, niet zoals het met Anthony gegaan was. In 1931 was ze een ander mens dan het meisje dat ze twintig jaar daarvoor was geweest. Maar liefde kent vele kleurschakeringen, dus ging het zo: grijs, regenachtig Londen, de dokter op Harley Street, thee bij Liberty, een zee van zwarte paraplu's, een druk treinstation, haar matgele zitplaats in de bedompte coupé.

Buiten klonk het fluitje, de trein stond op het punt te vertrekken, geen moment te vroeg. Eleanor staarde uit het raam over de zwart beroete rails en merkte nauwelijks op dat de man op het laatste nippertje naar binnen sprong en plaatsnam naast het raam op de bank tegenover haar. Ze zag zijn spiegelbeeld in het glas – hij was jong, zeker tien jaar jonger dan zij; vaag ving ze een aangename stem op toen hij aan de man naast hem vertelde hoezeer hij geboft had nog een kaartje te bemachtigen dat iemand zojuist had teruggegeven. Daarna sloeg ze geen acht meer op hem.

De trein reed het station uit in een wolk van rook, en de regen begon langs het raam naar beneden te stromen zodat de wereld buiten vervaagde. Terwijl Londen langzaam plaatsmaakte voor het platteland dacht Eleanor terug aan haar onderhoud met dokter Heimer en vroeg zich af of ze niet te veel had gezegd. De nuffige kleine typiste in de hoek, die alles wat Eleanor zei rechtstreeks overbracht op haar typemachine, was op dat moment al beangstigend genoeg geweest, maar nu was de gedachte aan haar ronduit huiveringwekkend. Eleanor wist dat ze eerlijk moest zijn tegen de artsen, dat het belangrijk was om ze precies te vertellen wat Anthony zei en deed, maar nu ze eraan terugdacht hoe ze hem had omschreven, nu ze de woorden weer hoorde die ze had gesproken, voelde ze zich ziek van wroeging over het feit dat ze de man had verraden die ze had gezworen te beschermen.

Hij was zoveel meer dan de symptomen die hem plaagden. Ze had de dokter duidelijk willen maken hoe lief hij was voor de meisjes, hoe warmhartig en knap en levenslustig hij was geweest toen ze hem leerde kennen. Hoe onrechtvaardig het was dat de oorlog een man kon beroven van zijn kern; dat die het tapijt van zijn leven aan flarden mocht rijten totdat hem alleen nog de rafelige draden van zijn vroegere dromen restten om aan elkaar te knopen. Maar welke woorden ze ook koos, ze was niet in staat om de dokter te laten inzien hoeveel ze van haar man hield, ze kon hem niet duidelijk maken dat ze niets anders wilde dan Anthony redden, zoals hij haar ook had gered. Ze had gewild dat de dokter haar haar falen vergaf, maar in plaats daarvan had hij als een blok beton achter zijn grijze pak en zijn bril met stalen montuur gezeten, pen tegen de lippen gedrukt en zo nu en dan knikkend en zuchtend of snel iets neerkrabbelend in de kantlijn van zijn gelinieerde notitieblok. Haar woorden vormden druppels zodra ze hem bereikten en gleden van zijn gepommadeerde haar af als water van een eendenrug. En ondertussen was daar, in de bezadigde, klinische rust van de spreekkamer, het constante getik van de typemachine, als één groot verwijt.

Pas toen de man tegenover haar zich voorover boog om haar een zakdoek aan te bieden realiseerde Eleanor zich dat ze zat te huilen. Ze keek verbaasd op, en zag dat ze nu alleen in de coupé zaten, op een oudere dame na die aan de andere kant van de bank bij de deur zat. Eleanor was te zeer in gedachten verzonken geweest om te merken dat de trein bij een aantal stations had stilgestaan.

Ze nam de zakdoek aan en bette de onderkant van haar ogen. Ze geneerde zich, sterker nog, ze was razend om te merken dat ze was veranderd in een snikkende vrouw die medeleven opwekte bij een onbekende. Het leek bijna te intiem, dat ze een zakdoek aannam van een jongeman, en ze was zich pijnlijk bewust van de oude dame bij de deur, die interesse veinsde in haar breiwerkje maar ondertussen steels blikken wierp over de rand daarvan. 'Nee,' zei hij toen ze de zakdoek terug wilde geven, 'houdt u hem maar.' Hij vroeg niet wat haar zo verdrietig maakte en Eleanor begon er ook niet uit eigen beweging over. Hij glimlachte gewoonweg beleefd en ging weer verder met zijn eigen bezigheden.

Zijn bezigheden, zag ze, betroffen het bewerken van een velletje papier. Zijn vingers bewogen snel maar trefzeker op en neer, brachten verschillende plooien en vouwen aan, vormden driehoeken en rechthoeken, keerden het papier en deden dit alles vervolgens nog een keer. Ze realiseerde zich dat ze naar hem zat te staren en wendde haar blik af, maar ze bleef hem gadeslaan, dit keer via de weerspiegeling in het raam van de coupé. Hij maakte nog een laatste aanpassing, nam het papier daarna in één hand en inspecteerde het van alle kanten. Eleanor voelde een onverwachte blijdschap. Het was een vogel, een zwaanachtig figuurtje met puntige vleugels en een lange nek.

De trein tufte voort en kroop moeizaam westwaarts. Buiten het raam viel de duisternis in, even plotseling als het licht uitgaat na een theatervoorstelling. Eleanor moest in slaap gevallen zijn, want voor ze het in de gaten had was de trein aangekomen bij het eindstation. De stationschef blies op zijn fluitje, gelastte de passagiers uit te stappen en mensen schoven langs het raam van de coupé.

Ze wilde haar bagage uit het bovenrek halen en toen ze er niet goed bij bleek te kunnen schoot hij haar te hulp. Zo simpel was het. Haar boodschappentas was onhandig vast komen te zitten achter een uitstekend stukje metaal en ze was nog steeds enigszins slaapdronken en moe na een dag die al voor zonsopgang begonnen was.

'Dank u,' zei ze. 'En ook voor zonet. Ik vrees dat uw zakdoek niet bruikbaar meer is.'

'Geen dank,' zei hij met een glimlach die een klein kuiltje in zijn wang tevoorschijn bracht. 'Hij is voor u. En deze ook.'

Toen ze de tas van hem aannam raakten hun handen elkaar vluchtig, en heel even ontmoette Eleanor zijn blik. Hij had het ook gevoeld, dat merkte ze aan de manier waarop hij zijn rug rechtte, en aan de uitdrukking van verwarring die heel even op zijn gezicht verscheen. Het was elektrisch, een vonk van kosmische herkenning, alsof er op dat moment een opening was ontstaan in het weefsel van de tijd en ze een glimp hadden opgevangen van een parallel bestaan waarin ze meer waren dan twee vreemdelingen in een trein.

Eleanor dwong haar gedachten tot de orde. Door het raam keek ze naar het helverlichte perron waar Martin, haar chauffeur, al stond te wachten. Hij speurde aandachtig de passagiers af, op zoek naar haar, klaar om haar naar huis te brengen.

'Goed,' zei ze, op dezelfde zakelijke toon waarop ze een nieuw dienstmeisje zou kunnen hebben excuseren, 'nogmaals hartelijk dank voor uw hulp.' En met een kort knikje liet ze de jongeman achter in de coupé, stak haar kin in de lucht en liep de trein uit.

Als ze hem niet meer had teruggezien zou niemand ooit meer aan het voorval hebben gedacht. Een toevallige ontmoeting in een trein, een knappe vreemdeling die haar een kleine gunst had verleend. Een onbeduidend moment, weggestopt in de uithoeken van een geheugen dat al overladen was met herinneringen.

Maar Eleanor zag hem wel terug, een paar maanden later, op een bewolkte dag in augustus. De ochtend was ongebruikelijk warm, de lucht zwaar, en Anthony was er al bij het opstaan slecht aan toe geweest. Nog voor het licht werd had Eleanor hem horen woelen en draaien, vechtend tegen de schrikbeelden die hem 's nachts teisterden, en ze had geweten dat ze het ergste kon verwachten. Uit ervaring wist ze ook dat de aanval de beste verdediging was. Ze had hem onmiddellijk na het ontbijt naar boven gestuurd, overreed om twee van dokter Gibbons slaaptabletten in te nemen, en het personeel duidelijk geïnstrueerd dat hij werkte aan een belangrijk project en onder geen beding gestoord mocht worden. En omdat het kindermeisje Rose een vrije dag had, had ze ten slotte de meisjes bijeengeroepen en hen opgedragen hun schoenen te gaan zoeken: ze zouden die ochtend de stad in gaan.

'O nee! Waarom?' Dat was Alice, altijd de eerste en de luidruchtigste als het aankwam op klagen. Als Eleanor had voorgesteld een week lang in een mijngang door te brengen had uit haar reactie niet meer afschuw kunnen spreken.

'Omdat ik wat pakjes moet ophalen bij het postkantoor en ik het fijn zou vinden als jullie me helpen dragen.'

'Echt, moeder, nog meer pakjes? U hebt inmiddels alles wat er in Londen te koop is.' Mopper, mopper.

'Zo is het wel genoeg, Alice. Ooit, als God het wil, zul je zelf aan het hoofd staan van een huishouden en dan kun je zelf bepalen of je al dan niet de nodige aanschaffen doet om dat draaiende te houden.'

De blik op het gezicht van Alice schreeuwde: Nóóit! En tot haar ontzetting zag Eleanor haar jongere ik terug in de koppige trekken van haar veertienjarige dochter. Dat inzicht zat haar dwars, en ze richtte zich in volle lengte op. Haar stem was koeler dan ze bedoelde. 'Ik zeg het niet nog eens, Alice. We gaan de stad in. Martin is de auto al gaan halen, dus ga nu onmiddellijk je schoenen aantrekken.'

Alice trok haar mond in een hooghartige streep en haar ogen fonkelden van verachting. 'Ja, moeder,' zei ze, waarbij ze de benaming uitsprak alsof ze die niet snel genoeg van haar lippen kon laten rollen.

Moeder. Niemand vond haar bijzonder aardig. Zelfs Eleanor kromp soms ineen bij haar eigen niet-aflatende schoolmeesterstoon. Er was geen lol met haar te beleven en je kon er gif op innemen dat ze elke onbesuisde gelegenheid wist te temperen met een preek over verantwoordelijkheid of veiligheid. En toch was ze van wezenlijk belang. De vrouw Eleanor zou zijn bezweken onder de spanning en frustratie die Anthony's aandoening met zich meebracht, maar Moeder was altijd tegen de klus opgewassen. Ze zorgde ervoor dat de meisjes hun vader de ruimte gaven als hij die nodig had en was altijd op haar hoede om hem te kunnen opvangen voordat hij instortte. Moeder zat er niet over in dat haar kinderen haar zagen als een tang. Waarom zou ze? Ze deed het allemaal om te zorgen dat zij het beste uit zichzelf zouden kunnen halen.

Eleanor daarentegen trok het zich erg aan. Zij treurde over het verlies van die vervlogen oorlogsjaren waarin de meisjes zich op haar schoot genesteld hadden om te luisteren naar haar verhalen. Waarin ze samen in alle uithoeken van het landgoed op ontdekkingstocht waren gegaan en ze hun de magische plekjes uit haar eigen jeugd had laten zien. Maar met zelfmedelijden had ze allang korte metten gemaakt. Bij andere families had ze gezien hoe het leven was gaan draaien rond een langdurige zieke, en ze was er rotsvast van overtuigd geraakt dat de bijkomende schade simpelweg te groot was. Ze wilde voorkomen dat de schaduw van Anthony's ontgoocheling en angst zich zou verspreiden over het leven van haar opgroeiende dochters. Als zij zijn zorgen zelf maar zou kunnen opvangen, zouden de meisjes er geen last van ondervinden. En ooit, als ze de juiste arts had gevonden, als ze een behandeling had ontdekt om hem te genezen, zou iedereen blij zijn dat ze het niet hadden geweten.

Ondertussen deed Eleanor er alles aan om Anthony's ziekte verborgen te houden, precies zoals ze hem beloofd had. Het was met het oog op die belofte dat ze er altijd voor zorgde voldoende bestellingen te plaatsen bij de warenhuizen in Londen. Ze had nog niet de helft van haar aankopen werkelijk nodig, maar daar ging het niet om. Het was een van de eenvoudigste, meest geloofwaardige manieren die ze in de loop der jaren had uitgedacht om de meisjes even bij hem uit de buurt te houden. Tussen de tochtjes naar het strand en wandelingen over de velden door moesten ze haar ook regelmatig helpen bij het ophalen van pakjes. De meisjes zelf vonden het volkomen geloofwaardig (zij het duidelijk heel irritant) dat hun moeder dwangmatig aankopen deed en niet kon leven zonder de laatste snuisterijen uit Londen. En zo was het ook die ochtend.

'Deborah, Clementine, Alice! Meekomen! Martin staat te wachten.'

Er volgde de gebruikelijke consternatie terwijl de meisjes door het huis stoven, op zoek naar hun schoenen. Er zou later nog een preek volgen – jongedames, verantwoordelijkheid, verplicht aan zichzelf, dat soort dingen. Moeder was heel goed in het afsteken van lesjes. Maar dat was ook niet zo vreemd; ze had een uitstekend voorbeeld gehad aan Constance. Het verbaasde Eleanor zelf ook hoezeer ze kon klinken als een helleveeg, hoe koud en humorloos. Hun gezichten als ze haar strenge oproep tot verbetering deed waren toonbeelden van verveling en afkeer. En erger nog, met uitzondering van een incidenteel, minuscuul vleugje pijn en verwarring dat over Deborahs gezicht gleed, alsof ze zich bijna een tijd herinnerde waarin de dingen anders waren geweest, stond er een totaal gebrek aan verrassing op te lezen. Dit vond Eleanor het afschuwelijkste van alles. Haar dochters hadden geen idee hoezeer ze hen benijdde om hun vrijheid en hoe blij ze eigenlijk was met hun gebrek aan sociaal fatsoen. Wat had ze ooit op hen geleken. Wat hadden ze goede vriendinnen kunnen zijn als het allemaal anders was gelopen.

Eindelijk stonden haar dochters onder aan de trap, onverzorgder ogend dan Eleanor misschien had gehoopt, maar met een schoen aan elke voet, wat in elk geval iets was. Eleanor werkte ze naar buiten, waar Martin de motor van de auto al liet draaien, en ze schoven allemaal op de achterbank. Terwijl de meisjes kibbelden over wie waar mocht zitten en wier jurk vastzat onder wier achterwerk, keek Eleanor door het raampje omhoog naar de zolder waar Anthony nu lag te slapen. Als ze erin slaagde om de meisjes de hele dag buiten de deur te houden, dan zou hij, als God het wilde, 's middags weer opgeknapt zijn en kon een deel van de dag nog gered worden. Soms hadden ze het als gezin het gezelligst na ochtenden als deze. Het was een merkwaardig patroon van pieken en dalen, waarbij de diepte van zijn wanhoop later werd gevolgd door een even zo grote opluchting en vreugde over zijn herstel. Het waren juweeltjes, die momenten. Spaarzame maar kostbare herinneringen aan de man die hij ooit was geweest. De man die hij nog steeds is, corrigeerde ze zichzelf, diep in zijn hart.

Toen ze aankwamen in de stad waren de wolken opgetrokken. Vissersboten keerden terug naar de haven en zeemeeuwen zweefden krijsend boven een kalme, leigrijze zee. Martin minderde vaart toen ze de hoofdstraat naderden. 'Zal ik u op een bepaalde plek afzetten, mevrouw?'

'Hier is prima, dank je Martin.'

Hij zette de auto aan de kant, opende het portier en liet iedereen uitstappen.

'Vindt u het prettig als ik wacht terwijl u inkopen doet?'

'Nee, dank je.' Eleanor trok haar rok recht over haar heupen en een zilt zeebriesje streelde haar nek. 'Je hebt vast nog wel wat boodschappen te doen voor mevrouw Stevenson en wij zijn wel een paar uur bezig.'

De chauffeur beloofde hen om half een weer te komen ophalen, een toezegging die stuitte op een voorspelbare klaagzang: 'Maar twee hele uren, moeder!' 'Om een paar pakjes op te halen?' 'Ik ga nog dóód van verveling!'

'Verveling is het domein van de hersenlozen,' hoorde ze zichzelf zeggen. 'Een beklagenswaardige geestesgesteldheid.' En toen, zonder acht slaan op verder protest: 'Ik dacht, we kunnen we best een taartje gaan eten nu we toch hier zijn. Dan kunnen jullie me vertellen wat jullie geleerd hebben tijdens de lessen.' Niet veel, vermoedde Eleanor. Te oordelen naar de hoeveelheid krantjes die rondslingerden in huis en het gegiechel van dienstmeisjes die eigenlijk bezig zouden moeten zijn met andere zaken, waren de meisjes meestal drukker in de weer met de oude drukpers dan met hun schoolwerk. Eleanor was vroeger natuurlijk precies zo geweest, maar dat hoefden haar dochters niet te weten.

Enigszins opgevrolijkt door het vooruitzicht van taart, zij het niet door gesprekken over lessen, volgden de meisjes Eleanor naar het café aan de promenade, waar ze met hun vieren een relatief gezellige tijd doorbrachten, slechts verstoord door een incidentje waarbij Clementine een kannetje melk omstootte en er om een emmer en dweil verzocht moest worden.

Helaas kon deze gezelligheid niet eindeloos duren. Zowel de beleefde gesprekken als de pot thee waren opgedroogd en Eleanor wierp een snelle blik op het polshorloge van haar vader. Er was nog ruim een uur te gaan. Ze rekende af en ging over op plan B. Voor gelegenheden als deze had ze altijd een reeks gefingeerde redenen paraat om de fourniturenwinkel, de hoedenmaker en de juwelier te bezoeken, dus nam ze de meisjes mee naar de hoofdstraat. Tegen de tijd dat ze klaar was met haar navraag naar de reparatie van een sluithaakje op haar gouden schakelarmband, waren de meisjes echter buiten zichzelf van verveling.

'Alstublieft, moeder,' zei Alice. 'Mogen wij niet gewoon naar het strand tot u hier klaar bent?'

'Ja, alstublieft, moeder,' echode Clementine, die het binnen drie minuten bijna had klaargespeeld om evenzoveel klokjes kapot te maken.

'Ik neem ze wel mee, moeder,' zei Deborah die met haar zestien jaar een ontluikend besef had van haar rol als oudste dochter en plaatsvervangende volwassene. 'Ik houd wel een oogje in het zeil. Ik zal zorgen dat ze zich netjes gedragen en dat we op tijd terug zijn om u te helpen met de pakjes, voordat Martin terug is.'

Eleanor keek hen na terwijl ze wegliepen en slaakte een lang ingehouden zucht. Echt, ze was net zo opgelucht als zij. Het was veel makkelijker om de tijd te doden als ze hen niet voortdurend hoefde te vermaken en in het gareel houden. Ze bedankte de juwelier, ging akkoord met de door hem voorgestelde wijze van repareren en stapte de winkel uit.

Er stond een houten bankje op het plein en tot haar vreugde zag Eleanor dat er niemand op zat. Ze ging zitten en bracht een rustig halfuurtje door met het gadeslaan van het komen en gaan in het dorp. Als kind had Eleanor nooit begrepen hoeveel plezier een volwassene kon hebben in het gewoon maar ergens zitten. Het ontbreken van verplichtingen of verwachtingen, geen vragen hoeven te beantwoorden of gesprekken voeren, was een waar, eenvoudig genoegen. Met enige spijt zag ze dat haar nog maar een kwartier restte voordat Martin hen zou komen ophalen, en dat het tijd was om het postkantoor te trotseren.

Dat wil zeggen (Eleanor raapte haar moed bijeen) het was tijd om de juffrouw van het postkantoor te trotseren. Marjorie Kempling was een roddelaarster met een ogenschijnlijk onuitputtelijk arsenaal aan materiaal waar ze iedereen dolgraag deelgenoot van wilde maken. Waarschijnlijk als gevolg van Eleanors frequente bezoekjes om pakketjes op te halen, was juffrouw Kempling haar gaan zien als een soort mede-samenzweerder. Een veronderstelling die nergens op gebaseerd was, en waar Eleanor ook nooit aanleiding toe had gegeven. Ze had geen enkele behoefte om te horen over het persoonlijke leven van haar medemens, maar geen enkele mate van ostentatief zwijgen leek het enthousiasme van de vrouw te kunnen temperen. Sterker nog, hoe meer ruimte Eleanor haar gaf, hoe meer juffrouw Kempling haar best leek te doen om die op te vullen.

Even bleef Eleanor aarzelend staan op de drempel van het stenen gebouw waarin het postkantoor gevestigd was. Er hing een belletje aan de andere kant boven de deur dat een blijmoedig getingel voortbracht dat Eleanor was gaan verafschuwen. Voor juffrouw Kempling was het klaroengeschal, voor Eleanor het startsignaal voor de aanval. Ze zette zich schrap, vastbesloten om rustig naar binnen te lopen en zich met haar pakjes beleefd en met zo weinig mogelijk ophef weer uit de voeten te maken. Waarop ze, met misschien meer kracht dan nodig was, de deurklink vastpakte en zich schrap zette om te duwen. Precies op dat moment schoot de deur open en botste Eleanor tot haar grote ontzetting pal tegen een man op die het postkantoor wilde verlaten.

'Het spijt me vreselijk, neem me niet kwalijk,' zei ze en deed een stap terug in de portiek.

'Nee, nee, het was mijn fout. Ik had haast. Ik had opeens grote behoefte aan frisse lucht en wat stilte.'

Eleanor moest lachen, ondanks zichzelf. Ze ontmoette zijn blik en het duurde even voor ze zich wist te herinneren waar ze hem eerder gezien had. Hij was veranderd. Zijn haar was langer, donker en krullend, en zijn huid was een heel stuk bruiner dan eerst. Hij leek in niets meer op de nette jongeman die ze had ontmoet in de trein naar huis.

Zijn glimlach verdween. 'Kennen wij elkaar?'

'Nee,' zei ze snel, en herinnerde zich de reis, de zakdoek, de spanning die ze had gevoeld toen zijn vingers langs de hare streken, 'Ik geloof het niet.'

'In Londen misschien?'

'Nee. Nooit.'

Er was een vage frons verschenen op zijn voorhoofd, maar hij glimlachte alsof er geen vuiltje aan de lucht was. 'Dan vergis ik me. Neem me niet kwalijk. Een goede dag nog.'

'Goedendag.'

Eleanor ademde uit. Het voorval had haar op een vreemde manier uit haar evenwicht gebracht en ze wachtte nog een paar tellen voordat ze naar binnen stapte. De bel tingelde vrolijk en ze moest zich inhouden om het ding niet met een ferme klap het zwijgen op te leggen.

Het gezicht van de juffrouw achter de balie lichtte op toen ze Eleanor zag. 'Mevrouw Edevane, wat leuk dat u langskomt. Ik heb een aantal pakjes voor u. Maar hemel, wat ziet u witjes!'

'Dag, juffrouw Kemping. Ik vrees dat ik zojuist bij de deur tegen een man ben opgebotst. Heel onoplettend van me. Ik ben nog wat geschrokken.'

'Hemeltjelief. Dat moet dan meneer Munro geweest zijn. Hier, ga zitten, schat, dan haal ik een glas koud water voor u.'

Meneer Munro. Ze had kunnen weten dat Marjorie Kempling wist wie hij was. Eleanor kon het niet uitstaan dat ze geïnteresseerd was. En nog minder dat ze een irrationele steek van jaloezie voelde bij het horen van de onbevangen toon waarop de postjuffrouw zijn naam uitsprak.

'Maar is hij niet onweerstaanbaar!' Juffrouw Kempling kwam terug gedraafd van achter de toonbank, met een glas water vastgeklemd in haar hand. 'Hij lijkt wel een filmster! Heel anders dan de jongemannen die we hier hebben rondlopen. Een manusje van alles, heb ik gehoord. Hij reist het hele land door en werkt waar hij maar kan. Afgelopen zomer heeft hij voor meneer Nicolson in de appelboomgaard gewerkt.' Ze leunde zo ver naar voren dat Eleanor de vettige dagcrème op haar huid kon ruiken. 'Hij woont in een oude woonwagen bij de rivier, als een zigeuner. Je kunt het ook wel aan hem zien, vindt u niet, dat hij wat van hun bloed in zich heeft. Die huid van hem! Die ogen!'

Eleanor glimlachte flauwtjes, vol afkeer over het opgewonden gedoe van de vrouw en het genoegen dat ze beleefde aan haar geroddel. En toch wilde ze dolgraag nog meer horen. O, wat was ze een enorme hypocriet!

'Niet echt een heer,' zei de ander. 'Maar goede manieren en plezierig in de omgang. Ik zal zijn bezoekjes missen.'

Missen? 'O?'

'Daarom was hij net hier. Om me te vertellen dat ik geen brieven meer voor hem hoef te bewaren. Zijn contract met meneer Nicolson is bijna afgelopen en volgende week trekt hij verder. Hij heeft jammer genoeg geen adres achtergelaten om hem de brieven na te sturen. Behoorlijk mysterieus type. Ik zeg tegen hem, "Maar wat als er post komt en ik niet weet waar ik die heen moet sturen?" en weet u wat hij antwoordde?' 'Ik zou het niet weten.' 'Hij zei dat alle mensen van wie hij iets zou willen horen hem wel zouden weten te vinden en dat hij heel goed zonder de rest kon.'

Daarna was het onmogelijk om hem te vergeten. Juffrouw Kempling had Eleanor precies genoeg informatie gegeven om haar interesse aan te wakkeren en ze merkte dat ze in de weken die volgden keer op keer aan hem moest denken. Meneer Munro. De naam had zich in haar hoofd genesteld en dook op de vreemdste momenten op. Als ze Anthony opzocht in zijn studeerkamer, als ze de meisjes bezig zag op het grasveld, als ze ging slapen en de nachtvogels begonnen te roepen boven het meer. Hij was als een wijsje dat zich had vastgeklonken in haar hoofd en dat ze niet meer kwijtraakte. Ze herinnerde zich zijn warme stem, de manier waarop hij haar had aangekeken, alsof zij tweeën een grap deelden waar zij alleen de betekenis van kenden, hoe ze zich had gevoeld toen zijn hand de hare raakte in de trein, alsof het voorbestemd was en het lot bepaalde dat ze elkaar altijd zouden blijven tegenkomen.

Ze wist dat dergelijke gedachten riskant waren en ze wist dat ze verkeerd waren. Dat kon ze opmaken uit de ongeoorloofde huivering waarmee ze gepaard gingen. Ze was geschokt over zichzelf, en ontzet. Eleanor had zich nooit kunnen voorstellen dat ze zich aangetrokken zou voelen tot een ander dan Anthony en ze voelde zich op de een of andere manier bezoedeld door in deze positie te verkeren. Ze bezwoer zichzelf dat het een tijdelijke bevlieging was, een korte periode van verdwazing. Dat ze deze andere man snel vergeten zou zijn. Dat haar gedachten in de tussentijd alleen van haar waren en niemand er ooit van hoefde te weten. De man zelf was weken geleden al vertrokken, en hij had geen nieuw adres achtergelaten. Er bestond geen reëel gevaar. Waarom zou ze niet af en toe een fijne herinnering mogen ophalen, welk kwaad school daarin? En dus bleef ze aan hem denken, soms zelfs over hem fantaseren. Meneer Munro. Die ongedwongen glimlach van hem, de aantrekkingskracht die ze had gevoeld toen hij haar aankeek, wat er had kunnen gebeuren als ze had gezegd: 'Jawel, ik weet het nog. We hebben elkaar al eens ontmoet.'

Maar natuurlijk bestaat er altijd een risico als het hart een moment van zwakte toelaat, hoe klein en ongevaarlijk dat ook mag lijken. De volgende gelegenheid waarbij Eleanor de meisjes moest meelokken weg van

Loeanneth deed zich voor op een stralende ochtend, de eerste na weken van druilerig weer, en het laatste waar ze zin in had was zich in een van haar nette jurken snoeren voor het tochtje naar de stad. Dus besloot ze dat ze zouden gaan picknicken.

Mevrouw Stevenson had een lunch voor ze ingepakt en ze gingen op stap, langs het pad tussen de laurierhagen, rond het meer, tot ze bij de rivier kwamen die onder langs de tuin stroomde. Edwina, die nooit vrijwillig ergens achterbleef, liep hartstochtelijk hijgend naast ze. Ze was een leuke hond, betrouwbaar en trouw aan hen allemaal, maar in het bijzonder gesteld op Eleanor. Er was tussen hen tweeën een band ontstaan toen Edwina nog maar een puppy was, in de periode dat het zo slecht ging met Anthony. De lieve hond had last van artritis in haar gewrichten, maar weigerde dat te zien als een belemmering om haar bazin overal te volgen.

Het weer was uitzonderlijk, en ze liepen verder dan ze anders gedaan zouden hebben, misschien wel omdat ze zo lang opgesloten hadden gezeten. Eleanor bezwoer zichzelf later dat ze hen niet met opzet had meegenomen naar de rand van meneer Nicolsons boomgaard. Nee, Clementine was voorop gegaan. Ze was met haar armen gestrekt voor zich uit vooruit gerend, en Deborah had uiteindelijk gewezen op het vlakke, met gras begroeide plekje onder de wilg aan de waterkant en gezegd: 'O, laten we hier gaan zitten. Dit is prachtig!' Eleanor wist natuurlijk wel waar ze waren en heel even werd ze bevangen door een vlaag van gêne, toen de fantasieën die ze de afgelopen maand had gekoesterd weer opdoken. Maar voor ze enige tegenwerping had kunnen maken, of kon voorstellen om een stukje stroomopwaarts op een ander grasveldje neer te strijken, was het kleed al uitgespreid en waren de twee oudste meisjes er lui op gaan liggen. Alice keek fronsend naar haar notitieboekje en beet op haar lip, terwijl ze haar best deed om haar pen gelijke tred te laten houden met haar voortrazende gedachten, en Eleanor moest zich er met een zucht bij neerleggen dat er van weggaan geen sprake zou zijn. En eigenlijk was er ook geen reden om ergens anders heen te gaan. Die man, meneer Munro – ze bloosde alleen al bij de gedachte aan zijn naam – was al weken geleden verhuisd. Het was slechts haar schuldige geweten dat tegenstribbelde bij het idee dat ze op dit bepaalde veldje bij deze bepaalde boerderij zat.

Eleanor maakte de picknickmand open en spreidde mevrouw Stevensons lekkernijen uit. De zon kwam steeds hoger aan de hemel te staan en met z'n vieren aten ze de sandwiches met ham, de Cox-appels en veel te veel taart, en dronken ze het koele gemberbier. Edwina zag de gang van zaken smekend aan en ving elk hapje dat in haar richting werd gegooid handig uit de lucht.

Maar echt, de warmte was abnormaal voor oktober! Eleanor maakte de kleine parelknoopjes van haar manchetten los en rolde haar mouwen eenmaal, en toen nogmaals op, zodat ze netjes gevouwen waren. Na de lunch was ze overvallen door een enorme slaperigheid en ze strekte zich uit op het kleed. Met haar ogen dicht hoorde ze de meisjes loom kibbelen over het laatste stukje taart, maar haar aandacht dwaalde af, dwarrelde langs ze heen naar de pling in het water als de glanzende forellen opsprongen uit de beek, het ruisende gesjirp van de krekels aan de rand van het bos, het warme geritsel van de bladeren in de boomgaard verderop. Elk geluid leek versterkt, alsof er een betovering hing boven dit kleine stukje land, als iets uit een sprookje, een van meneer Llewellyns verhalen uit haar jeugd. Eleanor zuchtte. De oude man was nu al meer dan een maand weg. Hij was zoals altijd vertrokken op het moment dat de zomer ten einde liep, naar het warmere Italië waar hij zijn rusteloze benen en geest tot rust kon brengen. Eleanor miste hem vreselijk. De wintermaanden op Loeanneth waren altijd langer en kouder als hij er niet was en zijzelf was stijver zonder hem, gereserveerder. Hij was de enige die als hij naar haar keek nog een spoor zag van het meisje met de wilde, ongekamde haren en een ogenschijnlijk onstilbare levenshonger.

Ze viel in slaap en voelde nog net hoe ze over de rand van het bewustzijn glipte. Ze droomde dat ze een kind was. Ze zat in haar boot, het witte zeil vol in de wind, en haar vader en meneer Llewellyn zwaaiden naar haar vanaf de oever. Ze was gelukkig. Ze voelde geen enkele onzekerheid of angst. Licht flonkerde op het water en de bladeren glinsterden, maar toen, op het moment dat ze zich omdraaide om nog eens te zwaaien, merkte ze dat ze verder was afgedreven dan de bedoeling was, en dat het meer niet langer een vorm had die ze herkende maar uitliep in een overlaat die wegstroomde van haar huis en familie. De stroom was sterk, trok haar steeds verder weg, en het water kolkte, de boot slingerde heen en weer en ze moest zich stevig vasthouden om niet te vallen –

Ze werd met een schok wakker en besefte dat ze heen en weer werd geschud. 'Moeder! Word wakker, moeder!'

'Wat is er?' De zon was verdwenen. Grote, donkere wolken hadden zich verzameld in het westen en de wind was opgestoken. Eleanor kwam snel overeind en wierp een blik om zich heen om haar kinderen te tellen. 'Clementine?'

'Met haar gaat het goed. Maar we maken ons zorgen over Edwina. Ze is een halfuur geleden achter een konijn aan gerend en ze is nog niet terug. En het begint te regenen.'

'Een halfuur – maar hoe lang heb ik dan geslapen?' Eleanor keek op haar horloge. Het was bijna drie uur. 'Welke kant is ze op gegaan?'

Deborah wees naar een bosje in de verte en Eleanor tuurde er ingespannen naar, alsof ze Edwina tevoorschijn kon denken als ze de bomen maar aandachtig genoeg afspeurde.

De lucht was donkerpaars. Eleanor rook het naderende onweer, de combinatie van warmte en vocht. Het zou gaan regenen, hevig en binnen niet al te lange tijd, en ze konden Edwina hier niet achterlaten, niet zo ver van huis. Ze was oud en gedeeltelijk blind, en met die stijve gewrichten van haar zou ze zichzelf nooit weten te bevrijden als ze ergens vast was komen te zitten.

'Ik ga haar wel zoeken,' zei Eleanor vastberaden, en borg de picknickspullen weer op in de mand. 'Zo ver kan ze niet zijn.'

'Zullen we hier wachten?'

Eleanor dacht even na en schudde toen haar hoofd. 'Het heeft geen zin om allemaal nat te worden. Loop jij maar met de anderen naar huis. Zorg dat Clemmie uit de regen blijft.'

Nadat ze de meisjes had weggestuurd met duidelijke instructies om niet te treuzelen, liep Eleanor in de richting van het bosje. Ze riep Edwina, maar er stond een harde wind en haar woorden waaiden weg. Ze liep snel, bleef regelmatig even staan om de horizon af te speuren, te roepen en te luisteren, maar er volgde geen geblaf of reactie.

Het werd al snel heel donker en met elke minuut die verstreek nam Eleanors ongerustheid toe. Edwina zou bang zijn, dat wist ze. Thuis dook de oude hond altijd onmiddellijk in haar mand achter het gordijn in de bibliotheek als het ging regenen, en wachtte dan met haar staart tussen de poten en een poot over haar ogen tot het ergste voorbij was.

Een enorme donderknal klonk door de vallei en Eleanor zag dat de onweerswolken nu recht boven haar hingen. Het kleine stukje heldere lucht was opgegaan in de woelige duisternis en zonder nog tijd te verliezen stapte Eleanor door het draaihekje en stak het veld over. Een harde wervelwind draaide om haar heen en bliksem scheurde de hemel open. Toen de eerste dikke druppels begonnen te vallen zette ze haar handen voor haar mond en riep nogmaals 'Edwina!' maar haar stem ging verloren in de storm en er kwam geen reactie.

Donder rolde over de vlakte en binnen een paar minuten was Eleanor doorweekt. De stof van haar jurk zwiepte tegen haar benen en ze moest haar ogen samenknijpen om nog iets te kunnen zien door de weerschijn van de neerstromende regen. Ze hoorde een enorm gekraak toen de bliksem vlakbij insloeg, maar ondanks haar ongerustheid over Edwina bespeurde Eleanor een merkwaardige opwinding bij zichzelf. De donderbui, het gevaar dat die met zich meebracht, de stortregen, dit alles tezamen spoelde het vernislaagje dat ze als Moeder had van haar af. Hier was ze weer Eleanor. Eleanor de Avonturierster. Vrij.

Ze bereikte de top van een heuvel en aan de voet daarvan, aan de rand van de rivier, stond een kleine woonwagen, donkerrood van kleur en met verbleekte gele wielen. Ze wist van wie die was en liep ernaartoe met een rilling van herkenning. De woonwagen was nu leeg, verschoten gordijnen hingen dichtgetrokken voor de ramen. De wagen was enigszins vervallen, maar onder de afbladderende verf zag ze nog een spoor van het oude bloemmotief waarmee hij ooit versierd moest zijn geweest. Verward vroeg ze zich af waar hij nu zou zijn. Hoe het moest zijn om een dergelijk leven te leiden. Vrij om te reizen, te ontdekken, te vluchten. Ze benijdde hem om die vrijheid, een gevoel dat zich op dat moment manifesteerde als een merkwaardige wrevel ten aanzien van hem. Waanzin, want hij was haar natuurlijk niets verplicht. Het was gewoon de kracht van haar verbeelding die haar het gevoel gaf verraden te zijn.

Eleanor was bijna aangekomen bij de rivier en twijfelde of ze die zou volgen tot aan Loeanneth of zou oversteken naar de andere oever toen ze opzij keek naar de woonwagen en haar pas inhield. Een eenvoudig houten trapje leidde naar een bordes en daar stond Edwina, zo droog als maar kon. Eleanor barstte in lachen uit. 'Nee maar, slimme hond. Lekker hoog en droog hier zitten terwijl ik volkomen doorweekt ben.'

Ze voelde onmiddellijk een enorme opluchting. Ze rende het trapje op, knielde neer en nam de dierbare kop van de retriever in haar handen. 'Je hebt me wel laten schrikken,' zei ze. 'Ik dacht dat je ergens vast was komen te zitten. Ben je gewond?' Ze keek de poten van de hond na op verwondingen, en al doende drong het langzaam tot haar door hoe gammel en smal het bordes eigenlijk was. 'Maar hoe ben je hier in vredesnaam op gekomen?'

Ze merkte niet dat de deur van de woonwagen openging. Ze wist pas dat hij er was toen ze zijn stem hoorde. 'Ik heb haar geholpen,' zei hij. 'Ik hoorde haar angstig rondscharrelen onder de woonwagen toen het begon te onweren en het leek me dat ze hierboven beter af was.' Zijn donkere, warrige haardos was nat en hij was slechts gekleed in een onderhemd en een broek. 'Ik heb haar uitgenodigd naar binnen te komen maar ze wilde buiten blijven. Waarschijnlijk om op u te wachten.'

Eleanor wist niets uit te brengen. Het was de schok van het weerzien. Hij hoorde hier helemaal niet meer te zijn. Hij hoorde verhuisd te zijn, ergens anders aan het werk te zijn. Zijn post, de brieven van de mensen om wie hij voldoende gaf om nog van ze te horen, hoorde hem te bereiken op een nieuw adres. Maar er was meer dan dat. Een gewaarwording die iets weghad van een déjà vu, maar veel sterker. Het onverklaarbare gevoel, wellicht versterkt door het onstuimige weer en het vreemde verloop van de dag, dat hij hier was omdat zij hem had opgeroepen. Dat dit moment iets onontkoombaars had, deze ontmoeting hier en nu, dat alles hier al die tijd al naartoe had geleid. Ze wist niet wat ze moest doen, wat ze moest zeggen. Ze wierp een blik over haar schouder. Het was nog steeds slecht weer. De storm raasde over het veld. Ze had het gevoel zich in niemandsland te bevinden, noch hier noch daar, hoog op een smalle brug tussen twee werelden. En toen sprak hij weer en de brug onder haar brokkelde af. 'Ik was net van plan een vuurtje te maken,' zei hij. 'Wilt u even binnenkomen en wachten tot het onweer voorbij is?'

26

Enige tijd nadat Sadie Sparrow was vertrokken met de sleutels van Loeanneth veilig weggestopt in haar tas, liep Alice de achtertuin in. De zon was al bijna onder en met de schemering was er ook een melancholieke vredigheid neergedaald over de tuin. Ze volgde het overwoekerde klinkerpaadje en registreerde ondertussen allerlei klusjes die de komende weken geklaard zouden moeten worden. Het waren er veel. Alice hield van een tuin met persoonlijkheid, maar er bestond verschil tussen karakter en chaos. Het probleem was dat ze niet vaak genoeg in de tuin kwam. Vroeger had ze het altijd heerlijk gevonden om buiten te zijn, lang geleden.

Een paar takken sterjasmijn hingen dwars over het pad. Alice knielde om een takje af te plukken, hield het onder haar neus en ademde de geur in van opgevangen zonneschijn. In een opwelling trok ze de veters van haar schoenen los. In een hoekje naast de camelia stond een elegante ijzeren stoel en Alice ging erin zitten. Ze liet haar voeten uit haar schoenen glijden, stroopte haar sokken af en bewoog haar tenen in de heerlijke zwoele lucht. Een late vlinder fladderde rond een rozenstruik even verderop en Alice moest, zoals altijd, aan haar vader denken. Haar leven lang was hij een bevlogen amateurwetenschapper geweest; nooit was de gedachte in haar opgekomen dat hij naar iets anders verlangde dan wat hij had. Ze wist dat hij ooit, heel lang geleden, een medisch beroep had willen uitoefenen, en daartoe ook een opleiding was begonnen. Maar dat behoorde, zoals alle dromen en verlangens van ouders, tot een rijk dat veel minder realistisch was dan het heldere, duidelijk omlijnde heden waarin zij verkeerde. Maar nu voelde ze heel even hoeveel de oorlog hem had afgenomen. Er kwamen flarden van gesprekken terug, gemompel en gevloek over zijn trillende handen, zijn concentratieproblemen, de geheugenspelletjes die hij met zoveel bezetenheid had gespeeld, de pogingen om zijn gedachten te ordenen.

Alice wreef met haar voetzolen over de warme klinkers en voelde elk afzonderlijk kiezelsteentje, elke uitgebloeide bloem onder haar tenen. Haar huid was de laatste tijd heel gevoelig, heel anders dan de door het spelen geharde voeten uit haar jeugd. Tijdens de lange zomers op Loeanneth liepen ze soms wel weken achter elkaar op blote voeten, zodat ze altijd druk naar hun schoenen op zoek moesten als moeder een sporadisch tochtje naar de stad aankondigde. Het als een gek rondrennen door het huis, het hurken om onder de bedden te kijken, achter deuren, onder trappen en dan uiteindelijk de triomf van het vinden. De herinnering was zo levendig dat die bijna tastbaar werd.

Ze slaakte een diepe zucht. Door Sadie Sparrow de sleutels te geven was er bij haar een lang onderdrukte droefheid naar boven gekomen. Toen haar moeder overleed en zij het huis erfde, had Alice de sleutels weggestopt en zich voorgenomen er nooit meer een voet binnen te zetten. Een klein deel van haar had echter altijd geweten dat die belofte maar tijdelijk was, had geweten dat ze natuurlijk van gedachten moest veranderen. Loeanneth was haar thuis, haar dierbare thuis.

Maar ze was niet van gedachten veranderd en nu leek het erop dat dat ook nooit meer zou gebeuren. Ze had de sleutels, en de opdracht om de familiegeheimen uit te pluizen, aan een ander overgedragen, een jonge rechercheur, die ambitieus was, maar met een zekere afstand. Haar interesse in het oplossen van het misdrijf was puur theoretisch. Het leek op de een of andere manier iets af te sluiten, en een erkenning dat zij, Alice, zelf nooit terug zou gaan.

'Zin in een gin-tonic?'

Dat was Peter, met een kristallen karaf in de ene hand en twee glazen in de andere. IJsklontjes die rinkelden als een rekwisiet uit een toneelstuk van Noël Coward.

Alice glimlachte met meer opluchting dan ze wilde of dan hij verwachtte. 'Daar heb ik nou echt zin in.'

Ze gingen samen aan de smeedijzeren tafel zitten en hij schonk hun allebei een gin in. De smaak van citroen, bitter en ijskoud, precies waar Alice behoefte aan had. Ze praatten wat over de tuin en andere koetjes en kalfjes, een welkome afleiding van Alice' eerdere overpeinzingen. Als Peter haar blote voeten al had opgemerkt en dat een verontrustende inbreuk op de etiquette had gevonden, dan was hij te beleefd om er iets over te zeggen. Toen zijn glas leeg was, stond hij op en streek zijn haren weer op hun plaats.

'Ik moest maar eens op huis aan,' zei hij. 'Tenzij er nog iets is wat ik voor je kan doen?'

'Voor zover ik weet niet.'

Hij knikte maar ging niet weg, en het opeens schoot het Alice door het hoofd dat een dankbetuiging hier misschien gepast zou zijn. 'Dank je wel voor vandaag, Peter. Dat je het gesprek met rechercheur Sparrow hebt georganiseerd en de boel draaiende hebt gehouden toen ze er was.'

'Natuurlijk, geen probleem.' Hij pakte een loshangend takje van de klimop en liet het blaadje heen en weer rollen tussen zijn vingers. 'Ik hoop dat het een vruchtbaar gesprek was?'

'Ik geloof het wel.'

'Mooi,' zei hij. 'Dat is goed nieuws.' Maar nog steeds maakte hij geen aanstalten om te vertrekken.

'Peter?'

'Alice.'

'Je bent er nog.'

Hij zuchtte gedecideerd. 'Ik zal het maar gewoon zeggen.'

'Heel graag.'

'Nu de website af is, vroeg ik me af of ik niet even vrij kon nemen, of je me misschien een tijdje kunt ontslaan van mijn gebruikelijke taken.'

Alice was volkomen overdonderd. Peter had nog nooit om vrije dagen gevraagd en haar eerste impuls was om zijn verzoek te weigeren. Ze wilde hem niet ontslaan van zijn taken. Ze was aan hem gewend. Ze vond het prettig hem om zich heen te hebben. 'Juist.'

'Er is iets belangrijks – iets wat ik heel graag zou willen doen.'

Alice keek naar zijn gezicht en werd zich opeens pijnlijk bewust van haar eigen gedrag. De arme jongen had nog nooit ergens om gevraagd, zonder klagen deed hij alles wat ze vroeg, hij kookte haar eieren precies zoals ze ze lekker vond, en nu wilde ze het hem moeilijk maken. Wat was ze een oude chagrijn geworden. Hoe had het zo ver kunnen komen? Zij, die ooit een en al grenzeloze vreugde was geweest, die de wereld had gezien als een oord vol onbeperkte mogelijkheden. Was dit ook wat er met Eleanor gebeurd was? Alice slikte en zei: 'Hoe lang denk je dat je nodig hebt?'

Hij glimlachte, en zijn opluchting voelde als een beschuldiging. 'Ik denk dat drie, vier dagen wel genoeg zijn, met het weekend erbij.'

Het lag op het puntje van haar tong om te zeggen *Genoeg voor wat?* Maar ze wist de woorden op tijd in te slikken. Ze dwong haar gezicht in de welwillendste glimlach die ze kon opbrengen. 'Vier dagen dan. Dan zie ik je hier woensdag weer.'

'Eigenlijk…'

'Peter?'

'Ik hoopte dat je misschien mee zou willen.'

Haar ogen werden groot. 'Op vakantie?'

Peter lachte. 'Niet echt. Ik vind dat we naar Cornwall moeten gaan, naar Loeanneth. Niet om in de weg te lopen als rechercheur Sparrow bezig is met haar onderzoek, gewoon om er te zijn. Jij kunt de gang van zaken in de gaten houden en ik kan helpen met de dagboeken en de brieven. Lezen tussen de regels door, tekstanalyse – dat is mijn vak.'

Hij keek haar aandachtig aan, in afwachting van een reactie. Een uur eerder zou ze nog nee gezegd hebben, geen denken aan, maar nu kreeg ze dat niet over haar lippen. Net, toen ze zaten te praten en hun glaasje gin dronken, had er in de middaglucht een vertrouwde tuingeur gehangen van vochtige aarde en paddenstoelen die bij Alice een schok van herinneringen en verlangen teweeg had gebracht. Er was iets op Loeanneth waar ze behoefte aan had, begreep ze opeens, iets wat stond voor het meisje dat ze ooit was geweest, voor het schuldgevoel en de schaamte die ze al die jaren had ervaren, en plotseling verlangde ze er heviger naar dan ze in lange tijd naar iets had verlangd. Als ze het verleden ook maar enigszins achter zich wilde laten, vermoedde ze, dan zou ze ernaar op zoek moeten.

En toch. Om terug te keren naar Loeanneth. Ze had zichzelf beloofd dat nooit te doen…

Ze kwam er gewoon niet uit. Dat alleen al was verontrustend: Alice Edevane leed niet aan besluiteloosheid. Ze kon niet anders dan concluderen dat de dingen uit elkaar begonnen te vallen, dat ze haar greep op de samenhang aan het verliezen was; en bovendien, dat het misschien niet eens zo slecht zou zijn als ze haar houvast enigszins verloor.

Peter stond daar nog steeds.

'Ik weet het niet,' zei Alice ten slotte. 'Ik weet het gewoon niet.'

Nadat Peter was vetrokken bleef Alice nog een uur in de tuin zitten. Ze dronk nog een glas gin, en toen nog een, en luisterde hoe haar buren hun geruststellende avondritueel uitvoerden, hoe het verkeer op de straat achter het huis drukker werd en vervolgens weer afnam, hoe de laatste vogels van de dag broederlijk een onderkomen zochten. Het was een van die volmaakte zomerse avonden waarop alles een hoogtepunt heeft bereikt. Een van de omslagpunten van de natuur. De lucht was zwaar van de bedwelmende geuren, de hemel kleurde roze, zachtpaars en donkerblauw, en ondanks alles wat ze de afgelopen dagen had gehoord, werd Alice bevangen door een enorm gevoel van rust.

Toen ze uiteindelijk naar binnen ging, zag ze dat Peter een maaltijd voor haar had achtergelaten op het fornuis. De tafel was gedekt met haar favoriete servies en een briefje met instructies over het opwarmen van de soep stond rechtop tegen de houder met keukengerei bij het fornuis. Blijkbaar had Alice een overtuigend hulpeloze indruk gemaakt. Ze had nog geen honger en besloot eerst wat te lezen. In de woonkamer stond ze tot haar eigen verbazing echter plotseling met een foto in haar hand van die familiepicknick op Loeanneth, zo lang geleden. Vlak voor alles uiteenviel. Hoewel het op dat moment, bedacht ze, natuurlijk al kapot was geweest.

Aandachtig bekeek ze het gezicht van haar moeder. Eleanor was in 1933 achtendertig geweest, stokoud in de ogen van een zestienjarige, maar vanuit Alice' huidige gezichtspunt nog maar een kind. Ze was mooi geweest, met opvallende trekken, maar Alice vroeg zich af hoe het kon dat ze het verdriet in haar moeders ogen nooit had gezien. Nu ze wist van de niet-aflatende beproeving die het voor haar moeder was geweest om voor haar vader te zorgen, om zijn aandoening voor zichzelf te houden, zijn teleurstellingen in zich op te nemen alsof ze de hare waren, kon Alice dat duidelijk zien. Op een bepaalde manier maakte het haar moeder nog aantrekkelijker. Er lag een alertheid in haar houding, iets onrustigs in haar doordringende blik en een zwaarte in haar gelaatstrekken, van volharding misschien, of trots. Ze was breekbaar en sterk en betoverend. Geen wonder dat Ben verliefd op haar was geworden.

Alice zette de foto weer op zijn plaats. Clemmie was erg in de war geweest toen ze Deborah vertelde wat ze had gezien. 'Ze was twaalfenhalf,' zei Deborah. 'Maar jong voor haar leeftijd. Ze zag ertegenop om haar jeugd achter zich te laten. En het was natuurlijk haar móéder geweest.' Alice zag helemaal voor zich hoe haar kleine zusje op de houten veranda van het boothuis was geklommen, haar arm stevig tegen het glas had geduwd en met haar voorhoofd op de rug van haar hand door het raam had getuurd. Hoe verwarrend moest het zijn geweest om haar moeder en Ben zo samen te zien. En hoe vreselijk moest het voor papa zijn geweest toen hij erachter kwam. En voor Deborah. 'Toen Clemmie me het vertelde dacht ik dat ik het moeder nooit zou kunnen vergeven,' gaf ze toe toen Alice zoiets opperde.

'Maar dat kon je wel.'

'Hoe kon ik anders na wat er met Theo is gebeurd? Haar ontrouw viel in het niet vergeleken bij zijn verdwijning, vind je niet? Ik denk dat ik het gevoel had dat ze genoeg gestraft was, en mijn medeleven was groter dan mijn woede. Bovendien, ze ging na alle gebeurtenissen weer terug naar papa. Ik dacht: als hij haar kan vergeven, kan ik het ook.'

'En Clemmie?'

Deborah schudde haar hoofd. 'Je kwam er nooit makkelijk achter wat er in Clemmie omging. We hebben het er nooit meer over gehad. Ik heb het een of twee keer geprobeerd, maar toen keek ze me aan alsof ik wartaal sprak. Ze was zo bezig met haar gevlieg. Soms leek het wel alsof het haar lukte om te blijven zweven boven de menselijke conflicten die de rest van ons in hun greep hielden.'

Maar was dat wel zo? Plotseling zag ze de steeds groter wordende afstand tussen Clemmie en hun moeder in een ander daglicht. Alice had die altijd beschouwd als een aspect van Clemmies opstandige, eenzelvige karakter. Het was nooit in haar opgekomen, geen moment, dat er zo iets specifieks en traumatisch aan ten grondslag kon liggen.

En ik dan? kon Alice nog net inslikken. In plaats daarvan zei ze, iets opgewekter dan ze zich voelde: 'Ik vraag me wel af waarom je me dit niet eerder hebt verteld. Niet over de affaire, bedoel ik, maar alles. Papa, zijn oorlogsneurose, Theo.'

Deborahs lippen trilden binnen hun strakke lijn. 'We hielden allemaal van papa, maar jij, Alice – jij verafgoodde hem. Ik wilde je dat niet ontnemen.' Ze probeerde te lachen maar het geluid dat ze voortbracht was schril. 'Hemel, dat klinkt alsof ik dat uit nobele overwegingen deed, maar dat was niet zo. Dat was helemaal niet zo.' Ze zuchtte. 'Ik heb het je niet verteld, Alice, omdat ik dacht dat je mij de schuld zou geven van papa's woede. Ik wist dat je mij de schuld zou geven en ik wist dat je gelijk zou hebben. Die gedachte verdroeg ik gewoon niet.'

Toen had ze gehuild, van schuldgevoel en verdriet, en toegegeven dat ze zich soms afvroeg of het feit dat ze zelf zoveel moeite had moeten doen om kinderen te krijgen geen straf was voor wat ze had gedaan. Maar Alice had haar gerustgesteld. Om te beginnen werkte de kosmos niet zo, en verder was haar reactie volkomen begrijpelijk. Ze had een enorme loyaliteit gevoeld jegens papa en een tomeloze woede ten aanzien van haar moeder. Ze had niet kunnen weten welke vreselijke gebeurtenissen ze in gang had gezet.

Zoveel puzzelstukjes, en ieder van hen had weer andere in handen. De enige die het allemaal had geweten was Eleanor, en zij had niemand iets verteld. Voor Sadie Sparrow was het een raadsel geweest hoe Eleanor haar man ooit had kunnen vergeven voor wat hij had gedaan. Tijdens hun gesprek had voortdurend de onuitgesproken vraag geklonken: *Hield ze niet van haar baby?* Maar haar moeder had zielsveel van Theo gehouden. Niemand die haar kende had een andere indruk kunnen hebben. Ze had de rest van haar leven gerouwd en was elk jaar teruggekeerd naar Loeanneth, zonder het papa ooit voor de voeten te werpen. 'De liefde rekent het kwade niet toe,' had Eleanor op de avond voor haar huwelijk tegen Deborah gezegd, en in haar geval was dat waar geweest. En daarnaast had ze nog een reden om haar man trouw te blijven. Rechercheur Sparrow vond dat misschien moeilijk te begrijpen, maar Alice wist dat het kwam omdat haar moeder ervan overtuigd was dat ze fout had gehandeld. Dat alles wat er gebeurde een straf was omdat ze papa een belofte had gedaan, waaraan ze zich niet had gehouden.

Alice keek opnieuw naar de foto. Ze vroeg zich af hoe lang haar moeders relatie met Ben had geduurd. Hadden ze elkaar maar een paar keer gezien, of waren ze van elkaar gaan houden? Op het moment dat Deborah het haar vertelde, had Alice zich geschaamd. Ze had onmiddellijk moeten denken aan het boothuis, die middag dat Ben haar had afgewezen. Ze had hem toen gevraagd of er een ander was en aan de liefdevolle uitdrukking op zijn gezicht had ze gezien dat dat inderdaad zo was. Ze had er echter niet aan kunnen zien wie.

Ze had zich voorgesteld hoe ze haar met z'n tweeën achter haar rug om uitgelachen hadden en voelde zich ongelooflijk dom. Maar nu voelde Alice zich niet langer onnozel. De overrompelende emoties van een aantal dagen geleden waren nu vervaagd tot een zwakke afspiegeling van zichzelf.

Ze was een kind van vijftien geweest toen ze elkaar hadden leren kennen, voorlijk maar naïef, en ze was verliefd geworden op de eerste oudere man die enige interesse in haar toonde, waarbij ze zijn vriendelijkheid had verward met beantwoorde liefde. Het was een simpel verhaal en ze vergaf zichzelf haar kinderlijkheid. Ze wist ook dat haar moeder haar nooit uitgelachen zou hebben. Integendeel, ze begreep nu waarom Eleanor haar zo vaak en zo consequent had geprobeerd te waarschuwen om niet al te gehecht te raken aan iemand die niet 'geschikt' voor haar was.

Ook was Alice niet jaloers dat Ben Eleanor had verkozen boven haar. Hoe kon ze jaloers zijn op haar moeder, die zoveel had geleden en verloren? Die destijds zoveel jonger was geweest dan Alice nu was, en die nu zelf al bijna zestig jaar dood was. Het zou zijn alsof ze jaloers was op een eigen kind, of een personage uit een boek dat ze lang geleden had gelezen. Nee, Alice was niet jaloers, ze was verdrietig. Niet nostalgisch; er was niets algemeens of onverklaarbaars aan haar gevoelens. Ze was verdrietig dat haar moeder alles in haar eentje had moeten dragen. Misschien, dacht Alice terwijl ze keek naar het gezicht van haar moeder, zo lang geleden, was dat wel de aantrekkingskracht geweest. Ben was een lieve man, zachtaardig, innemend en vrij van de knellende banden van verantwoordelijkheid die voor Eleanor soms een ondraaglijke last moesten zijn geweest.

Alice' blik viel nu op haar vader, zittend op de rand van het picknickkleed achter de rest van het gezelschap. Achter hem stond een stenen muurtje en terwijl ze zo naar de foto van haar vader keek, realiseerde Alice zich dat haar vader in haar ogen altijd net zo betrouwbaar en stevig was geweest als de oude stenen muren langs de velden van Loeanneth. Deborah had gezegd dat Alice hem verafgoodde. Zeker, ze had misschien meer dan wie dan ook van hem gehouden, en ook gewild dat hij evenveel van haar hield. Maar dat gold voor hen allemaal, ze hadden allemaal gestreden om zijn liefde.

Nu bestudeerde ze elk detail van zijn vertrouwde gezicht en probeerde in de geliefde gelaatstrekken de geheimen daaronder te zien. Alice wist wel iets over oorlogsneurose, net zoveel als iedereen wist, over beven en nachtmerries en beschadigde mannen die ineen doken bij het horen van een hard geluid. Maar Deborah had gezegd dat het voor papa anders was geweest. Zijn concentratievermogen was aangetast, en zijn handen hadden af en toe getrild, te veel om zijn opleiding tot chirurg te kunnen vervolgen.

Maar het was iets anders wat hem werkelijk geplaagd had, één gebeurtenis in het bijzonder in plaats van een scala aan gruwelen. Eén afschuwelijke ervaring op het slagveld die op haar beurt weer verwoestende gevolgen had gehad voor hun gezin in vredestijd.

Alice' focus verschoof daarna als vanzelf naar Theo. Hij zat aan zijn moeders voeten, met een betoverende glimlach die zijn gezicht deed stralen, en had zijn armpje uitgestrekt naar Clemmie. Zijn knuffelhond bungelde in zijn hand en voor oningewijden had het kunnen lijken alsof hij hem aan zijn zus wilde geven. Maar Theo zou Puppy nooit hebben weggegeven, niet uit eigen beweging. Wat was er met die knuffel gebeurd? Waar Puppy nu was, was eigenlijk van weinig belang vergeleken bij al het andere, maar toch was Alice benieuwd. Het was de schrijfster in haar, nam ze maar aan, altijd bezig om de kleinste details een plaats te geven. Er waren ook grotere vragen die onbeantwoord waren gebleven. Van de meest fundamentele – Hoe was het gebeurd? Wanneer was het tot papa doorgedrongen wat hij had gedaan? Hoe was moeder erachter gekomen? – tot de meest prangende wat Alice betrof: Wat was er in vredesnaam met haar vader gebeurd dat hij zo gereageerd had? Alice had er alles voor overgehad om nog eens met haar moeder en vader te kunnen praten, om ze er onomwonden naar te vragen, maar ze kon niets anders dan hopen dat de antwoorden te vinden waren in de papieren op Loeanneth.

Ze had het aan Sadie Sparrow overgelaten om ernaar op zoek te gaan, maar het was Alice nu duidelijk dat ze niet werkeloos kon blijven toezien. Ze had zich voorgenomen om nooit meer terug te keren naar Loeanneth, maar opeens wilde ze niets liever dan dat. Ze stond abrupt op, begon door de bibliotheek te ijsberen en wuifde haar verhitte gezicht koelte toe. Teruggaan naar Loeanneth... Peter had gezegd dat ze hem alleen maar hoefde te bellen... Zou ze het echt laten gebeuren dat ze vast bleef houden aan een belofte die ze in de hitte van de jeugd en onzekerheid en angst had gedaan?

Alice keek naar de telefoon en haar hand trilde.

27

Cornwall, 1932

Hij leidde een bevoorrecht leven. Dat maakte het zoveel erger. Hij had een vrouw van wie hij hield, drie dochters wier onschuld en goedheid licht in zijn leven brachten, en nu was er ook nog een baby op komst. Hij woonde in een prachtig huis met een wilde tuin, aan de rand van een groot, groen bos. Vogels zongen in zijn bomen, eekhoorns bouwden er hun voorraad-kamers en forellen werden dik in zijn beek. Het was zoveel meer dan hij verdiende. Miljoenen mannen waren ieder uitzicht op een normaal leven verloren, of waren omgekomen in de modder en de waanzin. Mannen die alles hadden willen geven voor een schijntje van wat hij had. Maar terwijl zij dood en vergeten waren, bleven Anthony's zegeningen maar binnen-stromen.

Hij liep de bocht door over het pad langs het meer en hield halt toen het boothuis in zicht kwam. Dat zou altijd een bijzondere plek blijven. Die eenvoudige dagen van voor de oorlog, toen het huis werd opgeknapt en hij en Eleanor bij de rivier hadden gebivakkeerd. Hij wist niet of hij ooit nog zo gelukkig was geweest. Alles was zo zeker geweest. Hij had een doel gehad, en talent en het vertrouwen dat voortkomt uit jong, onbeschadigd en onbeproefd zijn. Hij meende toen oprecht te kunnen zeggen dat hij een góéd mens was. Het leven had een rechte weg geleken die voor hem lag, en hij hoefde er alleen nog maar overheen te lopen.

Toen de oorlog was afgelopen en hij naar huis terugkeerde, had Anthony veel tijd doorgebracht in het boothuis. Soms had hij er gewoon maar wat gezeten en naar de rivier gekeken, op andere momenten had hij oude brie-ven herlezen. Er waren ook dagen geweest dat hij alleen maar had gesla-pen. Hij was zo moe geweest. Soms had hij gedacht nooit meer wakker te zullen worden, en er waren dagen genoeg waarop hij dat ook niet erg had gevonden. Maar hij werd wel weer wakker, telkens weer, en met Eleanors hulp had hij zijn studeerkamer op de zolder van het huis weer ingericht, en hadden de meisjes het boothuis overgenomen. Het was een kinderplek geworden van spel en avontuur, en nu diende het als onderkomen voor het personeel. Die gedachte stond hem aan. Anthony stelde zich voor dat er lagen bestonden van tijd en gebruik, de geesten van gisteren die plaatsmaakten voor de spelers van vandaag. Gebouwen waren zoveel groter dan een mensenleven en was dat geen zegen? Dat was hem het liefst aan de bossen en velden van Loeanneth: generaties hadden erin rondgelopen, hadden de velden bewerkt en waren eronder begraven. Er ging zoveel troost uit van de duurzaamheid van de natuur. Zelfs de bossen bij Menen zouden inmiddels wel zijn teruggegroeid. Bijna niet voor te stellen, maar het kon niet anders. Groeiden er bloemen op Howards graf?

Soms dacht hij aan de mensen die ze in Frankrijk hadden leren kennen. Hij deed zijn best om dat niet te doen, maar ze verschenen uit eigen beweging voor zijn geestesoog, de dorpelingen en boeren wier huizen midden in de oorlog hadden gestaan. Leefden ze nog, vroeg hij zich af, meneer Durand en mevrouw Fournier, en de ontelbare anderen die hen, al dan niet van harte, hadden ingekwartierd? Waren de mensen wier leven ze hadden ontwricht en wier huizen en boerderijen ze hadden vernield, toen de wapenstilstand was getekend en de geweren terzijde geschoven aan het lange, trage proces van wederopbouw begonnen? Hij vermoedde dat ze geen keus hadden gehad. Waar hadden ze anders heen gemoeten?

Anthony liep dicht langs de heg in de richting van het bos. Alice had vandaag met hem mee willen komen, maar Eleanor had daar een stokje voor gestoken en als alternatief een taakje bedacht om haar bezig te houden. Zijn vrouw was in de loop der jaren een expert geworden in het aanvoelen van zijn stemmingen. Er waren momenten dat zij hem beter leek te kennen dan hijzelf. De laatste tijd beging hij wel eens een misstap. Sinds Eleanor hem had verteld over de nieuwe baby ging het bergafwaarts. Het baarde hem zorgen. Ze had gedacht dat hij blij zou zijn met het nieuws, en in zekere zin was dat ook zo, maar steeds vaker dwaalden zijn gedachten af naar de schuur op de boerderij van mevrouw Fournier. 's Nachts hoorde hij denkbeeldig gehuil, het huilen van een kind, en elke keer dat er een hond blafte moest hij een tijdlang heel rustig blijven staan en zich voorhouden dat er niets aan de hand was, dat het maar in zijn hoofd zat. Alsof dat de zaak beter maakte.

Een zwerm vogels schoot door de lucht en Anthony huiverde. Een fractie van een seconde lang lag hij weer op de grond achter de melkschuur in Frankrijk, met een stekende pijn in zijn schouder op de plek waar Howards vuist was neergekomen. Hij kneep zijn ogen stijf dicht, haalde vijf maal diep adem, en waagde het toen ze weer op een spleetje open te doen en het licht naar binnen te laten stromen. Hij deed zijn uiterste best om slechts de weidse, open velden van Loeanneth te zien, de schommel van Alice, het laatste hekje dat van de weiden naar de bossen leidde. Langzaam maar vastberaden begon hij erheen te lopen.

Het was maar goed dat hij vandaag alleen was gaan wandelen. Eleanor had gelijk gehad, hij werd steeds onvoorspelbaarder. Het baarde hem zorgen dat hij iets zou kunnen doen zonder dat te beseffen, of dat de meisjes iets zouden zien of horen. En ze mochten niet weten wat hij had gedaan, wat hij was; de gedachte daaraan was ondraaglijk voor hem. Erger nog, ze mochten nooit vermoeden wat hij bíjna had gedaan, over welke monsterlijke grens hij bijna heen was gegaan.

Niet lang geleden was hij op een nacht wakker geschrokken van een geluid in het duister van de slaapkamer die hij met Eleanor deelde. Hij was rechtop in bed gaan zitten en besefte dat zich in het schimmige hoekje bij de gordijnen iets bevond. Iemand. Anthony's hart was als een bezeten tekeergegaan. 'Wat is er?' had hij gesist. 'Wat wil je?'

De man was langzaam op hem toe gelopen en op het moment dat hij door een straal maanlicht stapte, had Anthony gezien dat het Howard was.

'Ik word vader,' zei hij. 'Ik word vader, Anthony, net als jij.'

Anthony had zijn ogen stijf dichtgeknepen en zijn handen zo stevig om zijn oren geklemd dat zijn slapen ervan bonkten. Toen hij weer bij zinnen kwam, was Eleanor wakker en had ze haar armen om hem heen geslagen, brandde de lamp op het nachtkastje en was Howard verdwenen.

Maar hij zou terugkomen; hij kwam altijd terug. En nu, met de nieuwe baby op komst, zou Anthony hem met geen mogelijkheid meer op afstand kunnen houden.

Ze bevonden zich al tweeënhalf jaar op het slagveld. Er zat niet veel beweging meer in de gevechten aan het front en ze waren terechtgekomen in een schijnbaar eindeloze golfbeweging van vijandigheid aan de frontlinie gevolgd door een terugtrekkende beweging daarvandaan. Het plaatsje Warloy-Baillon en de bewoners hadden ze goed leren kennen, en voor zover dat mogelijk was in hun hel van strijd en loopgraven hadden ze het er redelijk. Er sijpelden echter geruchten door de gelederen dat ze zich opmaakten voor een groot offensief en daar was Anthony blij om. Hoe eerder ze dit bloederige geheel wonnen, des te eerder konden ze allemaal naar huis.

Hij had net een paar dagen verlof uit de loopgraven gehad en zat aan de eiken boerentafel in de keuken van hun onwillige gastheer, meneer Durand, te genieten van een kop thee uit porselein in plaats van tin, terwijl hij Eleanors laatste brief herlas. Ze had een foto gestuurd van Deborah en de nieuwe baby, Alice, een lief mollig meisje met een verbazingwekkend felle en vastberaden uitstraling. Na nog een laatste blik op de foto stak hij hem voorzichtig in de zak van zijn jas.

De brief, geschreven op het met klimop omrande papier dat hij haar cadeau had gedaan, was precies waar hij om gevraagd had: verhaal na verhaal over een leven waarvan hij zich zo langzamerhand begon af te vragen of het niet alleen in verhalen bestaan had. Bestond er echt een huis dat Loeanneth heette, een meer met eenden en een eiland in het midden, en een dansend riviertje dat onder langs de tuin kronkelde? Waren er twee Engelse meisjes genaamd Deborah en Alice die hun ochtenden doorbrachten in een moestuin die was aangelegd door hun ouders en daar zoveel aardbeien aten dat ze er misselijk van werden? *Ze voelden zich daarna allebei helemaal niet lekker,* had Eleanor geschreven, *maar wat kun je ertegen doen? Het is een stelletje kleine stiekemerds als het aankomt op het plunderen van de moestuin. Deborah stopt ze in haar zakken en voert ze aan Alice als ik even niet kijk. Ik weet niet of ik boos moet zijn of trots! En al zie ik het wel, dan nog kan ik het niet over mijn hart verkrijgen om het ze te verbieden. Is er iets heerlijkers dan verse aardbeien plukken op het veld? Om je er tegoed aan te doen en weg te smelten van de zoetheid? Maar hemel, de kinderkamer, Anthony, die kleefvingertjes – het heeft er nog dagen naar warme jam geroken!*

Anthony keek op en zag Howard in de keukendeur staan. Hij voelde zich betrapt in een privémoment van zwakte, vouwde de brief snel op en schoof hem naast de foto in zijn zak. 'Wat mij betreft kunnen we gaan,' zei hij, terwijl hij zijn pet pakte en die recht op zijn hoofd zette.

Howard liet zich in de rustieke stoel aan het andere eind van de tafel zakken.

'Je bent nog niet zover,' zei Anthony.

'Ik ga niet.'

'Je gaat niet waarheen?'

'Terug naar het front.'

Anthony trok verbijsterd zijn wenkbrauwen op. 'Is dat een grapje? Ben je ziek?'

'Geen van beide. Ik vertrek, ik deserteer, geef er maar een naam aan. Ik ga weg met Sophie.'

Anthony zat niet vaak om woorden verlegen, maar nu was hij sprakeloos. Hij wist wel dat Howard de huishoudster van meneer Durand erg leuk vond. Het arme meisje was in de eerste weken van de oorlog haar man verloren. Ze was pas achttien en had een zoontje, Louis, om voor te zorgen, en geen familie of vrienden meer in het dorp. Maar hij had zich niet gerealiseerd dat de relatie zulke serieuze vormen had aangenomen.

'We houden van elkaar,' zei Howard. 'Ik weet dat het belachelijk klinkt in tijden als deze, maar het is gewoon zo.'

De kanonnen zwegen nooit hier in de buurt, altijd was hun gebrul op de achtergrond te horen. Ze waren gewend geraakt aan het dreunen van de aarde, en het rammelen van de kopjes en schoteltjes op de tafel. Ze waren meester geworden in het negeren van het feit dat elke dreun de dood van nog meer mannen betekende.

Anthony hield zijn theekopje stil en zag het oppervlak van de resterende vloeistof trillen. 'Je houdt van haar,' herhaalde hij. Het was een vreemde zin om te horen in deze omgeving, waar ze veel vertrouwder waren met opmerkingen over ratten en modder en bloederige ledematen.

'Ik ben geen vechter, Anthony.'

'We zijn nu allemaal vechters.'

'Ik niet. Ik heb tot dusver geluk gehad, maar mijn geluk raakt op.'

'We moeten afmaken waar we aan begonnen zijn. Als een man zijn land niet kan dienen, kan hij beter dood zijn.'

'Dat is onzin. Ik denk niet dat ik dat ooit geloofd heb. Wat heeft Engeland aan mij? Ik kan nu veel meer betekenen voor Sophie en Louis dan voor Engeland.'

Hij gebaarde vaag naar het raam, en Anthony zag Sophie en de baby op een tuinbankje aan de andere kant van de tuin zitten. Ze maakte kirrende geluidjes naar het kind, een prachtig kind, met grote glanzende bruine ogen en een kuiltje in beide wangen, dat lachte en met zijn mollige handje het gezicht van zijn moeder probeerde aan te raken.

Anthony ging wat zachter praten. 'Luister. Ik kan wel verlof voor je regelen. Je kunt een paar weken terug naar Engeland. Weer op adem komen.'

Howard schudde zijn hoofd. 'Ik ga niet terug.'

'Je hebt geen keus.'

'Er is altijd een keus. Ik vertrek vanavond. Wij vertrekken.'

'Je gaat nu met mij terug – dat is een bevel.'

'Ik wil bij haar zijn. Ik wil weten hoe een normaal leven voelt. Vader zijn. Echtgenoot zijn.'

'Dat kun je allemaal worden, en dat zúl je ook worden. Maar je moet het op een fatsoenlijke manier doen. Je kunt niet zomaar weglopen.'

'Ik had het je normaal gesproken niet verteld, maar je bent meer dan een vriend, je bent een broer.'

'Ik kan dit niet toestaan.'

'Je zult wel moeten.'

'We weten allebei wat er met deserteurs gebeurt.'

'Ze zullen me eerst moeten pakken.'

'Dat gaat gebeuren.'

Howard glimlachte verdrietig. 'Anthony, ouwe vriend, ik ben zo goed als dood daarbuiten. Mijn ziel is dood, en met mijn lichaam zal het niet lang meer duren.' Hij stond op en schoof zijn stoel langzaam onder de tafel. Hij verliet de keuken van de boerderij en neuriede een deuntje dat Anthony al in geen jaren had gehoord, een dansnummer uit hun studiejaren.

Het fluiten, dat deuntje, de achteloze manier waarop zijn vriend zijn eigen doodvonnis tekende... Alle gruwelijke dingen die ze samen gezien en gedaan hadden, de meedogenloosheid van de hele onderneming, alles wat Anthony had onderdrukt om het hoofd boven water te houden – de ellendige hevigheid waarmee hij Eleanor en zijn dochtertjes miste, zijn baby Alice die hij nog nooit gezien had – dat alles dreigde hem nu te veel te worden.

Zijn gedachten werden troebel en met een ruk stond hij op. Hij rende de keuken uit, het grasveld over, over de paden tussen de verschillende bijgebouwen. Hij haalde Howard in in het steegje achter de melkschuur van de buren. Zijn vriend was al aan het eind en Anthony schreeuwde: 'Hé. Blijf staan.'

Howard bleef niet staan; in plaats daarvan riep hij over zijn schouder: 'Je bent niet langer mijn bevelvoerend officier.'

Anthony voelde angst en hulpeloosheid en woede in zich opkomen, als een hoge golf die niet te stuiten was. Hij kon dit niet laten gebeuren. Hij moest dit op de een of andere manier zien tegen te houden.

Hij begon te rennen. Hij was nooit een gewelddadige man geweest – hij was in opleiding om arts te worden, een genezer – maar nu bonsde zijn hart en racete het bloed door zijn aderen, en elk beetje woede en verdriet en frustratie dat hij de afgelopen jaren had gevoeld pulseerde onder zijn huid. Toen hij vlak bij Howard was, nam hij een sprong en trok hem mee naar de grond.

De twee mannen rolden over elkaar heen, worstelend, knokkend, en probeerden allebei tevergeefs de ander de beslissende vuistslag toe te brengen. Howard was de eerste die erin slaagde. Hij duwde zichzelf naar achteren om ruimte te scheppen en haalde uit met een linkse hoek. Anthony voelde een pijnscheut door zijn borst en schouder schieten.

Howard had gelijk, hij was geen vechter, net zo min als Anthony, en de vechtpartij was slopender dan ze verwachtten. De twee mannen hielden op met vechten en lieten zich achterover op hun rug vallen. Hun borstkas ging op en neer terwijl ze weer op adem probeerden te komen. De vlaag van waanzin was voorbij.

'O god,' zei Howard ten slotte. 'Het spijt me. Ben je gewond?'

Anthony schudde zijn hoofd. Hij staarde omhoog naar de lucht, die nog verblinderder leek nu hij buiten adem was. 'Godallemachtig, Howard.'

'Ik zei toch dat het me speet.'

'Je hebt geen eten, niets om mee te nemen… Wat ben je in vredesnaam van plan?'

'Sophie en ik – we hebben genoeg. We hebben elkaar.'

Anthony deed zijn ogen dicht en legde zijn hand op zijn borst. De zon scheen aangenaam op zijn wangen en kleurde de binnenkant van zijn oogleden oranje. 'Je weet dat ik je moet tegenhouden.'

'Dan zul je me moeten neerschieten.'

Anthony knipperde met zijn ogen in het felle licht. Een pijlpunt van vogels stak zwart af tegen het stralende blauw van de lucht. Terwijl hij ze nakeek leken al zijn zekerheden te vervliegen. Deze dag, de warme zon, de vogels, het behoorde allemaal niet meer tot het terrein van de oorlog. Het was alsof er vlak boven hun hoofd een andere realiteit was ontstaan. Dat ze, als ze maar hoog genoeg kwamen, konden ontsnappen aan deze plek die de wereld heette.

Howard was overeind gekomen en zat met zijn rug tegen de stenen muur naar zijn gekneusde hand te kijken. Anthony ging naast hem zitten. Zijn ribben deden pijn.

'Jullie willen dit echt doen.'

'Ja.'

'Vertel me dan wat je plan is. Je hebt vast een plan. Je bent toch niet zo stom om een vrouw en een kind zomaar mee te slepen door het land.'

Anthony luisterde aandachtig toen Howard zijn plan uiteenzette. Hij probeerde niet te denken aan het leger en de regels en wat er zou gebeuren als zijn vriend gepakt werd. Hij luisterde gewoon, knikte en dwong zichzelf te geloven dat het kans van slagen had.

'Die tante van Sophie, die woont in het zuiden?'

'Bijna op de Spaanse grens.'

'En jullie zijn daar welkom?'

'Ze is als een moeder voor Sophie.'

'En de reis? Hoe kom je aan eten?'

'Ik heb rantsoenen opgespaard, en het pakje dat Eleanor had opgestuurd. En Sophie heeft wat brood en water weten te bemachtigen.'

'Uit meneer Durands keuken?'

Howard knikte. 'Ik zal geld voor hem achterlaten. Ik ben geen dief.'

'Waar heb je die spullen bewaard?'

'Er staat een schuur aan de rand van het land van mevrouw Fournier. Die wordt niet meer gebruikt. De granaten hebben enorme gaten in het dak geslagen en het is er zo lek als een mandje.'

'Een paar rantsoenen, een taart, een brood – dat is niet genoeg. Je zult je dagenlang schuil moeten houden en je hebt geen idee wat je in het zuiden tegen gaat komen.'

'We redden ons wel.'

Anthony dacht aan de voorraadkamer van het leger. De blikken met vlees en gecondenseerde melk, de bloem en kaas en jam. 'Je hebt meer nodig,' zei hij. 'Wacht tot het donker is. Dan is iedereen druk bezig met het offensief van morgen. Ik zie je in de schuur.'

'Helemaal niet. Ik wil je er niet bij betrekken.'

'Ik ben er al bij betrokken. Je bent mijn broer. '

Die avond vulde Anthony een plunjezak met alles wat hij kon bemachtigen. Hij zorgde ervoor dat hij niet gevolgd werd. Als officier had hij meer privileges dan de meeste anderen, maar hij kon het zich niet veroorloven om op de verkeerde plek betrapt te worden met een zak vol gestolen etenswaren.

Bij aankomst rammelde hij aan de deur van de schuur en klopte toen eenmaal, zoals ze hadden afgesproken. Howard deed meteen open; hij moest aan de andere kant hebben staan wachten. Ze omarmden elkaar. Anthony kon zich niet herinneren dat ze dat ooit hadden gedaan. Later zou hij zich afvragen of ze geen voorgevoel hadden gehad van wat er komen ging. Hij overhandigde het pakket.

Het maanlicht stroomde als zilver door een gat in het dak en in de hoek op een baal hooi zag hij Sophie zitten met de baby in een canvas draagdoek. Het kind sliep met een blik van uiterste concentratie op zijn gezichtje, de lippen getuit als een rozenknop. Anthony benijdde het kind om zijn vredigheid. Ook nu al wist hij dat hij nooit meer zo zou kunnen slapen. Hij knikte bij wijze van groet en Sophie glimlachte verlegen. Hier was ze niet langer het dienstmeisje van meneer Durand, maar de geliefde van Anthony's beste vriend. Dat maakte alles anders.

Howard liep naar haar toe en ze spraken zachtjes met elkaar. Sophie luisterde aandachtig, met nu en dan een snelle hoofdknik. Op een gegeven moment legde ze een kleine, fijn gevormde hand op zijn borst. Howard legde de zijne daarop. Anthony voelde zich een indringer, maar hij kon zijn blik niet afwenden. Hij werd geraakt door de uitdrukking op het gezicht van zijn vriend. Hij leek ouder, maar niet omdat hij moe was. Het masker van valse humor dat hij had gedragen zo lang Anthony hem kende, de defensieve glimlach die de wereld uitlachte voor de wereld hem kon uitlachen, was verdwenen.

De twee geliefden beëindigden hun tedere gesprek en Howard kwam snel afscheid van hem nemen. Anthony begreep dat het nu echt ging gebeuren. De hele middag had hij zich lopen afvragen wat hij zou zeggen als het zover was. Een heel leven aan goede wensen en spijtbetuigingen was door zijn hoofd geschoten, en willekeurige andere dingen die hij anders misschien nooit meer zou kunnen zeggen, maar nu waren die allemaal als sneeuw voor de zon verdwenen. Er was te veel te zeggen en te weinig tijd om dat te doen.

'Pas goed op jezelf,' zei hij.

'Jij ook.'

'En als het allemaal achter de rug is…'

'Ja. Als het allemaal achter de rug is.'

Buiten klonken geluiden en ze verstijfden allebei.

In de verte blafte een hond.

'Howard,' riep Sophie, verschrikt fluisterend. '*Dépêche-toi! Allons-y.*'

'Ja.' Howard knikte, nog steeds met zijn blik gericht op Anthony. 'We moeten gaan.'

Hij snelde op Sophie toe, gooide de plunjezak over zijn schouder en greep de andere tas aan haar voeten.

De hond blafte nog steeds.

'Houd je muil,' lispelde Anthony. 'Houd alsjeblieft je muil.'

Maar de hond zweeg niet. Hij gromde en kefte en kwam dichterbij, hij zou de baby wakker maken, en nu klonken er buiten ook stemmen.

Anthony nam de ruimte in zich op. Er was een raamopening, maar te hoog om de baby door naar buiten te tillen. Een open deur in de muur aan de andere zijde leidde naar een klein voorvertrek. Hij gebaarde erheen.

Ze persten zich erin. Het was er donkerder zonder het maanlicht. Ze hielden allemaal hun adem in en luisterden. Langzaam raakten hun ogen gewend aan het duister. Anthony zag de enorme angst op Sophies gezicht. Howard, met zijn arm om haar heen, was minder makkelijk te peilen.

Het scharnier van de schuurdeur knarste en de deur vloog rammelend open.

De baby was inmiddels wakker en zachtjes aan het brabbelen geslagen. Er was niets grappigs aan de situatie, maar dat wist het kind niet. Hij was gewoonweg blij met het leven en dat maakte hem aan het lachen.

Anthony hield een vinger tegen zijn lippen, en gebaarde met klem dat ze hem stil moesten houden.

Sophie fluisterde iets in het oor van het kind, maar dat vond hij alleen maar vermakelijk, zodat hij nog harder lachte. *Een spelletje*, zeiden zijn donkere, twinkelende ogen, *wat leuk!*

Anthony voelde hoe zijn nekharen overeind gingen staan. De voetstappen kwamen nu erg dichtbij, het geroezemoes van stemmen werd luider. Nogmaals drukte hij zijn vinger stevig tegen zijn lippen en Sophie probeerde het kind te sussen. Nu klonk er paniek door in haar gefluister.

Maar de kleine Louis had geen zin meer in het spelletje, misschien had hij ook honger. Hij wilde weg uit de armen van zijn moeder en begreep niet waarom dat niet mocht. Zijn gekir ging over in huilen, een huilen dat steeds harder werd, en in een flits stond Anthony naast Sophie, zijn handen op het kind, in een poging het uit de draagdoek te halen, zijn hand op de mond van het kind te leggen om een einde te maken aan het geluid, om het tot zwijgen te brengen zodat het kind hen niet allemaal in gevaar zou brengen.

Maar de hond stond nu voor de tussendeur en krabbelde aan het hout en Howard stond achter Anthony, trok hem weg en duwde hem met enorme kracht naar achteren. De baby huilde nog steeds en de hond blafte en Howard had zijn arm om Sophie geslagen, die ook jammerde, en de deurklink rammelde.

Anthony trok zijn pistool en hield zijn adem in.

Toen de deur openging werden ze verblind door het schijnsel van de zaklantaarn. Anthony knipperde met zijn ogen en hield instinctmatig zijn hand omhoog. In zijn verdwazing kon hij nog net twee zwaargebouwde mannen in het donker zien staan. Een van hen, realiseerde hij zich toen de man in rap Frans begon te praten, was meneer Durand; de ander droeg een Brits legeruniform.

'Wat is dit allemaal?' zei de officier.

Anthony kon de tandwielen in het hoofd van de man bijna horen knarsen en het kwam niet als een verrassing toen hij zei: 'Zet die zak neer en stap opzij.'

Howard deed wat hem gezegd werd.

Baby Louis was nu stil, merkte Anthony, en hij hief zijn handjes op naar Sophies bleke wangen. Hij bleef naar het kind kijken, gefascineerd door diens onschuld en het schrille contrast daarvan met de gruwel van de situatie waarin ze zich bevonden.

En in die stilte beving hem het besef van wat hij zojuist bijna had gedaan, de verdorvenheid van zijn instinct in dat afschuwelijke ogenblik even daarvoor.

Anthony schudde zijn hoofd. Maar dit was monsterlijk! Het was onmogelijk. Toch niet hij, Anthony, die altijd had kunnen vertrouwen op zichzelf, op zijn zelfbeheersing, zijn precisie en zorgvuldigheid, zijn drang om anderen te helpen?

In verwarring verdrong hij de gedachte en richtte zijn aandacht weer op de kleine Louis. Het leek Anthony plotseling dat ze in deze wereld, waaruit elke goedheid leek te zijn weggevloeid, allemaal eens zouden moeten kijken naar dit prachtige kind, dit wonder van zuiverheid. *Houd op met praten*, wilde hij zeggen. *Kijk nou naar die kleine.*

Hij was zijn verstand aan het verliezen, dat was duidelijk. Dat was wat er gebeurde als je de dood in de ogen keek. Want het stond vast dat ze allemaal zouden sterven. Hulp bieden aan een deserteur stond gelijk aan zelf deserteren. Vreemd genoeg was het niet zo erg als Anthony zich had voorgesteld. Het zou nu tenminste snel voorbij zijn.

Hij was moe, realiseerde hij zich, uitgeput, en nu hoefde hij niet langer zo hard zijn best te doen om heelhuids terug te keren naar huis. Eleanor zou om hem rouwen, maar als ze aan de nieuwe situatie gewend was, zou ze, daar was hij van overtuigd, blij zijn te horen dat hij gestorven was in een poging Howard te helpen om een nieuw leven te beginnen. Anthony schoot bijna in de lach. Een nieuw leven beginnen! In tijden als deze, terwijl de wereld zo goed als in puin lag.

Er klonk een rommelend geluid en Anthony knipperde met zijn ogen. Tot zijn verbazing bevond hij zich nog steeds in de Franse schuur. De officier had de plunjezak geopend en de gestolen voorraad eruit geschud. De blikken vlees, groente en gecondenseerde melk lagen overal op de vloer – Anthony had ervoor gezorgd zoveel mee te nemen dat Howard en Sophie zich zo nodig weken lang zouden kunnen schuilhouden.

De officier floot zachtjes. 'Het lijkt erop dat iemand even op vakantie wilde.'

'En dat zou me ook gelukt zijn,' zei Howard plotseling, 'als Edevane me niet gesnapt had.'

Anthony staarde zijn vriend verbouwereerd aan. Howard ontweek zijn blik. 'De klootzak is me achterna gelopen. Wilde me op andere gedachten brengen.'

Houd je mond, dacht Anthony, houd gewoon je mond. Het is te laat.

De officier keek naar het pistool in Anthony's hand. 'Is dat waar?' Zijn blik schoot van de een naar de ander. 'Wilde je hem aangeven?'

Maar Anthony was niet in staat om snel genoeg een zin te formuleren. Elk woord was als een snippertje confetti op een winderige dag en hij kon ze niet aaneenrijgen.

'Ik zei hem dat hij me dan zou moeten neerschieten,' zei Howard snel.

'Edevane?'

Anthony hoorde de officier wel, maar zijn woorden kwamen van heel ver. Hij stond niet langer in die ellendige schuur in Frankrijk; hij was weer op Loeanneth, in de moestuin, waar zijn kinderen aan het spelen waren. Hij schoffelde in de tuin die Eleanor en hij samen hadden aangelegd, een eeuwigheid terug, hij róók de door de zon verwarmde aardbeien, voelde de zon op zijn gezicht, hoorde zijn kinderen zingen. 'Kom weer bij me terug,' had Eleanor gezegd, die dag bij de rivier, en dat had hij beloofd. Hij zou naar ze terugkeren, al was het het laatste wat hij deed. Hij had een belofte gedaan, maar het was meer dan dat. Anthony zou naar huis terugkeren omdat hij dat wilde.

'Ik wilde hem tegenhouden,' hoorde hij zichzelf zeggen. 'Ik zei hem dat hij niet moest vluchten.'

Terwijl ze met Howard tussen hen in terugmarcheerden naar het kamp en Sophie huilend stamelde in hakkelend Frans, hield Anthony zichzelf voor dat hij tijd had gewonnen voor zijn vriend. Dat dit niet het einde was. Dat waar leven was, hoop was. Hij zou een manier bedenken om de situatie te verklaren, om Howard te redden, om alle gebeurtenissen terug te draaien. Het front was mijlenver weg; er was nog tijd genoeg om een oplossing te bedenken voor deze ellende.

Een kilometer voor het kamp had hij echter nog niets kunnen bedenken, en merkte hij dat hij geen aardbeien meer kon ruiken, alleen nog de stank van oorlogsbederf, van slijk en afval en de bijtende smaak van buskruit op zijn lippen. Hij hoorde ergens een hond blaffen en, dat wist hij zeker, een baby huilen in de verre nacht, en voor hij het kon tegenhouden welde de gedachte in hem op, kil en mat en zonder enig gevoel, dat als hij maar had afgemaakt waar hij daarbinnen aan begonnen was, die baby tot zwijgen had gebracht, dat lieve kindje dat pas net aan het leven was begonnen, dat niet geweten zou hebben wat er gebeurde, voor wie Anthony het genadig snel had kunnen doen, dat Howard dan gespaard zou zijn. Dat het zijn enige kans was geweest om zijn broeder te redden, en dat hij had gefaald.

28

Cornwall, 2003

Nadat ze Alice Edevane had gesproken was Sadie van mening dat het niet veel zin had om nog langer in Londen te blijven. De sleutels van Loeanneth brandden in haar zak en toen ze eindelijk bij haar appartement was aangekomen, besloot ze om onmiddellijk te vertrekken. Ze mikte een glas water over haar uitgedroogde plant, verzamelde haar aantekeningen en gooide haar tas, die handig genoeg nog steeds gepakt was van haar laatste uitstapje naar Cornwall, over haar schouder. Ze deed de deur achter zich op slot en rende zonder nog achterom te kijken met twee treden tegelijk de trap af.

De rit van vijf uur vloog opmerkelijk snel voorbij. Terwijl graafschap na graafschap voorbijtrok in een groenachtige waas, vroeg Sadie zich af wat het bewijsmateriaal zou zijn dat ze volgens Alice zou aantreffen tussen de oude papieren op Loeanneth. Het was bijna half tien en het begon al donker te worden toen ze de A38 verliet en de richting van de kust op reed. Ze minderde vaart toen ze de scheef hangende wegwijzer zag naar het bos en de verborgen ingang van Loeanneth. De aanvechting om de afslag te nemen was groot. Haar ongeduld om te beginnen deed niet onder voor haar verlangen om de onaangename klus nog even uit te stellen die het zou zijn om Bertie uit te leggen waarom ze zo snel terug was. Ze zag zijn verongelijkte gezicht al voor zich als hij zou zeggen: 'Alweer op vakantie?' Maar er was geen elektriciteit in het huis aan het meer, ze had geen zaklantaarn bij zich, en tenzij ze het dorp en haar grootvader volledig zou ontlopen, was er op een gegeven moment toch geen ontkomen aan. Nee, besloot ze, ze kon het kruisverhoor maar beter meteen over zich heen laten komen.

Met een zucht van onwillige vastberadenheid volgde ze de kustweg tot aan het dorp, waar men druk in de weer was met de voorbereidingen voor het zonnewendefestival. Snoeren met gekleurde lampjes werden dwars over de straat gehangen en in het dorp waren op gezette afstanden stapels hout en canvas neergezet waaruit later kraampjes zouden worden opgebouwd. Sadie reed langzaam door de smalle straatjes en begon toen aan de klim naar Berties huisje. Ze reed de laatste bocht door en daar stond het, hoog op de klif, warm licht brandde in de keuken, en achter het schuine dak zag ze de heldere sterrenhemel. Het tafereel leek zo afkomstig uit een kerstfilm, zonder de sneeuw. Waarin Sadie dan het ongenode familielid was, dacht ze, dat uit het niets kwam aanzetten om de vrede te verstoren. Ze parkeerde de auto aan het eind van de smalle straat, greep haar tas van de achterbank en liep de helling op naar het huisje.

Binnen begonnen de honden te blaffen en nog voor ze kon aankloppen, vloog de deur al open. Bertie droeg een schort en had een soeplepel in zijn hand. 'Sadie!' zei hij met een brede glimlach. 'Je bent gekomen voor het festivalweekend. Wat een leuke verrassing.'

Natuurlijk was ze daarvoor gekomen. Briljante redding.

Ramsay en Ash sprongen achter hem vandaan en besnuffelden Sadie met tomeloze vreugde. Ze moest wel lachen, of ze wilde of niet, en ging op haar knieën zitten om ze allebei te knuffelen.

'Heb je honger?' Bertie werkte de honden naar binnen. 'Ik ging net eten. Kom binnen en smeer vast een broodje, dan schep ik op.'

Elk horizontaal oppervlak in de keuken was in beslag genomen door potjes ingemaakte groente of fruit en roosters met afkoelende taarten, dus aten ze aan de lange houten tafel op het binnenplaatsje. Bertie stak kaarsen aan in de hoge glazen stormlampen en terwijl de vlammetjes flakkerden en het kaarsvet smolt, werd Sadie bijgepraat over het laatste dorpsnieuws. Zoals te verwachten viel was de aanloop tot het feestweekend gepaard gegaan met intriges en drama's. 'Maar dat zal wel loslopen,' zei Bertie terwijl hij met een korst zuurdesembrood over zijn lege bord veegde, 'morgen rond deze tijd zijn ze het allemaal vergeten.'

'Tot volgend jaar,' zei Sadie.

Hij sloeg zijn ogen ten hemel.

'Mij houd je niet voor de gek, je vindt het heerlijk. Moet je je keuken zien. Alsof hier een orkaan heeft huisgehouden. En je hebt genoeg voor…'

Bertie keek ontzet. 'Mijn god, afkloppen, je moet de goden niet verzoeken. Je moet dat woord niet eens uitspreken. Het laatste wat we morgen kunnen gebruiken is een orkaan!'

Sadie schoot in de lach. 'Nog steeds even bijgelovig, hoor ik.' Ze liet haar ogen door de tuin dwalen, tot aan de door de maan verlichte zee erachter en de heldere sterrenhemel. 'Volgens mij hoef je je geen zorgen te maken.'

'Hoe dan ook, we moeten morgen vroeg beginnen als we alles op tijd uitgesteld willen hebben. Ik ben blij dat je me kunt helpen.'

'Nog even daarover,' zei Sadie, 'ik vrees dat ik niet helemaal eerlijk geweest ben over de reden dat ik hier ben.'

Hij trok één wenkbrauw op.

'Ik heb een doorbraak in de zaak-Edevane.'

'O, werkelijk.' Hij schoof zijn kom opzij. 'Vertel.'

Sadie vertelde over haar ontmoeting met Alice en de theorie die ze hadden ontwikkeld over Anthony Edevane. 'Dus de oorlogsneurose deed er wel degelijk toe, snap je.'

'Mijn god,' zei Bertie hoofdschuddend. 'Wat een vreselijke tragedie. Dat arme gezin.'

'Ik heb altijd begrepen dat Theo's dood het begin van het einde was. Het gezin is nooit teruggekeerd naar Loeanneth, de oorlog brak uit, en tegen de tijd dat die was afgelopen, of vlak daarna, waren Eleanor, Anthony en hun jongste dochter Clemmie allemaal dood.'

Een uil scheerde onzichtbaar over hen heen, klapwiekend in de warme lucht, en Bertie slaakte een zucht. 'Het is vreemd om geheimen te ontrafelen van mensen die niet langer onder ons zijn, vind je niet? Het is iets anders dan je gebruikelijke misdrijven, waarbij het je gaat om het opsporen en straffen van de schuldige. In dit geval is er niemand meer om te straffen.'

'Nee,' beaamde Sadie. 'Maar de waarheid is nog steeds wel van belang. Denk aan de mensen die achtergebleven zijn. Die hebben er ook onder geleden. Zij verdienen het te weten wat er echt is gebeurd. Als je Alice zag, zou je zien hoe zwaar de last van het niet-weten geweest is. Volgens mij heeft ze haar hele leven geleid in de schaduw van de verschrikkelijke gebeurtenissen van die nacht. Maar nu heeft ze me de sleutels van het huis gegeven, en toestemming om alles te doorzoeken wat me van belang lijkt. Ik ben vastbesloten niet weg te gaan voordat ik gevonden heb wat we nodig hebben om Anthony's aandeel in Theo's dood te bewijzen.'

'Nou, ik vind het geweldig wat je doet, dat je haar helpt om de zaak te kunnen afsluiten. En wat een prestatie! Een misdrijf oplossen dat al zeventig jaar een raadsel is. Dat moet een geweldig gevoel zijn.'

Sadie glimlachte. Het wás een prestatie. Het wás een geweldig gevoel.

'En heel schappelijk van het hoofdbureau om je nog wat dagen vrij te geven om het allemaal af te ronden.'

Het schaamrood schoot haar naar de kaken. Bertie daarentegen was een toonbeeld van onschuld en stak zijn hand uit om Ramsays nek te aaien. Of hij het echt meende, of dat er achter zijn ongedwongen houding nog een vraag schuilging, was Sadie niet helemaal duidelijk. In beide gevallen had ze gewoon kunnen liegen, maar op dat moment had ze daar de energie niet voor. Eigenlijk was ze het zat om te doen alsof. Zeker tegen Bertie, die haar hele familie was, de enige bij wie ze volledig zichzelf kon zijn. 'Eigenlijk, opa, heb ik wat probleempjes gehad op m'n werk.'

Bertie vertrok geen spier. 'Is dat zo, liefje? Wil je daar iets over kwijt?'

En dus begon Sadie tot haar eigen verbazing te vertellen over de zaak-Bailey. Over haar sterke vermoedens dat Maggie slachtoffer was geworden van boze opzet. Dat ze had geweigerd om het advies van haar meerderen op te volgen, en hoe ze uiteindelijk had besloten om buiten de politie om met Derek Maitland te gaan praten. 'Dat is regel nummer één: niet met journalisten praten.'

'Maar je bent een uitstekende rechercheur. Je moet een goede reden gehad hebben om de regels te overtreden.'

Zijn vertrouwen in haar beoordelingsvermogen was roerend. 'Dat dacht ik ook. Ik was ervan overtuigd dat mijn intuïtie klopte en het leek me de enige manier om de aandacht op de zaak gevestigd te houden.'

'Dus je hebt te goeder trouw gehandeld, ook al heb je dat op de verkeerde manier gedaan. Dat is toch wat waard?'

'Zo werkt het niet. Ik zou al problemen genoeg gekregen hebben als ik gelijk had gehad, maar dat was niet zo. Ik heb een verkeerde inschatting gemaakt. De zaak werd een obsessie voor me, en nu komt er een onderzoek.'

'O, liefje.' Zijn glimlach was vol medeleven. 'Voor wat het waard is, ik zal jouw intuïtie altijd steunen.'

'Dank je wel, opa.'

'En hoe zit het met Donald? Weet hij ervan? Wat vindt hij ervan?'

'Hij was degene die voorstelde om er even tussenuit te gaan. Als preventieve maatregel, zeg maar. Als ze dan zouden ontdekken dat ik het had gedaan, zou ik kunnen zeggen dat ik me had teruggetrokken.'

'Gaat dat werken?'

'Ik heb Ashford nog nooit kunnen betrappen op inschikkelijkheid. In het gunstigste geval word ik geschorst. Als hij een slechte dag heeft, weggestuurd.'

Bertie schudde zijn hoofd. 'Dat lijkt me heel onrechtvaardig. Is er niks wat je kunt doen?'

'Het beste plan dat ik heb kunnen bedenken, behalve me rustig houden en Nancy Bailey ontlopen, is duimen.'

Hij stak een hand uit, met zijn oude vingers over elkaar. 'Dan zal ik je daarbij helpen. En ondertussen heb je de toedracht van het raadsel van het huis aan het meer te bewijzen.'

'Juist.' Even bemerkte Sadie wat opwinding bij de gedachte aan de volgende dag. In stilte complimenteerde ze zichzelf met het feit dat ze Bertie eindelijk de waarheid had verteld, tot hij op zijn hoofd krabde en zei: 'Ik vraag me af wat het was met de zaak-Bailey.'

'Wat zeg je?'

'Waarom denk je dat je juist door deze zaak geobsedeerd raakte?'

'Moeders en kinderen,' zei ze schouderophalend. 'Die vind ik altijd de lastigste.'

'Maar je hebt al vaker dat soort zaken gehad. Waarom juist deze? Waarom nu?'

Sadie stond op het punt om te zeggen dat ze het niet wist, om het af te doen als een van de raadselen des levens, toen ze plotseling moest denken aan de eerste brief van Charlotte Sutherland. Op dat moment voelde ze een golf van iets wat vreselijk veel leek op verdriet over zich heen spoelen. Een golf die ze vijftien jaar op afstand had weten te houden en die nu met geweld op haar neer dreigde te komen. 'Ik heb een brief gekregen,' zei ze snel. 'Een paar maanden geleden. Het meisje is nu vijftien, en ze heeft me geschreven.'

Berties ogen werden groot achter zijn bril. Het enige wat hij zei was: 'Esther?'

De naam, zo uitgesproken, was een pijl. Het was de enige regel die Sadie had overtreden: dat ze haar kindje een naam had gegeven toen ze dat stervormige handje boven het geel-wit gestreepte dekentje uit had zien steken.

'Esther heeft je geschreven?'

Twee keer al, dacht Sadie, maar ze zei het niet. 'Een paar weken nadat ik was begonnen aan de zaak-Bailey. Ik weet niet hoe ze aan mijn adres is gekomen. Ik neem aan dat ze dossiers bijhouden van namen en die vrijgeven als iemand erom vraagt, en het is niet zo moeilijk te achterhalen waar iemand woont als je weet waar je moet zoeken.'

'Wat schreef ze?'

'Ze vertelde wat over zichzelf. Haar leuke familie, leuke school, een hele lijst met wat ze allemaal interessant vindt. En ze zei dat ze me wilde ontmoeten.'

'Esther wil je ontmoeten?'

'Ze heet geen Esther. Ze heet Charlotte. Charlotte Sutherland.'

Bertie zakte achterover in zijn stoel, met een verblufte glimlach om zijn mond. 'Ze heet Charlotte en je gaat haar ontmoeten.'

'Nee.' Sadie schudde haar hoofd. 'Nee, dat ga ik niet.'

'Maar Sadie, liefje.'

'Ik kan het niet, opa. Daar blijf ik bij.'

'Maar –'

'Ik heb haar weggegeven. Wat zal ze niet van me denken?'

'Je was zelf nog bijna een kind.'

Onbewust zat Sadie nog steeds nee te schudden. Ze huiverde, ondanks de zwoele avond. 'Ze zal denken dat ik haar in de steek heb gelaten.'

'Je hebt je het hoofd gebroken over wat voor haar het beste was.'

'Zo zal zij dat niet zien. Ze zal me haten.'

'En als dat niet zo is?'

'Maar kijk mij nou…' Geen man, weinig vrienden, zelfs haar kamerplant was dusdanig verwaarloosd dat hij op sterven na dood was. Ze had alles in haar leven opzijgezet voor haar baan, en zelfs die leek onbeduidend. Ze moest wel een teleurstelling zijn. 'Ik ben een waardeloze moeder.'

'Ik denk niet dat ze op zoek is naar iemand die haar veters voor haar strikt. Zo te horen heeft ze het op dat vlak helemaal niet slecht getroffen. Ze wil gewoon weten wie haar biologische moeder is.'

'Wij weten allebei dat biologie geen garantie is voor verbondenheid. Soms kan iemand maar beter een nieuw stel ouders hebben. Kijk maar naar de manier waarop jij en Ruth mij geholpen hebben.'

Nu was het Bertie die zijn hoofd schudde, maar niet van verdriet. Hij was teleurgesteld in haar, dat was duidelijk, maar daar kon Sadie niets aan veranderen. Het was niet aan hem om hierover te beslissen, het was aan haar, en haar besluit stond vast. Hoe het ook zou lopen.

En het zou goed aflopen. Ze ademde vastbesloten uit. 'Ruth zei altijd dat als je gedaan had wat je moest doen, en je zou het weer zo doen, dat je dan alleen nog maar door kon gaan.'

Berties ogen werden vochtig achter zijn brillenglazen. 'Ze is altijd wijs geweest.'

'En ze had meestal gelijk. Dat is precies wat ik gedaan heb, opa. Ik heb Ruths raad opgevolgd. Vijftien jaar lang ben ik doorgegaan, en ik heb niet achteromgekeken, en alles ging goed. Al deze ellende is begonnen met die brief. Die heeft het verleden teruggebracht in mijn leven.'

'Dat is niet wat Ruth bedoelde, Sadie, liefje. Ze wilde dat je door zou gaan zonder wroeging, niet dat je het verleden volledig zou ontkennen.'

'Ik ontken het niet, ik denk er alleen niet over na. Ik heb nou eenmaal die keuze gemaakt en ik schiet er niks mee op om het allemaal op te rakelen.'

'Maar is dat niet precies wat je voor de familie Edevane aan het doen bent?'

'Dat is iets anders.'

'Is dat zo?'

'Ja.' En dat was ook zo. Ze kon de woorden niet vinden om uit te leggen waarom, niet op dat moment. Ze wist het gewoon. Berties tegenspraak irriteerde haar maar ze wilde geen ruzie met hem maken. Met zachtere stem zei ze: 'Luister, ik moet even naar binnen om een paar mensen te bellen voor het te laat wordt. Zal ik wat water opzetten en terugkomen met een pot verse thee om samen op te drinken?'

Ondanks de rustgevende deining van de zee kon Sadie die avond de slaap niet vatten. Ze was er eindelijk in geslaagd om Charlotte Sutherland, Esther, uit haar hoofd te zetten, maar in plaats daarvan lag ze nu te piekeren over de familie Edevane en Loeanneth. Woelend en draaiend zag ze beelden voor zich van die midzomernacht in 1933. Eleanor die nog even ging kijken naar de kleine Theo alvorens weer terug te keren naar haar gasten, de roeiboten en gondels die over het water naar het boothuis voeren, het grote vreugdevuur op het eiland midden in het meer.

Het was nog donker toen ze de hoop volledig opgaf om nog in slaap te vallen en haar hardloopkleding aantrok. De honden sprongen opgewonden overeind toen ze de keuken in kwam, klaar om met haar mee te lopen zodra ze de deur uit stapte. Het was te donker om over een pad door het bos te lopen, dus nam ze genoegen met de landtong, ondertussen peinzend over de dingen die ze allemaal moest doen als ze eenmaal op Loeanneth was. Ze was al terug in Berties huis en bezig aan haar derde geroosterde boterham, toen het eerste ochtendlicht voorzichtig over het aanrechtblad scheen. Sadie legde een briefje voor Bertie onder de ketel, laadde haar dossiers, een zaklamp en een thermoskan met thee in de auto en liet de honden sussend weten dat ze moesten blijven.

De horizon scheen haar als goud tegemoet toen ze naar het oosten reed. De zee glinsterde alsof iemand er ijzervijlsel overheen had gestrooid en Sadie draaide het raampje open om te kunnen genieten van de frisse, zilte lucht op haar gezicht. Het zou een warme, zonnige dag worden voor het festival en Sadie was blij voor Bertie. Ook blij dat ze was ontsnapt voordat Bertie wakker werd, zodat een vervolg op hun gesprek van de avond daarvoor haar bespaard zou blijven. Niet dat het haar speet dat ze hem verteld had van de brief, ze wilde het er alleen niet nog een keer over hebben. Ze wist dat hij teleurgesteld was over haar beslissing om Charlotte Sutherland niet te ontmoeten, dat hij ervan overtuigd was dat ze het advies van Ruth opzettelijk verkeerd uitlegde, maar het was een situatie die hij onmogelijk kon begrijpen. Ooit zou ze de woorden vinden om het hem uit te leggen. Wat het was om een kind af te staan, hoe hard ze had moeten vechten om haar leven niet te laten bepalen door de gedachte dat er ergens nog iemand rondliep, haar eigen vlees en bloed, die ze nooit zou leren kennen. Maar op dit moment, met alles wat er speelde, was dat te ingewikkeld.

Sadie was aangekomen bij de scheef hangende wegwijzer, met de witte verf die na jaren frisse wind was afgebladderd, en sloeg links af. De weg die van de kust af leidde was smal, met hoge graspollen die door het afbrokkelende asfalt heen drongen, en werd steeds smaller naarmate hij dieper de bossen in slingerde. Het daglicht drong nog niet door het bladerdek heen en Sadie moest haar koplampen aanzetten om de weg door het bos te kunnen volgen. Ze reed langzaam en speurde de overwoekerde kant van de weg af naar de ingang van Loeanneth. Alice Edevane had haar gewaarschuwd dat het smeedijzeren hek moeilijk te zien zou zijn. Het stond een stukje van de weg af, had ze gezegd, en het had een dusdanig bewerkt vlechtpatroon dat het zelfs tijdens de hoogtijdagen van het landgoed al werd belaagd door de klimopranken die er vanuit de bomen in omhoog wilden klimmen en zich eraan vast wilden hechten.

En inderdaad, bijna had Sadie de ingang gemist. Pas toen het licht van haar koplampen langs de rand van een dof uitgeslagen paal streek, begreep ze dat ze er was. Ze reed snel een stukje achteruit, ging in de berm staan, sprong de auto uit en rommelde met de sleutels die Alice haar gegeven had, op zoek naar die ene met *Hek* erop. Haar vingers haperden van de zenuwen en ze moest het een paar keer proberen voordat ze de sleutel in de sleutelgat had. Uiteindelijk lukte het. Het hek was roestig en stroef, maar als ze voldoende gemotiveerd was had Sadie altijd al een verrassende fysieke kracht kunnen opbrengen. Ze duwde de beide delen van het hek net voldoende open om er met de auto doorheen te kunnen rijden.

Ze had het huis nog nooit vanaf deze kant benaderd en toen ze eindelijk de dichte bebossing voorbij was, viel het haar op hoe nadrukkelijk afgezonderd het huis en de tuinen lagen van de rest van de wereld, zo weggestopt in hun eigen vallei en verborgen achter een beschermende rij iepen. Ze volgde de oprit over een stenen brug en parkeerde de auto onder de grote takken van een enorme boom op een stukje onverhard terrein dat was gekoloniseerd door listige pollen gras. Terwijl het langzaam lichter werd, lichtte ze het oude poortje op en stapte de tuin binnen.

'Wat ben je vroeg,' riep ze, toen ze de oude man zag zitten op de rand van de grote plantenbak.

Clive zwaaide. 'Ik heb hier zeventig jaar op gewacht. Ik was niet van plan ook maar één minuut langer te wachten dan nodig was.'

Sadie had hem de avond daarvoor gebeld en hem op de hoogte gebracht van haar gesprek met Alice. Hij had haar aangehoord en was geschokt geweest door haar nieuwe theorie dat Theo Edevane vermoord was door zijn vader. 'Ik was ervan overtuigd dat het jochie ontvoerd was,' zei hij toen Sadie was uitgepraat. 'Al die tijd heb ik de hoop gekoesterd dat ik hem nog zou vinden.' Zijn stem had getrild en Sadie merkte hoeveel hij zelf in de zaak geïnvesteerd had. Ze kende het gevoel. 'Maar er is nog steeds een hoop te doen,' had ze gezegd. 'We zijn het dat jongetje verschuldigd om precies uit te zoeken wat er die nacht is gebeurd.' Daarna had ze hem verteld over de sleutels, en dat Alice haar toestemming had gegeven om het huis te doorzoeken. 'Ik heb haar gebeld vlak voor ik jou aan de telefoon had en heb haar verteld over jouw niet-aflatende interesse. En dat je van onschatbare waarde bent geweest.'

Nu stonden ze samen onder het afdak met de zuilen terwijl Sadie worstelde met de voordeur. Een gruwelijk moment lang leek het alsof het slot vastzat en de sleutel niet wilde draaien, maar toen hoorde ze de welkome klik van het mechanisme dat meegaf. Even later stapten Sadie en Clive de drempel over naar de entreehal van het huis aan het meer.

De ruimte rook muf en het was er koeler dan Sadie had verwacht. De voordeur stond nog steeds wijd open en toen ze over haar schouder keek leek de langzaam ontwakende wereld lichter dan eerst. Ze kon nu het hele overwoekerde pad zien liggen, tot aan het meer dat schitterde in de ochtendzon.

'Het is alsof de tijd heeft stilgestaan,' zei Clive zachtjes. 'Het huis is niets veranderd sinds we hier al die jaren geleden waren.' Hij strekte zijn hals uit om elk hoekje in zich op te nemen en vervolgde: 'Behalve de spinnen dan. Die zijn nieuw.' Hij keek haar aan. 'Goed, waar wil je beginnen?'

Sadie nam zijn enigszins eerbiedige houding over. Er was iets aan een huis dat zo lang afgesloten was geweest dat vroeg om een dergelijk theaterstukje. 'Volgens Alice maakten we de meeste kans in Anthony's studeerkamer of het bureau van Eleanor.'

'En waar zijn we precies naar op zoek?'

'Alles wat ons iets kan vertellen over Anthony's geestestoestand, vooral in de weken voorafgaand aan midzomer 1933. Brieven, dagboeken – een getekende bekentenis zou helemaal ideaal zijn.' Clive grinnikte en ze vervolgde: 'We kunnen meer werk verzetten als we allebei een gedeelte doen. Als jij nou de studeerkamer neemt, dan doe ik het bureau, en dan komen we over een paar uur weer bij elkaar om de balans op te maken.'

Sadie merkte dat Clive stilletjes was toen ze samen de trap op liepen, de manier waarop hij om zich heen keek, de diepe zucht toen ze even bleven staan op de overloop van de eerste verdieping. Ze probeerde zich voor stellen hoe het voor hem moest zijn om na zoveel jaren weer rond te lopen in dit huis. Zeventig jaar waarin voor hem de zaak-Edevane nooit afgesloten was geweest, waarin hij nooit de hoop had opgegeven om het misdrijf op te lossen. Ze vroeg zich af of hij vannacht had liggen nadenken over het oorspronkelijke onderzoek, en of de puzzelstukjes die toen onbeduidend hadden geleken nu op hun plaats waren gevallen.

'Ik heb aan niets anders gedacht,' zei hij toen ze ernaar vroeg. 'Ik wilde net naar bed gaan toen je belde, maar daarna heb ik geen oog meer dichtgedaan. Ik zag de hele tijd voor me hoe dicht hij steeds bij haar in de buurt bleef tijdens de verhoren. Destijds dacht ik dat het was om haar te beschermen, zodat ze niet zou instorten in de nasleep van Theo's verdwijning. Maar als ik er nu op terugkijk was er iets onnatuurlijks aan hun nabijheid. Bijna alsof hij haar bewaakte om te zorgen dat ze niks zou of kon zeggen over wat hij had gedaan.'

Sadie wilde net antwoord geven toen ze in de zak van haar spijkerbroek de telefoon voelde overgaan. Clive gebaarde dat hij vast naar Anthony's studeerkamer ging en ze knikte en haalde haar telefoon tevoorschijn. De moed zonk haar in de schoenen toen ze het nummer van Nancy Bailey op het schermpje zag. Omdat Sadie zichzelf beschouwde als een expert op het gebied van afscheid nemen had ze verwacht dat 'Dag en zorg goed voor jezelf' wel duidelijk genoeg zou zijn: een discrete, zelfs vriendelijke manier om de vrouw in de steek te laten. Blijkbaar vereiste dit een meer uitgesproken aanpak. Maar niet nu. Ze zette de telefoon op stil en stak hem terug in haar zak. Met Nancy Bailey zou ze zich later wel bezighouden.

Eleanors slaapkamer lag in de gang, slechts twee deuren verderop, maar Sadie kwam niet in beweging. In plaats daarvan viel haar blik op de verschoten, hier en daar vergane rode traploper die op de trap naar de tweede verdieping lag. Er was iets anders wat ze eerst moest doen. Ze liep de trap op en volgde de gang tot aan het einde. Hierboven was het warmer en de lucht bedompter. Ook hier hingen ingelijste schilderijen van vele generaties deShiels aan de muren, en door elke half openstaande deur zag ze dat de kamers nog volledig gemeubileerd waren, tot de decoratieve voorwerpen op de nachtkastjes aan toe: lampen, boeken, borstel-en-spiegelsetjes. Het had iets spookachtigs en ze werd bevangen door een sterk maar volledig irrationeel gevoel dat ze tijdens het lopen geen geluid mocht maken. Haar andere helft kuchte, gewoon om de beklemmende stilte te doorbreken.

De deur van de kinderkamer aan het eind van de gang was dicht. Sadie bleef ervoor staan. Ze had zich de afgelopen veertien dagen vaak een voorstelling gemaakt van dit moment, maar nu ze daadwerkelijk op de drempel van Theo's kamer stond, voelde het allemaal veel echter dan ze had verwacht. Meestal moest ze niets hebben van rituelen en bijgeloof, maar nu haalde Sadie zich Theo Edevane voor de geest, het jongetje met de grote ogen en bolle wangen van de krantenfoto's, en prentte zich in dat de kamer die ze nu zou binnenlopen heilig was.

Zachtjes deed ze de deur open en stapte naar binnen. Het was benauwd in de kamer. De gordijnen waren dichtgetrokken. Ooit waren ze waarschijnlijk wit geweest, maar nu zagen ze grijs en het licht viel ongehinderd naar binnen door de gaten die de motten erin hadden geknaagd. Hij was kleiner dan ze zich had voorgesteld. Het ouderwetse, ijzeren ledikantje in het midden herinnerde er op een grimmige manier aan hoe jong en kwetsbaar Theo Edevane in 1933 was geweest. Het stond op een rond geweven kleed en erachter, bij het raam, stond een met chintz beklede leunstoel, die ooit fleurig, vrolijk geel moest zijn geweest, maar nu was versleten en verbleekt tot een treurig, nietszeggend beige. Geen wonder, na de tientallen jaren dat stof, insecten en zomerzon hier waren binnengedrongen. De plank met het ouderwetse houten speelgoed, het hobbelpaard onder het raam, het antieke babybadje in de hoek: ze kende alles van de foto's uit de kranten en dat bezorgde Sadie een schrijnend gevoel van vage herkenning, alsof het een kamer was waarover ze gedroomd had, of die ze zich vaag herinnerde uit haar eigen jeugd.

Ze liep op het ledikantje af. Er lagen nog steeds lakentjes op de matras. Een gebreid dekentje was er strak overheen getrokken en aan één kant ingestopt. Het was nu stoffig, en treurig. Sadie gleed met haar hand lichtjes over de ijzeren spijlen en hoorde een licht geklingel. Een van de koperen knoppen wiebelde heen en weer op zijn stijl. Hier was Theo Edevane te slapen gelegd op de avond van het feest. Kinderjuf Bruen had liggen slapen op het eenpersoonsbed tegen de muur aan de andere kant van de kamer, onder het schuine dak, en buiten, op het grasveld bij het meer, hadden honderden mensen de midzomernacht ingeluid.

Sadie keek naar het kleinere zijraam waardoor de enige getuige in de zaak beweerd had een tengere vrouw gezien te hebben. Volgens deze vrouw, een gast op het feest, was dat rond middernacht geweest, maar daar moest ze zich in vergist hebben. Ofwel ze had zich het allemaal verbeeld – en volgens Clive was ze de volgende ochtend nog steeds dronken geweest – of het was een ander raam geweest, van een andere kamer. Mogelijk had ze Eleanor in de kinderkamer gezien toen ze zoals altijd even naar Theo was gaan kijken, maar in dat geval had ze zich vergist in het tijdstip, want

Eleanor had de kinderkamer om elf uur verlaten en op de trap naar beneden nog instructies gegeven aan een dienstmeisje. En getuigen hadden Eleanor even voor twaalven gezien bij het boothuis waar de gondels aangemeerd lagen.

Een ronde klok met een witte wijzerplaat keek dreigend neer vanuit de hoogte, de wijzers op een lang vervlogen kwart over drie, en aan de muur hingen vijf afbeeldingen van Winnie de Poeh. Die muren hadden alles gezien, maar de kamer sprak niet. Sadie keek naar de deur en een spookachtig beeld van de gebeurtenissen van die avond doemde voor haar op. Op zeker moment na middernacht was Anthony Edevane binnengekomen vanuit de gang. Hij was naar het ledikantje toe gelopen en had eroverheen gebogen gestaan, net als Sadie nu. Wat was er daarna gebeurd, vroeg ze zich af. Had hij het jongetje meegenomen uit de kinderkamer, of was het daar ter plaatse gebeurd? Was Theo wakker geworden? Had hij zijn vader herkend en was hij gaan lachen of kirren, of had hij aangevoeld dat er iets anders was aan dit bezoek, iets vreselijks? Had hij zich verweerd of gehuild? En wat was er daarna gebeurd? Wanneer had Eleanor ontdekt wat haar man had gedaan?

Iets op de vloer onder het ledikant trok Sadies aandacht. Iets kleins en glimmends dat op het kleed in een straal ochtendlicht lag. Ze boog zich voorover om het op te pakken: een ronde, zilveren knoop met een mollige cupido erop. Ze liet hem ronddraaien tussen haar vingertoppen toen er iets tegen haar been aan bewoog. Met bonkend hart sprong ze op, tot ze begreep dat het haar telefoon maar was die trilde in haar zak. Maar de opluchting maakte snel plaats voor wanhoop toen ze het nummer van Nancy Bailey weer zag. Met een frons drukte Sadie de oproep weg, ze schakelde de trilfunctie uit en stopte zowel de telefoon als de knoop in haar zak. Ze keek de kamer door, maar de betovering was verbroken. Ze zag niet langer voor zich hoe Anthony naar het ledikantje was geslopen, ze hoorde geen feestgedruis meer van buiten komen. Het was alleen nog maar een verlaten oude kamer en zij stond haar tijd te verdoen met zoekgeraakte knopen en morbide fantasieën.

De slaapkamer van Eleanor Edevane was donker en het rook er bedompt, naar verdriet en verwaarlozing. Voor alle vier de ramen waren de zware fluwelen gordijnen dichtgetrokken en het eerste wat Sadie deed was die opendoen, hoestend van de stofwolken die vrijkwamen en door de kamer stoven. Ze opende de stroeve schuiframen zo hoog als ze wilden komen, en bleef even staan om het uitzicht op het meer te bewonderen. De zon stond nu helder aan de hemel en de eenden waren er druk in de weer. Ze hoorde een zacht getjilp en keek omhoog. Diep verborgen in de dakrand zag ze de contouren van een nest.

Toen een koel, fris briesje naar binnen dreef door het open raam, voelde ze een golf van motivatie en besloot zich daarop mee te laten voeren. Ze zag het cilinderbureau tegen de muur, precies waar Alice had gezegd dat het zou staan. Het was Eleanor geweest die Sadie deze weg in had laten slaan. Eleanor, met wie ze van het begin af aan een verwantschap had gevoeld, opgewekt door de brief met de klimop; en het was Eleanor die haar zou helpen bewijzen wat er met baby Theo gebeurd was. Sadie herinnerde zich Alice' aanwijzingen en voelde onder de bureaustoel, tastte de rafelige onderkant van de beklede stoel af en gleed met haar vingers langs elk houten randje. Tot ze ten slotte op het punt waar de rechter achterpoot en de zitting samenkwamen twee kleine sleuteltjes voelde die aan een haakje hingen. Bingo.

Eenmaal geopend liet de houten klep van het bureau zich gemakkelijk terugschuiven en kwam een geordend schrijfoppervlak tevoorschijn met daarop een lederen schrijfmap en een pennenhouder. Op de plankjes achterin stond een reeks logboeken en na een snelle blik in de eerste begreep ze dat dit de brievenboeken waren waar Eleanor volgens Alice haar correspondentie in bewaarde. Gretig liet ze haar blik langs de ruggen glijden. Uit niets kon ze opmaken dat ze in chronologische volgorde stonden, maar het keurige, ordelijke bureau maakte dat wel waarschijnlijk. Het gezin had Loeanneth verlaten tegen het einde van 1933, wat waarschijnlijk betekende dat het laatste boek betrekking had op de maanden voorafgaand aan de midzomernacht van dat jaar. Sadie nam het van de plank en inderdaad, de eerste bladzijde was een brief gedateerd januari 1933, geschreven in een prachtig handschrift en gericht aan ene Dr. Steinbach. Ze ging op de vloer zitten met haar rug tegen de rand van het bed en begon te lezen.

Het was de eerste van wat een reeks brieven bleek te zijn aan een aantal artsen, waarin ze Anthony's symptomen beschreef en om hulp vroeg, allemaal gesteld in beleefde zinnen die haar wanhoop echter niet helemaal konden verhullen. In schrijnende bewoordingen beschreef Eleanor de geestdriftige jongeman die zijn levensbelofte in rook had zien opgaan door zijn leven in dienst te stellen van zijn vaderland, en die sinds zijn terugkeer nu al jarenlang zijn best deed om te herstellen en zijn oude werkzaamheden te hervatten. Het raakte Sadie, maar er was nu geen tijd om te treuren over de gruwelen van de oorlog. Er was vandaag maar één gruwel die ze wilde bewijzen, en daarvoor moest ze gericht blijven zoeken naar verwijzingen naar Anthony's eventuele latente gewelddadigheid en zijn geestesgesteldheid in de weken voor 23 juni.

De brieven aan de artsen mochten dan enigszins terughoudend zijn, die aan Daffyd Llewellyn (en daar waren er veel van) waren veel persoonlijker van toon. Anthony's ziekte kwam er ook steeds in ter sprake – Sadie was vergeten dat Llewellyn als arts was opgeleid voordat hij alles overboord gooide en ging schrijven – maar omdat ze zich in dit geval niet verplicht voelde om verhullende termen te gebruiken die de waardigheid en privacy van haar man niet zouden aantasten in de ogen van een onbekende arts, kon Eleanor eerlijk zijn over zijn ziekte en haar wanhoop daarover: *Soms vrees ik dat hij nooit meer vrij zal zijn, dat mijn zoektocht vergeefs zal blijken te zijn... Ik zou er alles voor overhebben om hem beter te maken, maar hoe kan ik hem helpen als hij de wil ontbeert om zichzelf te helpen?* Een paar zinnen in het bijzonder overtuigden Sadie ervan dat ze op het juiste spoor zat: *Laatst gebeurde het weer. Hij werd met een schreeuw wakker, riep iets over de hond en de baby, hield vol dat ze nu naar buiten moesten, en ik moest hem met al mijn kracht vasthouden om te voorkomen dat hij de kamer uit zou stormen. De arme lieverd. Als hij er zo aan toe is en om zich heen slaat en beeft, heeft hij niet eens in de gaten dat ik het ben... 's Ochtends heeft hij dan zoveel berouw. Soms lieg ik dan tegen hem dat ik me ergens in huis heb gestoten. Ik weet hoe je over dit soort dingen denkt, en ik ben het gedeeltelijk met je eens dat eerlijkheid in combinatie met gevoeligheid de beste aanpak is, maar het zou hem zoveel pijn doen om de waarheid te horen. Hij zou nooit bewust een vlieg kwaad doen. Ik zou het niet kunnen verdragen om hem zo beschaamd te zien... Maar je moet je geen zorgen maken! Ik zou het je nooit verteld hebben als ik had geweten dat je er zo onder zou lijden. Ik verzeker je, ik red me wel. Lichamelijke wonden helen, schade aan de geest is zoveel erger... Ik heb Anthony een belofte gedaan en beloftes moeten nagekomen worden. Dat heb jij me geleerd...*

Naarmate ze verder las begreep Sadie dat Llewellyn ook op de hoogte was geweest van Eleanors verhouding met Benjamin Munro. *Met mijn vriend, zoals je hem wonderlijk (kuis!) genoeg wil blijven noemen, gaat het goed... Natuurlijk word ik verteerd door schuldgevoelens. Het is heel lief van je om me te wijzen op de verschillen tussen mij en mijn moeder, maar ondanks je vriendelijke woorden weet ik dat onze daden niet zo anders zijn... Bij wijze van zelfverdediging, als je me die toestaat, kan ik zeggen dat ik van hem houd, op een andere manier dan van Anthony natuurlijk, maar ik weet nu dat het menselijk hart in staat is om op twee plaatsen lief te hebben...* En vervolgens, in de laatste brief: *Je hebt helemaal gelijk, Anthony mag het nooit te weten komen. Het zou niet gewoon een terugslag veroorzaken, hij zou eraan onderdoor gaan...*

De laatste brief was gedateerd april 1933. Het was de laatste in het boek. Sadie herinnerde zich dat Daffyd Llewellyn de gewoonte had om de zomermaanden door te brengen op Loeanneth, wat verklaarde waarom er na die datum geen geschreven correspondentie meer was. Ze las de zin nogmaals: *Je hebt helemaal gelijk, Anthony mag het nooit te weten komen... hij zou eraan onderdoor gaan.* Het was nog geen bewijs, maar het was wel interessant.

Te oordelen naar Eleanors opmerking was Llewellyn erg bezorgd geweest over de reactie van Anthony als hij te weten zou komen van de verhouding. Sadie vroeg zich af of die zorgen misschien mede hadden geleid tot de depressie die hem tot zelfmoord had gedreven. Ze was geen deskundige, maar het leek haar niet ondenkbaar. Het zou wel de timing verklaren, die haar nog steeds dwarszat in haar achterhoofd.

Sadie veerde op. Alice had gezegd dat haar moeder de brieven die ze ontving bewaarde in de laden aan weerszijden van haar bureau. Met een beetje geluk zouden die van Daffyd Llewellyn daar te vinden zijn. Ze zou in zijn eigen woorden kunnen lezen waar hij bang voor was geweest, en hoezeer. Sadie maakte beide laden open. Er lagen honderden enveloppen, gerafeld op de plaats waar ze geopend waren, in pakjes met kleurige linten eromheen. Alle waren ze geadresseerd aan mevrouw E. Edevane, sommige officieel getypt, andere handgeschreven. Sadie bladerde erdoorheen, bundel voor bundel, op zoek naar de brieven van Daffyd Llewellyn.

Ze stond nog steeds met lege handen toen ze op een pakketje stuitte dat afweek van de andere omdat op de bovenste enveloppe een adres of postzegel ontbrak. Verbijsterd bekeek Sadie de andere enveloppen. Er waren er een of twee die officieel met de post waren gekomen, maar de overige waren net zo onbeschreven als de eerste. En toen daagde het haar. Het zachte rode lint, de vage, poederachtige zweem van parfum. Het waren liefdesbrieven.

Niet precies waar ze naar op zoek was geweest, maar Sadie kon een huivering van nieuwsgierigheid niet onderdrukken. Bovendien bestond er een kans dat Eleanor haar minnaar had verteld over haar ongerustheid ten aanzien van Anthony's aandoening. In haar enthousiasme om de bundel te openen trok ze zo hard aan het rode lint dat de brieven over de vloer vlogen. Ze stond zichzelf nog te vervloeken omdat de brieven nu niet meer op volgorde lagen, toen iets haar aandacht trok. Iets wat duidelijk niet thuishoorde in de bundel.

Ze herkende het briefpapier onmiddellijk, het vlechtpatroon van donkergroene klimopranken die door de kantlijn slingerden, het handschrift, de inkt: het klopte precies. Dit was de eerste helft van de brief die ze had gevonden toen ze het boothuis had doorzocht, de brief die Eleanor had geschreven aan Anthony toen hij aan het front zat. Met bonkend hart streek Sadie het velletje papier glad. Later zou het haar voorkomen alsof ze toen een voorgevoel had over wat ze op het punt stond te ontdekken, want tijdens het lezen werd haar het ontbrekende puzzelstukje, een aanwijzing waar ze niet eens bewust naar had gezocht, in de schoot geworpen.

'Sadie?'

Met een schok keek ze op. Clive stond in de deuropening met een in leer gebonden notitieboek in zijn hand en een opgewekte uitdrukking op zijn gezicht.

'Ah, daar ben je,' zei hij.

'Hier ben ik,' papegaaide ze terwijl haar hoofd nog na tolde van de implicaties van wat ze zojuist had ontdekt.

'Ik geloof dat ik het heb,' zei hij opgewonden, en liep zo snel als zijn oude benen dat mogelijk maakten naar de rand van het bed waar Sadie tegenaan zat. 'In Anthony's dagboek uit 1933. Alice had gelijk, hij was een productief dagboekschrijver. Hij schreef er elk jaar één vol, meestal met observaties van de levende natuur en geheugenoefeningen. Die herkende ik uit mijn begintijd bij de politie, toen ik mezelf oefende in het onthouden van elk detail op een plaats delict. Maar er waren ook dagboekaantekeningen in de vorm van brieven aan ene Howard. Een vriend, neem ik aan, die was omgekomen in de Eerste Wereldoorlog. Daar heb ik het gevonden. In juni 1933 lijkt er voor Anthony een nieuwe donkere periode aan te breken. Hij vertelt zijn vriend hoe hij zichzelf het afgelopen jaar achteruit had zien gaan, dat er iets was veranderd, hij wist alleen niet wat dat precies was, en dat de geboorte van zijn zoon het er niet beter op had gemaakt. Sterker nog, toen ik andere aantekeningen doorlas, noemde hij een paar keer het huilen van zijn zoontje, en hoe dat oude herinneringen bij hem naar boven haalde aan een ervaring die hij "het incident" noemt. Iets wat tijdens de oorlog was gebeurd. In zijn laatste notitie voor midzomer schrijft hij dat zijn oudste dochter, Deborah, naar hem toe was gekomen en hem iets had verteld dat alles had veranderd. Dat er iets helemaal mis was en dat zijn "illusie van een volmaakt leven" in duigen was gevallen.'

'De verhouding,' zei Sadie, terugdenkend aan de ongerustheid van Daffyd Llewellyn.

'Dat moet wel.'

Anthony had vlak voor midzomer gehoord van de verhouding. Dat was ongetwijfeld genoeg om hem te laten doordraaien. Daar had Daffyd Llewellyn zich zeker zorgen over gemaakt. Maar in het licht van wat ze zojuist gelezen had, vroeg Sadie zich af of dat wel alles was wat hij ontdekt had.

'En jij?' Clive knikte naar de enveloppen die nog steeds verspreid lagen over het kleed. 'Iets bruikbaars?'

'Dat kun je wel zeggen.'

'Nou?'

Snel vertelde ze hem over de halve brief die ze in het boothuis had gevonden, de brief van Eleanor aan Anthony, die ze hem had geschreven toen hij aan het front zat en zij alleen thuis was, zwanger van Alice, en waarin ze zich afvroeg hoe ze het zonder hem zou redden.

'En?' drong Clive aan.

'Ik heb net de andere helft gevonden, de eerste helft. Hier, tussen Eleanors andere correspondentie.'

'Is dat hem?' hij gebaarde naar het velletje papier in Sadies hand. 'Mag ik?'

Ze gaf het aan Clive en hij nam de tekst snel door, met steeds hoger opgetrokken wenkbrauwen. 'Hemel.'

'Ja.'

'Hartstochtelijk.'

'Ja.'

'Maar hij is helemaal niet gericht aan Anthony. Er staat *Lieve Ben.*'

'Inderdaad,' zei Sadie. 'En hij is gedateerd in mei 1932. Wat betekent dat de ongeboren baby waar ze over schrijft niet Alice is. Het is Theo.'

'Maar dat betekent…'

'Precies. Theo Edevane was niet Anthony's zoon. Hij was van Ben.'

29

Het was niet Eleanors bedoeling geweest om zwanger te worden, niet van Ben, maar ze had er geen moment spijt van. Ze wist het bijna op het moment dat het gebeurde. Het was al tien jaar geleden dat ze zwanger was geraakt van Clementine, maar ze was het niet vergeten. Ze had onmiddellijk een enorme liefde opgevat voor dit kleine wezentje dat in haar groeide. Anthony had haar wel eens door zijn microscoop laten kijken, dus ze wist van delende cellen en bouwstenen en de materie waar het leven uit bestaat. Haar liefde voor de baby was cellulair. Ze waren één en ze kon zich het leven zonder dat kleine wezentje niet meer voorstellen.

Zo intens, zo persoonlijk was haar liefde dat het gemakkelijk was om te vergeten dat de baby een vader had, dat ze hem niet op de een of andere manier tot leven had gewekt uit pure wilskracht. Zeker nu het beloofde kindje zo klein was, en zo veilig opgeborgen. Hij bleef haar geheim (ze was ervan overtuigd dat de baby een jongetje was), en Eleanor kon uitstekend geheimen bewaren. Daarmee had ze veel ervaring. Ze had dat van Anthony al jaren bewaard en dat van haarzelf sinds ze Ben had ontmoet.

Ben. Aanvankelijk had Eleanor zichzelf wijsgemaakt dat hij maar een verslaving was. Ooit, toen Eleanor een klein meisje was, had haar vader haar een vlieger gegeven, een bijzondere vlieger die hij helemaal uit China had laten komen, en haar geleerd hoe ze ermee om moest gaan. Eleanor was dol geweest op die vlieger, op de lange gekleurde staart, de kracht van de trillende lijn in haar hand en de merkwaardige, fascinerende tekens op het oppervlak van de vlieger die meer een illustratie waren dan een taal.

Samen met haar vader had ze door de velden van Loeanneth gestruind, op zoek naar de beste plek om de vlieger op te laten en de beste wind om hem in de lucht te houden. Het werd een obsessie voor Eleanor. Ze hield vliegberichten bij in een boek, ze tekende uitgebreide diagrammen en maakte schetsen voor het verbeteren van het ontwerp, en soms werd ze midden in de nacht rechtop in bed wakker terwijl ze bewegingen maakte alsof ze het koord liet vieren en de haspel van een spookvlieger ronddraaide alsof ze nog buiten in het veld stond.

'Je bent verslaafd geraakt,' had kinderjuf Bruen met een uitdrukking van grimmige afkeer gezegd. Waarop ze de vlieger had meegenomen uit de kinderkamer en hem ergens had verborgen. 'Verslaving is de duivel, en de duivel gaat weg als hij de deur stevig gesloten vindt.'

Eleanor was ook verslaafd geraakt aan Ben, althans dat hield ze zichzelf voor, maar nu was ze volwassen en had ze haar eigen lot in handen. Er was geen kinderjuf Bruen om de vlieger te verbergen en de deur af te sluiten en dus kon zij daar onbelemmerd doorheen stappen.

'Ik was net van plan een vuurtje te maken,' had hij gezegd toen ze hem die dag tegenkwam bij zijn woonwagen. 'Wilt u even binnenkomen en wachten tot het onweer voorbij is?'

De regen viel nog steeds met bakken uit de hemel en nu ze niet langer verhit op zoek hoefde naar Edwina, realiseerde Eleanor zich hoe koud ze het had, en hoe doorweekt ze was. Door de deuropening zag ze een kleine woonkamer die haar opeens het toppunt van behaaglijkheid en warmte toescheen. Achter haar stroomde de regen neer en Edwina, die zich aan haar voeten genesteld had, had zich duidelijk voorgenomen om te blijven. Eleanor zag niet veel andere mogelijkheden. Ze bedankte hem, ademde een keer diep in en stapte naar binnen.

De man kwam haar achterna, deed de deur achter zich dicht en ogenblikkelijk verstomde het geluid van de stortregen. Hij reikte haar een handdoek aan en ging toen in de weer met het vuur in een kleine gietijzeren kachel die midden in de woonwagen stond. Eleanor depte haar haar droog en maakte van de gelegenheid gebruik om eens goed rond te kijken.

De woonwagen was comfortabel maar niet luxueus. Er was net genoeg aan gedaan om het er gezellig te maken. Op de vensterbank, zag ze, stonden nog een paar van die papieren kraanvogels die ze hem in de trein had zien vouwen.

'Ga toch zitten,' zei hij. 'Ik heb dit zo voor elkaar. Hij is wat wispelturig maar de laatste tijd kunnen we het goed met elkaar vinden.'

Eleanor verdrong een lichte opwelling van twijfel. Ze was zich ervan bewust dat zijn bed, de plek waar hij sliep, zichtbaar was achter het opengeschoven gordijn aan de andere kant van de woonwagen. Ze wendde haar blik af, hing de handdoek over een rotanstoel en ging zitten. De regen viel nu zachtjes neer en zoals wel vaker constateerde ze dat dat een van de fijnste geluiden was die ze kende. Binnen zitten in de verwachting snel warm en droog te worden terwijl buiten de regen neerviel, was een heerlijk, eenvoudig genoegen.

De vlammen schoten omhoog, het vuur begon te knetteren en hij stond op. Hij gooide een opgebrande lucifer in het vuur en deed het deurtje dicht. 'Ik ken u wel,' zei hij. 'In de trein, de volle trein van Londen naar Cornwall, een paar maanden geleden. U zat bij mij in de coupé.'

'Als ik het me goed herinner zat u in de mijne.'

Hij lachte en ze ervoer een gevaarlijke, onverwachte opwinding. 'Daar kan ik niets tegenin brengen. Ik bofte dat ik al met al nog een kaartje kon bemachtigen.'

Hij veegde wat roet van zijn handen af aan zijn broek. 'Meteen toen ik vertrokken was uit het postkantoor, wist ik weer wie u was. Ik ben nog teruggegaan, maar u was al weer weg.'

Hij was teruggegaan. Dat was een verontrustend gegeven en Eleanor probeerde haar onrust te maskeren door de woonwagen te inspecteren. 'Woont u hier?' vroeg ze.

'Voorlopig. Hij is van de boer voor wie ik werk.'

'Ik dacht dat u niet meer voor meneer Nicolson werkte.' Ze kon zichzelf wel slaan. Nu zou hij begrijpen dat ze navraag naar hem gedaan. Hij reageerde niet en snel begon ze over iets anders. 'Er is hier geen stromend water of elektriciteit.'

'Dat heb ik niet nodig.'

'Hoe kookt u dan?'

Hij maakte een hoofdbeweging naar het vuur.

'Hoe wast u zich?'

Hij keek in de richting van de rivier.

Eleanor fronste haar wenkbrauwen.

Hij lachte. 'Ik vind het hier heerlijk rustig.'

'Rustig?'

'Hebt u zich nooit willen terugtrekken uit de wereld?'

Eleanor dacht aan de pijn van het moeder zijn, de haat die ze voelde bij de goedkeurende knikjes van haar eigen moeder, de voortdurende waakzaamheid die haar botten stram maakte en de tandraderen van haar geest langzamer deed draaien, alsof ze bijeen waren gebonden met elastiek. 'Nee,' zei ze op de benadering-van-luchtige-toon die ze in de loop der jaren had geperfectioneerd. 'Niet echt, nee.'

'Dat zal ook wel niet voor iedereen gelden,' zei hij schouderophalend. 'Wilt u een kop thee zolang uw spullen nog nat zijn?'

Met haar blik volgde Eleanor zijn arm, die gebaarde naar een steelpan op de kachel. 'Nou,' zei ze. Het was tenslotte koud en haar schoenen waren nog steeds nat. 'Misschien een kopje terwijl ik wacht tot de regen ophoudt.'

Hij liet de thee trekken en zij informeerde naar de steelpan. Hij moest lachen en zei dat hij geen ketel had maar dat dit ook prima werkte.

'Houdt u niet van ketels?'

'Ik houd best van ketels, ik heb er alleen geen.'

'Ook thuis niet?'

'Dit is mijn thuis; tenminste voorlopig.'

'Maar waar gaat u dan naartoe als u hier weggaat?'

'Naar de volgende plek. Ik ben nogal rusteloos van aard,' legde hij uit. 'Ik blijf nooit heel lang op één plek.'

'Ik zou er niet tegen kunnen om geen huis te hebben.'

'Mensen zijn mijn thuis, de mensen van wie ik houd.' Eleanor glimlachte bitterzoet. Ze herinnerde zich dat ze zelf ooit iets dergelijks had gezegd, vele jaren, een eeuwigheid, geleden.

'Denkt u daar anders over?'

'Mensen veranderen, nietwaar?' Het was niet haar bedoeling geweest om zo stekelig te klinken. 'Maar een huis – een huis met muren en een vloer en een dak erop; met kamers vol dingen die betekenis hebben; met herinneringen in de schaduwen – nou, dat is betrouwbaar. Veilig en tastbaar en...'

'Echt?' Hij reikte haar een kop hete thee aan en kwam in de stoel naast haar zitten.

'Ja,' zei Eleanor. 'Ja, dat is het precies. Echt en goed en eerlijk.' Ze glimlachte, enigszins beschaamd dat ze zo'n uitgesproken mening had gegeven. Ze had het gevoel zich te veel te hebben blootgegeven, ze voelde zich raar – wie koesterde nou zulke gevoelens ten aanzien van een huis? Maar hij lachte ook en hoewel hij er anders tegenaan keek, zag ze dat hij haar begreep.

Het was lang geleden dat Eleanor iemand had ontmoet die ze nog niet kende. Dat ze zich genoeg had kunnen ontspannen om vragen te stellen en te luisteren en antwoord te geven. Ze liet haar defensieve houding varen, praatte met hem en informeerde naar zijn leven. Zijn vader was archeoloog en zijn moeder een fervent reizigster, en hij was opgegroeid in het Verre Oosten. Ze hadden hem altijd aangemoedigd om zijn eigen leven te leiden en zich niet te laten beperken door de verwachtingen die de maatschappij van hem had. Opvattingen waarvan Eleanor zich bijna kon herinneren ze zelf gekoesterd te hebben.

De tijd verstreek op een merkwaardige, onnatuurlijke wijze, alsof de getijdenschommelingen van de buitenwereld geen enkele invloed hadden op de sfeer in de woonwagen. Het weefsel van de werkelijkheid was opgelost en alleen zij tweeën bestonden nog. Eleanor had in de loop der jaren gemerkt dat ze in staat was om zelfs zonder horloge op vijf minuten nauwkeurig te weten hoe laat het was, maar nu was ze de draad volledig kwijt. Pas toen ze een blik wierp op een klokje op de vensterbank, realiseerde ze zich dat er twee uur verstreken was.

'Ik moet gaan,' bracht ze hakkelend uit. Ze reikte hem de lege theekop aan en stond op. Dergelijke achteloosheid kende ze niet van zichzelf. Het was ondenkbaar. De meisjes, Anthony, moeder… wat zouden ze wel niet zeggen?

Hij stond ook op, maar geen van beiden kwamen ze in beweging. Tussen hen in hing diezelfde merkwaardige spanning als er in de trein geweest was en Eleanor voelde een aanvechting om te blijven, om zich te verschuilen, om die ruimte nooit meer te verlaten. Wat ze had moeten zeggen was: 'Dag,' maar in plaats daarvan zei ze: 'Ik heb je zakdoek nog.'

'Uit de trein?' Hij lachte. 'Zoals ik al zei: je mag hem houden.'

'Dat kan ik niet. Eerst lag het anders, ik kon hem niet aan je teruggeven, maar nu…'

'Nu?'

'Nou, nu weet ik waar je bent.'

'Ja,' zei hij. 'Dat is zo.'

Eleanor voelde een rilling over haar rug lopen. Hij had haar niet aangeraakt maar ze realiseerde zich dat ze dat wel wilde. Het voelde alsof ze aan de rand van een afgrond stond, maar ze wilde niets liever dan vallen. Later begreep ze dat dat al gebeurd was.

'Wat loop jij er monter bij,' had haar moeder later die middag opgemerkt. 'Wat een beetje regen niet allemaal kan doen voor het humeur van de mens.'

En die nacht, toen Eleanor naast Anthony in bed ging liggen, hem aanraakte en hij haar hand streelde voor hij zich omdraaide, lag ze heel stil in het donker te kijken naar de lijnen op het plafond, ze hoorde de ademhaling van haar man regelmatiger en dieper worden, en probeerde zich te herinneren wanneer ze in dit isolement terecht was gekomen. En in haar geestesoog zag ze de jongeman van de trein, de man wiens voornaam ze nog steeds niet kende, realiseerde ze zich nu pas; die haar aan het lachen had gemaakt en aan het denken gezet en milder had gemaakt, en die slechts een wandelingetje verderop woonde.

Eerst was het voornamelijk het gevoel na zoveel jaren weer te leven. Eleanor had niet in de gaten gehad dat ze langzaam versteende. Ze wist wel dat ze was veranderd in de pak hem beet tien jaar sinds Anthony was teruggekeerd uit de oorlog, maar ze had niet beseft hoe zwaar de tol was geweest die haar besluit om voor hem te zorgen, hem te beschermen en beter te maken, te zorgen dat de meisjes er geen last van zouden ondervinden, van haar had geëist. En nu was daar Ben, zo vrij en licht en opgewekt. De verhouding bood ontsnapping en intimiteit en egoïstisch genot, en het kostte haar weinig moeite om zichzelf wijs te maken dat het niet meer was dan een verslaving, een tijdelijke balsem.

Maar de symptomen van verslaving – de obsessieve gedachten, de verstoorde slaap, het intense genot bij het neerkrabbelen van de naam van een ander op een blanco velletje papier, die daar te zien staan als een gedachte die tastbaar werd – vertonen opmerkelijk veel gelijkenis met verliefd worden, en Eleanor had niet onmiddellijk in de gaten wat er aan de hand was. Maar ze had zich dan ook nooit kunnen voorstellen dat het mogelijk was om van twee mensen tegelijk te houden. Ze schrok toen ze zichzelf op een dag een oud balletwijsje hoorde neuriën waar ze jaren niet aan had gedacht en zich realiseerde dat ze zich bij Ben nu net zo voelde als toen ze Anthony net had leren kennen, alsof de wereld plotseling, opvallend lichter was dan tevoren.

Ze was verliefd.

De woorden in haar hoofd waren een schok en toch klonk er waarheid in door. Ze was vergeten dat liefde zo kon zijn, simpel en ongecompliceerd en vreugdevol. De liefde die ze voor Anthony voelde was in de loop der decennia dieper geworden en veranderd. Het leven had hen voor uitdagingen gesteld en de liefde had zich aangepast om die het hoofd te kunnen bieden. Liefde was gaan betekenen dat de ander op de eerste plaats kwam, het betekende opoffering, zorgen dat het opgelapte schip niet ten onder zou gaan in de storm. Maar met Ben was de liefde een roeibootje waarin je rustig hoog over alles heen kon dobberen.

Toen ze zwanger werd wist Eleanor ogenblikkelijk wiens baby het was. Maar toch rekende ze terug, gewoon voor de zekerheid. Het was zoveel makkelijker geweest als de baby van Anthony was geweest.

Hoewel Eleanor geen moment overwoog om tegen Ben te liegen, vertelde ze het hem niet meteen. De menselijke geest is geneigd om complexe problemen te lijf te gaan met ontkenning en Eleanor richtte zich gewoonweg op haar blijdschap: er kwam een kindje, ze had altijd verlangd naar nog een kind en Anthony zou er heel blij mee zijn. Meer nog, een baby zou hem beter maken. Die opvatting was al zo lang onderdeel van haar denkwijze dat het niet in Eleanor opkwam om het in twijfel te trekken.

Aanvankelijk weigerde ze de netelige kwestie van het vaderschap onder ogen te zien. Zelfs toen haar buik harder werd en ze kleine beweginkjes voelde, hield Eleanor het geheim voor zichzelf. Maar na vier maanden, toen ze Anthony en de meisjes van het goede nieuws op de hoogte had gesteld, wist ze dat het tijd was om met Ben te gaan praten. Haar buik begon te groeien.

Terwijl ze op zoek ging naar de woorden om het hem te vertellen, merkte Eleanor dat ze ertegenop zag, maar niet omdat ze bang was dat Ben het haar moeilijk zou maken. Vanaf die eerste dag in de woonwagen had ze altijd gewacht op het moment dat hij zou verdwijnen en had ze zich schrap gezet voor de dag dat ze erheen zou lopen en hij weg zou zijn. Elke keer dat ze langs de rivier naar hem toe liep, had ze haar adem ingehouden, voorbereid op het ergste. En ze had beslist het woord 'liefde' nooit hardop uitgesproken. De gedachte hem kwijt te raken was een kwelling geweest, maar Eleanor hield zichzelf steeds voor dat hij een zwerver was en dat ze dat van begin af aan had geweten. Het was onderdeel geweest van de aantrekkingskracht en de reden dat ze zichzelf hoe dan ook had toegestaan een relatie te beginnen. Zijn tijdelijkheid had de antithese geleken van de last die ze met zich meedroeg. Op een dag zou hij vertrekken, hield ze zichzelf voor, en dan zou het voorbij zijn. Geen banden, geen spijt, niemand echt kwaad gedaan.

Maar ze had zichzelf voor de gek gehouden en nu zag Eleanor duidelijk hoe vals en snoeverig haar nonchalante houding geweest was. Nu ze hem het nieuws ging vertellen waardoor hij op de vlucht zou slaan, haar zigeunerminnaar, een man die niet eens een ketel bezat, begreep ze hoe afhankelijk ze van hem was geworden: zijn troost en humor, zijn attente en zachtaardige manier van doen. Ze hield van hem, en ondanks de praktische oplossing die zijn vertrek zou bieden, wilde ze niet dat hij ging.

Maar al terwijl ze dit dacht vervloekte Eleanor zichzelf om de naïeve hoop die ze koesterde. Natuurlijk kon het niet bij het oude blijven. Ze kreeg een kind. Ze was getrouwd met Anthony. Hij was haar man en ze hield van hem, dat zou nooit veranderen. Er zat niets anders op dan Ben te vertellen dat hij vader zou worden en toe te zien hoe hij zijn biezen pakte.

Ze had geen rekening gehouden met biologie. Ze had geen rekening gehouden met liefde.

Een baby, had hij vol verwondering gezegd toen ze het hem vertelde. Een baby.

Er was een merkwaardige uitdrukking op zijn gezicht verschenen, een glimlach van vreugde en blijdschap, en meer dan dat, van ontzag. Al voordat Theo was geboren, was Ben verliefd op hem. Hij werd verliefd op het idéé van Theo.

'We hebben een klein mensje gemaakt,' zei hij. Hij, die zijn leven lang was teruggeschrokken voor verantwoordelijkheid en verplichtingen. 'Ik had nooit gedacht dat het zo zou voelen. Ik voel me verbonden met de baby, en met jou. Die band is onbreekbaar. Voel jij dat ook?'

Wat kon ze zeggen? Ja, ze voelde het ook. De baby verbond Eleanor en Ben met elkaar op een manier die losstond van de liefde die ze voor Anthony voelde en de toekomst die ze voor zich zag voor haar gezin op Loeanneth.

Bens opwinding in de maanden die volgden, zijn optimisme, en zijn weigering om toe te geven dat de verwekking van het kind misschien verre van ideaal en gewenst was, waren besmettelijk.

Ben was er zo van overtuigd dat alles op zijn pootjes terecht zou komen – 'Dat gebeurt altijd,' had hij gezegd. 'Ik laat mijn hele leven alles al gebeuren zoals het komt,' – dat Eleanor hem was gaan geloven. Waarom kon alles niet doorgaan zoals het was, zij en de baby op Loeanneth en Ben hier? Tot dusver was dat goed gegaan.

Maar Ben dacht daar anders over, en in de zomer, toen de geboorte naderbij kwam, vertelde hij haar dat hij wegging uit de woonwagen. In eerste instantie had ze gedacht dat hij Cornwall wilde verlaten, en die plotselinge ommezwaai had pijn gedaan, maar toen had hij een haarlok achter haar oor geschoven en gezegd: 'Ik moet dichter in de buurt zijn. Ik heb gereageerd op een advertentie in de krant en ik heb een nieuwe baan. Meneer Harris zei dat ik volgende week kon beginnen. Er schijnt een boothuis te zijn waar de tuinlieden soms wonen?'

Misschien was Eleanors ongerustheid van haar gezicht af te lezen, want hij vervolgde snel: 'Ik zal het je niet moeilijk maken, dat beloof ik.' Hij legde zijn beide handen zachtjes op haar stevige ronde buik. 'Maar ik moet dichter in de buurt zijn, Eleanor. Ik moet bij jullie zijn. Jij en de baby, jullie zijn mijn thuis.'

In de late zomer van 1932 begon Ben met zijn werk op Loeanneth. Op een middag, midden tijdens een hittegolf, kwam hij de oprit op lopen met een blik alsof hij niet meer van het landgoed wist dan dat hij er had gesolliciteerd op een functie als tuinknecht. Zelfs op dat moment nog bezwoer Eleanor zichzelf dat alles goed zou gaan. Ben had een veilige positie van waaruit hij zijn kind kon zien opgroeien, zij zou hem kunnen zien wanneer ze wilde, en Anthony, haar lieve Anthony, hoefde nooit achter de waarheid te komen.

Ze leefde natuurlijk in een droomwereld. Haar liefde, haar vreugde over de aanstaande geboorte van de baby, de lange zomer – het had haar allemaal blind gemaakt voor de realiteit. Maar het duurde niet lang voordat het paradijs zijn glans verloor. Bens nabijheid maakte de hele aangelegenheid veel reëler. Eerst had hij voor Eleanor bestaan in een andere wereld, maar nu, hier, was hij getransplanteerd naar het leven dat ze deelde met haar gezin, en de schuldgevoelens die Eleanor zo lang had onderdrukt begonnen zich te roeren.

Het was fout van haar geweest om Anthony te bedriegen. Dat zag

Eleanor nu duidelijk in, ze kon zich niet voorstellen hoe ze dat ooit had kunnen doen. Wat had haar bezield? Anthony was haar grote liefde. Ze zag zijn stralende, jonge gezicht voor zich, die ochtend lang geleden toen hij haar voor de bus had weggetrokken, hun trouwdag waarop hij had gelachen en haar hand stevig had vastgehouden en zij hun toekomst voor zich had zien liggen, de middag op het treinstation toen hij naar het front vertrok, zo verlangend om zijn steentje bij te dragen – en het deed haar ineenkrimpen van schaamte.

Eleanor begon de tuin te vermijden. Het was een passende straf: de tuin was altijd haar favoriete plek geweest op Loeanneth, een plek die haar troost bood en opbeurde, en het was haar verdiende loon om die kwijt te raken. Maar er was nog een reden waarom ze er wegbleef. Haar schuldgevoelens hadden een neurotische angst aangewakkerd dat ze zich per ongeluk zou blootgeven, dat ze zich tijdens een toevallige ontmoeting met Ben zou verraden. Dat kon ze niet riskeren: de gevolgen voor Anthony zouden vreselijk zijn. Als ze vanuit het huis toevallig een glimp van Ben opving terwijl hij bezig was in de tuin, keerde ze zich snel af van het raam en steeds vaker lag ze 's nachts wakker omdat ze piekerde over wat er zou gebeuren als Ben besloot meer van hun baby te willen dan ze bereid was hem te geven.

Maar hoe ze zichzelf ook hekelde, hoe boetvaardig ze ook was, echt spijt kon ze niet hebben van de affaire. Hoe kon ze, nu haar daden haar Theo hadden gegeven? Vanaf het eerste moment dat ze wist dat ze hem in zich droeg had ze zielsveel van hem gehouden, maar toen hij eenmaal geboren was, kóésterde ze hem. Het was niet zo dat ze meer van hem hield dan ze van haar dochters had gehouden toen die een baby waren, maar ze was nu een andere vrouw dan toen. Het leven had haar veranderd. Ze was ouder, verdrietiger, ze had meer behoefte aan troost. Ze was in staat om van dit kind te houden met een bevrijdende onbaatzuchtigheid. En het beste was: als ze alleen met Theo was kon ze Eleanor zijn. Moeder was weg.

Tussen alle scenario's die ze zich had voorgesteld en waar ze zich zorgen over had gemaakt was bij Eleanor nooit, niet één keer, de gedachte opgekomen dat Anthony's toestand na de geboorte van Theo ook achteruit kon gaan in plaats van beter worden. Ze was er in al die jaren zo rotsvast van overtuigd geraakt dat een nieuw kind – een zoon! – precies was wat hij nodig had om te herstellen, dat er in haar hoofd geen ruimte meer was voor een alternatief. Maar ze had zich vergist. De problemen begonnen vrijwel onmiddellijk, toen Theo pas een paar weken oud was.

Anthony was dol op hem, wiegde hem vaak zachtjes en keek dan vol verwondering naar dit volmaakte kleine gezichtje, maar in zijn vreugde schemerde vaak een zweem van melancholie door, een bittere beschaamdheid dat zijn leven zo volmaakt was, terwijl anderen zulke ontberingen leden. Erger nog, als de baby huilde verscheen er soms een uitdrukking op zijn gezicht, een lege blik, alsof hij met zijn gedachten bij iets anders was, bij een geheim.

Dat waren de nachten dat de nachtmerries kwamen – het angstige beven, de uitroepen 'Laat de baby ophouden met huilen,' en 'Houd hem stil', en dan moest Eleanor hem er met alle macht van weerhouden om naar zijn kamer te stormen en dat zelf te doen – en waarin ze zich afvroeg wat ze in godsnaam had gedaan.

En toen gaven ze Clementine het zweefvliegtuigje voor haar twaalfde verjaardag. Het was Anthony's idee geweest, en het was een goed idee, maar Eleanors hoop dat ze weg zou kunnen blijven uit de tuin was vervlogen. Ze hadden al geluncht toen Clemmie haar cadeau uitpakte en naar buiten rende, dus er restte alleen nog de taart en het theedrinken voor het formele deel van de dag voorbij was. Eleanor hield zich voor dat er in zo'n korte tijd niet zoveel mis kon gaan en droeg het dienstmeisje met enige tegenzin op om het dienblad naar de tuin te brengen.

Het was prachtig weer, een van die frisse, zonnige herfstmiddagen waarop wie het aandurfde nog zou kunnen gaan zwemmen. Iedereen was inmiddels in feeststemming, dolde rond op het grasveld, gooide het zweefvliegtuigje op en lachte als het iemand bijna scalpeerde. Maar Eleanor was gespannen. Ze wist dat Ben beneden bij het meer aan het werk was, en ze was bang dat haar gezin hen samen zou zien, of dat Ben Theo's wiegje zou zien en een excuus zou bedenken om het grasveld over te lopen en zich bij het feestje te voegen.

Dat zou hij niet doen, dat had hij haar beloofd. Maar uit angst kan iemand vreemde dingen gaan denken en ze wilde gewoon dat de dag voorbij was, dat ze hun taart zouden opeten en terugkeren naar de veilige omgeving van het huis. Clementine dacht daar echter anders over. Eigenlijk had ze het gevoel dat haar hele gezin tegen haar samenspande. Niemand wilde thee, het aanbod van taart sloegen ze af, en zij zat opgescheept met haar rol van Moeder, terwijl ze niets liever wilde dan alleen zijn.

En toen begon Clemmie, die een groot talent had voor het uitkiezen van de allerslechtste momenten om toe te geven aan haar aangeboren roekeloosheid, aan de beklimming van de grote esdoorn. Eleanors hart stond stil, terwijl haar zenuwen al tot het uiterste gespannen waren, en ze dacht dat ze dit niet zou overleven. Ze ging onder de boom staan, haar ogen strak gericht op de bewegingen van haar jongste dochter met haar blote voeten, opgetrokken rok en gehavende knieën, vastberaden om Clemmie op te vangen als ze zou vallen.

En zo kwam het dat ze het niet in de gaten had toen het gebeurde. Het kindermeisje Rose was de eerste die het merkte. Haar adem stokte en ze greep Eleanors hand. 'Snel', fluisterde ze. 'De baby.'

De woorden waren huiveringwekkend. Toen Eleanor over haar schouder keek en Anthony in de richting van Theo's wiegje zag lopen, leek de wereld te kantelen om zijn as. Het kleintje lag te huilen en ze zag aan Anthony's stramme en onnatuurlijke manier van lopen dat hij zichzelf niet was.

Rose was het grasveld al op gelopen. Ze was een van de weinigen die wisten van Anthony's aandoening. Eleanor had het haar niet verteld maar ze had het zelf in de gaten gekregen. Haar vader had ook geleden aan een dergelijke aandoening, had ze verteld op de avond dat ze Eleanor was komen zeggen dat ze altijd op haar kon rekenen als ze hulp nodig had.

'Daffyd', zei Eleanor, 'ga met de meisjes naar de boot.'

Hij moest de paniek in haar stem gehoord hebben want in een fractie van een seconde begreep hij het, lokte Deborah en Clemmie met zijn charmantste verhalenverstellersstem naar zich toe en verdween met hen naar de plek waar de boot lag aangemeerd.

Eleanor zette het op een lopen. Bijna stormde ze Alice omver, die haar zusjes achterna kwam rennen. Haar hart klopte in haar keel en het enige wat ze nog kon denken was dat ze op tijd bij Anthony moest zijn.

Eenmaal bij hem was één blik in zijn ogen genoeg om te zien dat hij er niet bij was. Hij was daar waar hij ook maar naartoe ging als de duisternis hem overviel. 'Dat kind', zei hij op bezeten toon, 'laat hem ophouden, laat hem zijn mond houden.'

Eleanor pakte haar man stevig vast en leidde hem terug naar het huis. Ze fluisterde hem toe dat alles in orde was. Toen ze even de kans kreeg, keek ze om naar kindermeisje Rose en zag ze dat die Theo op schoot had genomen. Rose ving haar blik, en Eleanor wist dat ze over de kleine zou waken.

Die nacht, toen Anthony na het innemen van een slaappil in een diepe slaap was gevallen, glipte Eleanor de slaapkamer uit en liep op blote voeten de gang door. Zachtjes, met haar schaduw op de vloer achter zich, liep ze de trap af en stapte behoedzaam over de scheur in de Baluch-loper van grootvader Horace.

In de stapstenen van het tuinpad was de warmte van de dag nog te voelen en Eleanor genoot van hun stevigheid onder haar zachte voetzolen. Ooit waren die voetzolen stevig geweest.

Toen ze de rand van het meer had bereikt, hield Eleanor stil en stak een van de sigaretten op waarvan niemand wist dat ze ze rookte. Ze inhaleerde diep.

Ze had de tuin gemist. Haar jeugdvriend.

Het water van het meer kabbelde in de duisternis, de nachtvogels schikten hun veren, een klein dier – een vos misschien – schoot opgeschrikt bij haar vandaan.

Eleanor rookte haar sigaret op en liep snel naar de rivier. Ze knoopte haar jurk los en trok hem over haar hoofd zodat ze alleen haar slip nog aan had.

Het was geen koude nacht, hoewel het eigenlijk te fris was om te zwemmen. Maar Eleanor ervoer een enorme onrust. Ze wilde zich herboren voelen. Ze wilde voelen dat ze leefde, zich vrij voelen, ongebonden. Ze wilde zich verliezen, alles en iedereen die ze kende vergeten. 'Heb jij de wereld nooit willen ontvluchten?' had Ben haar in de woonwagen gevraagd. Ja, dat had ze wel, en dat wilde ze vanavond ook, meer dan ooit.

Ze stapte in de rivier en liet zich in het water zakken. Het riet voelde koel en glibberig aan haar voeten, het water zwaar van het slib aan haar handen. Ze stelde zich voor dat ze een stuk drijfhout was dat heen en weer deinde op de stroming, geen verantwoordelijkheden, geen zorgen.

Ze verbrak het door de maan verlichte wateroppervlak, liet zich op haar rug drijven en luisterde naar de geluiden van de nacht: een paard in een nabijgelegen weide, de vogels in de bos, het klateren van de rivier.

Op een gegeven moment voelde ze dat ze niet langer alleen was en op de een of andere manier wist ze dat het Ben was. Ze zwom naar de oever, stapte het water uit en ging naast hem zitten op de omgevallen boomstam. Hij deed zijn jas uit en sloeg die om haar heen en zonder dat hij hoefde te weten wat er aan de hand was, nam hij haar vast, streelde haar haar en zei dat ze zich geen zorgen hoefde te maken, dat alles goed zou komen. En Eleanor liet hem praten, omdat ze hem had gemíst, en de opluchting dat hij haar in zijn armen had, hier en nu, kneep haar keel dicht.

Maar Eleanor kende de waarheid. Ze was als de koningin in *Eleanors toverdeur* die zo verlangde naar een kind dat ze bereid was geweest om een pact te sluiten met de duivel. Ze had de deur opengedaan, was erdoorheen gestapt en had liefgehad terwijl ze dat niet had mogen doen, en nu ondervond ze de gevolgen daarvan. De wereld was een oord waar evenwicht en natuurlijke rechtvaardigheid heerste; er kwam altijd een moment dat je de prijs moest betalen, en het was nu te laat om de deur weer te sluiten.

30

Cornwall, 2003

'Krijg nou wat.' Clive staarde Sadie met grote ogen aan van achter zijn brillenglazen. De implicaties van wat ze zojuist ontdekt hadden vielen op hun plek.

'Ik weet niet waarom ik er niet eerder aan gedacht heb,' zei ze.

'Ik zou niet weten waarom. Ik was hier in 1933 en heb de hele familie gesproken. Niemand die ook maar zinspeelde op zoiets.'

'Denk je dat Anthony het wist?'

Clive floot zachtjes door zijn tanden en overdacht de mogelijkheid. 'Als hij het wist, verleent het de zaak wel een duister randje.'

Dat kon Sadie niet ontkennen. 'Stond er nog iets in de dagboeken?' vroeg ze. 'Rond de tijd dat Deborah hem kwam opzoeken in zijn studeerkamer?'

'Als dat zo was, was het zo cryptisch geformuleerd dat het mij niet is opgevallen.'

'En hoe zit het met de verhoren in 1933? Ik weet dat je zei dat er geen enkele aanwijzing was om te denken dat Anthony niet Theo's biologische vader was, maar was er iets anders? Wat dan ook? Een kleinigheidje dat er destijds niet toe leek te doen, maar dat nu misschien van belang is?'

Clive dacht na. Uiteindelijk zei hij aarzelend: 'Er was wél iets. Ik weet niet of het belangrijk is, alles welbeschouwd voelt het een beetje onnozel om het te noemen, maar toen we de mensen begonnen te verhoren, raadde mijn baas de familie Edevane aan om de media in te schakelen. Hij was van mening dat er veel meer mensen uit zouden kijken naar het vermiste jochie als ze een beroep deden op het medeleven van het grote publiek. Het was snikheet die dag, we zaten allemaal in de bibliotheek, een fotograaf, de journalist, Anthony en Eleanor Edevane naast elkaar op de bank, en buiten was de politie het meer aan het afzoeken.' Hij schudde zijn hoofd. 'Het was verschrikkelijk. Gewoonweg verschrikkelijk. Eleanor kreeg zelfs een soort inzinking, waarop Anthony abrupt een einde maakte aan het vraaggesprek. Ik nam het hem geen moment kwalijk, maar wat hij toen zei is me bijgebleven. "Heb wat medelijden," zei hij, "mijn vrouw verkeert in shock, haar kind wordt vermist."' Clive keek naar Sadie, met een nieuwe vastberadenheid in zijn ogen. 'Niet "ons kind", maar "háár kind".'

'Het kan zijn dat hij zich met haar vereenzelvigde en verwees naar háár reactie in het bijzonder?'

Met toenemende opwinding zei Clive: 'Nee, dat geloof ik niet. Sterker nog, hoe langer ik erover nadenk, hoe verdachter ik het vind.'

Sadie kon een gevoel van verzet niet onderdrukken. Hoe overtuigder Clive raakte van het feit dat Anthony had geweten dat hij Theo's vader niet was, hoe meer zij de drang voelde om te bewijzen dat hij het niet had geweten. Er zat geen enkele logica achter haar koppigheid; ze wilde het gewoon niet geloven. Tot dusver hadden Alice en zij gehandeld vanuit de aanname dat Anthony Theo onopzettelijk had gedood, het vreselijke gevolg van een woede die voortkwam uit zijn oorlogsneurose. Maar als Theo, de langverwachte en aanbeden zoon, niet zijn biologische kind was, en als Anthony achter de waarheid was gekomen toen hij had gehoord over het overspel van zijn vrouw, dan doemde er een veel akeliger scenario op.

Als Donald hier was geweest, wist Sadie, had hij haar verweten dat ze geobsedeerd raakte door de familie. En dus, terwijl Clive voortging met het opsommen van de kleine observaties die hij zich van Anthony herinnerde uit 1933, en die zelfs wat verdraaide om ze in overeenstemming te brengen met zijn theorie, deed ze haar best om onbevooroordeeld tegen de zaak aan te blijven kijken. Ze was het Alice verschuldigd om haar oordeel niet te laten bepalen door haar persoonlijke gevoelens. Maar het was een grimmig beeld dat Clive schetste. Het denkwerk dat Anthony had moeten steken in het bepalen van de geschikte avond om zijn misdrijf te plegen, het jaarlijkse feest waarop hij wist dat zijn echtgenote in haar rol als gastvrouw van hot naar her zou draven en het personeel het te druk zou hebben om iets ongebruikelijks op te merken. Het gunstige tijdstip waarop Rose Waters de wacht was aangezegd. Rose die, zoals Eleanor de politie had verteld, zo waakzaam was dat ze haar pupil nooit iets had laten overkomen. Het vervangen van het jonge kindermeisje door de oude Hilda Bruen, van wie hij wist dat ze zich een slokje whisky niet zou ontzeggen om door het feestgedruis heen te kunnen slapen. Het was allemaal zo doordacht. En Eleanor? Wat was dan haar rol in het geheel? 'Denk je nog steeds dat ze het wist?' vroeg Sadie.

'Het lijkt me wel. Anders kan ik haar terughoudendheid om een beloning uit te loven niet verklaren. Ze wist dat dat een zinloze onderneming was, dat haar zoon nooit gevonden zou worden.'

'Maar waarom zou ze geholpen hebben om het misdrijf te verdoezelen? Waarom heeft ze niks gezegd? Ze bleef getrouwd met Anthony Edevane, en volgens iedereen was het een gelukkig huwelijk!'

'Huiselijke situaties zijn gecompliceerd. Misschien heeft hij nog met andere dingen gedreigd. Misschien heeft hij Benjamin bedreigd. Dat zou in elk geval verklaren waarom Munro zo spoorloos van het toneel verdwenen is. Misschien had Eleanor het gevoel dat het gedeeltelijk haar eigen schuld was, dat haar ontrouw hem tot deze daad had aangezet.'

Sadie dacht terug aan haar gesprek met Alice, die Eleanor had omschreven als iemand met uitgesproken en onwrikbare morele opvattingen. Een vrouw met een dergelijk moreel gevoel had zich waarschijnlijk heel schuldig gevoeld over het verbreken van haar huwelijksgelofte. Maar had ze Theo's dood ooit kunnen aanvaarden als gerechte straf? Nee. Het was één ding om Anthony te vergeven voor een ongeluk – en zelfs dat leek niet erg waarschijnlijk – maar het was iets anders om de moord op haar kind door de vingers te zien. En hoe Sadie ook streed tegen haar vooringenomenheid, het lukte gewoon niet om de beschrijvingen die ze had gelezen van Anthony Edevane, liefhebbende vader, geliefde echtgenoot, dappere oud-soldaat, te rijmen met dit beeld van wraaklustig monster.

'En,' zei Clive, 'wat denk je?'

Hij wachtte enthousiast tot Sadie zou instemmen, maar dat kon ze niet. Ze zagen iets over het hoofd. Het was bíjna een kloppende theorie, maar het ontbrekende puzzelstukje was cruciaal. 'Ik denk dat we naar beneden moeten gaan, de thermoskan openmaken en een kop thee drinken. Dat we het even moeten laten bezinken.'

Clive was enigszins teleurgesteld, maar hij knikte. De zon scheen nu de kamer binnen en terwijl Sadie de enveloppen opraapte die nog overal op de vloer lagen, liep hij naar het openstaande raam. 'Krijg nou wat,' zei hij. 'Is dat wie ik denk dat het is?'

Sadie liep naar hem toe en zag het vertrouwde beeld van de rommelige tuin en het meer erachter. Twee figuren kwamen langzaam aanlopen over het pad. Sadie had niet verbaasder kunnen zijn als het Theo zelf was geweest die in de richting van het huis kwam stappen. 'Het is Alice,' zei ze. 'Alice Edevane en haar assistent Peter.'

'Alice Edevane,' herhaalde Clive, met een zacht fluitje van ongeloof. 'Eindelijk weer thuis.'

'Ik heb me bedacht,' was Alice' enige verklaring nadat Sadie en Clive haar tegemoet waren gelopen in de entreehal en zij en Clive opnieuw aan elkaar waren voorgesteld. Peter had zijn werkgeefster begeleid naar de deur en was toen teruggestuurd naar de auto om iets te halen waar ze naar verwees met de vrij raadselachtige term 'de benodigdheden'. Alice stond op de stoffige tegels met een licht gepikeerde uitdrukking op haar gezicht, het evenbeeld van een zwierige aristocratische dame die zojuist even een stukje was gaan wandelen maar nu weer thuiskwam op haar landhuis en geenszins te spreken was over het gestuntel van haar personeel. Kordaat vervolgde ze: 'Nou, het huis kan wel een poetsbeurt gebruiken. Zullen we in de bibliotheek gaan zitten?'

'Dat is goed,' stemde Sadie toe. Naar Clive haalde ze even verbouwereerd haar schouders op, waarna ze Alice volgde door een deur aan de andere kant van de hal. Het was de kamer die Sadie door het raam had gezien toen ze voor het eerst op Loeanneth was gestuit, de plek waar in 1933 het politieverhoor had plaatsgevonden, en waar, had Clive verteld, Anthony en Eleanor de dag na Theo's verdwijning de journalist en de fotograaf te woord gestaan hadden.

Nu ging Clive aan het ene eind van de bank zitten en Sadie aan het andere. Het was overal erg stoffig, maar afgezien van een kleine voorjaarsschoonmaak leek er weinig te hoeven gebeuren. Vermoedelijk was Alice gekomen om op de hoogte gesteld te worden van de vorderingen bij het onderzoek en ze was er de vrouw niet naar om tegenspraak te dulden of zich van haar stuk te laten brengen door een beetje vuil.

Sadie verwachtte dat Alice zou plaatsnemen in de leunstoel en een spervuur aan vragen op ze af zou vuren, maar in plaats daarvan bleef de oude vrouw heen en weer lopen, van de deur naar de haard naar het bureau onder het raam, waar ze even bleef staan om daarna weer in beweging te komen. Ze had haar kin in de lucht gestoken, maar met haar geoefende rechercheursoog kon Sadie deze pose gemakkelijk doorzien. Hoewel ze haar uiterste best deed om het te verhullen, was Alice gespannen en onzeker. En geen wonder. Weinig was waarschijnlijk vreemder dan na zeventig jaar terug te keren in het huis van haar jeugd, en te constateren dat het meubilair er nog precies zo stond als toen. En dan was de traumatische gebeurtenis die had geleid tot het vertrek van de familie Edevane nog buiten beschouwing gelaten. Alice bleef staan bij het bureau en pakte de tekening van het kindergezicht op.

'Is hij dat?' vroeg Sadie zachtjes. Ze herinnerde zich de buitenaardse schoonheid van de tekening die ze had zien liggen toen ze die eerste ochtend op Loeanneth door het raam had gekeken. 'Theo?'

Alice keek niet op en heel even dacht Sadie dat ze haar niet gehoord had. Ze stond op het punt om haar vraag te herhalen toen Alice zei: 'Het is getekend door een vriend van de familie. Zijn naam was Daffyd Llewellyn. Hij heeft het gemaakt op de dag dat Theo is gestorven.' Ze keek naar het raam en klemde haar kaken op elkaar. De oprukkende braamstruiken blokkeerden het uitzicht voor een groot deel, maar Alice leek dat niet te zien. 'Ik zag hoe hij ermee kwam aanlopen vanaf de rivier. In de zomer woonde hij altijd bij ons, in de Mulberry-kamer boven. Meestal ging hij 's ochtends vroeg op pad, met een ezel over zijn schouder en een schetsboek onder zijn arm. Tot ik deze schets zag wist ik niet dat hij Theo ooit getekend had.'

'Een interessante samenloop van omstandigheden,' probeerde Sadie voorzichtig. 'De eerste keer dat hij uw broertje tekende was ook de dag dat Theo verdween.'

Alice keek haar scherp aan. 'Samenloop van omstandigheden misschien, maar interessant zou ik het niet willen noemen. Meneer Llewellyn had helemaal niets te maken met wat Theo is overkomen. Maar ik ben blij dat hij zijn portret heeft getekend. Het was een grote troost voor mijn moeder in de weken die volgden.'

'Daffyd Llewellyn overleed heel snel na Theo, nietwaar?' Sadie herinnerde zich haar gesprek met Clive en hoe verdacht ze de timing van de twee voorvallen had gevonden.

Clive knikte en Alice zei: 'De politie vond zijn stoffelijk overschot tijdens hun zoektocht. Het was een zeer ongelukkige…'

'Samenloop van omstandigheden?' waagde Sadie.

'Gang van zaken,' zei Alice ad rem. Ze richtte haar aandacht weer op de tekening en de uitdrukking op haar gezicht werd milder. 'Zo'n tragedie, zo'n vreselijk verlies. Je blijft je natuurlijk altijd afvragen...' Maar wat ze zich afvroeg hield ze voor zich. 'We waren allemaal erg gesteld op meneer Llewellyn, maar met mijn moeder had hij een speciale band. Hij had over het algemeen niet veel op met andere volwassenen, maar mijn moeder was een opvallende uitzondering. Het kwam bij haar extra hard aan toen hij zo vlak na Theo's verdwijning werd gevonden. Normaal gesproken zou ze troost gezocht hebben in haar vriendschap met hem. Hij was als een vader voor haar.'

'Een man die ze haar geheimen zou vertellen?'

'Dat zou heel goed kunnen. Ze had niet veel andere vrienden, niet het soort vrienden dat ze in vertrouwen zou nemen.'

'Ook haar eigen moeder niet?'

Alice had nog steeds naar de tekening staan staren, maar keek nu op met een spottend lachje. 'Constance?'

'Ze woonde toch bij u in huis?'

'Ze werd geduld.'

'Kan het dat uw moeder haar in vertrouwen heeft genomen?'

'Absoluut niet. Mijn moeder en mijn grootmoeder hebben nooit met elkaar overweg gekund. Ik weet niet waar die animositeit vandaan kwam, maar hij bestond al lang en hij zat heel diep. Toen Theo was overleden en we Loeanneth verlieten, hebben ze zelfs de laatste dunne band verbroken. Grootmoeder is niet met ons meegekomen naar Londen. Haar gezondheid was niet goed. In de maanden voorafgaand aan midzomer was ze verward en daarna ging het snel bergafwaarts. Ze is naar een tehuis in Brighton gebracht waar ze haar laatste dagen heeft gesleten. Het was een van de weinige keren dat ik moeder echte genegenheid voor haar heb zien opbrengen: ze stond erop dat grootmoeder in het allerbeste verpleeghuis terecht zou komen, dat alles perfect geregeld moest zijn. Families zitten ingewikkeld in elkaar, vind je niet, rechercheur?'

Meer dan u weet, dacht Sadie, terwijl ze een blik uitwisselde met Clive. Hij knikte.

'Wat is er?' Alice, scherpzinnig als altijd, keek van de een naar de ander. 'Hebben jullie iets gevonden?'

Sadie had de brief van Eleanor aan Ben nog steeds in haar achterzak en gaf hem nu aan Alice, die hem inspecteerde en één wenkbrauw optrok.

'Ja, nou, we hadden al vastgesteld dat mijn moeder en Benjamin Munro verwikkeld waren in een liefdesrelatie.'

Daarop vertelde Sadie over de andere helft van de brief, die ze had gevonden in het boothuis, waarin Eleanor schreef over haar zwangerschap. 'Ik had aangenomen dat de brief gericht was aan uw vader toen hij aan het front zat. Ze beschreef hoe erg ze hem miste, hoe moeilijk het zou zijn om de baby te krijgen zonder dat hij erbij was, maar toen ik deze brief boven vond, begreep ik dat hij aan Ben geschreven was.' Sadie aarzelde even. 'Over Theo.'

Nu liet Alice zich langzaam achterover zakken in de leunstoel en Sadie begreep eindelijk wat er bedoeld werd met de uitdrukking 'uit het veld geslagen zijn'.

'Je denkt dat Theo Bens zoon was,' zei ze.

'Ja.' Kort en bondig, maar Sadie had niet het idee dat er veel meer te zeggen was over de kwestie.

Het inzicht had alle kleur uit Alice' gezicht doen wegtrekken. Ze staarde naar een punt ergens in het midden van de kamer en haar lippen bewogen licht op en neer alsof ze in gedachten cijfers optelde. In Londen had ze ontzagwekkend geleken, maar nu zag Sadie een zweem van kwetsbaarheid. Niet dat Alice er breekbaar uitzag; het was meer dat ze zich, nu ze niet meer gevangenzat in haar eigen legende, openbaarde als een vrouw met heel gewone kwetsbaarheden. 'Ja,' zei ze ten slotte met enige verwondering in haar stem. 'Ja, dat klinkt aannemelijk. Dat klinkt heel aannemelijk.'

Clive schraapte zijn keel. 'Het verandert de zaak wel, vindt u niet?'

Alice keek hem aan. 'Het verandert niets aan wat mijn broertje is overkomen.'

'Nee, natuurlijk niet. Ik bedoelde –'

'U bedoelde mijn vaders motief. Ik weet waar u op doelt en ik kan u zeggen dat mijn vader Theo nooit opzettelijk iets aangedaan zou hebben.'

Sadie had precies hetzelfde gedacht toen Clive de theorie voor het eerst opperde, boven in de kamer. Maar nu ze de felheid zag waarmee Alice weigerde de mogelijkheid ook maar in overweging te nemen, vroeg ze zich af of zij haar oordeel zelf niet ook liet vertroebelen door haar diepe weerzin tegen het idee.

In de andere ruimte klonken voetstappen en Peter verscheen in de deuropening, terug van zijn mysterieuze opdracht. 'Alice?' zei hij aarzellend. 'Gaat het wel?' Hij keek Sadie aan met grote ogen van bezorgdheid. 'Is alles hier in orde?'

'Met mij gaat het goed,' zei Alice. 'Maak je geen zorgen.'

Peter was naar haar toe gelopen en vroeg of ze een glas water wilde, wat frisse lucht, iets te eten, maar ze wuifde het allemaal weg. 'Heus, Peter, met mij gaat het prima. Het is gewoon de verrassing om hier terug te zijn, al die herinneringen.' Ze overhandigde hem de tekening. 'Kijk,' zei ze. 'Mijn kleine broertje. Dat is Theo.'

'Hemel, wat een mooie tekening. Heb jij die...?'

'Natuurlijk niet.' Ze schoot bijna in de lach. 'Een vriend van de familie heeft hem gemaakt. Daffyd Llewellyn.'

'De schrijver,' zei Peter, met een blijdschap alsof hij zojuist het antwoord op een lang onbeantwoorde vraag had gekregen. 'Natuurlijk. Meneer Llewellyn. Nu begrijp ik het.'

Nu de schrijver ter sprake kwam, herinnerde Sadie zich dat het gesprek een andere wending had genomen voor ze een bevredigend antwoord had kunnen krijgen op haar vragen rond het moment van zijn zelfmoord. De gedachte kwam bij haar op dat hij zich misschien schuldig had gevoeld. Niet omdat hij Theo iets had aangedaan, maar omdat hij Anthony er niet van had kunnen weerhouden. 'Had uw vader een goede band met meneer Llewellyn?' vroeg ze.

'Ze konden het heel goed met elkaar vinden,' zei Alice. 'Mijn vader beschouwde hem als een lid van de familie, maar daarnaast hadden ze groot respect voor elkaar op het professionele vlak, omdat ze beiden een medische achtergrond hadden.'

En ze hadden nog meer gemeen, herinnerde Sadie zich. Daffyd Llewellyn had net als Anthony zijn beroep als arts niet verder kunnen uitoefenen als gevolg van een zenuwinzinking. 'Hebt u enig idee wat de oorzaak was van meneer Llewellyns depressie?'

'Ik heb nooit de kans gekregen om het hem te vragen. Daar heb ik altijd spijt van gehad – ik wilde het wel, hij was zichzelf niet vlak voor het midzomerfeest, maar ik was bezig met andere dingen en heb het te lang voor me uit geschoven.'

'Was er niemand anders die het geweten kan hebben?'

'Moeder misschien, maar die heeft er beslist nooit iets over gezegd, en de enige andere die hem had gekend als jongeman, was grootmoeder.

Maar haar de waarheid ontfutselen zou een hele prestatie zijn geweest. Zij tweeën hadden niet veel met elkaar op. Constance verdroeg geen zwakheid en wat haar betrof was meneer Llewellyn het summum van verachtelijkheid. Haar verbolgenheid toen hij een koninklijke onderscheiding zou krijgen was met geen pen te beschrijven. Wij waren allemaal enorm trots op hem – had hij nog maar geleefd om hem zelf in ontvangst te kunnen nemen.'

'Hij was je mentor,' zei Peter liefdevol. 'Net zoals mevrouw Talbot dat voor mij was.'

Alice hief haar kin omhoog, alsof ze de tranen op afstand wilde houden zodra die zich ook maar dreigden aan te kondigen. Ze knikte. 'Ja, een tijdlang wel, tot ik besloot dat ik zo oud was dat ik hem niet meer nodig had. De arrogantie! Maar ja, jongeren zijn er altijd op gebrand om ouderen van zich af te schudden, denk je niet?'

Peter glimlachte. Het was een droevige glimlach, leek het Sadie.

De herinnering moet iets in Alice naar boven hebben gebracht, want ze zuchtte vastberaden en sloeg haar handen ineen. 'Maar genoeg daarover,' zei ze terwijl ze zich met hernieuwde energie tot Peter richtte. 'Dit is niet de dag om spijt te hebben, hooguit om daar overheen te stappen. Heb je de benodigdheden?'

Hij knikte. 'Ik heb ze bij de voordeur gezet.'

'Uitstekend. En denk je dat je op zoek kunt gaan…'

'Naar de plank met de elandskopknoest? Wordt aan gewerkt.'

'Uitstekend.'

Sadie negeerde het gepraat over elandskoppen en nam de brief aan toen die haar werd teruggegeven. Ze kon zich niet voorstellen hoe het moest zijn om zo'n brief te lezen, geschreven door haar eigen moeder. Een stem uit het verre verleden, die doorklonk in het heden en verwarring schiep over een zekerheid die ze altijd had gekoesterd. Het leek haar iets heel moedigs, je gevoelens op papier zetten en dat aan een ander geven.

Er doemde een beeld van Charlotte Sutherland bij haar op. In haar paniek na het ontvangen van Charlottes brieven had Sadie geen moment stilgestaan bij de moed die het had gevergd om die brieven te schrijven en op te sturen. Er was iets heel intiems aan het overdragen van gevoelens. En in Charlottes geval had ze niet één maar twee keer geschreven, en daarmee ook een tweede afwijzing geriskeerd.

En Sadie was bijna over haar eigen voeten gestruikeld, zoveel haast had ze gehad om haar de eerste keer meteen af te wijzen – was Charlotte dapper of onnozel geweest om het nog eens te proberen? 'Wat ik niet begrijp,' zei ze, net zo goed tegen zichzelf als tegen de anderen, 'is waarom iemand zo'n brief zou bewaren. Het is één ding om hem in een opwelling te schrijven, maar om hem de rest van je leven te bewaren...' Ze schudde haar hoofd. 'Het is zo persoonlijk. Zo belastend.'

Er verscheen een glimlach op Alice' gezicht en ze leek weer tot zichzelf te komen. 'Die vraag stel je alleen maar omdat je zelf geen brievenschrijver bent, rechercheur Sparrow. Anders had je geweten dat een schrijver nooit haar eigen werk vernietigt. Zelfs als ze vreest dat de inhoud bezwarend voor iemand kan zijn.'

Sadie liet dat even bezinken toen er buiten geroepen werd. 'Hallo? Is daar iemand?'

Het was Berties stem. 'Mijn grootvader,' zei ze verbaasd. 'Excuseer me even.'

'Ik kom jullie wat te eten brengen,' zei hij toen hij de voordeur had bereikt, en hij liet haar een mand zien met daarin een enorme thermoskan en een brood dat rook alsof het net uit de oven kwam. 'Ik heb geprobeerd je te bellen, maar je telefoon stond uit.'

'O verdorie, sorry. Ik had hem op stil gezet.'

Bertie knikte begrijpend. 'Je wilde je niet laten afleiden.'

'Zoiets, ja.' Sadie haalde haar telefoon tevoorschijn en keek op het schermpje. Ze had zes gemiste oproepen. Twee van Bertie, de andere vier van Nancy.

'Wat is er? Je kijkt benauwd.'

'Niets. Maakt niet uit.' Ze glimlachte naar hem en onderdrukte een toenemend gevoel van onrust. Nancy was hardhoofdig als het ging om de verdwijning van haar dochter, maar dat ze zo vaak achtereen belde was ongebruikelijk. 'Kom binnen, dan stel ik je aan iedereen voor.'

'Iedereen?'

Sadie legde uit dat er plotseling bezoek was gekomen, en merkte al pratende dat ze daar blij om was. Ze vermoedde dat Bertie het gesprek tijdens de lunch anders snel had weten om te buigen naar Charlotte Sutherland of het debacle van de zaak-Bailey, en dat waren twee onderwerpen die Sadie graag wilde vermijden.

'Nou, dan is het maar goed dat ik altijd wat extra's klaarmaak,' zei hij vrolijk terwijl hij achter Sadie aan naar de bibliotheek liep.

Alice stond met haar armen over elkaar op haar horloge te kijken en trommelde met haar vingers, en Clive leek opgelucht dat Sadie weer terug was.

'Dit is mijn opa, Bertie,' zei ze. 'Hij heeft wat te eten voor ons meegenomen.'

'Wat aardig van u,' zei Alice terwijl ze op hem toe liep om hem de hand te schudden. 'Ik ben Alice Edevane.' Elk teken van gespannenheid was verdwenen en plotseling was ze weer de vrouw des huizes, die het soort ongedwongen autoriteit uitstraalde waarvan Sadie vermoedde dat die destijds in rijke families werd aangeleerd. 'Wat staat er op het menu?'

'Ik heb soep gemaakt,' zei Bertie. 'En hardgekookte eieren.'

'Daar ben ik dol op.' Alice beloonde hem met een kort knikje van blije verrassing. 'Hoe wist u dat?'

'De beste mensen houden van hardgekookte eieren.'

De glimlach van Alice was opmerkelijk, een oprechte uiting van waardering die haar hele gezicht veranderde.

'Opa heeft de hele week staan bakken voor de kraam van het ziekenhuis op het zonnewendefestival,' zei Sadie ongevraagd, terwijl dat eigenlijk helemaal niet ter zake deed.

Alice knikte goedkeurend toen Peter terugkeerde met een klein zwart buideltje in zijn hand.

'Zeg maar wanneer je zover bent,' zei hij. En toen, met een knikje naar Bertie: 'O, hallo.'

Beiden werden snel aan elkaar voorgesteld en er volgde een moment van enige verwarring waarin Alice en Peter redetwistten over het al dan niet meteen uitvoeren van hun geplande klus, of het inlassen van een pauze om een hapje te eten, waarna uiteindelijk werd besloten dat het onbeleefd zou zijn om Berties soep koud te laten worden.

'Uitstekend,' zei Bertie. 'Misschien kunt u ons laten zien waar we het beste kunnen eten? Ik wist niet hoe bewoonbaar het huis zou zijn, dus heb ik maar een picknickkleed meegenomen.'

'Heel verstandig,' zei Alice. 'Dit is de ideale tuin voor een picknick. Momenteel enigszins overwoekerd, vrees ik, maar bij de rivier zijn een paar prachtige open plekjes. Dat is niet zo ver lopen.'

Alice liep de kamer uit met Peter en Bertie, druk in gesprek over een enorme esdoorn in de tuin, een houten schommelbank en het boothuis daarachter. 'Mijn zussen en ik brachten het grootste deel van onze tijd hier door,' zei Alice terwijl haar stem langzaam wegstierf op het stenen pad. 'Er is een tunnel in het huis die helemaal tot aan de rand van het bos loopt, tot vlak bij het boothuis. We konden er altijd geweldig verstoppertje spelen.'

De ochtend had een vreemde wending genomen, en terwijl de stilte neerdaalde draaide Sadie zich om naar Clive en haalde verbijsterd haar schouders op. 'Ik neem aan dat we even pauzeren voor de lunch?'

Hij knikte. 'Het lijkt er wel op. Ik loop even met je mee, maar ik kan niet lang meer blijven. Mijn dochter en haar gezin nemen me mee voor een middagje antiek shoppen.' Hij leek niet erg gelukkig met het geplande uitje en Sadie voelde met hem mee. Ze liepen naar de anderen toe en pas toen ze aankwamen bij het meer realiseerde Sadie zich dat ze de andere kant op waren gelopen dan waar ze haar auto had geparkeerd. En, bedacht ze, ze had Clives auto niet zien staan toen ze die ochtend was aangekomen. Bovendien was het hek op slot geweest. 'Clive,' zei ze, 'hoe ben je hier vandaag eigenlijk gekomen?'

'Per boot,' zei hij. 'Ik heb een roeibootje liggen bij de vissersboot van een vriend in het dorp. Het is de makkelijkste manier om van daar naar hier te komen, sneller dan met de auto.'

'En een mooi tochtje, lijkt me. Het landschap is hier zo vredig.'

Hij glimlachte. 'Soms kun je de hele weg afleggen zonder een levende ziel tegen te komen.'

De rust werd ruw verstoord toen Sadies telefoon overging. Ze haalde hem tevoorschijn en haar gezicht betrok toen ze op het schermpje keek.

'Slecht nieuws?'

'Het is Nancy Bailey. De zaak waarover ik je verteld heb.'

'De grootmoeder van dat kleine meisje,' zei hij. 'Ik weet het nog. Wat zou ze willen?'

'Ik weet het niet, maar ze probeert me al de hele dag te bereiken.'

'Het zal wel belangrijk zijn als ze je op een zaterdag blijft bellen.'

'Misschien. Ze is buitengewoon volhardend.'

'Ga je haar terugbellen?'

'Dat lijkt me geen goed idee. Er loopt nog een onderzoek, en als de hoofdinspecteur erachter komt dat ik nog steeds contact met haar heb, zal het niet lang duren voordat hij zijn conclusies trekt. Bovendien zijn we nu hier bezig.'

Clive knikte, maar Sadie zag dat hij zijn bedenkingen had.

'Vind je dat ik haar moet bellen?'

'Dat moet je zelf beslissen. Maar als een zaak een obsessie voor je wordt komt dat vaak doordat er nog iets is wat je moet uitzoeken. Kijk maar naar mij, hier sta ik, zeventig jaar na dato.'

De telefoon ging weer over, Nancy Baileys nummer verscheen op het scherm en Sadie keek Clive aan. Hij glimlachte bemoedigend en met een diepe zucht nam ze op.

31

Even later trof Sadie de anderen bij de rivier. Het picknickkleed was uitge-spreid in het hoge gras onder een wilg en het roeibootje, dat Jenny heette, dobberde zachtjes in het water langs de steiger van het boothuis. Peter en Clive waren verwikkeld in een ernstig gesprek en Alice, keurig in een stoel die iemand ergens had opgedoken, lachte om iets wat Bertie zojuist had gezegd. Sadie ging op de rand van het kleed zitten en nam verstrooid een kom soep aan. Haar hersens gingen als een razende tekeer en probeerden elk bewijsstuk dat ze in de loop van de afgelopen weken zo hard had ge-probeerd te vergeten weer tevoorschijn te halen. In elke zaak kwam er een moment, een omslagpunt, waarop één bepaalde aanwijzing een nieuwe bril verschafte waardoor al het andere opeens duidelijker, anders, logisch werd. Wat Nancy haar zojuist had verteld, veranderde alles.

'En?' zei Clive. 'Ik kon niet weggaan zonder te weten wat ze te zeggen had.'

Het gesprek was verstomd en iedereen keek vol spanning naar Sadie. Ze realiseerde zich opeens dat alle mensen die ze in vertrouwen had genomen over de zaak-Bailey en haar beschamende rol daarin, hier bijeen zaten op het picknickkleed.

'Sadie, liefje?' drong Bertie zachtjes aan. 'Clive zei dat Nancy Bailey je de hele dag heeft geprobeerd te bellen.'

De zaak was officieel gesloten. Ze zat al tot over haar oren in de pro-blemen. Ze was bang dat ze het zou begeven als ze de nieuwe informatie er niet uit zou gooien. Sadie haalde diep adem en zei: 'Nancy vertelde me dat ze gebeld was door de nieuwe bewoners van het appartement van haar dochter.'

Bertie krabde zich op het hoofd. 'De nieuwe bewoners hebben haar telefoonnummer?'

'Dat is een lang verhaal.'

'Wat hadden ze te zeggen?'

'Ze belden om te zeggen dat ze ontdekt hadden dat er iets met pen ge-schreven stond op de rand van de ingebouwde formica keukentafel: "Hij was het." Normaal gesproken zouden ze er niet veel aandacht aan besteed hebben, maar Nancy was niet lang geleden op bezoek geweest en Maggies verdwijning lag nog vers in hun geheugen.'

Er viel een stilte waarin iedereen dit op zich liet inwerken.

'Wie was "hij" en wat heeft hij gedaan?' vroeg Peter in opperste staat van verwarring.

Sadie besefte dat Alice' assistent als enige van de aanwezigen niet op de hoogte was van de rol die zij had gespeeld in de zaak-Bailey en van haar vermoeden dat er sprake was geweest van kwade opzet, en ze praatte hem snel bij.

Toen ze klaar was, zei hij: 'Dus dan is die "hij", wie dat ook is, degene die je moet hebben?'

Met een vaag gevoel van dankbaarheid merkte Sadie dat hij ervan uitging dat ze gelijk had als ze vermoedde dat er meer achter Maggies verdwijning zat. 'Ik moet er alleen nog achter komen wie hij is.'

Alice had nog niets gezegd, maar nu schraapte ze haar keel. 'Als een vrouw die in de problemen zit "hij was het" zegt, doet ze dat vanuit de veronderstelling dat mensen zullen begrijpen over wie ze het heeft. Waren er veel mannen in Maggies leven?'

Sadie schudde haar hoofd. 'Er waren niet veel mensen in haar leven. Alleen haar dochtertje Caitlyn en Nancy, haar moeder.'

'En Caitlyns vader?'

'Ja, nou…'

'Die nu de voogdij heeft over het kind?'

'Ja.'

'Hij is hertrouwd na zijn scheiding van de moeder van zijn kind, toch?'

'Twee jaar geleden.'

'Maar ze hebben zelf geen kinderen?'

'Nee.' Sadie dacht terug aan de keer dat ze Caitlyn had gezien op het politiebureau, hoe Steves vrouw, Gemma, linten in haar haren had geknoopt, hoe ze haar handje had vastgehouden en met een warmte naar haar had geglimlacht die Sadie zelfs van afstand had kunnen voelen. 'Maar zijn nieuwe vrouw is volgens mij heel dol op Caitlyn.'

Dat maakte geen indruk op Alice. 'Wat is die echtgenoot voor iemand?'

'Steve? Serieus, een harde werker. Ik ken hem niet goed. Hij was heel behulpzaam tijdens het onderzoek.'

Clive fronste zijn voorhoofd. 'Hoe behulpzaam?'

Sadie dacht terug aan de manier waarop Steve de zoektochten naar Maggie had geleid, aan de keren dat hij uit eigen beweging naar het politiebureau was gekomen om informatie te verschaffen over haar karakter en haar verleden. Hij had de politie een zeer helder beeld geschetst van een wispelturige, onverantwoordelijke vrouw die graag de bloemetjes buiten zette en de zorg voor een kind eigenlijk niet aankon. 'Heel behulpzaam,' zei ze. 'Buitengewoon behulpzaam, zou ik zelfs willen zeggen.'

Clive maakte een geluidje van voldoening, alsof dit antwoord de bevestiging was van een theorie die hij al heel lang aanhing, en plotseling herinnerde Sadie zich zijn opmerking over de zaak-Edevane, over de twee manieren waarop iemand die schuldig is zich meestal gedraagt. Haar huid tintelde. Je had het eerste type, had hij gezegd, de mensen die de politie meden als de pest, en het tweede type, het hulpvaardige slag, dat elke gelegenheid aangreep om een agent te spreken en zich buitengewoon betrokken toonde bij het onderzoek, terwijl ze ondertussen rondliepen met hun geheime schuld.

'Maar we hebben een brief gevonden,' zei Sadie snel, terwijl ze haar best deed om haar tuimelende gedachten bij te benen. Gedachten waaruit een nieuw, verschrikkelijk beeld opdoemde. 'Een briefje van Maggie in haar eigen handschrift...' Haar stem stierf weg nu ze zich Steves klaagzang over Maggies nalatigheid herinnerde, zijn verwijt dat ze was vergeten dat hij er die week niet zou zijn. Van de gewijzigde data had hij gezegd: 'Ik heb het haar laten opschrijven,' maar in een volgende zin had hij het geformuleerd als 'Ik heb het voor haar opgeschreven.' Een kleine aanpassing, maar het was Sadie destijds wel opgevallen. Ze had aangenomen dat het gewoon een verspreking was. Hij was overstuur en hij had de woorden door elkaar gehaald. Niets bijzonders. Nu vroeg ze zich af of die verspreking wellicht meer freudiaans van aard was geweest. Een *slip of the tongue* die verwees naar een andere keer waarop hij Maggie wél had laten opschrijven wat hij dicteerde.

'Maar móórd?' Ze dacht hardop na. 'Steve?' Hij was nooit een verdachte geweest, ook niet voordat ze het briefje gevonden hadden. Hij had een alibi gehad, herinnerde ze zich, het vistochtje naar Lyme Regis. Ze hadden de informatie die hij verstrekt had nagetrokken, maar alleen omdat dat de procedure was. Het had allemaal geklopt – het hotel, de dagen die hij vrij had genomen van zijn werk, het botenverhuurbedrijf – en daarmee was de zaak afgehandeld geweest. Maar nu Sadie erover nadacht leek Steves afwezigheid uit Londen – een reisje dat hem precies op het moment dat zijn ex-vrouw verdween naar een verre uithoek van het land voerde – in plaats van een alibi juist een ideale kans. 'Maar waaróm?' Tegen haar gewoonte in brak Sadie zich nu het hoofd over een motief. 'Maggie en hij waren ooit getrouwd. Ze hebben van elkaar gehouden. Sinds hun scheiding hadden ze niet veel meer met elkaar te maken. Waarom zou hij haar in godsnaam opeens vermoorden?'

De zelfverzekerde stem van Alice Edevane doorkliefde de wirwar van Sadies gedachten. 'Een van mijn eerste Diggory Brent-boeken was gebaseerd op een verhaal dat mijn zus Clemmie me ooit verteld had. Het was voor de Tweede Wereldoorlog, we zaten samen in Hyde Park, en ze vertelde me over een man wiens vrouw zo naar een kind verlangde dat hij er een voor haar gestolen had. Ik heb dat verhaal altijd onthouden. Het leek me volkomen plausibel dat de kinderwens van een echtpaar en de liefde van een echtgenoot voor zijn vrouw, iemand kon aanzetten tot zulke extreme daden.'

Sadie zag het vriendelijke, stralende gezicht van Gemma voor zich, de manier waarop ze Caitlyns hand had vastgehouden toen ze het politiebureau uit liepen, de natuurlijke manier waarop ze het kind op haar heup had getild. O, god, Sadie was zo blij geweest voor Caitlyn toen ze hen met hun tweeën zag, en zo opgelucht dat het meisje ondanks de verdwijning van haar moeder een liefdevol thuis had gevonden met ouders die voor haar zouden zorgen.

Berties stem klonk zachtjes. 'Wat ga je nu doen, Sadie, liefje?'

Ja, een lijst met praktische zaken. Dat zou helpen. Veel meer dan zelfverwijt. 'Ik moet Steves alibi opnieuw natrekken,' zei ze. 'Uitzoeken of hij in Maggies appartement geweest kan zijn in de periode dat hij naar eigen zeggen de stad uit was. Ik zal hem weer moeten verhoren, maar dat zal niet makkelijk worden, niet met het lopende onderzoek naar mij.'

'Kun je Donald misschien bellen? Kijken of hij hem in jouw plaats een paar vragen kan stellen?'

Sadie schudde haar hoofd. 'Ik moet heel zeker van mijn zaak zijn voor ik hem erbij betrek.' Er verscheen een rimpel in haar voorhoofd toen er nog iets anders bij haar opkwam. 'Ik moet ook dat briefje van Maggie nog eens bekijken en het door Forensisch Onderzoek laten nakijken op sporen.'

'DNA?'

'Dat, en tekenen van dwang. We hebben het al laten analyseren door handschriftdeskundigen. Zij hebben het vergeleken met andere dingen die Maggie geschreven had en zeiden dat er wel elementen waren die wat gekunsteld overkwamen; dat het kenmerken vertoonde van haastwerk. Mij leek het behoorlijk netjes, maar zij zijn in staat om allerlei dingen te zien die ons niet opvallen. We namen toen aan dat die haast voortkwam uit het vreselijke voornemen dat ze had. Dat leek logisch.'

Het briefje was geschreven op een luxe correspondentiekaart. Maggie had ooit gewerkt bij een kantoorboekhandel en was volgens Nancy dol op mooi briefpapier. In Sadies ogen was het handschrift wel degelijk netjes geweest, maar boven aan het kaartje had een slordige krabbel gestaan die haar was opgevallen. 'Ze heeft gekeken of de pen het deed,' had Donald schouderophalend gezegd. 'Dat doe ik zelf ook zo vaak.' Dat gold ook voor Sadie, maar toch klopte er iets niet aan. Waarom, had Sadie zich afgevraagd, zou iemand wier eigendommen en levenswijze blijk gaven van een kieskeurig karakter een pen uitproberen op het dure kaartje dat ze wilde gebruiken voor een belangrijke boodschap?

'Ze was in de war,' had Donald gezegd toen Sadie erover begon. 'Ze stond op het punt om haar dochtertje in de steek te laten, ze stond onder druk, het lijkt me sterk dat haar gedachten uitgingen naar of het papier er wel mooi uitzag.' Sadie had op haar tong gebeten. Het briefje was een schok geweest. Het had haar theorieën onderuitgehaald en haar afgeschilderd als een op hol geslagen fantast. Doordrammen over wat inkt op een velletje papier had de zaak alleen maar erger gemaakt. Maar Nancy was het met haar eens geweest. 'Dat zou Maggie nooit gedaan hebben,' had ze gezegd. 'Voor Maggie moet alles altijd netjes en schoon zijn. Dat had ze als kind al.'

Plotseling leek die krabbel van het grootste belang. Wat als die bewees dat er nog iemand bij Maggie was geweest? Iemand die over haar schouder had meegekeken, die misschien wel zelf de pen had uitgeprobeerd voordat hij haar zei wat ze moest opschrijven?

Sadie wist haar gedachten op de een of andere manier kenbaar te maken aan de anderen, en boog zich ondertussen voorover om in haar zak naar haar telefoon te zoeken. Gelukkig had ze, volkomen illegaal, dat wel, een foto gemaakt van het briefje voor het officieel werd gelabeld en in het dossier gestopt. Nu scrolde ze door haar foto's terug tot ze de juiste had gevonden en gaf de telefoon door zodat iedereen er een blik op kon werpen.

Ze stond op en begon onrustig heen en weer te lopen. Was het mogelijk dat Steve zoiets vreselijks had beraamd, zo'n afschuwelijk plan had uitgevoerd? Misschien was ze wel gek aan het worden en klampte ze zich vast aan een laatste strohalm. Maar één blik op de anderen stelde haar gerust. Een ex-agent, een schrijfster van misdaadliteratuur en een gepromoveerde onderzoeker. Met hun gezamenlijke vakbekwaamheden vormden ze een eersteklas onderzoeksteam, en allemaal leken ze van mening dat er iets te zeggen viel voor de nieuwe theorie.

Bertie glimlachte en op zijn zachtaardige, vertrouwde gezicht was iets te lezen wat leek op trots. 'Wat ga je nu doen Sadie, liefje?' vroeg hij nogmaals. 'Wat gaat er nu gebeuren?'

Of ze het nou bij het rechte eind had of niet, en wat de gevolgen ook zouden zijn voor haar, als er ook maar de geringste kans bestond dat Steve had meegekeken over Maggies schouder toen ze dat briefje schreef, als ze had voorzien dat het verkeerd zou aflopen maar nog steeds genoeg verzet had kunnen opbrengen om de politie een aanwijzing te geven, dan was Sadie het aan haar verplicht om de zaak uit te pluizen. Of om te zorgen dat iemand anders dat deed. 'Ik denk dat ik het moet melden,' zei ze.

Bertie knikte. 'Dat denk ik ook,' zei hij.

Maar niet aan Donald. Er bestond een kans dat deze nieuwe aanwijzing nergens toe zou leiden. Ze kon het risico niet nemen dat hij door haar toedoen in de problemen zou komen. Ze zou regelrecht naar de top moeten gaan, zelfs als ze zichzelf daarmee zou blootgeven als het lek. Terwijl Bertie en de anderen de picknickspullen verzamelden, toetste Sadie het nummer van het hoofdbureau in en vroeg naar commissaris Ashford.

Toen de anderen die middag teruggingen naar het dorp, bleef Sadie achter. Clive was vlak na de lunch vertrokken in de Jenny, nadat Sadie hem plechtig had moeten beloven om hem meteen te bellen als ze iets van het hoofdbureau hoorde, en Bertie, die als eerste de kraam van het ziekenhuis zou bemannen, moest zich om drie uur melden voor de officiële opening van het festival. Hij had een poging gedaan om Sadie mee te lokken met beloftes van verse scones met *clotted cream,* maar bij de gedachte aan al die feestelijke vrolijkheid terwijl elke zenuw in haar lijf tot het uiterste gespannen was brak het koude zweet haar uit.

Alice daarentegen wierp Bertie een van haar zeer zeldzame glimlachen toe en zei: 'Ik heb al een eeuwigheid geen echte Cornish clotted cream meer gegeten.' Ze fronste even toen Peter haar vriendelijk wees op de raadselachtige klus waarop ze sinds hun aankomst zo gebrand was geweest, en wuifde zijn suggestie toen weg met de mededeling dat iets wat al zo lang was uitgesteld ook uitstekend nog een paar dagen kon wachten. Bovendien, ze konden beter inchecken in het hotel voordat het festival losbarstte en het dorpsplein vol mensen zou stromen. Alice had de hoteleigenaar beloofd om boeken te komen signeren, een doorslaggevende actie om zich tijdens het festivalweekend nog op het laatste moment te kunnen verzekeren van twee hotelkamers.

En zo kwam het dat Sadie in haar eentje de twee auto's nakeek terwijl ze wegreden over de oprijlaan en een voor een werden opgeslokt door het bos. Zodra ze uit het zicht verdwenen waren, pakte ze haar telefoon. Dat werd inmiddels een gewoonte. Ze had geen gemiste oproepen – niet zo gek nu ze het volume op de luidste stand had gezet – en ze borg hem weer op met een zucht van diep ongenoegen.

Sadie was niet helemaal eerlijk geweest toen ze de anderen vertelde dat het hoofdbureau blij was geweest met de nieuwe aanwijzing. In werkelijkheid had Ashford bepaald niet staan juichen dat ze belde, en toen hij hoorde wat ze te zeggen had was hij witheet geworden van woede. Haar oor tuitte nog steeds van zijn gevloek. Ze vroeg zich zelfs af of zijn speeksel haar niet dwars door de lijn heen brandplekken had bezorgd. Als reactie had ze haar eigen boosheid voelen opwellen, maar ze had haar best gedaan om die te onderdrukken. Ze had hem laten uitrazen, zich toen zo kalm mogelijk verontschuldigd voor haar misstap, en hem vervolgens verteld dat ze nieuwe informatie had. Hij had het niet willen horen, en dus had ze hem er, met de moed der wanhoop van iemand die de baan waar ze van hield op het spel zette, op gewezen dat ze Derek Maitlands nummer had en dat het er niet best uit zou zien als ze gelijk bleek te hebben dat er een vrouw vermoord was, maar dat het hoofdbureau zijn kop in het zand had gestoken.

Toen had hij eindelijk geluisterd, snuivend met een hete drakenadem, en toen ze uitgesproken was had hij kortaf gezegd: 'Ik zal er iemand op zetten,' en opgehangen. Veel meer had ze daarna niet kunnen doen, behalve afwachten en hopen dat hij de beleefdheid zou kunnen opbrengen om haar even te bellen over wat ze te weten waren gekomen.

Dus daar stond ze dan. Sadie moest toegeven dat er ergere plekken waren om de tijd te doden. Het huis was anders in de middag. Nu het zonlicht er vanuit een andere hoek op viel, leek het alsof het hele huis met een zucht tot rust was gekomen. Aan de jachtige ochtendactiviteiten van de vogels en insecten was een einde gekomen, het dak strekte en kraakte zijn warme spanten alsof het nooit iets anders had gedaan, en het licht dat door de ramen naar binnenstroomde was zacht en verzadigd.

Sadie snuffelde nog een tijdje rond in Anthony's studeerkamer. Zijn anatomieboeken stonden nog steeds op de plank boven zijn bureau, met zijn naam in mooie, hoopvolle letters op het titelblad, en in de onderste la vond ze zijn schoolprijzen: de beste in klassieke talen, Latijnse hexameters en talloze andere dingen. Achterin, weggestopt in een donker hoekje, lag een foto van een groepje jongemannen in afstudeertoga's met hoed, tussen wie ze een zeer jonge Anthony herkende. De lachende jongen die naast hem stond zag ze terug in een ingelijst studioportret op Anthony's bureau, een soldaat met woeste zwarte haren en een intelligent gezicht. Onder het glas was een takje rozemarijn gestoken dat op zijn plaats werd gehouden door de stevige fotolijst, maar aan de broze bruine kleur zag ze dat het bij de eerste de beste aanraking zou verpulveren en wegstuiven. Op het bureau stond ook een ingelijste foto van Eleanor, staande voor een stenen gebouw. Sadie pakte hem op om hem beter te kunnen bekijken. De foto was genomen in Cambridge, vermoedde ze, waar ze hadden gewoond voordat Anthony zijn vrouw had verrast met de redding van Loeanneth en hun terugkeer naar het huis.

Anthony's dagboeken namen een hele plank in beslag van de muurhoge boekenkast aan de andere kant van de kamer, en Sadie pakte er op goed geluk een paar uit. Al snel werd ze geheel in beslag genomen en ze stopte pas met lezen toen het licht afnam en ze haar ogen te veel moest inspannen. Niets in de aantekeningen wees erop dat Anthony had rondgelopen met moordzuchtige plannen. Integendeel, ze stonden vol oprechte pogingen om zichzelf 'op te knappen', en met zelfverwijten dat hij zijn vrouw, zijn broer en zijn land in de steek had gelaten. En bladzijde na bladzijde vol geheugenspelletjes, precies zoals Clive al had gezegd, in een poging om de scherven van zijn gebarsten geest weer lijmen. De schuld die hij voelde omdat hij het had overleefd en anderen niet was verpletterend; de brieven aan Howard, zijn verloren vriend, waren hartverscheurend. Eerlijke, fijnzinnige beschrijvingen van hoe het was om, in zijn woorden, te leven als *je je eigen nut had overleefd,* van het gevoel dat het leven een onverdiende beloning was, verkregen ten koste van anderen.

De uitdrukkingen van zijn dankbaarheid jegens Eleanor en de diepe schaamte over zichzelf waren moeilijk om te lezen, maar nog erger waren de ingetogen beschrijvingen van zijn panische angst dat hij de mensen van wie hij het allermeest hield per ongeluk iets zou aandoen. *Jij, mijn beste vriend, weet als geen ander dat ik daartoe in staat ben.* (Waarom? Sadie fronste haar wenkbrauwen. Betekende dat iets of wilde Anthony gewoon zeggen dat zijn vriend hem goed kende?)

Het was ook duidelijk dat Anthony leed onder het feit dat hij zijn opleiding tot chirurg niet kon afmaken. *Het was het enige waar ik nog aan dacht,* schreef hij, *na wat er in Frankrijk gebeurd was. De enige manier waarop ik het goed kon maken was door te zorgen dat het ertoe deed als ik bleef leven. Door terug te keren naar Engeland, arts te worden en meer mensen te helpen dan ik kwaad heb gedaan.* Maar dat was hem niet gelukt en Sadie had onuitsprekelijk met hem te doen. Haar eigen kortstondige ervaring met een leven zonder het werk waar ze van hield was al onverdraaglijk genoeg.

Ze draaide rond in de stroeve houten draaistoel en bekeek de rest van de halfduistere kamer. Het was een eenzame ruimte, triest en mat. Ze probeerde zich voor stellen hoe het voor Anthony geweest moest zijn om opgesloten te zitten in een kamer als deze, alleen met zijn demonen en teleurstellingen en in de voortdurende angst dat ze hem de baas zouden worden. En hij was ook met recht bang geweest, want uiteindelijk was dat precies wat er was gebeurd.

Want het stond buiten kijf dat Theo's dood een ongeluk was geweest. Zelfs als Ben Munro Theo's vader was, en zelfs als Anthony had geweten van Eleanors ontrouw en razend van jaloezie was geweest, dan nog zou het ombrengen van het kind van zijn vrouw een daad van ongekende gruwelijkheid zijn. Mensen veranderden, het leven nam rare wendingen, maar Sadie kon gewoon niet geloven dat hij daartoe in staat was. Anthony's zelfinzicht, de angst dat hij gewelddadig zou kunnen worden, de enorme inspanningen die hij zich getroostte om dat te voorkomen, het was allemaal in tegenspraak met Clives theorie dat hij met opzet een dergelijk verschrikkelijk misdrijf had begaan. Wie Theo's vader was deed er niet toe. Dat Theo's dood zo snel was gevolgd op Anthony's ontdekking van het overspel van zijn vrouw was gewoon een samenloop van omstandigheden. Sadie fronste. Samenloop van omstandigheden. Daar had je die ellendige term weer.

Ze zuchtte en rekte zich uit. De lange, zomerse schemer had ingezet. In de verborgen hoekjes van de door de zon opgewarmde tuin begonnen de krekels aan hun avondlied en in het huis werden de schaduwen langer. De warmte van de dag had zich gebundeld en was gaan liggen, roerloos en zwaar, wachtend tot de koelte van de nacht haar zou wegvagen. Sadie deed het dagboek dicht en zette het terug op de plank. Zachtjes sloot ze de deur van Anthony's studeerkamer achter zich en sloop naar beneden om haar zaklamp te halen. Een snelle blik op het scherm van haar telefoon – nog steeds niets – en toen ging ze de trap weer op naar Eleanors schrijfbureau.

Ze had eigenlijk geen idee waar ze naar op zoek was; ze wist alleen dat er nog iets ontbrak en Eleanors brieven leken haar de beste plek om dat te vinden. Ze zou beginnen voor de geboorte van Theo en alles doorlezen, in de hoop dat ze ergens onderweg het onmisbare stukje informatie zou tegenkomen, de lens waardoor de samenhang van al het andere opeens zichtbaar zou worden. In plaats van per briefschrijver ging ze nu chronologisch te werk. Ze begon bij Eleanors kopieën en zocht daar vervolgens het relevante antwoord bij.

Het was tijdrovend werk, maar Sadie had tijd te doden, geen verdere afspraken en een enorme behoefte aan afleiding. Ze zette de zaak-Bailey en Ashford uit haar hoofd en liet de wereld van Eleanor tot leven komen. Het was duidelijk dat Eleanors relatie met Anthony de bepalende liefde in haar leven was geweest, een grote liefde overschaduwd door de voortdurende verschrikkingen en verwarring van zijn vreselijke aandoening. In brief na brief aan arts na arts verzocht ze om hulp, altijd op vriendelijke toon, en altijd met het onwrikbare voornemen om een remedie te vinden.

Maar tussen de regels van de beleefde smeekschriften door was Eleanor wanhopig, een feit dat duidelijk naar voren kwam in haar brieven aan Daffyd Llewellyn. Lange tijd was hij de enige die ze in vertrouwen had genomen over Anthony's beperkingen en geestelijke nood. De meisjes wisten het niet, en dat gold, zo leek het – op een paar opmerkelijke uitzonderingen na – ook voor het personeel. Ook Constance, met wie Eleanor en zo te zien ook Daffyd Llewellyn al lange tijd in onmin leefde, was niet op de hoogte.

Eleanor had Anthony beloofd, schreef ze meer dan eens, dat ze zijn geheim zou bewaren, en er was geen sprake van dat ze zich niet aan haar woord zou houden. Voor alle anderen had ze een fantasiewereld geschapen waarin zij en haar man geen enkele zorg hadden: zij was druk met huishoudelijke zaken, hij met zijn onderzoek naar de natuur op aarde en het schrijven van een levenswerk. Aan de weinige kennissen die ze had schreef ze opgewekte epistels over het leven op Loeanneth, vol grappige en soms ontroerende observaties van haar dochters, *elk nog excentrieker dan de vorige.*

Sadie bewonderde Eleanor om haar koppige volharding, ook al schudde ze haar hoofd om de gekmakende onhaalbaarheid van de taak die ze zich had gesteld. Ook Daffyd Llewellyn had erop aangedrongen dat ze de mensen om zich heen de waarheid zou vertellen, vooral begin 1933, toen haar ongerustheid een zorgelijke wending nam. Ze maakte zich net als anders zorgen om Anthony, maar nu vreesde ze ook voor haar pasgeboren zoontje. Zijn geboorte, zei ze, had iets vreselijks teweeggebracht in het hoofd van haar man.

Een diep trauma was weer aan de oppervlakte gekomen, herinneringen aan een verschrikkelijke ervaring uit de oorlog, toen zijn beste vriend Howard was omgekomen. *Het is alsof het allemaal escaleert. Hij verfoeit zijn eigen geluk en lijdt enorm onder het feit dat hij niet als arts kan werken, en op de een of andere manier is dat allemaal verweven geraakt met zijn herinneringen aan de oorlog, in het bijzonder met één 'incident'. Ik hoor hem huilen in zijn slaap, en roepen dat ze moeten gaan, dat de hond en de baby stil moeten zijn.*

En dan, een paar weken later: *Zoals je weet, Daffyd, doe ik al een tijdje mijn eigen naspeuringen. Het verbaasde me altijd zo dat Howards naam nergens voorkwam op de Erelijst, dus ben ik wat dieper gaan graven en o, Daffyd, het is vreselijk! Hij is bij het ochtendgloren neergeschoten, door ons eigen leger! Ik heb een man gevonden die heeft gediend in hetzelfde regiment als Howard en Anthony en hij vertelde: Howard was van plan om te deserteren en Anthony had hem tegengehouden. Mijn arme lief moet gedacht hebben dat hij dat stil kon houden, maar blijkbaar had een andere officier er* lucht van gekregen, met de fatale afloop als gevolg. *De man die ik gesproken heb vertelde dat het Anthony heel diep had geraakt, en mijn man kennende weet ik zeker dat hij het zichzelf net zo erg kwalijk heeft genomen als wanneer hij eigenhandig de trekker had overgehaald.*

Ze kende nu weliswaar de oorzaak van Anthony's nachtelijke angsten, maar dat verklaarde nog niet waarom die toen zo verergerd waren, en die kennis hielp Eleanor evenmin bij haar lastige taak om hem te kalmeren en terug te loodsen naar de realiteit. Hij was dol op de kleine Theo, schreef ze, en de angst dat hij hem onopzettelijk iets zou aandoen was reden tot radeloosheid en in zijn grootste wanhoop zelfs om te zeggen dat hij er helemaal 'een eind aan wilde maken'. *Dat kan ik niet laten gebeuren,* schreef Eleanor. *Ik kan niet toestaan dat de hoop en beloftes van die fantastische man op zo'n manier verloren gaan. Ik moet een oplossing vinden. Hoe meer ik erover nadenk, hoe overtuigder ik raak dat zijn enige kans om eindelijk te ontsnappen aan de schrikbeelden die hem achtervolgen ligt in praten over wat er met Howard is gebeurd. Ik ben van plan om hem zelf naar 'het incident' te vragen, dat móét ik doen, maar eerst moet alles hier geregeld zijn. Eerst moet iedereen in veiligheid zijn.*

Te midden van dit alles was er maar één lichtpuntje in Eleanors leven, één plek waar ze troost vond, en dat was in haar relatie met Ben. Het was duidelijk dat ze Daffyd Llewellyn over hem had verteld en op zijn beurt had ze Ben weer in vertrouwen genomen over Anthony's geestesgesteldheid. Er was iets aan Bens dwalende natuur, had Eleanor geschreven, het feit dat hij nergens geworteld was, wat hem tot de ideale persoon maakte om haar geheim mee te delen. *Niet dat we het er vaak over hebben, dat moet je niet denken. We hebben zoveel andere dingen om over te praten. Hij heeft zoveel verre reizen gemaakt, zijn jeugd is een schatkist vol anekdotes over mensen en oorden en ik wil ze allemaal horen. Een vorm van indirecte ontsnapping, zij het dan maar voor even. Maar op momenten dat ik mijn last gewoon even van me af moet gooien is hij de enige, naast jou, lieve Daffyd, die ik in vertrouwen kan nemen. Praten tegen hem is als schrijven in het zand of roepen in de wind. Zijn aard is zo elementair dat ik weet dat ik hem alles kan vertellen zonder dat het naar buiten komt.*

Sadie vroeg zich af wat Ben had gedacht van Anthony's ziekte – in het bijzonder van het mogelijke gevaar dat hij vormde voor Eleanor en de kleine Theo. Zíjn baby, tenslotte. Uit de brief die Sadie in het boothuis had gevonden bleek duidelijk dat Ben had geweten dat het kind van hem was. Ze bladerde door de stapel brieven van Ben aan Eleanor. Tot dusver had Sadie ze niet willen lezen. Iemand anders' liefdebrieven door te lezen druiste in tegen haar geweten. Maar nu meende ze er toch een blik op te moeten werpen.

Ze deed meer dan een blik werpen. Ze las ze allemaal. En toen ze de laatste brief uit had, was de kamer pikzwart en het huis en de tuin zo stil dat ze in de verte de zee kon horen ruisen. Sadie sloot haar ogen. Ze was zowel moe als opgewonden, een vreemde combinatie van tegenstrijdige gemoedstoestanden, en alles wat ze die dag had gezien en gelezen en gehoord en gedacht buitelde over elkaar heen. Alice die Bertie had verteld over de ingang van de tunnel bij het boothuis; Clive en zijn bootje – 'de makkelijkste manier om van daar naar hier te komen... je kunt de hele weg afleggen zonder een levende ziel tegen te komen'; Eleanors belofte aan Anthony en haar zorgen om Theo; Bens verhalen uit zijn jeugd.

Ze dacht ook aan Maggie Bailey en wat een mens allemaal niet zou doen om zijn kind te beschermen; aan Caitlyn en hoe Gemma naar haar had gelachen; aan Rose Waters en de diepe liefde die je kon voelen voor een kind dat niet van jou was. Ze had te doen met Eleanor, die binnen één week zowel Theo, Ben als Daffyd Llewellyn was kwijtgeraakt. En steeds kwam ze weer terug bij de karakterisering die Alice van haar moeder had gegeven: *Ze geloofde dat je je aan een belofte, eenmaal gedaan, diende te houden...*

Het was niet zozeer de ontdekking van één enkele aanwijzing als wel het samenvallen van vele kleine details. Dat moment waarop de zon een graad verschuift en een spinnenweb dat eerst onzichtbaar was begint te glanzen als fijn gesponnen zilver. Want opeens zag Sadie hoe het allemaal samenhing en ze wist wat er die avond was gebeurd. Anthony had Theo niet vermoord. Niet bewust, niet onopzettelijk, helemaal niet.

32

Ergens in het midden van het meer brandde het vreugdevuur. Oranje vlammen sprongen grillig op tegen de nachtelijke sterrenhemel, waar vogels zwart doorheen kliefden. Constance hield van het midzomerfeest. Het was een van de weinige tradities in de familie van haar man die ze in ere hield. Ze had altijd elke gelegenheid voor een feest aangegrepen, en het vreugdevuur en de lantaarns, de muziek en het dansen, het afwerpen van remmingen, maakten het extra opwindend. Constance had zich nooit iets aangetrokken van alle bijgelovige lariekoek die de deShiels verkondigden over vernieuwingen en transities en het verjagen van boze geesten, maar dit jaar vroeg ze zich af of daar misschien toch een kern van waarheid in zat. Vanavond had Constance zich voorgenomen om haar eigen gedenkwaardige vernieuwing in gang te zetten. Na bijna veertig jaar had ze eindelijk besloten om zich te ontdoen van een oude vijandschap.

Haar hand bewoog naar haar hart. Ze voelde de oude pijn nog steeds, hij had zich als een perzikpit vastgezet in haar ribbenkas. Tientallen jaren had ze de herinneringen onderdrukt, maar de laatste tijd kwamen ze vaak naar boven. Vreemd dat ze kon vergeten wat ze de avond tevoren had gegeten, maar zich dan opeens weer bevond in de razende draaikolk van die kamer, op die vroege ochtend, toen buiten het daglicht doorbrak en haar lichaam vanbinnen werd verscheurd. Het onhandige dienstmeisje dat zenuwachtig wapperde met een slappe doek. De mouwen van de kokkin die waren opgestroopt tot aan haar ruwe ellebogen, kolen die knetterden in de haard. Er hadden mannen in de gang gestaan, druk in gesprek over Wat Er Moest Gebeuren, maar Constance had niet geluisterd. Hun stemmen waren gesmoord door het geluid van de zee. Er had die ochtend een akelig harde wind gestaan en terwijl in de nauwelijks waarneembare duisternis om haar heen iedereen heen en weer begon te lopen, in een drukte van ruwe handen en schelle stemmen, was Constance verdwenen in het genadeloze deinen en beuken van de boosaardige golven. (Hoe verfoeide ze dat geluid! Zelfs nu nog dreef het haar bijna tot waanzin).

Daarna, in het niemandsland van de weken die volgden, had Henri een aantal artsen laten komen, de beste van Londen, die allemaal van mening waren dat het niet te voorkomen was geweest – de navelstreng had als een strop om zijn nekje gezeten – en het zou voor iedereen het beste zijn als het spijtige incident zo snel mogelijk werd vergeten. Maar Constance was niets vergeten, en ze had geweten dat ze ongelijk hadden. Het 'incident' was wel degelijk te voorkomen geweest; haar baby was gestorven door incompetentie. Zíjn incompetentie. Natuurlijk hadden de artsen zich achter hem geschaard, hij was een van hen. De natuur was niet altijd vriendelijk, hadden ze haar meegedeeld, de een op nog zalvender toon dan de ander, maar ze had altijd beter geweten. Ze konden het altijd nog eens proberen.

Flink blijven.

Spreken is zilver, zwijgen is goud.

De volgende keer zou alles anders gaan.

Daar hadden ze gelijk in. Toen Eleanor twaalf maanden later werd geboren en de vroedvrouw haar ter inspectie omhoog hield – 'Het is een meisje!'– had Eleanor haar kort van top tot teen bekeken, gezien dat ze nat en roze was, en aan het krijsen, en had vervolgens kort geknikt en om een kop hete thee verzocht. Ze had gewacht tot de gevoelens zouden komen, de golf van moederliefde en hunkering die ze de eerste keer had ervaren (o! dat mollige gezichtje, zo glad als was, de lange smalle vingertjes, de lieve opgekrulde lipjes die nooit een geluid zouden voortbrengen), maar de dagen waren verstreken, de ene was overgevloeid in de andere, haar borsten waren opgezwollen, ze hadden pijn gedaan en waren weer tot rust gekomen, en voor ze het wist was dokter Gibbons weer ten tonele verschenen om haar gezond te verklaren en uit bed te jagen.

Tegen die tijd echter was er tussen hen een stilzwijgende verstandhouding ontstaan. Het pasgeboren meisje huilde en krijste en wilde niet tot bedaren komen als Constance haar oppakte. Constance keek naar het gezicht van het krijsende kind en kon geen enkele naam bedenken die bij haar paste. Ze liet het aan Henri over om haar een naam te geven, vast te houden en met haar heen en weer te lopen. Tot de advertentie werd geplaatst en kinderjuf Bruen op de stoep stond met haar onberispelijke referenties en opvoedmoraal. Tegen de tijd dat Daffyd Llewellyn zijn intrede deed met zijn verhalen en rijmpjes, waren Constance en Eleanor vreemden voor elkaar. En gaandeweg richtte ze haar woede tegen de man die niet één, maar twee kinderen van haar had afgenomen.

Maar – Constance zuchtte – ze was het moe om boos te zijn. Ze had haar gesmolten haat zo lang in zich gedragen dat die was gestold tot staal en zij er onbuigzaam van was geworden. Terwijl de band nog een vrolijk nummer inzette en de mensen rondzwierden over de met lantaarns verlichte dansvloer tussen de wilgen, baande ze zich een weg door de menigte naar de tafels waar de ingehuurde obers drankjes inschonken.

'Een glas champagne, mevrouw?'

'Graag. En nog een voor mijn vriend, alstublieft.'

Ze nam de twee volle glazen aan en liep ermee naar het bankje in het prieel. Het zou niet meevallen – haar oude antipathie was haar net zo vertrouwd als haar eigen spiegelbeeld – maar het was tijd om er afstand van te nemen en eindelijk verlost te zijn van de woede en het verdriet die haar in hun greep hadden gehouden.

Precies op dat moment merkte Constance Daffyd Llewellyn op aan de rand van de menigte. Hij liep rechtstreeks af op het prieel, vlak langs de feestgangers, bijna alsof hij wist dat ze daar op hem zat te wachten. Dit bevestigde Constance in haar overtuiging dat ze de juiste beslissing had genomen. Ze zou beleefd zijn, aardig zelfs; informeren naar zijn gezondheid – ze wist dat hij last had van maagproblemen – en hem feliciteren met zijn recente succes en aanstaande onderscheiding.

Een glimlach trok nerveus aan de rand van haar lippen. 'Meneer Llewellyn,' riep ze, en ze stond op om naar hem te zwaaien. Haar stem klonk wat hoger dan anders.

Hij keek om zich heen en verstarde van verbazing toen hij haar zag.

Even zag ze in een flits de jongeman die hij ooit was geweest, de intelligente, energieke arts met wie haar man bevriend was geraakt. Constance harnaste zich. 'Hebt u misschien even?' Haar stem beefde, maar ze kreeg hem weer onder controle. Vastbesloten, resoluut, verlangend naar verlossing. 'Ik hoopte dat we misschien even konden praten.'

Constance hield een glas champagne naar hem omhoog vanuit het prieel, uitgerekend de plek waar Daffyd over een kwartier met Alice had afgesproken. Het meisje had een zesde zintuig voor waar Ben Munro zich bevond en Eleanor had hem gesmeekt of hij haar vanavond bezig wilde houden. 'Alsjeblieft, Daffyd,' had ze gezegd. 'Alles zou in het honderd lopen als Alice op het verkeerde moment ergens opdook.'

Hij had toegestemd, maar alleen omdat hij in Eleanor het kind zag dat hij nooit had gehad. Al van kleins af aan had hij van haar gehouden. Een lief, stevig ingepakt popje, altijd een verlengstuk van Henri, altijd in zijn armen. En later, toen ze ouder was, boven op zijn schouders of huppelend naast hem. Zou ze ook zo op haar vader geleken hebben als ze niet zoveel met hem had opgetrokken toen ze klein was? Onmogelijk te zeggen, maar het was het feit, en daarom hield Daffyd zo van haar. 'Alsjeblieft,' had ze gezegd, en ze had zijn handen gepakt. 'Ik smeek het je. Ik kan dit niet zonder jou.' En dus had hij ja gezegd. Vanzelfsprekend.

In werkelijkheid had hij een angstig voorgevoel over het hele plan. De zorgen om Eleanor brachten hem in verwarring en maakten hem verdrietig. Zijn maagklachten waren chronisch geworden sinds ze het hem had verteld, en de oude depressie, de malaise die hem ooit bijna fataal was geworden, was weer teruggekomen. Hij had met eigen ogen gezien wat er kon gebeuren met vrouwen die hun kinderen verloren. Het was het soort uit wanhoop voortgekomen plan dat alleen hout sneed in de lange nachtelijke uren.

Tijdens de vele gesprekken die ze hadden gevoerd en waarin ze haar hart had gelucht, had hij haar gesmeekt om er nog eens over na te denken, maar ze was niet te vermurwen geweest. Hij begreep haar loyaliteit aan Anthony – hij had ze beiden gekend toen ze nog jong waren en het verlies dat haar man had geleden deed ook hem veel verdriet – en hij deelde haar bezorgdheid om de kleine Theo. Maar om zo'n offer te brengen! Er moest toch een andere oplossing zijn. 'Zeg maar welke,' had ze gezegd, 'en dan zal ik het doen.' Maar hoe hij de puzzelstukjes ook ronddraaide en omkeerde, hij kon geen plan bedenken waar ze zich in kon vinden. Niet zonder Anthony's problemen openbaar te maken, en dat weigerde ze.

'Ik heb hem een belofte gedaan,' zei ze, 'en jij weet beter dan wie dan ook dat beloften er niet zijn om te verbreken. Jij hebt me dat zelf geleerd.' Daffyd had tegenwerpingen gemaakt toen ze dat zei, eerst vriendelijk, toen wat strenger, en geprobeerd haar duidelijk te maken dat de logica die heerste in het rijk van zijn verbeelding, dat de heldere verhaallijnen waarmee hij zijn sprookjes componeerde niet sterk genoeg waren om de ingewikkelde problemen van een mensenleven op te vangen. Maar ze was niet op andere gedachten te brengen. 'Soms kunnen we niet meer verlangen dan lief te hebben op afstand,' had ze gezegd, en uiteindelijk had hij zich gerustgesteld met de gedachte dat niets voor altijd was. Dat ze altijd nog van gedachten kon veranderen. Dat het voor nu misschien allemaal wel beter was, een tijdelijk veilig onderkomen voor het kleine jongetje.

Dus had hij gedaan wat ze hem vroeg. Hij had hier met Alice afgesproken om te voorkomen dat ze ergens zou opduiken waar dat niet van pas kwam en ze hun plannen zou kunnen dwarsbomen. Eleanor was ervan overtuigd geweest dat Alice zich door haar aangeboren nieuwsgierigheid wel aan de afspraak zou houden, en zelf had hij zich de hele dag al lopen voorbereiden op onvoorziene omstandigheden en alles wat er verder nog mis kon gaan. Maar hij had niet gerekend op een ontmoeting met Constance. Daffyd had er een gewoonte van gemaakt om zo weinig mogelijk aan Constance te denken. Ze hadden nooit op dezelfde golflengte gezeten, ook niet voor de vreselijke gebeurtenis die nacht. Tijdens haar verlovingsperiode met Henri had Daffyd vanaf de zijlijn aangezien hoe ze hem voor haar karretje spande. Zo wreed, zo harteloos. Maar Henri was smoorverliefd. Hij had gedacht dat hij haar wel kon temmen. Dat ze zich, als ze eenmaal getrouwd waren, wel aan hem zou binden.

Het verdriet van Constance over het verlies van haar baby was echter oprecht geweest, daar twijfelde Daffyd niet aan. Haar hart was gebroken. Ze had iemand nodig gehad om de schuld te geven en haar oog was op hem gevallen. Het deed er niet toe hoeveel artsen haar uitleg gaven over de navelstreng en haar verzekerden dat de uitkomst ongeacht de dienstdoende arts dezelfde zou zijn geweest, zij geloofde er niets van. Ze had Daffyd de rol die hij had gespeeld nooit vergeven. Aan de andere kant, hij had het zichzelf ook nooit vergeven. Hij had nooit meer als arts gewerkt. Zijn passie voor de medische wetenschap was die afschuwelijke ochtend verloren gegaan. Steeds zag hij het gezichtje van de baby weer voor zich; hij voelde de klamme hitte in die kamer, hoorde het ijselijke weeklagen dat bij Constance vandaan kwam terwijl ze zich vastklampte aan haar doodgeboren kind.

Maar nu stond ze daar met een glas champagne in haar hand en wilde met hem praten.

'Dank je,' zei hij. Hij pakte het glas aan en nam een grotere slok dan hij van plan was. Het was koud en sprankelend en hij had zich niet gerealiseerd hoe dorstig hij was, en hoe nerveus over de taak die hem was opgedragen. Toen hij eindelijk ophield met drinken, zag hij dat Constance hem aankeek met een vreemde uitdrukking op haar gezicht. Ze was ongetwijfeld verbaasd door zijn gulzige dorst.

En toen was het weg. Ze glimlachte. 'Ik heb altijd van midzomer gehouden. Er hangen zoveel kansen in de lucht, vind je niet?'

'Mij te veel mensen, ben ik bang.'

'Op het feest misschien, maar ik bedoelde meer in het algemeen. Het idee van vernieuwing, een nieuw begin.'

Er was iets verwarrends aan haar manier van spreken. Ze was net zo nerveus als hij, zag Daffyd. Hij nam nog een stevige slok champagne.

'Nou, jij weet beter dan wie ook wat een nieuw begin is, toch, Daffyd? Die andere weg die je bent ingeslagen. Zo'n verrassende tweede kans.'

'Ik heb geluk gehad.'

'Henri was altijd zo trots op je literaire prestaties en Eleanor – nou, die draagt je op handen.'

'Ik ben ook altijd bijzonder op haar gesteld geweest.'

'O ja, dat weet ik. Je hebt haar vreselijk verwend. Al die verhalen die je haar vertelde. En haar dan tot een personage maken in je boek.' Ze lachte lichtjes en leek toen weer overvallen door een zekere ernst. 'Ik ben oud geworden, Daffyd. Ik merk dat ik vaak terugdenk aan het verleden. Aan gemiste kansen, aan mensen die er niet meer zijn.'

'Dat overkomt ons allemaal.'

'Ik wilde je feliciteren met je onlangs toegekende eretitel, de koninklijke onderscheiding. Ik neem aan dat er een receptie komt op het paleis?'

'Ik geloof het wel.'

'Dan zul je de koning wel ontmoeten. Heb ik je ooit verteld dat ik dat voorrecht als jonge vrouw ook bijna heb gehad? Ik ben toen helaas ziek geworden en mijn zuster Vera is in mijn plaats gegaan. Dat zijn natuurlijk zaken waar niemand iets aan kan doen. Het kan verkeren in het leven. Jouw succes, bijvoorbeeld, is een indrukwekkend voorbeeld van wederopstanding.'

'Constance...'

'Daffyd.' Ze haalde diep adem en richtte zich in volle lengte op. 'Ik hoopte dat je het met me eens zou zijn dat het tijd wordt om het verleden achter ons te laten.'

'Ik…'

'We kunnen niet eeuwig wrokgevoelens blijven koesteren. Er komt een tijd dat we vooruit moeten kijken in plaats van achterom.'

'Constance, ik –'

'Nee, laat me alsjeblieft uitpraten, Daffyd. Ik heb me dit gesprek zo vaak voorgesteld. Ik moet het zeggen.' Hij knikte en zij glimlachte kort ten teken van waardering. Ze hief haar glas en haar hand trilde lichtjes. Of het de emotie was, of ouderdom, Daffyd wist het niet. 'Ik wil een toost uitbrengen. Op handelen. Op herstel. En op vernieuwing.'

Hij bracht zijn glas naar het hare en ze dronken. Daffyd sloeg zijn laatste restje champagne achterover. Hij probeerde zich een houding te geven. Hij was totaal van zijn stuk gebracht. Het was allemaal zo onverwacht en hij wist niet wat hij moest zeggen. Een leven van schuldgevoel en verdriet welde in hem op en zijn ogen werden vochtig. Het was te veel voor hem op deze avond die toch al zo beladen was met verplichtingen waar hij nerveus van werd.

Zijn verwarring moest zichtbaar zijn geweest, want Constance nam hem aandachtig op, heel nauwgezet, alsof ze hem voor het eerst zag. Misschien kwam het doordat hij zo bekeken werd dat hij zich wat onvast op de benen voelde. Hij had het opeens warm. Het was hier benauwd, snikheet. Er was te veel drukte om hem heen en de muziek was te hard. Hij liet de laatste druppeltjes champagne in zijn keel glijden.

'Daffyd?' zei Constance met een frons. 'Je ziet wat witjes.'

Zijn hand ging naar zijn voorhoofd, alsof hij zichzelf weer in evenwicht wilde brengen. Hij knipperde met zijn ogen en probeerde zijn ogen scherp te stellen zodat de wazige halo's die hij om alles en iedereen heen zag zouden verdwijnen.

'Zal ik een glas water voor je halen? Heb je wat frisse lucht nodig?'

'Lucht,' zei hij met droge keel en schorre stem. 'Alsjeblieft.'

Er waren overal mensen, gezichten, stemmen, allemaal even wazig, en hij was blij dat hij haar arm had om op te leunen. Nog in geen duizend jaar had Daffyd zich een scenario kunnen voorstellen waarin Constance hem te hulp zou schieten. En toch vreesde hij dat hij nu zonder haar zou zijn gevallen.

Ze passeerden een groep lachende mensen en in de verte meende hij een glimp op te vangen van Alice. Hij wilde iets zeggen tegen Constance, uitleggen dat ze niet te ver weg moesten lopen omdat hij nog iets belangrijks te doen had, maar zijn tong was zwaar en wilde de woorden niet vormen. Er was nog tijd. Eleanor had gezegd dat zij elkaar niet zouden zien voor middernacht. En hij zou ook doen wat hij beloofd had; hij had alleen even wat frisse lucht nodig.

Ze volgden het pad achter de haag tot het feestgedruis alleen nog in de verte te horen was. Zijn hart ging tekeer. Het was anders dan zijn gebruikelijke zuurbranden of angstaanvallen; hij kon het bloed achter zijn oren horen kloppen. Het was natuurlijk zijn schuldgevoel; herinneringen aan die vreselijke vroege ochtend zo lang geleden; zijn onvermogen om dat kleine jochie te redden. En dan te bedenken dat Constance degene was die het nu wilde goedmaken. Daffyd voelde een enorme aandrang om te huilen.

Zijn hoofd tolde. Stemmen, zoveel stemmen, een kakofonie, ver weg, maar één die er bovenuit stak, vlak bij zijn oor, in zijn oor. 'Wacht hier maar. Rust even uit, ik ga wat water voor je halen.'

Opeens had hij het ijskoud. Hij keek om zich heen. De eigenaresse van de stem was verdwenen. Hij was alleen. Waar was ze? Waar was wie? Er was net iemand bij hem geweest. Of had hij zich dat ingebeeld? Hij was moe, zo moe.

Zijn hoofde tolde van de geluiden om hem heen. Vissen die met hun staart zwiepten in het donkere water, geheimzinnige druppelende geluiden in de diepte van het bos.

Hij wierp een blik op het boothuis. Er waren daar te veel mensen, ze lachten en gilden en dolden met elkaar in de met lampjes verlichte bootjes. Hij moest even alleen zijn, ademhalen, zijn evenwicht hervinden.

Hij zou nog een stukje de andere kant op lopen. Langs de rivier. Dat was altijd een van zijn lievelingsplekken geweest. Wat hadden ze het goed gehad samen, op die lange zonnige dagen, hij en Henri. En later met de kleine Eleanor erbij, die naast hen mee huppelde en hen verrukte met haar pienterheid. Nooit zou Daffyd vergeten hoe Henri naar zijn dochtertje keek, met een uitdrukking van pure aanbidding op zijn gezicht. Daffyd had verschillende keren geprobeerd om die blik te schetsen, maar het was hem nooit gelukt om hem vast te leggen op papier.

Hij struikelde maar wist zich overeind te houden. Zijn benen voelden heel vreemd aan. Los, alsof alle gewrichten opeens van rubber waren. Hij besloot even te gaan zitten. Heel eventjes maar. Hij rommelde in zijn zakken op zoek naar een pilletje tegen zuurbranden, stopte dat in zijn mond en slikte het met veel moeite door.

Onder hem was de aarde koel en vochtig, en hij ging met zijn rug tegen de sterke, stevige stam van een boom zitten. Hij sloot zijn ogen. Zijn hartslag leek op de sterke, ritmische stroming van een rivier na een periode van regen. Hij voelde zich heen en weer zwiepen en draaien en bonken, als een boot die wordt meegesleurd door de stroom.

Daffyd zag Henri's gezicht voor zich. Het gezicht van een ware heer, van een góéd mens. Eleanor had gelijk. Soms kon je niet meer verlangen dan liefde op afstand. En het was beslist beter dan nooit liefgehad te hebben.

O, maar het was zo moeilijk.

De rivier klotste zachtjes tegen de oever en Daffyd Llewellyns ademhaling werd evenredig langzamer. Hij moest naar Alice toe, dat had hij Eleanor beloofd. Hij zou zo gaan. Nog een paar minuutjes hier, met de koele, stevige aarde onder hem, de betrouwbare boom, het lichte briesje langs zijn wangen. En Henri's gezicht in zijn herinneringen, zijn oude vriend, die hem riep en met zijn hand gebaarde dat Daffyd hem snel achterna moest komen…

Alice keek net op haar horloge toen ze bijna haar grootmoeder omverliep. De oude vrouw had haast en leek in een staat van ongebruikelijke opwinding te verkeren. 'Water,' zei ze toen ze Alice zag. Haar wangen waren rood en haar ogen groot. 'Ik moet water hebben.'

Normaal gesproken zou de ongekende energie van haar grootmoeder Alice bloednieuwsgierig hebben gemaakt, maar vanavond niet. Haar hele wereld was ingestort en ze had het veel te druk met het verwerken van haar eigen schaamte en verdriet om zich bezig te houden met de grillen van anderen. Slechts vanuit een diepgeworteld plichtsbesef was ze nu op weg naar haar afspraak met meneer Llewellyn. Ze kromp ineen als ze terugdacht aan hun gesprek van die ochtend. Ze had zoveel haast gehad om hem af te schudden, ze was zo opgewonden geweest dat ze Ben haar manuscript ging laten lezen, en zo trots… Wat een stommiteit was dat gebleken.

God, ze kon wel door de grond zakken van gêne! Alice ging op de stoel in het prieel zitten en trok haar knieën naar haar borst. Ze voelde zich doodellendig. Ze had helemaal niet naar het feest willen gaan en liever stilletjes haar wonden willen likken, maar moeder had erop gestaan. 'Je gaat niet de hele avond binnen zitten pruilen,' had ze gezegd. 'Je trekt je mooiste jurk aan en doet mee met de rest van de familie. Ik weet niet wat je bezielt en waarom je je juist vanavond zo moet gedragen, maar ik sta het niet toe, Alice. Er is te veel werk gestoken in deze avond om die door jouw humeur te laten verpesten.'

Dus daar zat ze dan, tegen haar zin. Liever was ze de hele avond in haar slaapkamer gebleven met de dekens over haar hoofd, niet meer denkend aan de stommeling, de domme gans die ze was geweest. Het was allemaal de schuld van meneer Llewellyn. Toen ze de oude man die ochtend eindelijk had weten af te wimpelen, was ze bang geweest dat ze in tijdnood zou raken als ze Ben het manuscript nog zou laten zien. Meneer Harris en zijn zoon zouden zo terugkomen. Dus besloot ze in plaats daarvan later die middag naar het boothuis te gaan met haar papieren. Op die manier, dacht Alice, zouden ze eindelijk even alleen kunnen zijn.

Haar huid gloeide als ze eraan terugdacht. De vaart waarmee ze de trap op was gerend en op de deur had geklopt, haar opwinding en haar zelfvertrouwen. De zorg die ze had besteed aan haar kleding en haar haar. Het druppeltje van moeders eau de cologne dat ze had aangebracht onder de knoopjes van haar bloes en op de binnenkant van haar polsen, net zoals ze Deborah had zien doen.

'Alice,' had hij gezegd toen hij haar zag en hij had geglimlacht (van verwarring, wist ze nu; op dat moment had ze gedacht dat hij gewoon net zo nerveus was als zij. Hoe gênant!). 'Ik verwachtte niemand.'

Hij opende de deur van het boothuis en zij stapte over de drempel, in haar nopjes met de zweem van parfum in haar kielzog. Het was gezellig binnen, met slechts ruimte voor een bed en een klein keukentje. Alice was nog nooit in de slaapkamer van een man geweest en moest zich inhouden om niet als een klein kind te gapen naar de patchwork donsdeken die achteloos over het eind van de matras was gelegd.

Op de donsdeken lag een rechthoekig cadeautje, eenvoudig maar zorgvuldig ingepakt met een stukje touw eromheen en een kaartje gemaakt van een van Bens papieren dieren. 'Is dat voor mij?' vroeg Alice omdat ze zich zijn opmerking herinnerde dat hij iets voor haar had.

Hij volgde haar blik. 'Ja. Niets bijzonders, hoor. Bij wijze van aanmoediging voor je schrijven.'

Alice sprong bijna uit haar vel van vreugde. 'Nu je het daar toch over hebt,' zei ze, en ze begon enthousiast over het manuscript dat ze net af had. 'Vers van de pers.' Ze drukte hem de kopie die ze speciaal voor hem had gemaakt in zijn handen. 'Ik wilde het jou als eerste laten lezen.'

Hij was blij voor haar en zijn brede glimlach toverde een kuiltje in zijn linkerwang. 'Alice! Dat is geweldig. Wat een prestatie! Het eerste van vele exemplaren, let op mijn woorden.' Ze voelde zich enorm volwassen en koesterde zich in zijn woorden.

Hij beloofde het te zullen lezen en even hield ze haar adem in, wachtend tot hij het voorblad zou omslaan en de opdracht zou lezen, maar hij legde het op de tafel. Er stond een geopende fles limonade en opeens had Alice een vreselijke dorst. 'Ik doe een moord voor een glas limonade,' zei ze met een flirterig stemmetje.

'Dat is niet nodig.' Hij schonk een glas voor haar in. 'Ik wil je met alle plezier wat geven.'

Nu hij even de andere kant op keek, maakte ze het bovenste knoopje van haar bloes open. Hij reikte haar het glas aan en hun vingers raakten elkaar. Een elektrische rilling schoot langs haar ruggengraat.

Zonder haar blik af te wenden nam Alice een slokje. De limonade was koud en zoet. Zachtjes likte ze haar lippen af. Dit was het moment. Nu of nooit. In één vloeiende beweging zette ze het glas neer, stapte op hem af, nam zijn gezicht tussen haar handen en leunde voorover om het te kussen, precies zoals in haar fantasieën.

Eén ogenblik was het volmaakt geweest. Ze ademde zijn geur in, van leer en muskus en een heel klein zweempje transpiratie, en zijn lippen waren warm en zacht en ze viel bijna in zwijm, want ze had gewéten dat het zo zou zijn, ze had het altijd geweten…

En toen, opeens, doofde de oplaaiende vlam. Hij deed een stap achteruit en keek haar in de ogen.

'Wat is er?' zei ze. 'Deed ik het verkeerd?'

'O, Alice.' Op zijn gezicht streden begrip en bezorgdheid om voorrang. 'Alice, het spijt me. Ik ben zo stom. Ik had geen idee.'

'Waar heb je het over?'

'Ik dacht – ik heb helemaal niet nagedacht.' Hij glimlachte vriendelijk, met iets van droefheid. Ze zag dat hij medelijden met haar had en op dat moment begreep ze het. Het trof haar in een flits. Hij koesterde niet dezelfde gevoelens als zij. Dat had hij nooit gedaan.

Hij stond nog steeds tegen haar te praten met een ernstige uitdrukking op zijn gezicht, rimpels in zijn voorhoofd en ogen vol mededogen, maar haar oren gonsden van de vernedering. Doordringend en meedogenloos. Heel af en toe nam de toonhoogte iets af en ving ze een flard op van een of andere gemeenplaats: 'Je bent een fantastisch meisje... zo intelligent... een heel goede schrijfster... een mooie toekomst voor je... je zult iemand anders tegenkomen...'

Ze was dorstig en duizelig, ze moest hier weg, weg van deze plek waar ze zichzelf zo te schande had gemaakt, waar de man van wie ze hield, de enige van wie ze óóit zou houden, naar haar keek met medelijden en verontschuldiging in zijn ogen en tegen haar sprak op een toon waarop volwassenen verwarde kinderen tot bedaren proberen te brengen.

Met alle waardigheid die ze kon opbrengen pakte Alice haar glas en dronk de limonade op. Ze pakte haar manuscript met de afgrijselijke opdracht en liep naar de deur.

En toen zag ze zijn koffer staan. Later dacht ze daar nog wel eens aan terug en dan vroeg ze zich af of er iets mis was met haar, dat een klein deel van haar zelfs met een gebroken hart in staat was om afstand te nemen van de emotionele waarheid van het moment en mentale aantekeningen te maken. (Nog later, toen ze vertrouwder was geraakt met het werk van Graham Greene, begreep ze dat het slechts de ijssplinter was die alle schrijvers in hun hart hebben.)

De koffer stond geopend tegen de muur, vol keurige stapeltjes kleren. Bens kleren. Hij was zijn koffers aan het pakken.

Zonder zich naar hem om te draaien zei ze: 'Je gaat weg.'

'Ja.'

'Waarom?' O, de arrogantie. Maar even voelde ze een hernieuwd sprankje hoop dat hij wél van haar hield en dat zijn liefde hem verplichtte te vertrekken. Uit respect voor haar jonge leeftijd en eerbied voor de familie die hem in dienst had genomen.

Maar nee. In plaats daarvan zei hij: 'Het is tijd. Verleden tijd, liever gezegd. Mijn contract is al twee weken afgelopen, maar ik ben nog even gebleven om te helpen bij de voorbereidingen van het midzomerfeest.'

'Waar ga je naartoe?'

'Dat weet ik nog niet.'

Hij was een zigeuner, natuurlijk. Een reiziger. Hij had zichzelf nooit in andere woorden omschreven. En nu ging hij weg. Hij zou net zo achteloos uit haar leven verdwijnen als hij er binnen was gewandeld. Plotseling daagde haar iets. Ze draaide zich om. 'Er is een ander, hè?'

Ben gaf geen antwoord, maar dat hoefde ook niet. Aan zijn meelevende blik zag ze ogenblikkelijk dat ze gelijk had.

Met een kort draaierig knikje en zonder hem nog aan te kijken verliet ze het boothuis. Haar hoofd omhoog, blik vooruit, de ene beheerste stap na de andere. 'Alice, je cadeautje,' riep hij haar na, maar ze ging niet terug.

Pas toen ze de bocht in het pad om was, klemde ze het manuscript tegen haar borst en rende zo snel als haar betraande ogen dat toelieten terug naar het huis.

Hoe had ze het zo verkeerd kunnen inschatten? Hier op het tuinbankje in het prieel, met de midzomerfestiviteiten om haar heen, begreep Alice er nog steeds niets van. In herinnering speelde ze een heel jaar van ontmoetingen af. Hij had het altijd zo leuk gevonden om haar te zien, had altijd zo aandachtig geluisterd als ze vertelde over wat ze aan het schrijven was, of over haar familie, en hij had zelfs suggesties gedaan als ze klaagde over moeder en de misverstanden die er soms tussen hen waren, en had geprobeerd de kloof tussen hen te dichten. Alice had nog nooit iemand ontmoet die zo betrokken was en haar zo goed begreep als hij.

Het was waar, hij had haar nooit aangeraakt, niet één keer, niet echt, niet op de manier die ze zo graag wilde, en ze had zich afgevraagd wat Deborah toch bedoelde met haar opmerkingen over jongemannen en hun wellustige, onzedelijke bedoelingen. Maar ze had verondersteld dat hij daar gewoon te fatsoenlijk voor was. En dat was het probleem. Ze veronderstelde te veel. Ze had de hele tijd alleen maar gezien wat ze wilde zien: de weerspiegeling van haar eigen verlangens.

Met een zucht van moedeloosheid keek Alice of meneer Llewellyn er al aankwam. Ze zat hier nu al een kwartier en nog steeds was hij nergens te bekennen. Ze moest maar weer gaan. Ze had zich hier helemaal naartoe gesleept maar hij had niet eens de moeite genomen om zich aan hun afspraak te houden. Waarschijnlijk was hij het vergeten, of hij verkeerde in plezieriger gezelschap en zou te laat komen. Het was zijn verdiende loon als zij er niet meer zou zitten als hij eindelijk kwam opdagen.

Maar waar moest ze naartoe? Naar de bootjes? Nee, die lagen veel te dicht bij het boothuis. Daar wilde ze nooit meer één stap zetten. Naar het huis? Nee, daar liep overal personeel rond, de spionnen van haar moeder, die maar al te graag zouden rapporteren dat Alice haar instructies in de wind had geslagen. Naar de dansvloer? Nou nee. Het laatste waar ze zin in had was lol trappen en zich in het feest storten met die andere luidruchtige malloten – en met wie, als ze vragen mocht, zou ze moeten dansen?

En daar had je het. De verschrikkelijke waarheid. Ze had niets beters te doen en niemand om dat mee te doen. Geen wonder dat Ben niet van haar hield. Er was niets aan haar om van te houden. Het was tien voor middernacht, het vuurwerk zou zo beginnen en Alice was moederziel alleen. Ze had geen hoop meer, geen vrienden en verder leven leek volkomen zinloos.

Op dat moment leek het alsof ze zichzelf van boven zag. Een eenzame, tragische figuur, uitgedost in haar mooiste jurk, met haar armen om haar knieën geslagen. Een meisje wier hele familie haar verkeerd begreep.

Ze had eigenlijk wel wat weg van een immigrantenmeisje dat op de kade zat na een lange zeereis. Het zat hem in de kromming van haar schouders, haar gebogen hoofd, haar smalle, rechte nek. Ze was een standvastig meisje dat een groot verlies te verwerken had. Haar hele familie was omgekomen (Hoe? Op een verschrikkelijke, tragische manier, de details deden er nu niet toe), maar met ferme vastberadenheid had ze het op zich genomen om hun dood te wreken. De kiem van het verhaal was gelegd en Alice rechtte haar rug. Langzaam voelde ze in haar zak en streelde haar notitieboek. Denk, denk…

Het meisje was alleen op de wereld, volledig berooid, in de steek gelaten en vergeten door iedereen op wie ze ooit dacht te kunnen vertrouwen, maar ze zou er weer bovenop komen. Daar zou Alice wel voor zorgen. Opwinding maakte zich van haar meester en met een ruk stond ze op. Ze was sneller gaan ademen en haar hoofd tolde van de fonkelende verhaallijnen die in elkaar gevlochten dienden te worden. Ze moest nadenken, alles in kaart brengen.

Het bos! Daar zou ze naartoe gaan. Weg van het feest, weg van al die domme, rondhossende mensen. Ze zou zich concentreren op de opzet van haar volgende verhaal. Ze kon het uitstekend af zonder Ben of meneer Llewellyn, of wie dan ook. Ze was Alice Edevane en ze was verhalenverteller.

De afspraak was dat ze elkaar om vijf na middernacht zouden ontmoeten in het bos. Pas toen Eleanor hem zag staan, precies waar hij had toegezegd te zullen staan, realiseerde ze zich dat ze de hele avond haar adem had ingehouden in de verwachting dat het allemaal mis zou gaan.

'Hallo,' zei ze.

'Hallo.'

Merkwaardig formeel. De enige manier waarop ze de vreselijke taak die voor hen lag zouden kunnen uitvoeren. Ze omhelsden elkaar niet, maar beroerden lichtjes elkaars onderarmen, ellebogen en polsen, als een soort flauwe afspiegeling van de genegenheid die ze beiden meestal zo gemakkelijk konden uiten. Alles was anders vanavond.

'Geen problemen?' vroeg hij.

'Ik kwam een dienstmeisje tegen op de trap, een tijdje terug, maar ze was druk in de weer met het regelen van schone champagneglazen voor middernacht. Ze keek niet raar op.'

'Misschien wel goed. Dan ben je ter plaatse gezien op een eerder tijdstip. Dat is minder verdacht.'

Eleanor kromp ineen bij het horen van die kille woorden. *Ter plaatse. Minder verdacht.* Hoe had het zover kunnen komen? Een gierend gevoel van paniek en verwarring overviel haar en dreigde haar te overspoelen. De wereld verderop, het bos om haar heen, het feest in de verte, alles was één grote waas. Ze voelde zich er volledig van afgesloten. Er was geen met lantaarns verlicht boothuis, geen lachende, flirtende gasten in zijden en satijnen feestkledij, geen meer of huis of orkest; er was alleen het hier en nu, dit wat ze gepland hadden, dat destijds zo verstandig had geleken, zo logisch.

Achter hen floot een vuurwerkpijl door de lucht, steeds hoger tot hij openbarstte in een kakofonie van rode vonken en neerdaalde boven het meer. Het was een teken om tot actie over te gaan. Het vuurwerk zou een halfuur duren. Eleanor had de pyrotechnicus instructies gegeven om een show te geven waar niemand de ogen van zou kunnen afwenden, en ze had zelfs het personeel toestemming gegeven om naar het vuurwerk te gaan kijken. En Daffyd hield Alice bezig. 'We moeten door,' zei ze. 'Ik heb niet veel tijd. Ze zullen zich afvragen waar ik ben.'

Haar ogen waren gewend geraakt aan het duister van het bos en ze kon hem nu duidelijk zien. Zijn gezicht was één en al onwil en verdriet, zijn donkere ogen zochten de hare op zoek naar, dat voelde ze, een barstje in haar besluit. Het zou heel makkelijk zijn om hem er een te laten zien. Om te zeggen: 'Ik geloof dat dit een vergissing is,' of 'Laten we er nog even over nadenken,' en vervolgens ieder een andere kant op te lopen. Maar ze had zich geharnast en begon naar het valluik te lopen dat de ingang van de tunnel vormde.

Misschien komt hij niet achter me aan, dacht ze, hoopte ze. En dan zou ze alleen terug kunnen gaan, kon ze haar slapende baby laten liggen waar hij was en terugkeren naar het feest alsof er geen vuiltje aan de lucht was. Ze kon morgen gewoon wakker worden en de volgende keer dat ze Ben tegenkwam konden ze ongelovig hun hoofd schudden, verbijsterd over de waanzin die hen in zijn greep had gehad, het krankzinnige plan dat ze bijna hadden uitgevoerd, en de betovering die hun parten had gespeeld. 'Een folie à deux,' zouden ze zeggen, 'een gedeelde vlaag van waanzin.'

Maar al speelde dat allemaal door haar hoofd, en al voelde ze zich even iets minder terneergeslagen en wanhopig, ze wist dat het niets zou oplossen. Met Anthony ging het slechter dan ooit. Theo liep gevaar. En het onvoorstelbare, verschrikkelijke feit dat Deborah en Clemmie ontdekt hadden wat er speelde tussen Eleanor en Ben. Alleen al bij de gedachte dat haar dochters wisten dat ze hun vader had bedrogen wilde Eleanor het liefst verschrompelen tot een klein stofje en wegwaaien in de wind. Maar dat was zwak, en lui, en maakte haar zelfhaat alleen maar erger. Nee, dit plan, het afgrijselijke ondenkbare plan, was de enige manier om verdere rampen te voorkomen. Meer nog, het was precies wat ze verdiende.

Eleanor schrok. Er had iets bewogen in het bos, dat wist ze zeker. Ze had iets gezien in het donker – of had ze het gehoord? Was daar iemand? Had iemand ze gezien?

Ze tuurde naar de bomen voor zich en durfde nauwelijks adem te halen.

Er was niets.

Ze had het zich verbeeld.

Het was haar kwade geweten maar.

Toch was het beter om hier niet langer te blijven staan. 'Snel,' fluisterde ze, 'kom mee de ladder af. Snel.'

Onder aan de ladder stapte ze opzij om ruimte voor hem te maken in de smalle, met bakstenen beklede tunnel. Hij had het valluik achter zich dichtgetrokken en het was er zwarter dan de nacht. Eleanor knipte de zaklamp aan die ze er eerder had verstopt en ging hem voor door de gang tot aan het huis. Het rook er naar schimmel en zwammen en duizend kinderavonturen. Plotseling verlangde ze naar haar jeugd, waarin geen andere zorgen bestonden dan de vraag hoe ze de eindeloze zomerse dag zou doorbrengen. Een snik brandde in haar keel en dreigde even te ontsnappen. Boos schudde ze haar hoofd en ze vervloekte zichzelf dat ze zich zo liet gaan. Ze moest sterker zijn. In de komende dagen zou het allemaal nog veel erger worden. Ergens morgenochtend zou het ontdekt worden, er zou een zoektocht op touw gezet worden en de politie zou erbij gehaald worden. Ze zouden verhoord worden en er zou een onderzoek komen, en Eleanor zou haar afgrijselijke rol moeten spelen – en Ben zou weg zijn.

Ben. Ze hoorde zijn voetstappen achter zich en weer was daar het stekende besef dat ze hem ook kwijt ging raken. Dat hij zich over een paar minuten zou omdraaien en weglopen en dat ze hem nooit meer zou zien… Nee. Eleanor klemde haar kaken op elkaar en dwong zichzelf om zich te concentreren op haar passen. De ene voet voor de andere. Ze bleef pas staan toen ze aangekomen was bij de stenen trap door de holle ruimte in de muur van het huis. Ze richtte de straal van haar zaklamp op de deur bovenaan en haalde diep adem. De lucht in de tunnel was zwaar, stil en gronderig en er hingen stofdraden in de lichtstraal. Als ze eenmaal door die deur stapten, was er geen weg meer terug. Ze had net al haar moed bijeen geraapt en wilde de trap op lopen toen Ben haar pols greep. Verbaasd draaide ze zich om.

'Eleanor, ik –'

'Nee,' zei ze, en haar stem klonk merkwaardig vlak in de smalle bakstenen ruimte, 'Ben, niet doen.'

'Ik kan geen afscheid nemen.'

'Doe dat dan niet.'

Aan de manier waarop zijn gezicht opklaarde in het lamplicht besefte Eleanor onmiddellijk dat hij haar verkeerd begrepen had. Dat hij dacht dat ze bedoelde dat hij niet hoefde te gaan. Snel lichtte ze toe: 'Zeg dan niks, doe gewoon wat je moet doen.'

'Er moet toch een andere oplossing zijn.'

'Die is er niet.' Die was er niet. Als die er was, had ze hem gevonden.

Eleanor had nagedacht en nagedacht tot ze het gevoel had dat haar hersenen zouden gaan bloeden van inspanning. Ze had de hulp van meneer Llewellyn ingeroepen en zelfs hij was niet in staat geweest om een aanvaardbaar alternatief te bedenken. Het was onmogelijk om het zo te doen dat iedereen er goed vanaf kwam, om iedereen tevreden te stellen. Dit was het beste wat ze had kunnen verzinnen, dit plan waarbij zij het het zwaarst te verduren zou krijgen. Theo zou even van slag zijn – God sta haar bij, hij zou ook angstig zijn – maar hij was jong en hij zou het snel vergeten. Ze geloofde Ben als hij zei dat hij van haar hield en dat hij niet zonder haar verder wilde, maar hij was een zigeuner en het reizen zat hem in het bloed; uiteindelijk zou hij toch zijn vertrokken. Nee, zij was degene die het meeste zou lijden, zij zou achterblijven en hun verlies moeten dragen, ze zou ze allebei missen zoals de maan de zon mist, altijd in het ongewisse –

Nee. Niet aan denken. Met alle wilskracht die ze in zich had, trok Eleanor haar hand uit de zijne en liep de trap op. Ze kon zich beter concentreren op de vraag of ze wel alles gedaan had om het plan te laten slagen. Of het extra slokje whisky er wel voor zou zorgen dat kinderjuf Bruen niet wakker werd. Of meneer Llewellyn nog steeds zat te praten met Alice, die de hele avond enorm chagrijnig was geweest.

Boven gekomen gluurde ze door het verborgen kijkgaatje in de geheime deur. Haar ogen waren wazig en ze knipperde woest met haar ogen om weer helder te kunnen zien. De gang was leeg. In de verte klonk het knallen van het vuurwerk. Ze keek op haar horloge. Nog tien minuten. Het was net genoeg tijd. Net.

De deurklink voelde stevig in haar hand, heel echt. Het was zover. Het moment waarvan ze had geweten dat het zou aanbreken maar waar ze zich nooit een beeld van had willen vormen. Ze had zich gewoon gericht op de logistiek en geweigerd zich voor te stellen hoe ze zich zou voelen als ze eenmaal hier op de drempel zou staan. 'Vertel me nog een keer wat voor mensen het zijn,' zei ze zachtjes.

Zijn stem achter haar was warm en verdrietig en, dat was het ergste, gelaten. 'De allerbeste,' zei hij. 'Hardwerkend en eerlijk en gezellig. Hun huis is het soort waar het altijd naar lekker eten ruikt en wat ze ook tekort mogen komen, aan liefde is er nooit gebrek.'

Waar is het? wilde ze vragen *Waar breng je hem naartoe?* Maar ze had

Ben laten beloven dat hij haar dat nooit zou vertellen. Ze kon zichzelf niet vertrouwen. Het hele plan kon alleen maar slagen als ze niet wist waar ze hem kon vinden.

Bens hand lag op haar schouder. 'Ik houd van je, Eleanor.'

Ze sloot haar ogen, haar voorhoofd tegen het harde, koude hout van de deur. Hij wilde dat ze het ook tegen hem zou zeggen, dat wist ze, maar dat zou haar noodlottig worden.

Met een licht knikje gaf ze hem te kennen dat ze het gehoord had, ze trok de verraderlijke klink omhoog en stapte de verlaten gang in. En terwijl het vuurwerk nog klonk boven het meer en het rode, blauwe en groene licht door het raam op het tapijt viel, begaf ze zich op weg naar de kinderkamer.

Theo werd plotseling wakker. Het was donker en zijn kinderjuf lag zwaar te snurken op het eenpersoonsbed in de hoek. Er klonk een doffe dreun en een waas groen licht viel door de doorschijnende gordijnen. Er waren nog meer geluiden, blije geluiden, veel mensen, ver weg, buiten. Maar hij was wakker geworden van iets anders. Hij zoog op zijn duim, luisterde aandachtig en glimlachte toen.

Voor ze bij zijn bedje was, wist hij al dat het mama was. Ze pakte hem op en Theo nestelde zijn hoofdje onder haar kin. Er was daar een plekje waar hij precies in paste. Ze maakte zachte geluidjes in zijn oor en zijn linkerhandje ging omhoog om haar gezicht aan te raken. Hij zuchtte tevreden. Theo hield meer van zijn mama dan van wie dan ook. Zijn zussen waren grappig en zijn vader kon hem hoger in de lucht tillen, maar er was iets aan hoe zijn mama rook en de klank van haar stem en haar zachte vingers die zijn gezicht streelden.

Toen klonk er nog een geluid en Theo tilde zijn hoofdje op. Er was nog iemand in de kamer. Zijn ogen waren nu gewend aan het donker en achter zijn moeder zag hij een man staan. De man kwam dichterbij en lachte naar hem en Theo zag dat het Ben was van de tuin. Theo vond Ben heel leuk. Hij maakte dingen van papier en vertelde verhaaltjes die eindigden in kietelen.

Zijn moeder fluisterde zachtjes in zijn oor, maar Theo luisterde niet. Hij had het druk met kiekeboe spelen achter haar schouder en Bens aandacht trekken. Mama hield hem steviger vast dan anders en hij probeerde zich los te wurmen. Ze gaf hem een paar lichte kusjes op zijn wang, maar Theo trok zijn hoofd terug. Hij wilde Ben aan het lachen maken. Hij wilde niet knuffelen, hij wilde spelen. Toen Ben hem een aai over zijn wang kwam geven, begon Theo te giechelen.

'Ssst,' fluisterde mama, 'ssst.' Er was iets anders aan haar stem en Theo wist niet of hij dat wel leuk vond. Hij bestudeerde haar gezicht maar ze keek hem niet meer aan. Ze wees op iets onder zijn ledikantje. Theo zag hoe Ben neerknielde en toen weer opstond met een tas over zijn schouder. Het was geen tas die Theo kende, dus besteedde hij er verder geen aandacht aan.

Ben kwam dichterbij en legde toen zijn hand op mama's wang. Ze deed haar ogen dicht en leunde tegen zijn handpalm. 'Ik houd ook van jou,' zei ze. Theo keek van het ene gezicht naar het andere. Ze stonden allebei heel stil en zeiden geen woord en hij probeerde te raden wat er nu zou gebeuren. Toen mama hem aan Ben gaf was Theo verbaasd, maar niet ongelukkig.

'Het is tijd,' fluisterde ze en Theo keek naar de grote klok aan de muur. Hij wist niet precies wat tijd was, maar wel dat het daar vandaan kwam.

Ze liepen de kinderkamer uit en Theo vroeg zich af waar ze naartoe gingen. Het was niet normaal om midden in de nacht de kamer uit te gaan. Hij sabbelde op zijn duim, keek om zich heen en wachtte af. Er was een deur in de gang die hij nog nooit had gezien, maar nu hield zijn moeder die open. Ben bleef staan en leunde dicht naar mama toe. Hij fluisterde in haar oor, maar Theo kon de woorden niet verstaan. Hij maakte zelf ook een fluisterend geluidje, *wisha, wisha, wisha*, en lachte tevreden. En toen nam Ben hem mee en ging de deur zachtjes achter hem dicht.

Het was donker. Ben deed een zaklamp aan en begon een trap af te lopen. Theo keek om naar mama. Hij zag haar nergens. Misschien had ze zich verstopt? Was dit een spelletje? Hoopvol keek hij over Bens schouder, vol verwachting dat ze lachend tevoorschijn zou springen en *kiekeboe!* roepen. Maar dat deed ze niet. Keer op keer deed ze het niet.

Theo's onderlipje trilde en hij overwoog te gaan huilen, maar Ben praatte tegen hem en daarbij voelde Theo zich veilig en geborgen. Er klopte iets aan die stem, net zoals Theo's hoofdje precies in het holletje onder zijn moeders kin paste en zoals de huid van zijn zusje Clemmie net zo rook als die van hemzelf. Theo gaapte. Hij was moe. Hij tilde Puppy op, legde hem op Bens schouder en drukte zijn gezicht ertegenaan. Hij stak zijn duim in zijn mond en deed zijn ogen dicht en luisterde.

En Theo was tevreden. Hij kende Bens stem zoals hij zijn familie kende, op die speciale manier, een kennis die zo oud was als de wereld zelf.

33

Cornwall, 2003

Het was pikkedonker, op de heldere witte stralen van hun zaklampen na die een paar meter voor hen over de grond zwierden. Het was Peter niet helemaal duidelijk wat ze hier op dit moment deden in de bossen rond Loeanneth, in plaats van op het zonnewendefestival in het dorp. Als het aan hem had gelegen hadden ze nu genoten van een kom vissoep met daarna een glas plaatselijk gebrouwen mede, maar Alice was even onvermurwbaar als geheimzinnig geweest. 'Ik geef toe, het is niet ideaal om te gaan nu het donker is,' had ze gezegd, 'maar het moet gebeuren en ik moet het doen.' Wat leidde tot de vraag waarom ze het niet eerder op de dag gedaan hadden, zoals ze van plan waren geweest. 'Ik wilde er niet aan beginnen met die rechercheur en haar grootvader erbij. Het is een privézaak.'

Dat antwoord klonk gedeeltelijk geloofwaardig, aangezien Alice nu eenmaal extreem op zichzelf was. Peter zou het ook vreemd hebben gevonden dat ze hém meevroeg, ware het niet dat de lijst met spullen die ze hem voor de excursie had laten aanschaffen, de 'benodigdheden' zoals ze die consequent noemde, er duidelijk op wees dat hij mee moest om spierkracht te leveren. Hij was erin geslaagd alles te bemachtigen waar ze om gevraagd had. Dat was niet eenvoudig geweest op deze korte termijn, maar Peter was goed in zijn werk en had haar niet willen teleurstellen.

Het was duidelijk dat deze onderneming heel belangrijk was voor Alice. Dat bleek uit het feit dat ze hem vrijdagavond laat nog thuis had gebeld met de mededeling dat ze erover had nagedacht en toch met hem meeging naar Cornwall. Ze had opvallend opgewonden geklonken, praatlustig zelfs, en het was Peter door het hoofd geschoten dat ze na zijn vertrek misschien wat scheutig was geweest met de gin-tonics. 'Ik ben niet van plan het over te nemen', had ze gezegd, om daarna mede te delen dat ze de volgende morgen om vijf uur klaar zou staan om te worden opgehaald. 'We kunnen de verkeersdrukte maar beter voor zijn, vind je niet?'

Hij zei dat hij het daarmee eens was en wilde al ophangen toen ze eraan toevoegde: 'En Peter?'

'Ja, Alice?'

'Denk je dat je ergens een schep en een paar tuinhandschoenen van goede kwaliteit op de kop kunt tikken? Er is iets wat ik heel graag wil doen als we daar zijn.'

De hele weg vanaf Londen had ze naast hem gezeten met een strakke uitdrukking op haar gezicht en iets afwezigs in haar doen en laten, en elke keer dat hij voorstelde om even te stoppen voor een hapje, wat drinken, frisse lucht of om even de benen te strekken, had ze slechts geantwoord met een gedecideerd 'niet nodig'. Ze was niet in de stemming om te praten, en dat kwam Peter goed uit. Hij had gewoon het geluid van zijn luisterboek harder gezet en afgestemd op de volgende episode van *Great Expectations*. Hij had het de afgelopen twee weken zo druk gehad dat hij het einde van het boek nog niet had kunnen horen, maar de lange autorit leek hem de ideale gelegenheid om dat te doen. Toen ze bijna bij het dorp waren, stelde hij voor om meteen in te checken bij het hotel, maar Alice antwoordde snibbig: 'Nee. Geen denken aan. We moeten onmiddellijk naar Loeanneth.'

Dat was het moment waarop ze hem vertelde over de sleutel die hij voor haar moest gaan halen. 'Er is boven een droogkamer,' had ze gezegd, 'en in de vloer onder het droogrek zit een losse plank. Je ziet wel welke dat is, want er zit een knoest in die heel erg lijkt op de kop van een eland. In de ruimte eronder vind je een leren buideltje. Daarin zit een sleutel. Die is van mij en ik mis hem al heel lang.'

'Begrepen,' had hij gezegd. 'Losse plank, elandskopknoest, leren buideltje.'

Ze was nog steeds vastbesloten om haar plan ten uitvoer te brengen toen ze rond lunchtijd met de anderen gingen picknicken. Ze had hem de spullen de hele tijd laten meesjouwen omdat ze het bos in wilde zodra ze klaar waren met eten, maar toen had Sadies grootvader Bertie aangeboden om haar mee te nemen naar het festival en had ze zonder enige aarzeling ja gezegd. Normaal gesproken zou Peter volkomen perplex gestaan hebben, maar in de loop van de ochtend was hem iets opgevallen wat kon verklaren waarom ze van gedachten veranderd was. Helemaal zeker was hij er niet van, maar iets zei hem dat Alice genegenheid had opgevat voor Bertie. Ze had aandachtig naar hem geluisterd als hij sprak, gelachen om zijn grapjes en enthousiast geknikt bij zijn verhalen. Het was beslist on-Alice-achtig gedrag. Ze was meestal niet iemand die snel een goede band met iemand had, als ze die al had.

Hoe het ook zat, ze waren teruggegaan naar het dorp, hadden ingecheckt bij het hotel en Alice had zich laten rondleiden op het festival. Peter had zich ondertussen geëxcuseerd en was er op eigen houtje vandoor gegaan. Er had al de hele middag iets door zijn hoofd gespookt dat hij niet van zich af kon zetten en hij wilde even langs de bibliotheek om dat uit te zoeken. Maar nu liepen ze hier, midden in de nacht, over hetzelfde pad rond het meer naar het boothuis dat ze eerder genomen hadden. Toen ze bij de rivier kwamen bleef Alice niet staan maar maande ze hem verder te gaan naar het bos. Peter was er niet helemaal gerust op of het wel verantwoord was om een vrouw van ver in de tachtig midden in de nacht op sleeptouw te nemen in de bossen, maar Alice verzekerde hem dat hij zich geen zorgen hoefde te maken. 'Ik ken deze bossen als mijn broekzak,' zei ze. 'Een mens vergeet nooit het landschap van zijn jeugd.'

Niet voor het eerst dankte Alice God dat Peter geen prater was. Ze wilde niets zeggen of uitleggen of hem vermaken. Ze wilde alleen maar doorlopen en denken aan de laatste keer dat ze over dit pad door het bos was gegaan. Boven hen zeilde een nachtegaal door het duister, en weer hoorde ze de geluiden van die nacht bijna zeventig jaar geleden toen ze hiernaartoe was geslopen om het te begraven: het hinniken van het paard, het kabbelen van het meer, de nachtegalen in hun vlucht.

Ze struikelde en Peter greep haar arm. 'Gaat het?' vroeg hij.

Hij was een goeie jongen. Hij had heel weinig vragen gesteld. Alles gedaan wat ze hem gevraagd had. 'Nog een klein stukje,' zei ze.

Ze liepen zwijgend verder, door de brandnetels, over de open plek waar het valluik naar de tunnel verborgen lag en langs de forellenbeek. Alice voelde een merkwaardige blijdschap nu ze weer terug was op Loeanneth en hier vanavond door het bos liep. Het was precies zoals ze het zich de vorige avond in haar bibliotheek in Londen had voorgesteld, toen ze de klok op de schoorsteenmantel hoorde tikken en het vlammetje van verlangen naar het landgoed langzaam was veranderd in een oplaaiend vuur van hunkering, waarop ze Peter had gebeld. Het was niet dat ze zich weer jong voelde, beslist niet; maar voor het eerst in zeven decennia stond ze zichzelf toe om terug te denken aan het meisje dat ze was geweest. Dat bange, dol-verliefde, onnozele jonge meisje.

Eindelijk bereikten ze de plek die Alice toen had uitgekozen, de plaats waar haar schuldgevoel al die tijd verankerd was geweest. 'We kunnen hier stoppen,' zei ze.

Een geur drong haar neus binnen, van bosmuizen en paddenstoelen, en de vlaag van herinneringen was zo sterk dat ze zich vast moest grijpen aan Peters arm.

'Zou je misschien wat voor me kunnen graven?' vroeg ze. 'Echt graven, bedoel ik. In aarde in plaats van in gegevens.'

De goeierd, hij stelde geen vragen, maar nam gewoon de schep uit de zak die hij bij zich had, trok de tuinhandschoenen aan en begon te spitten op de plek die zij aanwees.

Alice hield de lamp schuin zodat er een cirkel verlicht werd waarbinnen hij kon graven. Ze hield haar adem in en dacht aan die nacht, aan de regen die was neergekomen en de modderige zoom van haar jurk die aan haar laarzen had gekleefd. Ze had hem nooit meer aan gehad. Toen ze weer thuis was had ze hem opgefrommeld en zodra ze de kans had gezien had ze hem verbrand.

Ondanks de regen was ze over de velden gelopen. Ze had ook door de tunnel kunnen gaan. Met die verraderlijke klink zou het niet makkelijk geweest zijn in haar eentje, maar het zou haar best gelukt zijn. Maar ze wilde alle plekken vermijden waar Ben ooit was geweest. Ze was er zo zeker van dat hij Theo had ontvoerd, zo overtuigd van haar eigen theorie. En doodsbang dat iemand conclusies zou trekken en ontdekken welke rol zij daarin gehad had.

'Alice,' zei Peter, 'kun je een beetje bijschijnen met de lamp?'

'Sorry.' Ze was er met haar gedachten niet bij geweest, maar richtte nu weer op het gat.

Er klonk een doffe plof. De schep had iets hards geraakt.

Hij was op zijn knieën gaan zitten, haalde het pakket uit het gat en verwijderde wat er nog over was van de stoffen zak waarin ze het had be-graven.

'Het is een kistje,' zei hij terwijl hij opkeek met grote ogen van verba-zing. 'Een metalen kistje.'

'Inderdaad.'

Hij kwam overeind en veegde met zijn gehandschoende handen de aarde van de bovenkant. 'Zal ik het openmaken?'

'Nee. We nemen het mee terug naar de auto.'

'Maar –'

Haar hart was op hol geslagen toen ze het zag, maar ze slaagde erin om haar stem rustig te laten klinken. 'We hoeven het niet meteen open te maken. Ik weet precies wat we erin zullen aantreffen.'

Sadie baande zich een weg door de menigte op het zonnewendefestival. De straten die uitkwamen op het dorpsplein stonden vol kraampjes die maiskolven, kleding en huisgemaakte pasteien en taarten verkochten. In omgekeerde vaten brandden vuurtjes en in de haven dreef een ponton vol vuurwerk dat om middernacht zou worden afgestoken. Alice en Peter logeerden in het hotel op de hoek van de hoofdstraat, het witgeverfde huis met de hangpotten tegen de muur en de omhooggevallen eigenaresse, maar het kostte haar meer tijd dan ze verwacht had om zich door de mensenmassa heen te wurmen. Ze hoopte maar dat ze er zouden zijn en niet aan het feestvieren waren. Ze kon niet wachten tot ze hun kon vertellen wat ze had ontdekt over Theo's dood, zodat Alice zou weten dat Anthony daar niets mee te maken had gehad.

Haar telefoon ging over; ze voelde de trilling tegen haar been. Ze viste hem uit haar zak, precies op het moment dat een tiener met een enorme suikerspin zich langs haar heen drong. Sadie keek op het schermpje en zag dat het het hoofdbureau was. 'Hallo?'

'Sparrow.'

'Donald?'

'Nou, je hebt wel weer de poppen aan het dansen gekregen.'

Sadie bleef staan. Haar hart ging tekeer. 'Wat is er gebeurd? Hebben ze met de echtgenoot gesproken? Met Steve?'

'Hij is nu hier. In bewaring. Hij heeft alles bekend.'

'Wat? Wacht even, ik loop even naar een rustig plekje.' Dat was makkelijker gezegd dan gedaan, maar Sadie slaagde erin een klein hoekje te vinden langs de havenmuur waar ze even uit het feestgedrang was. 'Vertel me precies wat er gebeurd is.'

'Ashford heeft eerst de nieuwe echtgenote laten komen. Hij heeft inspecteur Heather op haar af gestuurd om een paar vragen te stellen. Hoe het ging met Caitlyn, dat soort dingen, allemaal heel aardig en vriendelijk, en vervolgens kwam het gesprek op de vraag of zij nog meer kinderen had, of ze er nog meer wilde. Blijkt dat ze zelf geen kinderen kan krijgen.'

Sadie drukte haar andere hand tegen haar oor. 'Wat zei je?'

'Zij en haar man hebben een jaar lang geprobeerd om een kind te krijgen en hebben zich toen laten onderzoeken door een arts.'

Het was precies zoals ze hadden verondersteld tijdens de lunch op Loeanneth. Hetzelfde scenario als in Alice' Diggory Brent-boek, het verhaal dat haar zus haar lang geleden had verteld. 'Dus hij is er eentje voor haar gaan halen.'

'Daar komt het wel op neer. Hij zei dat zijn vrouw kapot was geweest van het nieuws dat ze onvruchtbaar was. Ze had altijd kinderen gewild, het allerliefst een meisje. Ze was doodongelukkig dat ze niet zwanger kon worden en door alle vruchtbaarheidsbehandelingen was ze nog wanhopiger geworden. Ze was suïcidaal, zei hij, en hij wilde haar gelukkig maken.'

'Door een dochtertje voor haar te zoeken,' zei Sadie. 'De ideale oplossing. Het hinderlijke was alleen dat Caitlyn al een moeder had.'

'Hij brak tijdens het verhoor. Hij vertelde wat hij gedaan had en waar we haar lichaam konden vinden. Visvakantie, ik dacht het niet! We hebben daar nu duikers aan het werk. Hij was een typische eersteling, brak in tranen uit, riep dat hij geen slecht mens was, dat hij het zo niet bedoeld had, dat het uit de hand was gelopen.'

Sadie klemde haar lippen verbeten op elkaar. 'Dat had hij moeten bedenken voordat hij Maggie aan die tafel zette en dwong dat briefje te schrijven. Voor hij haar vermoordde.' Ze kookte van woede. De manier waarop hij aan dat plastic bekertje had zitten pulken tijdens het verhoor, zijn theaterstukje van de liefhebbende vader, de verongelijkte ex-echtgenoot die zo bezorgd en confuus was en alles in het werk wilde stellen om de onverantwoordelijke, weggelopen moeder te vinden, terwijl hij al die tijd precies had geweten waar ze was. Wat hij met haar had gedaan.

Maggie moest geweten hebben wat haar te wachten stond. Op zeker moment tijdens hun laatste ontmoeting moet ze het aangevoeld hebben. *Hij was het*, had ze in haar wanhoop neergekrabbeld. *Hij was het*. Het gebruik van de verleden tijd was nog nooit zo ijzingwekkend geweest. Noch zo dapper. Het enige lichtpuntje was dat Caitlyn naar alle waarschijnlijkheid niet had gezien wat er met haar moeder gebeurde. 'Zei hij ook wat hij met zijn dochter had gedaan toen hij met Maggie bezig was?'

'Hij had *Dora de Ontdekkingsreizigster* aangezet. Het kind heeft geen vin verroerd.'

En omdat ze wist dat Caitlyn nog in het appartement was, had Maggie waarschijnlijk geen lawaai geschopt. Ze had haar dochter willen beschermen voor datgene waarvan ze inmiddels wist dat het stond te gebeuren. Voor de tweede keer die avond had Sadie reden om zich af te vragen hoe ver een ouder zou gaan uit liefde voor een kind.

Donald klonk opeens onbeholpen. 'Luister, Sparrow...'

'Hij heeft zijn dochtertje een week lang alleen in het appartement gelaten.'

'Hij zegt dat hij dacht dat de oma langs zou komen – dat het meisje veel eerder gevonden zou worden; hij stond op het punt om zelf langs te gaan, zei hij... '

'Iemand moet het Nancy Bailey gaan vertellen.'

'Ze hebben al een contactpersoon gestuurd.'

'Ze heeft het al die tijd bij het rechte eind gehad.'

'Ja.'

'Haar dochter is er niet vandoor gegaan. Dat zou Maggie nooit gedaan hebben. Precies zoals Nancy zei.' Ze was vermoord. En ze hadden haar ex-man er bijna mee weg laten komen. Sadie voelde zich opgelucht en van blaam gezuiverd, maar ook met afschuw vervuld en verdrietig omdat het betekende dat Nancy's dochter nooit meer thuis zou komen. 'Wat gebeurt er nu met Caitlyn?'

'Ze is nu bij de kinderbescherming.'

'En daarna?'

'Dat weet ik niet.'

'Nancy is dol op dat meisje,' zei Sadie. 'Ze paste altijd op haar als Maggie aan het werk was. Ze heeft al een kamertje ingericht voor Caitlyn. Dat kind hoort bij haar familie.'

'Ik zal een aantekening maken.'

'We moeten meer doen dan een aantekening maken, Donald. Dat zijn we dat kind verplicht. We zijn al een keer tekortgeschoten. We moeten voorkomen dat dat nog eens gebeurt.'

Sadie was niet van plan om Caitlyn te laten verdwijnen in het systeem.

Ze was er goed in om haar voet dwars te zetten en zou die voet met alle liefde zo dwars mogelijk zetten om alles tot een goed einde te brengen.

Net toen ze in stilte had besloten om gebruik te maken van elke gunst die haar zou worden verleend en zich door niets uit het veld te laten slaan voordat Caitlyn en Nancy herenigd waren, zag ze in de menigte twee mensen die haar bekend voorkwamen.

'Luister, Don, ik moet gaan.'

'Goed, Sparrow, ik snap het, ik had naar je moeten luisteren en het –'

'Maak je geen zorgen. Ik spreek je later wel. Maar zou je één ding voor me willen doen?'

'Zeker.'

'Zorg dat dat meisje bij haar oma terechtkomt.'

Ze beëindigde het gesprek en stopte de telefoon in haar zak. Zo snel als ze kon zigzagde ze door de menigte naar de plek waar ze Alice en Peter had zien lopen. Toen ze daar aankwam bleef ze even staan en keek alle kanten op tot ze even verderop het kenmerkende witte haar zag.

'Alice!' Ze zwaaide met haar hand boven de mensen uit. 'Peter!'

Ze bleven staan en keken confuus om zich heen, tot Peter, die een kop groter was dan de meeste anderen, Sadie zag staan en glimlachte. Daar was die vonk weer. Geen twijfel mogelijk.

'Rechercheur Sparrow,' zei Alice verbaasd toen Sadie kwam aanlopen.

'Ik ben zo blij dat ik jullie heb gevonden.' Sadie was buiten adem. 'Het was Ben. Hij is het altijd geweest.'

Op dat moment merkte ze pas dat Peter een schep in een zak over zijn schouder had en dat Alice iets in haar armen geklemd hield, een redelijk groot kistje. Nu leek de oude vrouw hem nog steviger vast te pakken. 'Waar heb je het in vredesnaam over?' zei ze.

'Ben heeft Theo meegenomen. Je vader, Anthony – hij heeft het niet gedaan. Hij was onschuldig.'

'Ze raaskalt,' zei Alice tegen Peter. 'Help haar, Peter, ze praat waanzin.'

Sadie schudde haar hoofd. Ze was nog steeds in alle staten door het gesprek met Donald, ze moest kalmeren, bij het begin beginnen en alles duidelijk uitleggen. 'Is er ergens een rustig plekje waar we kunnen praten?'

'We kunnen naar het hotel gaan,' zei Alice, 'maar ik betwijfel serieus of het daar wel rustig is.'

Sadie wierp een blik op het hotel. Alice had gelijk; daar zouden ze met geen mogelijkheid aan de herrie kunnen ontkomen. Ze dacht aan Berties binnenplaatsje, hoog boven het dorp, met het uitzicht op zee. 'Kom mee,' zei ze. 'Ik weet een uitstekende plek.'

Hoewel Bertie nog op het festival was, had hij het buitenlicht aan gelaten, en de deur open. De honden kwamen op de nieuwkomers af lopen, besnuffelden hen nieuwsgierig, concludeerden toen dat het goed volk was en volgden hen naar de keuken.

'Willen jullie een kop van het een of ander?' bood Sadie aan, omdat ze zich vagelijk herinnerde dat er bepaalde verplichtingen waren die de rol van gastvrouw met zich meebracht.

'Ik vermoed dat ik wel een glas van het een of ander kan gebruiken,' zei Alice. 'Iets sterks.'

Sadie vond een fles sherry achter in Berties provisiekast, greep een paar glazen en ging de anderen voor naar het binnenplaatsje. De snoeren met kleine lampjes die over de stenen muren van de tuin gedrapeerd waren twinkelden al, en terwijl Alice en Peter de stoelen aan de tafel schoven, stak Sadie de kaarsen in de stormlampen aan. Ze schonk iedereen een glas in. 'En,' zei Alice, die duidelijk niet in de stemming was voor prietpraat, 'wat zeg je nou allemaal over Benjamin Munro en dat hij mijn broertje meegenomen zou hebben? Ik dacht dat we eruit waren. Mijn vader, de oorlogsneurose...'

'Ja,' zei Sadie. 'Dat was ook zo, en dat heeft zeker een rol gespeeld, maar Theo is die nacht niet overleden. Ben heeft hem meegenomen en hij heeft niet alleen gehandeld. Hij heeft het samen met je moeder gedaan.'

'Waar heb je het in vredesnaam over?' Alice liet haar hand rusten op het metalen kistje, dat ze nog steeds bij zich droeg. Het zat onder de aarde en in een flits associeerde Sadie de aarde met Peters schep, waarna ze dat wonderlijke gegeven liet voor wat het was en zich weer richtte op dringender zaken.

Ze zei: 'Het klopt dat je vaders oorlogsneurose een gevaar vormde, maar niet dat hij Theo iets heeft aangedaan. Ben en je moeder hadden besloten dat het kind in veiligheid gebracht moest worden en de tunnel, het feest, het vuurwerk, dat alles vormde de ideale gelegenheid om hem te laten verdwijnen. Het staat in hun brieven. Althans, het staat erin als je weet waar je naar moet kijken. Je moeder vond het verschrikkelijk, maar ze kon geen andere manier bedenken om te zorgen dat Theo niets zou overkomen. Ze kon je vader niet verlaten, ze hield van hem, en ze had hem beloofd om zijn lijden niet openbaar te maken. In haar ogen had ze geen andere keus.'

'En Ben was Theo's biologische vader,' zei Peter, die de hele tijd had zitten knikken. 'De best denkbare persoon om hem aan mee te geven.'

'De enige,' stemde Sadie in.

'Daarom wilde ze geen beloning uitloven,' zei Alice, die de puntjes opeens met elkaar verbond met een snelheid en precisie die te verwachten viel van een vrouw die al een halve eeuw misdaadromans uitdacht. 'Dat heeft me altijd dwarsgezeten. Ik begreep niet waarom ze daar zo onvermurwbaar in was. Destijds zei ze dat het vooruitzicht van een beloning allerlei wanhopige mensen en opportunisten zou lokken die de zaak zouden vertroebelen. Nu zie ik de logica: ze wilde gewoon niet dat mensen op zoek gingen naar Ben en Theo. Ze wilde niet dat ze gevonden werden.'

'Het verklaart ook waarom ze niet wilde dat de pers melding maakte van de nalatigheid van kinderjuf Bruen,' zei Sadie. 'En waarom ze Rose Waters en de plaatselijke politie een royaal geldbedrag heeft gegeven.'

'Heef ze dat gedaan?' vroeg Alice. 'Dat wist ik niet.'

'Rose was er kapot van toen ze weg moest, en dat is niet zo vreemd – ze werd ontslagen omdát ze zo waakzaam was. Het plan had op geen enkele manier kunnen slagen als Rose nog verantwoordelijk was geweest voor Theo. Bij haar ontslag gaf je moeder haar klinkende referenties mee en een bonus die haar in staat stelde te gaan studeren. Ze kon er de rest van haar leven mee voort.'

'Het was een schadeloosstelling,' zei Peter.

Sadie knikte. 'De "ontvoering" was een verzinsel dat ze zelf de wereld in had geholpen, dus ze zorgde ervoor dat iedereen die daar nadeel van ondervond werd gecompenseerd voor verlies aan inkomen of andere problemen.'

'Dat klinkt wel als mijn moeder,' zei Alice. 'Haar rechtvaardigheidsgevoel, haar idee van "juistheid" was haar voornaamste leidraad.'

'Maar hoe is het daarna gegaan?' vroeg Peter. 'Ben heeft Theo via de tunnel meegenomen van Loeanneth. Denk je dat hij hem daarna heeft opgevoed?'

Alice fronste haar wenkbrauwen en liet haar sherryglas schommelen tussen haar vingers. 'Ben is naar het front gegaan in de Tweede Wereldoorlog. Hij is omgekomen tijdens de landing in Normandië, arme man – zo wreed om zo te sterven, bijna aan het eind. En hij zat al heel lang in het leger. Mijn zus Clementine was hem al in 1940 in Frankrijk tegengekomen.'

'Theo was nog maar een jongetje tijdens de Tweede Wereldoorlog,' zei Sadie na een snelle berekening. 'Pas zeven toen die uitbrak. Als Ben toen meteen in dienst is gegaan, heeft hij Theo niet als zijn zoon kunnen opvoeden. Tenzij hij met iemand anders is getrouwd?'

'Of Theo is ergens anders terechtgekomen,' zei Peter.

'Waarmee we weer terug bij af zijn,' concludeerde Alice.

Er daalde een moedeloosheid neer over het gezelschap, waar Ash vocaal uitdrukking aan gaf door in zijn slaap een diepe hondenzucht te slaken. Sadie vulde hun sherryglazen nog eens bij en ze dronken in stilte. Vanuit het dorp klonk het verre rumoer van het feest dat zich opmaakte voor middernacht.

'En de brieven?' vroeg Alice ten slotte. 'Stond daar iets in waaruit je kunt opmaken waar Ben en Theo heen gingen?'

'Niet dat mij is opgevallen. En je moeder was er juist erg op gebrand dat Ben haar níét vertelde waar ze naartoe gingen.'

'Misschien heeft hij er toch op gezinspeeld?'

'Volgens mij niet.'

'Iets subtiels. Iets persoonlijks dat je over het hoofd gezien kunt hebben.'

Sadies overtuiging was niet bestand tegen Alice' vasthoudendheid. 'Het is de moeite waard om even te kijken,' zei ze. 'Ik zal de papieren pakken. Ik heb een paar brieven mee naar huis genomen.'

Op het moment dat ze de keuken binnen liep, kwam Bertie net de voordeur binnen. 'Hallo Sadie, liefje,' zei hij met een vermoeide maar tevreden glimlach. 'Ik heb kunnen ontsnappen voor het feest echt losbarstte. Wil je wat eten?'

Sadie legde uit dat Alice en Peter in de achtertuin zaten te praten over de zaak-Edevane. 'We hebben een doorbraak, maar nu zitten we wel met een heleboel nieuwe vragen.'

'Vier eters dus. Toetje komt eraan.'

'Ben je het niet zat om perentaart te serveren?'

'Nooit! Wat een heiligschennis.'

Terwijl ze de papieren uit haar rugzak haalde, stond Bertie zachtjes te neuriën bij de fluitketel. 'En hoe zit het met die andere zaak?' vroeg hij terwijl hij de theezakjes in de kopjes hing. 'Heb je nog iets van het hoofd-bureau gehoord?'

Sadie bracht hem snel op de hoogte van Donalds telefoontje.

'Nou,' zei hij met een somber soort voldoening. 'Je had gelijk. Ik zei toch dat je intuïtie goed was.' Hij schudde zijn hoofd en klemde zijn lippen op elkaar van medeleven. 'Die arme vrouw. Dat arme kind. Ik neem aan dat je je baan terug hebt?'

'Dat weet ik nog niet. Ashford weet dat ik het lek was. Hij zal niet door de vingers zien wat ik gedaan heb, ongeacht de afloop. Ik zal het moeten afwachten. Ondertussen...' Ze hield de papieren omhoog en gebaarde over haar schouder naar de tuin.

'Natuurlijk. Ik zie je daar over een paar minuten.'

Toen Sadie terugkwam bij de anderen hoorde ze Alice tegen Peter zeggen: 'Weet je, ik heb altijd gedacht dat ik Ben die avond in het bos zag lopen.'

'Waarom heb je dat niet aan de politie verteld?' vroeg Sadie, terwijl ze ging zitten en de papieren naar het midden van de tafel schoof.

Alice staarde naar de tuinlampjes die in een windvlaag tegen de muur klapperden. 'Ik hoorde daar helemaal niet te zijn,' zei ze terwijl de scha-duwen over haar wangen speelden. 'Ik had eigenlijk een afspraak met me-neer Llewellyn op het feest. Ik heb me altijd schuldig gevoeld over hoe het met hem is afgelopen. Ik vroeg me af of het anders was gelopen als ik wat langer in het prieel was blijven zitten. Hij was eerder die dag naar me toe gekomen, zie je, en hij stond erop dat we wat afspraken. Hij zei dat hij iets met me moest bespreken. Ik heb op hem gewacht, maar hij kwam niet opdagen.'

'Dat is weer zo'n "samenloop van omstandigheden" die me niet bevalt,' zei Sadie fronsend. 'Er klopt iets niet aan de dood van meneer Llewellyn. Hij was erg gehecht aan uw moeder, hij wist wat ze van plan was, hoeveel er voor haar op het spel stond – het gaat er bij mij niet in dat hij precies op dat moment besloten zou hebben om een eind aan zijn leven te maken.'

'Ik ben het helemaal met je eens,' zei Alice. 'Het is niet logisch. Maar zoals zoveel andere psychische aandoeningen is een depressie geen ratio-nele ziekte.'

'Wisten we maar wat meer over zijn specifieke depressie.' Sadie stond op en begon heen en weer te lopen langs het muurtje. 'Die eerste zenuwinzinking, toen hij zijn artsenpraktijk heeft opgegeven en boeken is gaan schrijven. Mijn ervaring is dat er aan zo'n drastische ommekeer in iemands leven altijd iets voorafgaat. Als we wisten wat dat was, zou het de kwestie misschien verhelderen.'

Peter stak zijn hand omhoog. 'Misschien heb ik daar het antwoord wel op.'

Sadie draaide zich abrupt om. Alice tuurde over haar glas. 'Peter?'

'Toen jullie het vandaag op Loeanneth hadden over de mogelijke oorzaak van Llewellyns inzinking, herinnerde ik me vagelijk daar iets over gelezen te hebben tijdens de eerste jaren van mijn studie. Ik ben vanmiddag even de bibliotheek in het dorp binnen gelopen en kwam daar een zeer behulpzame man tegen –'

'Alastair,' hielp Sadie.

' – precies, die op zijn bureau toevallig het juiste boek had liggen. Het was afkomstig van een andere bibliotheek en lag al ingepakt om teruggestuurd te worden. Het was echt een opvallende samen–'

'Niet zeggen.'

' – gelukje. Er was een hoofdstuk gewijd aan Llewellyn en *Eleanors toverdeur*, een bijzonder interessante allegorische analyse gebaseerd op de kantiaanse principes van symbolische –'

'Peter,' zei Alice streng.

'Ja, ja, sorry. De auteur stelde dat Llewellyns verhaal gelezen kon worden als een allegorie voor de ervaringen uit zijn eigen leven, in het bijzonder voor de inzinking die hij als jonge arts had gehad, toen hij voor een spoedgeval naar het landhuis van een vriend was geroepen en een patiënt verloren had.'

'Een baby,' bracht Sadie uit. 'De patiënt was een pasgeboren baby.'

'Hoe weet je dat?' vroeg Alice. 'Welke baby? Wiens baby?'

Peter ontmoette Sadies blik en liet alles even op zich inwerken. Er verscheen een brede glimlach op zijn gezicht toen het tot hem doordrong. 'Jij denkt dat het Constances baby was.'

'Ja.' Sadie rende naar de tafel. 'Ja, ja, ja.' Ze bladerde zo snel door de papieren dat de kaarsen in de stormlampen ernaast flikkerden.

'Dat verklaart alles,' zei Peter, meer tegen zichzelf dan tegen de anderen. 'De spanning tussen hen, de wrok die ze koesterde tegen hem. Ze was echt een mevrouw Havisham.'

Verwarring was iets waar Alice niet tegen kon. 'Peter,' zei ze ongeduldig. 'wat heeft Dickens hier in dickensnaam mee te maken?'

Met glanzende ogen draaide hij zich naar haar om. 'Toen ik bezig was met je website, zei je dat ik je maar niks moest vragen en gewoon m'n gang moest gaan. Op een gegeven moment zat ik met een vraag, dus heb ik een van je notitieboeken in je werkkamer doorgebladerd.'

'Ja, en?'

'En daar stond een opmerking in over je grootmoeder: je beschreef haar als "een geraamte in de as van een kostbare japon", een citaat uit *Great Expectations*.'

'Dat klinkt heel aannemelijk. Ze was een draak van een vrouw, en ze kleedde zich graag in de deftige oude japonnen uit haar gloriedagen – alleen niet in een trouwjurk, gelukkig. Maar wat heeft dat in vredesnaam te maken met een baby?'

'Hier heb ik het.' Sadie haalde de bladzijde tevoorschijn met haar aantekeningen over het tweede gesprek dat de politie met Constance had gevoerd, toen ze in het verpleeghuis zat. 'Volgens de verpleegster had ze het voortdurend over Eleanor en een baby die was overleden. Ik nam aan dat Eleanor voor Theo een doodgeboren zoontje had gekregen, maar het ging helemaal niet over Eleanor.'

Alice nam een hap adem. 'Het was grootmoeder.'

Sadie knikte. 'En Daffyd Llewellyn was de dokter. Dat verklaart alles. Zijn verstandhouding met Constance; de reden van zijn depressie; waarom hij zijn artsenpraktijk heeft opgedoekt en troost is gaan zoeken in het schrijven van sprookjes voor kinderen...'

'En het verklaart de verhaallijn in *Eleanors toverdeur*,' zei Peter. 'De oude man die verteerd wordt door berouw en verbannen is uit zijn koninkrijk, de wrede koningin die uit verdriet over haar verloren kind hel en verdoemenis uitspreekt over het land, het meisje Eleanor dat in haar onschuld als enige sterk genoeg is om de breuk te helen...' Hij klopte nadenkend op zijn kin. 'Het enige wat het niet verklaart is waarom hij op het midzomerfeest van 1933 suïcidaal werd.'

'Dat werd hij niet,' zei Alice rustig, met een blik op Sadie. 'Hij heeft geen zelfmoord gepleegd, toch?'

'Nee.' Sadie glimlachte en had het heerlijke gevoel dat alle puzzelstukjes nu in elkaar vielen. 'Nee, dat denk ik niet.'

Nu was het Peters beurt om op zijn hoofd te krabben. 'Maar we weten dat hij is overleden aan een overdosis slaaptabletten. Dat is gebleken uit het medisch onderzoek.'

'Er is die avond ook een flesje sterke slaaptabletten gestolen uit het huis,' zei Alice. 'Ik heb lang gedacht dat ze die gebruikt hadden om Theo rustig te houden.'

'Maar dat was niet zo,' zei Sadie. 'Het moet niet moeilijk geweest zijn. Gewoon een paar pillen oplossen in een drankje en voilà. Want het verlies van haar baby vrat al tientallen jaren aan haar en ze wilde –'

' – wraak,' vulde Peter aan. 'Ja, ik begrijp wat je bedoelt, maar er was al veertig jaar voorbijgegaan. Waarom zou ze zo lang gewacht hebben?'

Sadie dacht even na. Ramsay had haar de eer bewezen om boven op haar voeten te komen zitten en ze bukte zich om hem onder zijn kin te krabbelen. 'Weet je,' zei ze bedachtzaam, 'ik heb net een boek gelezen waarin die vraag werd gesteld. Een vrouw had zomaar uit het niets haar man vermoord, na jarenlang verdragen te hebben dat hij haar slecht behandelde. Uiteindelijk was het een kleinigheidje. Hij had besloten om op vakantie te gaan naar een plek waar ze zelf altijd dolgraag naartoe had gewild en die mededeling was de druppel geweest die de emmer deed overlopen.'

'*Een zoete wraak*,' zei Alice instemmend. 'Een van mijn onbekendere boeken, maar niettemin een van mijn persoonlijke favorieten. Maar wat is dan grootmoeders druppel geweest? Voor zover ik weet had meneer Llewellyn geen plannen voor een exotische vakantie.'

'Maar hij had wel een nieuwtje,' zei Peter plotseling. 'Daar had je het vandaag nog over. Hij zou een onderscheiding krijgen wegens zijn verdiensten voor de literatuur. Je zei er zelfs bij dat je grootmoeder niet blij was met dat nieuws.'

'De koninklijke onderscheiding,' zei Sadie.

'De koninklijke onderscheiding,' herhaalde Alice. 'Constance heeft haar hele leven gevist naar een uitnodiging om de leden van het koninklijk huis te ontmoeten. Als meisje was ze ooit uitgenodigd op het paleis, maar toen kon ze er niet naartoe. Hoe vaak we dat als kind niet hebben moeten horen! Ze is nooit over die teleurstelling heen gekomen.' Alice glimlachte flauwtjes, met een soort somber genoegen. 'Het is de volmaakte druppel. Ik had het zelf niet beter kunnen verzinnen.'

Ze bleven allemaal zitten zonder iets te zeggen, luisterend naar de rollende golven, de feestgeluiden in de verte, en genietend van de warme roes die het oplossen van een vraagstuk met zich meebrengt. Ze konden hun drugs en alcohol houden, dacht Sadie, niets gaf zo'n kick als het oplossen van een raadsel, zeker zo een als dit, zo onverwacht.

Het moment van overpeinzing duurde niet lang. Alice – een vrouw naar Sadies hart – richtte zich op in haar stoel en trok de papieren naar zich toe. 'Goed,' zei ze, 'als ik het me goed herinner zochten we naar een aanwijzing voor waar Ben Theo mee naartoe had genomen.'

Peter trok liefdevol geamuseerd zijn wenkbrauwen naar Sadie op, maar ze deden wat ze gezegd werd en gingen rond de tafel zitten om de documenten door te spitten.

Toen ze na een tijd nog niets bruikbaars gevonden hadden, zei Alice: 'Ik vraag me af of we iets kunnen opmaken uit moeders gedrag, dat ze ieder jaar terugkeerde naar Loeanneth…' Ze fronste. 'Maar nee, er is geen reden om aan te nemen dat Ben in Cornwall is blijven wonen, en ook niet dat hij met Theo teruggegaan zou zijn naar Loeanneth als dat wel het geval was geweest.' Ze zuchtte moedeloos. 'Het lijkt me veel aannemelijker dat het gewoon een soort ritueel was, een manier om zich verbonden te voelen met Theo. Arme moeder, je kunt je niet voorstellen hoe het is om te weten dat je ergens een kind hebt rondlopen, je eigen vlees en bloed. Het moet gekmakend zijn, de nieuwsgierigheid, het verlangen, de behoefte om te weten of er van hem gehouden werd en of hij gelukkig was.'

Bertie, die de tuin in was komen lopen met een dienblad vol perentaart en vier koppen thee wierp Sadie een veelbetekenende blik toe.

Sadie deed haar uiterste best om die te ontwijken en de opduikende beelden te negeren van Charlotte Sutherland in haar schoolblazer, en van dat kleine stervormige handje dat boven het ziekenhuisdekentje uit had gestoken. 'Toen ze eenmaal had besloten om afstand te doen van het kind, zat er niets anders op dan stug doorzetten, neem ik aan. Dat is het eerlijkste wat je kunt doen. Het kind haar eigen leven gunnen zonder het ingewikkeld voor haar te maken.'

'Voor hem,' corrigeerde Peter.

'Voor hem,' echode Sadie.

'Je bent wel een pragmaticus, rechercheur Sparrow.' Alice trok één wenkbrauw op. 'Misschien is het de schrijfster in mij die zegt dat alle ouders die een kind afstaan ergens een sprankje hoop blijven koesteren dat ze het op een dag nog eens tegen zullen komen.'

Sadie deed nog steeds haar best om Berties blik te ontwijken. 'In sommige gevallen denken de ouders misschien dat het kind teleurgesteld in ze zal zijn. Dat het boos en gekwetst is dat het zomaar is afgestaan.'

'Dat kan,' zei Alice en ze pakte het krantenartikel uit Sadies dossier met de foto van Eleanor onder de boom op Loeanneth en de drie kleine meisjes in zomerjurkjes om zich heen. 'Maar mijn moeder putte altijd kracht uit haar overtuigingen. Als ze hem heeft afgestaan om wat zij als een goede reden zag, ben ik ervan overtuigd dat ze ook moedig genoeg was om de kans dat hij haar die beslissing kwalijk nam onder ogen te zien.'

'O mijn god!'

Ze keken allemaal naar Bertie die achter de tafel op zijn benen wankelde met een bordje perentaart in zijn ene hand en een kop in de andere.

'Opa?'

Peter was er als eerste bij en greep de taart en de thee voor ze zouden vallen. Hij zette Bertie voorzichtig in een stoel.

'Opa, gaat het wel?'

'Jawel. Het is gewoon zo'n... Nou ja, het is helemaal geen toevallige samenloop van omstandigheden, mensen gebruiken die term vaak verkeerd, vind je niet? Ze bedoelen dat iets toevallig tegelijkertijd gebeurt, maar ze vergeten net als ik dat er een oorzakelijk verband bestaat. Helemaal geen toeval, alleen maar een verrassing, een enorme verrassing.'

Hij was in de war, hij sloeg wartaal uit en Sadie maakte zich opeens erg ongerust dat de dag misschien te veel voor hem was geweest en hij nu een beroerte ging krijgen. De combinatie van liefde en angst die ze voelde vertaalde zich in bokkigheid. 'Opa,' zei ze streng. 'Waar heb je het over?'

'Die vrouw,' zei hij en tikte met zijn vinger op de foto van Eleanor in Alice' krantenartikel. 'Ik heb haar gezien toen ik als jongetje in de winkel van mijn vader en moeder meehielp, tijdens de oorlog.'

'Heb je mijn moeder ontmoet?' zei Alice, precies op het moment dat Sadie zei: 'Je hebt Eleanor Edevane ontmoet?'

'Ja op beide vragen. Een paar keer. Hoewel ik niet wist hoe ze heette. Ze kwam wel eens in de winkel in Hackney. Ze deed vrijwilligerswerk in de buurt.'

'Ja.' Alice was opgetogen. 'Ze werkte tijdens de oorlog in de wijk East

End. Ze hielp kinderen die thuisloos waren geraakt door de bombardementen.'

'Ik weet het.' Nu lachte Bertie ook breeduit. 'Ze was heel aardig. Een van onze betrouwbaarste klanten. Ze kwam af en toe om wat spullen te kopen die ze beslist niet nodig had, en dan zette ik een kopje thee voor haar.'

'Nou, dat kun je wel toeval noemen,' zei Peter.

'Nee,' zei Bertie, 'dat probeer ik nou juist te zeggen.' Hij lachte. 'Het is zeker een verrassing om na al die jaren haar foto te zien en te horen dat zij iets te maken heeft met de zaak van het huis aan het meer waar mijn kleindochter zo druk mee in de weer is, maar het is niet zo toevallig als je zou denken.'

'Opa?'

'Ik heb het aan háár te danken dat ik hier in Cornwall ben gaan wonen. Zij is degene die me op het idee heeft gebracht. We hadden vroeger naast de kassa een foto hangen, een ansichtkaart van mijn oom. Het was een foto van een houten deurtje in een bakstenen tuinmuur, bedekt met klimop en varens. Ze zag hem een keer hangen en vertelde me over de tuinen in Cornwall. Ik denk dat ik haar daarnaar gevraagd heb, want ik had een boek dat zich afspeelde in Cornwall en het had me altijd een magische streek geleken. Ze vertelde me over de Golfstroom en de exotische planten die er groeiden. Ik heb het altijd onthouden. Ze had het zelfs over Loeanneth, nu ik erover nadenk, alleen heeft ze dat nooit bij naam genoemd. Ze vertelde me dat ze was opgegroeid op een landgoed dat beroemd was om zijn grote meer en tuinen.'

'Niet te geloven,' zei Peter. 'En dan te denken dat je kleindochter zoveel jaren later op dat verlaten huis stuit en er geobsedeerd door raakt.'

'Niet echt geobsedeerd,' verbeterde Sadie. 'Geïnteresseerd.'

Bertie sloeg geen acht op de interruptie, verzonken als hij was in de herinneringen aan de gesprekken die hij lang geleden met Eleanor Edevane had gevoerd over Loeanneth. 'In haar verhalen klonk het als een betoverend oord, met het zout en de zee, smokkelaarstunnels en sprookjesfiguren. Ze zei dat er zelfs een miniatuurtuin was, een heerlijk vredig plekje met een goudvisvijver in het midden.'

'Die was er ook,' zei Alice. 'Ben Munro had hem aangelegd.'

'Ben Munro?'

'Een van de tuinmannen op Loeanneth.'

'Nou...' Bertie hield zijn hoofd schuin. 'Nu wordt het wel héél merkwaardig. Zo heette mijn oom ook. Mijn lievelingsoom, die is gesneuveld in de Tweede Wereldoorlog.'

Alice trok haar wenkbrauwen op en Peter zei: 'Jouw oom werkte op Loeanneth?'

'Dat weet ik niet zeker. Het zou best kunnen. Hij had altijd allerlei verschillende baantjes. Hij was geen man die ergens lang bleef. Hij wist heel veel van planten.'

Allemaal keken ze elkaar aan en de rimpels in Alice' voorhoofd werden nog dieper. 'Dat moet een andere Benjamin Munro zijn geweest. De Ben die we kenden op Loeanneth kan niemands oom geweest zijn; hij was enig kind.'

'Dat was oom Ben ook. Hij was niet mijn biologische oom. Hij was een goede vriend van mijn moeder. Ze waren samen opgegroeid en zijn altijd heel goed bevriend gebleven. Hun ouders waren archeologen die veel reisden voor hun werk. Ben en mama hebben elkaar leren kennen toen ze met hun familie in Japan woonden.'

Iedereen was stilgevallen, en de lucht om hen heen leek statisch te zijn geworden. De stilte werd verbroken door een enorme knal, gevolgd door het sissen van de eerste vuurpijl van het zonnewendefestival die boven de haven de lucht in werd geschoten.

'Waar ben je geboren, Bertie?' Alice' stem was zacht.

'Opa is als baby geadopteerd,' zei Sadie, die het zich opeens allemaal weer herinnerde. Hij had haar verteld hoe zijn moeder jarenlang had geprobeerd zwanger te worden en hoe blij ze was geweest toen hij eindelijk was gekomen. Hoeveel hij van haar had gehouden en zij van hem. Dat had hij verteld toen ze net bij hen was komen wonen en het had haar geholpen om in het reine te komen met haar eigen besluit om haar baby af te staan. Maar daarna was ze het allemaal langzaam weer vergeten. Het was zo'n verwarrende tijd geweest, er waren zoveel gedachten en gevoelens geweest die om voorrang streden, en Bertie had al die jaren met zoveel liefde en warmte over zijn ouders gesproken dat Sadie simpelweg vergeten was dat ze niet zijn biologische familie waren.

Bertie zat nog steeds te vertellen over zijn moeder Flo en zijn oom Ben en merkte niet dat Alice stilletjes was opgestaan en om de tafel naar hem toe kwam lopen. Ze nam zijn gezicht tussen haar bevende handen. Zwijgend tastte ze met haar ogen zijn gelaatstrekken af en nam ze een voor een in zich op. Een kreet welde op in haar keel en Peter pakte haar vast om te voorkomen dat ze omviel.

'Opa,' zei Sadie weer, met enig ontzag in haar stem.

'Bertie,' zei Peter.

'Theo,' zei Alice.

Toen de sterren langzaam vervaagden en het naderende daglicht een lint aan de horizon toverde, zaten ze nog steeds op het binnenplaatsje van Seaview Cottage. 'Hij schreef me vaak,' zei Bertie terwijl hij het houten kistje opende dat hij van zolder had gehaald. Hij nam er een stapeltje brieven uit. De oudste dateerden van 1934. 'Lang voordat ik kon lezen, maar mijn vader en moeder lazen ze dan aan mij voor. Soms zat er ook een cadeautje bij, of kleine origami-diertjes die hij voor me gevouwen had. Altijd als hij weg was voor werk, schreef hij me. Ook toen hij aan het front zat. Ik zei al, hij was mijn lievelingsoom. Het voelde altijd vertrouwd bij hem. Een verwantschap, zou je kunnen zeggen.'

'Ik weet precies wat je bedoelt,' zei Alice weer. Het was een mantra geworden. 'Ik voelde dezelfde verbondenheid toen we elkaar vanmorgen ontmoetten. Een vertrouwdheid. Alsof ik je op een bepaalde manier herkénde.'

Bertie lachte naar haar en knikte terwijl zijn ogen opnieuw glazig werden.

'Wat zit er nog meer in die doos, opa?' zei Sadie zachtjes, omdat ze voelde dat hij de afleiding wel kon gebruiken.

'O, ditjes en datjes,' zei hij. 'Aandenkens uit mijn kindertijd.' Hij pakte er een verfomfaaid hondje uit, een oud boek en een klein slaappakje. Sadies adem stokte toen ze zag dat er een knoopje ontbrak. Ze greep in de zak van haar spijkerbroek en haalde er de ronde cupidoknoop uit die ze op Loeanneth gevonden had. Het was precies dezelfde.

'Hebben je vader en moeder je ooit verteld over je biologische ouders?' vroeg Peter.

Bertie glimlachte. 'Ze vertelden me vaak een verhaal over een tijger en een parel. Als klein jongetje wilde ik maar al te graag geloven dat ik was meegenomen uit Afrika in de vorm van een betoverde parel. Dat ik was geboren in de bossen, gezoogd door elfjes en dat ik toen bij mijn ouders op de drempel was gelegd.' Hij nam een halsketting uit het kistje met een hanger gemaakt van een tijgertand, en streek met zijn duim over het matte ivoor. 'Deze heb ik van oom Ben gekregen en wat mij betreft was dat het bewijs dat het verhaal waar was. Toen ik ouder werd, stelde ik geen vragen meer. Ik had natuurlijk wel willen weten wie ze waren, maar mijn ouders hielden van me – ik had me geen gelukkiger gezin kunnen wensen – en dus heb ik me erbij neergelegd dat ik het niet wist.' Hij keek nogmaals naar Alice, met in zijn ogen een heel leven aan emoties. 'En nu jij?' zei hij met een hoofdbeweging naar het nog altijd zanderige metalen kistje dat voor haar op tafel stond. 'Ik heb je die van mij ook laten zien.'

Ze pakte het sleuteltje uit haar portemonnee en maakte het met fili-graan versierde kistje open. Onder het deksel werden twee identieke sta-peltjes papier zichtbaar. *Slaap kindje slaap* was de titel op het eerste vel papier, *door Alice Edevane.*

'Dat is een manuscript,' zei hij.

'Ja,' beaamde Alice. 'De enige bestaande exemplaren van het eerste boek dat ik ooit heb geschreven.'

'Wat doet dat in dat kistje?'

'Een schrijver zal nooit haar werk vernietigen,' zei Alice.

'Maar wat deed het onder de grond?'

'Dat is een lang verhaal.'

'Wil je me dat een keer vertellen?'

'Wie weet.'

Bertie kruiste plagend zijn armen alsof hij een standje verwachtte en heel even zag Sadie voor zich hoe Alice dat uitdeelde. 'Maar vertel dan op zijn minst waar het over gaat,' zei hij. 'Is het een misdaadverhaal?'

Alice lachte. De eerste open, zorgeloze lach die Sadie van haar had ge-hoord. Een muzikaal, jeugdig geluid. 'O, Bertie,' zei ze. 'Theo. Je zou het niet geloven als ik het je vertelde.'

34

Ze was gegaan zodra ze hoorde waar de bommen die nacht gevallen waren. Het was al twee jaar geleden dat ze de brief had ontvangen. Er stond niet veel meer in dan dat hij dienst had genomen in het leger, en een adres in Hackney. Tot dat moment had Eleanor het kunnen opbrengen om er weg te blijven. Haar oorlogswerk bracht haar er wel in de buurt, en als ze kinderen op straat zag bikkelen of boodschappen afleveren in hun grijze korte broek en afgetrapte schoenen kon ze zichzelf ervan overtuigen dat hij ertussen liep. Maar toen ze in de krant las over de bombardementen en 's ochtends op haar werk een lijst met getroffen straten onder ogen kreeg, had ze rechtsomkeert gemaakt en was ze ernaartoe gerend.

De straat zat vol gaten en was bezaaid met losse stenen en kapotte meubels, maar Eleanor baande zich er snel een weg doorheen. Een brandweerman knikte bij wijze van groet en ze groette hem beleefd terug. Ze had haar vingers gekruist – een kinderachtig en onnozel gebaar misschien, maar het hielp – en bij elk kapot geschoten huis dat ze voorbij liep kneep haar keel een stukje verder dicht.

Ze hadden geen rekening gehouden met nog een oorlog. Toen ze Ben had laten beloven dat hij nooit meer contact zou zoeken en hem had verzekerd dat ze niet wilde weten waar Theo naartoe was gegaan, had ze zich de toekomst niet zo voorgesteld. Ze had zichzelf voorgehouden dat het voldoende was, dat het voldoende móést zijn, om te weten dat hij bij mensen woonde van wie Ben hield en bij wie haar kind – haar prachtige baby – gelukkig en veilig zou opgroeien. Maar ze had geen rekening gehouden met nog een oorlog. Dat veranderde alles.

Eleanor was niet van plan om Anthony te vertellen dat ze vandaag gegaan was. Dat had geen zin. Ze ging alleen even kijken of het huis niet getroffen was. Ze zou niet naar binnen gaan. Het was beslist niet haar bedoeling om Theo op te zoeken. Maar toch had ze het beklemmende gevoel dat ze iets deed wat niet mocht. Eleanor had niet graag geheimen, niet meer. Aan hun geheimen, die van haar en Anthony, waren ze bijna onderdoor gegaan.

Ze had gedacht dat het zijn dood zou worden toen hij hoorde van de affaire, maar dat was niet gebeurd. Hij was in de dagen daarna uitermate kalm naar haar toe gekomen en had erop aangedrongen dat ze hem zou verlaten. Hij had inmiddels begrepen dat Theo niet zijn zoontje was en hij had gezegd dat hij haar een tweede kans op geluk gunde. Hij wilde haar niet langer tot last zijn en hij wilde de mensen die hem het dierbaarst waren geen pijn meer doen.

Maar hoe had ze dat kunnen doen? Weggaan met Ben en Theo en opnieuw beginnen. Ze zou haar dochters nooit in de steek hebben gelaten en ze kon hen ook niet bij Anthony weghalen. Bovendien, ze hield van haar man. Ze had altijd van hem gehouden. Ze hield van hen allebei, van Anthony en Ben, en ze aanbad Theo. Maar het leven was geen sprookje en er waren momenten dat je niet alles kon hebben wat je wilde, niet tegelijkertijd.

Wat Anthony betrof, het leek wel of er met de wetenschap dat ze een verhouding had gehad een last van zijn schouders viel. Hij zei dat het zijn leven minder volmaakt maakte. Dat hij een prijs had betaald en op de een of andere manier iets had goedgemaakt.

'Wat goedgemaakt?' had ze gevraagd terwijl ze zich afvroeg of hij haar nu eindelijk eens alles eerlijk zou vertellen.

'Alles. Dat ik het overleefd heb. Dat ik ben teruggekomen naar dit alles.'

Ze had natuurlijk wel geweten dat er nog meer speelde, dat hij, hoe cryptisch ook, refereerde aan de grote schaduw die hem achtervolgde, en toen Theo in veiligheid was, ver bij Loeanneth vandaan, had ze hem eindelijk naar Howard gevraagd. Aanvankelijk was hij kwaad geworden en zo overstuur als ze hem nog nooit gezien had. Maar uiteindelijk had ze hem met veel geduld zover gekregen dat hij de geschiedenis bevestigde waarvan ze al op de hoogte was. Hij vertelde haar alles, over Howard en Sophie, en ook over de baby. Over de nacht in de schuur waarop hij zijn vriend bijna had helpen ontsnappen. De verschrikkelijke grens die hij bijna over was gegaan. 'Maar die ben je niet over gegaan,' zei Eleanor uiteindelijk, terwijl hij uithuilde op haar schouder.

'Ik wilde het wel. Ik wou dat ik het gedaan had. Soms wil ik dat nog steeds.'

'Je wilde Howard redden. Je hield van hem.'

'Ik had hem moeten redden.'

'Dat had hij niet gewild. Niet op die manier. Hij hield van Sophie en van de kleine Louis. Hij beschouwde zichzelf als zijn vader, en een ouder zal altijd zichzelf opofferen voor het kind.'

'Maar als er een andere manier was geweest.'

'Die was er niet. Ik ken je: als die er was geweest, had je die gevonden.'

Anthony had haar toen aangekeken en in zijn ogen had ze een heel klein sprankje hoop gezien dat ze gelijk had.

Ze vervolgde: 'Als je iets anders had gedaan, waren jullie allebei geëxecuteerd. Howard had gelijk; hij heeft het goed gezien.'

'Hij heeft zich voor mij opgeofferd.'

'Je hebt geprobeerd hem te helpen. Daarmee heb je een groot risico genomen.'

'Ik heb gefaald.'

Daar had ze niets op kunnen zeggen. Ze was gewoon bij hem blijven zitten terwijl hij rouwde om zijn verloren vriend. Ten slotte had ze stevig in zijn hand geknepen en gefluisterd: 'Míj heb je niet in de steek gelaten. Je had me een belofte gedaan. Je zei dat je weer bij me terug zou komen, wat er ook gebeurde.'

Er was wel één ander geheim dat ze nog niet met hem kon delen, en dat was wat er werkelijk met Daffyd was gebeurd. Anthony had veel van hem gehouden en hij zou het niet kunnen verdragen als hij wist wat Constance had gedaan. Maar Eleanor had het lege flesje slaaptabletten gevonden in haar moeders slaapkamer en ze had het geweten. Haar moeder deed geen enkele moeite om het te ontkennen. 'Het was de enige manier,' zei ze. 'Mijn enige hoop om het echt los te laten.'

De relatie tussen Eleanor en Constance was nooit goed geweest, maar werd nu onhoudbaar. Er was geen sprake van dat de oude vrouw met hen mee verhuisde naar Londen, maar ze konden haar ook niet aan haar lot overlaten. Niet volledig. Eleanor zocht stad en land af tot ze ten slotte stuitte op Seawall. Het was duur, maar elke cent waard. 'Het is het beste verpleeghuis van Engeland. Op zo'n prachtige locatie,' had de directrice gezegd toen ze Eleanor rondleidde. 'Pal aan zee. Er is geen kamer in het gebouw van waaruit je de golven niet af en aan, af en aan kan horen rollen.'

'Dit is precies wat we zoeken,' had Eleanor gezegd toen ze de inschrijfformulieren invulde. En dat was ook zo. Het was goed en rechtvaardig. Het genadeloze geluid van de zee was precies wat Constance verdiende.

Eleanor liep de hoek van de straat om en botste bijna op tegen een streng kijkende politieagent op een fiets. Ze liet haar blik langs de huizen glijden, tot ze bij de kruidenierswinkel kwam. Pas toen ze het vrolijke bordje – NOG OPENER DAN ANDERS! – zag hangen kon ze weer rustig ademhalen.

Haar opluchting was groot. Het was niet getroffen.

Nu ze hier toch was, dacht Eleanor, kon ze best even een blik in de etalage werpen. Ze liep verder tot ze dicht genoeg bij de met tape gerepareerde etalageruit stond om erdoorheen te kunnen gluren. Aan de bovenkant van het raam was in trotse letters de naam van de winkel geschilderd en binnen zag ze de keurig uitgestalde blikken op de planken. De bakstenen woning erboven telde nog twee verdiepingen en voor elk raam hingen gordijnen in dezelfde stof. Het was een leuk huis. Gezellig. Eleanor kon zich voorstellen hoeveel moeite het kostte om de luifel en het etalageraam zo schoon te houden tijdens alle luchtaanvallen.

Het belletje klingelde zachtjes toen ze de deur openduwde. Het was een kleine winkel maar gezien alle tekorten verbazingwekkend goed bevoorraad. Iemand had heel veel moeite gegaan om te zorgen dat er voor alle mensen in hun oorlogsmoeheid iets van hun gading te vinden was. Ben had gezegd dat zijn vriendin Flo iemand was om rekening mee te houden – 'Ze doet nooit iets half.' Het was een van de dingen geweest, samen met zijn verzekering dat zijn vriendin aardig en goed en eerlijk was, waardoor Eleanor sympathie had opgevat voor deze vrouw die ze nog nooit had gezien maar aan wie ze zo'n groot stuk van haar hart zou toevertrouwen.

Het was heel stil in de winkel. Het rook er naar verse theeblaadjes en poedermelk. Er stond niemand achter de toonbank en Eleanor zei tegen zichzelf dat dit een teken was. Ze had gezien waarvoor ze gekomen was en nu was het tijd om weer te gaan.

Maar achter in de winkel stond een deur op een kier en iets zei haar dat die naar het woonhuis leidde. Het huis waar hij 's nachts sliep en at en lachte en huilde en sprong en zong, het huis waar hij woonde.

Haar hart was sneller gaan kloppen. Zou ze de moed hebben om om de hoek van de deur te kijken? Eleanor keek over haar schouder en zag een vrouw met een zwarte kinderwagen op straat voorbij lopen. Er was verder niemand in de winkel. Ze hoefde alleen maar de deur door te glippen. Ze haalde diep en langzaam adem en schrok toen op. Achter haar klonk een geluid. Ze draaide zich om en zag een jongetje opduiken van achter de toonbank.

Ze herkende hem meteen.

Hij had al die tijd op de grond gezeten en keek haar nu met grote ogen aan. Hij had een bos steil, zandkleurig haar dat viel als een omgekeerde puddingvorm en hij droeg een witte schort om zijn middel. Die was te lang voor hem en hij was omgeslagen zodat hij beter paste.

Hij was ongeveer negen jaar. Nee, niet ongeveer, hij wás negen. Negen jaar en twee maanden, om precies te zijn. Hij was tenger maar niet mager en hij had ronde wangen. Hij lachte breed naar Eleanor, als iemand die vertrouwen heeft in de wereld.

'Sorry dat ik u heb laten wachten,' zei hij. 'We hebben niet veel melk vandaag, ben ik bang, maar we hebben net wel een paar lekkere eieren gekregen van een boerderij ergens in Kent.'

Eleanor wankelde op haar benen. 'Eieren,' bracht ze uit. 'Eieren lijken me heerlijk.'

'Een of twee?'

'Twee graag.'

Ze pakte haar bonnenboekje en terwijl de jongen zich omdraaide naar een mandje achter de toonbank en de eieren vervolgens in stukken oude krant pakte, kwam ze iets dichterbij. Ze voelde haar hart tekeergaan onder haar ribben. Ze hoefde haar arm maar uit te steken om hem aan te raken.

Ze vouwde haar handen stevig ineen op de toonbank en zag toen een boek liggen. Het was beduimeld, er zaten ezelsoren in en het stofomslag ontbrak. Het had er niet gelegen toen ze de winkel binnen kwam. De jongen moest het er neergelegd hebben toen hij tevoorschijn kwam uit zijn schuilplaats. 'Houd je van lezen?'

De jongen wierp een schuldbewuste blik over zijn schouder; er verscheen een blos op zijn wangen. 'Mijn moeder zegt dat ik een natuurtalent ben.'

Mijn moeder. Eleanor kromp ineen. 'O, ja?'

Hij knikte en er verscheen een frons op zijn voorhoofd terwijl hij vol aandacht de uiteinden van zijn tweede eierbonbon omdraaide. Hij legde ze allebei op de toonbank en borg het boek toen weg op een plank daaronder.

Hij keek Eleanor aan en zei plechtig: 'Ik mag eigenlijk niet lezen als ik op de winkel pas.'

'Ik was precies zo toen ik zo oud was als jij.'

'Is het overgegaan?'

'Niet echt.'

'Ik denk dat het bij mij ook niet overgaat. Ik heb deze al vier keer gelezen.'

'Nou, dan ken je het vast wel bijna uit je hoofd.'

Hij knikte trots. 'Het gaat over een meisje dat in een groot oud huis woont op het platteland en dan een geheime deur vindt naar een andere wereld.'

Eleanor zocht steun aan de toonbank.

'Het meisje woont in een gebied dat Cornwall heet. Kent u dat?'

Ze knikte.

'Bent u er wel eens geweest?'

'Ja.'

'Hoe is het daar?'

'De lucht ruikt er naar de zee, en alles is er heel groen. Er zijn schitterende tuinen vol vreemde, prachtige planten die je nergens anders in Engeland ziet.'

'Ja,' zei hij met glanzende ogen. 'Ja, dat dacht ik al. Dat zei mijn oom ook al. Hij is daar namelijk ook geweest. Hij zei dat er daar echt huizen zijn zoals in dat boek, met meren en eenden en geheime tunnels.'

'Ik ben opgegroeid in zo'n huis.'

'Wauw. U boft maar. Oom Ben – hij is nu in het leger – hij heeft me deze ansichtkaart gestuurd.'

Eleanor keek waar hij op wees. Aan de zijkant van de kassa was met plakband een sepiafoto van een overwoekerde tuin geplakt. In witte cursieve letters stond in de rechter onderhoek *Magische Herinneringen*.

'Gelooft u in toverij?' vroeg hij met een ernstig gezicht.

'Ik denk het wel.'

'Ik ook.'

Ze lachten naar elkaar, een ogenblik van totale harmonie, en Eleanor merkte dat ze op de drempel stond van iets wat ze niet had voorzien en wat ze niet precies kon benoemen. De lucht tussen hen in leek doortrokken te zijn van mogelijkheden.

Maar toen werd hun beider aandacht getrokken door een hoop tumult en beweging en door de deur achter in de winkel kwam een vrouw naar binnen stormen. Ze had donker krullend haar en een levendig gezicht met volle lippen en heldere ogen. Het soort krachtige persoonlijkheid dat meteen de kamer vulde en waarnaast Eleanor zich kleurloos en onbenullig voelde.

'Wat doe je daar, schat?' Ze woelde door het haar van de jongen en glimlachte naar hem met een enorme liefde. Daarna richtte ze zich tot Eleanor. 'Heeft Bertie u geholpen?'

'Hij is heel behulpzaam geweest.'

'Hij heeft u niet opgehouden, hoop ik? Mijn jongen kan iemand de oren van het hoofd kletsen als ik hem zijn gang laat gaan.'

Bertie grijnsde en Eleanor kon zien dat het een grapje was dat ze wel vaker samen maakten.

Ze voelde een pijnscheut in haar borst en greep de toonbank vast. Ze voelde zich opeens draaierig.

'Gaat het wel? U ziet wat witjes.'

'Het is niets.'

'Echt niet? Bertie, zet even wat water op, schat.'

'Nee, echt,' zei Eleanor. 'Ik moet gaan. Ik moet nog bij heel wat mensen langs. Dank je wel voor de eieren, Bertie. Ik ga ervan genieten. Het is lang geleden dat ik echte heb gezien.'

'Hardgekookt,' zei hij, 'dat is de enige manier om eieren te eten.'

'Helemaal met je eens.' Het belletje boven de deur tingelde nogmaals toen ze de deur opendeed en even kwam de herinnering terug aan tien jaar geleden, toen ze naar binnen was gestapt bij het postkantoor en Ben tegen het lijf was gelopen.

De jongen riep haar na. 'De volgende keer dat u komt maak ik een kop thee voor u.'

En Eleanor lachte terug naar hem. 'Dat zou ik heel fijn vinden,' zei ze. 'Echt heel fijn.'

35

Londen, 2004

Ze hadden afgesproken bij het Natuurhistorisch Museum, zoals altijd op Eleanors verjaardag. Ze zoenden elkaar niet, dat was niet hun manier van doen, maar ze gaven elkaar een arm zodat ze elkaar konden ondersteunen tijdens hun ronde door het museum. Geen van tweeën zei iets; in plaats daarvan liepen ze rustig naast elkaar voort, verdiept in hun eigen herinneringen aan Anthony en Loeanneth en alles wat ze de laatste tijd te weten waren gekomen. Te laat om hem nog te helpen, maar nog wel op tijd om in hun eigen leven enige berusting te kunnen vinden.

De anderen zouden zich later bij hen voegen voor een etentje in het restaurant van het Victoria and Albert Museum. Zelfs Bertie kwam daarvoor helemaal uit Cornwall rijden. 'Ik zou het voor geen geld willen missen,' had hij gezegd toen Alice hem belde met de uitnodiging. 'Bovendien, ik was al van plan om die week naar Londen te gaan. Ik moet nog een feestelijke opening bijwonen...'

Toen Deborah en Alice arriveerden zat hij al aan een tafeltje en hij wenkte hen naar zich toe. Hij stond lachend op om ze allebei te zoenen. Vreemd, dacht Alice toen Deborah hem vrolijk op de wangen tikte, dat hun huiver voor lichamelijke begroetingen niet gold voor hun kleine broertje. Het was alsof ze na al die tijd waarin ze elkaar hadden moeten missen nu een fysieke behoefte voelden om die jaren te overbruggen. Of misschien kwam het doordat ze hem kwijtgeraakt waren toen hij nog zo klein was. Dat de liefde die ze voelden met de tastzin geuit moest worden, net zoals een volwassene altijd de neiging heeft om een baby vast te pakken. Hoe het ook zij, ze smolten als ze hem zagen. Wat zou Eleanor blij geweest zijn dat ze elkaar weer gevonden hadden, dacht Alice.

De volgende die arriveerde was Sadie, met een stapel papieren in haar armen. Ze liep net zo snel als altijd en hield haar hoofd voorover gebogen alsof ze de vellen papier weer op hun plaats wilde schuiven. 'Sorry,' zei ze toen ze bij de tafel kwam. 'De metro was te laat. Ik ben te laat. Zo gaat het steeds op het moment, met alles wat ik nog voor de opening moet doen. Ik hoop dat ik jullie niet te lang heb laten wachten.'

'Helemaal niet,' zei Deborah met een warme glimlach. 'Wij zijn er ook net.'

'En daar hebben we Peter,' zei Bertie met een knikje naar de ingang.

Sadie gaf het manuscript aan Alice. 'Ik heb alles aangegeven wat ik kon vinden, maar veel was het niet. Alleen een paar procedurele dingetjes. O, Alice' – ze zette haar handtas op de grond en zakte neer op een stoel die nog over was – 'het is een goede. Heel goed. Ik wist niet hoe snel ik de bladzijden om moest slaan.'

Alice keek blij maar was niet geheel verrast. 'Ik ben blij dat nummer eenenvijftig meer in de smaak blijkt te vallen dan nummer vijftig.'

Peter kwam naar de tafel gelopen en gaf Sadie een zoen op haar wang. Ze greep zijn shirt en kuste hem terug. 'Hoe ging het?' zei ze. 'Heb je het?'

'Ik heb het hier.' Hij klopte op zijn tas.

'Hoe heb je dat voor elkaar gekregen? Ze zeiden dat het nog minstens een week zou duren.'

Hij lachte geheimzinnig. 'Ik heb zo mijn methodes.'

'Daar twijfel ik niet aan.'

'Dat klopt, en hij is mijn assistent,' zei Alice. 'Dus waag het niet hem van me af te pakken.'

'Ik zou niet durven.'

'Toe dan,' zei Bertie. 'Laat ons niet langer in spanning zitten. Laat zien.'

Peter pakte een plat rechthoekig pakje uit zijn rugzak en wikkelde het vloeipapier eraf. Toen hij het voor ze omhoog hield glom het metaal ze zilver tegemoet.

Alice zette haar bril op en leunde voorover om de inscriptie te kunnen lezen. *S. Sparrow, privédetective. Gelieve aan te bellen.* Ze vouwde haar bril weer op en stopte hem in haar brillenkoker. 'Nou,' zei ze, 'dat is kernachtig. Zo zie ik dat graag. Ik houd niet van die lollige bedrijfsnamen omdat *sparrow* nou toevallig een vogel is. In Vogelvlucht, Beter één vogel in de hand…'

'Een vliegende vogel vangt altijd wat,' zei Peter.

'Die vind ik eigenlijk wel leuk,' zei Bertie.

'Ik kan er helaas geen aanspraak op maken,' zei Peter. 'Dat is er een van Charlotte.'

'Komt ze ook?'

'Vandaag niet,' zei Sadie. 'Te veel huiswerk. Maar ze zou wel proberen te komen op de opening van mijn kantoor zaterdagavond.'

'Nou,' zei Bertie met een glimlach waarin zowel trots en blijdschap als diepe voldoening doorschemerden. 'Wat vinden jullie? Zullen we voor een keertje de thee maar overslaan en wat bubbels bestellen? Het lijkt me dat we ongelooflijk veel te vieren hebben.'

Dankwoord

Zoals altijd ben ik veel mensen enorm veel dank verschuldigd. De onschatbare Annette Barlow heeft meer versies van het manuscript gelezen, gewogen en becommentarieerd dan je van iemand zou mogen verwachten, en Maria Rejt was te allen tijde uitzonderlijk vriendelijk, zorgzaam en wijs. Jullie zijn juweeltjes allebei, en jullie maken een boek publiceren tot een genot.

Dank ook aan Christa Munns, Eloise Wood, Isolde Sauer, Sophie Orme, Josie Humber, Liz Cowen, Ali Lavau, Simone Ford, Rachel Wright en Kate Moore voor hun bewonderenswaardige taalbeheersing en oog voor details; aan de ontwerpers Lisa White, Ami Smithson en Laywan Kwan voor hun prachtige omslagen; en aan Geof Duffield, Anna Bond, Karen Williams, Tami Rex, Andy Palmer, Katie James en Lisa Sciambra die *Het huis aan het meer* zo prachtig de wijde wereld in hebben gezonden.

Mijn oprechte dank gaat ook uit naar Carolyn Reidy, Judith Curr en mijn gewaardeerde uitgever Lisa Keim, voor hun geweldige enthousiasme en steun in de Verenigde Staten; naar Robert Gorman voor zijn onwankelbare geloof in mij en mijn boeken; naar Anthony Forbes Watson voor zijn nimmer aflatende betrokkenheid; naar Wenona Byrne voor haar verbijsterende veelzijdigheid; en naar alle anderen bij Allen & Unwin in Australië, Pan Macmillan in Groot-Brittannië en Atria in de Verenigde Staten, die hebben geholpen van *Het huis aan het meer* een echt boek te maken.

Ook ben ik dank verschuldigd aan de vele uitgevers en vertalers dankzij wier inspanningen mijn boeken worden gelezen in talen die ikzelf niet beheers; en aan iedere afzonderlijke boekverkoper, bibliotheekmedewerker, journalist en lezer die mijn romans in zijn/haar hart heeft gesloten – een verhaal is pas meer dan zwarte tekens op een witte pagina wanneer het wordt gelezen.

Mijn familie en vrienden zijn mij onvermoeibaar behulpzaam geweest. Dank ook aan jou, Julia Kretschmer, omdat je er al in het begin bij was en me enthousiast hebt aangemoedigd toen het boek nog niet meer was dan een stuk of wat vreemde puzzelstukjes die wel eens in elkaar zouden kunnen passen; aan Selwa Anthony voor haar onvergelijkelijke grootmoedigheid, zorgzaamheid en deskundigheid; aan Di McKean, omdat zij een rationele, bedaarde en alerte bondgenoot was; aan Mary-Rose MacColl en Louis Limerick voor hun zeer gewaardeerde collegialiteit; aan Herbert en Rita Davies, die mijn briljante en geliefde raadgevers waren; en aan Karen Robson, Dalerie Patterson en Di Morton, omdat ze mij zoveel van hun kostbare tijd hebben geschonken.

Mijn bijzondere dank gaat uit naar Didee, wier onvoorwaardelijke liefde en medeleven altijd weer aantonen hoe ver een moeder bereid is te gaan ten behoeve van haar kinderen.

Maar mijn allergrootste dank gaat als altijd uit naar mijn man Davin, die intelligent, geestig en lief is, en mijn drie zonen, Oliver, Louis en Henry, die me met z'n allen hebben gemaakt tot een beter gefocuste, subtielere, kwetsbaardere, dapperdere (en naar ik hoop betere) persoon en schrijver.

De volledige lijst met bronnen die zijn geraadpleegd bij het schrijven van *Het huis aan het meer* is te lang om hier op te nemen, maar enkele van de meest waardevolle waren *The Perfect Summer: England 1911, Just Before the Storm* van Juliet Nicolson, *The Victorian House* van Judith Flanders, *Talking about Detective Fiction* van P.D. James, *The Reason Why: An Anthology of the Murderous Mind*, samengesteld door Ruth Rendell, *For Love and Courage: The Letters of Lieutenant Colonel E.W. Hermon*, bewerkt door Anne Nason, *A War of Nerves* van Ben Shephard en *Testament of Youth* van Vera Brittain (van wie ik de streng moralistische uitspraak heb overgenomen: 'Als een man zijn land niet kan dienen, kan hij beter dood zijn').

De website www.beaumontchildren.com verschafte informatie aangaande het researchproces en op www.firstworldwar.com staat een schat aan informatie over oorlogsneurose. Dat is overigens ook de website die Sadie raadpleegt nadat ze Margot Sinclair heeft gesproken. Ik heb op internet heel wat verslagen gelezen over de ervaringen van jonge vrouwen in het adoptieproces. De meeste waren anoniem en ik ben dankbaar dat de schrijfsters de moed hadden hun verhalen met mij te delen.

Het graafschap Cornwall blijft een grote bron van inspiratie voor mij en het was een enorm genoegen zo'n groot deel van de tijd dat ik bezig was met mijn boek daar door te brengen.